Chris Carter

DER VOLLSTRECKER

Thriller

Aus dem Amerikanischen von
Sybille Uplegger

Eder & Bach

MIX
Papier aus verantwortungsvollen Quellen
FSC® C083411

Lizenzausgabe des Verlags Eder & Bach GmbH, Grünwald
1. Auflage, März 2021
Genehmigte Lizenzausgabe für Eder & Bach GmbH,
Nördliche Münchner Str. 20c, 82031 Grünwald
Die Originalausgabe erschien 2010 unter dem Titel *The Executioner*
bei Simon & Schuster, London.

Erschienen im Ullstein Taschenbuch Verlag
in der Übersetzung von Sybille Uplegger
Umschlaggestaltung: Stefan Hilden, www.hildendesign.de
Umschlagabbildung: © HildenDesign unter Verwendung
mehrerer Motive von Shutterstock.com
Satz: Satzkasten, Stuttgart
Druck und Verarbeitung: CPI – Ebner & Spiegel, Ulm
ISBN: 978-3-945386-90-3

1

»EINE GRAUSAME IRONIE, nicht wahr, dass das einzig Sichere im Leben der Tod ist?« Die Stimme des Mannes war ruhig, seine Haltung entspannt.

»Bitte ... tun Sie mir nichts ...« Im Gegensatz dazu litt sein Opfer, das vor ihm am Boden kauerte, panische Angst. Die Hände waren hoch über dem Kopf ans nackte Mauerwerk gekettet. Seine Stimme war heiser von Tränen und Blut, sein nackter Körper zitterte vor Erschöpfung.

Jemand hatte den dunklen Keller in ein mittelalterliches Verlies verwandelt. An allen vier Wänden hingen schwere Eisenketten. Der beißende Gestank von Urin erfüllte die Luft, und aus einer großen Holzkiste in der Ecke drang unablässig ein gedämpftes Summen. Der Raum war schalldicht und ausbruchssicher. War man einmal darin gefangen, gab es kein Entkommen mehr – es sei denn, man wurde herausgelassen.

»Es spielt keine Rolle, wie man sein Leben gelebt hat«, fuhr der Mann fort, ohne dem Flehen seines blutenden Opfers Beachtung zu schenken. »Es spielt keine Rolle, wie viel Geld man besitzt, was man im Leben erreicht hat, wen man kennt oder welche Hoffnungen man hat. Am Ende passiert uns allen dasselbe: Wir sterben.«

»O Gott, bitte, nein ...«

»Worauf es ankommt, ist, *wie* wir sterben.«

Der Mann am Boden musste husten und spuckte dabei einen feinen Sprühnebel aus Blut.

»Manche sterben eines natürlichen Todes. Ein sanftes, schmerzloses Hinübergleiten am Ende eines langen Lebens.« Der Mann lachte ein unheimliches, gurgelndes Lachen. »Andere leiden an unheilbaren Krankheiten, siechen jahrelang dahin und kämpfen verbissen um jede Sekunde.«

»Ich ... ich bin nicht reich. Ich habe nicht viel Geld, aber was ich habe, kann ich Ihnen geben.«

»Schhhh.« Der Mann legte einen Finger an die Lippen, bevor er flüsterte: »Ich brauche dein Geld nicht.«

Ein erneuter Hustenanfall, wieder flogen winzige Blutstropfen in alle Richtungen.

Ein teuflisches Lächeln kroch über die Lippen des Mannes. »Und wieder andere sterben sehr langsam und qualvoll«, fuhr er bedächtig fort. »Der Todeskampf kann sich über viele Stunden hinziehen … über Tage … Wochen sogar. Wenn man weiß, was man tut, gibt es keine Grenze, wusstest du das?« Er hielt inne.

Erst jetzt sah der angekettete Mann die Nagelpistole in der Hand seines Peinigers.

»Und glaub mir, ich weiß genau, was ich tue. Erlaube mir, es zu demonstrieren.« Er machte einen Schritt nach vorn und trat dabei fast wie zufällig auf den Knochen, der aus einem offenen Bruch am Knöchel des gefesselten Mannes durch die Haut stak. Dann beugte er sich vor und feuerte in rascher Folge drei Nägel in das rechte Knie des Mannes. Ein unerträglicher, sengender Schmerz schoss sein Bein hinauf und presste ihm die Luft aus den Lungen. Mehrere Sekunden lang verschwamm alles vor seinen Augen. Die Nägel waren drei Zoll lang – zu kurz, als dass sie auf der anderen Seite wieder ausgetreten wären, aber dick und spitz genug, um Knochen und Knorpel zu zertrümmern.

Der Gefesselte atmete keuchend in kurzen, flachen Stößen. Trotz der Schmerzen versuchte er zu sprechen. »Bi… bitte. Ich habe eine Tochter. Sie ist krank … ich bin alles, was sie noch hat.«

Erneut hallte das seltsame gurgelnde Lachen im Kellerraum wider. »Und du glaubst, das interessiert mich? Pass auf – ich zeige dir, wie sehr es mich interessiert.« Der Mann packte einen der im Knie steckenden Nägel und drückte ihn ganz langsam immer weiter zur Seite, als ob er mit einem Schraubenzieher den Deckel von einer Dose Lack hebeln wollte. Ein Knirschen wie von Glasscherben war zu hören.

Der Mann am Boden heulte auf, aber sein Peiniger übte unerbittlich Druck auf den Nagel aus, so lange, bis schließlich die Kniescheibe brach. Übelkeit stieg in dem Gefesselten hoch wie eine Flutwelle. Der andere Mann schlug ihm ein paar Mal mit der flachen Hand ins Gesicht, damit er nicht das Bewusstsein verlor.

»Schön wach bleiben«, raunte er. »Ich möchte, dass du jede Sekunde genießt. Es kommt noch mehr.«

»Warum … warum tun Sie das?«

»Warum?« Der Mann leckte sich die spröden Lippen und lachte. »Ich werde dir zeigen, warum.« Aus seiner Hosentasche zog er ein Foto, das er dem anderen ganz nah vors Gesicht hielt.

Mehrere Sekunden lang blickte der Gefesselte das Foto in verzweifelter

Verwirrung an. »Ich verstehe nicht. Was …« Er erstarrte, als ihm endlich klar wurde, was er da sah. »O mein Gott …«

Der Mann trat näher und beugte sich ganz tief herab, bis seine Lippen das Ohr seines Opfers berührten.

»Soll ich dir etwas verraten?«, wisperte er, während sein Blick zur Kiste in der Ecke huschte. »Ich weiß, wovor du Todesangst hast.«

2

Noch zehn Tage bis Weihnachten, und ganz Los Angeles hatte sich festlich herausgeputzt. Straßen und Schaufenster überall waren mit bunten Lichtern, Weihnachtsmännern und künstlichem Schnee dekoriert. Morgens um halb sechs war man bei einer Fahrt durch South L. A. von einer geradezu unheimlichen Ruhe umgeben.

Das Weiß der Kirchenfassade leuchtete zwischen den dunklen, winterlich kahlen Walnussbäumen hindurch, die rechts und links vom Portal standen. Es war eine Szene wie aus einem Bilderbuch – bis auf die Polizisten, die geschäftig herumliefen, und das gelbe Flatterband, das die Schaulustigen auf Abstand hielt.

Dunkle Wolken hatten sich am Himmel zusammengeballt. Robert Hunter stieg aus dem Wagen, streckte sich und hauchte auf seine kalten Hände, bevor er den Reißverschluss seiner Lederjacke bis zum Kragen hochzog. Er wappnete sich gegen den schneidenden Pazifikwind und sah zum Himmel empor. Jede Minute konnte es anfangen zu regnen.

Das Morddezernat I des Los Angeles Police Department war eine Abteilung, die für Serienmörder und besonders schwere Gewaltverbrechen zuständig war, deren Aufklärung aufwendige Ermittlungen und spezielle Sachkenntnis erforderte. Hunter war der mit Abstand fähigste und erfahrenste Detective der Abteilung. Sein jüngerer Partner, Carlos Garcia, hatte hart gearbeitet, um den Rang eines Detective zu erlangen, und er hatte es schneller geschafft als die meisten. Er hatte seine Karriere beim LAPD Central Bureau begonnen, wo er ein paar Jahre damit beschäftigt gewesen war, Gang-Mitgliedern, bewaffneten Räubern und Drogendealern in East L. A. das Handwerk zu legen, bevor man ihm schließlich einen Posten im Morddezernat I angeboten hatte.

Hunter befestigte seine Marke gut sichtbar am Gürtel und schaute sich um. Er entdeckte Garcia, der sich gerade mit einem jungen Officer unterhielt. Trotz der frühen Stunde wirkte sein Partner taufrisch. Seine knapp kinnlangen dunkelbraunen Haare waren noch feucht von der Dusche.

»Sollte heute nicht eigentlich unser freier Tag sein?«, brummte Garcia halblaut, als Hunter auf die beiden zutrat. »Ich hatte einiges vor.«

Hunter nickte dem jungen Cop wortlos zu, der den Gruß erwiderte.

»Wir sind beim Morddezernat, Carlos.« Er steckte die Hände in die Jackentaschen. »Worte wie ›frei‹, ›Gehaltserhöhung‹, ›Feiertag‹ oder ›Urlaub‹ haben für uns keine Bedeutung. Das solltest du inzwischen begriffen haben.«

»Ich lerne schnell.«

»Warst du schon drinnen?«, fragte Hunter, während er mit zusammengekniffenen Augen auf die Kirche starrte.

»Ich bin gerade erst gekommen.«

Als Nächstes wandte Hunter sich an den jungen Officer. »Und Sie?«

Der Mann war einen Meter zweiundachtzig groß und muskulös. Unter Hunters aufmerksamem Blick fuhr er sich nervös mit der Hand durch die kurz geschnittenen schwarzen Haare. »Ich war auch noch nicht drin, Sir, aber wie ich gehört habe, soll es kein schöner Anblick sein. Sehen Sie die beiden da drüben?« Er zeigte auf zwei Polizisten, die mit kreidebleichen Gesichtern links neben der Kirche standen. »Die waren als Erste am Tatort. Angeblich sind sie nach nicht mal zwanzig Sekunden wieder rausgerannt gekommen und haben sich die Seele aus dem Leib gekotzt.« Wie mechanisch warf er einen Blick auf die Uhr. »Ich war fünf Minuten nach ihnen hier.«

Hunter massierte sich den Nacken, und seine Finger ertasteten die raue Narbe unterhalb seines Haaransatzes. Sein Blick glitt über die Gaffer, die sich hinter der Absperrung drängten – und das noch vor sechs Uhr früh. »Haben Sie zufällig eine Kamera dabei?«, fragte er den jungen Officer, der daraufhin stirnrunzelnd den Kopf schüttelte.

»Auch keine Handykamera?«

»Doch, mein privates Handy hat eine. Wieso?«

»Ich möchte, dass Sie für mich ein paar Fotos von den Schaulustigen machen.«

»Von den Schaulustigen?«, fragte der Officer verdattert.

»Ja, aber machen Sie es unauffällig. Tun Sie so, als würden Sie Tatortfotos von der Kirche schießen oder so. Versuchen Sie, die ganze Menge zu fotografieren, aus verschiedenen Blickwinkeln. Glauben Sie, Sie kriegen das hin?«

»Klar, aber …«

»Vertrauen Sie mir einfach«, sagte Hunter ruhig. »Ich erkläre es Ihnen später.«

Der Officer nickte, bevor er zu seinem Streifenwagen ging, um sein Handy zu holen.

3

»Die Geier sind bereits gelandet«, stellte Garcia fest, als sie auf das Absperrband zugingen. Hinter ihnen schoben sich Reporter aufgeregt durch die Menge nach vorn, und alle paar Sekunden leuchtete das Blitzlicht einer Kamera auf. »Manchmal habe ich den Verdacht, die kriegen viel eher Bescheid als wir.«

»Tun sie«, bestätigte Hunter. »Schließlich zahlen sie gut für die Informationen.«

Der Officer, der direkt hinter der Absperrung Wache hielt, nickte ihnen zu, als sie sich darunter hindurchduckten.

»Detective Hunter!«, rief ihm ein kleiner, untersetzter Reporter mit Glatze hinterher. »Glauben Sie, es könnte sich um einen religiös motivierten Mord handeln?«

Hunter wandte sich zu den Reportern um. Er konnte ihre Ungeduld nachvollziehen. Im Innern dieser kleinen Kirche war jemand gewaltsam zu Tode gekommen, und wenn Robert Hunter den Fall übernommen hatte, hieß das, dass der Mörder mit besonderer Brutalität vorgegangen sein musste.

»Wir sind eben erst hier angekommen, Tom«, antwortete Hunter geduldig. »Wir waren noch nicht mal da drin. Im Moment wissen Sie vermutlich mehr als wir.«

»Könnte es die Tat eines Serienmörders sein?«, wollte nun eine große, attraktive Brünette wissen. Sie trug einen dicken Wintermantel und streckte ihm ein kleines Aufnahmegerät entgegen. Hunter hatte sie noch nie gesehen.

»Stottere ich etwa?«, murmelte er und warf Garcia einen genervten Blick zu. »Also gut, ich sage es jetzt noch einmal ganz langsam für alle, die mir eben nicht folgen konnten.« Dabei fixierte er die dunkelhaarige Reporterin. »Wir. Sind. Gerade. Erst. Angekommen. Wir. Waren. Noch. Nicht. Da. Drin. Außerdem wissen Sie doch, wie es läuft: Wenn Sie Informationen haben wollen, müssen Sie bis zur offiziellen Pressekonferenz warten. Falls es eine geben sollte.«

Die Brünette hielt Hunters bohrendem Blick einen Augenblick stand, bevor sie im hinteren Teil der Menge untertauchte.

Ein Mann von der Spurensicherung wartete auf den ausgetretenen Steinstufen vor dem Kirchenportal auf Hunter und Garcia und überreichte ihnen je einen weißen Tyvek-Overall. Sie hatten kaum die Kirche betreten, als ihnen der Geruch entgegenschlug. Eine Mischung aus Schweiß, altem Holz und dem scharfen, metallischen Aroma von Blut.

Zwei lange Reihen von Eichenholzbänken wurden durch einen schmalen Gang getrennt, der vom Eingang zu den Altarstufen führte. Hunter ließ seinen Blick durch den Raum schweifen. In der katholischen Kirche der Sieben Heiligen fanden, so schätzte er, etwa zweihundert Gläubige Platz.

Das eher kleine Kirchenschiff wurde von zwei großen, auf metallenen Stativen befestigten Halogenstrahlern taghell erleuchtet. In ihrem unnatürlich weißen Licht wirkte alles scharf und steril. Am hinteren Ende des Mittelgangs waren drei Männer von der Kriminaltechnik damit beschäftigt, Fotos zu machen und jeden Zentimeter des Altars sowie des Beichtstuhls, der sich einige Schritte entfernt an der rechten Seite befand, nach Fingerabdrücken abzusuchen.

Die schwere Kirchentür fiel knarrend hinter ihnen ins Schloss. Hunter spürte die nervöse Unruhe, die ihn befiel, wann immer er an einen neuen Tatort kam.

Die Kriminaltechniker hielten in ihrer Arbeit inne und sahen den Detectives mit unbewegten Mienen entgegen. Hunter und Garcia blieben kurz vor den Altarstufen stehen.

Überall war Blut.

»Mein Gott«, würgte Garcia hervor und schlug sich unwillkürlich beide Hände vor Mund und Nase. »Was in Dreiteufelsnamen *ist* das?«

4

DER WINTER IN LOS ANGELES IST im Vergleich zu anderen Teilen der Vereinigten Staaten relativ mild. Die Temperatur sinkt nur selten unter zehn Grad, was für die meisten Bewohner der Stadt allemal winterlich genug ist. Um Viertel vor sechs hatte ein kalter Nieselregen eingesetzt. Officer Ian Hopkins wischte sein Handy am Ärmel seiner Uniformjacke ab, bevor er ein weiteres Foto von den Schaulustigen vor der Kirche schoss.

»Was machst du denn da?«, wollte Justin Norton wissen, einer der zwei Polizisten, die als Erste am Tatort gewesen waren.

»Fotos«, antwortete Hopkins scherzhaft.

»Wieso denn das? Hast du einen Tatort-Fetisch oder was?«

»Der Detective von Mord I hat mich darum gebeten.«

Officer Norton sah Hopkins an, als wäre der nicht ganz richtig im Kopf. »Ich weiß ja nicht, ob es dir schon aufgefallen ist, aber der Tatort ist da drüben.« Mit dem Daumen wies er über die Schulter auf die Kirche hinter ihnen.

»Der Detective will keine Bilder von der Kirche. Er will Bilder von der Menge.«

Norton runzelte irritiert die Stirn. »Von der Menge? Warum denn das?«

Hopkins zuckte mit den Schultern.

»Und wieso hältst du das Handy beim Fotografieren vor die Brust statt auf Augenhöhe?«

»Die Leute sollen nicht mitkriegen, dass ich sie ablichte. Ich versuche, diskret zu sein.«

»Diese Typen von Mord I …« Norton tippte sich mit dem linken Zeigefinger an die Stirn. »Die haben alle einen ziemlichen Schuss in der Birne, wenn du verstehst, was ich meine.«

Erneut zuckte Hopkins die Achseln. »Ich glaube, inzwischen habe ich sowieso genug Bilder. Außerdem geht mir bei dem Regen noch mein Handy kaputt, wenn ich nicht aufpasse. He«, rief er Norton hinterher, der Anstalten machte zu gehen. »Was ist da drin eigentlich passiert?«

Norton drehte sich langsam zu ihm um und sah ihm in die Augen. »Du bist neu bei der Polizei, oder?«

»Diese Woche habe ich mein Dreimonatiges.«

Norton betrachtete ihn mit ernster, abgeklärter Miene. »Also, ich bin seit über sieben Jahren bei der Polizei«, sagte er und zog sich die Mütze tiefer in die Stirn. »Und glaub mir, ich habe schon viel Abartiges gesehen, aber noch nie so was wie da drinnen. Ich sage dir, in dieser Stadt laufen einige richtig kranke Leute rum. Wenn ich dir also einen Rat geben darf: Mach deine Fotos, und dann sieh zu, dass du hier wegkommst. Du willst ganz sicher nicht, dass sich das Bild von da drinnen gleich zu Anfang deiner Karriere in dein Gedächtnis brennt. Vertrau mir.«

5

Hunter stand völlig regungslos da. Mit ruhigem Blick nahm er die Szene in sich auf, seine Sinne durch Adrenalin geschärft. Auf dem steinernen Boden unmittelbar vor dem Beichtstuhl lag in einer Blutlache der enthauptete Leichnam eines schlanken, mittelgroßen Mannes im Priestergewand. Sofort erkannte Hunter, dass die Leiche ganz bewusst so hingelegt worden war. Die Beine waren lang ausgestreckt, die Arme über der Brust gefaltet. Hunters eigentliche Aufmerksamkeit jedoch galt dem Kopf.

Es war der Kopf eines Hundes.

Er saß auf einem hölzernen Spieß, der in den Halsstumpf der Leiche gerammt worden war, so dass diese aussah wie eine groteske Mutation aus Hund und Mensch.

Die Lefzen des Hundes waren violett verfärbt. Die lange schlaffe Zunge, die an der linken Seite aus dem Maul hing, war mit geronnenem Blut schwarz überkrustet. Die Augen des Tiers waren weit aufgerissen, die Pupillen milchig weiß eingetrübt. Blut hatte auch das kurze braune Fell dunkelrot gefärbt. Hunter trat einen Schritt näher und ging neben der Leiche in die Hocke. Er war kein Hundefachmann, aber es war unschwer zu erkennen, dass der Kopf, den der Mörder dem Toten aufgepflanzt hatte, der eines ganz normalen Mischlings war.

»Schockierender Anblick, was?«, sagte Mike Brindle, der Leiter der Spurensicherung, als er auf die beiden Detectives zutrat.

Hunter erhob sich und drehte sich zu ihm um. Garcias entgeisterter Blick war immer noch auf die Leiche geheftet.

»Hi, Mike«, grüßte Hunter den Kollegen.

Brindle war Ende vierzig, hochaufgeschossen und spindeldürr. Er galt als einer der besten Forensiker, die die Polizei von L. A. zu bieten hatte.

»Was macht die Schlaflosigkeit?«, erkundigte Brindle sich bei Hunter.

»Wächst und gedeiht«, erwiderte dieser achselzuckend.

Hunters chronische Hyposomnie war kein Geheimnis. Sie hatte nach dem Tod seiner Mutter begonnen, als er sieben gewesen war. Im Laufe der Jahre war sie immer schlimmer geworden. Hunter wusste, dass sie nichts weiter war als ein Schutzmechanismus, mit dem sein Gehirn die entsetzlichen Alpträume in Schach halten wollte. Er hatte es längst aufgegeben, dagegen anzukämpfen, und sich stattdessen mit seinem Leiden arrangiert. Er kam mit drei, notfalls auch mit zwei Stunden Schlaf pro Nacht aus.

»Was gibt's bis jetzt?«, fragte er mit ruhiger, sachlicher Stimme.

»Wir haben gerade erst angefangen. Wir sind vor knapp fünfzehn Minuten angekommen, im Augenblick wissen wir also noch nicht viel mehr als ihr – mit einer Ausnahme.« Brindle zeigte auf den Leichnam. »Allem Anschein nach war das früher einmal Vater Fabian.«

»Allem Anschein nach?« Instinktiv glitt Hunters Blick durch den Raum. »Ihr habt den Kopf noch nicht gefunden?«

»Bis jetzt noch nicht, nein«, bekannte Brindle und warf den anderen Kriminaltechnikern einen fragenden Blick zu, woraufhin diese einhellig die Köpfe schüttelten.

»Wer hat die Leiche gefunden?«

»Der Ministrant, Hermano irgendwas. Als er heute Morgen in die Kirche gekommen ist. Kein schöner Start in den Tag.«

»Wo ist er jetzt?«

»Hinten«, sagte Brindle und deutete mit dem Kinn in die Richtung. »Ein Officer ist bei ihm. Er steht unter Schock, was ja nicht weiter überraschend ist.«

»Ungefährer Todeszeitpunkt?«

»Die Totenstarre hat bereits eingesetzt. Ich würde sagen, vor acht bis zwölf Stunden. Definitiv irgendwann letzte Nacht, nicht erst heute Morgen.«

Hunter ging wieder in die Knie und inspizierte die Leiche aufmerksam. »Keine Abwehrverletzungen?«

»Nein.« Brindle schüttelte den Kopf. »Soweit man sehen kann, hat das Opfer überhaupt keine anderen Verletzungen. Er wurde schnell und sauber getötet.«

Hunter wandte seine Aufmerksamkeit der Blutspur zu, die beim Leichnam begann und die Stufen hinauf zum Altar führte.

»Da oben wird es nicht viel besser«, meinte Brindle, der Hunters Blick gefolgt war. »Im Gegenteil. Ich würde sagen, es wird für euch Jungs noch komplizierter.«

6

Garcia zwang sich, seinen Blick von der Leiche loszureißen, und drehte sich zu dem Rechtsmediziner um. »Was meinst du damit?«

Brindle kratzte sich an der Nase. »Ihr seid ja diejenigen, die rausfinden müssen, was das alles zu bedeuten hat – aber die Blutspritzer da oben …«, er wiegte nachdenklich den Kopf, »… die sehen nicht so aus, als wären sie zufällig entstanden.«

»Menschliches Blut?«, wollte Hunter wissen.

»Im Gegensatz zu Hundeblut?«, fragte Brindle zurück und deutete auf den Hundekopf.

»M-hm.«

»Kann ich noch nicht mit Sicherheit sagen. Optisch ist beides kaum voneinander zu unterscheiden.«

Hunter überwand die Altarstufen mit einem einzigen großen Schritt. Garcia und Brindle folgten ihm. Der gesamte Bereich um den Altar war mit Blutflecken übersät. Aber Brindle hatte recht, die Flecken bildeten definitiv ein Muster. Eine Art Symmetrie. Eine dünne Tropfspur verlief kreisförmig um den Altar. Auf der Wand dahinter gab es eine lange diagonale Spritzspur, als hätte jemand einen Pinsel in Blut getaucht und das Blut in einem Schwung dorthin geschleudert. Hunderte kleiner Blutspritzer bedeckten das einst weiße Altartuch.

»Wenn Spritz- und Tropfspuren über eine so große Fläche verteilt sind, dann weist das normalerweise darauf hin, dass irgendeine Art von Kampf stattgefunden hat«, erklärte Brindle. »Genauer gesagt gibt es allgemein zwei Möglichkeiten: Entweder haben zwei Gegner miteinander gekämpft, sind dabei herumgelaufen und haben überall hingeblutet, oder es gab ein blutendes Opfer, das versucht hat, seinem Angreifer zu entkommen.«

»Die Verteilung passt nicht zu einem Kampf. Und zu einem blutenden Opfer auch nicht«, meinte Hunter, während er das Spritzmuster genau betrachtete. »Der Abstand zum Altar, die Form – das ist alles viel zu gleichmäßig, beinahe wie berechnet. Diese Blutspur wurde absichtlich gelegt – vom Mörder«, fügte er ruhig hinzu.

»Sehe ich genauso«, pflichtete Brindle ihm bei und verschränkte die Arme vor der Brust. »Die beiden haben definitiv nicht miteinander gekämpft, und Vater Fabian hatte auch keine Gelegenheit, vor irgendwas wegzulaufen.«

»Aber wenn der Priester da unten getötet wurde«, Garcia deutete auf die Leiche, »wie ist dann das ganze Blut nach hier oben gekommen?«

Brindle zuckte bloß die Achseln.

Auch Hunter sagte nichts. Stattdessen ging er langsam einmal um den Altar herum. Dabei behielt er die dünne Blutspur am Boden die ganze Zeit über genau im Auge. Als er wieder am Ausgangspunkt angelangt war, blieb er stehen.

»Wie groß bist du, Mike?«, fragte er scheinbar zusammenhanglos.

»Eins fünfundneunzig, wieso?«

»Und du, Carlos?«

»Eins achtundachtzig.«

»Komm mal her.« Hunter winkte Garcia zu sich. »Geh mit mir, aber langsam. Halte ungefähr dreißig Zentimeter Abstand von der Blutspur. Mach immer nur einen Schritt auf einmal und geh ganz natürlich. Fang genau hier an.« Er zeigte auf eine Stelle am Boden mittig hinter dem Altar.

Die anderen beiden Kriminaltechniker hielten in ihrer Arbeit inne und gesellten sich zu Mike Brindle, der bei einem der Scheinwerfer stand und das seltsame Treiben neugierig beobachtete.

Garcia hatte vier Schritte gemacht, als Hunter ihn bat, stehen zu bleiben. Er bückte sich und überprüfte rasch die Position von Garcias Füßen im Verhältnis zur Blutspur, bevor er ihn bat, weiterzugehen. Vier Schritte später hielt Hunter Garcia erneut an. Noch vier Schritte, und der Kreis war vollendet.

»Insgesamt zwölf Schritte«, verkündete Garcia mit einer Miene, die deutlich signalisierte, dass er keine Ahnung hatte, was Hunter mit der ganzen Sache bezweckte.

Als Nächstes bat Hunter Brindle, exakt dasselbe zu tun.

»Für mich waren es elf Schritte«, sagte Brindle, als er den Altar umrundet hatte.

»Dann würde ich sagen, der Mörder ist ungefähr so groß wie Garcia«, schloss Hunter. »Eins achtundachtzig, plus minus ein, zwei Zentimeter.«

7

BRINDLES FORSCHENDER BLICK RUHTE noch einen Moment lang auf der Blutspur, bevor er zu Hunter wanderte. »Und wie bist du zu dem Schluss gekommen?«

»Durch diese kleineren Spuren hier.« Hunter zeigte auf zwei Stellen am Boden, wo mehrere Blutstropfen eine etwa dreißig Zentimeter lange Spur bildeten, die schräg von der kreisförmigen Blutspur wegführte.

»Da kann ich nicht ganz folgen«, meldete sich einer der beiden Kriminaltechniker zu Wort.

»Wenn Sie mit Blut einen Kreis um diesen Altar hier malen wollten, aber Sie hätten keinen Pinsel, was würden Sie machen?«, fragte Hunter.

»Wenn so viel Blut da ist«, meinte der Mann mit Blick auf die Blutlache unten beim Beichtstuhl, »könnte man es einfach in einen Becher füllen und es dann auf den Boden gießen.«

»Zu unsauber«, widersprach Hunter. »Die Gießgeschwindigkeit wäre nur schwer zu kontrollieren, es sei denn, Sie hätten ein Gefäß mit einer Tülle.«

»Außerdem ist es eine Tropfspur«, schaltete sich Brindle ein. »Das Blut wurde nicht auf den Boden gegossen. Es ist auf den Boden getropft.«

»Eben.« Hunter nickte zustimmend.

»Okay, von mir aus. Aber trotzdem: Wieso verrät Ihnen diese schräge Tropfspur die Körpergröße des Täters?«, hakte der Kriminaltechniker nach.

»Stellen Sie sich vor, jemand geht um den Altar herum und hält dabei einen Gegenstand in der Hand, der mit Blut getränkt ist«, sagte Hunter und ging zur Vorderseite des Altars, »wobei das überschüssige Blut auf den Fußboden tropft.«

»Meinen Sie vielleicht so was wie eine Kerze?«, fragte der andere und hielt eine halb heruntergebrannte Altarkerze am Docht in die Höhe. Das untere Ende war rot, als sei es in ein flaches Gefäß mit Blut getaucht worden. »Die habe ich links neben dem Altar gefunden.« Er trat näher, so dass Brindle und die beiden Detectives einen Blick darauf werfen konnten.

»Ja, das muss es gewesen sein«, sagte Hunter.

»Eintüten«, befahl Brindle.

»Der Mörder taucht also das Ende der Kerze in Blut und benutzt sie, um die kreisförmige Spur zu malen«, fasste der Kriminaltechniker zusammen, während er die Kerze in eine transparente Asservatentüte fallen ließ. »Und was ist jetzt mit den schrägen Spritzern?«

»Wachs ist nicht saugfähig«, erklärte Hunter. »Das heißt, die Kerze kann nur eine sehr begrenzte Menge an Blut aufnehmen, bevor sie aufhört zu tropfen.«

»Und der Mörder sie erneut eintauchen muss«, ergänzte Garcia.

»Genau.«

Brindle ließ sich das durch den Kopf gehen. »Der Mörder hat also immer nur vier Schritte geschafft, bevor er die Kerze wieder eintauchen musste.«

Hunter nickte. »Ich vermute mal, er hat das Gefäß mit dem Blut in der linken Hand gehalten, dicht am Körper. Und diese diagonalen Spuren sind die Tropfen, die nach dem Eintauchen herabgefallen sind, auf dem Weg zwischen dem Gefäß und der eigentlichen Blutspur.«

»Und sie liegen genau vier von Garcias Schritten auseinander«, schloss Brindle.

Erneutes Nicken von Hunter. »Deine Schritte waren zu groß und meine zu klein. Ich bin knapp über eins achtzig.«

»Aber wieso hat er überhaupt diese Blutspur rund um den Altar gemalt?«, fragte Garcia. »War das irgendein Ritual?«

Niemand antwortete.

»Wie gesagt«, brach Brindle schließlich das Schweigen. »Das rauszufinden ist eure Aufgabe. Die Blutspritzer, der Hundekopf ... was auch immer das zu bedeuten hat, in jedem Fall sieht es so aus, als wollte der Täter eine Botschaft übermitteln.«

»Welche da lautet: *Mir ist die Hauptsicherung durchgeknallt*«, brummte Garcia und betrachtete erneut den Leichnam.

»Hast du so was irgendwann schon mal gesehen, Mike?«, wollte Hunter wissen. »Ich meine, dass jemand einem Opfer einen Hundekopf aufgesetzt hat?«

Brindle schüttelte den Kopf. »Mir ist schon einiges an Abscheulichkeiten untergekommen, aber nichts, was mit dem hier vergleichbar wäre.«

»Das muss doch was Konkretes zu bedeuten haben«, meinte Garcia. »Ich kann mir kaum vorstellen, dass der Mörder es einfach aus Spaß an der Freude gemacht hat.«

»Da der Kopf noch nicht aufgetaucht ist, nehme ich mal an, ihr habt auch keine Tatwaffe gefunden«, sagte Hunter, der nun den diagonalen Blutspritzer an der Wand betrachtete.

»Bis jetzt noch nicht, nein.«

»Irgendeine Ahnung, was es sein könnte?«

»Darüber wird hoffentlich die Autopsie Aufschluss geben, aber ich kann jetzt schon sagen, dass der Schnitt sehr sauber aussieht. Glatte Wundränder, keine Schlag- oder Hackspuren. Auf jeden Fall muss es eine sehr scharfe Waffe gewesen sein. Eine, mit der sich die Enthauptung in einem einzigen Streich ausführen ließ.«

»Eine Axt?«, wollte Garcia wissen.

»Möglich. Wenn der Täter geschickt und stark genug war.«

Mit gerunzelter Stirn untersuchte Hunter erneut den Altar. Auf dem blutbefleckten Tuch lag ein einzelner Gegenstand, ein vergoldeter, mit mehreren silbernen Kreuzen verzierter Kelch. Er lag auf der Seite, als hätte ihn jemand umgestoßen. Auch seine blank polierte Oberfläche war mit Blutspritzern übersät. Hunter beugte sich vor und neigte dann den Kopf zur Seite, damit er einen Blick ins Innere des Kelchs werfen konnte, ohne ihn anfassen zu müssen.

»Da ist Blut in dem Kelch«, verkündete er.

»Wundert dich das?«, fragte Brindle mit einem trockenen Lachen. »Schau dich mal um: Hier ist *überall* Blut. Es sieht aus, als wäre eine mit Blut gefüllte Bombe explodiert.«

»Das muss das Gefäß sein, das der Täter zum Eintauchen der Kerze benutzt hat«, sagte Garcia mit Überzeugung.

»Das glaube ich auch, aber …« Hunter winkte ihn mit der linken Hand heran. Garcia und Brindle traten neben ihn und bückten sich, bis sie auf Augenhöhe mit dem Kelch waren.

»Na, so was. Das sieht aus wie ein Lippenabruck«, rief Brindle überrascht.

»Was?«, meinte Garcia und riss die Augen auf. »Soll das heißen, der Mörder hat das Blut des Priesters getrunken?«

8

Das Zimmer war klein, düster und spärlich möbliert. Das blauweiße Muster der Tapete war ausgeblichen, ein paar gerahmte Heiligenbilder schmückten die Wände. An einer Wand stand ein hohes Bücherregal aus Mahagoni mit zahlreichen gebundenen Büchern, die genauso alt aussahen wie der Rest des Zimmers. Rechts neben der Tür ging der Raum in eine winzige Küche über, daneben war gerade noch Platz für ein schmales Eisenbett. Auf ihm saß völlig verängstigt ein Junge. Er war klein für sein Alter und mager, mit spitzem Kinn, eng beieinanderliegenden braunen Augen und einer schmalen, scharfen Nase.

»Wir übernehmen jetzt, danke«, sagte Hunter an den Officer gewandt, der neben dem Bücherregal Wache hielt. Der Junge schien ihr Eintreten gar nicht bemerkt zu haben. Seine Augen starrten blicklos auf die noch unberührte Tasse Kaffee, die er mit beiden Händen umklammert hielt. Er hatte offensichtlich geweint, seine Augen waren rot und verquollen.

Auf der kleinen Kochplatte in der Küche erspähte Hunter einen Wasserkessel.

»Soll ich dir noch eine Tasse machen? Die da sieht so aus, als wäre sie schon kalt«, fragte er freundlich, sobald der Officer gegangen war.

Jetzt endlich sah der Junge auf. Seine Augen waren weit aufgerissen und angsterfüllt.

»Nein, Sir, ist schon gut«, flüsterte er so leise, dass Hunter ihn kaum verstand.

»Hast du was dagegen, wenn ich mich setze?«, fragte Hunter und trat einen Schritt näher.

Ein unmerkliches Kopfschütteln.

Er setzte sich neben dem Jungen aufs Bett. Garcia zog es vor, stehen zu bleiben.

»Ich heiße Robert Hunter. Ich bin Detective beim Morddezernat. Der hässliche Troll da drüben ist mein Partner Carlos Garcia.«

Das Gespenst eines Lächelns zuckte über die Lippen des Jungen, als sein Blick ganz kurz zu Garcia huschte. Dann stellte er sich selbst mit dünner Stimme als Hermano Cordobes vor.

»Wäre es dir lieber, wenn wir uns auf Spanisch unterhalten, *muchacho*?«, fragte Hunter, während er sich in Nachahmung von Hermanos Sitzposition nach vorn lehnte und die Ellbogen auf den Knien abstützte.

»Nein, Sir. Englisch ist schon in Ordnung.«

Hunter stieß erleichtert die Luft aus. »Da bin ich aber froh. *Muchacho* ist nämlich so ziemlich das einzige spanische Wort, das ich kenne.«

Damit war es ihm gelungen, das Eis zu brechen. Der Junge schenkte ihnen ein scheues Lächeln.

Die ersten paar Minuten sprachen sie über Hermano und darüber, wie er zu seinem Posten als Ministrant an der Kirche der Sieben Heiligen gekommen war. Vater Fabian hatte ihn als Elfjährigen von der Straße aufgelesen. Er hatte gebettelt, seit er mit zehn von zu Hause und seinem gewalttätigen Vater weggelaufen war. Vor zwei Wochen sei er vierzehn geworden, teilte er den Detectives mit.

Mittlerweile kamen die ersten Strahlen Tageslicht durch die dicken Vorhänge hereingekrochen, die vor dem Fenster über Hermanos Bett hingen. Hunter beschloss, dass der Junge jetzt entspannt genug war. Es wurde Zeit, die unangenehmen Fragen zu stellen.

9

»Kannst du uns erzählen, was heute Morgen passiert ist?«, fragte Hunter mit sanfter Stimme.

Hermano blickte zu ihm auf, und seine Unterlippe begann zu zittern. »Ich bin um Viertel nach vier aufgestanden. Ich hab geduscht und dann meine Gebete aufgesagt, und dann bin ich um Viertel vor fünf rübergegangen in die Kirche. Ich muss immer dafür sorgen, dass für die erste Messe um halb sieben alles vorbereitet ist.«

Hunter schenkte ihm ein freundliches Lächeln und erlaubte ihm, in seinem eigenen Tempo fortzufahren.

»Gleich als ich reingekommen bin, hab ich gewusst, dass was nicht stimmt.«

»Wieso?«

Hermano hob die rechte Hand an den Mund und kaute an den kläglichen Überresten eines Fingernagels. »Ein paar Kerzen haben noch gebrannt. Vater Fabian achtet immer drauf, dass alle aus sind, wenn er abends die Kirche zumacht.«

»Hat Vater Fabian die Kirche immer selbst abgeschlossen?«

»Ja.« Hermano ließ von dem Nagel ab und nahm sich einen anderen vor. »Das war die einzige Zeit, in der er die Kirche ganz für sich allein hatte. Das war ihm wichtig.« Hermanos Stimme geriet ins Stocken, Tränen rannen ihm die Wangen hinab.

Hunter fischte ein Papiertaschentuch aus seiner Jackentasche.

»Danke, Sir. Tut mir leid …«

»Das muss dir nicht leidtun«, sagte Hunter besänftigend. »Lass dir ruhig Zeit. Ich weiß, wie schwer das für dich sein muss.«

Hermano wischte sich die Tränen weg und holte zitternd Luft. »Ich hab gleich gesehen, dass der Altar in Unordnung war. Die Kerzenständer haben auf dem Boden gelegen. Der Kelch war umgekippt, und das Altartuch sah ganz fleckig aus. Als hätte jemand irgendwas draufgeschmiert.«

»Ist dir aufgefallen, ob sonst noch jemand in der Kirche war?«

»Nein, Sir. Ich glaub nicht. Es war ganz still, so wie immer um die Zeit. Die Tür war noch abgeschlossen.«

»Okay, und was hast du dann gemacht?«, fragte Hunter weiter. Sein hellwacher Blick registrierte jede noch so kleine Regung des Jungen.

»Ich bin zum Altar, um nachzusehen, was los ist. Ich dachte, vielleicht ist jemand eingebrochen und hat rumgesprayt. Graffiti. Die Gegend hier ist nicht gerade die beste. Manche der Gangs hier haben keinen Respekt vor irgendwas. Nicht mal vor unserem Herrn Jesus Christus.«

»Hattet ihr schon mal Ärger mit Gangs?«, hakte Hunter ein. Garcia sah sich unterdessen in der Küche um.

»Nein, das ist es ja. Wir hatten nie Ärger. Alle haben Vater Fabian gemocht. Ihn respektiert.«

»Was ist mit Einbrüchen? Ist schon mal jemand in die Kirche oder in die Räume hier eingestiegen?«

»Nein. Noch nie. Hier gibt's ja ohnehin nichts zu holen.«

Hunter nickte. »Und was ist dann passiert?«

»Erst mal wusste ich nicht, was ich tun soll. Es war ja klar, dass ich die Kirche niemals bis halb sieben saubergemacht kriege. Ich bin um den Altar rumgegangen, und da hab ich es gesehen. Auf dem Boden neben dem Beichtstuhl. Ich bin in Panik geraten. Ich dachte, es ist der Teufel.«

»Der Teufel?« Hunter hob fragend die Brauen.

Hermano hatte wieder angefangen zu schluchzen. »Die Leiche mit dem Hundekopf. Die hat ausgesehen wie der Teufel. Dabei war es Vater Fabian ...«

»Woran hast du ihn denn erkannt?«, wollte Garcia wissen.

»An dem Ring.«

»Welchem Ring?«

»Ein großer goldener Ring mit einem Bild des heiligen Georg, wie er den Drachen tötet. Links«, sagte Hunter, hob die linke Hand und wackelte mit dem Ringfinger.

Garcia biss sich verärgert auf die Unterlippe. Es wurmte ihn, dass ihm der Ring nicht aufgefallen war.

»Ja, genau«, sagte Hermano. »Vater Fabian hat ihn nie abgenommen. Der war ein Geschenk von seiner Großmutter, hat er mir mal gesagt. Als ich den Ring gesehen hab, da wusste ich, dass er es ist. Vater Fabian.« Hermano sackte vornüber und begrub das Gesicht in den Händen. Er schluchzte so heftig, dass sein ganzer Körper davon durchgeschüttelt wurde.

10

TRAUER UND SCHWEIGEN SIND ideale Partner. Hunter verstand das. Zu oft schon hatte er mit Menschen zu tun gehabt, die unter Schock standen, nachdem sie die Leiche eines geliebten Menschen gefunden hatten. Worte, egal wie tröstend, halfen selten. Also bot er dem jungen Ministranten bloß ein weiteres Papiertaschentuch an und wartete, während Hermano sich die Tränen wegwischte. Als er sich danach zu Hunter umdrehte, waren seine Augen noch röter als vorher.

»Ich kapier das nicht. Wer würde Vater Fabian so was antun? Er hat nie jemandem was getan, er wollte immer bloß allen helfen. Wenn jemand ihn gebraucht hat, war er immer da.«

Hunters Stimme war ruhig und ernst. »Hermano, ich glaube, du bist ein ziemlich kluger Junge, und ich will dir nichts vormachen. Im Moment wissen wir noch nicht, wer ihn getötet hat und warum, aber ich kann dir versprechen, dass wir alles tun werden, um es herauszufinden. Ist es in Ordnung, wenn wir dir noch ein paar weitere Fragen stellen?«

Hermano schnäuzte sich, dann nickte er.

Hunter fischte einen Kugelschreiber und ein kleines schwarzes Notizbuch aus seiner Jackentasche. »Wann hast du Vater Fabian zum letzten Mal gesehen?«

»Gestern Abend. Kurz bevor die Beichte angefangen hat.«

»Und wann fing die Beichte an?«

»Viertel vor neun.«

»So spät?«, fragte Garcia erstaunt.

»Normalerweise ist die Beichte nachmittags von vier bis fünf«, erklärte Hermano. »Aber in den Wochen vor Weihnachten kommen immer mehr Leute als sonst. Die Stunde am Nachmittag reicht dann nicht für alle, deswegen nimmt Vater Fabian abends auch noch mal die Beichte ab, direkt bevor er die Kirche zumacht.«

Hunter kritzelte etwas in sein Büchlein.

»Ich bin hierher in mein Zimmer und hab meine Gebete aufgesagt. Dann bin ich gleich ins Bett gegangen. Gestern musste ich um halb fünf aufstehen.«

»Hast du noch irgendwas gehört, nachdem du ins Bett gegangen bist?« Hunters Blick glitt durchs Zimmer.

»Nein, Sir, ich hab nichts gehört.«

Das überraschte Hunter nicht weiter. Hermanos Zimmer lag in einem separaten kleinen Anbau hinter der Kirche. Die geschlossenen Türen und die dicken Wände hätten kein Geräusch durchgelassen, es sei denn, der Mörder hätte seine Tat per Lautsprecher übertragen.

»Ich nehme an, Vater Fabians Zimmer ist auch hier auf dem Flur? Nebenan?«, fragte Hunter weiter.

»Ja.« Hermano bohrte sich die Knöchel seiner Zeigefinger in die geschlossenen Augen, während er langsam nickte. Eine Träne tropfte von der Spitze seiner geröteten Nase.

Hunter ließ noch ein paar Sekunden verstreichen, bevor er fortfuhr. »Ist dir aufgefallen, dass Vater Fabian die letzten Tage über anders war als sonst? Besorgt zum Beispiel oder nervös?«

Hermano zog geräuschvoll die Nase hoch. »Er hat nicht gut geschlafen. Manchmal hab ich ihn mitten in der Nacht in seinem Zimmer gehört, wie er gebetet hat.«

Hunter lehnte sich ein Stück zurück und hob mit dem Kugelschreiber eine Ecke des schweren Vorhangs an. »Du hast gesagt, du machst in der Kirche sauber, stimmt's? Machst du auch hier sauber – und in Vater Fabians Zimmer?«

»In seinem Zimmer nicht.« Der Junge schüttelte den Kopf. »Vater Fabian war ziemlich eigen. Er hat seine Tür immer abgeschlossen. Sein Zimmer hat er selbst saubergemacht.«

Hunter fand das merkwürdig. »Hast du eine Ahnung, wie wir in sein Zimmer kommen könnten?«

Ein scheues Kopfschütteln. »Außer Vater Fabian hatte niemand einen Schlüssel.«

Hunter klappte sein Notizbuch zu und steckte es wieder in die Jackentasche. Als er aufstand, glitt sein Blick flüchtig über die Heiligenbilder an der Wand. »Weißt du zufällig, wie er mit bürgerlichem Namen hieß?«, fragte er, als er schon bei der Tür war.

Garcia warf Hunter einen verständnislosen Blick zu.

Hermano sah zu den beiden Detectives auf. »Ja, sein richtiger Name war Brett.«

Garcia runzelte die Stirn. »Und woher kommt der Name Fabian?«

»Vom heiligen Fabian«, sagte Hunter und zeigte zu einem der Bilder, auf dem ein ganz in Weiß gekleideter Mann mit einer Taube auf der Schulter zu sehen war.

»Das stimmt«, sagte Hermano. »Er war sogar Papst, bis er dann …« Er verstummte schlagartig, als sei ihm etwas klargeworden. Seine Augen weiteten sich. »O Gott!«

»Was?«, fragte Garcia erstaunt. Sein Blick sprang zwischen dem Jungen und Hunter hin und her.

»Der heilige Fabian«, sagte Hermano mit zitternder Stimme.

»Was ist mit ihm?«

»Der ist genauso gestorben. Man hat ihm den Kopf abgeschlagen.«

11

Nach dem Gespräch mit Hermano ging Hunter in die Kirche zurück. Brindle hatte Vater Fabians Zimmerschlüssel in der linken Tasche seiner Soutane gefunden. Auf den hatte der Mörder es also nicht abgesehen gehabt.

Das Zimmer des Priesters war etwas größer als das seines Ministranten, aber genauso spartanisch eingerichtet: auch hier ein Regal mit Büchern, ein alter Schreibtisch und ein schmales Bett. In der hinteren Ecke war ein kleiner Altar aufgebaut, auf dem sich zahlreiche Heiligenfiguren drängten. An der gegenüberliegenden Wand stand ein kleiner Kleiderschrank. Das Zimmer war makellos sauber, aber in der Luft hing ein alter, stockiger Geruch. Das Bett war gemacht. In der vergangenen Nacht hatte niemand darin geschlafen.

Vater Fabians Kleiderschrank enthielt mehrere Soutanen, einige Oberhemden, Jeans, einen dunkelblauen Nadelstreifenanzug und ein Paar ausgetretene Schuhe.

»Hier riecht's wie im Haus meiner Großeltern in Brasilien«, sagte Garcia, der den Schreibtisch durchsuchte, während Hunter die Titel im Bücherregal überflog. »Hermano hatte recht«, meinte er kurz darauf und hielt mit seiner latexbehandschuhten Hand einen Reisepass in die Höhe. »Der bürgerliche Name unseres Priesters lautete Brett Stewart Nichols. Geboren am 25. April 1965 hier in Los Angeles. Kein Wunder, dass er sich einen neuen Namen zugelegt hat. Vater Brett hat irgendwie nicht den richtigen Klang, oder?«

»Irgendwelche Stempel im Pass?«, fragte Hunter neugierig.

Garcia blätterte die ersten paar Seiten um. »Nur einer. Italien, vor drei Jahren.«

Hunter nickte. »Sonst noch was in den Schubladen?«

Garcia machte sich wieder auf die Suche. »Ein paar Notizen, Bilder vom heiligen Georg, Kugelschreiber, Bleistifte, ein Radiergummi und … ein Zeitungsausschnitt.«

»Worüber?«

»Ihn selbst.«

Hunter ging zu Garcia, um sich den Artikel anzusehen. Er war elf Monate alt und stammte aus der *L. A. Daily News*. Über dem Text war das Foto eines milde dreinblickenden Geistlichen abgedruckt, der umringt war von einer Schar lachender Kinder. Die Überschrift lautete: PRIESTER AUS COMPTON IST DER WAHRE WEIHNACHTSMANN. In dem Artikel wurde geschildert, wie Vater Fabian von seinem eigenen Gehalt Geschenke gekauft hatte, um Kindern in sechs verschiedenen Waisenhäusern zum Fest eine Freude zu machen.

»Er scheint wirklich ein guter Mensch gewesen zu sein«, meinte Hunter und ging zurück zum Bücherregal.

Garcia nickte und legte den Zeitungsausschnitt wieder in die Schublade. »Für die Party heute Abend sind wir wohl nicht in der richtigen Stimmung«, meinte er dann beiläufig, während er die Heiligenstatuetten auf dem kleinen Altar in Augenschein nahm.

Die Abschiedsfeier für Captain Bolter, der in den Ruhestand ging, fand im Redwood Bar & Grill statt und sollte um fünf Uhr nachmittags beginnen.

»Wohl nicht.« Hunter ging in die Hocke, zog ein in Leder gebundenes Buch aus dem untersten Regal und blätterte darin, bevor er es zurückstellte und den Vorgang mit dem nächsten Buch wiederholte.

Und dem nächsten.

Und dem nächsten.

Sie waren allesamt handgeschrieben.

»Was hast du da?«, wollte Garcia wissen, der beobachtet hatte, wie Hunter mit großem Interesse einige Seiten las.

»Jede Menge Tagebücher – oder so was Ähnliches«, antwortete Hunter und stand auf. Er sah auf der ersten Seite nach, dann auf der letzten. »Exakt zweihundert Seiten.« Erneutes Blättern. »Und sie sind alle von oben bis unten vollgeschrieben.«

Garcia trat zu Hunter und bückte sich. »Das sind ja mindestens dreißig oder fünfunddreißig Bände. Wenn jede Seite einen Tag bedeutet, dann hat er fast sein gesamtes Leben dokumentiert. Wozu das?«

»Mehr als zwanzig Jahre«, sagte Hunter und schlug aufs Geratewohl das Buch auf, das er gerade in den Händen hielt. »Sein Tagesablauf, seine Gedanken, seine Zweifel – alles schwarz auf weiß. Hier, hör dir das an.« Er drehte sich zu Garcia um.

Heute war mir beim Beten das Herz schwer. Ich habe für eine Frau gebetet – Rosa Perez. Seit fünf Jahren kam sie regelmäßig in unsere Kirche. Sie hat für eine Sache gebetet, immer nur für eine einzige Sache: dass sie endlich ein Kind bekommt. Vor acht Jahren war sie von mehreren Männern vergewaltigt worden, dabei hatte sie sich schwere Verletzungen an der Gebärmutter zugezogen. Es ist gleich um die Ecke von hier passiert. Damals war sie sechzehn. Drei Jahre später hat sie geheiratet, und seitdem versuchten sie und ihr Mann Antonio, ein Kind zu bekommen. Letztes Jahr wurden ihre Gebete endlich erhört. Sie wurde schwanger. Ich habe in meinem ganzen Leben noch nie einen Menschen gesehen, der so glücklich war. Vor zwei Monaten hat sie einen kleinen Jungen zur Welt gebracht, Miguel. Aber es gab Komplikationen, das Baby war nicht gesund. Er hat zehn Tage lang tapfer gekämpft, aber seine Lunge und sein Herz waren zu schwach. Am elften Tag nach seiner Geburt ist er gestorben.

Nachdem sie aus dem Krankenhaus entlassen worden war, kam Rosa nur noch ein Mal hierher. Sie brachte eine einzige Frage mit: WARUM? Ich sah es in ihren Augen. Da war kein Glaube mehr. Ihr Glaube war zusammen mit ihrem Sohn gestorben.

Heute – ganz allein – hat sie sich in ihrer kleinen Wohnung in der East Hatchway Street das Leben genommen. Jetzt mache ich mir Sorgen um Antonio, den der Tod seiner Frau in einen Abgrund der Verzweiflung gestürzt hat. Und obwohl mein Glaube unerschütterlich ist, so sehne auch ich mich nach einer Antwort auf Rosas Frage. WARUM, Herr? Warum gibst du uns etwas, nur um es uns wieder zu nehmen?

Hunter sah Garcia an.

»Wann war das?«

»Keine Ahnung, die Einträge sind nicht datiert.«

Garcia schüttelte den Kopf und fasste sich an die Stirn. »Das ist eine traurige Geschichte. Wie es aussieht, zweifeln sogar Priester hin und wieder an ihrem Glauben.«

Hunter klappte das Tagebuch zu und stellte es zurück ins Regal. »Falls Vater Fabian Angst um sein Leben hatte, dann steht darüber bestimmt etwas in einem dieser Bücher hier.«

Garcia stieß langsam die Luft aus. »Um die alle durchzuarbeiten, bräuchten wir aber zusätzliches Personal.«

»Vielleicht«, meinte Hunter und nahm das Buch ganz rechts zur Hand. »Aber ich spekuliere darauf, dass Vater Fabian ein ordnungsliebender Mensch war. Falls dem so ist, müssten die Tagebücher eigentlich in chronologischer Reihenfolge im Regal stehen. Wenn ihm also in jüngster Zeit etwas zu schaffen gemacht hat, müssten wir es im aktuellen Buch finden.«

12

Als Hunter im Redwood Bar & Grill eintraf, war die Party bereits in vollem Gange. Es wimmelte nur so von Cops. Diejenigen von ihnen, die im Dienst waren, trugen Piepser am Gürtel und hatten, im Gegensatz zu allen anderen, keine Bierflaschen oder Whiskygläser in der Hand.

Alle waren sie gekommen, vom Polizeichef bis zu dem Studenten, der im Morddezernat die Post verteilte. Sogar der Bürgermeister wurde erwartet. Angesichts der Tatsache, dass William Bolter stolze achtzehn Jahre lang dem Morddezernat vorgestanden hatte, war das nicht weiter verwunderlich. Die meisten Detectives hatten nie unter einem anderen Captain gedient. Es gab keinen, der Captain Bolter nicht den einen oder anderen Gefallen schuldete – auch nicht Robert Hunter.

Hunter und Garcia hatten den ganzen Tag in der Kirche der Sieben Heiligen und in der unmittelbaren Nachbarschaft zugebracht. Die Befragung der Nachbarn jedoch hatte – bis auf verängstigte Blicke und stummes Entsetzen – nichts ergeben. Fragen über Fragen wirbelten in Hunters Kopf herum, aber er wusste, dass er die Antworten nicht erzwingen konnte. Sie würden Zeit brauchen.

»Ob du es glaubst oder nicht, die haben einen zehn Jahre alten Macallan hinter der Theke«, sagte Garcia und schob sich neben Hunter, in den Händen zwei halbvolle Whiskytumbler.

Single Malt Scotch war Hunters große Leidenschaft. Anders als viele andere verstand er es, Whisky zu genießen, statt sich bloß mit ihm zu betrinken.

»Auf Captain Bolter.« Er hob sein Glas, und Garcia stieß mit ihm an. »Wo steckt eigentlich Anna?«, fragte Hunter und sah sich um.

Anna Preston war Garcias Frau. Sie waren schon auf der Highschool ein Paar gewesen und hatten gleich nach dem Abschluss geheiratet.

»Sie sitzt an der Bar und unterhält sich mit den anderen Frauen.« Garcia schnitt eine bedauernde Grimasse. »Wir bleiben nicht lange.«

»Ich auch nicht«, sagte Hunter. »Fährst du nachher noch mal zurück in die Kirche?«

»Roberrrrrt!«, schrie Detective Kyle Byrne dazwischen, packte Hunter am Arm und riss die Flasche Budweiser hoch, die er in der Rechten hielt. »Ein Toasssst auf Captain Bolterrr!«

Hunter schmunzelte und stieß bereitwillig mit Kyle an.

»He! Wo willst'n hin?«, lallte dieser gleich darauf, als Hunter Anstalten machte, sich in Richtung Bar zu verdrücken. »Trink no' was mit uns!« Er zeigte mit unsicherer Hand auf einen Tisch, an dem mehrere Detectives zusammensaßen, allesamt sturzbetrunken.

Hunter nickte den Kollegen zu. »Bin gleich wieder da, Kyle. Ich muss bloß kurz ein paar Leuten guten Tag sagen. Carlos kann euch solange Gesellschaft leisten.« Er klopfte Garcia ein paar Mal auf den Rücken, woraufhin dieser ihm einen entsetzten Blick zuwarf, als könne er nicht fassen, von seinem Partner so schändlich verraten worden zu sein.

»Carlosss! Komm trinken.« Kyle schleifte Garcia mit sich davon.

Eine Hand landete schwer auf Hunters Schulter, noch bevor er die Bar erreicht hatte. Er drehte sich um, bereit, erneut auf den Captain anzustoßen.

»Soso. Haben Sie sich also doch noch bequemt, hier aufzukreuzen.«

Captain Bolter war zweifellos eine beeindruckende Erscheinung. Groß und wuchtig wie ein Rhinozeros. Obwohl er auf die siebzig zuging, hatte er noch immer volles, silbergraues Haar und einen buschigen Schnauzer, der seit über zwanzig Jahren sein Markenzeichen war. Seine bloße Gestalt flößte jedem Gegenüber Respekt ein.

»Captain«, sagte Hunter freudig überrascht. »Dachten Sie etwa, ich würde mich drücken?«

Captain Bolter legte Hunter den rechten Arm um die Schultern. »Kommen Sie, wir verziehen uns kurz nach draußen. Ich könnte es nicht ertragen, auch nur noch ein einziges Mal auf mein Wohl anzustoßen.«

13

Bei inzwischen klarem Himmel fühlte sich der Abend noch kälter an als erwartet. Hunter zog den Reißverschluss seiner Lederjacke hoch, während Captain Bolter eine Felipe Power aus der Innentasche seines Blazers fischte. »Auch eine?«, fragte er.

»Nein, danke.«

»Heute ist meine Abschiedsparty, seien Sie kein Spielverderber.«

»Ich halte mich lieber an den Scotch.« Hunter hob sein Glas. »Von den Dingern da wird mir schwindlig.«

»Sie klingen ja wie ein Mädchen.«

Hunter lachte. »Ein Mädchen, das Ihnen neulich am Schießstand den Arsch versohlt hat.«

Captain Bolter stimmte in Hunters Lachen mit ein. »Ihnen ist schon klar, dass ich Sie habe gewinnen lassen, oder?«

»Natürlich haben Sie das.«

»Also, ich werde mir eine nehmen.«

Hunter und der Captain drehten sich um. Dr. Jonathan Winston war hinter ihnen aufgetaucht. Der Leiter der Rechtsmedizin von Los Angeles war Anfang sechzig und trug an diesem Abend einen teuer aussehenden italienischen Anzug aus dunkler Wolle mit weißem Hemd und klassischer dunkelblauer Krawatte.

»Jonathan!«, rief Captain Bolter und zog sogleich eine zweite Zigarre aus der Tasche, die er an den Arzt weiterreichte.

»Sie sehen aus, als kämen Sie gerade aus der Kirche, Doc«, meinte Hunter schmunzelnd mit Blick auf dessen Anzug.

Dr. Winston steckte sich die Zigarre an, paffte genüsslich ein paar Mal und stieß den Rauch in kleinen Wölkchen wieder aus. »Das könnte man von Ihnen wohl eher behaupten, möchte ich meinen.«

Schlagartig war Hunters Lächeln verschwunden.

»Ich habe schon von der Sache gehört«, sagte der Captain in ahnungsvollem Ton. Dann sah er Hunter scharf an. »Das Gesicht kenne ich. Sie glauben nicht, dass es sich um einen stinknormalen Mord handelt, stimmt's?«

Robert schüttelte den Kopf.

»Was ist das Motiv? Religiös motivierter Hass?«

»Wir wissen es noch nicht. Es gibt einige Anzeichen, die auf ein religiöses Motiv hindeuten, oder auf einen religiösen Psychopathen, aber es ist noch viel zu früh, um irgendwas Genaues zu sagen.«

»Was haben Sie denn bis jetzt?«

»Im Augenblick wissen wir nur eins mit Sicherheit, nämlich dass der Täter mit äußerster Brutalität vorgegangen ist. Möglicherweise handelt es sich um einen Ritualmord.«

Hunter zögerte kurz, was Captain Bolter nicht entging. »Robert, ich kenne Sie. Sie beschäftigt doch noch was anderes.«

Hunter nahm einen Schluck von seinem Scotch und atmete einmal tief ein. »Sie haben miteinander gesprochen.«

»Wer hat miteinander gesprochen? Der Priester und sein Mörder?«

Hunter nickte.

»Woher wissen Sie das?«, warf der Doktor ein.

»Die Leiche wurde wenige Schritte vom Beichtstuhl entfernt gefunden. Beide Türen des Beichtstuhls standen offen, ebenso wie das kleine Fenster in der Trennwand zwischen den beiden Innenräumen.« Er hielt einen Moment lang inne. »In der katholischen Kirche ist es so: Wenn der Beichtende mit seinem Bekenntnis fertig ist und man ihm die Absolution erteilt hat, schließt der Priester das Fenster, sozusagen als Symbol dafür, dass mit den Sünden abgeschlossen wurde.«

»Sind Sie katholisch?«, erkundigte sich Dr. Winston.

»Nein, ich lese bloß viel.«

Captain Bolter ließ seine Zigarre vom linken in den rechten Mundwinkel wandern. »Sie glauben also, dass der Mörder gebeichtet hat, bevor er …« Er schüttelte den Kopf und gab Hunter so die Gelegenheit, den Satz zu vollenden.

»Den Priester aus der Kabine geschleift und ihn enthauptet hat.«

Der Captain legte den Kopf in den Nacken und stieß einen abgrundtiefen Seufzer aus. »Vergib mir, Vater, denn ich werde Ihnen gleich den Kopf abschlagen.«

»So in der Art.«

»Wir alle wissen, was das bedeutet«, sagte der Doktor, bevor er seelenruhig einen weiteren Zug von seiner Zigarre nahm.

»Dass dies hier erst der Anfang ist«, brummte Captain Bolter. »Und wenn wir den Täter nicht bald schnappen, wird es ein weiteres Opfer geben.«

14

Der Wind hatte aufgefrischt, und Dr. Winston klappte den Kragen seines Jacketts hoch, bevor er den Captain belustigt ansah. »Wir?«

»Er hat recht, Captain.« Hunter schmunzelte. »Ab heute um Mitternacht sind Sie offiziell im Ruhestand. Sie haben mit alldem nichts mehr zu tun.«

»Eure Arbeit hier ist beendet, mein Freund«, intonierte Dr. Winston mit Darth-Vader-Stimme.

»Ist doch bestimmt ein gutes Gefühl, oder?«

Der Captain quittierte die Frage mit einem etwas windschiefen Lächeln. »Bloß alte Gewohnheit. Ich habe dem LAPD fünfzig Jahre meines Lebens geschenkt, das kann man nicht einfach so über Nacht abschütteln. Aber ich werde dran arbeiten.«

Hunter merkte sofort, dass der Captain nur ihnen zuliebe gute Miene machte. In Wirklichkeit war er traurig, dass er gehen musste.

»Und was werden Sie mit Ihrer Zeit anfangen, wenn Sie keine Verbrecher mehr jagen müssen?«, fragte Dr. Winston.

»Beth will, dass wir umziehen.«

»Wirklich? Wohin?«

»Irgendwohin, Hauptsache weg von hier. Sie hat die Nase voll von L. A., und ich kann es ihr nicht verübeln. Die Stadt ist einfach zu gewalttätig geworden.«

»Das kann ich nur unterschreiben«, pflichtete Dr. Winston ihm bei. »Das, was wir im Leichenschauhaus zu sehen kriegen, wird mit jedem Jahr abscheulicher. Als hätte niemand mehr Respekt vor dem Leben. Und die Zahlen steigen ständig. Wir kommen kaum noch hinterher.«

Hunter beschloss, dass ein Themenwechsel angezeigt war. »L. A. wird Ihnen vielleicht nicht fehlen«, meinte er, an Bolter gewandt. »Aber wir schon, das weiß ich ganz genau.«

»Klar, wie ein Loch im Kopf«, gab Bolter zurück und zog an seiner Zigarre.

Sie alle lachten.

»Na ja, wenigstens ist der neue Captain um einiges hübscher anzusehen als ich.«

»Das ist wohl keine Kunst«, entgegnete Hunter schlagfertig. »Was ist jetzt – hören Sie bald mal auf, so ein Geheimnis darum zu machen, wer unser neuer Captain wird?«

»Was denn, die wissen es noch gar nicht?«, sagte Winston.

»Sie etwa?«, fragte Hunter verblüfft.

»Aber gewiss doch.«

Hunter fixierte Captain Bolter mit einem vorwurfsvollen Blick.

»Sehen Sie mich nicht an wie ein Eheweib auf dem Kriegspfad«, warnte Bolter. »Davon kriege ich zu Hause schon genug. Außerdem sollte es eine Überraschung sein.« Sein breites Grinsen weckte sogleich Argwohn in Hunter.

»Eine Überraschung wird sie ganz sicher.« Dr. Winston lachte.

»Sie?« Hunter sah zwischen den beiden Männern hin und her.

Captain Bolter hielt die Spannung noch einige Augenblicke, bevor er schließlich nachgab. »Barbara Blake.«

»Sagen Sie, dass das ein Scherz ist.« Hunter ließ sich gegen den rustikalen Terrassentisch sinken.

»Wieso? Weil sie eine Frau ist?«, fragte der Captain mit gerunzelter Stirn.

»Nein, weil sie Barbara heißt. Es kann doch nicht sein, dass das Morddezernat ab jetzt einem Captain Barbie untersteht.«

»O-oh, kommen Sie bloß nie auf die Idee, sie Barbie zu nennen.« Dr. Winston schüttelte den Kopf.

»Er hat recht«, setzte Captain Bolter hinzu. »Es sei denn, Sie sind Ihrer Eier überdrüssig. Lassen Sie sich nicht von der Tatsache täuschen, dass sie eine Frau ist, Robert. Sie hat hervorragende Führungsqualitäten und kann, wenn nötig, zur rasenden Bestie werden. Das hat sie oft genug unter Beweis gestellt. Wir waren zwei Jahre lang Partner, bevor sie darum gebeten hat, nach Sacramento versetzt zu werden.«

Hunter hörte eine gewisse Wehmut in der Stimme des Captain mitschwingen. »Nur Partner im Job?«, fragte er, nachdem er den letzten Schluck Single Malt aus seinem Glas geleert hatte.

»Denken Sie nicht mal dran, mich hier auf die Psycho-Couch zu legen, Robert. Damit ist jetzt Schluss.« Captain Bolter zeigte anklagend mit der Zigarre auf Hunter.

»Würde mir nicht im Traum einfallen.«

»Da sind Sie ja, Captain.« Lieutenant Sheldon steckte den Kopf durch die Tür nach draußen. »Ihr Typ wird verlangt. Und wir möchten endlich alle wissen, wer Ihr Nachfolger wird. Schluss mit der Geheimniskrämerei.«

»Tja, dann wollen wir mal.«

Hunter ließ die beiden allein hineingehen.

15

Das Hauptgebäude des Rechtsmedizinischen Instituts von Los Angeles befand sich in der Mission Road 1104. Die außergewöhnliche Architektur erinnerte vage an die eines Renaissance-Palastes. Historisch anmutende Laternenpfähle flankierten den extravaganten Eingangsbereich. Ein terrakottafarbener Anstrich und Schmuckelemente aus Sandstein zierten die Fassade des ehemaligen Krankenhauses. Das Gebäude hätte besser auf den Campus eines alteingesessenen Colleges in Oxford gepasst als in die Innenstadt von L. A.

Die Kriminalistik-Studenten Nelson Fenton und Jamaal Jackson hatten noch eine Stunde bis zum Ende ihrer Nachtschicht. Obwohl ihre Arbeitszeiten kurz und die Arbeiten selbst relativ simpel waren, brauchte man dafür einen robusten Magen. Als Sektionsassistenten mussten sie die Leichen transportieren, fotografieren, säubern und für die Autopsie vorbereiten.

»Wie viele sind noch auf der Liste?«, fragte Jamaal und zog sich den Atemschutz vom Mund, so dass er ihm lose um den Hals hing. Sie waren gerade mit der Leiche eines fünfundsechzigjährigen Mannes fertig geworden, den sein eigener Sohn mit zweiundfünfzig Messerstichen getötet hatte.

»Zwei.« Nelson zeigte auf die zwei schwarzen Polyäthylen-Säcke, die am hinteren Ende des Raumes auf ihren Chromtischen lagen.

»Dann lass uns schnell machen.«

Zuerst mussten sie die Leichen entkleiden, bevor sie sie als Vorbereitung für die Obduktion gründlich mit einem Schlauch abspritzten. Während Jamaal noch die Bänder seiner Maske zurechtzupfte, trat Nelson zum größeren der beiden Leichensäcke und zog entschlossen den Reißverschluss auf.

»Ach du Scheiße!«, rief er, schlug sich beide Hände vor den Mund und wich instinktiv einen Schritt zurück.

»Was ist denn?«

»Sieh's dir an.«

Jamaal warf einen Blick in den offenen Leichensack. »Kacke.« Er verzog das Gesicht, als hätte er etwas Bitteres gegessen. »Ohne Kopf.«

Nelson nickte. »Schau mal, was er anhat.«

Erst jetzt fiel Jamaal die Soutane auf. »Mann, das ist echt krank. Wer würde mit einem Priester so was machen?«

»Jemand mit einer Menge angestauter Aggression«, sagte Nelson und trat todesmutig wieder einen Schritt vor.

»Ich bin nicht katholisch oder so, aber das ist …« Jamaal ließ den Satz in der Luft hängen und schüttelte stattdessen bloß den Kopf. »Diese Stadt ist echt am Arsch. Nichts als Gewalt.«

»Die ganze Welt ist am Arsch, Alter. Komm, lass uns den hier fertig machen, und dann hauen wir ab. Ich hab für heute die Nase voll.«

»Wem sagst du das.«

Sie knöpften die Soutane auf und erstarrten.

»Heilige Scheiße«, flüsterte Nelson.

»Ich glaub, wir sollten Doc Winston anrufen. Und zwar jetzt gleich.«

16

Hyposomnie ist eine ganz und gar unberechenbare Krankheit, die Menschen auf die unterschiedlichste Weise heimsucht. Sie kann einsetzen, noch bevor man ins Bett geht, so dass man gar nicht erst in den Schlaf findet, oder aber – noch perfider – sie erlaubt es einem, eine Stunde oder vielleicht auch zwei zu schlafen, bevor sie zuschlägt und einen für den Rest der Nacht wach hält. Schätzungsweise jeder Fünfte in den Vereinigten Staaten leidet an dieser Krankheit.

Nachdem er den Großteil der Nacht mit Internet-Recherchen zugebracht hatte, brachte Hunter es gerade einmal auf zwei Stunden Schlaf, bevor sein Gehirn wieder hellwach war. Die Bilder aus der Kirche und von Vater Fabians Leiche spulten sich in seinem Kopf ab wie ein Film auf Endlosschleife. Um abzuschalten, ging Hunter schließlich um vier Uhr früh ins Fitnessstudio.

Um sechs, nach einem anstrengenden Workout und einer heißen Dusche, starrte er aus dem Fenster seiner kleinen Wohnung in East Los Angeles und versuchte vergeblich, Ordnung in seine Gedanken zu bringen.

Das Telefon klingelte.

»Detective Hunter.«

»Robert, hier ist Jonathan Winston.«

Hunter warf einen Blick auf die Uhr. »Was ist los, Doc? Können Sie nicht schlafen?«

»Menschen in meinem Alter werden früh wach. Ich halte es fast nie länger als bis fünf Uhr früh im Bett aus. Aber ich rufe nicht an, um mit Ihnen über meine Schlafgewohnheiten zu reden.«

Der unheilverkündende Unterton in Winstons Stimme wischte Hunter das Schmunzeln vom Gesicht. »Was ist los?«

»Schnappen Sie sich Ihren Partner und kommen Sie her. Ich muss Ihnen etwas zeigen, bevor ich bei dem enthaupteten Priester mit der Autopsie anfange.«

»Bevor Sie mit der Autopsie anfangen?«, fragte Hunter verwirrt.

»Ganz genau.«

»Sind Sie im Institut?«

»Jawohl.«

»Ich sag Carlos Bescheid. In einer halben Stunde sind wir da, Doc.«

17

»Also, wozu der ganze Aufstand hier?«, brummte Garcia missmutig, als er Hunter wie verabredet um sechs Uhr fünfunddreißig auf dem Parkplatz des Rechtsmedizinischen Instituts traf. »Der Laden hat noch nicht mal offen.«

Hunter zuckte die Achseln. »Der Doc hat nichts weiter gesagt, aber ich nehme an, wir werden es gleich erfahren.«

Dr. Winston wartete am Eingang und begrüßte die beiden mit einem festen Händedruck.

»Was ist passiert, Doc?«, fragte Hunter, als sie das Gebäude betraten.

»Als ich gestern Abend zu Williams Abschiedsparty ins Redwood Bar & Grill gefahren bin, habe ich mein Handy ausgeschaltet. Schließlich bin ich Rechtsmediziner, kein Chirurg. Normalerweise werde ich nicht mitten in der Nacht zu Notfällen gerufen.«

»Okay«, sagte Hunter gedehnt.

»Als ich mein Handy heute Morgen wieder eingeschaltet habe, hatte ich eine ziemlich merkwürdige Nachricht von einem meiner Sektionsgehilfen auf der Mailbox.«

Sie durchquerten das leere Foyer, gingen am Empfangstresen vorbei und bogen in einen langen, hell erleuchteten Korridor ein.

»Wie Sie sich vielleicht denken können, ist dies hier eines der größten Leichenschauhäuser der gesamten Vereinigten Staaten. Ein Großteil der Kleinarbeiten zur Vorbereitung der Sektion wird von Assistenten übernommen, in der Regel Studenten.«

Sie hatten das Treppenhaus am Ende des Flurs erreicht und stiegen in den ersten Stock hinauf.

»Die Leichen werden in ganz normalen Polyäthylen-Säcken eingeliefert. Im Falle Ihres Priesters war der Leichenbeschauer vor Ort so zuvorkommend, noch am Tatort den Hundekopf zu entfernen, bevor er den Sack verschlossen hat.«

»Ja, kann ich mir vorstellen, dass es ein ziemlicher Schock sein muss, wenn einer Ihrer Studenten den Sack aufmacht und eine Leiche mit Hundekopf findet«, sagte Hunter.

»Genau«, bestätigte der Doktor. »Den Kopf habe ich im Übrigen noch gar nicht zu Gesicht bekommen.«

»Wo ist er denn jetzt?«, wollte Garcia wissen.

»Im Labor. Er soll heute Morgen einer Reihe von Tests unterzogen werden. Vielleicht haben wir Glück und finden etwas.«

Sie blieben vor der Tür zur Umkleide stehen.

»Also, werfen Sie sich in Schale«, sagte Winston. »Wir treffen uns vor Sektionssaal 2 B. Vorletzte Tür links.« Er wies den Gang hinunter.

Nachdem Hunter und Garcia mit sterilen Kitteln, Haube, Handschuhen und Überziehschuhen wieder zu Dr. Winston gestoßen waren, fuhr der Rechtsmediziner fort. »Gut, gestern Nacht haben die Assistenten also die Leichen vorbereitet, die heute Morgen obduziert werden sollen.« Er öffnete die Tür zu Saal 2 B und schaltete das Licht ein. Sie hatten noch keinen Schritt in den Raum gemacht, da schlug ihnen schon der beißende Geruch von Ammoniak entgegen. Beim Einatmen brannte er in ihren Lungen. Ein Tisch aus rostfreiem Stahl nahm die Mitte des durchgängig gekachelten Raumes ein. An einer Wand war ein großes Doppelspülbecken angebracht, daneben eine Arbeitsfläche, ebenfalls aus Stahl, auf der diverse Instrumente aufgereiht waren. An der gegenüberliegenden Wand standen Regale mit Mikroskopen, Reagenzgläsern und Teströhrchen. Zwei kleine Tische beherbergten zwei leistungsstarke Rechner.

»Vor der Obduktion muss die Leiche gewaschen werden«, erklärte Dr. Winston und trat zum Tisch. Darauf lag, mit einem weißen Tuch zugedeckt, der tote Priester. »Und bevor das geschehen kann, muss der Leichnam logischerweise entkleidet werden.«

Hunter ahnte bereits, was kommen würde.

»Als die Assistenten die Soutane des Priesters aufgeknöpft haben, kam *das* hier zum Vorschein.« Dr. Winston lüftete das Tuch. Alle drei Männer starrten die Leiche darunter einige Sekunden lang schweigend an.

»*Fuck*«, zischte Garcia irgendwann in das angespannte Schweigen hinein. Auf der Brust des Priesters stand, in blutroter, etwa fünfzehn Zentimeter großer Schrift, die Ziffer 3.

18

Es war schon nach halb zehn, als Hunter und Garcia im Hauptquartier des Morddezernats in der North Los Angeles Street eintrafen. Normalerweise waren um diese Zeit höchstens zwei Drittel der Plätze im Großraumbüro besetzt, da die meisten Detectives bereits unterwegs waren. An diesem Morgen allerdings herrschte überraschend reger Betrieb.

»Wow! Ganz schön viel los heute«, meinte Garcia und sah sich verdutzt um.

»Und es gibt einen Grund dafür«, gab Hunter zurück.

»Was? Keine Morde mehr in L. A.?«, scherzte Garcia.

»Das könnte nicht mal Gott persönlich hinkriegen.« Hunter zeigte auf die Tür am hinteren Ende des Büros. »*Das* da ist der Grund.« Auf der Plakette an der Tür stand *Captain Barbara Blake.*

»Verdammt. Ich hatte ganz vergessen, dass wir heute Morgen um acht eine Vorstellungsrunde mit der neuen Chefin hatten.«

»Wir hatten wichtigere Dinge zu tun«, sagte Hunter gelassen, zog sich die Jacke aus und hängte sie über die Rückenlehne seines Schreibtischstuhls.

Bevor er jedoch Gelegenheit hatte, sich hinzusetzen, wurde die Tür zum Büro des Captain aufgerissen, und Bolter steckte den Kopf heraus. »Robert, Carlos – herkommen!« Dann knallte er die Tür wieder zu.

Die zwei Detectives traten ein, ohne anzuklopfen. Ein eleganter Schreibtisch aus Rosenholz stand vor dem großen Fenster. Die Regale an der Wand rechts vom Tisch waren vollgestopft mit Fallsammlungen. Die meisten gerahmten Fotos, die bisher an den Wänden gehangen hatten, waren verschwunden. Hunter nahm an, dass sie in den Kisten steckten, die säuberlich aufgereiht an der linken Wand standen. Captain Bolter war mit der Kaffeemaschine in der Ecke beschäftigt. Neben dem Schreibtisch stand eine apart aussehende Frau.

»Robert Hunter, Carlos Garcia, darf ich Ihnen Ihren neuen Captain vorstellen: Barbara Blake«, verkündete Bolter, während er in seiner Kaffeetasse rührte.

Blakes Haare waren zu einem eleganten Knoten geschlungen. Sie hatte nur wenig Make-up aufgelegt, ihr Teint wirkte frisch und gut gepflegt. Ihr

Lippenstift hatte einen dezenten Roséton, um den Hals trug sie eine Perlenkette und dazu passende Ohrringe. Ihre Designerbluse aus weißer Seide steckte in einem schwarzen Bleistiftrock. Hunter wusste, dass sie schon über fünfzig war, aber sie sah kein Jahr älter aus als vierzig.

»Bitte, setzen Sie sich.« Sie wies auf die zwei Lederstühle vor ihrem Schreibtisch. »Das war im Übrigen das letzte Mal, dass einer von Ihnen mein Büro betritt, ohne vorher anzuklopfen«, sagte sie beiläufig, als die zwei Detectives Platz nahmen.

William Bolter lachte in seiner Ecke. »Ich habe Ihnen gesagt, dass sie ein echtes Biest sein kann.«

Hunter schwieg und taxierte seine neue Chefin. Sie machte es genau richtig. Demonstrierte gleich zu Beginn Autorität. Machte klar, dass sie sich von keinem ihrer Detectives auf der Nase herumtanzen ließ. Ein kluger Zug an ihrem ersten Tag als Chefin in einem von Männern dominierten Umfeld.

»Ich überspringe mal den üblichen Schwachsinn, mit dem ich die anderen Detectives vorhin begrüßt habe. Ich bin sicher, das alles ist für Sie nichts Neues, und ich will Ihre Intelligenz nicht beleidigen«, begann sie und nahm hinter ihrem Schreibtisch Platz. Im Wesentlichen wird sich nichts ändern. Sie werden weiterhin Ihre Arbeit machen und mir darüber Bericht erstatten, genau wie früher bei William.« Mit einem Kopfnicken deutete sie in Bolters Richtung.

Ihre Art gefiel Hunter. Erst zeigen, dass mit einem nicht zu spaßen ist, und dann auf freundlich schalten. Barbara Blake war keine Anfängerin.

Sie warf den beiden eine sauber in der Mitte gefaltete Tageszeitung hin. »Ihr neuer Fall sorgt jetzt schon für Wirbel.«

Hunter nahm die Zeitung und lenkte seinen Blick auf die Schlagzeile.

ENTHAUPTETER PRIESTER EIN ABBILD SATANS. Bilder gab es keine.

Hunter reichte die Zeitung an Garcia weiter, ohne den Artikel zu lesen. »Das war nicht anders zu erwarten, Captain. Als wir bei der Kirche ankamen, waren die Reporter schon da. Wir hatten Glück, dass es keinem von ihnen gelungen ist, sich Zutritt zum Tatort zu verschaffen und Fotos von der Leiche zu schießen.«

Captain Blake lehnte sich in ihrem Chefsessel zurück. »Ich habe gerade eben mit Bürgermeister Edwards telefoniert. Wie Sie höchstwahrscheinlich wissen, ist er praktizierender Katholik, außerdem ist er mit Bischof Patrick

Clark befreundet. Die Gemeinde der Sieben Heiligen gehört zum Generalvikariat San Pedro.« Sie hielt inne und sah Hunter tief in die Augen. »Bürgermeister Edwards hat mich angerufen, um Druck zu machen. Er verlangt, dass der Täter umgehend gefasst und seiner gerechten Strafe zugeführt wird. Ich habe ihm versichert, dass wir wie immer unser Bestes geben. Er wollte wissen, wen ich auf den Fall angesetzt habe, und als ich ihm daraufhin Ihren Namen nannte, ist er förmlich ausgerastet.«

Carlos runzelte die Stirn.

»Er hat verlangt, dass ich jemand anderen mit den Ermittlungen betraue.«

»Was?« Garcia sah Hunter verwundert an.

»Offenbar hat er ein Problem mit Ihnen.« Noch immer ließ sie Hunters Blick nicht los. »Ich würde sogar so weit gehen, zu sagen, er hasst Sie. Was haben Sie getan – mit seiner Frau geschlafen?«

Hunter senkte unmerklich den Kopf. Bolter blickte in seine Kaffeetasse.

»O nein!«, rief Blake, während sich ihre Augen weiteten. »Bitte sagen Sie mir, dass Sie *nicht* mit der Frau des Bürgermeisters geschlafen haben!«

Garcia spannte seine Augenbrauen.

»Mit Verlaub, Captain, ich verstehe nicht, was mein Privatleben mit dem Fall zu tun haben soll.«

Schlagartig schlug Blakes Stimmung um. Ihre Lippen zuckten verräterisch. Sie stand auf und kam um den Tisch herum. »Dem kann ich nur zustimmen. William hat mir gesagt, dass Sie der beste Detective sind, der je für ihn gearbeitet hat. Ich vertraue seinem Urteil. Und ich werde mich bestimmt nicht gleich an meinem allerersten Tag als Captain von irgendeinem selbstherrlichen Politiker einschüchtern lassen, der mir vorschreiben will, welchen meiner Leute ich auf welchen Fall ansetze.«

In William Bolters Gesicht erschien ein breites Grinsen.

»Ich habe dem Bürgermeister gesagt, dass der Fall in den Händen zweier kompetenter und erfahrener Detectives ist. Und dass er ja nicht noch einmal versuchen soll, mir zu sagen, wie ich mein Dezernat zu leiten habe.«

»Sie haben sich gleich am ersten Tag mit dem Bürgermeister angelegt?«, fragte Hunter mit einer Spur Erstaunen in der Stimme. »Die meisten an Ihrer Stelle würden es vorziehen, ihn auf ihrer Seite zu haben.«

Captain Blake stellte sich direkt vor Hunter und lehnte sich gegen die Kante des Schreibtischs. »Glauben Sie, ich habe einen Fehler gemacht, Detective Hunter?«

Hunter hielt ihrem Blick stand. »Glauben *Sie*, dass Sie einen Fehler gemacht haben, Captain?«

Blakes Lächeln war echt und voller Selbstsicherheit, aber dann wurde sie gleich wieder ernst. »Lassen Sie uns eins von Anfang an klarstellen: Ich stehe immer hinter meinen Detectives. Mit dieser Scheißegal-Attitüde à la *Miami Vice* brauchen Sie mir also gar nicht erst zu kommen, verstanden? Ich habe kein Problem damit, einem Politiker auf den Schlips zu treten. Womit ich allerdings sehr wohl ein Problem habe, ist, wenn die Leute, mit denen ich zusammenarbeite, mir nicht vertrauen.« Ihre Stimme war klar und fest, ihr aufmerksamer Blick wanderte zwischen den beiden Detectives hin und her. »Wenn der Bürgermeister kein wichtigeres Problem mit Ihnen hat, als dass Sie seine Frau flachgelegt haben, dann wird er damit leben müssen. Für solche Kinkerlitzchen habe ich weder Zeit noch Geduld. Also, um Ihre Frage zu beantworten, Detective Hunter: Nein, ich glaube nicht, dass ich einen Fehler gemacht habe.«

Hunter hatte nicht das Geringste an ihr auszusetzen. Sie wusste definitiv, was sie tat.

19

Barbara Blake ließ das anschließende Schweigen nicht lange andauern.

»Also, was haben wir denn in diesem neuen Fall?«

Hunter berichtete ihr die spärlichen Fakten, die sie bislang zum Mord an Vater Fabian zusammengetragen hatten.

»Verdammt!« Sie spie das Wort förmlich aus. »Das heißt, unser Täter hat höchstwahrscheinlich noch zwei weitere Opfer auf dem Gewissen?«

»Möglich wäre es«, sagte Hunter und rieb sich nachdenklich das Kinn. »Aber sicher ist es nicht.«

Blake hob auffordernd die Brauen, damit er fortfuhr.

»Sicher, die 3 *könnte* bedeuten, dass Vater Fabian das dritte Opfer ist – aber sie könnte auch was ganz anderes bedeuten.«

»Und zwar?«

»Keine Ahnung. Irgendwas, was für den Mörder oder für Vater Fabian wichtig war, oder für beide. Tatsache ist, dass wir schlicht und einfach noch nicht wissen, was es mit der Zahl auf sich hat, und es wäre leichtfertig, jetzt schon Spekulationen darüber anzustellen.«

»Okay, das sehe ich ein«, sagte Blake. »Glauben Sie, der Ministrant könnte etwas damit zu tun haben? Wäre schließlich nicht undenkbar.«

»Ich glaube nicht«, antwortete Hunter.

»Wieso nicht?«

»Für einen solchen Mord kommt nur ein ganz bestimmter Tätertyp infrage. Hermano wäre weder physisch noch psychisch dazu in der Lage. Er ist erst vierzehn.«

»Und er hat kein Motiv«, ergänzte Garcia. »Außerdem haben wir schon rausgefunden, dass der Täter knapp eins neunzig groß gewesen sein muss. Hermano ist eins fünfundsechzig, maximal eins siebenundsechzig.«

»Wie konnten Sie denn die Körpergröße des Täters ermitteln?«

Garcia setzte zu einer recht umständlichen Erklärung an, aber schon nach wenigen Sekunden hob Blake die Hand. »Vergessen Sie die Frage.« Sie nahm wieder hinter ihrem Schreibtisch Platz und fixierte Hunter. »Was haben Sie für ein Gefühl bei dem Fall?«

»Bis jetzt wissen wir nur von diesem einen Opfer, das heißt, wir haben nichts in der Hand, wodurch wir auf ein einheitliches Tatmuster schließen könnten. Nach dem, was wir am Tatort gesehen haben, würde ich sagen, dass wir es mit einem körperlich starken, geschickten, hochintelligenten, ebenso methodisch wie skrupellos vorgehenden Täter zu tun haben. Trotz aller Brutalität war der Mord an Vater Fabian sorgfältig geplant.«

»Methodisch? Sorgfältig geplant?« Blake runzelte ungläubig die Stirn. »Soweit ich gehört habe, war dort überall Blut. Ein Tatort wie ein Schlachtfeld. Deutet das nicht eher auf unkontrollierbare Wut hin? Eine Impulstat?«

»In den meisten Fällen schon.«

Sie wartete darauf, dass Hunter seine Antwort ausführte. Das tat er nicht. »Könnten Sie das vielleicht näher erläutern, Detective?«, half sie nach.

»Der Tatort in der Kirche der Sieben Heiligen mag in unseren Augen chaotisch erscheinen – aber nicht in den Augen des Täters. Die Blutflecken und Spritzer sind genau dort, wo er sie haben wollte. Es ist ein streng durchgeplantes Chaos.«

»Ein Ritualmord?«

Hunter beugte sich vor und fuhr sich mit der Hand übers Gesicht. »Bis jetzt deutet alles darauf hin, ja.«

»Ihre Feuertaufe, Barbara«, warf William Bolter ein und trat ans Fenster hinter ihrem Schreibtisch.

»Ich werde Ihnen einen zusätzlichen Officer zuteilen«, verkündete Blake mit einem Blick auf Hunter. »Der kann Ihnen bei den Routinearbeiten unter die Arme greifen. Wenn Sie noch mehr Leute brauchen, sagen Sie Bescheid. Außerdem habe ich Ihr Büro nach oben in den Einsatzraum verlegen lassen. Sie werden den Platz gut brauchen können. Wir haben schon eine anonyme Hotline für Hinweise eingerichtet. Normalerweise hat man mehr Ärger als Nutzen davon, aber wer weiß? Vielleicht haben wir diesmal ja Glück.« Captain Blake hielt inne und blätterte in einem Stapel Unterlagen auf ihrem Schreibtisch. »Die Presse wird sich auf den Fall stürzen, und der Bürgermeister wetzt jetzt schon seine Messer, wir stehen also unter enormem Druck. Wir müssen Antworten finden – und zwar schnell.«

20

Der Einsatzraum war hell und geräumig. Zwei Metallschreibtische mit Computern und Telefonen standen in der Mitte. Auf einem Holztischchen in der Ecke befand sich ein Faxgerät. Ein großes Whiteboard und ein halbleeres Bücherregal nahmen den größten Teil der einen Wand ein. An der gegenüberliegenden Raumseite stand neben zwei zerbeulten Aktenschränken aus grau lackiertem Blech eine altmodische Korkpinnwand auf einem fahrbaren Gestell.

Die Tatortfotos und Protokolle der Zeugenaussagen lagen schon auf Hunters Tisch bereit und warteten darauf, gesichtet und abgeheftet zu werden. Er hatte gerade seinen Rechner eingeschaltet, als es an der Tür klopfte.

»Es ist offen!«, rief Hunter.

Officer Ian Hopkins betrat den Raum, in der Hand hielt er einen braunen Umschlag.

»Detective Hunter? Hier sind die Fotos, die ich gestern von den Schaulustigen vor der Kirche machen sollte.« Er reichte Hunter den Umschlag.

Das hatte Garcia vollkommen vergessen.

Insgesamt waren es fünfundzwanzig Fotos. Hunter breitete sie auf seinem Schreibtisch aus und betrachtete jedes einzelne mehrere Sekunden lang aufmerksam.

»Glauben Sie, der Killer hat von der Menge aus zugesehen?«, fragte Hopkins und klang dabei leicht aufgekratzt.

»Schon möglich«, sagte Hunter bloß, während sein Blick zum nächsten Bild wanderte.

»Aber wieso sollte er das tun, Detective – also, wenn ich fragen darf?« Hopkins schien seine Neugier kaum im Zaum halten zu können.

»So ein Verhalten liegt in der Natur des Menschen. Wir alle wollen Anerkennung für unsere Leistungen. Viele Täter genießen es zu beobachten, was sie durch ihre Tat in Bewegung gesetzt haben. Sie sind stolz auf ihre Arbeit.«

»Stolz?« Hopkins' Lippen zuckten in einem nervösen Lächeln. »Ist das nicht ein bisschen … na ja, abartig?«

»Das sind Serienmörder meistens«, ließ Garcia von seinem Schreibtisch aus vernehmen.

»Serienmörder?«, fragte Hopkins, jetzt überschlug sich seine Stimme fast. »War das etwa die Tat eines Serienmörders?«

Garcia lachte.

Hunter hielt indessen den Blick unverwandt auf die Fotos geheftet.

»Glauben Sie wirklich, dass der Mörder auf einem der Bilder drauf ist, Detective Hunter?«, hakte Hopkins nach.

»Leider hat es geregnet, als Sie die Fotos gemacht haben.« Hunter schüttelte bedauernd den Kopf. »Die meisten haben entweder eine Kapuze auf oder werden von einem Schirm verdeckt. Mag sein, dass der Täter dabei ist, aber erkennen könnte man ihn nicht.«

»Ich hab's vermasselt«, murmelte Hopkins zerknirscht und fuhr sich mit der Hand durchs Haar. »Ich hätte näher rangehen sollen.«

Hunter sah zu ihm auf. »Es ist nicht Ihre Schuld, dass es geregnet hat, Officer …«

»Hopkins, Sir. Ian Hopkins.« Er streckte die Hand aus, und Hunter schüttelte sie.

»Sie haben genau das getan, worum ich Sie gebeten hatte, Officer Hopkins.«

Hopkins quittierte dies mit einem Schulterzucken. Offenbar war er der Ansicht, er hätte sich mehr ins Zeug legen müssen.

»Wie lange sind Sie schon bei der Polizei, Ian?«, fragte Hunter nun, während er Hopkins aufmerksam musterte.

»Bald drei Monate, Sir«, antwortete dieser nicht ohne Stolz.

»Gefällt es Ihnen?«

»Und wie.«

»War das gestern Ihr erster Tatort?«

»Nein, Sir, ich hatte schon ein paar Gang-Schießereien und einen bewaffneten Raubüberfall, alle mit Todesopfern.«

»Gestern vor der Kirche«, fuhr Hunter fort. »Ich weiß genau, dass Sie neugierig waren. Warum sind Sie nicht reingegangen und haben einen Blick auf den Tatort geworfen?«

»Weil ich die Anweisung hatte, draußen zu bleiben und mich um die Schaulustigen zu kümmern. Und dann sind Sie gekommen und haben gesagt, ich soll Fotos machen.« Er deutete auf die Bilder auf Hunters Schreibtisch.

Hunter warf einen raschen Blick zu Garcia hinüber, und beide kamen wortlos zu einer Übereinkunft. »Also, Ian. Was würden Sie dazu sagen, wenn wir Sie bitten würden, uns bei den Ermittlungen zu helfen?«

Hopkins' Augen begannen zu leuchten. »Was? Das wäre phantastisch! … Sir.« Er schien sein Glück kaum fassen zu können. Für Officer war ein Serienmörder-Fall gewissermaßen der Champagner unter den Mordfällen, und nun hatte man ihm soeben eine V.I.P.-Einladung für die Party überreicht.

»Okay. Captain Blake hat gesagt, sie würde uns einen Officer zuteilen. Ich werde beantragen, dass wir Sie bekommen.«

»Vielen Dank, Sir.«

»Ich bin mir nicht sicher, ob Sie in einer Woche auch noch ›Vielen Dank‹ sagen.« Hunter lehnte sich zurück und verschränkte die Hände hinter dem Kopf. »Das wird nicht einfach.«

»Einfach mag ich auch gar nicht, Sir.«

Hunter schmunzelte. »Gut, dann fangen wir am allerbesten damit an, dass Sie sich das ›Sir‹ abgewöhnen. Ich bin Robert, und das ist Carlos.« Hunter wies auf Garcia. »Haben Sie Ahnung von Computern? Internetrecherche und so weiter?«

»Klar, mit so was kenne ich mich ziemlich gut aus.«

»Hervorragend. Ich stelle Sie nachher Jack Kerley vor, dem Leiter unserer IT-Abteilung. Er wird Ihnen einen Rechner einrichten.«

»Super.«

»Ach so, eins noch«, sagte Hunter und hielt Hopkins zurück, als dieser den Raum verlassen wollte. »Sie dürfen mit niemandem über den Fall reden außer mit Carlos und mir, haben Sie verstanden?«

»Verstanden, Sir. Robert.« Er nickte eifrig, bevor er nach dem Türknauf griff und verschwand.

Das Telefon auf Hunters Schreibtisch läutete.

»Detective Hunter.«

Es war Dr. Winston. »Robert, ich habe jetzt die Ergebnisse der Obduktion und einiger Labortests. Ich kann sie Ihnen mailen, aber …«

Hunter spürte das Unbehagen in der Stimme des Rechtsmediziners. »Schon gut, Doc. Wir kommen vorbei.«

21

Im dichten Mittagsverkehr von Los Angeles benötigten sie für die zwei Meilen vom Morddezernat bis zum Rechtsmedizinischen Institut über fünfundzwanzig Minuten. Wie schon am Morgen, so erwartete Dr. Winston sie auch diesmal in Sektionssaal 2 B.

»Also, was haben Sie für uns, Doc?«, fragte Hunter, der sich instinktiv die Hand vor die Nase hielt.

»Möchten Sie einen Atemschutz, Robert? Wir haben genügend da«, bot Dr. Winston an.

»Nein, ist schon gut. Aber ich wäre Ihnen sehr dankbar, wenn wir das hier so schnell wie möglich hinter uns bringen könnten.«

»Also schön, folgen Sie mir.« Winston trat zum Sektionstisch, gefolgt von Hunter und Garcia. Der kopflose Leichnam des Priesters war mittlerweile gewaschen worden. Der typische Y-Schnitt, der von den Schultern bis hinunter zum Schambein verlief, war bereits vernäht. Große schwarze Stiche ragten aus dem gespenstisch weißen Fleisch hervor wie giftige Dornen.

»Die Analyse der Fingerabdrücke hat bestätigt, dass es sich bei dem Toten in der Tat um Brett Stewart Nichols alias Vater Fabian handelt. Todeszeitpunkt war am Mittwoch irgendwann zwischen zweiundzwanzig Uhr und Mitternacht.«

Hunter nickte. »Kurz nachdem die Kirche zugeschlossen wurde.«

»Bis auf die Stelle, an der der Kopf vom Rumpf abgetrennt wurde, weist der Körper keine Verletzungen auf«, sagte der Doktor und zog sich ein frisches Paar Latexhandschuhe über. »Die Enthauptung ist nicht post mortem erfolgt. Für Laien gesprochen: Sie war die Todesursache. Aber jetzt kommt das Interessante: Ich habe keinerlei Anzeichen dafür gefunden, dass das Opfer gefesselt war. Keine Abschürfungen an Hand- oder Fußgelenken.«

»Wurde er betäubt?«, fragte Hunter und beugte sich nach vorn, um den Halsstumpf genauer zu betrachten.

Kopfschütteln. »Laut toxikologischem Befund konnten im Blut keine Anästhetika nachgewiesen werden.«

»Wieso meinst du, dass er betäubt wurde?«, wollte Garcia von Hunter wissen.

»Die meisten Menschen würden sich doch vermutlich wehren, wenn jemand ihnen den Kopf abschlagen will.«

Dr. Winston nickte. »Und wegen der fehlenden Abwehrverletzungen wissen wir, dass der Priester sich *nicht* gewehrt hat. Es ist nicht leicht, jemanden zu enthaupten, der nicht stillhält.«

»Vielleicht wurde er vorher niedergeschlagen und war bewusstlos?«, meinte Garcia.

»Die Möglichkeit muss man natürlich in Betracht ziehen«, antwortete Dr. Winston und ging um den Tisch herum auf die andere Seite. »Aber ohne den Kopf kann ich dazu nichts sagen.«

Garcia nickte.

»Es gibt allerdings eine Sache, die mich daran zweifeln lässt«, fuhr der Mediziner fort und deutete auf den Halsstumpf. »Der Kopf wurde mit einem einzigen mächtigen Streich vom Körper abgetrennt. Es muss eine äußerst scharfe, präzise Waffe gewesen sein. Keine Hackmarken, keine Sägemarken, und den Angaben der Spurensicherung zufolge waren im näheren Umkreis der Leiche im Boden keine Kratzer, Kerben oder Ähnliches zu sehen. Falls das Opfer bewusstlos war und auf der Erde lag, hätte der Hieb einer derart scharfen Waffe in jedem Fall eine Spur im Stein hinterlassen müssen. Außerdem legt der Schnittverlauf nahe, dass der Priester sich in aufrechter Position befand, als er enthauptet wurde, vermutlich hat er gesessen oder gekniet. Der Hieb kam von oben links, was den Schluss nahelegt, dass der Täter Rechtshänder war.«

Mehrere Sekunden verstrichen, während Hunter sich Winstons Worte durch den Kopf gehen ließ. »Ich glaube auch nicht, dass er bewusstlos war«, meinte er schließlich, trat von der Leiche zurück und lehnte sich gegen den Tresen, auf dem die Mikroskope standen.

»Warum nicht?«, fragte Garcia. »Das hätte es dem Täter doch um einiges leichter gemacht.«

»Der Täter wollte es aber nicht leicht haben. Du hast den Tatort doch selbst gesehen. Sadistische Mörder empfinden keinerlei Mitgefühl für ihr Opfer. Einen Bewusstlosen zu töten hätte ihm überhaupt keine Befriedigung verschafft. Dieser Mörder wollte die Angst seines Opfers hautnah erleben. Ich wette, er hat Vater Fabian direkt in die Augen gesehen, als er ihm den tödlichen Streich versetzt hat.«

Ein Schauer durchrieselte Garcias Körper. »Aber wenn er bei Bewusstsein war – wieso hat er sich dann nicht gewehrt? Oder wenigstens die Hände hochgerissen, um sein Gesicht zu schützen? Das ist doch ein ganz natürlicher Reflex.«

»Starr vor Angst«, meinte Hunter.

»Durchaus möglich«, stimmte Dr. Winston zu.

»Willst du damit sagen, dass er einfach dagesessen hat, während der Killer in aller Seelenruhe ausholt, um ihn einen Kopf kürzer zu machen?«

»So etwas passiert.« Dr. Winston nickte. »Es kommt darauf an, wie viel Angst ein Opfer hat, aber es ist nicht ungewöhnlich, dass das Gehirn abschaltet. Bewegungsreize werden dann ganz einfach nicht mehr weitergeleitet. Selbst wenn das Opfer sich bewegen *will* – es kann nicht.«

»Daher auch Redewendungen wie ›vor Schreck wie gelähmt sein‹«, warf Hunter ein.

Garcias Blick wanderte wieder zu dem Toten. »Der arme Mann. Was ist mit der Tatwaffe, Doc? Eine Axt?«

»Eine Axt ist leicht zu beschaffen, aber schwer zu beherrschen«, sagte der Doktor. »Sie ist groß, unhandlich und trotz allem, was Sie vielleicht in Filmen gesehen haben, ist sie aufgrund der recht kurzen Klinge mitnichten die ideale Waffe, um jemanden zu köpfen. Der Täter hätte ein Profi-Holzfäller sein müssen, um einen derart präzisen Schlag mit nur einem Versuch hinzubekommen.«

»Gibt es sonst irgendwelche Hinweise darauf, was es gewesen sein könnte, Doc?« Beide Detectives sahen Dr. Winston erwartungsvoll an.

»Da wir den Kopf bisher noch nicht gefunden haben, konnte ich nur die Schnittstelle am Hals untersuchen. Der Präzision und der glatten Schnittfläche nach zu urteilen, würde ich sagen, es könnte sich um ein Samuraischwert gehandelt haben.«

»Samuraischwert?« Garcias Augen weiteten sich. »Wie von einem Ninja, oder was?«

Dr. Winston lachte. »Das ist nicht ganz dasselbe, aber Sie haben verstanden, worauf ich hinauswill.« Er musterte die beiden kurz, bevor er zu einem der Arbeitstresen trat und eine Schublade aufzog.

»Ich will Ihnen etwas zeigen.«

22

Als der Doktor sich wieder zu ihnen umdrehte, hielt er ein merkwürdig aussehendes Schwert in der Hand. Die lange, leicht gebogene Klinge war spiegelblank.

»Verdammt, Doc«, sagte Hunter und wich einen Schritt zurück. »Sie sollten spätabends nicht mehr so viele Kung-Fu-Filme sehen.«

Dr. Winston schenkte der Bemerkung keine Beachtung. »Das hier ist ein typisches Samuraischwert, auch Katana genannt«, erklärte er. »Man kann es ganz leicht im Internet bestellen – ohne Überprüfung der Personalien. Die Klinge ist aus Karbonstahl. Die Länge kann variieren, aber in der Regel liegt sie zwischen fünfundsechzig und neunzig Zentimetern.« Er trat auf den Leichnam des Priesters zu. »Es handelt sich um eine äußerst präzise, laserscharfe Waffe. Ideal für eine Dekapitation. Wenn derjenige, der das Schwert benutzt, geschickt genug ist, kann der Streich blitzschnell erfolgen. Dann ist es so gut wie unmöglich, ihm auszuweichen.« Er hielt das Schwert mit beiden Händen und bewegte es langsam nach unten auf den Halsstumpf des Toten zu. »Aber das Großartige an dieser Waffe ist, dass sie so leicht ist. Der Mörder könnte den Streich mit einer Hand ausgeführt haben, ohne dabei etwas von der Präzision einzubüßen.«

»Wundervoll«, erwiderte Garcia trocken.

»Es liegen schon einige Laborergebnisse vor.« Dr. Winston wechselte abrupt das Thema, während er das Schwert wieder in der Schublade verschwinden ließ. »Wie zu erwarten gab es hunderte verschiedener Fingerabdrücke in der Kirche und rund um den Beichtstuhl.« Er zog einige Blätter aus einem braunen Umschlag. »Der Vergleich mit der zentralen Fingerabdruck-Datenbank läuft noch, aber davon würde ich mir an Ihrer Stelle nicht den großen Durchbruch erhoffen.«

Hunter nickte. Er wusste, dass sie höchstwahrscheinlich unzählige Treffer bekommen würden: kleine Ordnungswidrigkeiten, Diebstahl, vielleicht sogar unerlaubter Waffenbesitz. Compton war ein Brennpunktbezirk mit reger Gang-Aktivität. Gewalt war den meisten seiner Bewohner nicht fremd, und viele hatten auf die eine oder andere Weise schon mit der Polizei Bekanntschaft geschlossen. »Irgendwas vom Altar?«, fragte er, während er die Blätter überflog, die Winston ihm gereicht hatte.

»Zahlreiche Abdrücke von zwei verschiedenen Menschen – dem Priester und dem Ministranten. Keine Abdrücke einer weiteren Person.«

»Was ist mit dem Kelch?«, fragte Garcia. »Hat der Killer nicht das Blut des Priesters aus dem Kelch getrunken?«

»Ja.«

»Dann können wir doch seine DNA ermitteln«, sagte Garcia aufgeregt.

»Nein, können wir nicht.« Hunter rieb sich die müden Augen.

»Warum nicht? Kann man aus Speichel nicht die DNA bestimmen?« Garcia wandte sich mit der Frage an Dr. Winston.

»Doch, natürlich.«

»Aber das Blut im Kelch stammt von Vater Fabian, hab ich recht?«, fragte Hunter.

Doctor Winston nickte.

»Und das bedeutet, dass die DNA aus dem Speichel unseres Täters mit der DNA von Vater Fabians Blut vermischt ist. Sobald sich DNA-Spuren von zwei Personen vermischen …«, Hunter schüttelte bedauernd den Kopf, »… kann man sie nicht mehr auseinanderdividieren.«

Garcia sah zu Dr. Winston, als brauche er dessen Bestätigung.

»Robert hat recht«, meinte dieser. »Das Labor wird Ihnen sagen können, dass es zwei unterschiedliche DNA-Quellen gibt. Aber sie können sie nicht isolieren.«

»Na, großartig.« Garcia presste sich den Handrücken unter die Nase. Allmählich begann der Übelkeit erregende Leichengeruch auch ihm zuzusetzen. »Das wird ja immer besser. Haben wir überhaupt irgendwas Konkretes?«

Dr. Winston holte tief Luft. »Das Blut, mit dem der Täter die Zahl 3 auf die Brust des Priesters geschrieben hat. Es stammt eindeutig von einem Menschen, aber nicht von Vater Fabian.«

Hunter hob erwartungsvoll die Brauen.

»Es stammt von einer Frau.«

»Einer Frau?« Garcia sah verblüfft drein. »Ich wusste gar nicht, dass man das Geschlecht durch einen einfachen Bluttest ermitteln kann«, sagte er.

»Man muss entweder einen DNA-Test machen oder gezielt den Östrogenspiegel bestimmen.«

Instinktiv sah Hunter auf die Uhr. »Dass Sie so schnell das Ergebnis eines DNA-Tests vorliegen haben, ist völlig ausgeschlossen, und Sie hatten auch keinen Grund, das Blut auf Östrogen zu testen.«

»Also können Sie doch gar nicht wissen, dass das Blut von einer Frau ist«, schloss Garcia.

»Es sei denn ...« Hunters Blick glitt zurück zu Dr. Winston.

»Es sei denn, was?«, fragte Garcia ungeduldig.

»Es sei denn, sie war schwanger.«

Dr. Winston schloss die Augen und nickte langsam.

23

Amanda Reilly gab aufs Neue die Zahlen in die Tabelle ein und drückte dann die Return-Taste.

Dasselbe Ergebnis.

Die kalkulierten Einnahmen lagen immer noch weit unter dem, was sie brauchte, um auch nur die laufenden Kosten ihrer Maklerfirma zu decken. Sie nahm die Lesebrille ab, legte sie vor sich auf den Schreibtisch und kniff sich in die Nasenwurzel. Im vierten Monat hintereinander würde sie einen Teil ihrer Rechnungen nicht bezahlen können. Die Woche neigte sich dem Ende zu, und keiner der beiden Besichtigungstermine, die sie diese Woche gehabt hatte, hatte zu einem Angebot geführt. Ihren Berechnungen zufolge würde ihre Firma, wenn sie nicht bald einen Verkauf abschloss, innerhalb weniger Wochen endgültig vor dem Aus stehen – allerhöchstens blieb ihr noch ein Monat.

Amanda hatte mit siebzehn die Schule abgebrochen, nachdem sie zum zweiten Mal die zehnte Klasse nicht geschafft hatte. Sie war nicht dumm, aber bei Prüfungen und Tests fing ihr Herz immer an, wie wild zu rasen, ihr Kopf wurde ganz leer, und sie brachte keinen einzigen klaren Gedanken mehr zusammen.

Amanda wusste, dass sie gut mit Menschen umgehen konnte. Und sie hatte Charme – eine ganze Menge davon. Ihr erster Job war der einer Maklerassistentin bei einer kleinen Maklerfirma mitten in Los Angeles. Sie brauchte nicht lange, um die Grundlagen des Immobiliengeschäfts zu verstehen, und schon nach einem Jahr brachte sie es auf mehr Abschlüsse als jeder andere Makler in der Firma.

Sie blieb ihrem ersten Arbeitgeber nicht lange treu, sondern wechselte bald zu Palm Properties, einem der größten Maklerbüros in Palm Springs.

In Kalifornien gibt es kaum ein Geschäft, in dem es härter zugeht als in der Immobilienbranche, aber Amanda wusste genau, wie sie ihre spezifischen Vorzüge nutzbringend einsetzen konnte. Sie war nicht nur intelligent und charmant, sondern darüber hinaus auch außerordentlich attraktiv, mit schulterlangen blonden Haaren, Augen so blau wie der Himmel und porzellanzarter Haut. Böse Zungen behaupteten, sie hätte sich ihren Posten als Partnerin bei Palm Properties, den man ihr keine drei Jahre nach ihrem Einstieg in die Firma anbot, erschlafen.

Amanda blieb elf Jahre lang bei Palm Properties, bis sie sich schließlich mit ihrer eigenen Maklerfirma Reilly's in West Hollywood selbständig machte. Sie arbeitete hart, und im Laufe der nächsten zehn Jahre eröffnete sie noch drei weitere Filialen in anderen Gegenden von Los Angeles. Dann kam die Immobilienkrise. Wohnungspfändungen und Zwangsversteigerungen waren an der Tagesordnung, keine Bank gab mehr Kredite. Niemand wollte ein Haus kaufen, nicht mal die Superreichen. Amanda versuchte mit allen Mitteln, den Kopf über Wasser zu halten, aber es war wie verhext. Eine Filiale nach der anderen musste sie schließen, bis ihr nur noch der Stammsitz in West Hollywood blieb.

Die letzten vier Monate waren für Amanda und ihre Firma besonders hart gewesen, denn auch von ihren Mitarbeitern hatte sie sich schweren Herzens trennen müssen. Alle waren sie gegangen, bis auf Tania, ihre beste Freundin und Reilly-Angestellte der ersten Stunde.

Trotz der miserablen Woche war Amanda guter Dinge. Am Tag zuvor hatte spätabends noch ein Mann angerufen, der sich für eines ihrer teuersten Objekte interessierte: eine Vier-Millionen-Dollar-Villa am Pacific Coast Highway in Malibu mit sieben Schlafzimmern und neun Bädern. Der Anrufer war auf ihrer Website über das Anwesen gestolpert, und die Ausstattung hatte ihm auf Anhieb gefallen – der Swimmingpool, der große, extravagante Kamin im Wohnzimmer, der Tennisplatz, der wunderschöne Garten –, das Haus war einfach perfekt. Er hatte mit ihr für den späten Samstagnachmittag einen Besichtigungstermin vereinbart.

»Bitte schön«, sagte Tania Riggs und reichte Amanda eine grüne Plastikmappe.

Amanda hatte Tania gebeten, ihr einen absoluten Killer-Portfolio über das Objekt zusammenzustellen.

»Da ist alles drin«, erklärte Tania. »Fotos, detaillierte Infos über Haus und Grundstück – sogar eine Liste der Promis, die im näheren Umkreis wohnen. Außerdem ist noch eine CD dabei mit der PowerPoint-Präsentation, die ich dir vorhin gezeigt habe.«

Amanda lächelte. »Das war eine phantastische Präsentation, Tania, danke noch mal. Ich habe wirklich ein gutes Gefühl bei der Sache.« Sie schwenkte triumphierend die Mappe.

»Ich auch. Das Haus ist ein Traum und für den, der es sich leisten kann, ein echtes Schnäppchen.«

Amanda bewunderte Tanias Optimismus. Für jemanden, der in den letzten fünf Wochen keinen Cent Gehalt bekommen hatte, war sie ziemlich positiv eingestellt.

Das Telefon klingelte, und Tania eilte zurück an ihren Schreibtisch, um das Gespräch anzunehmen. »Amanda?«, rief sie, nachdem sie den Anrufer gebeten hatte zu warten. »Es ist für dich. Mr Turner.«

Amanda nickte und nahm von ihrem Apparat den Hörer ab. Das Gespräch dauerte nicht mal eine Minute.

»Jetzt sag nicht, er hat abgesagt«, meinte Tania alarmiert, nachdem Amanda aufgelegt hatte.

»Nein, nein, keine Sorge.«

»Gott sei Dank!«

»Er kommt nur ungefähr eine Stunde später.«

»Ach so, na dann.« Tania lächelte erleichtert. »Soll ich noch hierbleiben und dir beim Warten Gesellschaft leisten?«

»Das musst du nicht. Ich habe ja alles, was ich brauche.« Sie zeigte auf die dunkelgrüne Mappe. »Geh nur nach Hause und genieß dein Restwochenende.«

»Auf jeden Fall. Viel Glück!«

Tania knöpfte sich den Mantel bis zum Hals zu und schloss die Tür hinter sich.

Amanda stützte den rechten Ellbogen auf den Schreibtisch, legte das Kinn auf die zur Faust geballte Hand und starrte einmal mehr auf die Tabelle auf ihrem Bildschirm. Bald würde sich das Blatt wenden, das hatte sie im Gefühl.

24

Hunter und Garcia studierten gerade die Tatortfotos, die die Spurensicherung in der Kirche gemacht hatte, als Captain Blake ohne anzuklopfen das Büro betrat. Ihr Blick blieb auf den Stapeln in Leder gebundener Bücher hängen, die sich auf den Schreibtischen der Detectives türmten.

»Sind das die Tagebücher des Priesters?«, fragte sie, trat zu Garcias Schreibtisch, nahm einen der Bände in die Hand und blätterte die ersten Seiten um.

Hunter nickte.

»Steht irgendetwas Interessantes drin?«

»Kommt drauf an, was Sie als interessant bezeichnen.«

Captain Blake bedachte Hunter mit einem Blick, der ihm sehr deutlich signalisierte, dass ihr nicht der Sinn nach Wortklaubereien stand.

»Wir lesen so schnell wir können«, lenkte Hunter ein, »aber es ist ziemlich viel. Es sind auch keine Tagebücher im engeren Sinne, sondern einfach Bücher, in denen Vater Fabian seine Gedanken festgehalten hat, seine Gefühle, was er den Tag über gemacht hat … es gibt keine klar erkennbare chronologische Reihenfolge. Die meisten Einträge sind ziemlich kryptisch und liegen lange zurück.« Er ging zu seinem Schreibtisch. »Aber das Hauptproblem ist, dass wir nicht wissen, wonach wir eigentlich suchen sollen. Es könnte alles Mögliche sein – ein Wort, eine Formulierung … vielleicht versteckt es sich auch irgendwo zwischen den Zeilen. Wir dachten, falls Vater Fabian wirklich Angst um sein Leben hatte, würden wir dazu was im aktuellsten Buch finden, aber die einzelnen Bände sind nicht datiert, und die Vollidioten, die sie hergebracht haben, nachdem die Spurensicherung mit ihnen fertig war, sind nicht auf die Idee gekommen, die Bücher entsprechend der Reihenfolge, wie sie im Regal standen, zu nummerieren.«

»Sie wurden gemischt wie ein Kartenspiel«, fügte Garcia lapidar hinzu.

»Wenn Sie mit *interessant* also Geschichten über einen von Zweifeln zerfressenen Priester meinen, dann gibt es jede Menge Interessantes«, fuhr Hunter fort. »Aber wenn Sie wissen wollen, ob wir etwas gefunden haben, das uns einen Hinweis darauf liefern könnte, warum er ermordet wurde, dann lautet die Antwort: Bisher nicht.«

Captain Blake klappte geräuschvoll das Buch zu und legte es zurück auf den Stapel. Als ihr Blick auf Garcias Schreibtisch fiel, bemerkte sie, wie aufgeräumt er war. Nichts flog herum, sämtliche Gegenstände waren exakt parallel zueinander ausgerichtet. »Was meinen Sie mit ›von Zweifeln zerfressen‹?«

»Wie es scheint, hat er des Öfteren mit seinem Glauben gehadert«, sagte Garcia.

»Das tun wir doch alle hin und wieder«, meinte sie schulterzuckend.

»Stimmt.« Hunter suchte nach etwas in seiner obersten Schreibtischschublade. »Aber es sieht so aus, als hätte das, was Vater Fabian im Laufe seiner Jahre als Priester erlebt hat, in ihm ernsthafte Zweifel geweckt, ob die Kirche seine wahre Berufung war.«

»Inwiefern?«

»Man kann kein Priester sein, ohne an Gott zu glauben. Und er hat manchmal die Existenz Gottes infrage gestellt.«

»Außerdem gibt es einige Textstellen, aus denen hervorgeht, dass er Probleme mit dem Zölibat hatte«, merkte Garcia an.

»Wie viele Bände haben Sie schon durch?«

»Jeder von uns drei, und wir haben die ganze Nacht durchgearbeitet«, antwortete Hunter.

Blake verschränkte die Arme und atmete tief aus. »Bischof Clark macht sich Sorgen wegen der Tagebücher.«

»Sorgen welcher Art?« Hunter ließ die Fingerknöchel knacken, und Blake fuhr unwillkürlich zusammen.

»Er befürchtet, dass Vater Fabian Dinge aufgeschrieben hat, die er besser nicht dem Papier anvertraut hätte.«

»Ginge es vielleicht noch ein bisschen konkreter, Captain?«, fragte Hunter. »Zum Rätselraten haben wir eigentlich keine Zeit.«

»Zum einen das Dilemma mit dem Zölibat.«

Garcia hustete. »Der Bischof macht sich also mehr Sorgen darum, dass Vater Fabian vielleicht schwach geworden sein könnte, als darüber, dass er in seiner eigenen Kirche brutal enthauptet wurde? Wie verkorkst ist das denn?«

»Außerdem hat er Angst, dass Vater Fabian womöglich Dinge niedergeschrieben haben könnte, die ihm während der Beichte anvertraut wurden. In den Augen der katholischen Kirche ist das ein schweres Vergehen.«

»Nur wenn Vater Fabian über diese Dinge mit einem Dritten gesprochen hat«, widersprach Hunter. »Sie in einem privaten Tagebuch festzuhalten stellt keinen Verstoß gegen das Kirchenrecht dar.«

»Sind Sie etwa katholisch?«, fragte Blake stirnrunzelnd.

Kopfschütteln.

»Woher wissen Sie das dann?«

»Ich lese viel.«

Garcia grinste.

»Dann schlage ich vor, dass Sie noch ein bisschen schneller lesen.«

»Wieso?«

»Bischof Clark hat Druck gemacht. Er will die Tagebücher so bald wie möglich zurückhaben.«

»Das ist mir egal.« Hunter ließ sich nicht aus der Ruhe bringen. »Die Tagebücher und ihr Inhalt sind unter Umständen Beweismittel in einem Mordfall, und als solche hat die Polizei – wenn ich richtig informiert bin – das Recht, sie sicherzustellen.«

»Er wird seinen Willen auch nicht per Gerichtsbeschluss durchsetzen, Robert.« Captain Blake fixierte Hunter vielsagend.

»Lassen Sie mich raten. Mein alter Freund, der Bürgermeister.«

»Welcher zweifelsohne ein kleines Pläuschchen mit *seinem* alten Freund, dem Chief, halten wird. Spätestens danach wird die Sache dann kompliziert.«

»Kompliziert ist unser täglich Brot, Captain. Wir müssen diese Tagebücher durcharbeiten, da gibt es nichts zu diskutieren.«

»Ich habe schon verstanden. Beeilen Sie sich einfach ein bisschen, ja?«

25

Captain Blake trat an die Pinnwand und betrachtete die Tatortfotos. »Jetzt verstehe ich, was Sie mit dem Rituellen gemeint haben. Die Enthauptung, der Hundekopf, der Blutkreis um den Altar, die Theorie, dass der Täter Blut getrunken hat, die Nummer auf der Brust des Opfers … alles scheint darauf hinzudeuten, nicht wahr?«

Weder Hunter noch Garcia gab eine Antwort.

»Sehen Sie, und genau das stört mich«, fuhr Blake fort. »Rituale brauchen Zeit, und das hier war sicher auch keine hastige Angelegenheit. Das heißt doch, der Täter musste sich darauf verlassen, dass er mindestens zwanzig bis dreißig Minuten ungestört sein würde, um alles nach seinen Vorstellungen herzurichten.«

Hunter signalisierte seine Zustimmung mit einem Nicken.

»Ziemlich riskant, oder? Vor allem wenn man bedenkt, dass der Mord in einem öffentlich zugänglichen Gebäude begangen wurde. Der Täter hätte jederzeit überrascht werden können.«

»Er hatte alles unter Kontrolle«, meinte Hunter.

»Wie darf ich das verstehen?«

»Es sieht so aus, als wäre der Mörder bereits in der Kirche gewesen, bevor sie geschlossen wurde, und zwar als Priester verkleidet.«

»Was?«

»Der geschätzte Todeszeitpunkt fällt mit der Zeit zusammen, zu der die Kirche für gewöhnlich zugesperrt wird – etwa gegen zehn Uhr abends.« Hunter suchte etwas zwischen den Unterlagen auf seinem Schreibtisch. »Die Beichte ging offiziell bis zehn vor zehn. Um zwanzig vor zehn war die Kirche so gut wie leer, bis auf zwei Leute – eine Mrs Morales und eine Mrs Willis. Ihren Aussagen zufolge wurden sie um diese Zeit von einem ihnen unbekannten Geistlichen zum Verlassen der Kirche aufgefordert.«

Captain Blake kniff die Augen zusammen.

»Dieser Geistliche hat ihnen erklärt, er sei gekommen, um Vater Fabian zu helfen, daher müssten sie die Kirche früher als sonst schließen, um sie für einen besonderen Gottesdienst am nächsten Morgen herzurichten. Hermano, der Ministrant, wusste nichts von einem Aushilfspriester.

Und er hat versichert, dass der Gottesdienst am nächsten Tag nicht anders geplant war als sonst.«

»Haben Sie mit den beiden Frauen gesprochen? Gibt es schon ein Phantombild von diesem mysteriösen Priester?«

»Ich habe mit ihnen gesprochen, ja, aber ein Phantombild gibt es nicht.«

»Warum nicht?«

Hunter nahm zwei Blätter vom Schreibtisch und reichte sie Captain Blake. »Das hier sind die Aussagen der beiden Augenzeuginnen über den Geistlichen, der sie zum Verlassen der Kirche aufgefordert hat.«

Captain Blake las beide Protokolle aufmerksam durch. Ihre Brauen zogen sich zusammen, während ihr Blick von einem Blatt zum anderen flog und wieder zurück. »Das kann doch nicht Ihr Ernst sein!«

»Ich fürchte schon«, sagte Hunter bedauernd.

»Mrs Morales sagt aus, der Priester sei ein großer junger Weißer mit kurzen blonden Haaren und einer langen Nase gewesen.« Blake fuchtelte mit dem Blatt in ihrer linken Hand. »Wohingegen Mrs Willis zu Protokoll gegeben hat, der Mann sei eher klein und Latino gewesen. Er habe kurze dunkle Haare, eine fleischige Nase und einen dünnen Schnurrbart gehabt. Sind die beiden blind?«

»Nein«, entgegnete Hunter gelassen. »Bloß alt. Mrs Morales ist zweiundsiebzig und Mrs Willis ist siebenundsiebzig. In dem Alter kann einen das Gedächtnis schon mal im Stich lassen. Außerdem wissen Sie ja, dass das visuelle Gedächtnis des Menschen ziemlich unzuverlässig ist. Sie werden niemals zwei Augenzeugen finden, die genau dasselbe gesehen haben.«

»Na großartig.« Captain Blake hielt Hunter die Blätter hin. »Trotzdem ist der Täter ein hohes Risiko eingegangen, als er mit zwei Leuten gesprochen hat. Er konnte ja nicht ahnen, dass ihre Beschreibung so widersprüchlich ausfallen würde.«

»Es war ein kalkulierbares Risiko«, gab Hunter zurück und massierte sich den Nacken. »Wenn er sich die Mühe gemacht hat, sich als Priester zu verkleiden, ist anzunehmen, dass er auch seine sonstige Erscheinung verändert hat. Farbige Kontaktlinsen, Perücke, falsche Nase, angeklebter Bart … was auch immer. Ich glaube nicht, dass er irgendwas dem Zufall überlassen hat.«

»Sehr methodisch.«

»Das sind Ritualmörder meistens.«

»Was, wenn der Mörder sich nicht als Priester *verkleidet* hat?«, spekulierte Blake und lehnte sich gegen Garcias Schreibtisch. »Was, wenn er Priester *war*? Auch Priester handeln normalerweise mit Bedacht.«

»Das überprüfen wir natürlich ebenfalls.« Hunter goss sich ein Glas Wasser ein.

»Sie klingen nicht sehr überzeugt davon.«

»Im Moment bin ich noch von gar nichts überzeugt, Captain. Es gibt einfach viel zu viele offene Fragen.«

»Und zwar?«

»Über die Relevanz des Rituals zum Beispiel.«

»Das klingt jetzt schon zu hoch für mich.«

Hunter ließ sein Glas auf dem Schreibtisch stehen und trat zur Pinnwand. »Bei einem Ritualmord ist die Zeremonie der wichtigste Teil der Tat. Das Opfer ist nur von sekundärer Bedeutung.«

»Und Sie glauben, dass es in diesem Fall anders war?«, fragte Blake und stellte sich neben Hunter vor die Pinnwand.

Er wiegte nachdenklich den Kopf. »Bei diesem Mord stand das Opfer im Mittelpunkt. Der Täter wollte, dass Vater Fabian stirbt. Und er hat uns sogar einen Hinweis darauf geliefert.«

»Welchen Hinweis?«

»Die Nummer 3, die er dem Priester auf die Brust geschrieben hat.«

Blake schürzte die Lippen, während sie darüber nachdachte. »Die Tatsache, dass der Täter sich die Mühe gemacht hat, Vater Fabian die Soutane aufzuknöpfen, ihm die Zahl auf die Brust zu schreiben und die Soutane dann wieder zuzuknöpfen …«

Hunter nickte. »Das alles deutet darauf hin, dass die Tat einen sehr persönlichen Hintergrund hatte.«

Captain Blake strich sich eine Haarsträhne aus dem rechten Auge. »Glauben Sie, das ganze Drumherum könnte vielleicht ein Ablenkungsmanöver gewesen sein? Dass der Täter den Mord wie einen Ritualmord inszeniert hat, obwohl es in Wirklichkeit gar keiner war?«

»Und von was genau wollte er uns ablenken?«, warf Garcia dazwischen.

»Es war kein Ablenkungsmanöver«, stellte Hunter mit Nachdruck fest, als er zu seinem Schreibtisch zurückging und einen Schluck Wasser trank. »Wenn der Täter einen Ritualmord hätte nachahmen wollen, dann hätten die Enthauptung und der Blutkreis um den Altar doch ausgereicht. Er hätte nicht so weit gehen müssen, das Blut seines Opfers zu trinken oder ihm einen Hundekopf aufzupflanzen. Nein. Das muss irgendeine tiefere Bedeutung haben.«

Captain Blake schloss die Augen und stieß einen langen Seufzer aus. »Wie sehen also Ihre nächsten Schritte aus?«

»Wir müssen so viel wie möglich über Vater Fabian in Erfahrung bringen, auch und gerade über sein Privatleben.«

»Gibt es Angehörige?«

»Vater Fabian war Einzelkind«, las Garcia von einem Blatt auf seinem Schreibtisch ab. »Der Vater ist unbekannt, die Mutter ist vor sechs Jahren an Leberzirrhose gestorben.«

»Unsere beste Chance ist Vater Malcolm«, warf Hunter ein.

»Wer ist Vater Malcolm?«

»Der Priester der Gemeinde Unserer lieben Frau vom Rosenkranz in Paramount. Außerdem war er Vater Fabians engster Freund.« Hunter warf einen Blick auf seine Armbanduhr. »Ich treffe mich nachher mit ihm.«

»Ich bleibe hier und mache mit den Tagebüchern weiter.« Garcia wies auf den Bücherstapel.

»Was ist hiermit?«, fragte Blake und zeigte auf ein Foto des Hundekopfes. »Irgendeine Spur?«

»Bis jetzt noch nicht«, antwortete Garcia. »Wir haben Bezüge zur griechischen Mythologie gefunden und zur orthodoxen Kirche, aber bislang nichts wirklich Schlüssiges.«

Sie wurden durch das Schrillen des Telefons auf Hunters Schreibtisch unterbrochen. Hunter ließ es zweimal klingeln, bevor er abnahm.

»Detective Hunter?« Er drehte sich zu Captain Blake um. »Für Sie.«

»Aha …«, meinte sie und hob den Hörer ans rechte Ohr. »Okay, bitten Sie ihn, kurz zu warten, und stellen Sie den Anruf in mein Büro durch. Ich bin gleich unten.« Sie reichte den Hörer an Hunter zurück. »Noch keine zwei Tage im Amt, und der Bürgermeister geht mir jetzt schon mächtig auf die Nerven.«

26

Ryan Turner traf mit einer Stunde und fünfzehn Minuten Verspätung bei Reilly's in West Hollywood ein. Amanda hatte mit dem potentiellen Käufer bisher nur telefonisch Kontakt gehabt und wusste daher nicht recht, was sie erwarten würde. Sie war sehr angenehm überrascht.

Ryan war knapp einen Meter neunzig groß, Mitte vierzig und von athletischer Statur. Seine kurzen dunkelbraunen Haare waren konservativ geschnitten und, genau wie seine übrige Erscheinung, exzellent gepflegt. Er war gekleidet wie ein Geschäftsmann, in einem eleganten dunklen Anzug und auf Hochglanz polierten Schuhen. Er sprach mit dem Hauch eines Südstaatenakzents.

»Bitte entschuldigen Sie vielmals mein Zuspätkommen«, sagte er, als er Amanda zur Begrüßung die Hand schüttelte. »Wenn Geschäftsleute erst mal ins Reden kommen, hören sie so schnell nicht mehr auf.«

»Das ist doch überhaupt kein Problem, Mr Turner«, antwortete sie und schenkte ihm ihr strahlendstes Lächeln. »Ich bin froh, dass Sie es noch geschafft haben.«

»Ich freue mich wirklich auf die Besichtigung. Von dem, was ich auf Ihrer Website gesehen habe, scheint es genau das Richtige für mich zu sein.«

Amandas Lächeln wurde noch breiter.

»Und bitte«, fuhr er fort, »nennen Sie mich Ryan.«

»Nur wenn Sie mich Amanda nennen.«

»Abgemacht.«

Ryan überredete Amanda, mit ihm zusammen in seinem Wagen zu dem Haus in Malibu zu fahren. Aufgrund des dichten Verkehrs waren sie eine gute Stunde unterwegs. Die ersten fünfundzwanzig Minuten nutzte Amanda, um Ryan in den glühendsten Farben zu schildern, wie wunderschön das Anwesen sei, das sie gleich besichtigen würden. Die einstudierte Rede perlte ihr wie Poesie von den Lippen. Die restliche Zeit sprachen sie über ganz unterschiedliche Dinge, angefangen von Amandas Firma bis hin zu ihren Weihnachtseinkäufen.

Das Erste, was Ryan auffiel, als sie das imposante, elektronisch gesteuerte Tor passierten, war der links vom Haus gelegene Tennisplatz.

»Nicht schlecht«, meinte er.

Amanda lächelte. Bis jetzt lief alles genau so, wie sie es sich erhofft hatte.

Auch der Rest des Hauses schien Ryans Erwartungen zu entsprechen. Über sechshundertfünfzig Quadratmeter Wohnraum, teilweise mit hohen Balkendecken und edlen Marmorböden ausgestattet. Die einzelnen Räume waren mit modernen Möbeln luxuriös eingerichtet. Raffinierte Lichtinstallationen in jedem Zimmer sorgten für eine behagliche Atmosphäre. Die weitläufige Terrasse und der große Pool mit Spa im Garten waren das Sahnehäubchen.

Während sie durch die Räume schlenderten, bemühte sich Ryan offenbar, sich seine Begeisterung nicht anmerken zu lassen, indem er seine Hände die ganze Zeit über in den Taschen seines langen schwarzen Mantels versteckt hielt. Aber das verstohlene Lächeln auf seinem Gesicht verriet ihn. Das Haus verkaufte sich wic von selbst.

»Würde es Ihnen etwas ausmachen, wenn wir uns noch mal das Wohnzimmer anschauen, bevor wir gehen?«, fragte er am Ende der Besichtigungstour, während er aus dem Fenster des großen Schlafzimmers im ersten Stock auf den Strand von Malibu hinausblickte.

»Aber keineswegs«, sagte Amanda, ebenfalls redlich bemüht, ihre Freude zu zügeln.

Als sie erneut das Wohnzimmer betraten, blieb Amanda in der Nähe der großen, handgeschnitzten hölzernen Flügeltür stehen.

Ryan ging bis zu einem der üppigen weißen Ledersofas, die in der Mitte des riesigen Raumes standen. Sein Blick war auf den imposanten Kamin aus Flussgestein gerichtet, der einen Großteil der hinteren Wand einnahm.

»Ich nehme an, der Kamin ist funktionstüchtig?«, fragte er, wobei er sich zu Amanda umdrehte.

»Selbstverständlich. Alles hier im Haus funktioniert einwandfrei.«

»Ich kann nur hoffen, dass es ein Gaskamin ist. Sonst werde ich nämlich einen kleinen Wald brauchen, um das Ding zu befeuern.«

Seine Wortwahl war Amanda nicht entgangen, und sie biss sich auf die Lippe, um ihr triumphierendes Lächeln zu verbergen. »Ja, Sie haben recht, es ist ein Gaskamin.«

»Können wir ihn anzünden, damit ich einen Eindruck bekomme?«

Auf diese Frage war Amanda nicht gefasst gewesen, und sie sah ihn mit großen Augen an.

Ryan runzelte die Stirn. »Alles in Ordnung mit Ihnen?«

»Äh … ja, selbstverständlich.« Es dauerte ein paar Sekunden, bis sie sich wieder gesammelt hatte. »Natürlich können Sie ihn gerne anmachen, wenn Sie möchten. Ich würde dann solange in der Küche warten, wenn es Ihnen nichts ausmacht.«

Ryan kniff die Augen zusammen und machte ein paar Schritte auf Amanda zu. »Gibt's ein Problem?«

»Nein, ganz und gar nicht«, wiegelte sie hastig ab. »Alles ist in bester Ordnung.« Doch obwohl sie eine tapfere Miene aufsetzte, ließ er sich nicht täuschen.

»Es ist nicht alles in Ordnung. Sie sind ganz blass geworden, Amanda. Gibt es da noch etwas, das ich übersehen habe?« Ryans Blick glitt fragend durch den Raum.

»Nein, nein …« Verflixt! Ihre Reaktion hatte ihn verunsichert. »Es hat absolut nichts mit dem Haus oder mit dem Kamin zu tun. Das garantiere ich Ihnen.«

»Womit dann? Ich bin ein ziemlich guter Menschenkenner, und ich sehe ganz genau, dass Ihnen irgendetwas zu schaffen macht.«

Amanda holte tief Luft. »Ich … ich mag offenes Feuer bloß nicht besonders.« Ihr Blick glitt zu Boden, als wäre sie ein schüchternes kleines Mädchen.

Ryan lachte unvermittelt auf. Dann trat er noch einen Schritt näher und versuchte, ihren Blick einzufangen. »Tatsächlich?«

Amanda hob den Kopf und sah geradewegs in Ryans besorgte Augen.

»Ein schlimmes Erlebnis?«, fragte er mit sanfter Stimme.

Ihre Lippen waren zu einer dünnen Linie zusammengepresst. Sie nickte.

Ryan legte ihr die Hand auf die linke Schulter. »Soll ich Ihnen etwas gestehen?«, fragte er nach einem kurzen Schweigen. »Ich selbst habe panische Angst vor Spinnen.«

Sie wagte ein zaghaftes Lächeln.

»Als ich noch klein war, haben wir in einem alten Holzhaus gewohnt, und ich hatte ein Zimmer direkt unterm Dach«, sagte er. »Einmal bin ich nachts beim Lesen eingeschlafen. Es muss ungefähr drei oder vier Uhr in der Früh gewesen sein, als ich aufgewacht bin, weil ich ein Kitzeln im Nacken gespürt habe.«

»Brrr«, machte Amanda und schüttelte sich.

»Ich war noch ganz benommen und habe versucht, mich an der Stelle zu kratzen. Dabei habe ich die Spinne verärgert und sie in den Kragen meines T-Shirts geschoben.«

»Igitt!«

»Es war eine braune Einsiedlerspinne – die Art, die mehrmals hintereinander beißen kann. Das Vieh in meinem Hemd muss ziemlichen Kohldampf gehabt haben. Es hat mich insgesamt zwölfmal gebissen.«

Amanda verzog das Gesicht und rieb sich instinktiv den Nacken.

»Zu allem Überfluss hat mein Körper sehr stark auf die Bisse reagiert. Ich hatte Fieber, Schüttelfrost, Erbrechen, und überall, wo ich gebissen worden war, bildeten sich riesige weiße Blasen. Ich sage Ihnen, wenn es um Spinnen geht, bin ich der allergrößte Angsthase. Ich muss nur eine sehen, schon wird meine Stimme ganz hoch und piespsig, und ich klinge wie eine Barbiepuppe.«

»Im Ernst?« Amanda lachte leise auf.

»O ja.« Er nickte. »Das kann ziemlich peinlich sein.«

Sie sprach nicht gerne über das, was ihr widerfahren war, aber sie hatte Vertrauen zu ihm gefasst. Außerdem musste sie Ryan unbedingt davon überzeugen, dass ihre Reaktion nichts mit dem Haus zu tun hatte.

»Ich war noch ziemlich klein, als es passiert ist«, begann sie und strich sich verlegen den Pony aus der Stirn. »Meine Freundin und ich haben in der Küche gespielt. Wir haben so getan, als würden wir Essen kochen. Ich weiß gar nicht mehr genau, wie es dazu gekommen ist, aber irgendwann haben meine Kleider Feuer gefangen.«

Ryan hörte ihr aufmerksam zu.

»In gewisser Weise hatte ich sogar noch Glück«, fuhr sie fort. »Nur die Rückseite von meinem Kleid hat gebrannt. Haben Sie sich jemals verbrannt?«, wollte sie wissen.

Ryan schüttelte den Kopf. »Nicht in dem Ausmaß.«

»Die Schmerzen kann man eigentlich gar nicht beschreiben.« Sie hielt inne, während sie nach den passenden Worten suchte. »Es ist nicht so, wie wenn man sich verbrüht oder aus Versehen ein heißes Bügeleisen anfasst. Kein stechender Schmerz. Es ist so stark, dass das Gehirn abschaltet und man nur noch hofft, dass man gleich stirbt. Ich konnte fühlen, wie meine Haut geschmolzen ist. Ich habe gerochen, wie mein Haar verkohlt.«

Amanda berührte mit der rechten Hand sacht ihr Haar. Ihr Blick war in die Ferne gerichtet. »Wir waren ganz allein zu Hause an dem Tag. Als meine Freundin endlich einen Eimer Wasser besorgt und über mir ausgeschüttet hatte, war der Großteil der Haut an meinem Nacken und Rücken bereits verbrannt.«

Sie sahen sich eine Zeitlang schweigend an.

»Das tut mir leid«, sagte er schließlich.

»Ist schon gut. Es ist ja nicht Ihre Schuld. Ich weiß, ich sollte allmählich lernen, damit umzugehen, aber ich schaffe es einfach nicht. Jedes offene Feuer versetzt mich in Panik.«

Ryan ging zurück in die Mitte des Wohnzimmers, und diesmal folgte Amanda ihm.

»Ich war in Therapie wegen meiner Spinnenangst«, sagte er. »Sie wissen schon, es gibt diese speziellen Verhaltenstherapien, die einem dabei helfen sollen, Phobien zu überwinden.«

»Und wie war es?«, fragte sie neugierig.

»Der Therapeut hat eine Menge kluges Zeug geredet, und nach ein paar Sitzungen hat er dann beschlossen, dass ich bereit bin, meiner Angst ins Auge zu sehen. Er hat eine riesige, haarige Spinne mitgebracht und auf meine Hand gesetzt, um mir zu demonstrieren, dass die Tiere vollkommen harmlos sind.«

»Und, hat es funktioniert?«

»O ja, es war ein durchschlagender Erfolg. Ich habe mir in die Hose gemacht vor Angst und bin schreiend aus der Praxis gerannt.«

Amanda lachte.

»Vielleicht gibt es Ängste, die nicht besiegt werden können, ganz egal was man versucht.« Er trat einen Schritt auf das Sofa zu. Amanda stand knapp einen Meter vor ihm, den Blick nachdenklich auf den Kamin gerichtet.

Seine Hand schloss sich um etwas in seiner Tasche.

»Wissen Sie – das, was Sie mir eben erzählt haben –, dass Sie sich als kleines Kind verbrannt haben und offenes Feuer Ihnen Angst macht?«, sagte er.

»Ja? Was ist damit?«, fragte sie zurück, ohne sich umzudrehen.

Seine Stimme klang plötzlich ganz anders. »Das wusste ich längst.«

Bevor sie irgendetwas tun oder sagen konnte, hatte er sie von hinten gepackt und ihr ein feuchtes Tuch über Nase und Mund gepresst.

27

Vater Malcolm hatte sich bereit erklärt, Hunter um halb acht Uhr abends zu empfangen. Um zwanzig nach sieben parkte Hunter seinen Buick LeSabre vor der Kirche Unserer lieben Frau vom Rosenkranz am South Paramount Boulevard. Die Straßenlaternen und die bunte Weihnachtsbeleuchtung in den Fenstern tauchten die Gegend in ein warmes Farbenmeer.

Die Kirche war ein großes weißes Gebäude, das rechts und links von zwei kleinen begrünten Höfen eingerahmt war. Über der schweren geschnitzten Tür aus Rosenholz wachte eine lebensgroße steinerne Statue der Patronin.

Ein Geistlicher Ende sechzig mit freundlichem, offenem Gesicht stand am Eingang und unterhielt sich angeregt mit einem weiblichen Gemeindemitglied. Sein Kopf war fast vollständig kahl, alles, was ihm an Haaren noch geblieben war, waren zwei kleine graue Büschel über den Ohren.

Er verabschiedete sich von der Frau, als Hunter einen Fuß auf die unterste der vier Stufen setzte, die zum Portal hinaufführten.

»Vater Malcolm?«, fragte er.

»Sie müssen der Detective sein, mit dem ich vorhin telefoniert habe«, meinte der Priester mit einem herzlichen Lächeln.

»Genau, Detective Hunter.« Er zeigte seine Marke. »Danke, dass Sie sich die Zeit nehmen.«

Der Priester warf einen flüchtigen Blick auf Hunters Marke, bevor er ihm voran in die Kirche ging. Innenraum und Altar waren von zahlreichen Kerzen beleuchtet. Das Hauptschiff bot nach Hunters Schätzung Platz für ungefähr fünfhundert Menschen. In den Bankreihen saßen vereinzelt ein paar Gläubige. Einige beteten, andere lasen in der Bibel, und wieder andere – so sah es zumindest aus – schliefen den Schlaf der Gerechten.

»Wollen wir uns vielleicht in meinem Büro unterhalten?«, fragte der Priester mit einer Handbewegung. »Es ist gleich hier hinten.«

»Sicher.« Hunter nickte.

Vater Malcolms Büro war klein, aber gemütlich. Die Wände waren in einem Farbton gestrichen, der irgendwo zwischen Weiß und Grau lag. Die Möblierung war klassisch und wies deutliche europäische Einflüsse auf. Im hinteren Teil des Raums stand ein massiver Schreibtisch mit Blick auf die

Tür. Davor zwei nachgebildete viktorianische Sessel für Besucher. Es gab Heiligenbilder an den Wänden und religiöse Bücher in einem Regal links vom Tisch.

Vater Malcolm bot Hunter einen der Sessel an, bevor er selbst hinter seinem Schreibtisch Platz nahm. Einige Sekunden lang sagte keiner der beiden ein Wort.

»Ich kann noch gar nicht fassen, was geschehen ist. Fabian war ein so guter Mensch, und ein guter Priester.« Vater Malcolms Stimme war brüchig und von Trauer erfüllt.

»Es tut mir sehr leid«, sagte Hunter. »Wie ich gehört habe, waren Sie befreundet?«

Der Priester nickte. »Ich habe im Seminar gelehrt, Fabian war einer meiner Studenten. Ich kannte ihn seit über zwanzig Jahren.«

»Was war er für ein Mensch?«

»Freundlich, ernst, mitfühlend. Wie gesagt: ein guter Priester.«

»Wann haben Sie ihn zuletzt gesehen?«

»Vor ungefähr zwei Wochen. Die siebten und achten Klassen der Highschool hatten ihren Kuchenbasar hier im Gemeindehaus. Er kam her, um auszuhelfen.« Ein Lächeln umspielte die Lippen des Priesters. »Nun ja, genau genommen kam er her, um zu essen. Er war ganz verrückt nach Bananenkuchen.«

»Und war er irgendwie anders als sonst? Hat er sich vielleicht Sorgen wegen etwas gemacht? Wirkte er nervös?«

»Überhaupt nicht. Er war genauso wie immer. Ausgeglichen. Sehr redselig, er hat die ganze Zeit mit den Schülern Witze gemacht. Er sah ein bisschen erschöpft aus, aber das war bei ihm nichts Ungewöhnliches.«

»Wieso das?« Hunter fuhr sich flüchtig über die Narbe in seinem Nacken.

»Soweit ich weiß, hat er nicht besonders gut geschlafen.«

»Gab es dafür einen besonderen Grund?«

Ein Kopfschütteln. »Wir werden mit vielen Nöten konfrontiert, Detective, und manchmal schleichen sie sich auch nachts in unsere Gedanken und halten uns vom Schlafen ab. Fabian hat mir einmal erzählt, dass er oft Alpträume hatte.«

Hunter erinnerte sich an mehrere Passagen in Vater Fabians Tagebüchern über schlechte Träume, die er jedoch nie beschrieb. »Hat er mit Ihnen jemals über diese Träume gesprochen?«

»Nein, nie. Er war ein sehr verschlossener Mensch.«

Hunter machte sich eine Notiz. »Hatte er darüber hinaus irgendwelche Sorgen?«

»Wir Priester haben viele Sorgen. Wir haben oft mit Menschen zu tun, die leiden und unsere Hilfe benötigen, und in der heutigen Welt gibt es wahrhaftig Kummer und Elend genug. Aber vermutlich meinen Sie Sorgen, die in irgendeiner direkten Verbindung zu seinem Tod stehen könnten?«

Hunter sagte nichts, sein Schweigen war Antwort genug.

»Nein.« Vater Malcolm schien sich ganz sicher. »Er war ein einfacher Mann. Er hat ganz für die Kirche gelebt, und für seine Mitmenschen. Welche Sorgen er auch immer hatte, ich kann Ihnen versichern, dass sie nichts mit seinem Tod zu tun hatten.«

Hunter wägte seine nächsten Worte sorgfältig ab. Er wusste, dass er im Begriff war, gefährliches Terrain zu betreten.

28

Hat Vater Fabian je mit Ihnen darüber gesprochen, dass er an seiner Berufung als katholischer Priester gezweifelt hat, oder den Wunsch geäußert, einen anderen Lebensweg einzuschlagen?«, fragte Hunter und sah zu, wie sich Vater Malcolms Verhalten schlagartig änderte. Die Frage schien ihn persönlich getroffen zu haben. Mit zusammengekniffenen Augen sah er Hunter an.

»Unsere Arbeit gründet auf unserem Glauben und auf dem festen Willen, unserem Herrn zu dienen, Detective Hunter.« Die Stimme des Priesters war nach wie vor höflich, hatte aber einen strengen Unterton angenommen, als tadele er ein ungehorsames Kind. »Wir tun unsere Arbeit nicht des Geldes wegen oder aus anderen leichtfertigen Gründen. Es ist eine Berufung. Ich gebe zu, dass es manchmal schwer sein kann. Wir sind nur Menschen und als solche nicht gegen Momente der Schwäche und des Zweifels gefeit. Auch wir werden hin und wieder von Unsicherheit geplagt. Es ist ganz und gar nichts Ungewöhnliches, dass Menschen, die sich für ein Leben im Dienste Gottes entschieden haben, diesen Entschluss von Zeit zu Zeit hinterfragen. Begreifen Sie, was es bedeutet, zu glauben, Detective?«

»Ich denke schon«, antwortete Hunter und nickte. »Es bedeutet, Dinge zu akzeptieren, auch wenn es keine Beweise dafür gibt.«

Vater Malcolm lächelte und entblößte dabei gelblich verfärbte Zähne. »Wenn Sie so wollen. Dieser Glaube ist es jedenfalls, der uns auf dem rechten Weg hält. In ihm gehen unsere Zweifel unter wie ein Tropfen im Ozean. Um also Ihre Frage zu beantworten, Detective – ja, Vater Fabian und ich haben über seine Zweifel gesprochen. Nur weil wir uns dazu entschlossen haben, Gott zu dienen, bedeutet das nicht automatisch, dass wir immun sind gegen Versuchungen und unklare Gedanken. Und nur weil wir von solchen Gedanken bedrängt werden, heißt das nicht, dass wir unser Handeln nach ihnen ausrichten. Er war ein Mann unerschütterlichen Glaubens.«

»Bitte verstehen Sie mich nicht falsch, Vater«, sagte Hunter aufrichtig. »Ich möchte weder seinen noch Ihren Glauben in irgendeiner Form in Zweifel ziehen. Ich habe mich nur gefragt, ob es womöglich einen konkreten Anlass für diese ›unklaren‹ Gedanken gab. Falls ja, dann könnte das ein

Hinweis für uns sein. Hat Vater Fabian Ihnen gegenüber je erwähnt, dass er mit dem Gedanken spielte, das Priesteramt niederzulegen?«

Vater Malcolms Hand fuhr zu einer kleinen Narbe über seiner rechten Augenbraue. Hunter sah ihm an, dass er abwägte, ob er die Frage überhaupt beantworten sollte. »Es ist wirklich sehr wichtig«, sagte er eindringlich.

»Ja«, sagte Vater Malcolm schließlich nach mehreren Sekunden angespannten Schweigens. »Nachdem Fabians Mutter gestorben war, ist sein Glaube für kurze Zeit ins Wanken geraten.«

»Standen sie sich sehr nahe?«

»Er hat sich sehr um sie bemüht.«

»Sich bemüht?«

»Fabian hat seinen Vater nie kennengelernt. Seine Mutter hat ihn allein aufgezogen, aber sie war eine zutiefst verbitterte Frau. Sie wollte, dass ihr einziger Sohn Anwalt wird oder Arzt – dass er irgendeinen Beruf ergreift, mit dem er viel Geld verdient, damit er seine Schuld bei ihr begleichen kann.«

Hunter lauschte schweigend.

Der Priester blickte auf seine gefalteten Hände hinab. »Sie hatte Probleme. Sie war viele Jahre lang schwer alkoholabhängig. Und obwohl sie ihn dafür verachtet hat, dass er Priester geworden ist, hat er sie geliebt. Seit ich ihn kenne, hat er jeden Tag für sie gebetet. Dann wurde sie auf einmal krank, und alles ging ganz schnell. Sie kam ins Krankenhaus, eine Woche später war sie tot. Es war sehr schwer für ihn.«

»Wie schwer?«

»Er war wütend.« Vater Malcolm biss sich auf die Lippe und dachte über seine Worte nach. »Nein, ich glaube, *unzufrieden* trifft es besser. Er war unzufrieden mit Gott. Er hatte so viele Jahre lang für ein und dieselbe Sache gebetet und gehofft, dass Gott ihn erhören würde. Er hat immer wieder gesagt, dass er kein Wunder erwartet hat. Er wollte bloß, dass Gott seiner Mutter eine Chance gibt. Stattdessen hat er sie zu sich genommen.«

Hunter saß reglos da und kämpfte mit seinen eigenen Erinnerungen. Sein Blick war nach wie vor auf den Priester gerichtet, aber er sah ihn gar nicht wirklich. »Ich weiß genau, wie er sich gefühlt hat.«

Vater Malcolm bemerkte den Schmerz in Hunters Miene und lehnte sich vor. »Darf ich Sie etwas fragen, Detective?«

»Natürlich.«

»Stimmt es, was in den Zeitungen steht? Dass Vater Fabian enthauptet wurde? Und dass der Mörder ihm einen Hundekopf aufgesetzt hat?«

»Ja«, antwortete Hunter leise.

Der Priester stieß einen tiefen Seufzer aus. »Höchstwahrscheinlich wissen Sie ja bereits, dass der heilige Fabian, Vater Fabians Namenspatron, auf dieselbe Weise ums Leben gekommen ist.«

Hunter nickte.

»Glauben Sie, dass es da einen Zusammenhang gibt?«

»Möglich wäre es.« Hunter ließ sich in die Polster seines Sessels sinken. »Was denken Sie, Vater? Glauben Sie, dass der Mörder Vater Fabian ganz bewusst auf diese Art und Weise getötet hat?«

Vater Malcolm stand auf und ging zum Bücherregal. »In den vergangenen Jahrhunderten sind unzählige Menschen, deren Lehren man falsch verstanden hat, verhaftet, gefoltert und zum Tode verurteilt worden«, sagte er und nahm ein Buch aus dem obersten Regal. »Und jahrhundertelang wurde das Todesurteil, zumindest im westlichen Europa, meistens durch Köpfen vollstreckt.«

Hunter dachte darüber nach. »Sie meinen, auch wenn Vater Fabian sich für einen anderen Namenspatron entschieden hätte, hätte das Köpfen höchstwahrscheinlich auf dessen Todesart gepasst«, schloss er.

Ein langsames Nicken.

»Aber was ist mit dem Hundekopf? Sagt Ihnen der irgendwas? Hat er in der katholischen Lehre irgendeine bestimmte Bedeutung?«

Der Priester schöpfte tief Atem. »Der Teufel«, antwortete er. Bei seinen Worten schien ein kalter Luftzug durchs Zimmer zu gehen, und Hunter stellte unwillkürlich den Kragen seiner Jacke auf.

Vater Malcolm kehrte zu seinem Platz hinter dem Schreibtisch zurück. »Ich will nicht anmaßend sein, Detective, oder mich in Ihre Arbeit einmischen, aber ich glaube, Sie sind auf dem falschen Weg.«

»Wieso denken Sie das, Vater?«, wollte Hunter wissen. Er fixierte den Priester aufmerksam.

»Ich glaube, dass dieser Gewaltakt gegen die katholische Kirche als Ganzes gerichtet war. Jemand wollte der Institution schaden, nicht einem einzelnen Priester. Fabian war ein Zufallsopfer – tragisch, aber beliebig. Es hätte jeden von uns treffen können. Der Mörder hätte jede Kirche für seine Tat auswählen können.« Er hielt inne, als brächte er die nächsten Worte nur mit Mühe über die Lippen. »Und etwas sagt mir, dass er erneut töten wird. Vielleicht hat er es bereits getan.«

Der Tonfall des Priesters ließ die winzigen Haare auf Hunters Armen zu Berge stehen.

29

Amanda Reilly zitterte vor Kälte und hatte rasenden Durst. In ihrem Schädel pochte es mit solcher Heftigkeit, dass sie dachte, ihre Schläfen müssten jeden Augenblick explodieren. Als sie sich zu bewegen versuchte, merkte sie, dass sie gefesselt war. Ihre Handgelenke waren an die Armlehnen, die Füße an die vorderen Beine eines unbequemen Metallstuhls gebunden, und zwar so fest, dass die Drähte ihr in die Haut schnitten.

Ihre Lider fühlten sich schwer und klebrig an. Ihre Augen waren nicht verbunden, trotzdem hinderte sie irgendetwas daran, sie zu öffnen. Sie versuchte zu schreien, aber auch ihre Lippen waren wie versiegelt. Ein ekelerregender bitterer Geschmack füllte ihren Mund. Als sie die Zunge von innen gegen die Lippen presste, spürte sie zwischen ihnen eine dünne, feste Schicht wie eine Membran. Erneut versuchte sie, den Mund aufzuzwängen, bis die zarte Haut ihrer Lippen zu reißen begann.

O mein Gott! Sie erschauerte, als ihr klar wurde, was geschehen war.

Man hatte ihr den Mund geschlossen – mit Sekundenkleber.

Panik überrollte sie. Wie von Sinnen warf sie sich hin und her und versuchte sich zu befreien. Dabei gruben sich die haardünnen Fesseln so tief in ihre Hand- und Fußgelenke, dass sie anfing zu bluten.

Der Stuhl bewegte sich keinen Millimeter. Entweder war er zu schwer oder am Boden festgeschraubt. Ihre Schreie, die halb erstickt durch ihre fest verschlossenen Lippen nach außen drangen, klangen wie das Grunzen eines Tieres.

Ein unkontrollierbares Zucken erfasste ihren Körper, und sie biss die Zähne fest aufeinander. Tränen schossen ihr in die Augen und bahnten sich durch die geschlossenen Lider einen Weg nach draußen. Dabei wuschen sie einen Teil der klebrigen Substanz fort, die man ihr über die Augen geschmiert hatte. Langsam, ganz langsam gelang es ihr, sie zu öffnen. Sie brannten wie Feuer und zwangen sie, heftig zu blinzeln.

Es dauerte mehrere Minuten, bis der Schmerz abgeklungen war und sie überhaupt etwas sehen konnte. Ihre Augen waren verquollen, und das Weiß hatte sich blutrot verfärbt. Zuerst war alles verschwommen, aber der von Kerzenschein erhellte Raum kam ihr vage bekannt vor. Einige der Möbelstücke hatte sie schon mal gesehen – aber wo?

Das Pochen in ihrem Schädel wurde immer schlimmer, ihre Gedanken tobten wild durcheinander. Sie nahm einige tiefe, gleichmäßige Atemzüge und versuchte sich auf ihren Herzschlag zu konzentrieren.

Allmählich setzte ihr Gedächtnis die Bilder der bisherigen Ereignisse wieder zusammen.

Sie zuckte vor Furcht zusammen, als sie sich endlich erinnerte. Das verschwommene Bild vor ihr zeigte den riesigen steinernen Kamin in dem Haus in Malibu.

Sie war mit einem Interessenten zur Besichtigung hergekommen.

Wie hieß er noch gleich?

»Na, was macht der Kopf, Mandy?« Die Stimme in ihrem Rücken ließ sie vor Schreck erstarren. Hart und schneidend wie die eines Generals. »Keine Sorge, der Schmerz wird bald nachlassen.«

Erneut durchlief ein Zittern ihren Körper.

Sie konnte schon fast wieder scharf sehen. Sie senkte den Blick, und jetzt endlich wurde ihr klar, warum sie so fror. Sie war nackt.

Eine große Gestalt trat von hinten in ihr Blickfeld. Es war derselbe Mann, mit dem sie zur Besichtigung hier gewesen war, aber sie konnte sich noch immer nicht an seinen Namen erinnern. Er musste sich umgezogen haben. Den langen Mantel und Maßanzug hatte er gegen eng anliegende schwarze Sportkleidung getauscht. Seine Hände steckten noch immer in Lederhandschuhen, und seine Haare waren unter einer gestrickten Kappe verborgen.

Wieder kämpfte sie gegen die Fesseln an, indem sie sich verzweifelt hin und her warf und mit den Beinen zu strampeln versuchte.

Der Mann sah ihr eine Weile in ungerührtem Schweigen zu, bis sie schließlich einsehen musste, dass all ihre Bemühungen umsonst waren, und aufgab.

»Leider glaube ich nicht, dass du dich befreien kannst«, erklärte er und begann, vor ihr auf und ab zu gehen.

»Bitte. Warum machen Sie das mit mir?« Sie formte die Worte in ihrem Mund, aber alles, was nach außen drang, war ein dumpfes Summen.

Der Mann äffte das Geräusch nach, die Lippen fest aufeinandergepresst, bevor er in höhnisches Gelächter ausbrach. »Wenn du mir etwas sagen willst, dann musst du dich schon ein bisschen anstrengen. Na komm, du schaffst es. Mach den Mund auf.«

Sie starrte ihn wie gelähmt an. Ihre Angst war so überwältigend, dass sie dachte, sie würde jeden Moment in Ohnmacht fallen.

Er beugte sich zu ihr, bis sein Gesicht nur noch wenige Zentimeter von ihrem entfernt war.

»MACH DEN MUND AUF!« Er schrie den Befehl so laut, dass die Luft seines Atems ihr die Haare aus der Stirn blies.

Amanda verlor jegliche Kontrolle. Sie war jenseits der Angst. Jedes einzelne Haar an ihrem Körper stand zu Berge, als sie die Kontrolle über ihre Blase verlor.

»Igitt, wie ekelhaft«, stieß er angewidert hervor, richtete sich auf und wich einen Schritt vor der Pfütze zurück, die sich auf dem Fußboden unter ihrem Stuhl bildete. »Vielleicht kann ich dir dabei behilflich sein, den Mund aufzumachen.« Er nahm etwas vom Kaminsims. »Was meinst du? Sollen wir es versuchen?«

Er zeigte ihr einen silbernen Brieföffner mit blinkender, scharfer Klinge.

Amandas Augen weiteten sich vor Entsetzen, sie riss den Kopf zurück, so weit sie konnte. Ein schriller Schrei drang durch ihre versiegelten Lippen.

»Vielleicht reißt dir das die Lippen aus dem Gesicht, aber was macht das schon? Du brauchst bloß zu nicken, und ich fange an, dich aufzuschlitzen.«

Panisch schüttelte Amanda den Kopf.

»Oder vielleicht sollte ich ihn da unten benutzen …« Er deutete auf ihren Schoß. »Damit du widerliche Schlampe nicht wieder auf den Boden pisst. Was meinst du?« Genüsslich fuhr er mit der Zunge an der blitzenden Klinge entlang. »Soll ich dir das da unten reinrammen? Ich verspreche dir, ich sorge dafür, dass du auch auf deine Kosten kommst.«

Ein heftiges Zucken ging durch Amandas Oberkörper, als ihr der Mageninhalt die Kehle hinaufschoss. Sie bekam keine Luft mehr und verdrehte die Augen.

»Hast du dir etwa gerade in den Mund gekotzt?«, schrie der Mann und war mit einem Satz bei ihr. »Du dreckige kleine Hure!« Er presste beide Hände gegen ihre Wangen und bog ihren Kopf zurück. »Schluck es wieder runter. Schluck es sofort wieder runter!«, befahl er und drückte noch fester zu.

Amanda versuchte den Kopf zu schütteln, aber der Mann umklammerte ihn wie ein Schraubstock.

»ICH HAB GESAGT, SCHLUCK ES WIEDER RUNTER!«, brüllte er außer sich vor Wut.

Sie musste husten, aber der Druck konnte nirgendwo hin entweichen, außer durch ihre Nase. Blutiger Schleim schoss aus ihren Nasenlöchern und spritzte auf die Handschuhe und Ärmel des Mannes.

»Du Schlampe«, knurrte er und massierte ihr den Adamsapfel, um ihren Schluckreflex auszulösen. »So wirst du mir nicht draufgehen.«

Amanda hatte seit mehreren Stunden nichts gegessen. Was auch immer ihr hochgekommen war, es war nicht viel mehr als ein Suppenlöffel voll. Als der Mann ihre Wangen noch fester zusammendrückte und ihr immer weiter über die Kehle rieb, gelang es ihr schließlich, das Erbrochene wieder herunterzuwürgen.

»Braves Mädchen«, lobte der Mann, zog ein Papiertaschentuch aus seiner Tasche und betupfte ihr damit die blutende Nase. Dann wartete er schweigend mehrere Minuten, während Amanda zitternd dasaß.

»Dir ist kalt, wie ich sehe«, sagte er schließlich, und seine Stimme war mit einem Mal ganz verändert. Er klang regelrecht aufgeräumt. »Ich möchte dir gerne etwas zeigen.«

Aus seiner Tasche holte er ein altes Schwarzweißfoto und hielt es Amanda vors Gesicht.

»Sieh es dir genau an. Erinnerst du dich?«

Sie war schwach, völlig ausgetrocknet, und in ihrem Kopf drehte sich alles.

»Komm schon, Mandy.« Er schnippte ein paar Mal mit den Fingern. »Konzentrier dich auf das Foto. Erinnerst du dich?«

Und dann sah sie es.

Das kann nicht sein!

»Willkommen in deinem Alptraum, Mandy«, flüsterte er rau. »Ich weiß, wovor du Todesangst hast.«

30

Manche sagen, die Union Station in Los Angeles sei der letzte große Bahnhof Amerikas. Er wurde im Jahre 1939 gebaut, um die kleineren Bahnhöfe dreier verschiedener Eisenbahngesellschaften zu ersetzen, und auch heute noch ist er ein wichtiger Verkehrsknotenpunkt. Schon die Fassade bietet einen imposanten Anblick – eine gelungene Mischung aus spanischem Kolonialstil und maurischen Elementen mit Anklängen an den späten Art déco. Aber noch schöner ist die aufwendig restaurierte Bahnhofshalle mit ihren original historischen Lampen, den prächtigen Einlegearbeiten im Fußboden und den gefliesten Wänden.

Im Bahnhof herrscht ein ständiges Gewimmel von Pendlern und Touristen, und an diesem Tag schien er noch voller als sonst.

Das Mädchen rannte so schnell es konnte. Immer wieder musste sie Haken schlagen, um nicht mit anderen Leuten zusammenzustoßen. Menschen strömten in alle Richtungen, und alle schienen es eilig zu haben. Sie wich erfolgreich einer dicken Frau mit Kinderwagen aus, nur um gleich darauf ein kleines Mädchen in Schuluniform anzurempeln, das seinen Eltern abhandengekommen sein musste. Als sie endlich die Rolltreppe erreicht hatte, die ins Untergeschoss führte, war sie verschwitzt und außer Atem.

»Entschuldigung«, rief sie immer wieder gehetzt, während sie sich an den Leuten auf der Rolltreppe vorbeiquetschte.

Sie sah, wie sich die Türen des Zuges schlossen, gerade als sie auf den Bahnsteig gestolpert kam.

»Nein, nein! Verdammt noch mal!«

Sie stürzte auf die U-Bahn zu, obwohl sie wusste, dass es keinen Sinn hatte.

»Schon wieder zu spät … Scheiße!«, zischte sie. »Das hat mir gerade noch gefehlt.«

Ihr Blick hetzte hin und her auf der Suche nach einem Fahrplan. Die nächste U-Bahn kam erst in fünfzehn Minuten. Obwohl gerade ein Zug abgefahren war, herrschte auf dem Bahnsteig noch immer dichtes Gedränge.

Wo wollen die überhaupt alle hin, verflucht?, fragte sie sich wütend und sah sich um. Ihr Blick glitt über einen leeren Plakatschaukasten hinweg, in dessen Glas sich schemenhaft ihr Spiegelbild abzeichnete. Der Pferdeschwanz, zu dem sie ihre langen braunen Haare zusammengebunden hatte, sah noch einigermaßen ordentlich aus, aber auf ihrer Stirn glänzten Schweißperlen, und ihre Nase war von der Kälte und der körperlichen Anstrengung gerötet. Sie musste dringend ihr Make-up auffrischen.

Oben auf der Hauptebene wimmelte es von Menschen. Touristen schlenderten umher und bestaunten selbstvergessen die Lichter und riesigen Christbaumkugeln an der Decke. Sie selbst hatte der farbenfrohen Weihnachtsdekoration bislang noch keine Beachtung geschenkt. Sie erinnerten sie bloß an ihre Heimatstadt und an ihr Elternhaus – und beides wollte sie um jeden Preis vergessen. Sie sah auf die Uhr, bevor sie sich zur Damentoilette am hinteren Ende des Saals aufmachte. Diesmal konnte sie sich Zeit lassen. Ein großer, dünner Mann mit rotem Aktenkoffer bedachte sie mit einem schmierigen Lächeln, und ihr ganzer Körper erschauerte unwillkürlich.

»*Meine Damen und Herren*«, kam eine Stimme aus den Lautsprechern. »*Aufgrund einer Signalstörung am Pershing Square wird der nächste Zug der roten Linie voraussichtlich mit fünf Minuten Verspätung eintreffen. Wir danken für Ihr Verständnis.*«

»Super«, knurrte sie. »Was für ein Scheißtag.«

Mit einem Mal spürte sie, wie sich ihre Brust in der Nähe des Herzens zusammenzog. Eine brennende Hitze breitete sich mit rasender Geschwindigkeit in ihrem ganzen Körper aus, und sie bekam kaum noch Luft. Die Bahnhofshalle begann sich zu drehen. Winzige Lichtpunkte tauchten vor ihren Augen auf, die immer größer und größer wurden, bis sie schließlich gar nichts mehr sah bis auf ein grelles weißes Licht. Und dann geschah es.

Das grelle Licht verschwand und machte körnigen Schwarzweißbildern Platz, wie Szenen aus einem alten Film. Aber das, was sie sah, war kein Hollywoodklassiker.

»O Gott, nein.« Tränen erstickten ihre Stimme. »Bitte nicht schon wieder …«

Die Bilder dauerten nur ein paar Sekunden, aber das war lange genug, um sie in Todesangst zu versetzen.

Ihre Nase begann zu bluten. In ihrem Magen begann es zu brodeln, und sie spürte, wie ihr die Galle hochstieg. Sie musste zur Toilette, sofort.

»Bitte … Hilfe … irgendjemand …« Ihre Lippen bewegten sich, aber kein Laut kam heraus. Die Beine knickten unter ihr weg, und sie fiel auf die Knie, als sich ihr Magen krampfartig zusammenballte. Mitten in der Haupthalle der Los Angeles Union Station übergab sie sich.

31

Hunter lebte allein. Er hatte nie geheiratet, und die wenigen festen Beziehungen, die er gehabt hatte, waren nie von Dauer gewesen. Anfangs zeigten die Frauen, mit denen er sich traf, immer Verständnis für seine Arbeit und dafür, dass er oft wenig Zeit hatte. Aber früher oder später wollten sie mehr. Viel mehr, als er zu geben bereit war. Und obwohl er sich manchmal einsam fühlte, passten langfristige Beziehungen einfach nicht in sein Leben. Dementsprechend bestand Hunters Sexleben ausschließlich aus One-Night-Stands und kurzen zwanglosen Affären. Davon allerdings hatte er reichlich.

Er war gern allein. Er fühlte sich wohl in seinem spartanisch eingerichteten Apartment. Ein gutes Buch und ein doppeltes Glas Single Malt aus seiner umfangreichen Sammlung waren alles, was er für einen gemütlichen Abend brauchte.

Aber heute war es anders. Es war noch nicht mal zwei Tage her, seit sie Vater Fabians Leiche gefunden hatten, aber der Druck war schon jetzt riesengroß. Er verspürte den Drang, auszugehen und anderen Leuten dabei zuzuschauen, wie sie redeten, lachten und unbeschwert ihr Leben genossen. Die Welt der Toten einen kurzen Moment lang zu vergessen.

Das Nachtleben von Los Angeles ist bunt und aufregend. Von angesagten Luxusclubs, in denen sich die A-Prominenz tummelt, bis hin zu finsteren Undergroundbars ist alles vorhanden. Es gibt Bars und Lounges zu jedem nur erdenklichen Thema. Man kann seinen Cocktail auf einer Krankenstation von Kellnerinnen in hautengen schwarzen Schwesternuniformen serviert bekommen oder in einem traditionellen Irish Pub, wo der Barmann das Guinness noch ohne Hast zapft und zum Abschluss ein vierblättriges Kleeblatt in den Schaum malt.

Hunter wollte keinen Lärm und nichts Verrücktes, also schieden sämtliche Bars mit Livemusik und DJ aus. Außerdem hatte er beschlossen, in Downtown L. A. zu bleiben, womit auch die zahlreichen Strandbars wegfielen. Schließlich entschied er sich für das Golden Gopher in der West Eighth Street. Die ruhige und entspannte Atmosphäre war genau das, was er jetzt brauchte.

Um neun Uhr abends war die Bar gut besucht, aber nicht überfüllt. Hunter suchte sich einen Platz an der Theke und bestellte einen Single Malt. Der Barkeeper, ein großer Puerto Ricaner mit sorgfältig getrimmtem Ziegenbärtchen, ließ zwei Eiswürfel in den Whisky plinkern, bevor er ihm das Glas hinschob. Hunter sah zu, wie sie knackten und Risse bekamen, während er in Gedanken weiter systematisch den Fall analysierte. Zwei Tage, und sie hatten noch nicht die geringste Spur.

Er leerte den Scotch in einem Zug, dann fiel sein starrender Blick auf eine Gruppe, die sich um einen alten »Space Invadors«-Spielautomaten scharte. Ohne dass er es bemerkte, goss ihm der Barkeeper nach und schob ihm das Glas wieder hin.

»Wow, Sie sind aber schnell«, meinte Hunter erstaunt.

»Der hier ist bezahlt.«

Hunter runzelte fragend die Stirn.

»Die Dame am Tisch ganz hinten rechts«, sagte der Barkeeper mit einer diskreten Neigung des Kopfes.

Hunter drehte sich um. Eine große, attraktive Brünette saß allein an einem Tisch. Die Haare fielen ihr in seidigen Locken über die Schultern, sie hatte leicht gebräunte Haut und verführerische braune Augen. Die zwei obersten Knöpfe ihrer cremefarbenen Bluse waren geöffnet und gaben den Blick auf ein atemberaubendes Dekolleté frei.

Hunter hob sein Glas und nickte ihr zu, um sich für den Drink zu bedanken.

Sie fing seinen Blick auf und zwinkerte ihm lächelnd zu, wobei sie ihn mit einer Geste einlud, sich zu ihr zu setzen.

»Heute ist Ihr Glückstag«, lautete der Kommentar des Barkeepers.

»Macht sie das öfter?«

»Keine Ahnung. Hab sie hier noch nie gesehen«, erwiderte der Barkeeper und fuhr sich nachdenklich über den Ziegenbart.

»Sieht aus wie eine Männerfresserin«, sagte Hunter, ohne den Blickkontakt mit der Brünetten zu unterbrechen.

Der Barkeeper schnappte sich ein Glas und begann es zu polieren. »Von der würde ich mich jederzeit fressen lassen.«

Hunter lachte. »Na, dann probiere ich mal mein Glück.« Damit erhob er sich und ging zum Tisch der schönen Fremden.

32

»DANKE FÜR DEN WHISKY. Das ist sehr nett von Ihnen«, sagte Hunter und setzte sich auf den Stuhl gegenüber.

Sie schenkte ihm ein Zahnpastalächeln. »Gern geschehen. Es freut mich immer, einen Mann zu treffen, der einen echten Drink zu schätzen weiß.«

Hunter fiel auf, dass sie dasselbe trank wie er.

»Sie sind Scotch-Trinkerin?«

»Ich mag es gerne hochprozentig.« Unter Hunters wachsamem Blick nahm sie einen kleinen Schluck von ihrem Single Malt.

»Ich bin Robert«, sagte er und streckte ihr die Hand hin.

»Claire. Claire Anderson.«

Sie schüttelten sich die Hand, und Hunter war überrascht, wie zart sich ihre Haut anfühlte.

»Kommen Sie oft hierher?«, wollte sie wissen.

»Eigentlich nicht. Ich hatte Lust auf einen Drink, aber nicht auf irgendeinen lauten Trendschuppen. Die haben guten Single Malt hier, und es ist … angenehm entspannt. Und Sie?«

»Hin und wieder. Ich wohne gleich um die Ecke.«

»Schöne Wohngegend. Aber der Laden ist wohl kaum eine typische Reporterkneipe, oder?«, sagte er wie nebenbei.

Ihr Lächeln verschwand nicht. Es wurde nur um einiges echter. »Dann haben Sie mich wohl erkannt.«

»Ihre Haare sehen anders aus, lockiger. Aber ich erinnere mich noch an Sie. Sie waren bei der Kirche und wollten wissen, ob es ein Serienmörder ist, dabei hatte ich noch nicht mal den Tatort gesehen.«

Claire spitzte die Lippen. »Jetzt *haben* Sie ihn gesehen. Und? Glauben Sie, es könnte ein Serienmörder sein?«

»Dabei haben Sie so gut angefangen.« Hunter schüttelte in gespielter Enttäuschung den Kopf. »Mir einen Drink spendiert und so weiter. Hätten Sie danach nicht eigentlich noch ein bisschen hübsch plaudern müssen, vielleicht sogar flirten, bevor Sie dazu übergehen, mich auszufragen?«

»Das können wir immer noch machen, wenn Sie möchten.«

»Ich glaube, das wäre ganz gut.«

»Worüber würden Sie denn gerne plaudern, Detective Hunter?«

»Sie können mich trotzdem Robert nennen, das ist schon okay.«

»Also, worüber möchten Sie plaudern, Robert?«

»Fangen wir doch damit an.« Er beugte sich vor, nahm ihr Glas und goss den Inhalt in sein eigenes um. »Was trinken Sie in Wirklichkeit?«

Sie betrachtete ihn eine Sekunde lang forschend. »Woher wissen Sie, dass ich keinen Scotch trinke?« In ihrer Stimme schwang eine Spur Trotz mit.

Hunter hob die Brauen.

Sie hielt seinem Blick ganz kurz stand, bevor sie erneut lachen musste. »Also gut. Gin Tonic.«

Einen Augenblick später kam Hunter mit einem hohen, geeisten Glas Gin Tonic an den Tisch zurück.

»Danke«, sagte sie, bevor sie einen Schluck trank. »Wir fangen noch mal von vorne an, in Ordnung?« Sie bot ihm ihre Hand. »Ich bin Claire.«

»Ach, der Name war also echt?«

Sie nickte.

Diesmal ignorierte Hunter ihre ausgestreckte Rechte. »Für welche Zeitung arbeiten Sie denn?«

Claire ließ die Hand sinken, schien jedoch nicht im Mindesten gekränkt. »Für die *L. A. Times.*« Sie machte eine kleine Pause. »Na ja, genau genommen bin ich noch in der Probezeit.«

»Ah, verstehe. Und jetzt denken Sie, dass eine Serienmörder-Story Ihnen vielleicht den Weg zu einer festen Stelle ebnen könnte.«

»Sie würde meine Chancen zumindest nicht verschlechtern.«

Hunter nippte an seinem Whisky. »Leider kann ich Ihnen in der Angelegenheit nicht weiterhelfen.«

»Seien Sie kein Spielverderber, Robert. Ich brauche bloß einen klitzekleinen Hinweis. Etwas, wovon die anderen Reporter nichts wissen. Das dürfte doch nicht allzu schwierig sein, im Moment weiß ja überhaupt niemand irgendetwas.«

»Das liegt daran, dass es nichts zu wissen gibt.«

»Soll das ein Witz sein? Jemand hat einem Priester den Kopf abgeschlagen und ihm einen Hundekopf aufgepflanzt. Der Mörder hat die Kirche in ein blutiges Actionpainting verwandelt. Das ist das Verhalten eines waschechten Psychopathen, nicht eines Täters, der nur einmal tötet, das wissen Sie so gut wie ich. Die ganze Sache war sorgfältig geplant. Ich glaube, er wird's wieder tun – oder er hat es vorher schon mal getan. Was meinen Sie?«

Hunter schmunzelte. »Clever. Ihre Frage als Meinung formulieren, um mich so zu einem Kommentar zu verleiten. Haben Sie das im Journalistikseminar gelernt?«

Claire fuhr sich mit der linken Hand durchs Haar. »Zwei Semester Psychologie an der Idaho State University.«

»Sie kommen aus dem Kartoffelstaat?«

»Idaho hat mehr zu bieten als bloß Kartoffeln«, gab sie eingeschnappt zurück.

»Ganz bestimmt.«

»Außerdem habe ich Ihr Buch gelesen.«

Hunter sah auf und ließ zu, dass das Schweigen sich dehnte. »Ich habe nie ein Buch geschrieben«, meinte er schließlich kühl und schüttelte den Kopf.

»Also gut, Ihre *Dissertation* über kriminelle Verhaltensmuster. Sie wurde als Buch veröffentlicht, und sie ist nach wie vor Pflichtlektüre an der FBI-Akademie.« Claire bemerkte Hunters fragenden Blick. »Ich war mal mit einem FBI-Trainee zusammen«, erklärte sie gleichgültig. »Die Arbeit war ziemlich sperrig zu lesen, aber sehr informativ. Kein Wunder, dass jeder FBI-Profiler sie auswendig kennt. Es überrascht mich, dass man Ihnen an der Akademie keine Dozentur angeboten hat.«

Sie hat die Taktik gewechselt, dachte Hunter. *Jetzt versucht sie's mit der Schmeichel-Methode.*

»Außerdem habe ich mir kurz Ihre Biographie angeschaut«, fuhr sie fort. »Ein Genie, ein Wunderkind. Sie haben die Mirman School für Hochbegabte besucht, die Uni in Rekordzeit abgeschlossen und mit dreiundzwanzig Ihren Doktor gemacht – beeindruckend. Wieso ist jemand wie Sie Detective und nicht Millionär?«

Die Jukebox begann einen Song von Guns N' Roses zu spielen.

»Meine Lebensgeschichte ist mit Sicherheit nicht der Stoff für einen Bestseller.«

»Ich will ja auch gar keinen Bestseller schreiben«, entgegnete sie lässig. »Aber noch mal zu Ihrem Buch – es war wirklich überaus faszinierend. Insbesondere der Teil über Ritualmorde. Ich glaube, Sie treffen mit Ihren Theorien genau ins Schwarze, aber da ist etwas, was ich nicht ganz verstehe.«

»Und das wäre?«

»Falls Sie nicht inzwischen Ihre Meinung radikal geändert haben oder bereit sind, Ihrer eigenen These zu widersprechen, glauben Sie keinesfalls, dass es sich bei dem Mord in der Kirche um eine Einzeltat handelt. Hab ich recht?«

»Sehen Sie, Sie tun es schon wieder«, sagte Hunter anstelle einer Antwort. »Sie drängen mir Ihre Gedanken auf und erwarten, dass ich Ihnen zustimme oder widerspreche.«

»Robert, zieren Sie sich doch nicht so. Wir können bei dieser Story doch zusammenarbeiten. Ich verspreche Ihnen, ich gebe mein Bestes. Ich kann Sie berühmt machen.«

Hunter lachte, lehnte sich zurück und schlug die Beine übereinander. »Berühmt?«

»Sie sind ein ausgezeichneter Detective. Das weiß ich, weil ich alles über Sie recherchiert habe. Ihre Aufklärungsquote, vor allem, was schwierige Fälle angeht, ist unübertroffen, aber niemand außer einer Handvoll Leute weiß davon. Sie haben mehr Anerkennung verdient. Los Angeles sehnt sich nach einem Helden.«

Hunter nippte bedächtig an seinem Scotch. Claire Anderson war eine Meisterin im Süßholzraspeln, das musste man ihr lassen. »Ich bin glücklich so, wie die Dinge sind«, sagte er. »Ich will kein Held sein. Und berühmt sein will ich auch nicht.«

»Sie sind glücklich? Das nehme ich Ihnen nicht ab.«

Hunter verschränkte die Arme vor der Brust. »Ich mag mein Leben so, wie es ist. Ich bin gerne …«

»Der einsame Wolf?«

Hunter schwieg.

»Okay.« Claire lehnte sich vor und stellte beide Ellbogen auf dem Tisch auf. »Ganz im Vertrauen, sozusagen inoffiziell. Beantworten Sie mir nur eine Frage – nicht als Cop, sondern als Kriminalpsychologe und nur um meine Neugier zu befriedigen.«

Hunter hob fragend eine Braue. »Inoffiziell?«

»Ja. Versprochen.«

»Schießen Sie los.«

»Angenommen, Sie würden nicht in diesem Fall ermitteln, sondern ihn bloß studieren. Wenn Sie ein Täterprofil erstellen müssten, und zwar allein aufgrund dessen, was Sie in der Kirche gesehen haben, würde dieses Profil nicht von einem Täter ausgehen, der aller Wahrscheinlichkeit nach erneut töten wird oder in der Vergangenheit bereits getötet hat oder beides?«

Hunter lachte gepresst. »Sie können es einfach nicht lassen, oder?«

»Sonst wäre ich ja wohl keine gute Reporterin.« Die Antwort kam mit einem koketten Augenzwinkern.

Hunter leerte seinen Drink und stellte das Glas mit einem nachdrücklichen »Klonk!« auf dem Tisch ab. Claire tat dasselbe.

»Noch eine Runde?«, fragte sie.

Hunter warf unschlüssig einen Blick auf die Uhr.

»Kommen Sie schon, schließlich wartet nicht Ihre Frau zu Hause, oder?«

»Irgendwas sagt mir, dass Sie die Antwort auf die Frage bereits kennen.«

Sie lachte stillvergnügt. »Wie gesagt, ich habe Ihnen ein bisschen hinterherspioniert.« Ihr musste klargeworden sein, wie ihre Worte geklungen hatten, denn sie beeilte sich, zurückzurudern. »Also, nicht wie ein Stalker. Recherchen sind ein wichtiger Teil meiner Arbeit.«

Schweigen.

»Kommen Sie, die Runde geht auf mich. Ich verspreche Ihnen auch, dass ich keine Fragen mehr zu Ihrem Fall stelle.«

Hunter schnitt eine Grimasse. »Irgendwie fällt es mir schwer, das zu glauben.«

»Ich sage Ihnen was«, meinte Claire und stand auf. »Ich habe einen Deckel hier. Bestellen Sie, was immer Sie wollen, und holen Sie mir noch einen Gin Tonic, während ich kurz verschwinde. Wir trinken noch ein Glas, und danach gehen wir vielleicht woanders hin. Meine Mitbewohnerin ist übers Wochenende verreist.« Ein verführerisches Lächeln umspielte ihre Lippen.

Wow. Sie ist echt bereit, bis zum Äußersten zu gehen. Hunter war sich ziemlich sicher, dass Claire eine phantastische Liebhaberin war, aber zweifellos wäre ihr Engagement im Bett direkt proportional zu dem Insiderwissen, das sie ihrem Gespielen zu entlocken hoffte. In Wirklichkeit hatte sie Sex mit den Informationen, nicht mit dem Mann dahinter.

»Hören Sie, Claire, Sie sind eine sehr attraktive Frau. Ich bin sicher, Sie wissen, dass Sie unter allen Männern hier in der Bar die freie Auswahl hätten.«

»Und ich habe Sie ausgesucht.«

Hunter lachte. »Das schmeichelt mir. Aber es wäre aus dem falschen Grund, und das wissen Sie.«

»Manchmal sind die falschen Gründe ja die besten.«

»Und an den meisten Abenden würde ich das genauso sehen. Aber heute muss ich leider ablehnen.«

»Sie geben mir einen Korb?« Sie klang ehrlich gekränkt.

»Nicht wirklich.« Hunter dachte einen Moment lang nach. »Wir können es gerne auf später verschieben, wie wäre das? Sobald der Fall abgeschlossen ist, lade ich Sie zum Essen ein. Mal sehen, ob Sie mich dann immer noch mit nach Hause nehmen wollen.«

33

In dieser Nacht brachte Hunter es nur auf dreieinhalb Stunden Schlaf. Obwohl er schon seit vier Uhr dreißig auf den Beinen war, kam er erst um kurz nach acht ins Büro. Garcia saß bereits an seinem Schreibtisch und las in einem von Vater Fabians Tagebüchern. Seine Augen waren blutunterlaufen und hatten dunkle Ringe.

»Wann bist du denn gekommen?«, fragte Hunter ihn, als er die Tür hinter sich schloss.

Garcia ließ das Tagebuch sinken, lehnte sich in seinem Stuhl zurück und massierte sich den steifen Nacken. »Halb acht, aber ich war fast die ganze Nacht auf und habe gelesen.«

Hunter nickte. »Ja, ich auch.«

Erst jetzt fiel Garcia auf, dass sein Partner zwei Tagebücher unter dem Arm trug. »Und? Wie weit bist du gekommen?« Mit einem Nicken deutete er auf die Bücher.

»Ich habe beide durch.« Hunter legte sie auf seinem Schreibtisch ab.

»Du hast in einer Nacht vierhundert Seiten gelesen?«, fragte Garcia fassungslos.

»Ich lese viel, ich lese schnell, und ich schlafe wenig.«

»Hast du was gefunden?«

»Nichts, was uns wirklich bei den Ermittlungen weiterbringen könnte. Aber Vater Fabian war ein Mann mit vielen Problemen, so viel steht fest.« Hunter lehnte sich gegen seinen Schreibtisch und bohrte die Hände tief in die Hosentaschen. »Er hatte Selbstmordgedanken – und das mehr als einmal.«

Garcia rieb sich mit den Fingerspitzen über die Augen. »Langsam fange ich schon an zu schielen. Und ich habe noch rein gar nichts gefunden. Was ist mit der Hotline?«

Jeden Abend, bevor er nach Hause fuhr, ging Hunter persönlich alle Hinweise durch, die über den Tag hinweg bei der anonymen Telefonhotline eingegangen waren.

»Nichts. Über zweihundert Anrufe, alles Bullshit.«

Es klopfte an der Tür.

»Herein«, rief Hunter.

Officer Hopkins trat ein, in der Hand eine blaue Plastikmappe. Auch er sah übernächtigt aus.

»Ich habe hier einige vorläufige Ergebnisse zu den Recherchen, die ich machen sollte.«

Bevor er weiterreden konnte, hob Hunter die Hand. »Ich glaube, wir könnten alle eine kleine Auszeit vom Büro und vom Bildschirm gebrauchen. Das Wetter draußen ist ganz passabel, warum fahren wir nicht nach Little Tokyo einen Kaffee trinken? Ein Tapetenwechsel tut uns bestimmt gut.«

»Ich bin dabei.« Garcia hob die Hand.

»Klar. Ich liebe die Gegend.« Hopkins nickte.

Das kleine Viertel Little Tokyo im Stadtzentrum von Los Angeles befindet sich in unmittelbarer Nähe des Parker Center, in dem das Morddezernat des LAPD untergebracht ist. Es ist eins von nur drei japanischen Stadtvierteln in den Vereinigten Staaten, und wenn man japanisches Essen mag, ist man nirgendwo in L. A. besser aufgehoben.

Hopkins schlug vor, ins Poppy zu gehen, einem Coffeeshop am südlichen Ende von Little Tokyo. Er hatte schon mehrfach dort gegessen, und der Kaffee war der beste weit und breit.

Trotz der frühen Stunde war das Café brechend voll. Die drei bestellten jeder einen Kaffee schwarz, Hopkins ließ sich dazu noch einen Donut mit Schokostreuseln geben.

»Die sollten Sie unbedingt mal probieren«, sagte er, als sie es sich am letzten freien Tisch gleich neben der Tür bequem gemacht hatten. »Die machen so satt, dass sie eigentlich eine eigene Nahrungsgruppe sein müssten.«

Sowohl Garcia als auch Hunter lehnten dankend ab.

»Guten Appetit.« Hunter schmunzelte über Hopkins' Begeisterung, dann beobachtete er mit leicht verstörter Miene, wie dieser vier Stück Zucker in seinen Kaffeebecher plumpsen ließ. »Also, was haben Sie bis jetzt rausgefunden?«, fragte er.

»Nicht sehr viel.« Sein Frust war Hopkins deutlich anzuhören. »Ich habe die Fälle recherchiert, um die Sie mich gebeten hatten: alle Straftaten der letzten fünf Jahre, die irgendwas mit Kirchen zu tun hatten.« Er zog ein paar Blätter aus seiner Mappe und fing an, sie umständlich zu ordnen. »Es gibt Vandalismus, Sprayer, ein paar eingeschlagene Scheiben, Diebstahl, ein paar Fälle von versuchter Brandstiftung – aber keine Gewalt gegen Geistliche. Nur ein paar vergewaltigte Nonnen.«

»Das fällt nicht in die Kategorie, nach der wir suchen.« Hunter trank zu hastig von seinem Kaffee und verbrühte sich den Gaumen.

»Ich weiß, aber trotzdem – das ist wirklich abartig.« Hopkins biss herzhaft in seinen Donut und wischte sich danach mit einer grünen Papierserviette die Schokoladenstreusel von der Lippe. »Was die zweite Sache angeht, Morde mit rituellem Charakter und Folter – die Liste ist lang.«

Nichts anderes hatte Hunter erwartet.

»Dann habe ich die Suchergebnisse anhand der Kriterien gefiltert, die Sie mir genannt hatten. Erstens: Täter, die noch auf freiem Fuß sind, und zweitens: die Einbeziehung von Tieren.«

»Und was haben Sie rausgefunden?«

»Hässliche Morde mit viel Blutvergießen gab es ziemlich viele. Die meisten wurden aber Gangs zugeschrieben – Revierkämpfe oder Drogenkriege. Abgesehen davon, dass sie extrem blutig sind, haben sie keinerlei ritualistische Charakteristika.«

»Und Tiere?«, fragte Garcia und blies auf seinen Kaffee.

»Gibt es, aber keine Hundeköpfe. Innerhalb der letzten fünf Jahre habe ich nur einen einzigen Fall gefunden, wo der Täter einen Tierkopf am Tatort zurückgelassen hat, und das war ein Pferdekopf.«

»Italienische Mafia«, stellte Hunter fest.

»Genau das wird vermutet. Der Fall wurde aber nie aufgeklärt.«

»Was sonst noch?«, fragte Garcia, gerade als Hopkins erneut von seinem Donut abbiss. Sie mussten warten, bis er gekaut und heruntergeschluckt hatte.

»Alles Mögliche. Ratten, Schweine, Tauben, Katzen – aber Hühner sind am beliebtesten. Vor allem ihr Blut. Wird oft in der schwarzen Magie verwendet – Voodoo. Aber diese Morde gehen fast alle auf das Konto von Jamaikanern oder ...«

»Brasilianern.« Garcia nickte.

»Brasilianern?« Hunter drehte sich verdutzt zu seinem Partner um.

»Ja, in Brasilien gibt es so was Ähnliches wie Voodoo, dort heißt es Macumba. Ein Überbleibsel der Sklaven, die aus Afrika nach Brasilien verschleppt wurden.« Garcia schüttelte den Kopf, wie um anzudeuten, dass er die anderen nicht mit historischen Details langweilen wolle. »Der Kult kennt viele Rituale, und einige davon erfordern die Tötung eines Huhns, entweder als Schlachtopfer oder um ihr Blut zu verwenden.«

»Ich habe stundenlang im Internet gesurft«, fuhr Hopkins kopfschüttelnd fort, »um einen Grund dafür zu finden, dass jemand den Kopf einer Leiche durch einen Hundekopf ersetzt, aber ich habe rein gar nichts gefunden. Und ich habe bei jeder Tierschutzorganisation in Los Angeles angerufen. Nirgendwo ist der Kadaver eines Mischlingshundes ohne Kopf gefunden worden. Ich suche weiter, aber im Moment sieht es so aus, als wäre das eine Einbahnstraße.«

Hunter rieb sich mit beiden Händen das Gesicht. Er hatte sich am Morgen nicht rasiert, und seine Bartstoppeln kratzten an seinen Handflächen.

»Außerdem habe ich mich mit den Detectives in den anderen Bezirken in Verbindung gesetzt, wie Sie gesagt haben«, fuhr Hopkins fort. »Enthauptung, Hundeköpfe, nummerierte Leichen – nichts. Falls der Killer wirklich schon zwei Opfer auf dem Gewissen hat, sind sie noch nicht aufgetaucht.«

34

Sobald sie wieder im Büro waren, nahm Garcia sich ein weiteres von Vater Fabians Tagebüchern vor.

»Bist du in einem von den Büchern zufällig auf Passagen gestoßen, in denen Vater Fabian auf einen Alptraum anspielt, den er seit Jahren hat?«, erkundigte sich Hunter, der ebenfalls eines der in Leder gebundenen Bücher aufschlug.

»Ja, bin ich.« Garcia suchte nach einem ganz bestimmten Buch. »Ich wollte dich schon dasselbe fragen. Irgendein immer wiederkehrender Traum, der ihm offenbar sehr zugesetzt hat.«

»Genau.«

»Ich hab's mir aufgeschrieben. Hier ist es.« Er hatte das Buch gefunden und schlug es auf einer markierten Seite auf. »Hier, hör dir das mal an.«

Drei Uhr morgens. Ich bin gerade aufgewacht und konnte minutenlang kaum atmen. Meine Hände zittern immer noch, und mein Schlafanzug ist nassgeschwitzt. Ich habe viel zu viel Angst, um wieder einzuschlafen. Fürchte mich davor, die Augen zuzumachen. Es war wieder derselbe Traum. All die Jahre, und er kommt immer und immer wieder. Warum, Herr? Warum werde ich von diesen Bildern heimgesucht? Sollen sie mich warnen vor dem, was kommen wird?

»Ich hatte mehrere Stellen, die ganz ähnlich sind«, sagte Hunter.

»Er scheint ständig denselben Traum gehabt zu haben.« Garcia legte das geöffnete Tagebuch auf den Schreibtisch. »Na ja, vielleicht hat es ja auch gar nichts zu bedeuten.« Er zuckte mit den Schultern. »Schließlich haben wir alle hin und wieder mal Alpträume.«

Hunter lehnte sich in seinem Stuhl zurück. »Aber kennst du Leute, die regelmäßig aus ein und demselben Alptraum aufwachen, schweißgebadet sind, unter Atemnot leiden und sich so sehr fürchten, dass sie danach nicht wieder einschlafen können?«

Garcia dachte kurz nach, bevor er Hunter schließlich mit einem knappen Nicken recht gab.

»Träume, die so eine heftige Wirkung auf den Menschen haben, haben ihren Ursprung fast immer in der Realität, in welcher Form auch immer.«

»Ich weiß nicht genau, ob ich verstehe, was du damit meinst.«

»Wenn man einen Traum hat, der reine Phantasie ist«, begann Hunter,

»zum Beispiel – was weiß ich – über einen feuerspeienden Drachen. Egal wie schlimm der Traum an sich auch ist, das Unterbewusstsein weiß, dass er bloße Einbildung ist. So ein Traum macht einem vielleicht Angst, aber er löst in aller Regel keine Panikattacke aus.«

»Wenn man aber einen Traum hat, dessen Wurzeln in der Wirklichkeit liegen – zum Beispiel, dass man brutal erstochen wird ...« Garcia hatte Hunters Gedankengang aufgegriffen und führte ihn weiter. »... dann würde das Unterbewusstsein wissen, dass einem so etwas tatsächlich passieren könnte.«

Hunter nickte. »Die meisten schweren Alpträume sind Versionen realer traumatischer Erlebnisse. Wir haben keinerlei Kontrolle über sie.« Er deutete auf das aufgeschlagene Buch. »Glaub mir, ich kenne mich aus damit. Ich habe selbst welche.«

Einen langen Moment betrachtete Garcia die Narben in seinen Handflächen. »Ich auch«, meinte er leise. »Seit dem Kruzifix-Killer.«

Sie lasen eine Weile schweigend weiter, bis Garcia schließlich einen halblauten Fluch ausstieß. »Fuck! Das gibt's doch nicht.«

Hunters Kopf schnellte in die Höhe. »Was?«

»Vater Fabians Alptraum. Das glaubst du nie ...«

35

HUNTER WARTETE, aber mehr kam nicht. Garcias Blick klebte förmlich auf der Seite, die er aufgeschlagen hatte.

»Carlos. Was hast du gefunden?«

Garcia ließ sich gegen die Lehne seines Stuhls sinken und holte ein paar Mal tief Luft. »Pass auf.« Er blätterte eine Seite zurück.

Es ist schon sehr spät, und ich kann nicht schlafen. Vor ungefähr einer Stunde bin ich aus meinem Traum aufgewacht, und diesmal war er noch viel realer als sonst. So real, dass ich mich direkt im Bett übergeben musste.

Ich habe solche Angst.

Irgendwo habe ich einmal gelesen, dass man sich von seinen Ängsten befreien kann, indem man sie aufschreibt. Ein symbolischer Akt, durch den man die Angst aus seinem Kopf auf das Papier überträgt.

Garcia sah fragend zu Hunter.

»Das ist eine bewährte Technik«, bestätigte dieser.

Garcia blätterte um und las weiter.

Dies ist jetzt also das erste Mal, dass ich etwas darüber schreibe.

Als wir jung waren, haben wir uns für unbesiegbar gehalten. Ich und meine Freunde. Wir haben alle terrorisiert – Schüler, Lehrer, Nachbarn. Wir dachten, wir wären die Größten – knallharte Jungs.

Garcia verzog die Lippen zu einem schiefen Lächeln. Er hatte sichtlich Mühe damit, sich Vater Fabian als »knallharten Jungen« vorzustellen.

Eines Abends haben wir uns wie so oft im Park herumgetrieben. Uns war langweilig. Wir hatten schon am Nachmittag angefangen zu trinken, und einige waren dazu noch high. Jemand sah einen streunenden Hund, der einen Mülleimer durchwühlte. Es war ein klapperdürres Tier mit struppigem grauem Fell. Sein Körper war an mehreren Stellen mit Schorf überkrustet, vielleicht Verletzungen, die er in einem Kampf davongetragen hatte. Plötzlich sprang einer aus unserer Gruppe auf und fing an, den Hund zu jagen. Dann haben wir nacheinander alle losgelegt, wir waren wie besessen. Wir haben gejohlt und geschrien: »Schnapp ihn dir … schnapp ihn dir!« Der Hund konnte nicht richtig laufen, mit einem seiner Beine stimmte etwas nicht, also ist er in seiner Panik davongehinkt.

Hunter stützte beide Ellbogen auf den Schreibtisch und lehnte sich vor. Garcia las weiter.

Es dauerte nicht lange, bis wir ihn umzingelt hatten. Wir hatten ihn vor einer Hecke in die Ecke gedrängt. Das arme Tier zitterte am ganzen Leib. Es war zu schwach und zu verängstigt, um sich zu wehren, also sah es uns bloß mit seinen traurigen Augen an, als wollte es uns anflehen, ihm nichts zu tun, und ließ dann den Kopf hängen.

Ich habe versucht, den anderen zu sagen, sie sollen das arme Tier in Ruhe lassen, es hatte ja nur nach etwas zu fressen gesucht, aber keiner hat auf mich gehört.

Garcia hielt inne, um tief Atem zu holen, bevor er fortfuhr.

Einer aus unserer Gruppe hat sich gebückt und dem Hund die Hand hingehalten. Der Hund hat den Kopf gehoben und ganz vorsichtig ein paar Schritte auf ihn zu gemacht. Als er nahe genug herangekommen war, hat mein Freund ihn am Kopf gepackt und hochgehoben. Der Hund hat gestrampelt und gezappelt, und alle konnten sehen, dass er Schmerzen hatte. Er war so schwach, dass er nicht einmal bellen konnte. Er hat es versucht, aber es kam bloß ein verängstigtes Winseln dabei heraus.

Garcia reckte umständlich den Nacken, als kämpfe er gegen eine beginnende Migräne an.

Ich habe meinem Freund gesagt, er soll den Hund laufen lassen. Aber der Rest der Gruppe hat ihn immer weiter angestachelt – »Zeig's dem Köter, schlitz ihn auf, den alten Sack Flöhe!« Ich habe nicht mal gesehen, woher das Messer kam. Alles, was ich weiß, ist, dass mein Freund plötzlich ein Hackmesser in der Hand hatte.

Garcias Blick wanderte kurz zu Hunter. Dieser hörte aufmerksam zu.

Die anderen schrien: »Mach schon! Zeig's ihm!«, und er hob den winselnden Hund hoch in die Luft. Die Augen des Tiers waren so voller Angst. Ich wusste, was gleich passieren würde. Mein Freund zielte mit dem Hackmesser auf den Nacken des Hundes, und auf einmal war überall Blut. Es ist mir ins Gesicht gespritzt und auf mein T-Shirt, und mir drehte sich der Magen um. Der Körper des Hundes fiel zu Boden. Er zuckte und zappelte noch kurz, während der letzte Rest Leben ihn verließ. Die anderen johlten und lachten und kreischten, und irgendwann sahen sie mich an. Ohne dass ich es gemerkt hatte, hatte ich angefangen zu weinen.

Garcia beugte sich vor und legte das Buch auf den Schreibtisch, bevor er sich mit den Fingerspitzen langsam über die Augen fuhr.

Bald darauf habe ich mich von meinen Freunden abgewandt. Seit damals habe ich keinen von ihnen wiedergesehen. Ich kann nicht genau sagen, wie lange nach dem Vorfall im Park die Alpträume angefangen haben. Vielleicht ein paar Monate später. Aber sie haben nie aufgehört.

»Und jetzt kommt's«, sagte Garcia und machte ein Gesicht, als sei das, was er im Begriff war vorzulesen, nur schwer zu glauben.

In meinem Traum ist es nicht der Hund, der am Schopf gepackt wird, sondern ich. Ich bin genauso starr vor Angst wie damals das Tier. Ich versuche zu fliehen, aber es geht nicht. Ich kann das Gesicht meines Angreifers nicht erkennen, aber ich weiß, dass es nicht mein Freund von damals ist, sondern jemand anderes. Er hat ein Schwert in der Hand, und während die Klinge immer näher kommt, erstarre ich und kann mich nicht mehr rühren. Ich reiße den Mund auf, um zu schreien, aber kein Laut kommt heraus. Ich habe Todesangst. Wie in Zeitlupe trifft mich die Klinge seitlich am Hals.

Erneut dehnte Garcia den Nacken, wenn auch diesmal aus anderen Gründen.

Ich kann fühlen, wie die Klinge Stück für Stück durch mein Fleisch schneidet und mir den Kopf vom Körper trennt. Die Schmerzen sind unerträglich. Ich spüre, wie mein Blut meine Kleider tränkt, und mir wird ganz kalt. Der Hieb war sauber, aber aus irgendeinem Grund bin ich nicht tot. Mein Kopf fällt zu Boden und rollt noch ein Stück weiter, wie damals der Kopf des Hundes im Park. Trotzdem ist mein Körper nicht kopflos.

Garcia stützte beide Ellbogen auf und ließ die Stirn auf die geschlossenen Fäuste sinken.

Auf meinen Schultern sitzt ein Hundekopf. Er hat die Augen weit aufgerissen, die schwarze Zunge hängt ihm aus dem verzerrten Maul. Der Mann mit dem Schwert fängt an, mein Blut überall um mich herum zu vergießen, wie bei einem Ritual. Dann nimmt er meinen Kopf mit, um ihn zu verbrennen. In dem Moment wache ich jedes Mal auf.

Garcia rieb sich die brennenden Augen. »Wenn das Zufall ist, dann fresse ich einen Besen«, meinte er kopfschüttelnd. »Die Enthauptung, der Hundekopf, das Vergießen seines Blutes … Vater Fabian hat jahrelang seinen eigenen Mord geträumt. Wie kann das sein?«

Hunter dachte einen Augenblick lang nach, bevor er langsam den Kopf hob. »Du betrachtest die Sache vom falschen Ende aus, Carlos. Vater Fabian hat nicht seinen Mord geträumt. Der Mörder wusste von dem Alptraum und hat beschlossen, ihn in die Tat umzusetzen.«

»Okay. Dann hör dir mal an, was er als Nächstes schreibt.« Erneut beugte sich Garcia über das Buch.

Ich habe nie mit jemandem über den Tag im Park gesprochen, oder über die Träume, die mich so sehr quälen.

36

Hunter schwieg, während er verarbeitete, was Garcia ihm soeben vorgelesen hatte. Ein Alptraum, der Vater Fabian mehr als zwanzig Jahre lang heimgesucht hatte. Ein Alptraum, den irgendjemand unter großen Mühen und bis ins kleinste Detail hatte Wirklichkeit werden lassen.

Garcia sprach als Erster. »Prinzipiell hätte der Mörder das Tagebuch lesen können, genau wie wir, aber Hermano hat gesagt, dass es nie einen Einbruch in der Kirche gegeben hat und dass niemand Zugang zu Vater Fabians Zimmer hatte.« Er stand auf, trat an eins der Fenster und öffnete es weit. Es war nicht übermäßig warm im Büro, trotzdem überkam ihn plötzlich das Bedürfnis nach frischer Luft.

Hunter stieß gepresst den Atem aus. »Ich glaube nicht, dass der Mörder aus den Tagebüchern von dem Alptraum erfahren hat.«

»Warum nicht? So sind wir doch auch drauf gestoßen.«

»Eben. Wir sind zu zweit, und wir haben drei Tage lang fast ununterbrochen gelesen. Wie viele Tagebücher haben wir durchgearbeitet, bevor wir auf das richtige gestoßen sind?«

»Viele«, räumte Garcia ein.

»Um auf dieselbe Art von dem Traum zu erfahren wie wir, hätte der Mörder entweder Riesenglück haben müssen oder aber die Gelegenheit, eine Menge Zeit ungestört mit den Büchern zu verbringen. Und außerdem: Wenn es tatsächlich so war, warum hat er das Buch dann nicht mitgenommen? Warum war er so leichtsinnig, es zurückzulassen? Die Bücher sind nicht datiert und nummeriert. Uns wäre nie aufgefallen, dass eins fehlt.«

»Also, wie hat er dann davon erfahren?« Garcia blieb vor Hunters Schreibtisch stehen, die Hände in die Hüften gestemmt.

»Die Tagebucheinträge sind nicht mit Datum versehen.« Hunter wies auf die Bücher auf seinem Schreibtisch. »Vater Fabian hätte also den Eintrag, den du eben vorgelesen hast, letzte Woche schreiben können oder auch vor fünf Jahren.«

Garcia brauchte nur wenige Sekunden, bis er Hunters Gedankengang nachvollzogen hatte. »Du denkst also, der Priester hat vielleicht jemandem davon erzählt, *nachdem* er geschrieben hat, er hätte noch nie darüber gesprochen.«

Hunter nickte. »Offensichtlich hat der Traum ihn stark belastet. Erst hat er versucht, ihn sich von der Seele zu schreiben. Das hat nicht geholfen.«

»Der nächste Schritt war dann, sich jemandem anzuvertrauen«, schloss Garcia.

Das Telefon auf Hunters Schreibtisch schrillte los, und er nahm den Hörer noch vor dem zweiten Klingeln ab. Er lauschte mit besorgter Miene, dann sagte er nur: »Wir kommen sofort runter«, und legte auf.

»Was ist?«, wollte Garcia wissen.

»Da ist jemand unten, der mit uns sprechen will.«

»Worüber?«

»Über Vater Fabians Mörder.«

37

Das Mädchen war vielleicht siebzehn oder achtzehn. Sie saß allein in einem der Vernehmungsräume im ersten Stock. Hunter und Garcia standen nebenan im Beobachtungsraum und sahen ihr durch das Spiegelfenster zu.

Sie hätte attraktiv sein können, aber es war klar, dass sie sich um ihre äußere Erscheinung nicht allzu viele Gedanken machte. Ihre braunen Haare fielen ihr ungekämmt über die Schultern. Die wunderschönen großen braunen Augen waren blutunterlaufen. Sie trug kein Make-up und war blass. Ihr langer Anorak hatte definitiv schon bessere Zeiten gesehen.

»Sie ist ja fast noch ein Kind«, meinte Hunter stirnrunzelnd. »Wie heißt sie noch gleich?«, wandte er sich an den Officer, der zuerst mit dem Mädchen gesprochen und sie ins Vernehmungszimmer gebracht hatte.

»Sie hat gesagt, ihr Name ist Monica, aber man muss kein Genie sein, um zu merken, dass sie lügt.«

»Und sie hat behauptet, dass sie Informationen über den Mord in der Kirche der Sieben Heiligen hat?«

Der Officer nickte. »Sie hat darauf bestanden, mit den zuständigen Detectives zu sprechen. Ich habe versucht, sie dazu zu bewegen, unten eine Aussage zu Protokoll zu geben, aber da war nichts zu machen.« Einen Moment lang wirkte er verunsichert.

»Sonst noch was?«, fragte Hunter, der das Unbehagen des Officers gespürt hatte.

»Irgendwas an ihr …«, er blickte zwischen den beiden Detectives hin und her, »… hat mich gegruselt.«

Garcia trat näher an den Spiegel heran und musterte das Mädchen aufmerksam. Sie wirkte verloren und verängstigt.

Monica sah auf, als die Detectives den Raum betraten. Ihr Blick glitt über Garcia hinweg und blieb dann an Hunter hängen.

»Hallo«, sagte dieser mit einem freundlichen Lächeln und streckte ihr die Hand hin. »Ich bin Detective Hunter, und das ist Detective Garcia.«

Sie stand auf, erwiderte das Lächeln flüchtig und gab ihnen die Hand, wobei sie Hunters einen Augenblick länger festhielt als Garcias. »Ich bin Monica.« In ihrer weichen Stimme schwang ein Hauch von Kummer mit.

»Nur Monica, nichts weiter?«, fragte Garcia und sah sie auffordernd an.

Sie biss sich auf die Unterlippe, und ihr Blick huschte zurück zu Hunter.

»Ist schon gut«, sagte dieser in begütigendem Tonfall. »Ich bin Robert, und das da ist Carlos.« Er deutete mit dem Kinn auf seinen Partner. »Ich hab's auch lieber, wenn die Leute mich mit meinem Vornamen anreden. Ist nicht so förmlich, stimmt's?«

Sie lächelte dünn.

»Können wir dir vielleicht was zu trinken besorgen? Wasser, Kaffee, Cola …?«

»Ein Wasser wäre gut, danke«, sagte sie, als sie sich wieder setzte.

»Ich hole es«, bot Garcia an und war schon an der Tür.

Hunter zog sich einen Stuhl heran und setzte sich dem Mädchen gegenüber. Ihre Hände waren ineinander verkrampft, und sie rieb unablässig die Daumen gegeneinander.

»Diese Vernehmungszimmer sind ganz schön deprimierend, was?«, meinte Hunter im Plauderton. »Die nackten Wände, der Metalltisch, die unbequemen Stühle, der große Spiegel … es hat schon mal jemand den Vorschlag gemacht, einen Innenarchitekten ranzulassen – ein Gummibaum, vielleicht ein paar Duftlämpchen. Könnte nicht schaden, was?«

Ihre Miene blieb unbewegt.

»Ich würde dir ja anbieten, dass wir uns in meinem Büro unterhalten, aber ich fürchte, da sieht es noch schlimmer aus als hier. Wenn man sich das überhaupt vorstellen kann.«

Ihre Lippen zuckten im Anflug eines Lächelns.

»Darf ich dich fragen, wie alt du bist?«

Sie zögerte eine Sekunde. »Neunzehn«, sagte sie dann.

Hunter nickte. Trotzdem wusste sie, dass er ihr die Lüge nicht abkaufte. Trotz ihres jugendlichen Alters sagte ihm etwas in ihren Augen, dass sie schneller als andere hatte erwachsen werden müssen.

Die Tür öffnete sich, und Garcia kam mit einem kleinen Tablett herein, auf dem er eine Aluminiumkanne mit Eiswasser balancierte. Er stellte das Tablett vor ihr auf dem Tisch ab, bevor er ihr ein Glas einschenkte.

»Setz dich doch, Carlos«, sagte Hunter und wies auf den Stuhl neben sich.

»Schon gut. Ich stehe lieber. Macht mir nichts aus.«

»Mir aber«, sagte Hunter, und in seiner Stimme lag ein Hauch Schärfe.

Wäre Monica eine Verdächtige gewesen, wäre Hunter selbst stehen geblieben. Verhöre erforderten ein gewisses Maß an Einschüchterung. Ein

Detective, der sich frei im Raum bewegen kann, während der Verdächtige auf einem Stuhl sitzt, befindet sich automatisch in einer Position psychologischer Überlegenheit, und das nicht nur, weil er auf sein Gegenüber hinabblicken kann. Aber was Hunter in diesem Fall garantiert nicht wollte, war, dass Monica noch mehr Angst bekam, als sie ohnehin schon hatte.

Garcia zog sich gehorsam einen Stuhl heran und ließ sich darauf nieder.

»Man hat uns gesagt, dass du Informationen hast, die für uns vielleicht wichtig sein könnten«, sagte Hunter.

Monica nippte an ihrem Wasser, bevor sie ihm in die Augen sah.

»Ich hab was gesehen.«

»Du hast was gesehen?« Garcias Stimme schnellte eine halbe Oktave in die Höhe, und er lehnte sich aufgeregt über den Tisch. »Warst du am Mittwochabend in der Kirche?«

Monica schüttelte kaum merklich den Kopf.

»Hast du jemanden aus der Kirche rauskommen sehen? Bist du gerade draußen vorbeigegangen?«

»Nein. So war es nicht …« Sie hielt Garcias Blick einige Sekunden lang schweigend fest. »Ich hab's in einer Vision gesehen.«

Prompt versteifte sich Garcia, und er schüttelte irritiert den Kopf, als habe er sie nicht richtig verstanden. Hunter hingegen zeigte keine Reaktion.

»Wie bitte?«

Monica holte tief Luft, um ihre zitternde Stimme in den Griff zu bekommen. »Ich weiß, das klingt unglaubwürdig, aber bitte hören Sie mir bloß fünf Minuten zu. Ich bin nicht verrückt. Ich bin keine Hellseherin oder so. Ich kann nicht in die Zukunft schauen, und ich lese auch keine Gedanken oder spreche mit Geistern. Ich … spüre bloß gewisse Dinge. Tiefer als andere Menschen.«

Garcia warf Hunter, der sich in seinem Stuhl zurückgelehnt hatte, einen Seitenblick zu. Dieser hatte die Beine entspannt übereinandergeschlagen, die Hände ruhten in seinem Schoß. Er konzentrierte sich ganz auf das Mädchen.

»Was für Dinge?«

Nervös zupfte Monica sich eine Haarsträhne aus dem Gesicht und steckte sie hinters Ohr. Obwohl Garcia ihr die Frage gestellt hatte, sah sie Hunter an, als sie antwortete.

»Schmerzen.«

»Du fühlst Schmerzen«, wiederholte Garcia ungläubig.

»Ich fühle die Schmerzen von *anderen*«, sagte sie.

Garcia verschränkte die Arme vor der Brust. Fast bei jedem größeren Fall rannten ihnen Leute die Türen ein, die steif und fest behaupten, bei den Ermittlungen helfen zu können, weil sie einen Traum oder eine Vision gehabt hatten. Natürlich hatte er gewusst, dass es nur eine Frage der Zeit war, bis es auch in diesem Fall passieren würde – aber so schnell hatte er nicht damit gerechnet.

Da Garcia die Fragen stellte, beschränkte sich Hunter darauf, zuzuhören und zu beobachten. Er registrierte jede Regung des Mädchens, jede Geste, den Klang ihrer Stimme. Erfahrung hatte ihn gelehrt, dass Menschen, die zu ihnen kamen und behaupteten, eine Vision gehabt zu haben, die der Polizei dabei helfen könne, einen Verbrecher zu fassen, für gewöhnlich in eine von fünf Kategorien fielen: einsame Menschen, die sich nach Aufmerksamkeit sehnten – Drogensüchtige, die unter Halluzinationen litten – Menschen mit schwerwiegenden psychischen Störungen, in der Regel Schizophrenie – Scharlatane, denen es um Geld ging oder darum, berühmt zu werden – oder solche, die in der einen oder anderen Weise selbst an dem Verbrechen beteiligt gewesen waren.

Monica allerdings passte bislang in keine dieser Kategorien.

Wieder warf Garcia seinem Partner einen Blick zu, in der Hoffnung, von ihm einen Hinweis darauf zu bekommen, wie er mit dem Gespräch fortfahren sollte. Als dieser ausblieb, sah er auf die Uhr und stützte dann beide Ellbogen auf den Tisch.

»Ich mache dir einen Vorschlag, Monica«, meinte er ruhig. »Leider haben wir im Moment viel zu tun, ich hoffe, du verstehst das. Aber ich werde einen Officer bitten, aufzuschreiben, was du gesehen zu haben glaubst, und wenn du uns deine Kontaktadresse dalässt, melden wir uns bei dir, wenn wir noch Fragen haben …«

»Ich bin nicht gekommen, um Sie von Ihrer Arbeit abzuhalten, Detective. Sondern weil ich Ihnen helfen will«, sagte sie fest. Natürlich war ihr nicht verborgen geblieben, dass Garcia ihr kein Wort glaubte.

»Und das wissen wir auch zu schätzen«, entgegnete er in demselben Tonfall.

Doch so leicht ließ sie sich nicht abwimmeln. »Ob Sie es glauben oder nicht, Detective – so was passiert nun mal. Leider passiert es auch mir. Ich sehe, wie andere Leute leiden, und ich bin bestimmt nicht stolz darauf.

Das ist keine Gabe, das ist ein Fluch, und ich hab jeden Abend Angst, die Augen zuzumachen. Ich kann mir auch was Schöneres vorstellen, als hier zu sitzen. Ich hab so was noch nie gemacht, aber ich glaube wirklich, dass ich Ihnen helfen kann.«

Wie auf der Suche nach Bestätigung wanderte Monicas Blick wieder zu Hunter. Und plötzlich huschte ein Schatten über ihre Augen.

»Helen …«, flüsterte sie, »… es war nicht Ihre Schuld.«

Hunter hob eine Braue. »Wie bitte?«

»Sie wollten doch nur, dass sie aufhört zu weinen. Sie wollte, dass die Schmerzen endlich weggehen. Sie haben getan, was Sie für richtig hielten. Worum sie Sie gebeten hat. Sie haben sie von ihren Schmerzen befreit.« Sie schüttelte den Kopf. »Es war nicht Ihre Schuld.«

Hunter erstarrte. Er sah das Mädchen an, das vor ihm saß, und spürte, wie sein Mund trocken wurde. In seinem Magen begann es zu brodeln, als Bilder aus tiefster Vergangenheit seine Erinnerung überfluteten.

Garcia spürte die Veränderung in seinem Partner, aber noch bevor er etwas sagen konnte, wurde die Tür zum Vernehmungszimmer aufgerissen. Es war Captain Blake.

»Sehen Sie zu, dass Sie hier fertig werden«, sagte sie, wobei sie Monica vollkommen ignorierte. »Es sieht so aus, als hätte er erneut zugeschlagen.«

Hunter blickte auf.

»Unser Mann?«

Captain Blake nickte. »In Malibu.«

Garcia fuhr in die Höhe. »Danke, dass du gekommen bist«, sagte er zu Monica, bevor er in aller Eile den Raum verließ.

Hunter drehte sich auf dem Weg nach draußen noch mal zu Monica um. »Ich bitte einen Officer, sich deine Adresse zu notieren.« Rasch legte er eine seiner Visitenkarten vor sie auf den Tisch.

»Detective!«, rief sie ihm nach, als er schon an der Tür war. »Er wusste von dem Feuer. Er hat gewusst, wovor sie Angst hat.«

38

Schweigend starrte Hunter aus dem Fenster, während Garcia den Hollywood Freeway entlangraste. Der Abend hatte sich über Los Angeles gesenkt, und mit ihm war der Regen gekommen. Nicht der für Kalifornien typische Starkregen, der genauso schnell wieder vorbei war, wie er begonnen hatte, sondern ein nervtötender, gewissermaßen englischer Nieselregen. Der Himmel war grau und wolkenverhangen. Das nasse Wetter würde noch Stunden andauern.

Hunter massierte seine Stirn zwischen den Augenbrauen mit dem Zeigefinger und verfolgte den Weg der Regentropfen, die an der Seitenscheibe entlangzitterten. Seine Gedanken waren zu einem dichten Knäuel verstrickt, den er vergeblich zu entwirren versuchte. Innerhalb der letzten halben Stunde hatte sich der Charakter des Falls komplett gedreht. Nun, da sie von Vater Fabians Alptraum wussten, war die Theorie einer ritualhaften Tat endgültig vom Tisch. Hunter war sich hundertprozentig sicher, dass das, was sich vor wenigen Tagen in der Kirche der Sieben Heiligen abgespielt hatte, kein Ritualmord gewesen war. Der Mörder hatte lediglich Vater Fabians Alptraum nachgestellt. Aber warum?

Garcias Aufmerksamkeit wurde vom Verkehr in Anspruch genommen, aber dennoch hatte er gemerkt, wie Hunters Stimmung urplötzlich umgeschlagen war. Irgendwas musste das Mädchen gesagt haben, das seinem Partner zugesetzt hatte.

»Kann ich dich was fragen?«

»Schieß los«, sagte Hunter, ohne den Blick von der Scheibe abzuwenden.

»Wer ist Helen?«

»Was?«

»Monica, die …«, Garcia suchte nach dem passenden Wort, »… Hellseherin, mit der wir gerade gesprochen haben. Sie hat irgendwas über eine Helen gesagt, und dass es nicht dein Fehler war. Wer ist Helen?«

Hunter schloss die Augen.

Garcia war klug genug, ihn nicht zu bedrängen. Das Schweigen dehnte sich.

»Meine Mutter«, sagte Hunter schließlich. »Helen war meine Mutter.«

Er war sieben gewesen, als es passiert war, aber die Erinnerungen, die nun auf ihn einströmten, waren klar und scharf wie Glas.

39

Er sass allein in seinem Zimmer und sah zu, wie die dicken Regentropfen gegen die Fensterscheibe trommelten. Er mochte Regen, je stärker, desto besser. Das Trommeln war fast laut genug, um die Schreie und das schmerzerfüllte Stöhnen aus dem Nebenzimmer zu übertönen – fast. Er hatte seinen Vater gefragt, warum die Ärzte nichts unternahmen. Warum sie sie nicht ins Krankenhaus brachten und sie gesund machten.

»Man kann nichts mehr tun«, hatte sein Vater mit Tränen in den Augen gesagt und zwei Tabletten neben einem Glas mit Wasser bereitgelegt, bevor er das Arzneifläschchen wieder im hintersten Winkel des höchsten Schranks in ihrer kleinen Küche verstaut hatte.

»Warum geben wir ihr nicht mehr Tabletten, Dad? Dann gehen die Schmerzen weg. Sie weint nicht so viel, wenn sie die Tabletten genommen hat.«

»Nein, Robert«, antwortete sein Vater mit brüchiger Stimme. »Zu viele Tabletten sind nicht gut für sie.«

Immer wenn sein Vater nicht zu Hause war, musste er sich um die Mutter kümmern, und im Moment hatte sein Vater meistens Nachtschicht.

Nachts war es immer am schlimmsten. Ihre Schreie waren noch durchdringender, ihr Stöhnen war noch lauter und gequälter als tagsüber. Es verursachte ihm jedes Mal eine Gänsehaut. Nicht so, wie wenn er fror. Es war ein Zittern, das von ganz tief innen kam. Ihre Krankheit hatte ihr schon so viele Schmerzen bereitet, und er wünschte sich nichts sehnlicher, als dass er etwas tun könnte, um ihr zu helfen.

Vorsichtig öffnete er die Tür zu ihrem Schlafzimmer. Er hätte am liebsten geheult, aber sein Vater hatte ihm gesagt, dass er das nicht durfte. Sie lag zusammengerollt auf dem Bett, die Knie bis an die Brust gezogen, die Arme fest um die Beine geschlungen. Sie weinte.

»Bitte, hilf mir«, wisperte sie. »Es tut so weh.«

Er zitterte und versuchte, seine Tränen herunterzuschlucken. »Was kann ich denn tun, Mom?« Seine Stimme klang genauso dünn wie ihre.

Sie rollte sich noch kleiner zusammen.

»Soll ich Dad anrufen?«

Sie schüttelte den Kopf. Tränen liefen ihr das Gesicht hinab.

»Dad kann den Arzt rufen. Vielleicht kann der dir helfen.«

»Dad kann mir nicht helfen, Schatz. Und der Arzt auch nicht.«

Seine Mutter sah aus wie eine Fremde. Sie war so mager, dass sich die Knochen unter ihrer schlaffen bleichen Haut abzeichneten. Unter ihren Augen lagen tiefdunkle Schatten. Früher hatte sie schöne lange blonde Haare gehabt, aber jetzt waren sie dünn und strohig und klebten ihr im schweißnassen Gesicht. Ihre Lippen waren aufgesprungen und speichelverkrustet.

»Ich kann dir ein bisschen Milch warm machen, Mom. Heiße Milch magst du doch.«

Mühsam schüttelte sie den Kopf. Ihr Atem kam in kurzen, rasselnden Stößen.

»Soll ich dir ein paar Kekse bringen? Du hast heute noch fast nichts gegessen.«

Sie wimmerte, als eine neue Schmerzwelle ihren Körper erfasste. »Bitte, Schatz, hilf mir doch.«

Er konnte seine Tränen nicht länger zurückhalten. Eine nach der anderen rollten sie seine Wangen hinunter.

»Du kannst mir dabei helfen, dass der Schmerz weggeht«, sagte sie mit zitternder Stimme. »Du kannst mir meine Tabletten holen. Du weißt doch, wo Dad sie aufbewahrt, oder?«

Er wischte sich mit dem Handrücken die laufende Nase. Er zitterte vor Angst und böser Ahnung. »Die sind aber ganz oben im Schrank«, sagte er und wich ihrem Blick aus.

»Kannst du sie nicht für mich holen, mein Schatz? Bitte, es tut schon so lange weh. Du kannst dir nicht vorstellen, wie weh es tut.«

Seine Augen waren so voller Tränen, dass er alles nur noch verschwommen sah. Sein Herz fühlte sich ganz leer an, und alle Kraft schien ihn verlassen zu haben. Ohne ein Wort drehte er sich langsam um und öffnete die Tür.

Seine Mutter versuchte, ihm etwas hinterherzurufen, aber ihre Stimme war so schwach, dass nur ein unverständliches Flüstern über ihre Lippen drang.

Ein paar Minuten später kam er mit einem Tablett zurück, auf dem neben zwei gefüllten Keksen ein Glas Wasser und das Pillenfläschchen standen. Sie starrte es an, als könne sie ihren Augen kaum trauen. Ganz langsam und trotz der unerträglichen Schmerzen setzte sie sich im Bett auf. Er trat näher, stellte das Tablett auf dem Nachttisch ab und reichte ihr das Wasserglas.

Sie schenkte ihm das liebevollste Lächeln, das er je gesehen hatte.

»Ich bin zu schwach, um die Flasche aufzumachen, Schatz. Kannst du das für mich machen?«

Er nahm die Flasche, drückte den Deckel herunter und drehte ihn gegen den Uhrzeigersinn. Dann schüttete er zwei Pillen in seine Handfläche und hielt sie ihr hin. Sie nahm sie, steckte sie in den Mund und schluckte sie, ohne auch nur an ihrem Wasser zu nippen. Ihre Augen flehten nach mehr.

»Ich hab den Beipackzettel gelesen, Mom. Da steht, man soll nicht mehr als acht Stück pro Tag nehmen. Du hattest jetzt schon zehn.«

»Du bist so klug, mein Schatz.« Wieder lächelte sie. »Du bist etwas ganz Besonderes. Ich habe dich so lieb, und ich bin so traurig, weil ich nicht erleben darf, wie du groß wirst.«

Erneut füllten sich seine Augen mit Tränen, als sie ihre knochigen Finger um das Arzneifläschchen schloss. Er hielt es fest.

»Ist schon gut«, flüsterte sie. »Es wird alles gut.«

Zögernd ließ er die Flasche los. »Dad ist dann bestimmt sauer auf mich.«

»Nein, ganz sicher nicht, mein Schatz. Das verspreche ich dir.« Sie steckte sich noch zwei Tabletten in den Mund.

»Ich hab dir die Kekse hier mitgebracht.« Er zeigte auf das Tablett. »Das sind deine Lieblingskekse, willst du nicht einen davon essen?«

»Gleich, Schatz, nachher.« Sie schluckte noch ein paar Tabletten. »Wenn Daddy nach Hause kommt«, wisperte sie, »sagst du ihm dann, dass ich ihn liebe? Machst du das für mich?«

Er nickte. Sein Blick war auf die mittlerweile fast leere Pillenflasche geheftet.

»Warum gehst du nicht und liest ein Buch, Schatz? Du liest doch so gerne.«

»Ich kann auch hier lesen, wenn du möchtest. Ich setz mich in die Ecke. Ich bin ganz leise, versprochen.«

Sie streckte die Hand aus und strich ihm übers Haar. »Es geht schon. Die Schmerzen sind schon fast weg.« Ihre Lider waren schwer geworden.

»Oder ich kann draußen Wache halten. Vor deiner Tür.«

Sie lächelte ein schmerzerfülltes Lächeln. »Warum willst du denn vor der Tür Wache halten, Schätzchen?«

»Du hast mir gesagt, dass manchmal Gott kommt und kranke Leute in den Himmel holt. Ich will nicht, dass er dich auch mitnimmt. Ich setz mich draußen vor die Tür, und wenn er kommt, sag ich ihm, er soll wieder weggehen. Ich sag ihm, dass es dir schon bessergeht und dass er dich nicht mitnehmen darf.«

»Du würdest Gott sagen, er soll weggehen?«

Er nickte heftig.

Wieder lächelte sie. »Du wirst mir so sehr fehlen, Robert.«

40

Ganz allmählich, während sie den Pacific Coast Highway entlangfuhren, änderte sich die Szenerie, und die Betriebsamkeit von Downtown Los Angeles wich der friedlichen Ruhe von Malibu. Hunter jedoch hatte keinen Sinn für den atemberaubenden Meerblick. Er starrte weiterhin in brütendem Schweigen vor sich hin.

Malibu ist berühmt für seine weißen Sandstrände und als Wahlheimat unzähliger Filmstars und Prominenter. Ein Ort reserviert für die Reichen und Megareichen.

»Die Adresse müssen wir jedenfalls nicht noch mal überprüfen«, meinte Garcia und verlangsamte die Fahrt. »Da vorne ist es.«

Etwa hundert Meter vor ihnen parkten mehrere Polizeifahrzeuge am linken Straßenrand vor dem Tor zu einem großen Anwesen. Übertragungswagen verschiedener Fernsehsender waren ebenfalls bereits am Ort des Geschehens eingetroffen. Ihre Satellitenantennen ragten hoch in den kalten, nassen Abendhimmel.

Garcia lenkte den Wagen langsam im Zickzackkurs zwischen den parkenden Fahrzeugen hindurch und hielt schließlich direkt vor dem imposanten eisernen Tor. Ein Officer im LAPD-Vinylregenmantel trat ans Fahrerfenster.

»Detectives Garcia und Hunter«, meldete Garcia, nachdem er die Scheibe heruntergelassen hatte. »Morddezernat I.«

Der Officer nickte und öffnete das Tor mit der Fernbedienung, die er in der Hand hielt. »Die Kriminaltechnik und die zwei anderen Detectives sind schon seit einer Weile drin«, sagte er.

»Die zwei anderen Detectives?«, fragte Hunter und lehnte sich an Garcia vorbei.

»Jawohl«, antwortete der Officer, trat vom Wagen zurück und winkte sie durchs Tor.

Als Garcia weiterfuhr, erhaschte Hunter einen kurzen Blick auf Claire Anderson, die mit den anderen Reportern zusammen unter einem großen weißen Regenschirm stand.

Die zementierte Zufahrt war gut und gerne einhundert Meter lang und von Palmen gesäumt. Gleich hinter dem Tor lag auf der linken Seite ein

Tennisplatz. Das große grüne Rasenstück zwischen dem Court und dem zweistöckigen Wohnhaus sah aus wie frisch gemäht, und die Hecken, von denen es eingefasst wurde, waren perfekt getrimmt.

Garcia lenkte den Wagen in eine halbrunde Parkbucht unmittelbar vor der viertürigen Garage und hielt neben dem Van der Spurensicherung.

»Wow, sieh dir den Schuppen an«, meinte er beim Aussteigen. »Da hat aber jemand gewusst, wie man es sich hübsch macht.«

Das Haus war weiß mit einem Dach aus Terrakottaziegeln und großen Fenstern. Ein Eckzimmer im ersten Stock hatte einen umlaufenden Balkon, der unterschiedliche Panoramaansichten vom Strand bot. Einige Officer standen auf den steinernen Eingangsstufen, wo sie unter dem Vordach Schutz vor dem Regen gesucht hatten.

Die Marke in der Hand und immer zwei Stufen auf einmal nehmend, eilte Hunter die Treppe hinauf. Die Polizisten am Hauseingang waren unnatürlich schweigsam. In ihren Mienen lag eine Mischung aus Ekel und Fassungslosigkeit.

Die Haustür führte in eine Eingangshalle, die größer war als Hunters gesamte Wohnung. Es war ein pompöser, gleichzeitig steriler Raum – voller Luxus, aber ohne jeden Charakter. Wie bei vielen Räumen seiner Art in ähnlichen Häusern konnte man auch hier kaum glauben, dass tatsächlich jemand darin wohnte.

Ein seltsamer, undefinierbarer Geruch hing in der Luft. Die Art von Geruch, von der man sich übergeben muss, wenn man ihn zu lange in der Nase hat.

Ein klein gewachsener, untersetzter Mann im weißen Tyvek-Overall sah die beiden Detectives ins Haus kommen.

»Detective Hunter?«, fragte er und ging auf sie zu.

»Ja.« Hunter drehte sich zu ihm um.

»Ich bin Detective Martin, Thomas Martin vom Los Angeles Sheriff's Department in Malibu, Bezirk Lost Hills.«

Sie begrüßten sich mit einem festen Händedruck.

Malibu ist offiziell ein Teil von Western Los Angeles County, und sämtliche Morde, die in Malibu verübt werden, fallen zunächst einmal unter die Zuständigkeit des Los Angeles Sheriff's Department.

»Was haben wir hier?«, wollte Hunter wissen und sah sich um.

»Eine verdammte Sauerei, das haben wir hier. Angefangen hat es mit einer Vermisstenanzeige in der West Hollywood Station.«

»West Hollywood?«, fragte Garcia erstaunt.

Martin nickte. »Ich würde vorschlagen, Sie beide ziehen sich erst mal um, danach erkläre ich Ihnen alles Weitere.« Er deutete auf einen Tisch, auf dem zwei Papieroveralls, Gesichtsmasken und Latexhandschuhe bereitlagen.

41

»EINE IMMOBILIENMAKLERIN namens Reilly, Amanda Reilly«, fuhr Martin fort, nachdem Hunter und Garcia sich umgezogen hatten. »Sie hatte ihr eigenes Maklerbüro namens – Überraschung! – Reilly's. In West Hollywood. Heute Morgen ist sie nicht zur Arbeit erschienen. Ihre Kollegin …« Martin schnippte ein paar Mal mit den Fingern, während er versuchte, sich an den Namen zu erinnern. »Ach, verdammt. Na ja, er steht im Bericht, ich schaue später nach. Wie auch immer, ihre Kollegin hat sich jedenfalls Sorgen gemacht. Sie hat gesagt, Miss Reilly sei in den mehr als zehn Jahren, die sie zusammen gearbeitet haben, nicht ein einziges Mal zu spät gekommen, geschweige denn gar nicht.«

Ein großer, schlaksiger Afroamerikaner, ebenfalls im weißen Overall, betrat die Eingangshalle durch die Tür am hinteren Ende.

»Hey, CJ«, sagte Martin und winkte ihm, zu ihnen zu kommen.

»Was ist, Tom?«, sagte CJ und befreite Mund und Nase von seinem Atemschutz. »Sind das die Jungs vom Morddezernat I?«

Martin nickte, dann wandte er sich wieder zu Hunter und Garcia. »Das ist mein Partner, Detective CJ Simmons.«

»Nennen Sie mich CJ, das machen alle.«

Allgemeines Händeschütteln.

»CJ, wie hieß noch gleich die Lady, die Miss Reilly als vermisst gemeldet hat? Ich kann mich ums Verrecken nicht dran erinnern.«

»Mrs Riggs. Tania Riggs. Der Bericht ist im Wagen. Ich gehe und hole ihn, bevor wir Ihnen den Fall übergeben.«

Hunter fiel die Erleichterung in CJs Miene auf.

»Miss Reillys Wagen steht noch in West Hollywood in der Nähe ihres Büros«, fuhr Martin fort. »Das Letzte, was Mrs Riggs von Miss Reilly wusste, war, dass sie am späten Samstagnachmittag das Haus hier einem Interessenten zeigen wollte.«

»Dann steht das Haus zum Verkauf? Es wohnt im Moment niemand drin?«, fragte Hunter und schloss den Reißverschluss an seinem Overall.

»Richtig.« CJ nickte. »Sie kennen ja die übliche Vorgehensweise. Irgendwann am Nachmittag kriegen wir auf dem Revier die Anfrage rein, einen Streifenwagen rauszuschicken, der sich mal ein bisschen umsieht.

Und dann …« CJ schüttelte langsam den Kopf, ohne den Satz zu vollenden.

»Und dann hatten wir den Salat«, beendete Martin den Satz für seinen Kollegen. »Das da drinnen ist das Abartigste, was man sich vorstellen kann. Jemand muss einen Wahnsinnshass auf diese Miss Reilly gehabt haben.«

»Aber was haben *wir* mit der ganzen Sache zu tun?«, fragte Hunter.

»Das würde ich auch gerne wissen«, fügte Garcia hinzu.

»Kriminaltechnik«, gab CJ zurück. »Nachdem sie hier eingetroffen waren und ausführlich die Leiche untersucht hatten, sagte ihr Chef, wir sollen im Morddezernat I anrufen und Ihnen Bescheid geben. Offenbar gibt es eine Verbindung zwischen diesem Fall und einem anderen, an dem Sie gerade arbeiten.«

»Der Chef der Kriminaltechnik hier vor Ort ist Mike Brindle?«, wollte Hunter wissen.

»Genau der«, bestätigte Martin mit einem Nicken.

»Und das Opfer ist besagte Amanda Reilly?«

Martin und CJ tauschten einen unbehaglichen Blick.

»Tja. Das kann man nicht so genau sagen …«

»Okay, gehen wir rein und schauen uns die Sache an.« Hunter wusste, dass er hier in der Eingangshalle keine weiteren Antworten auf seine Fragen bekommen würde.

CJ schnitt eine Grimasse, als er sah, dass Hunter und Garcia zwar ihre Overalls trugen, aber keiner von ihnen einen Mundschutz umgebunden hatte. »Ich kann Ihnen nur dringend empfehlen, eine von denen hier anzulegen.« Er zeigte auf die Maske, die um seinen Hals hing. »Und ich hoffe, Ihr Abendessen hat Ihnen geschmeckt. Das wird Ihnen nämlich gleich wieder hochkommen, wenn Sie da reingehen.«

»Stimmt.« Martin nickte. »Ist Ihnen die unangenehme Duftnote schon aufgefallen, die einen so dezent im Magen kitzelt?« Er wartete nicht auf eine Antwort. »Da drin ist sie zu voller Reife gelangt.«

»Und wenn der Geruch nicht ausreicht«, fügte CJ hinzu, »dann warten Sie, bis Sie das Opfer sehen.«

Stirnrunzelnd folgten Hunter und Garcia dem Rat der beiden Detectives vom LASD und schnappten sich je einen Mundschutz.

»Durch die Tür da.« Martin zeigte auf die Tür, aus der CJ kurz zuvor gekommen war. »Zuerst kommt man in ein rundes Foyer. Die Tür rechts neben der Treppe und dann den Gang runter bis zum Ende. Sie können es gar nicht verfehlen, es wimmelt von Kriminaltechnikern.«

CJ und Martin hatten recht. Der Geruch wurde mit jedem Schritt stärker. Sie erreichten die Tür zum Wohnzimmer und traten mitten in einen Alptraum.

Das Zimmer war riesig und modern eingerichtet, mit zierlichen Möbeln und weißen Sofas. Mike Brindle und drei andere Kriminaltechniker waren hochkonzentriert bei der Arbeit.

Hunter spürte ein Brennen in den Augen. Er wusste nicht, ob es an dem widerlichen Gestank lag oder an dem, was er vor sich sah.

Garcia krümmte sich reflexartig vornüber, als sich sein Magen zusammenkrampfte, und obwohl er alles tat, um den Brechreiz zu unterdrücken, war die Kombination aus dem Gestank und dem blanken Horror dessen, was sich ihren Blicken bot, schließlich zu viel für ihn. Hastig stolperte er aus dem Zimmer, und Hunter hörte, wie er sich gleich neben der Tür erbrach.

»Mein Gott.« Hunter schloss die Augen.

42

Zuerst wusste Monica gar nicht, warum sie so was zu Detective Hunter gesagt hatte. Die Worte waren ihr einfach rausgerutscht, als hätte sie gar keine Kontrolle über das, was sie sagte. Aber nur eine Minute nach dem überstürzten Abgang der beiden Detectives kannte sie die Antwort.

Dasselbe schreckliche Gefühl, das sie erst vor ein paar Tagen in der Los Angeles Union Station überschwemmt hatte, war wieder da, und diesmal war es noch viel stärker.

Es war, als tobte ein Hurrikan in ihrem Magen, und vor ihren Augen verschwamm alles. Über das große Spiegelfenster vor ihr huschten plötzlich flackernde Bilder. Sie kniff mehrmals fest die Augen zusammen, in dem verzweifelten Versuch, die Bilder loszuwerden. Sie wollte sie nicht sehen. Sie wollte mit alldem nichts zu tun haben. Aber sie konnte nichts dagegen tun. Auch diesmal war nach ein paar Sekunden alles vorbei. Und auch diesmal waren schon diese paar Sekunden mehr, als sie ertragen konnte.

Als die Bilder langsam verblassten, saß sie zitternd und schluchzend da. Ihr Atem kam in kurzen, heftigen Stößen, und wie in Trance wiederholte sie immer und immer wieder die Worte »Bitte nicht«. Immer und immer wieder.

Sie brauchte zwei Minuten, bis sich ihr Atem wieder einigermaßen beruhigt hatte, und dann noch mal zwei, bis ihr Körper aufgehört hatte zu zittern. Sie erhob sich auf wackligen Beinen und starrte ihr Bild im Spiegel an. Sie sah zum Fürchten aus. Die Haare standen ihr wirr vom Kopf ab. Ihre Haut war trocken und ungepflegt, und der Schlafmangel zeigte sich in ihren müden, stumpfen Augen. Sie trug keinen Lippenstift, was die Narbe an ihrer Lippe noch auffälliger machte. Ihr Anorak war alt und fleckig und hatte kleine Risse an den Ärmelbündchen. Kein Wunder, dass die beiden Detectives sie angesehen hatten, als wäre sie ein Junkie auf einem besonders üblen Trip.

»Was mache ich eigentlich hier?«, flüsterte sie zu sich selbst, als sei sie an einem unbekannten Ort aus einem seltsamen Traum aufgewacht. »Was für eine idiotische Idee. *Natürlich* glaubt mir hier niemand. Wie dämlich kann man sein?«

Sie sah auf die Uhr. Was jetzt? Der Detective hatte gesagt, dass er einen

Officer reinschicken würde, der ihre Daten aufnahm, aber bis jetzt war niemand gekommen. Vielleicht war das ein Zeichen. Vielleicht half sie den Leuten gar nicht damit, wenn sie ihnen von den schrecklichen Dingen erzählte, die sie sah. Und sich selbst erst recht nicht.

Tief im Innern hatte sie die Hoffnung gehabt, dass die Bilder in ihrem Kopf vielleicht verschwinden würden, wenn es ihr gelänge, einigen der Menschen, deren Leiden sie so hautnah mitbekam, zu helfen. Dann hätte sie endlich wieder ein normales Leben führen können. Aber jetzt, während sie ganz allein in einem Vernehmungsraum der Polizei stand, glaubte sie nicht mehr daran.

»Ich muss hier weg. Das ist doch total bescheuert«, sagte sie, bevor ihr Blick an der Visitenkarte hängen blieb, die Hunter auf den Tisch gelegt hatte.

43

MIKE BRINDLE, der neben einem großen weißen Ledersofa kauerte, sah Hunter im Türrahmen stehen. Er stand auf und ging schweigend auf ihn zu.

Brindle arbeitete schon seit über fünfzehn Jahren bei der Spurensicherung, aber sein Blick verriet Hunter, dass er so etwas wie das hier noch nie zuvor gesehen hatte.

Sie standen einander eine Zeitlang gegenüber, ohne etwas zu sagen. Irgendwann blickte Brindle auf die Uhr.

»Tja, damit hast du wohl gewonnen.« Durch die Atemschutzmaske klang seine Stimme dumpf.

Hunter kniff fragend die Augen zusammen.

»Bis auf meine Wenigkeit hat es bis jetzt niemand, der durch die Tür da gekommen ist, geschafft, sein Abendessen länger als vierzig Sekunden lang bei sich zu behalten«, klärte Brindle ihn auf.

»Ich habe nicht zu Abend gegessen.«

»Aber er schon, was?« Mit einem Nicken deutete Brindle auf Garcia, der soeben hereingekommen war. Seine Maske saß wieder ordnungsgemäß über Mund und Nase, aber er war kreidebleich im Gesicht.

»Was zum Teufel ist hier passiert, Mike«, fragte Hunter, sobald Garcia zu ihnen gestoßen war.

»Schmerzen. Unvorstellbare Schmerzen«, sagte Brindle bloß und drehte sich zu dem gigantischen Kamin aus Flussgestein an der südlichen Zimmerseite um. Gut dreißig Zentimeter davor saß, an einen Metallstuhl mit Armstützen und hoher Lehne gefesselt, die nackte Leiche einer Frau. Der Großteil der Haut an der Vorderseite des Körpers, an Armen und Beinen hatte Blasen geworfen und war aufgeplatzt, so dass darunter verbranntes Fleisch zum Vorschein kam. Einige Körperstellen waren komplett verkohlt, dort war vom Gewebe nichts übrig geblieben bis auf eine schwarze schuppige Kruste.

Aber alle Augen ruhten auf ihrem Gesicht.

Garcia spürte, wie sich ihm erneut der Magen umdrehte, als sie näher traten.

Die Haut in ihrem Gesicht war so schwer verbrannt, dass sie herabgelaufen und zu Klumpen geschmolzen zu sein schien wie heißes Wachs. Das freiliegende Muskelgewebe darunter war knittrig verhärtet, als wäre ihr Gesicht frittiert worden. Die Augäpfel waren durch die starke Hitzeeinwirkung in ihren Höhlen geplatzt.

»Soweit ich bisher gesehen habe«, sagte Brindle, wobei er vorsichtig die kleine Lache aus Blut, Urin und Kot umrundete, die den Stuhl umgab, »wurde sie am Samstagabend hierhergebracht, an diesen Stuhl gefesselt und dann vor einem lodernden Feuer sitzen gelassen. Sie ist schon seit geraumer Zeit tot, aber das Feuer wurde nie ausgeschaltet.« Er zeigte auf den Kamin, der immer noch Hitze abstrahlte.

Hunters Blick schwenkte rasch von der Toten zu Brindle. »Der Mörder hat sie ... geröstet?«

Brindle presste die Lippen zu einem dünnen Strich zusammen und senkte den Kopf. »In Anbetracht der Nähe zum Feuer kann man wohl eher sagen, er hat sie bei lebendigem Leibe gegart.«

»Das ist ja widerlich«, stieß Garcia hervor und wandte sich ab.

»Es ist ein Gasfeuer«, fuhr Brindle fort. »Das heißt, die Intensität kann stufenlos kontrolliert werden. Und es brennt immer weiter. Es erlischt niemals, es sei denn, jemand kommt und schaltet es aus.«

»Brannte es noch, als die Leiche gefunden wurde?«, fragte Hunter und ging vor dem Kamin in die Knie.

»Ja.« Brindle nickte. »Aber auf sehr niedriger Stufe. Gerade genug, damit sie ...«, er biss sich auf die Lippe, »... warmgehalten wird. Aber seht euch an, wie groß der Kamin ist, Robert. Auf höchster Stufe wäre er so heiß wie ein Scheiterhaufen.«

Hunter rieb sich die Augen, holte tief Luft und zwang sich, einen Moment lang die Leiche zu betrachten. Garcia hielt sich ein paar Schritte hinter ihm. Er hatte die Hände zu Fäusten geballt und das Gesicht verzogen, als hätte er gerade in etwas Saures gebissen.

Der Geruch von verbranntem Menschenfleisch ist unverwechselbar – ganz anders als der von Tieren, was in erster Linie mit unserer Ernährung zusammenhängt. Menschen sind die einzigen Lebewesen, die so unterschiedliche Dinge wie Fleisch, Gemüse, Süßigkeiten und chemisch modifizierte Produkte als Nahrung zu sich nehmen. Die Kombination ihrer spezifischen Gerüche wird vom menschlichen Gewebe aufgenommen und beim Verbrennen zusammen mit diversen Toxinen wieder freigesetzt.

Garcia spürte, wie ihm beißend die Galle in die Kehle stieg.

»Wir haben sie losgeschnitten«, sagte Brindle, dem aufgefallen war, dass Hunter mit kritischer Miene die aufgetrennten Fesseln beäugte. »Und das ist auch der Grund, weshalb ihr hier seid.«

Hunter zog erwartungsvoll die Brauen zusammen.

»Wir waren schon eine ganze Weile hier zugange. Die Leiche und der Tatort waren fotografiert, und die zwei Detectives, die den Fall übernehmen sollten, hatten fürs Erste genug gesehen. Wir wollten die Leiche gerade für den Transport in die Rechtsmedizin fertig machen.«

Brindle bedeutete einem der Kriminaltechniker, ihm zu helfen. Unter allergrößter Vorsicht hoben sie den Rücken der Toten ein Stück von der Lehne des Stuhls ab.

»Und dabei haben wir *das* hier entdeckt.«

Hunter und Garcia gingen um ihn herum, damit sie besser sehen konnten.

»Ach du Scheiße«, murmelte Garcia und hob beide Hände an die Stirn.

44

Hunter presste sich die Finger gegen die Schläfen und versuchte die Kopfschmerzen wegzumassieren, von denen er wusste, dass sie im Anmarsch waren.

»Verdammt«, sagte er leise.

Sein Blick ruhte auf dem Nacken und Rücken der Toten. Auch hier war die Haut schwer verbrannt, aber die Wunden waren seit langem verheilt, die betroffenen Hautstellen waren rau und ledern. Aber nicht diese alten Brandmale waren der Grund für das Erstaunen der Detectives. Mitten auf ihrem Rücken prangte, in blutroter Schrift und ungefähr fünfzehn Zentimeter groß, die Zahl 4.

»Das ist noch nicht alles.« Brindle ließ den Körper behutsam wieder in die ursprüngliche Position zurücksinken, bevor er einen der Kriminaltechniker bat, die große Asservatentüte zu bringen, deren Inhalt sie kurz zuvor sichergestellt hatten. Der Mann hob die Tüte hoch, damit Hunter und Garcia sie sehen konnten. Darin befand sich ein verkohlter Schädel.

»Das hier haben wir im Feuer gefunden.«

Garcia wirkte einen Augenblick lang verwirrt.

Hunter stieß einen tiefen Seufzer aus. »Vater Fabians Kopf?«, fragte er, obwohl er die Antwort bereits wusste.

»Soll das ein Witz sein?!« Garcias Augen weiteten sich. Dann erinnerte er sich daran, was er im Tagebuch des Priesters gelesen hatte. *Er nimmt meinen Kopf mit, um ihn zu verbrennen.*

»Natürlich müssen wir noch auf die Testergebnisse warten, aber ich würde mein letztes Hemd darauf verwetten«, sagte Brindle.

Garcia richtete seine Aufmerksamkeit wieder auf die verbrannte Frau. »Was ich an der Sache nicht ganz verstehe – wie kommt es, dass ihr Körper unterschiedlich stark verbrannt ist?« Zögerlich trat er einen Schritt näher an die Leiche heran. »Die Haut am Oberkörper, an den Oberarmen und Oberschenkeln ist aufgeplatzt. Man sieht, dass so das freiliegende Gewebe darunter *geröstet* wurde, wie du es formuliert hast.« Er nickte Hunter zu. »Aber ihre Waden, Füße und Hände sind fast zu Asche verkohlt. Und was in Dreiteufelsnamen ist mit ihrem Gesicht passiert? Für mich sieht es so aus, als wären die einzelnen Körperteile unterschiedlich starker Hitze ausgesetzt gewesen.«

»Das waren sie ja auch«, versetzte Brindle. »Wie ich vorhin schon gesagt habe, das Ding da auf höchster Stufe wäre so heiß wie ein Waldbrand.« Er wies auf den Kamin. »Sie hat in geringem Abstand zum Feuer gesessen. Ich bin sicher, der Mörder hat die Hitze kontrolliert, um sie möglichst lange zu quälen, aber eben weil sie gesessen hat, sind ihre Unterschenkel, Füße und Hände dem Feuer ungefähr dreißig Zentimeter näher gewesen als der Rest ihres Körpers. Das kann durchaus einen Temperaturunterschied von zwei, vielleicht auch drei Grad ausmachen. Wenn man den langen Zeitraum bedenkt, über den sie dieser ungeheuren Hitze ausgesetzt gewesen ist, dann ist es nur logisch, dass diejenigen Körperteile, die näher am Feuer waren, wesentlich stärker verbrannt sind, wie man ja auch deutlich sehen kann. Was ihr Gesicht betrifft …« Er schüttelte unsicher den Kopf. »Ich habe schon viele Brandopfer gesehen, aber so was wie das hier noch nie. Die Haut sieht aus, als wäre sie zu Klumpen geschmolzen wie eine Kerze.«

»Wäre es möglich, dass der Täter in ihrem Gesicht einen Brandbeschleuniger benutzt hat?«, fragte Hunter.

Brindle nickte. »Das wäre aus meiner Sicht die einzige Erklärung.«

»So was wie Bratöl?«

»Bratöl?«, wiederholte Garcia ungläubig. »Du meinst, der Täter hat ihr das Gesicht mit Bratöl eingepinselt, sie vors Feuer gesetzt und zugesehen, wie sie vor sich hin brutzelt?«

Brindle wiegte den Kopf. »Ihr müsst auf die Obduktion und die Laborergebnisse warten, um ganz sicher zu sein, aber er muss irgendeine spezielle Substanz verwendet haben, damit die Haut in ihrem Gesicht so aussieht, als wäre sie weggeschmolzen. Feuer und Hitze alleine können das nicht verursacht haben.«

»Warum nicht?«, wollte Garcia wissen.

»Weil Haut nicht schmilzt«, sagte Hunter, beugte sich vor und nahm das Gesicht der Leiche genauer in Augenschein.

»Stimmt«, bestätigte Brindle. »Ich will euch nicht mit wissenschaftlichen Details langweilen, aber es ist biologisch und physikalisch gesehen ein Ding der Unmöglichkeit. Sie kann verbrennen und karbonisieren, aber nicht schmelzen.« Er hielt kurz inne und rieb sich mit dem Handrücken das linke Auge. »Wir haben das gesamte Haus untersucht, Robert. Das da ist das einzige Blut, das wir gefunden haben.« Er zeigte auf den kleinen Fleck unter dem Stuhl. »Wenn das hier derselbe Täter ist wie der, der vor ein paar Tagen den Priester getötet hat, dann war es diesmal kein Ritualmord. Und falls doch, dann war bei dem Ritual kein Blut im Spiel. Ehrlich gesagt sieht es so aus, als wären zwei völlig unterschiedliche Täter am Werk gewesen. Die Vorgehensweise ist komplett anders.«

Hunter nickte, sah aber keinen Anlass, Brindle von Vater Fabians Tagebucheintrag zu erzählen.

»Hat die Spurensuche schon irgendwas ergeben?«

»Noch keine Fingerabdrücke, nur ein paar Fasern, aber die können von überall her stammen.« Brindle zuckte mit den Schultern. »Das ganze Haus ist voll mit Teppichen, Teppichböden, Vorhängen und Polsterstoffen.«

Hunter ging im Zimmer umher und suchte die Möbel nach Auffälligkeiten ab. Er fand nichts. »Wer hat sonst noch die Zahl auf ihrem Rücken gesehen?«

»Nur die Leute hier im Raum«, sagte Brindle mit Nachdruck. »Die zwei Detectives aus Malibu haben draußen gewartet, während wir sie losgeschnitten haben. Haben nicht so frisch ausgesehen.«

»Und du hast ihnen nicht gesagt, dass die Zahl der Grund ist, weshalb wir hier sind?«

»Natürlich nicht. Ich habe ihnen gesagt, dass ihr wegen dem Schädel im Feuer einen Blick auf den Fall werfen sollt.«

»Dann belassen wir es auch dabei«, sagte Hunter und ging zur Tür. »Habt ihr ihre Kleider und Handtasche sichergestellt?«

»Bis jetzt noch nicht. Würde mich auch nicht wundern, wenn der Täter sie mitgenommen hätte.«

45

HUNTER LIESS die Wohnungstür hinter sich zufallen, lehnte sich dagegen und schloss die Augen. Die Kopfschmerzen, die in dem Haus in Malibu eingesetzt hatten, waren auf dem Heimweg immer stärker geworden. Inzwischen fühlte es sich so an, als säße eine Ratte in seiner Schädelhöhle, die in panischer Verzweiflung versuchte, sich durch seine Augäpfel den Weg ins Freie zu scharren.

Der penetrante Gestank von verbranntem Fleisch war durch den Overall gedrungen und hing in seinen Kleidern fest. Der scharfe Geruch stach in seinen Augen, sein Magen brodelte, und er musste immerzu würgen. Er brauchte unbedingt eine Dusche – sofort.

Hastig riss er sich die Kleider vom Leib. Dann holte er einen schwarzen Müllbeutel aus der Küche und stopfte sie hinein. Er wusste, dass es nichts bringen würde, sie zu waschen. Gegen diesen Geruch kam kein Waschmittel der Welt an.

Im Bad stellte er das Wasser so heiß ein, wie es nur ging. Er lehnte sich gegen die weißen Fliesen und ließ sich das Wasser über Kopf, Schultern und Rücken strömen. Jetzt, da er allein war, konnte er sich nicht länger zurückhalten und übergab sich, direkt in der Dusche. Als er endlich das Wasser abdrehte, leuchtete seine Haut krebsrot, und seine Fingerspitzen waren weich und schrumpelig. Er hatte fast ein ganzes Stück Seife verbraucht, aber der Geruch war immer noch da. Er saß nicht mehr auf seiner Haut, das wusste er. Er hing in den feinen Härchen in seiner Nase, und egal wie oft er sich schnäuzte, er wurde ihn einfach nicht los. Für den Moment sah er keine andere Lösung, als seine Sinne und sein Gehirn so gut es ging zu betäuben.

Die zwei ersten Drinks stürzte er pur und in einem Zug hinunter. Den dritten, einen doppelten, goss er über einen einzelnen Eiswürfel und nippte ihn langsam.

Es war schon spät, aber Hunter wusste genau, dass er in dieser Nacht keinen Schlaf finden würde. Schon an einem ganz normalen Tag war das schwer genug.

Er ging eine Weile unschlüssig im Zimmer auf und ab, bevor er vor dem Wohnzimmerfenster stehen blieb. Er stand da und starrte hinunter auf die Straße, den Kopf voller wirrer Gedanken. Nichts ergab einen Sinn.

Was den lästigen Geruch anging, schien der Single Malt seinen Zweck zu erfüllen, aber sein Kopf fühlte sich immer noch an, als ticke eine Bombe darin. Kopfschmerztabletten hatten bei ihm nie wirklich geholfen, also verwarf er die Idee sofort wieder, kaum dass sie sich in seinem Kopf geformt hatte. Aber der Gedanke an Pillen erinnerte ihn an etwas anderes, und plötzlich begann sein Puls zu rasen – Monica, das Mädchen, das am Abend zu ihnen aufs Revier gekommen war.

Im Laufe der Jahre hatte er viele Verrückte und Scharlatane erlebt. Jeder Einzelne von ihnen hatte beteuert, er könne die Polizei zu einer bislang unentdeckten Leiche oder einem schwer zu fassenden Killer führen, und natürlich hatte jeder Einzelne von ihnen gelogen. Aber diesmal, dachte Hunter, war es anders.

Monica war nicht so wie die Heerscharen angeblich übersinnlich Begabter, die ihm bis jetzt begegnet waren. Er hatte etwas in ihren Augen gesehen, eine Überzeugung. Ihr ging es nicht um Aufmerksamkeit oder Ruhm. Im Gegenteil: Sie hatte verängstigt gewirkt, als wäre ein Gespräch mit der Polizei für sie ein Risiko, als könnte dieser Kontakt sie mit etwas oder jemandem in Berührung bringen, vor dem sie auf der Flucht war.

Hunter atmete tief ein und fuhr sich mit der Hand durch die nassen Haare. Ihre Worte hallten noch in ihm nach. *Helen … es war nicht Ihre Schuld.* »Woher wusste sie davon?«, fragte er laut. »Niemand weiß davon.«

Er spürte, wie die uralte zerstörerische Schuld in ihm hochkroch, und er kippte den restlichen Scotch in einem großen Schluck hinunter. Der Alkohol brannte ihm in der Kehle, und genau in diesem Moment erinnerte er sich an das, was sie ganz zuletzt gesagt hatte.

Er wusste von dem Feuer. Er hat gewusst, wovor sie Angst hat.

46

HUNTER STAND auf dem leeren Parkplatz des Rechtsmedizinischen Instituts an seinen Wagen gelehnt, die Hände tief in den Jackentaschen vergraben. Es war ein klarer, aber für südkalifornische Verhältnisse kalter Tag. Ein Becher geschmackfreier Kaffee, den er sich an einer Tankstelle geholt hatte, stand auf der Motorhaube seines alten Buick.

Es war zehn nach sieben. Eine halbe Stunde zuvor hatte Dr. Winston ihn angerufen und gesagt, er habe die Obduktion an der neuen Leiche abgeschlossen.

Hunter hatte noch keine fünf Minuten gewartet, als Garcia neben ihm hielt und aus seinem Honda Civic stieg. Sofort fielen Hunter die roten Augen und die bleiche Haut seines Partners auf.

»Dann war ich wohl nicht der Einzige, der letzte Nacht nicht geschlafen hat«, meinte er und langte nach seinem Kaffeebecher.

Garcia schüttelte langsam den Kopf. »Ich habe Anna gestern Abend einen Riesenschrecken eingejagt.«

»Wie meinst du das?« Hunter sah ihn an.

»Ich habe sie angerufen, um ihr zu sagen, dass es spät wird, aber sie hat auf mich gewartet, damit wir zusammen zu Abend essen konnten.«

»Ist doch nett von ihr.« Hunter nippte an seinem Kaffee und verzog angewidert das Gesicht.

»Als ich nach Hause kam, war Anna in der Küche.« Garcia knöpfte sich die Jacke zu. »Als sie gehört hat, wie ich zur Tür reinkomme, hat sie die Steaks in die Pfanne geworfen. Das Brutzeln und dann der Geruch von gebratenem Fleisch – das hat mir den Rest gegeben. Ich habe ihr direkt vor die Füße gekotzt, auf den Küchenfußboden.«

»Oje.« Sie gingen nebeneinanderher auf das Gebäude zu.

»Natürlich habe ich ihr nichts von dem Fall erzählt – oder weshalb es mir plötzlich hochkommt, sobald ich ein gebratenes Steak sehe.« Er hielt inne und strich sich die langen Haare aus den Augen. »Ich komme aus Brasilien, Robert. Ich bin praktisch schon als Baby mit Steak gefüttert worden. Steak ist mein Lieblingsessen.«

»Was hast du ihr gesagt?«

Garcia lachte freudlos. »Ich habe mir irgendeinen Schwachsinn aus den

Fingern gesogen, von wegen einem Magen-Darm-Virus, der gerade auf dem Dezernat die Runde macht.«

»Das hat sie dir abgekauft?« Hunter hob ungläubig die Brauen.

»Natürlich nicht, was denkst du denn? Anna ist ja nicht dumm. Aber sie hat so getan.«

Hunter legte Garcia mitfühlend die Hand auf die Schulter.

»Und das ist noch nicht alles. Ich musste unbedingt duschen gehen, dieser scheißverdammte Gestank war überall, und ich war mir ganz sicher, dass Anna ihn auch riecht. Also habe ich das Abendessen ausfallen lassen und mich stattdessen eine Stunde lang im Badezimmer eingeschlossen. Meine Haut ist ganz wund vom vielen Schrubben, aber der Geruch geht einfach nicht weg.« Er hob das Handgelenk an die Nase und schnupperte.

»Er ist nicht an deiner Haut, Carlos«, sagte Hunter, ohne jedoch ins Detail zu gehen.

»Und dann kam die Nacht«, fuhr Garcia fort. »Es war, als hätte jemand die Bilder von ihrem geschmolzenen Gesicht und ihrem verbrannten Körper direkt auf die Rückseite meiner Augenlider geklebt. Jedes Mal, wenn ich sie zugemacht habe, sah ich sie vor mir. Ich habe keine Sekunde geschlafen, und durch mein Rumgewälze habe ich natürlich auch Anna die ganze Nacht lang wach gehalten. Ich weiß genau, dass sie Angst hat, Robert. Wahrscheinlich denkt sie ständig daran, was mir im Kruzifix-Killer-Fall passiert ist. Sie ist noch lange nicht darüber hinweg.«

Sie hatten den Eingang erreicht. Der Mann vom Sicherheitsdienst ließ sie eintreten und teilte ihnen mit, dass Dr. Winston diesmal in Sektionssaal 2 A auf sie warte. Sie zogen sich um, und Garcia warf sich zwei säurebindende Magentabletten ein, bevor sie sich auf den Weg zum Saal am hinteren Ende des Korridors machten. Der Rechtsmediziner saß am Tisch mit den Mikroskopen und blätterte in irgendwelchen Computerausdrucken herum. Seine Schultern waren tief vornübergebeugt, und die Haare standen ihm wirr zu Berge.

»Haben Sie etwa die Nacht durchgemacht, Doc?«, fragte Hunter, als er die Tür hinter ihnen schloss.

Dr. Winston hob schwerfällig den Kopf. »So gut wie.« Er bedachte sie mit einem dünnen Lächeln, bevor er an den Edelstahltisch trat, auf dem die Leiche der Frau lag. Hunter und Garcia zogen sich die Maske über Nase und Mund und folgten ihm.

»Was wir hier haben, ist …« Dr. Winston verstummte und schüttelte den Kopf, als reichten Worte nicht aus, um es zu beschreiben. »… ein Meisterwerk des Bösen. Wer auch immer dieser Mörder ist, er muss die arme Frau mit jeder Faser seines Wesens gehasst haben.«

47

NUN, DA DIE LEICHE AUSGESTRECKT auf dem Sektionstisch lag, war das Ausmaß der Verletzungen noch deutlicher zu erkennen. Die Brandblasen am Oberkörper waren aufgeplatzt, die Wundränder, die sich von der Hitze aufgerollt hatten, schwarz verfärbt. Das freiliegende Fleisch darunter war wie ausgedörrt und stellenweise tiefrot wie sonnenverbrannte Haut. Unterschenkel und Hände waren mit schwarzen Schuppen überkrustet. Hier und da kam unter dem versengten Fleisch ein Knochen zum Vorschein.

Aber nach wie vor waren es die Verbrennungen im Gesicht, die Hunter am meisten schockierten. Mike Brindle hatte es treffend beschrieben, es sah tatsächlich so aus, als hätte sich die Haut verflüssigt und wäre dann zu Klumpen zusammengeschmolzen, wie das Wachs an einer tropfenden Kerze.

»Ich würde vermuten, dass sie nicht bei Bewusstsein war, als sie an den Stuhl gefesselt wurde«, erklärte Dr. Winston. »Allerdings weist sie keinerlei Hämatome am Kopf auf.«

»Betäubungsmittel?«

»Das ist die logische Schlussfolgerung. Ich warte noch auf die Ergebnisse des Tox-Befundes, aber vorab kann ich schon sagen, dass der Täter höchstwahrscheinlich kein Mittel benutzt hat, das intravenös verabreicht werden musste.«

»Warum nicht?«, wollte Garcia wissen.

»Die Wirkung wäre zu stark gewesen. Der Täter musste sie ja nur für ein paar Minuten außer Gefecht setzen, damit er sie ausziehen und fesseln konnte. Eine längere Bewusstlosigkeit hätte ihn nur wertvolle Zeit gekostet.«

»Der Killer wollte, dass sie wach ist, damit sie möglichst viel leidet«, setzte Hunter hinzu und ging um den Tisch herum auf die linke Seite.

»Es deutet alles darauf hin.« Dr. Winston machte eine kurze Pause. »Der Täter war sich darüber im Klaren, dass er am Montag aus dem Haus verschwunden sein musste. Er wusste also genau, wie lange er sie quälen konnte, und ich wette, er hat jede einzelne Sekunde davon genutzt.«

»Was wäre die Alternative? Ein mit Betäubungsmittel getränktes Tuch, das er ihr ins Gesicht drückt?«, fragte Hunter.

»Vermutlich. Irgendein volatiles Anästhetikum, das leicht eingeatmet werden kann. Mit ziemlich hoher Wahrscheinlichkeit auf Ätherbasis.«

»Können Sie ein paar Namen nennen?«

»Hm.« Dr. Winston lachte leise. »Enfluran, Desfluran, Sevofluran, Isofluran … und so weiter. Ich kann Ihnen eine Liste zusammenstellen, wenn Sie möchten.«

»Sind diese Mittel leicht zu beschaffen?« Garcias Frage.

»Ziemlich leicht. Außerdem sind das nur die gängigsten Mittel, die keine Irritation der Schleimhäute hervorrufen. Es gibt noch wesentlich mehr Inhalationsanästhetika, und ich glaube kaum, dass sich der Täter darum geschert hat, ob sein Opfer vielleicht ein paar leichte Säureverbrennungen von dem feuchten Tuch davonträgt. Er hätte alles Mögliche benutzen können.«

»Na großartig.«

»Aufgrund des Zustandes der Leiche können wir nicht sagen, ob sie sexuell missbraucht wurde, aber ich glaube es eher nicht.«

Hunter pflichtete ihm bei. »Welche Befriedigung der Mörder auch immer sucht, sie ist nicht sexueller Natur.«

»Die allerschlimmste Folter ist in diesem Fall unsichtbar.«

»Was meinen Sie?« Garcia machte große Augen.

»Die Verbrennungen an Haut und Muskelgewebe haben ihr höllische Qualen bereitet, keine Frage, aber was der Killer darüber hinaus noch getan hat – das, was sie am Ende getötet hat –, war, sie bei lebendigem Leibe durchzugaren.« Dr. Winston hielt kurz inne, um das, was er gesagt hatte, sacken zu lassen. »Wenn man jemanden lange genug vor ein Feuer setzt, ohne dass sich die Person bewegen kann oder Wasser zugeführt bekommt, fangen früher oder später seine inneren Organe an zu kochen.«

»Um Himmels willen.« Garcia fuhr sich mit beiden Händen durch die Haare und verschränkte dann die Finger hinten im Nacken.

»Leber, Nieren, Bauchspeicheldrüse, Magen, Lunge, Herz – jedes Organ im Körper ist von der Austrocknung und dem konstanten Temperaturanstieg betroffen.« Der Rechtsmediziner biss sich auf die Lippe und schüttelte voller Abscheu den Kopf. »Ihr Blut hat im wahrsten Sinne des Wortes gesiedet.«

Hunter musste kurz durchatmen.

»Ihre Leber und Nieren waren noch heiß, als ich sie während der Obduktion entnommen habe. Jedes Organ, das ich untersucht habe, wies gravierende Schäden aufgrund von Hitze und Dehydrierung auf. In gewissem Sinne war es wie ein Wettrennen – zu sehen, welches Organ als erstes platzt.«

Schweigen senkte sich über den Raum, und Hunters Blick glitt wieder zum Gesicht der Frau.

»Tja, *das* war wirklich raffiniert«, sagte Dr. Winston, der Hunters Blick gefolgt war. »Teuflisch, aber trotzdem genial.«

»Sie meinen, wie er ihr Gesicht zum Schmelzen gebracht hat?«, fragte Garcia und spürte, wie sein Magen sich erneut zusammenkrampfte.

»Wie er den *Effekt* erzielt hat, um exakt zu sein. Haut schmilzt nicht.«

»Habe ich mir sagen lassen.« Garcia seufzte. »Also, wie hat der Killer es angestellt?«

»Indem er Brandbeschleuniger benutzt hat.« Dr. Winston hielt inne und hob den rechten Zeigefinger, wie um die folgende Aussage besonders zu unterstreichen. »Genauer gesagt sieht es so aus, als hätte er eine *Kombination* von Brandbeschleunigern benutzt. Und hier kommen wir zum genialen Teil.«

Hunter zog ein Gesicht, als könne er es gar nicht erwarten, die Einzelheiten zu erfahren.

»Auch hier gilt: Ich brauche noch die endgültige Bestätigung aus dem Labor. Aber ein erster Test hat gezeigt, dass der Täter etwas ganz Gewöhnliches wie Schweinefett benutzt haben könnte.«

»Wollen Sie uns auf den Arm nehmen?«

»Mitnichten. Handelsübliches Schmalz aus dem Supermarkt.«

»Damit wäre …«

»Ihr Gesicht frittiert worden«, vollendete der Doktor Hunters Satz.

»Okay, aber den Schmelz-Effekt hätte es nicht verursacht.« Hunter beugte sich vor, um sich ihr entstelltes Gesicht näher anzusehen.

»Nein, das stimmt.«

»Also?« Er trat einen Schritt zurück, als der beißende Geruch ihm Tränen in die Augen trieb.

»Also brauchen wir definitiv die Laborergebnisse, aber es sieht so aus, als hätte der Täter eine Kombination aus Schweinefett und irgendeinem Gummigemisch verwendet.«

»Gummi?«, widerholte Garcia stirnrunzelnd.

Dr. Winston nickte. »Möglicherweise Latex, wie es für kosmetische Effekte beim Film verwendet wird. Eigentlich ziemlich schlau. Das Gummigemisch legt sich wie ein Klebstoff über die Haut.« Der Doktor fuhr sich mit den Fingern von oben nach unten über das Gesicht. »In der Hitze schmilzt es und läuft das Gesicht des Opfers hinab, wodurch man den erwünschten Kerzenwachs-Effekt erreicht. Unter dem Gummi ist die Haut mit Schweinefett bedeckt. Dadurch wird der Verbrennungsprozess dramatisch beschleunigt und die Haut im Gesicht komplett zerstört, was dem Opfer im Übrigen unvorstellbare Schmerzen verursachen muss. Das Endergebnis …«, er wies auf die Leiche, »… ein geschmolzenes Gesicht.« Dr. Winston trat einen Schritt zurück und drehte sich zu den beiden Detectives um. »Aber auch das ist noch nicht alles.«

48

HUNTER WAPPNETE SICH. *Was konnte der Killer ihr noch angetan haben?*

»Die Verletzungen in ihrem Gesicht sind natürlich ante mortem entstanden, so viel ist ja bereits klar. Aber es gibt zudem Hinweise darauf, dass sie danach noch mehrere Stunden lang am Leben war.« Dr. Winston begegnete den fragenden Blicken der beiden Detectives. »Das heißt, er hat ihr Gesicht geschmolzen, *bevor* er den Kamin angestellt hat.«

Hunter runzelte die Stirn. »Wie hat er das denn angestellt?«

»Es ist nur ein Schuss ins Blaue – Wärmelampen. Das Opfer war an einen Stuhl gefesselt, korrekt? Jetzt stellen Sie sich vor, dass der Killer eine oder auch zwei Wärmelampen auf einem Podest oder einem Stativ oder Ähnlichem ganz dicht vor ihrem Gesicht aufstellt – die klassische Verhörsituation auf die Spitze getrieben.«

Plötzlich hatte Hunter das Gefühl, als wäre nicht mehr ausreichend Sauerstoff im Raum.

»Die UVB-Strahlen der Lampe zusammen mit dem Brandbeschleuniger und dem Gummigemisch haben dafür gesorgt, dass ihr Gesicht verbrennt und schmilzt, aber solche Verletzungen reichen nicht aus, um einen Menschen zu töten. Unvorstellbar qualvoll, ja, aber nicht lebensbedrohlich. Sie hat danach vielleicht noch Stunden weitergelebt.«

Garcia hustete zweimal, als stecke ihm etwas im Hals fest. »Sie sagen also, der Täter hat sie zunächst ausgiebig gefoltert, bevor er schließlich den Kamin angestellt und sie bei lebendigem Leibe gebraten hat?«

Der Rechtsmediziner rieb sich mit Daumen und Zeigefinger die Augen und nickte langsam. »Das ist zumindest meine Theorie.«

Hunter ging um den Sektionstisch herum.

»Was ist mit ihrem Rücken, Doc?«

»Ja. Sie hat schon früher einmal Bekanntschaft mit Feuer geschlossen.« Dr. Winston trat von der Leiche weg, ging zu einem Metallschrank und holte einen Umschlag aus der oberen Schublade hervor. »Ihr Körper ist in einem sehr instabilen Zustand, und ich will sie nicht mehr als unbedingt nötig hin und her bewegen. Ich werde es Ihnen also auf den Fotos hier zeigen.« Er ließ vier Fotos aus dem Umschlag gleiten und legte sie in einer Reihe auf seinen kleinen Schreibtisch an der Wand. »Sie hat bereits früher einmal schwere Verbrennungen erlitten. Wie Sie sehen können, ist der Großteil ihres Rückens und Nackens mit Narbengewebe überzogen.« Der Doktor zeigte auf das erste der Fotos.

»Können Sie ungefähr sagen, wie lange das her ist?«

»Es ist sehr schwierig, eine präzise Aussage zu machen, aber vermutlich war sie noch ein Kind oder ein Teenager.«

»So lange her?«

Dr. Winston nickte. »Die Haut hat sich, seit sie verheilt ist, ziemlich stark gedehnt. Ein Zeichen dafür, dass sie gewachsen ist. Ich bin mir relativ sicher, dass sie sich die Verbrennungen nicht als Erwachsene zugezogen hat.«

»Die Zahl auf ihrem Rücken.« Hunter deutete auf das dritte Bild. »Hat der Täter dafür wieder Blut benutzt?«

»Definitiv. Es wurde schon ins Labor geschickt, ich erwarte die Ergebnisse heute im Laufe des Tages.«

Beide Detectives betrachteten alle vier Fotografien.

»Was würden Sie sagen, wie lange war sie dem Feuer ausgesetzt, Doc?«, fragte Hunter.

»Vermutlich von Samstagabend bis zu dem Zeitpunkt, als sie gefunden wurde. Ich habe gehört, das Feuer brannte noch, als die Polizei gestern am Tatort eintraf.«

Hunter kniff die Lippen zusammen und nickte.

»Der Täter hat also nicht aufgehört, sie zu grillen, selbst nachdem sie schon tot war. Das war mehr als nur Folter. Es war eine Demonstration absoluter Entschlossenheit. Er wusste, dass wir sie finden würden. Und er wollte, dass wir sie so finden, wie sie jetzt aussieht. Er prahlt damit, wie diabolisch und brutal er ist. Ich habe bloß keine Ahnung, wieso.«

»Vielleicht prahlt er gar nicht, Doc.« Hunter legte nachdenklich einen Finger an die Lippen. »Vielleicht macht er bloß so lange weiter, bis das Monster in ihm Ruhe gibt. Das ist nicht ungewöhnlich. Manchmal ist der Tod allein nicht genug, um den Zorn des Mörders zu stillen, oder das Böse in ihm, oder was auch immer es ist, das ihn morden lässt. Es gibt jede Menge Fälle, bei denen die Täter ihre Opfer auch nach ihrem Tod noch stundenlang weiter erschießen, erstechen, verprügeln und aufschlitzen. Manche tun es sogar tagelang, wochenlang, monatelang …«

»Womöglich haben Sie recht«, pflichtete Dr. Winston ihm bei. »Vielleicht reicht ihm das Töten alleine nicht.« Er holte tief Luft und stieß sie dann langsam wieder aus. »Es gibt da noch etwas, was ich Ihnen zeigen muss.«

Sein Tonfall weckte ein ungutes Gefühl in Hunter.

Der Doktor zog eine runde Vergrößerungslampe auf einem fahrbaren Stativ zum Sektionstisch und bat Hunter und Garcia, näher zu treten. Er positionierte die Lampe seitlich, so dass ihr Lichtstrahl die rechte Seite der Bauchgegend des Opfers beleuchtete. »Schauen Sie.« Er trat beiseite.

Ein wenig ratlos spähte Hunter durch die Vergrößerungslampe. Er wusste gar nicht, wonach er suchen sollte. Nach wenigen Sekunden jedoch kniff er plötzlich die Augen zusammen, als sein Blick auf eine Stelle unmittelbar unterhalb der rechten Brust des Opfers fiel.

»Nein!«, stieß er gepresst hervor. Ein Gefühl der Kälte schoss durch seinen Körper wie ein Stromstoß.

Dr. Winston nickte.

»Doc. Sagen Sie, dass das nicht wahr ist.«

49

An der Pinnwand in Hunters und Garcias Büro hingen, getrennt durch eine mit weißem Marker gezogene Linie, zwei unterschiedliche Gruppen von Tatortfotos: links die katholische Kirche der Sieben Heiligen und die brutale Enthauptung eines Priesters – rechts der unvorstellbar sadistische Mordbrand auf dem Anwesen in Malibu.

Mit dem Auftauchen der zweiten Leiche hatte Captain Blake auf tägliche Team-Besprechungen um neun Uhr morgens bestanden. Hunter und Garcia schafften es um zehn vor neun ins Büro.

Laut vorläufigem kriminaltechnischem Bericht vom Amanda-Reilly-Tatort war in einem der Zimmer im ersten Stock ein partieller Fingerabdruck gefunden worden. Außerdem hatte man in einer Besenkammer einen Staubsauger sichergestellt, der ganz offensichtlich erst vor kurzem benutzt worden war. Bis der endgültige Laborbericht fertig war, würde es noch einige Tage dauern.

Die Informationen, die ihnen bislang über Amanda Reilly vorlagen, waren rudimentär. In Los Angeles geboren und aufgewachsen. Ohne Abschluss nach der zehnten Klasse von der Highschool abgegangen, seitdem im Immobiliengeschäft tätig. Die Mutter war vor sieben Jahren gestorben, der Vater hatte in ihrem Leben offenbar nie eine große Rolle gespielt – Alkoholprobleme, Spielsucht. Gegenwärtiger Aufenthaltsort unbekannt. Amanda war geschieden. Ihr Ex-Mann besaß ein Restaurant in San Diego, wo er seit sechs Jahren lebte. Er hatte das ganze Wochenende über gearbeitet, sein Alibi war von mehreren Zeugen bestätigt worden. Amanda hatte in beträchtlichen finanziellen Schwierigkeiten gesteckt, ihre Firma stand kurz vor dem Bankrott. Das Haus in Malibu gehörte einem Investor und Millionär namens Dan Tyler.

Um Punkt neun Uhr betrat Captain Blake das Büro, wie üblich, ohne anzuklopfen. Sie hatte eine Ausgabe der *L. A. Times* unter dem Arm.

»Haben Sie das hier schon gesehen?«, wollte sie von Hunter wissen.

»Ich lese keine Zeitungen. Die deprimieren mich.«

»Warten Sie ab, das hier wird Sie bestimmt in blendende Laune versetzen.« Damit ließ sie die Zeitung auf seinen Schreibtisch fallen, so dass die Titelschlagzeile gut lesbar obenauf lag.

Hunter ließ flüchtig den Blick in Richtung der Zeitung schweifen, nahm sie aber nicht in die Hand. Garcia trat neugierig näher.

VOLLSTRECKER SCHLÄGT WIEDER ZU. NEUES OPFER VON SADISTISCHEM SERIENMÖRDER ZU ASCHE VERBRANNT. POLIZEI VON LOS ANGELES RATLOS.

Schweigend überflog Hunter die Schlagzeile, bevor er ganz unten am Ende des Artikels den Verfasser-Namen fand – Claire Anderson. *Überraschung.*

Da Hunter keine Anstalten machte, den Rest des Artikels zu lesen, schnappte sich Garcia die Zeitung.

»Ich würde zu gerne wissen«, sagte Blake mit sichtlichem Ärger, »wie zur Hölle sie die beiden Morde in Verbindung gebracht haben!«

»Sie hat Kontakte bei der Polizei und wahrscheinlich auch in der Rechtsmedizin«, gab Hunter ruhig zurück.

»Sie?«, fragte Captain Blake mit besorgtem Stirnrunzeln.

»Claire Anderson, die Reporterin, die den Artikel geschrieben hat.«

Captain Blake musterte Hunter mit Adlerblick. »Sie sehen so aus, als ob Sie mit ihr bekannt wären.«

»Wir sind uns mal begegnet.«

Blake hielt Hunters Blick einige Sekunden lang fest, aber der ließ sich nicht aus der Ruhe bringen. »Niemand beim Morddezernat I, abgesehen von uns dreien, weiß, dass diese zwei Fälle miteinander in Verbindung stehen.« Sie begann, im Raum auf und ab zu marschieren. »Wenn keiner von Ihnen mit dieser Anderson gesprochen hat, kann der Tipp nicht von uns gekommen sein. Dr. Winston hat mir zugesichert, dass nur er sowie drei sehr zuverlässige Kriminaltechniker von der Verbindung wissen. Er hat Stein und Bein geschworen, dass die undichte Stelle nicht bei ihm zu suchen ist.«

»Hier steht«, unterbrach Garcia sie, indem er laut aus der Zeitung vorlas, »*Geleitet werden die Ermittlungen von Detective Robert Hunter. Obwohl er nicht für eine Stellungnahme zur Verfügung stand, ist davon auszugehen, dass die Polizei bislang in keinem der beiden Mordfälle eine nennenswerte Spur hat. Der Vollstrecker* …« Er hielt inne und sah zu Hunter. »Hübscher Spitzname, wer denkt sich die bloß aus, möchte ich mal wissen.«

Hunter zuckte gleichgültig mit den Schultern.

Garcia las weiter. *»Der Vollstrecker mordet ungehemmt, und wie so oft tappen die Ermittler des LAPD im Dunkeln. Um der Sicherheit der Bürger dieser Stadt willen ist zu hoffen, dass Detective Hunter den Vollstrecker schneller fasst, als es seinerzeit bei dem durch seinen sadistischen Einfallsreichtum zu zweifelhaftem Ruhm gelangten Kruzifix-Killer der Fall war.«*

»Miststück«, lautete Hunters halblaut geknurrter Kommentar.

»Das alles macht mir keine Sorgen … *noch* nicht«, sagte Captain Blake und fing erneut Hunters Blick ein. »Es interessiert mich nicht, ob irgendein Reporter zufällig diese beiden Fälle miteinander in Verbindung bringt. Was wir aber unter allen Umständen vor der Presse geheim halten müssen, ist, dass der Täter die Opfer nummeriert hat. Wenn die Medien davon Wind bekommen, sind wir erledigt. Dann haben wir eine stadtweite Panik am Start – von dem atomaren Druck, der dann auf uns lasten wird, weil wir die ersten beiden Opfer noch nicht gefunden haben, ganz zu schweigen.«

»Es ist aber doch sonnenklar, dass sie davon nichts wissen«, sagte Garcia und wedelte mit der Zeitung. »Sonst wäre das doch die Schlagzeile gewesen.«

»Und wir werden unser Bestes tun, damit es auch so bleibt«, verkündete Blake energisch. »Ich will, dass dieser Fall von jetzt ab kompletter Geheimhaltung unterliegt. Niemand erhält Zugang zu diesem Büro oder den Ermittlungsakten, ohne dass Sie bei mir vorher persönlich um Erlaubnis nachsuchen. Ist das angekommen?«

50

Nachdem dies gesagt war, trat Captain Blake zur Pinnwand und studierte die neu hinzugekommenen Fotos von Amanda Reilly. Hunter fiel auf, das sie kurz zusammenzuckte, aber sie hatte sich sofort wieder im Griff. »Hat der Täter auch diesmal die Zahl mit Blut geschrieben?« Sie zeigte auf eines der Bilder.

»Ja«, sagte Hunter. Die Beine seines Stuhls schabten geräuschvoll über den Boden, als er aufstand.

Es klopfte.

»Herein«, rief Captain Blake, bevor Hunter oder Garcia etwas sagen konnten.

Ian Hopkins trat ein. Captain Blakes Anwesenheit schien ihn ein wenig zu verunsichern. »Oh, tut mir leid. Ich wusste nicht, dass Sie gerade eine Besprechung haben.«

»Ist schon gut«, sagte Hunter und bedeutete ihm zu bleiben.

Captain Blake wandte sich mit fragender Miene zu Garcia um.

»Das geht in Ordnung. Das ist der zusätzliche Officer, den Sie uns zugeteilt haben, wissen Sie nicht mehr?«

»Ich bin nur gekommen, um Detective Hunter zu sagen, dass gestern niemand mehr dazu gekommen ist, die Kontaktdaten dieser Monica aufzunehmen. Als der Officer ins Vernehmungszimmer kam, war sie schon weg.«

»Monica?« Captain Blake drehte sich zu Hopkins um. »Ist das die junge Frau, die behauptet hat, sie wüsste etwas über den Mord in der Kirche?«

»Genau die«, sagte Garcia und lehnte sich gegen seinen Schreibtisch.

»Und was ist dabei herausgekommen?«

»Wir hatten gerade erst mit der Vernehmung angefangen, als die Nachricht von dem neuen Opfer reinkam.« Hunter trat neben Blake an die Pinnwand. »Sie hatte gar keine Gelegenheit, eine Aussage zu machen.«

»War sie zur Tatzeit in der Kirche? Hat sie etwas gesehen?«

»Nein auf die erste Frage und in gewisser Weise auch auf die zweite«, antwortete Garcia und kratzte sich das Kinn.

»Und was zum Geier soll das heißen?«

»Sie war nicht in der Kirche«, erklärte Hunter ruhig. »Sie hat uns gesagt, sie hätte eine Vision gehabt.«

Blake schnaubte. »Was? Sie ist hier aufgetaucht und hat behauptet, sie kann hellsehen?«

»Nein«, lautete Hunters ebenso schlichte wie verwirrende Antwort.

Captain Blakes Blick irrte ungeduldig im Zimmer umher, bis er schließlich auf Garcia hängen blieb. »Irgendjemand erklärt mir das jetzt besser, und zwar ein bisschen plötzlich.«

»Der Aussage des Officers zufolge, der als Erster mit ihr gesprochen hat, hat sie nichts von irgendwelchen Visionen erwähnt oder davon, dass sie Hellseherin wäre. Sie hat behauptet, sie hätte Informationen, über die sie aber nur mit den ermittelnden Detectives sprechen wollte.«

Captain Blake fischte eine Rolle Pfefferminzbonbons aus der Brusttasche ihres Blazers und warf sich eins in den Mund. »Wie auch immer.« Sie wandte sich an Hunter. »Wenn sie irgendeine Verrückte ist, die einen auf Hellseherin macht, was wollen wir dann überhaupt von ihr?«

»Sie *ist* keine Hellseherin, Captain«, sagte Hunter geduldig. »Sie scheint gewisse Dinge nur intensiver zu empfinden als andere Menschen.«

»Sie tut *was*?« Um ein Haar hätte sich Blake an ihrem Pfefferminzbonbon verschluckt.

»Außersinnliche Wahrnehmung.«

»Bitte sagen Sie mir nicht, dass Sie diesen Blödsinn auch noch geglaubt haben!«, rief sie, die Hände in die Hüften gestemmt. Ihre Stimme war eine halbe Oktave höher gerutscht.

»Grundsätzlich bin ich, was solche Sachen angeht, genauso skeptisch wie Sie, Captain«, meinte Hunter beschwichtigend. »Aber Fakt ist, dass es Menschen mit außersinnlicher Wahrnehmung gibt, ob wir es nun glauben wollen oder nicht.«

»Das tut überhaupt nichts zur Sache, Robert.« Blake zerbiss krachend ihr Bonbon. »Wir sind hier keine Esoteriktruppe. Die Presse hat sich ohnehin schon auf uns eingeschossen, und der Bürgermeister wartet nur darauf, dass Sie einen Fehler machen. Sie können sich ausmalen, was passiert, wenn herauskommt, dass wir die Hilfe einer Wahrsagerin in Anspruch nehmen. Wir würden dastehen wie inkompetente Trottel.«

»Ich habe niemandes Hilfe in Anspruch genommen, Captain, ich will bloß mit ihr sprechen. Rausfinden, was sie zu sagen hat. Wenn es sich als Unsinn rausstellt, dann können wir es abhaken, so wie all die anonymen Hinweise, die wir bislang über die Hotline reinbekommen haben.«

Blake warf sich das nächste Pfefferminzbonbon in den Mund und schob es mit der Zunge von einer Backentasche in die andere. »Wieso glauben Sie, dass sie die Wahrheit sagt?«

Hunter stand hinter seinem Stuhl, die Ellbogen auf die Rückenlehne gestützt. »Als ich gestern aus dem Vernehmungszimmer gerannt bin, hat sie mir noch etwas hinterhergerufen.« Er sah kurz zu Garcia hinüber. »Du warst schon draußen und hast es nicht mehr mitbekommen.«

»Und was war das?«

Hunter schwieg einen Moment. »Sie hat gesagt: *Er wusste von dem Feuer. Er hat gewusst, wovor sie Angst hat.*«

51

AUGENBLICKLICH WURDE ES still im Büro, und alle Augen richteten sich auf Hunter.

»Das kann sie sich unmöglich ausgedacht haben.« Er schüttelte energisch den Kopf und trat hinter seinem Schreibtisch hervor. »In dem Moment hatte ich bloß noch keine Ahnung, was sie damit meinte.«

»Vielleicht ist diese Geschichte mit den übersinnlichen Fähigkeiten bloß ein Deckmantel«, meinte Captain Blake. »Vielleicht ist sie in Wirklichkeit in die Sache verwickelt.«

»Was auch immer der Grund ist, ich finde, wir sollten noch mal mit ihr reden.«

»Tja, nur leider«, meldete sich Hopkins wieder zu Wort, »hat ja niemand ihre Kontaktdaten aufgeschrieben. Sie hat keinen Nachnamen hinterlassen, keine Adresse oder Telefonnummer.«

»Okay, aber wir haben Videoaufzeichnung in den Vernehmungszimmern.« Hunter nickte Hopkins zu. »Bitten Sie die Jungs von der Technik, ein Bild von ihr rauszukopieren, und gleichen Sie es mit der Vermisstendatenbank ab.«

»Vermisstendatenbank?«, fragte Hopkins und sah Hunter verständnislos an.

»Ich habe da so ein Gefühl. Ich glaube, sie ist eine Ausreißerin. Fangen Sie mit Pennsylvania an.«

»Wieso ausgerechnet Pennsylvania?«, wollte Blake wissen.

»Sie hatte einen ganz leichten Pennsylvania-Dutch-Einschlag. Ich glaube, das ist ein guter Ansatzpunkt.«

»Ich klemm mich sofort dahinter.«

Captain Blake wartete, bis Hopkins gegangen war, dann wandte sie sich an die beiden Detectives. »Wenn Sie sie finden, bringen Sie sie hierher aufs Revier, verstanden?«, sagte sie streng. »Das muss alles genau nach Vorschrift laufen, Robert. Wenn sie Informationen über einen unserer Fälle hat, Hellseherin hin oder her, dann muss sie mit Rechtsbehelfsbelehrung vernommen werden, und ich will dabei sein. Habe ich mich klar ausgedrückt?«

Hunter nickte.

»Habe ich mich klar ausgedrückt, Detective?«, drängte sie ihn zu einer hörbaren Antwort.

»Ja, Captain.« Hunter hielt ihrem Blick stand.

»Dann wäre das ja geklärt.« Sie sah auf die Uhr. »Und jetzt briefen Sie mich. Was wissen wir über diese Amanda Reilly?«

Rasch berichtete Hunter ihr, was die Autopsie ergeben hatte.

»Der Täter hat ein Stück aus ihrem Körper gebissen?«, fragte Blake und spürte einen aufbrandenden Brechreiz.

»Dr. Winston hat eine Einkerbung unter ihrer rechten Brust gefunden.« Hunter zog ein Foto aus einem Umschlag und reichte es Captain Blake. »Man sieht ganz deutlich, dass ein kleines Stück Gewebe fehlt.« Er zeigte ihr die Stelle auf dem Bild. »Aufgrund des Zustands der Leiche wird es nicht möglich sein, Zahnabdrücke nachzuweisen, aber der Doc war sich so gut wie sicher.«

»Das ist doch alles Wahnsinn«, murmelte Blake und rieb sich die Stirn.

»Immerhin ist es einer der wenigen Aspekte, die mit dem Priestermord übereinstimmen«, entgegnete Hunter. »Der Täter hat von Vater Fabians Blut getrunken, und diesmal hat er – zumindest allem Anschein nach – ein Stück von Amanda Reillys Fleisch gegessen.«

»Aber *warum*?«, wollte Blake wissen. »Warum hat er das getan?«

Hunter seufzte. »Sowohl die Menschheitsgeschichte als auch die einschlägige Literatur lehren uns, dass es im Wesentlichen nur einen Grund dafür gibt, weshalb ein Mensch das Fleisch oder das Blut eines anderen Menschen verzehrt, nämlich, dass das Opfer auf diese Weise zu einem Teil von ihm wird. Manchmal ist natürlich auch eine Art sexuelles Vergnügen mit im Spiel.«

Ein unangenehmes Schweigen folgte.

»Nun, wir wissen ja, dass es unser Täter nicht auf sexuelle Befriedigung abgesehen hat.« Blake gab Hunter das Foto zurück. »Wieso will er also, dass seine Opfer ein Teil von ihm werden?«

»Die Frage kann wohl nur der Täter selbst beantworten, Captain.«

»Tun Sie mir trotzdem den Gefallen«, sagte Blake im Kommandoton. »Mit was für einem Täter haben wir es hier wohl zu tun?«

Hunter pinnte das Foto an die Wand und holte tief Luft, bevor er sich wieder zu den anderen beiden umdrehte. »Mit einem, der seine Opfer ganz genau kannte. Dessen Hass auf sie so groß war, dass es ihm nicht genügte, absolute Kontrolle über ihr Leben und Sterben zu erlangen. Er brauchte mehr.«

Blake kniff die Lippen zusammen. »Und mit *mehr* meinen Sie, er musste ihr Blut trinken oder ihr Fleisch essen?«

Hunter nickte, trat ans Fenster und blickte in den sonnigen, kalten Tag hinaus.

»Aber warum die Veränderung?« Blake gab sich noch immer nicht zufrieden. Sie wollte die möglichen Gründe für dieses Täterverhalten nachvollziehen. »Wenn der Täter das Blut des Priesters getrunken hat, warum hat er bei Amanda Reilly nicht dasselbe gemacht?«

»Auch für die Frage gilt, dass letztlich nur der Mörder sie beantworten kann, aber vielleicht entwickelt er sich weiter. Steigt die Leiter empor.«

»Er tut was?«

Hunter streckte sich und spürte, wie seine Muskeln sich spannten. »Die Taten vieler Serienmörder eskalieren von Mal zu Mal auf die eine oder andere Art. Manchmal ist es die Brutalität, manchmal der zeitliche Abstand zwischen den Morden … Unser Täter hat sich möglicherweise vom Bluttrinken zu tatsächlichem Kannibalismus gesteigert.«

»Na prächtig«, knurrte Captain Blake und hob eine Hand an die Stirn, als wolle sie einen beginnenden Kopfschmerz wegreiben. Dann sah sie erneut auf die Uhr. »Verdammt, ich muss in zehn Minuten bei der Pressekonferenz sein. Fürs Erste stelle ich mich einfach dumm und sage, dass es bisher noch keine konkreten Anhaltspunkte gibt, die auf eine Verbindung zwischen den Morden hindeuten. Falls nötig, lüge ich ihnen irgendetwas vor und sage, dass wir mehreren vielversprechenden Spuren nachgehen. Aber Sie beide finden besser ganz schnell irgendwas Handfestes. Und treiben Sie diese Monica auf. Ich will wissen, warum sie gesagt hat, was sie gesagt hat.«

»Ich auch«, sagte Hunter, als die Tür hinter ihr mit lautem Krachen ins Schloss fiel.

52

Der Saal im Parker Center war groß genug, um den Horden hungriger Reporter Platz zu bieten, die sich zur Pressekonferenz eingefunden hatten.

Als Barbara Blake die Stelle als Captain des Morddezernats angetreten hatte, hätte sie niemals damit gerechnet, schon in der ersten Woche der Presse über einen Serienmörder-Fall Rede und Antwort stehen zu müssen – genauso wenig, wie sie damit gerechnet hatte, gleich an ihrem ersten Tag mit dem Bürgermeister von Los Angeles aneinanderzugeraten. Aber sie würde tun, was ihr Posten verlangte.

Als sie den Saal betrat, senkte sich das aufgeregte Murmeln zu einem Flüstern. Captain Blake trug gerade geschnittene schwarze Hosen, eine korallenrote Seidenbluse und ein schwarzes Jackett. Die Haare fielen ihr offen bis auf die Schultern, ihr Make-up war wie immer dezent und elegant. Als sie ans Rednerpult trat, wirkte sie entspannt und selbstbewusst. Ohne ein Wort zu sagen, ließ sie ihren Blick durch den Raum schweifen und wartete, bis sie die Aufmerksamkeit aller Anwesenden hatte. Es dauerte nicht mal zehn Sekunden.

»Ich werde genau fünf Minuten lang Ihre Fragen beantworten. Vielleicht können wir in der Zeit mit einigen der Hirngespinste aufräumen, die ich heute Morgen in der Zeitung gelesen habe.« Ihr Ton war gleichzeitig streng und einnehmend, eine weiche, mädchenhafte Stimme, aus der nichtsdestotrotz ein hohes Maß an Selbstsicherheit sprach. »Bevor wir beginnen, lassen Sie mich Folgendes sagen: Ich werde keinerlei Details aus laufenden Ermittlungen mit Ihnen diskutieren, also bitte fragen Sie mich erst gar nicht danach. Und wenn Sie Ihre Fragen nicht auf eine zivilisierte, geordnete Art und Weise stellen, ist diese Pressekonferenz zu Ende.«

Hände schnellten in die Höhe. Reporter riefen Fragen durcheinander und reckten Mikrofone nach vorn, auf denen die Logos von CNN, Fox, CBS, NBC, Court TV und mehreren der größeren Tageszeitungen zu sehen waren.

Captain Blake knirschte mit den Zähnen. *Sie haben mir überhaupt nicht zugehört!*

»Captain Blake«, rief eine attraktive Frau mit langen dunklen Haaren aus der hinteren Ecke des Saals. »Claire Anderson von der *L. A. Times*.«

Blake wandte ihre Aufmerksamkeit der Reporterin zu. Claire war groß und schlank, und in ihrer Stimme schwang ein leicht überheblicher Unterton mit. »Wollen Sie etwa sagen, dass der Mord in der Kirche der Sieben Heiligen letzte Woche und der am Pacific Coast Highway in Malibu gestern nichts miteinander zu tun haben?«

»Im Moment haben wir keinerlei Hinweise darauf, dass diese zwei Fälle miteinander in Verbindung stehen könnten«, antwortete Blake mit ruhiger, fester Stimme.

»Und warum hat dann Detective Hunter den Fall übernommen?«, hakte Claire sofort ein.

»Wie ist diese Frage gemeint?«

»Ich habe aus einer zuverlässigen Quelle erfahren, dass Detective Hunter ausschließlich im Mord in der Kirche ermitteln soll. Wenn die beiden Fälle nichts miteinander zu tun haben, wieso wurde ihm dann auch der Mord in Malibu übertragen?«

Das ist es also, dachte Captain Blake. *Es gibt keine undichte Stelle. Niemand hat ihr einen Tipp gegeben, sie hat einfach nur zwei und zwei zusammengezählt. Respekt. Ziemlich clever.*

»Hat Ihre Zeitung deswegen diesen hanebüchenen Artikel abgedruckt?«, fragte Blake indigniert. »Wegen dieser Annahme? Sie versetzen die Bewohner dieser Stadt absichtlich in Panik, nur wegen einer völlig aus der Luft gegriffenen Schlussfolgerung?«

Claire quittierte den Angriff mit einem ungerührten Schulterzucken. Blakes zornfunkelnder Blick prallte an ihr ab. »Meine Quelle ist zu hundert Prozent zuverlässig.«

»Tatsächlich? Ich würde sagen, wenn Sie Ihrer Quelle für diese Information mehr als einen Dollar fünfundneunzig bezahlt haben, dann hat sie Sie übers Ohr gehauen, und zwar gewaltig.«

Unterdrücktes Gelächter im Saal.

»Lassen Sie es mich für alle hier im Raum klarstellen«, sagte Captain Blake. »In einer perfekten Welt hätte dieses Dezernat ebenso viele Detectives wie Fälle. Aber wir leben nicht in einer perfekten Welt, ich denke, das muss ich Ihnen nicht erst sagen. Wir leben in einer Welt, in der jemand während der Beichte eine Kirche betritt und einen Priester enthauptet. Wir leben in einer Welt, in der jemand eine unschuldige Frau an einen Stuhl fesselt und sie vor einem offenen Feuer zu Tode foltert.«

Auf einmal war es im Saal mucksmäuschenstill.

»Leider«, fuhr Blake fort, »übersteigt die Anzahl der Gewaltverbrechen in dieser Stadt die Anzahl der Detectives in meinem Dezernat um ein Vielfaches. Ja, Detective Robert Hunter und Detective Carlos Garcia sollten sich ausschließlich mit den Ermittlungen zum Mord in der Kirche der Sieben Heiligen befassen, das ist korrekt.« An dieser Stelle nickte sie Claire zu. »Aber alle meine anderen Detectives waren mit Fällen überlastet. Vielleicht könnte die *L. A. Times* ja einen Aufruf an alle Gewaltverbrecher und Mörder dieser Stadt veröffentlichen und sie bitten, ein paar Jahre Pause zu machen, damit wir aufholen können, wie wäre das?«

Nervöses Gelächter hier und da.

Claires Miene blieb unbewegt. »Sie geben also zu, dass Detective Hunter auch die Ermittlungen zum Malibu-Mord übernommen hat?«

»Detective Hunter bringt den großen Vorteil mit, dass er gleichzeitig ein erfahrener Kriminalpsychologe ist. Sein Fachwissen und die Einblicke, die er in die Psyche eines Gewaltverbrechers liefern kann, sind für viele Fälle in meinem Dezernat von unschätzbarem Wert. Angesichts der extremen Brutalität, mit der der Täter in Malibu vorgegangen ist, habe ich Detective Hunter gebeten, auch diesen Fall zu übernehmen«, räumte Blake ein.

»Warum nimmt er nicht an dieser Pressekonferenz teil?«

»Weil ich alle Ihre Fragen beantworten kann. Detective Hunter muss seine Zeit mit Bedacht nutzen. Er wird bei dieser Pressekonferenz nicht gebraucht.«

Mehr Hände schnellten in die Höhe, und wieder erfüllten laute Rufe den Saal.

»Das wird Bürgermeister Edwards aber nicht gefallen.« Erneut war es Claire gelungen, sich über die Stimmen der anderen hinweg Gehör zu verschaffen. »Wollte er nicht, dass Ihr bester Detective sich ausschließlich mit dem Priestermord befasst?«

»In diesem Dezernat«, erklärte Captain Blake energisch, »gibt es keinen besten oder schlechtesten Detective. Wir alle arbeiten hart, und wir alle erledigen unsere Aufgabe, so gut wir es vermögen. Seien Sie versichert, dass beide Fälle restlos aufgeklärt werden.«

Sie konnte nur hoffen, dass die Reporter die Unsicherheit in ihrer Stimme nicht bemerkt hatten.

53

Der Bezirk Studio City verdankte seinen Namen der unmittelbaren Nachbarschaft zu den großen Produktionsfirmen und Fernsehsendern. Universal lag ganz in der Nähe, Paramount, CBS und das gesamte alte Hollywood auf der anderen Seite des Canyon waren nur einen Katzensprung entfernt, und NBC in Burbank konnte man in fünfzehn Minuten mit dem Auto erreichen. Die Jungen, Schönen und Reichen der Hollywood-Elite verbrachten ihre freie Zeit gerne damit, durch die verschiedenen Boutiquen, Clubs, Bars und Coffeeshops in Greenwich Village zu tingeln. Sehen und gesehen werden lautete hier die Devise.

Tania Riggs wohnte in einem holzverkleideten Apartmentgebäude, das von chinesischen Ulmen und ausladenden Platanen umstanden war. Jede Wohnung hatte ihren eigenen Balkon, außerdem standen den Bewohnern ein Swimmingpool, ein Fitnessraum sowie diverse Gemeinschaftsräume zur Verfügung.

Schweigend stiegen Hunter und Garcia die Stufen zu Tania Riggs' Wohnung im ersten Stock hinauf. Jeder war in seine eigenen Gedanken versunken. Auf Hunters Klopfen hin öffnete ihnen eine Frau, sie war etwa Mitte vierzig und stark übergewichtig. Ihre schulterlangen braunen Haare waren zu einem unordentlichen Pferdeschwanz zusammengebunden, die dunklen Augen wirkten schwer und müde. Sie schien ausgiebig geweint zu haben. Sie trug eine dunkelblaue Jeans und einen schwarzen Pullover. Hunter und Garcia stellten sich vor und warteten geduldig, während Tania Riggs ihre Dienstmarken in Augenschein nahm.

»Bitte kommen Sie rein«, sagte sie dann leise und trat einen Schritt nach links, um sie vorbeizulassen.

Ein Hauch von Duftkerzen lag in der Luft. Jasmin, mutmaßte Hunter.

»Setzen Sie sich doch.« Sie zeigte auf eine niedrige blaue Couch, deren Sitzfläche mit zahlreichen Polsterknöpfen besetzt war. Das Wohnzimmer war geräumig und offen, aber nur spärlich möbliert. Abgesehen von der Couch gab es lediglich zwei Sessel, einen hölzernen Wohnzimmertisch, einen Esstisch aus Acryl mit vier Stühlen und an der hinteren Wand ein halb leeres Bücherregal.

»Möchten Sie vielleicht etwas zu trinken?«, fragte sie matt.

»Nein, vielen Dank, Mrs Riggs, das ist nicht nötig«, antwortete Hunter und nahm auf der Couch Platz. Sie war erstaunlich bequem.

»Nennen Sie mich ruhig Tania. Wenn ich ›Mrs Riggs‹ höre, fühle ich mich noch älter, als ich ohnehin schon bin.« Sie entschied sich für den Sessel, der am weitesten von der Couch entfernt stand. Ein klares Zeichen dafür, dass sie nicht oft Besuch hatte.

»Was Miss Reilly passiert ist, tut uns sehr leid«, sagte Hunter leise und mit ernster Stimme.

Tania kniff fest die Augen zusammen, und zwei Tränen rollten ihr die Wange hinab.

»Waren Sie schon lange befreundet?«

Sie nickte traurig. »Fast dreißig Jahre. Ich habe damals genau eine Woche vor Mandy bei Palm Properties angefangen. Wir haben uns auf Anhieb gut verstanden. Ich war vermutlich die Einzige in der Firma, die sie nicht gehasst hat.«

»Sie gehasst?«, fragte Garcia neugierig.

Tania zögerte einen Moment, als sei ihr etwas herausgerutscht, das sie besser für sich behalten hätte. Dann versuchte sie zu erklären. »Mandy war sehr hübsch, sehr ehrgeizig und sehr gut in ihrem Beruf. Außerdem hatte sie eine tolle Ausstrahlung, und sie besaß ein Gespür dafür, wie man mit Kunden umgehen muss. Es war von Anfang an klar, dass sie es weit bringen würde, deswegen hat es nicht lange gedauert, bis die ersten neidischen Blicke kamen. Es gab keinen männlichen Kollegen und keinen Kunden, der nicht mit ihr ins Bett wollte.« Tania überlegte kurz. »Ein paar von den Frauen wahrscheinlich auch. Das Immobiliengeschäft ist hart. Jeder will seine Konkurrenten ausstechen, um jeden Preis besser sein als die anderen. Nicht immer mit fairen Mitteln.« Ihre Hand zuckte an ihre Stirn, glitt zum Haaransatz und blieb dort einen Augenblick liegen. »Niemand freut sich für einen, wenn man gute Arbeit leistet, nur die Chefs, weil sie daran verdienen. Und Mandy hat immer gute Arbeit geleistet, sehr gute Arbeit.«

»Wenn Sie sagen, sie wurde gehasst, dann meinen Sie also, dass die Leute neidisch auf sie waren?«, fragte Hunter.

»Ja. Auf ihre Schönheit und auf ihren Erfolg.«

»Aber Sie nicht?« Die Frage kam von Garcia.

Tania schüttelte den Kopf. »Sehen Sie mich an«, sagte sie mit einem schiefen Lächeln. »Ich bin nicht Miss America, und ich werde es auch nie sein. Ich habe immer schon so ausgesehen wie jetzt, ich war immer dick. Ich wusste ganz genau, dass ich nie im Leben so sein würde wie Mandy, deswegen hat es mich nicht besonders gestört. Und ich hatte auch nie so viel Ehrgeiz wie sie.« Sie hielt inne und wischte sich mit der linken Hand die Tränen weg. »Ehrlich gesagt war ich froh, dass sie sich mit mir angefreundet hat. In der Schule hatte ich kaum Freunde. Die anderen haben sich ständig über mich lustig gemacht, weil ich dick war und nicht hübsch genug. Ich habe so getan, als würde mir das nichts ausmachen, aber natürlich hat es trotzdem ziemlich weh getan. In der Schule habe ich mir nie was anmerken lassen, aber zu Hause hatte ich fast jeden Abend einen Heulkrampf.«

Hunter nickte verständnisvoll, als die flüchtige Erinnerung in seinem Gedächtnis an die Oberfläche trieb, wie schlaksig und ungelenk er während seiner Schulzeit gewesen war.

»Ich wusste genau, wie Mandy sich gefühlt hat, wenn alle sie schief angesehen und hinter ihrem Rücken getuschelt haben. Das ist wohl auch der Grund, warum wir so gute Freundinnen geworden sind.«

»Wie war sie so als Chefin?«, fragte Garcia, schlug die Beine übereinander und stützte die Ellbogen darauf.

»Wundervoll. Die beste Chefin, die ich je hatte. Wahrscheinlich hatte es damit zu tun, was sie auf ihrer vorherigen Stelle erlebt hatte, aber in ihrer Firma hat sie absolut kein unkollegiales Verhalten geduldet. Sie hat alle gleich behandelt.« Tania langte nach der Schachtel mit Papiertaschentüchern, die auf dem niedrigen Wohnzimmertisch stand.

»Hatte sie je Ärger mit einem ihrer Angestellten?«, wollte Garcia wissen. »Sie musste zum Ende hin ziemlich viele Leute entlassen, nicht wahr?«

»Alle, die für Mandy gearbeitet haben, haben sie vergöttert. Sie hat getan, was sie konnte, um jeden Job zu retten. Es war nicht ihre Schuld. Der Immobilienmarkt in L. A. ist komplett eingebrochen, das weiß jeder in der Branche. Niemand hat sie dafür verantwortlich gemacht.«

Eine braungetigerte Katze tauchte in der Tür zur Küche auf, beäugte die beiden Detectives eine Zeitlang kritisch und verschwand, nachdem sie offenbar zu dem Schluss gelangt war, dass sie sich ihnen lieber nicht weiter nähern wollte, wieder in der Küche.

»Wissen Sie, ob sie einen Freund hatte?«, fragte Hunter.

»Seit ihrer Scheidung hatte Mandy keine Lust mehr auf Beziehungen. Sie hatte ein paar Affären, aber nichts Ernstes.«

»Aktuell?«, fragte Garcia.

»Nicht dass ich wüsste.«

»Hat sie sich manchmal mit Klienten verabredet?«

»Nein, nie.« Tania schüttelte energisch den Kopf. »Geflirtet hat sie schon, das gehört zum Beruf. Wir müssen charmant sein, manchmal auch etwas freizügig, aber wir lassen uns grundsätzlich nicht mit Kunden ein. Soweit ich weiß, hat Mandy diese Regel nie gebrochen.«

»Stimmt es, dass Mandy am Samstagnachmittag das Haus in Malibu mit einem potentiellen Käufer zusammen besichtigt hat?«, meinte Hunter, der ganz bewusst Amandas Kosenamen benutzte, als sprächen sie über eine alte Freundin.

Tania betupfte sich die Augenwinkel mit einem Papiertaschentuch und nickte. »Er war ihr Mörder, stimmt's?«

54

HUNTER BEUGTE SICH VOR und hielt einen kurzen Moment lang Tanias Blick, bevor er den Kopf zur Seite neigte. »Das steht noch nicht fest, aber in jedem Fall ist er für uns von Interesse. Was können Sie uns über ihn sagen?«

»So gut wie nichts«, presste Tania mit tränenerstickter Stimme hervor.

»Auch Kleinigkeiten würden uns helfen«, versuchte Garcia sie zu ermuntern.

»Er hat den Termin telefonisch vereinbart. Er hat gesagt, er heißt Turner, Ryan Turner.«

Hunter notierte sich den Namen in seinem schwarzen Notizbüchlein. »Wann war das? Wann hat er angerufen, um den Besichtigungstermin auszumachen?«

»Am Freitag.«

»Wer hat mit ihm gesprochen, Sie oder Mandy?«

»Beim ersten Mal ich.«

»Es gab noch ein zweites Gespräch?«, fragte Hunter.

»Ja. Er hat am Samstag noch mal angerufen, um zu sagen, dass er etwas später kommt.«

Wieder tauchte die Katze in der Küchentür auf. Diesmal kam sie zögernd ins Wohnzimmer und rollte sich unter dem Acryltisch zusammen.

»Können Sie sich noch an Ihr Telefonat erinnern?«

Sie nickte. »Wir haben aber nur ganz kurz gesprochen.«

»Erinnern Sie sich an seine Stimme? Ist Ihnen daran irgendwas aufgefallen? Ein Akzent zum Beispiel?«

»Ja«, sagte sie und nickte mehrmals hintereinander. »Er hatte definitiv einen Südstaatenakzent. Texas vielleicht, oder Mississippi.«

»War sein Tonfall forsch? Aggressiv? Oder eher zurückhaltend? War seine Stimme hoch oder tief?«

Sie schüttelte den Kopf. »Nein, aggressiv klang er überhaupt nicht. Im Gegenteil, er war sehr höflich. An seiner Stimme ist mir sonst nichts Besonderes aufgefallen.« Sie blickte zu Boden. »Es tut mir leid.«

»Nein, Tania«, meinte Hunter begütigend. »Sie machen das ganz prima. Hatten Sie den Eindruck, dass er Mandy kannte? Ein ehemaliger Klient … jemand, der kürzlich in der Agentur gewesen war?«

Eine erneute Pause. Tania starrte auf ihre zitternden Hände, dann schüttelte sie den Kopf. »Ich glaube nicht. Wir hatten in letzter Zeit nicht viele Klienten.«

»Ist er zu Ihnen in die Agentur gekommen, bevor sie zu dem Haus in Malibu rausgefahren sind, oder hat Mandy sich dort mit ihm getroffen?«, wollte Garcia wissen.

Tania betupfte sich erneut die Augen mit dem Taschentuch. »Wir geben nie irgendwelche Adressen von unseren Objekten an Kunden weiter, die wir noch nicht persönlich kennen. Er ist also erst ins Büro gekommen.«

»Haben Sie ihn getroffen?«

»Nein«, seufzte Tania zerknirscht. »Er hatte den Besichtigungstermin auf den späten Nachmittag legen lassen, und dann hat er ja noch mal angerufen, um zu sagen, dass er sich eine Stunde verspäten würde. Ich habe Mandy gefragt, ob ich dableiben und mit ihr warten soll.« Wieder kamen ihr die Tränen. »Aber sie hat mir gesagt, ich soll ruhig nach Hause fahren, weil Wochenende war.« Sie schöpfte zitternd Atem, und ihre Stimme brach. »Ich hätte bei ihr bleiben sollen.«

»Sie hätten nichts tun können, Tania«, sagte Hunter sanft, um sie zu trösten.

»Mandy hatte doch so schreckliche Angst vor Feuer«, murmelte Tania, den Blick wieder zu Boden geheftet.

Hunter und Garcia tauschten einen erstaunten Blick.

»Wieso das?«, fragte Hunter.

Es dauerte eine ganze Weile, bis Tania antworten konnte. Ihre Unterlippe bebte, als sie sprach. »Als Kind hat sie sich schwer verbrannt.«

»Wissen Sie, wie das passiert ist?«

»Nicht genau. Mandy wollte nie darüber sprechen. Sie hat mir nur gesagt, dass ihr Kleid Feuer gefangen hat. Seitdem hatte sie panische Angst vor Feuer. In ihrem Haus gibt es nicht mal einen Gasherd. Alles elektrisch. Sogar bei Kerzen wurde sie immer ganz nervös.« Sie hielt inne, um erneut tief Atem zu schöpfen, dann begann sie zu schluchzen. »Warum …? Warum tut jemand Mandy oder einem anderen Menschen so etwas an? Ich begreife das nicht. Man muss doch ein Monster sein, um jemanden bei lebendigem Leibe zu …« Ihr Atem kam kurz und schnappend. »Sie muss so schrecklich gelitten haben.« Dann brach sie in hysterisches, schrilles Weinen aus und vergrub das Gesicht in den Händen.

Hunter stand auf und kniete sich vor sie hin. »Es tut uns wirklich sehr leid um Ihre Freundin, Tania«, sagte er und berührte sie sacht an der Schulter. »Ich weiß, wie schwer das für Sie sein muss, und wir sind Ihnen sehr dankbar, dass Sie mit uns sprechen.«

Ein Schlüssel knirschte im Schloss, und kurz darauf betrat ein Mann die Wohnung. Er war ungefähr im selben Alter wie Tania und trug einen blauen Anzug von der Stange mit weißem Hemd und altmodischer Krawatte. Er war etwa so groß wie Garcia, aber im Gegensatz zu seiner Frau schlank und fit. Als er die Besucher sah, zögerte er kurz im Türrahmen.

»Tania, ist alles in Ordnung?«, fragte er, ließ seine lederne Aktentasche fallen und eilte zu seiner Frau.

Tania hob den Kopf. Ihre Augen waren rot und verquollen. »Es geht schon, Doug.«

Hunter stand auf und machte ihm Platz.

»Mein Mann«, stellte Tania vor, bevor sie an ihn gewandt sagte: »Das sind zwei Detectives vom Morddezernat.«

Hunter und Garcia machten Anstalten, sich vorzustellen, aber Doug ließ sie nicht zu Wort kommen.

»Was wollen Sie von ihr?«, fragte er angriffslustig. »Sehen Sie nicht, was sie gerade durchmacht?«

»Es tut uns sehr leid, Mr Riggs«, sagte Hunter.

»Doug, reg dich nicht auf«, versuchte Tania ihren Mann zu beruhigen. »Sie machen bloß ihre Arbeit, und ich möchte ihnen helfen, so gut ich kann.«

»Aber du weißt doch gar nichts! Du hast gesagt, du hast den Mann nie gesehen.«

»Jede Information ist hilfreich, Mr Riggs«, erklärte Hunter und machte einen Schritt zurück, um dem verärgerten Mann mehr Raum zu geben. »Ihre Frau konnte uns ein paar wichtige Details zu Amanda Reillys Lebenslauf sagen, das wird uns in jedem Fall bei unseren Ermittlungen helfen.«

Doug wiegte Tania in seinen Armen. »Ich hätte heute zu Hause bleiben sollen, hier bei dir. Dir geht es noch nicht gut genug, um allein zu sein – und mit Sicherheit nicht gut genug, um von der Polizei verhört zu werden.« Er schleuderte Hunter und Garcia einen wütenden Blick zu.

»Ich bin nicht behindert, Doug, ich trauere bloß.«

»Sie haben uns sehr geholfen, Mrs Riggs«, sagte Hunter erneut, bevor er Garcia zunickte. »Und wir bleiben auch nicht mehr lange. Nur noch ein paar ganz kurze Fragen, wenn es Ihnen nichts ausmacht.«

Zu Dougs großem Ärgernis nickte Tania.

»Mandys Handtasche ist verschwunden. Wir würden uns gerne bei ihr zu Hause umsehen. Wissen Sie zufällig, ob sie im Büro einen Zweitschlüssel aufbewahrt hat?«

Tania wischte sich die Tränen mit dem Handrücken weg und sah kurz zu Doug auf. »Ja, in der unteren Schublade ihres Schreibtischs. Sie hat sich ständig ausgesperrt, deswegen hat sie irgendwann einen Wohnungsschlüssel im Büro deponiert, für alle Fälle.«

Hunter nickte. »Wir werden nachsehen. Eine Sache noch: War Mandy katholisch?«

Tania schüttelte verwirrt den Kopf. »Sie war kein bisschen religiös. Ich glaube nicht mal, dass sie überhaupt an Gott geglaubt hat. Wieso?«

»Nur so eine Frage.« Hunter schenkte ihr ein tröstendes Lächeln und legte seine Visitenkarte auf den Wohnzimmertisch. »Falls Sie sich noch an irgendwas erinnern, das uns vielleicht helfen könnte, auch wenn es Ihnen nebensächlich erscheint, rufen Sie mich bitte an – egal zu welcher Uhrzeit.«

Tanias Blick ruhte mehrere Sekunden lang auf der Karte. »Es tut mir leid, dass ich Ihnen nicht mehr helfen konnte.«

Hunter und Garcia verabschiedeten sich und gingen zur Tür.

»Warten Sie!«, rief Tania plötzlich aufgeregt. »Er hat sie Mandy genannt.«

Hunter drehte sich um. »Was meinen Sie damit?«

»Am Telefon, als er angerufen hat, um zu sagen, dass er später kommt – er hat gefragt: *Könnte ich kurz mit Mandy sprechen?*«

55

Solange sie denken konnte, hatte Claire Anderson Reporterin werden wollen. Sie war in Hailey, Idaho, geboren, ein Mädchen vom Lande mit der Mentalität einer Großstädterin. Ihre Eltern lebten immer noch in Hailey, wo sie ihren breiten Akzent und ihre hinterwäldlerischen Ansichten pflegten. Claire war eine sehr gute Schülerin gewesen, aber aufgrund ihres Gewichts vor allem bei ihren männlichen Mitschülern eher unbeliebt. Dass sie schon als Kind leicht übergewichtig gewesen war, hatte vor allem mit dem zweifelhaften Talent ihrer Mutter zu tun, die köstlichsten, üppigsten Kuchen zu backen. Als Claire mit der Highschool fertig war, war sie richtiggehend dick.

Aufgrund ihrer herausragenden Noten konnte sie zwischen mehreren renommierten Universitäten wählen. Sie entschied sich schließlich für die Idaho State University in Boise, weil die in relativer Nähe zu ihrem Elternhaus lag. Hailey war ihre Heimat, aber die Großstadt Boise wurde ihre Spielwiese – der Ort, an dem sie zum ersten Mal mit Drogen experimentierte (und zu dem Schluss kam, dass so was nichts für sie war). Der Ort, an dem sie ihre Jungfräulichkeit an jemanden verlor, den sie davor bloß einmal gesehen hatte. Und der Ort, an dem sie beschloss, dass sie nicht länger dick sein wollte. Mit eiserner Disziplin krempelte sie ihre Essgewohnheiten um und joggte sich auf fünfundfünfzig Kilo herunter. Die Verwandlung war unglaublich: Auf einmal war sie nicht mehr das hässliche Entlein, sondern die Frau, mit der jeder ins Bett wollte.

Gleich nachdem sie ihr Studium als Jahrgangsbeste abgeschlossen hatte, ergatterte sie einen Job beim *Idaho Statesman*, der auflagenstärksten Tageszeitung in Boise. Durch ihre Arbeit dort lernte sie Noah Jones kennen, einen freischaffenden Reporter aus Los Angeles, der ihr sagte, er könne bei einigen seiner Freunde bei der *L. A. Times* ein gutes Wort für sie einlegen. Natürlich hatte sie mit ihm schlafen müssen, aber das war in Claires Augen ein geringer Preis für die Chance, eine Stelle bei einer der größten Zeitungen der USA zu bekommen.

In diesem Augenblick saß Claire gerade mit einer halben Pobacke auf dem Schreibtisch von Matt Pasquier. Pasquier war eine Legende unter den Polizeireportern in Los Angeles und durch und durch ein Mann der alten

Schule: Er war herablassend, soff wie ein Loch und hasste Journalistikstudenten wie die Pest. Aber er war gescheit, und er hatte einen Narren an Claire gefressen. Sie besaß etwas, das er seit Jahren nicht gesehen hatte – nackten Ehrgeiz. Sie tat es nicht nur fürs Geld. Sie wollte um jeden Preis eine gute Reporterin sein.

»Okay, was ist das Problem?« Pasquier stellte seinen Kaffeebecher ab und lehnte sich in seinem Stuhl zurück.

»Irgendwas mache ich falsch«, sagte Claire zerknirscht. »Ich kriege einfach keinen Aufhänger für die Story, und jetzt hat sich auch noch das Fernsehen an die Sache drangehängt.«

»Ich nehme mal an, Sie haben schon Robert Hunter kennengelernt? Richtig kennengelernt, meine ich?«

Claire nickte. »Er hat mich abblitzen lassen.«

Pasquier stieß ein lautes, bellendes Lachen aus. »Sie haben versucht, ihn ins Bett zu kriegen? Ach, Claire! Robert hat Sie garantiert zehn Meilen gegen den Wind gerochen. Auf so was fällt jemand wie er nicht rein.«

»Die Information kommt ein wenig zu spät«, gab sie säuerlich zurück und sah sich in der Redaktion um. Alle waren beschäftigt, starrten angestrengt auf Computerbildschirme oder telefonierten lautstark.

»Ich sage Ihnen was«, meinte Pasquier, rollte seinen Stuhl zurück und stand auf. Er warf einen verächtlichen Blick in die Runde. »Wir ziehen Leine und unterhalten uns woanders. Bei dem Laden hier kriege ich die Krätze. Überall diese studierten Würstchen, die so viel Ahnung vom Journalismus haben wie der Papst vom Puffbesuch.«

»He.« Claire sah ihn in gespielter Entrüstung an. »Ich bin auch ein studiertes Würstchen.«

»Ja, aber ein heißes.« Er zwinkerte ihr spitzbübisch zu.

Die Cafeteria lag im Zwischengeschoss des Gebäudes. Das Essen dort war, gelinde gesagt, ungenießbar – kantinentypischer Schlangenfraß, der unter Wärmelampen vor sich hin dörrte. Zum Glück gab es mehrere Automaten, die alles boten, was das Herz eines hungrigen Reporters begehrte: Äpfel und leicht braunfleckige Bananen, Kuchen, Joghurt, Salate, Schokoriegel und – natürlich – die obligatorischen dreieckigen Sandwiches.

»Kann ich Ihnen was spendieren?«, bot Pasqier an und deutete mit einem Nicken auf die Automaten.

»Ich nehme bloß einen Kaffee.«

Pasquier zog sich ein Sandwich mit Pastrami und Käse und bestellte danach am Tresen zwei Kaffee. Das Essen war so schlecht, dass die Cafeteria fast leer war und sie keinerlei Mühe hatten, sich einen der beigefarbenen Resopaltische zu erobern. Pasquier schlug die Zähne in sein Sandwich und wischte sich, während er kaute, mit einer Papierserviette einen Klecks Mayonnaise vom Kinn.

»Was haben Sie denn?«, fragte er.

Claire nippte an ihrem Kaffee und sah Pasquier in die Augen. »Niemand sagt irgendwas, aber ich weiß genau, dass es ein Serienmörder ist, möglicherweise ein Ritualmörder. Brutaler als alles, was wir bisher erlebt haben. Der Kerl spielt in einer ganz anderen Liga.«

»Wenn niemand was sagt, woher wissen Sie es dann?« Pasquier ließ vier Stück Zucker in seinen Kaffee fallen.

»Keine Ahnung.« Sie schüttelte den Kopf und sah zur Seite. »Intuition vielleicht. Bauchgefühl.«

»Verstehe.« Er nahm einen weiteren Bissen von seinem Sandwich und sprach mit vollem Mund weiter. »Sie haben gesagt, dieser Täter ist anders – was heißt das, anders?«

»Man muss sich doch bloß die Fakten ansehen. Was für ein Killer enthauptet einen Priester in dessen eigener Kirche und spießt der Leiche dann einen Hundekopf auf? Was für ein Killer lässt sich fast zwei Tage Zeit, um sein Opfer vor einem Kamin bei lebendigem Leibe zu rösten?« Claire strich sich mit beiden Händen die Haare hinter die Ohren. Pasquier mochte es, wenn sie das tat. Es wirkte so süß und unschuldig. »Sie halten die Leichen unter Verschluss, es ist absolut unmöglich, an ein Foto zu kommen, aber ich habe gehört, dass der Killer Amanda Reillys Gesicht weggeschmolzen hat.«

Pasquier sah sie fragend an.

»Amanda Reilly war das zweite Opfer.« Eine senkrechte Falte erschien auf ihrer Stirn. »Lesen Sie überhaupt unsere Zeitung?«

»In letzter Zeit nicht. Gibt ja keine anständigen Reporter mehr.«

»Sehr witzig.«

»Wissen Sie, was der Unterschied zwischen Ihnen und diesen Binnenseglern oben in der Redaktion ist? Dass Sie eben noch die Intuition haben, von der Sie gerade gesprochen haben. Das *Bauchgefühl*.« Er grinste breit, und Claire wies ihn darauf hin, dass ihm ein Stück Salat zwischen den Zähnen steckte. Er kratzte es mit dem Nagel seines kleinen Fingers weg. »Wahrscheinlich liegt das daran, dass Sie ein nettes, unschuldiges Landei sind. Keine Großstadtpflanze, die den Arsch nicht vollkriegt und möglichst oft beim Bullshit-Bingo gewinnen will.« Mit einem Mal wurde er richtiggehend pathetisch. »So was wie Intuition und Leidenschaft – das gibt es hier doch gar nicht mehr.«

»Tja, in meinem Fall haben sie mich ja nicht sehr weit gebracht«, meinte Claire trocken.

Pasquier lachte und schob sich den Rest seines Sandwichs in den Mund. »Aus Robert Hunter werden Sie jedenfalls rein gar nichts rausbekommen. Er ist absolut unbestechlich. Und der einzige Cop, den ich kenne, der seine Arbeit tatsächlich gerne macht. Außerdem kann er Reporter nicht leiden.«

Claire hatte wieder angefangen, mit ihren Haaren zu spielen. »Ich bin offen für Vorschläge. Aber aufgeben werde ich die Sache auf keinen Fall.«

Ein diebisches Lächeln breitete sich auf Pasquiers Zügen aus. »Das wollte ich hören! Passen Sie auf, ich sag Ihnen, was Sie tun müssen …«

56

Der Finanzbezirk in Downtown L. A. zwischen Bunker Hill im Norden und South Park im Süden ist bis heute das wichtigste Finanz- und Geschäftszentrum der südlichen Vereinigten Staaten. Hier stehen die Wolkenkratzer, die die Skyline von L. A. so unverwechselbar machen. Das Zentrum des Bezirks liegt um die Fifth, Sixth, die South Flower und Figuera Street herum.

Das Büro von Tyler Financial Services lag im siebzehnten Stock des Gebäudes in der South Flower Street Nummer 542. Dan Tyler saß in einem eleganten ledernen Chefsessel hinter seinem Mahagonischreibtisch. Er war ein freundlich aussehender Mann in den Vierzigern. Seine braunen Haare, an den Schläfen bereits leicht ergraut, waren adrett zurückgekämmt, und die markanten, attraktiven Gesichtszüge wiesen ihn als klugen, durchsetzungsstarken und zugleich von einem gewissen Maß an Leid geprägten Menschen aus. Er trug einen eleganten dunklen Anzug, dazu ein hellblaues Hemd kombiniert mit einer graugestreiften Krawatte. Seine braunen Augen blickten durch eine Brille mit dünnem Rahmen. Sein Büro enthielt die typischen Statussymbole seines Berufsstandes – teure Möbel, eine gut sortierte Bar, diverse gerahmte Fotos und auf dem Schreibtisch drei zusammengeschaltete Computermonitore, die in Echtzeit sämtliche Fluktuationen des Aktienmarkts anzeigten. Als seine Assistentin die Ankunft der beiden Detectives meldete, stand er auf, um sie an der Tür zu begrüßen.

Dan Tyler bat sie herein, deutete auf die zwei Sessel vor seinem Schreibtisch und bot ihnen etwas zu trinken an. Sie lehnten ab.

»Ich kann mir vorstellen, dass die Situation für Sie etwas unangenehm ist, Mr Tyler«, begann Hunter. »Deswegen versuchen wir auf jeden Fall, die Sache so schnell wie möglich abzuwickeln.«

»Nennen Sie mich Dan, bitte«, sagte Tyler und nahm wieder hinter seinem Schreibtisch Platz. Seine Stimme war melodiös und wohltemperiert, wie die eines Geschichtenerzählers.

Hunter erklärte in knappen Sätzen, dass es noch einige Tage dauern würde, bis die Kriminaltechnik das Haus in Malibu freigeben konnte.

Tyler nickte. Er wusste wohl ohnehin, dass es keine gute Idee war, das Anwesen gleich wieder zum Verkauf zu stellen.

»Das Haus sah mir nicht aus wie ein Investitionsobjekt«, sagte Hunter. »Haben Sie selbst darin gewohnt?«

»Ja. Viele Jahre lang.«

Hunter bemerkte den sonderbaren Unterton in Tylers Stimme und ließ ein paar Sekunden verstreichen, bevor er mit dem Kinn auf ein Foto in einem silbernen Rahmen deutete, das auf Tylers Schreibtisch stand. Es zeigte eine attraktive Frau mit windzerzausten Haaren, die lachend vor einem Swimmingpool stand. Zu ihren Füßen schlief ein großer Hund mit glänzendem schwarzem Fell. »Wurde das in Ihrem Garten aufgenommen?«, fragte er, weil er den Pool wiedererkannt hatte.

Tyler betrachtete das Foto. »Ja«, sagte er mit einer Mischung aus Stolz und Traurigkeit.

Hunter nahm an, dass die Frau auf dem Bild die Ursache dieser Traurigkeit war. »Ist das Ihre Frau?«

Tyler sah zu ihm auf. »Kate. Ja.« Eine Pause. »Sie ist gestorben.«

»Das tut mir leid«, sagte Hunter aufrichtig, der spürte, dass die Wunde noch frisch war. »Erst kürzlich?«

»Vor einem Jahr.« Tyler presste die Lippen aufeinander. »Mir kommt es vor wie gestern.«

»Das kann ich verstehen.«

Tyler holte tief Luft. »Das sagen alle. Aber die Frau sterben zu sehen, die man liebt ...« Er sah Hunter an und schüttelte kurz den Kopf. »... ich glaube, das ist etwas, was man selbst durchgemacht haben muss, um es wirklich begreifen zu können. Wir waren zwanzig Jahre lang verheiratet.« Tylers Blick glitt wieder zu dem Bild.

»Und Sie haben gemeinsam in dem Haus in Malibu gewohnt?«, fragte Hunter.

»Es war ihr ganzer Stolz. Ihr Traumhaus. Wir haben es selbst gebaut. Kate hat jedes Detail mit geplant. Sie hat jedes Möbelstück eigenhändig ausgesucht, jeden Vorhangstoff, jede Wandfarbe. Kate steckt in jedem Quadratzentimeter dieses Hauses.« Tyler verstummte und sah auf seine gefalteten Hände herab. »Nach ihrem Tod konnte ich nicht mehr dort wohnen. Ich habe es eine Zeitlang versucht, aber ...« Sein Blick glitt in die Ferne. »Ohne es zu merken, hab ich manchmal angefangen, mit den Wänden zu sprechen, mit den Gardinen oder den Bildern ...« Er lächelte. »Ich brauche das Haus nicht und auch sonst nichts, um mich daran zu erinnern, wie glücklich wir zusammen waren.«

»Sie haben keine Kinder?«, erkundigte sich Hunter, der die Antwort auf die Frage bereits ahnte, zumal er nirgendwo im Büro weitere Familienfotos gesehen hatte.

»Leider nicht, nein.« Auch diese Worte überschattete ein Kummer, und Hunter begriff, dass die Kinderlosigkeit nicht Tylers freier Entscheidung entsprungen war. Nach einer kurzen Pause fuhr er fort.

»Kannten Sie Amanda Reilly?«

»Wir haben uns ein paar Mal getroffen, nachdem ich ihr Büro kontaktiert hatte, damit sie den Verkauf des Hauses für mich abwickelt«, erwiderte Tyler, der dankbar schien, das Thema wechseln zu können.

»Wie lange ist das her?«

Tyler neigte den Kopf zur Seite und kratzte sich an der Schläfe. »Ungefähr acht Monate. Es war ganz am Anfang, kurz nachdem ich sie beauftragt hatte.«

»Danach nicht mehr?«

»Dazu bestand kein Anlass. Ihre Firma wurde mir empfohlen. Einer meiner Klienten hat sein Haus durch Reilly's verkauft. Ich wollte mit der ganzen Angelegenheit so wenig wie möglich zu tun haben. Ich wollte jemanden, der alles für mich erledigt. Sie hat auf mich einen sehr sympathischen und vertrauenswürdigen Eindruck gemacht, und ihre Referenzen sprachen für sich.« Eine Veränderung auf einem der Bildschirme veranlasste Tyler dazu, kritisch die Brauen zusammenzuziehen. »Wir haben danach noch ein paar Mal telefoniert. Sie hat mich von Zeit zu Zeit angerufen, um mir Bescheid zu sagen, wenn ein Besichtigungstermin anstand.«

»Hat sie Sie zufällig irgendwann letzte Woche angerufen, wegen eines Termins für den vergangenen Samstag?«, fragte Hunter und warf dabei einen Blick auf seine Notizen.

Tyler nickte. »Ja, am Freitag.« Er umfasste die Schreibtischkante und zog sich näher an den Tisch heran. »Sie klang richtig ausgelassen. Viel ausgelassener als bei den Besichtigungsterminen davor. Sie hat gesagt, der Interessent …« Tyler griff nach einem in Leder gebundenen Terminplaner und blätterte ein paar Seiten zurück. »… ein gewisser Ryan Turner – wolle sich das Haus unbedingt ansehen.« Er hielt inne und hob langsam den Blick. »Sie sagte, sie hätte ein richtig gutes Gefühl bei ihm.«

57

Ein unbehagliches Schweigen senkte sich über Dan Tylers Büro. Hunter und Garcia sahen sich vielsagend an.

»Kennen Sie die Namen sämtlicher Interessenten, die sich das Haus angesehen haben?«, fragte Hunter und deutete auf Tylers Terminplaner.

»Das ist so eine Angewohnheit von mir. Ich mache grundsätzlich keine Geschäfte mit jemandem, den ich nicht vorher überprüft habe. Obwohl ich es nicht mehr übers Herz bringe, in dem Haus zu wohnen, liegt es mir immer noch sehr am Herzen. Ich würde es niemals an jemanden verkaufen, der es nicht zu schätzen weiß. Einen Immobilienspekulanten, zum Beispiel, der nur hinter dem Grundstück her ist. Der das Haus abreißen würde, um neu zu bauen.«

»Ich nehme an, Sie haben nur diejenigen Interessenten überprüft, die auch tatsächlich ein Angebot abgegeben haben?«

Tyler nickte. »Es hat keinen Zweck, Zeit und Geld auf jemanden zu verschwenden, der sich nur umsehen will.« Er schüttelte den Kopf wie über einen dummen Fehler. »Ich hätte ihn trotzdem überprüfen sollen.«

»Höchstwahrscheinlich hat er einen falschen Namen benutzt«, sagte Hunter. »Sie hätten nichts über ihn herausgefunden.«

»Und das wäre Warnung genug gewesen.« Tyler sah Hunter scharf an. »Ich habe mit jeder Menge reicher Leute zu tun, Detective Hunter. Sie sind alle mächtig stolz auf das, was sie erreicht haben, auf ihren Status, auf ihr Geld. Und die meisten prahlen gerne mit dem, was sie haben. Mein Haus, mein Auto, meine Yacht – Sie wissen, was ich meine. Jemand, der ein Vier-Millionen-Dollar-Haus kaufen will und keine Vergangenheit hat, hätte mich sofort stutzig gemacht.«

Hunter nickte. »Wenn Sie nichts dagegen haben, hätte ich gerne eine Liste der Namen, die Miss Reilly Ihnen in den letzten acht Monaten gegeben hat.«

»Aber sicher.« Tyler zog die oberste Schreibtischschublade auf und reichte Hunter einen Computerausdruck. Insgesamt standen sieben Namen darauf. Hunter fixierte Tyler fragend über den Rand des Blatts hinweg.

Tyler lächelte, als wolle er sich entschuldigen. »So verdiene ich mein Geld, Detective. Ich muss effizient, zielgerichtet und vor allem vorausdenkend handeln. Es war nur logisch anzunehmen, dass Sie die Liste haben wollen.«

Schweigend überflog Hunter die Namen. Keiner sagte ihm etwas.

»Niemand hat ein Angebot abgegeben«, fuhr Tyler fort. »Deswegen habe ich auch für keinen einen Hintergrundcheck in Auftrag gegeben.« Er stand auf und ging zur Bar. »Sind Sie sicher, dass Sie nichts trinken möchten?«, fragte er.

»Ja, danke.«

Tyler goss sich selbst einen Bourbon ein. »Schwer zu glauben, dass ein Haus, in dem ich die glücklichsten Tage meines Lebens verbracht habe, Schauplatz einer derart monströsen Tat geworden ist.« Er nippte an seinem Drink. »Stimmt es, was ich in der Zeitung gelesen habe?« Er zögerte eine Sekunde. »Hat der Täter sie wirklich vor dem Kamin geröstet?«

Hunter nickte stumm.

Eine Sekunde lang verschleierte sich Tylers Blick, und Hunter wusste, dass er in Gedanken bei seinem alten Heim war. Bei dem Wohnzimmer und dem Kamin, die er so gut kannte. Tyler schluckte und hob erneut das Glas an die Lippen.

»Und es ist wirklich derselbe Täter wie der, der letzte Woche den Priester enthauptet hat?«

»Sie sollten nicht alles glauben, was Sie in der Zeitung lesen«, meinte Garcia leichthin.

»Das tue ich nicht. Deswegen frage ich ja.«

»Im Moment ist das noch alles reine Mutmaßung.« Die Lüge kam Hunter mühelos über die Lippen.

Tyler trat an das große Fenster mit Panoramablick über den ganzen Finanzbezirk. »Die Stadt hat sich so sehr verändert. Ich glaube, ich verstehe sie nicht mehr.«

»Haben Sie sie je verstanden?«, fragte Garcia.

Tyler lächelte. »Sie haben recht.«

»Wenn es Ihnen nichts ausmacht, würde ich Ihnen gerne ein paar Fotos zeigen, die im Haus aufgenommen wurden«, sagte Hunter. Als er Tylers Unbehagen bemerkte, beeilte er sich, ihn zu beruhigen. »Keine Sorge«, sagte er rasch. »Es sind keine Fotos von der Leiche.«

Tyler starrte in sein Glas. Da war noch etwas anderes, das ihm Sorgen machte, und Hunter brauchte nicht lange, um zu begreifen, was es war: Er hatte Angst, dass durch die Bilder die schmerzhaften Erinnerungen an seine Frau wieder hochkommen würden. »Ich weiß, das ist bestimmt nicht einfach für Sie …«

Tyler schüttelte den Kopf und kehrte entschlossen zu seinem Schreibtisch zurück. »Nein, Detective. Es ist schon gut.«

Hunter legte ihm verschiedene Fotos vor, sie alle zeigten das Wohnzimmer des Hauses in Malibu. »Wir haben uns gefragt, ob Sie sich diese Bilder vielleicht ansehen und uns sagen könnten, ob Ihnen irgendwas merkwürdig oder verändert vorkommt.«

Tyler betrachtete jedes einzelne der Fotos mehrere Sekunden lang. »Schwer zu sagen. Ich war acht Monate nicht mehr im Haus. Vielleicht haben die Leute von der Putzfirma einiges umgestellt.«

»Das könnte natürlich sein«, sagte Hunter. »Aber vielleicht gibt es trotzdem etwas, das Ihnen ins Auge sticht.«

Tyler leerte sein Glas, schob die Fotos zu einem Stapel zusammen und setzte sich. Sorgsam ging er sie der Reihe nach durch. Manchmal runzelte er kurz die Stirn, dann wieder kniff er die Augen zusammen, als versuche er, sich an etwas zu erinnern. Beide Detectives beobachteten ihn schweigend. Als er etwa die Hälfte der Fotos durchgesehen hatte, hielt er inne. Etwas hatte seine Aufmerksamkeit erregt.

»Ist da etwas?«, fragte Hunter.

Tyler hob den rechten Zeigefinger, als wolle er Hunter bitten, sich noch einen Moment zu gedulden. Dann blätterte er den Rest der Fotos durch, bis er dasjenige fand, nach dem er gesucht hatte.

»Was sehen Sie?«, drängte Hunter.

Garcia beugte sich vor und reckte den Hals.

Tyler legte das Foto so hin, dass die Detectives es sehen konnten. Es war eine Aufnahme des großen Kamins aus Flussgestein.

»Ist an dem Kamin etwas anders?«, wollte Hunter wissen.

»Auf dem Kaminsims«, lautete Tylers Antwort.

Die beiden beugten sich tiefer über das Foto. Der Kaminsims war mit verschiedenen Gegenständen dekoriert – kleinen Vasen, zwei gerahmten Bildern, Statuetten …

»Was stimmt nicht damit?«

»Meine Erinnerung lässt mich manchmal im Stich, aber an eins kann ich mich noch ganz genau erinnern. Kate wollte nie Fotos im Wohnzimmer haben.« Er tippte mit dem Zeigefinger auf das Bild. »Im Eingangsbereich, ja, aber nicht im Wohnzimmer. Sie war in der Hinsicht ein bisschen abergläubisch, sie meinte, das bringe Unglück. Die beiden Bilderrahmen auf dem Kamin.« Er schüttelte den Kopf. »Die standen früher ganz sicher nicht da.«

58

»Tschuldige mal, Schätzchen!«, blökte der größte der vier Männer, die an einem Ecktisch in dem altmodischen Diner saßen, als die junge Kellnerin an ihnen vorbeiging.

»Ja?« Mollie drehte sich um und bemühte sich, ihre Gereiztheit nicht offen zu zeigen. Die vier hatten sie die letzte Viertelstunde über in einer Tour belästigt.

»Bist du zufällig müde?«, fragte er. Die anderen drei lachten jetzt schon.

»Wieso?«, fragte sie automatisch zurück.

»Ich wollt's dir nur sagen: Solange ich ein Gesicht hab, hast du 'nen Platz zum Sitzen, Babe!« Alle vier brachen in dröhnendes Gelächter aus.

»Service!«, kam der Ruf aus der Küche. Mollie eilte zurück zum Tresen, um die Bestellung in Empfang zu nehmen. Sie hatte das Gefühl, als würden die Männer mit ihren lüsternen Blicken Löcher in ihr rotweißes Kleid brennen.

Jeder einzelne Tisch in dem kleinen Diner war besetzt, die meisten von widerlichen Schleimbeuteln wie den vieren in der Ecke, die der festen Überzeugung waren, dass jede Kellnerin in South L. A. ganz heiß darauf war, die Beine für sie breitzumachen. Mollie hasste ihren Job und die ständigen Belästigungen, aber sie hatte keine Wahl. Sie brauchte dringend Geld.

Sie brachte den Teller zu einem Mann mittleren Alters, der allein an einem Tisch saß. Als sie das Essen vor ihn hinstellte, packte er sie beim Handgelenk. »Moment mal, Fräuleinchen. Den Scheiß hier hab ich nicht bestellt.«

»Hatten Sie nicht einen doppelten Cheeseburger mit Pommes?«

»Doch, aber ich hab gesagt, ohne Gurke. Von Gurken muss ich kotzen. Und was ist das?« Er nahm die obere Brötchenhälfte ab und zeigte auf drei große Gurkenscheiben.

»Das tut mir leid, Sir«, sagte sie entschuldigend. »Ich werde dem Koch sagen, er soll sie runternehmen.«

»Du hast sie ja wohl nicht mehr alle!«, knurrte er wütend. »Ich will einen neuen Burger haben. Den Mist hier esse ich nicht!«

»Kein Problem, Sir. Ich bringe Ihnen sofort einen neuen.«

»Dumme Schlampe«, spuckte er noch, als sie den Teller wegnahm.

Auf dem Weg in die Küche bemerkte Mollie einen jungen Mexikaner in alten, zerrissenen Kleidern, der unschlüssig draußen vor der Tür stand. Er fing ihren Blick auf, als sie an ihm vorbeiging, und sprach sie mit schüchterner Stimme an.

»Verzeihen Sie, Miss. Darf ich vielleicht reinkommen und etwas essen? Ich habe auch Geld.« Er klopfte auf seine Hosentasche, und sie hörte das Klingeln von Münzen.

»Ja, natürlich.« Sie quittierte die seltsame Frage mit einem Stirnrunzeln. Dann wandte sie sich um und ließ den Blick durch den vollen Diner schweifen. Ein Tisch direkt neben der Tür war gerade frei geworden. »Setzen Sie sich doch hierhin, ich bringe Ihnen gleich die Speisekarte.«

Er schenkte ihr ein aufrichtiges Lächeln. »Vielen Dank, Miss, das ist sehr nett von Ihnen. Ich brauche auch nicht lange. Ich esse schnell.«

Mollie erwiderte das Lächeln, obwohl sie nicht verstand, weshalb er ihr so dankbar war. Sie ging in die Küche und wollte Billy, dem hünenhaften texanischen Koch, gerade die Sache mit den Gurken erklären, als sie aus dem Diner wütendes Geschrei hörte.

»Wer zum Henker hat dir erlaubt, hier zu sitzen?« Donna Higgins, die Besitzerin des Diners, stand am Tisch des Mexikaners und ließ eine Schimpftirade auf ihn los.

»Es tut mir leid«, sagte der Mann und zog den Kopf ein. »Die Kellnerin hat gesagt, das geht in Ordnung.«

»Welche Kellnerin?«

Er sah verängstigt zu Boden, ohne etwas zu sagen. »Ich brauche auch nicht lange. Ich esse ganz schnell, versprochen.«

»Es ist mir scheißegal, wo und wie du isst, solange du es nicht in meinem Lokal machst!«

»Ich will ja nichts geschenkt, Miss. Ich habe Geld. Ich kann mein Essen bezahlen.«

»Klar hast du Geld!«, höhnte Donna und fuchtelte wild mit den Armen herum. »Weil du's irgendwo geklaut hast.«

»Das ist nicht wahr! Ich habe jemandem geholfen, sein Auto anzuschieben, und er hat mir ein paar Dollar dafür gegeben.« Er zeigte ihr eine Handvoll Münzen und einen Ein-Dollar-Schein. »Ich kann auch draußen essen oder hinten im Hof, Miss, das ist mir egal. Ich will bloß was Warmes, vielleicht Eier mit Speck und ein Glas Milch. Ich habe schon seit zwei Tagen nichts mehr gegessen.«

»Und von mir kriegst du ganz bestimmt auch nichts. Ich wette, du bist einer von diesen dreckigen Illegalen!«

Unwillkürlich fuhr der Mann zusammen.

»Dachte ich's mir doch. Los, zisch ab!« Sie wies auf die Tür. »Sonst rufe ich die Polizei.«

Seine traurigen Augen glitten durch den Raum. Die anderen Gäste starrten ihn an, niemand sagte etwas. Ohne ein Wort steckte er sein Geld ein und ging.

»Hallo!« Gerade als er um die Ecke biegen wollte, hörte er jemanden hinter sich rufen. »He, warten Sie doch mal kurz!« Es war eine Frauenstimme. Er blieb stehen und drehte sich um. Es war die nette Kellnerin von eben. Sie hielt eine braune Papiertüte in der Hand.

»Mögen Sie Gurken?«, fragte sie.

Er runzelte verständnislos die Stirn.

»Sie wissen schon, Gurken. Eingelegte Gurken.«

Er nickte zögerlich.

»Hier.« Sie hielt ihm die Tüte hin. »Da sind ein doppelter Cheeseburger mit Pommes und eine Flasche Milch drin. Der Cheeseburger ist mit Gurken.« Sie lächelte.

Er sah sie voller Dankbarkeit an, bevor er in seine Hosentasche langte.

»Nein, nein«, wehrte sie ab. »Sie müssen das nicht bezahlen. Schon okay.«

»Ich will keine Almosen, Miss. Ich habe Geld und will mein Essen bezahlen.«

»Ich weiß, ich hab Ihr Geld gesehen. Das ist auch gar kein Almosen. In der Küche haben sie mir zu viel Essen für meine Mittagspause gemacht. Ich bin gerade auf Diät«, log sie und hielt ihm erneut die Tüte hin. »Hier, nehmen Sie ruhig. Ich kann das unmöglich alles aufessen, und am Ende würde es bloß im Müll landen.«

Er zögerte einen Moment lang, bevor er schließlich die Tüte nahm und lächelte. »Vielen Dank. Sie sind ein sehr netter Mensch.«

Mollie sah ihm nach, bevor sie in den Diner zurückging.

»Du kannst dir einen neuen Job suchen, du vorwitziges kleines Luder«, eröffnete ihr Donna Higgins, sobald sie durch die Hintertür zurück in die Küche geschlüpft war.

»Was? Wieso denn?«

»Wer hat dir gesagt, dass du Pause machen kannst, wenn da drinnen die Hölle los ist?«

»Aber ich war nicht mal drei Minuten weg!«

»Ist mir scheißegal. Du hast unerlaubt Pause gemacht, und du hast Essen geklaut.«

Mollie war fassungslos. »Ich hab kein Essen geklaut!«

»Ach nein? Und was ist mit dem Cheeseburger und den Pommes und der Milchflasche, die du aus dem Kühlschrank gestohlen hast?«

Mollies Gesicht verhärtete sich. »Ich hätte das alles bezahlt.«

»Darauf kannst du Gift nehmen. Deswegen kriegst du heute auch keinen Lohn.«

»Was?« Panik stieg in Mollie auf. »Bitte, Mrs Higgins, es tut mir wirklich leid. Ich hätte das Essen nicht nehmen sollen, ohne zu fragen, und ich werde es bezahlen. Ich kann auch Überstunden machen, wenn Sie möchten. Ich brauche das Geld für die Miete.«

»Du Ärmste.« Donna Higgins verzog in gespieltem Mitleid das Gesicht. »Daran hättest du denken sollen, bevor du mich beklaut hast. Und jetzt pack deine Sachen zusammen und mach, dass du wegkommst!«

Er saß nun schon seit mehr als acht Stunden an seinem Fensterplatz in dem kleinen Diner mit Blick auf die Bushaltestelle. Seine tiefliegenden Augen musterten aufmerksam das Gesicht eines jeden Fahrgastes, der ein- oder ausstieg.

Er bestellte sich noch einen Kaffee und sah auf die Uhr. Der nächste Bus würde in drei Minuten kommen – genug Zeit, um kurz auf die Toilette zu gehen. Seit mehreren Tagen folgte er jeden Tag exakt derselben Routine: Er kam gegen Mittag her und ging erst wieder, wenn der Diner um elf Uhr abends schloss. Aber bis jetzt hatte er kein Glück gehabt.

Auf der Toilette spritzte er sich eine Ladung kaltes Wasser ins Gesicht und fuhr sich mit der Spitze des Zeigefingers über die hässliche Narbe an seiner Stirn. »Nicht mehr lange«, flüsterte er seinem Spiegelbild zu.

Der Bus fuhr gerade an, als er wieder in den Gastraum trat. Er war mindestens eine Minute zu früh gekommen. Der Mann stieß einen Fluch aus und eilte zu seinem Platz. Hastig glitt sein Blick hin und her, aber die meisten Fahrgäste hatten sich bereits zerstreut.

Das Mädchen in der rotweißen Kellnerinnen-Uniform musste rennen, um den Bus noch zu erwischen, der gerade losfahren wollte. Sie sprang an Bord, schlüpfte auf einen Sitz vorne am Fenster, ließ den Kopf in die Hände sinken und fragte sich verzweifelt, welche Ausrede sie ihrem Vermieter diesmal auftischen sollte.

Der Mann im Diner hatte sie nicht bemerkt.

59

Der Geruch von verkohltem Fleisch war noch genauso stark wie am Abend zuvor und brachte beide Detectives beim erneuten Betreten des Malibu-Hauses zum Würgen. Garcia zerkaute hastig zwei Magentabletten, bevor er die Hand über Mund und Nase legte. Trotzdem rebellierte sein Magen, während sie sich dem Wohnzimmer näherten, und kurz vor der Tür blieb er stehen. Er beugte sich vornüber, Hände auf die Knie gestützt, und konzentrierte sich darauf, sich nicht schon wieder zu übergeben.

»Warum wartest du nicht einfach hier?«, schlug Hunter vor und zog sich ein Paar Latexhandschuhe über. »Ich sehe mir derweil den Kamin an.«

»Klingt nach einem guten Plan«, antwortete Garcia und atmete langsam aus.

Hunter zog sich den Kragen seines Hemds notdürftig als Maske über Mund und Nase und ging zum Kamin an der südlichen Seite des Raumes. Überall waren Spuren von Fingerabdruckpulver zu sehen. Der Stuhl, an den Amanda Reilly gefesselt gewesen war, stand nicht mehr da, er war zur weiteren kriminaltechnischen Untersuchung abtransportiert worden. Das einst wunderschöne Wohnzimmer hatte nun die Aura einer Folterkammer, Hunter stellten sich die Nackenhaare auf. Er atmete tief durch den Mund ein und lenkte den Strahl seiner Taschenlampe auf den großen steinernen Kamin. Wie auf dem Foto war der Sims mit verschiedenen Gegenständen dekoriert – kleinen Figuren, vier farblich aufeinander abgestimmten Vasen und zwei Kerzenhaltern, aber Hunters Aufmerksamkeit galt einzig und allein den beiden Fotos in den silbernen Bilderrahmen. Eines an jedem Ende des Kaminsimses. Die Rahmen selbst waren nichts Besonderes, vermutlich konnte man sie in jedem Kaufhaus erwerben. Das Bild auf der rechten Seite nahm sich Hunter zuerst vor. Es war in etwa zwanzig Zentimeter Abstand zur Wand aufgestellt, so dass er sich bequem die Rückseite ansehen konnte, ohne den Rahmen bewegen zu müssen. Nichts Auffälliges. Er untersuchte den zweiten Rahmen, mit demselben Ergebnis. Dann erst nahm er die beiden Bilder vom Kaminsims herunter.

Die Fotos waren nicht von Dan Tyler und seiner Frau. Das erste zeigte eine Frau, die lächelnd und mit einem Glas Rotwein in der Hand in entspannter Haltung auf einem schwarzen Ledersofa saß. Sie war attraktiv und aufwendig gestylt: kurze blonde Haare, viel Make-up, babyblaue Augen. Sie hatte etwas Arrogantes an sich. Das zweite Foto zeigte einen Mann, der an einer weißen Wand lehnte. Er war schlank, mit adrett geschnittenen blonden Haaren und ausdruckslosen haselnussbraunen Augen. Er trug ein hellgrünes T-Shirt und ausgewaschene Bluejeans. Auf den ersten Blick gab es an keiner dieser beiden Personen irgendetwas Besonderes. Aber wer waren sie?

»Alles okay da drinnen?«, rief Garcia von der Tür her.

Hunter schrak zusammen.

»Ja, ja. Gib mir noch eine Minute.«

Er drehte einen der Bilderrahmen um und löste vorsichtig die vier Clips, die das Foto im Rahmen hielten. Urplötzlich fröstelte er, als hätte jemand im Raum ein Fenster aufgerissen und eine kalte Brise hereingelassen. Er sah auf und leuchtete mit der Taschenlampe den Raum ab – nichts bis auf den Gestank des Todes.

»Carlos, bist du noch da draußen?«, rief er laut.

»Ja, was ist denn?« Carlos hustete ein paar Mal, bevor er den Kopf zur Tür hereinsteckte.

»Nichts. Halt einfach nur die Augen offen.«

Etwas an Hunters Tonfall beunruhigte Garcia, und seine Hand wanderte instinktiv in Richtung seiner Waffe. Er leuchtete mit der Taschenlampe den düsteren Flur ab und lauschte einen Moment lang angestrengt in die Stille – nichts.

Hunter wandte seine Aufmerksamkeit wieder dem Bilderrahmen zu. Vorsichtig löste er die Pappe, die hinter dem Foto klemmte. Als er sie herausgezogen hatte, fiel sein Blick auf die Rückseite des Fotos.

»Ach du Scheiße.« Hunter schloss kurz die Augen. Adrenalin rauschte durch seine Adern.

Er legte den ersten Rahmen weg, griff rasch nach dem zweiten und wiederholte denselben Vorgang. Obwohl er schon wusste, was er finden würde, hielt Hunter den Atem an, als er langsam die hintere Pappe wegzog.

»Verdammt …«

»Alles in Ordnung bei dir, Robert?«, rief Garcia besorgt. »Hast du die Bilder gefunden?«

Langsam suchte Hunter erneut das dunkle Zimmer ab. All der Luxus, auf ewig vom Bösen gezeichnet. Der abscheuliche Fäulnisgeruch brannte in seiner Nase und setzte seinem Magen zu. Er musste hier raus.

»Und? Hast du was gefunden?«, fragte Garcia, als Hunter zurück in den Flur trat.

»Ja, aber ich zeig's dir draußen«, antwortete der und ließ den Hemdkragen los. »Ich brauche dringend frische Luft.«

»Da sagst du was.«

Draußen reichte Hunter seinem Partner die beiden Fotos. »Ich habe die hier gefunden. Das sind die Fotos aus den Rahmen, von denen Dan Tyler gesagt hat, dass sie dort nicht hingehören.«

Garcia betrachtete sie angestrengt. »Wer sind die beiden?« Er schüttelte ratlos den Kopf.

Hunter holte tief Luft und stieß sie langsam wieder aus. »Sieh dir die Rückseite an.«

Garcia drehte die Fotos um. Sein Puls hämmerte gegen die dünne Haut seiner Halsbeuge. »Das ist doch Verarsche.«

»Ich glaube kaum.«

Garcia starrte auf die Fotos. Mit einem Mal hatten die lachenden Gesichter eine völlig andere Bedeutung angenommen.

60

Es war schon spät, als sie Malibu verließen. Hunter rief Hopkins an und bat ihn, sich mit ihnen bei Footsie's in der North Figueroa Street zu treffen.

Würde man von den meisten Bars in Los Angeles das protzige Drumherum abziehen, dann käme so etwas wie Footsie's dabei heraus. Es war eine kleine, schlichte Kneipe mit ein paar Pooltischen, einer gemütlichen Lounge mit halbrunden Sitzecken aus rotem Leder, einer Jukebox, die Classic Rock spielte, und einer freundlichen, entspannten Atmosphäre. Footsie's war eine von Hunters Lieblingsbars.

Hopkins war schon da, als sie ankamen. Er saß an der Bar und hatte ein Glas Jack Daniels vor sich stehen. »Was kann ich Ihnen bestellen?«, fragte er gleich als Erstes.

»Schon gut.« Hunter winkte ab. »Die Runde geht auf mich, Ian.«

»Ich nehme, was du nimmst, solange es ein Single Malt ist«, sagte Garcia. »Bin gleich wieder da.« Er zeigte auf die Tür zur Herrentoilette.

Eine Sitzecke im hinteren Teil der Bar wurde frei, und Hunter bat Hopkins, die Plätze zu besetzen, bevor ihnen jemand zuvorkam.

Er bestellte zwei Laphroaig mit je einem Eiswürfel. Der Mann neben ihm am Tresen las in einer Ausgabe der *L. A. Daily News*, und als er umblätterte, erregte ein kurzer Artikel Hunters Aufmerksamkeit. Die Überschrift lautete: SLASHER SCHLÄGT ZUM ZWEITEN MAL ZU. Hunter reckte den Hals und überflog den Artikel, bevor der Mann erneut umblätterte. Eine Prostituierte war tot in einem heruntergekommenen Stundenhotel in South Gate aufgefunden worden. Der Täter hatte ihr die Hände vor dem Körper gefesselt, die Finger wie zum Gebet gefaltet. Genau wie das erste Opfer, das einige Tage zuvor getötet worden war, war auch sie nackt, in kniender Position und mit aufgeschlitzter Kehle gefunden worden. Die Presse hatte dem Täter bereits den Spitznamen »Slasher« verpasst. *Die Stadt geht vor die Hunde*, dachte Hunter, als er die Drinks nahm und sich zu Garcia und Hopkins in die Sitzecke gesellte.

»Alles klar bei Ihnen?«, erkundigte sich Hopkins besorgt, dem die gedrückte Stimmung der beiden Detectives nicht entgangen war.

Hunter nahm einen Schluck von seinem Laphroaig und behielt ihn so lange im Mund, bis der Alkohol auf seiner Zunge zu brennen begann. Dann legte er vier durchsichtige Asservatentüten nebeneinander auf den Tisch. Die ersten beiden enthielten die zerlegten Bilderrahmen, die anderen zwei die Fotos. Hopkins zog die Stirn kraus, und Hunter berichtete ihm von ihrem Gespräch mit Dan Tyler, auf dessen Hinweis hin sie nach Malibu zurückgekehrt waren, um sich die mysteriösen Bilder genauer anzusehen.

»Und wer sind die beiden?«, fragte er.

Garcia streckte die Hand nach den Tüten mit den Fotos aus und drehte sie um. Hopkins riss die Augen auf und schnappte erschrocken nach Luft. Das Foto des Mannes zeigte auf der Rückseite die Zahl 1, das von der lächelnden Frau die Zahl 2. Beide Zahlen schienen mit Blut geschrieben und waren etwa fünfzehn Zentimeter groß.

Mit offenem Mund starrte Hopkins eine Zeitlang die Bilder an. »Ich glaube, ich kapiere da was nicht so richtig«, meinte er schließlich. »Was hat sich der Mörder dabei gedacht? Warum stellt er Fotos von seinen ersten beiden Opfern auf den Kamin? Er muss doch gewusst haben, dass wir sie früher oder später finden würden.«

Hunter lehnte sich zurück und fuhr mit der Spitze seines Zeigefingers am Rand seines Whisky-Tumblers entlang. »Gerade deswegen. Er wollte sichergehen, dass wir wissen, dass er die beiden getötet hat. Er will nicht, dass die Morde einem anderen Täter zugeschrieben werden. Er ist eitel.«

Hopkins rutschte unbehaglich auf seinem Platz hin und her. Es war offensichtlich, dass die Logik des krankhaft Bösen über seinen Verstand ging.

»Und wo sind diese beiden Opfer jetzt?«, fragte er nach einem Moment des Schweigens. »Wenn sie nummeriert wurden wie Vater Fabian und Amanda Reilly, warum wissen wir dann nichts von ihnen?«

Hunter nippte erneut langsam und ausgiebig an seinem Scotch. »Was denken Sie?«, fragte er dann zurück.

Hopkins' Blick wanderte wieder zu den Bildern auf dem Tisch. Hunter konnte fast hören, wie es in seinem Kopf fieberhaft arbeitete. »Vielleicht hat der Täter erst nach dem zweiten Opfer damit angefangen, sie zu nummerieren«, meinte er schließlich zaghaft.

»Weiter«, ermutigte Hunter ihn.

»Und natürlich konnte er dann nicht mehr zurückgehen und die ersten beiden Leichen nachträglich auch noch nummerieren.«

»Warum hätte der Täter erst ab Opfer Nummer drei damit anfangen sollen?«, wollte Garcia wissen.

»Keine Ahnung.« Hopkins zuckte mit den Schultern. »Vielleicht ist er erst später auf die Idee gekommen. Vielleicht hat er fest damit gerechnet, dass die Polizei von sich aus drauf kommt, dass die ersten Opfer von demselben Täter stammen. Aber sie ist nicht drauf gekommen.«

»Die Theorie ist gar nicht mal schlecht«, sagte Hunter und nickte Hopkins anerkennend zu.

»Ja, aber ich glaube trotzdem nicht dran«, meinte Garcia. »Wir wissen doch, dass der Killer extrem gut organisiert ist. Er plant seine Morde bis in die letzte Einzelheit und überlässt nichts dem Zufall. Das hat er bei Vater Fabian und Amanda Reilly doch eindeutig unter Beweis gestellt.«

»Das ist richtig.« Hunter nickte.

»Ein so gut durchorganisierter Täter würde nicht einfach auf halbem Weg seine Pläne umschmeißen. Ich bin der Ansicht, dass er die Opfer von Anfang an nummeriert hat.«

»Okay«, sagte Hunter. »Dann zurück zu der Frage: Wer sind die beiden Opfer? Und wieso wissen wir nichts von ihnen?«

»Vielleicht wurden sie noch nicht gefunden«, meinte Garcia und beugte sich vor. »Die Reihenfolge, in der sie getötet wurden, muss ja nicht zwangsläufig die gleiche sein wie die, in der sie gefunden werden. Vielleicht sind sie noch vermisst und liegen irgendwo in einem abgesperrten Kofferraum, oder er hat sie in den Bergen verscharrt.«

»Wäre möglich«, stimmte Hunter zu und dehnte seinen Nacken. »Es gibt nur eine Sache, die mich an der Theorie stört. Der Täter hat sich absolut keine Mühe gemacht, Opfer drei und vier irgendwie zu verbergen. Wir haben sie jeweils einen Tag nach dem Mord gefunden. Wieso sollte er also die Leichen von Opfer eins und zwei in einem Kofferraum verstecken oder in den Bergen vergraben? Das passt nicht zu seiner Vorgehensweise. Er will, dass wir Bescheid wissen.«

»Deswegen hat er die Bilder auf den Kamin gestellt.« Hopkins' Satz schwebte irgendwo zwischen Feststellung und Frage.

»Genau«, bestätigte Hunter. »Er will die Lorbeeren für die Morde kassieren.«

Sie schwiegen ein paar Sekunden lang.

»Was denken Sie, Robert?«, fragte schließlich Hopkins neugierig. »Warum haben wir die beiden ersten Opfer noch nicht gefunden?«

Hunter beobachtete eine langbeinige Brünette dabei, wie sie zur Jukebox in der Ecke ging, ein paar Vierteldollarmünzen einwarf und einen Titel auswählte. Kurz darauf ertönten die ersten Takte eines alten Skid-Row-Songs.

»Ich glaube, Sie haben mit Ihrer Theorie auf was sehr Wichtiges hingewiesen«, sagte Hunter, an Hopkins gewandt.

»Ach ja? Auf was denn?«

»Die Tatsache, dass der Täter später nicht noch mal zu seinen Opfern zurückkehren konnte. Deswegen musste er auf Fotos zurückgreifen. Die Leichen *wurden* bereits gefunden.«

61

Garcia und Hopkins tauschten einen Blick. Skid Row dröhnte in ihren Ohren.

»Aber wenn die Leichen bereits gefunden wurden, was ist dann mit den Nummern?« Garcia tippte mit dem Zeigefinger auf eine der Asservatentüten.

Hunter zeigte auf das Bild des Opfers mit der 1 auf der Rückseite. »Seht euch an, wie der Täter die Zahl geschrieben hat. Fällt euch daran irgendwas auf?«

Garcia und Hopkins studierten sie aufmerksam.

»Sie ist ziemlich flüchtig geschrieben«, meinte Garcia schließlich. »Der schräge Aufstrich fehlt. Eigentlich ist es nicht mehr als ein senkrechter Strich.«

»Stimmt!«, rief Hopkins. »Sie haben recht. Auf einer Leiche könnte die Zahl aussehen wie verschmiertes Blut. Den meisten wäre sie bestimmt gar nicht aufgefallen.«

»Okay, das erklärt also Nummer 1«, sagte Garcia und schob das nächste Bild in die Mitte des Tisches. »Aber was ist mit Nummer 2?«

Hunter schüttelte den Kopf, als wäre alles Mögliche vorstellbar. »Vielleicht wurde die Zahl abgewaschen.«

»Was?«, sagten Garcia und Hopkins wie aus einem Mund.

Die Brünette war schon wieder an der Jukebox, und diesmal blieb ihr Blick für mehrere Sekunden auf Hunter hängen, bevor sie ihm ein strahlendes Lächeln schenkte. Kurz darauf hörten sie Bon Jovi.

»Der Killer schneidet die Zahlen ja nicht in die Haut seiner Opfer, er schreibt sie bloß mit Blut«, sagte Hunter und beugte sich vor. »Was, wenn er das zweite Opfer an einem feuchten, ungeschützten Ort hat liegen lassen – zum Beispiel im Wald? Was, wenn danach irgendwas passiert ist, wodurch die Zahl unkenntlich gemacht wurde?«

Garcia und Hopkins sahen ihn nachdenklich an.

»Sie hätte vom Regen abgewaschen oder zumindest unleserlich werden können«, räumte Hopkins ein.

»In letzter Zeit hat es ziemlich oft geregnet«, setzte Garcia hinzu.

Hunter warf einen Blick auf seine Armbanduhr. »Ich bringe das hier bei der Kriminaltechnik vorbei und mache Ihnen Digitalkopien von den Fotos«, sagte er an Hopkins gewandt. »Ich möchte, dass Sie in der Vermisstendatenbank und in der Morddatenbank nach ihnen suchen.«

»Mist!« Hopkins schlug sich mit der flachen Hand gegen die Stirn. »Das hatte ich ganz vergessen. Sie haben genau ins Schwarze getroffen, als Sie gesagt haben, dass diese Monica vielleicht aus Pennsylvania kommt.« Er reichte Hunter den Ausdruck eines Schwarzweißfotos. »Das hier ist aus der Vermisstenkartei von Pennsylvania.«

Hunter und Garcia mussten nur einen kurzen Blick auf das Foto werfen.

»Wow«, meinte Garcia. »Bis auf die Haare und die Narbe an der Lippe hat sie sich überhaupt nicht verändert. Oder sie hat eine eineiige Zwillingsschwester.«

»Hat sie nicht«, sagte Hopkins und schob ihnen ein zweites Blatt hin.

Das Mädchen auf dem Foto war Mollie Woods, geboren am ersten Weihnachtsfeiertag vor siebzehn Jahren in Huntingdon County, Pennsylvania. Sie war seit fast vier Jahren verschollen. Ihr Vater, John Woods, hatte sie zwei Tage, nachdem ihre Mutter von einem betrunkenen Autofahrer getötet worden war, als vermisst gemeldet. Kurz nach dem Tod seiner Frau war John Woods von Huntingdon County nach York, ebenfalls in Pennsylvania, umgezogen.

»Ich habe mich noch nicht mit ihrem Vater in Verbindung gesetzt«, sagte Hopkins, als Hunter den Bericht zu Ende gelesen hatte.

»Gut. Warten Sie noch damit«, sagte dieser.

Garcia runzelte besorgt die Stirn. »Meinst du nicht, wir sollten ihm so schnell wie möglich Bescheid sagen? Er macht sich bestimmt wahnsinnige Sorgen um seine Tochter. Er hat seit fast vier Jahren nichts mehr von ihr gehört.«

Hunter schüttelte den Kopf. »Es gibt einen Grund, weshalb sie von zu Hause weggelaufen ist. Sie ist siebzehn, alt genug. Wenn sie sich bei ihrem Vater hätte melden wollen, dann hätte sie es getan. Im Vernehmungsraum hatte ich das Gefühl, dass sie vor irgendwas Angst hat. Und zwar nicht bloß vor ihren Visionen.«

62

Offiziell öffnete das Rechtsmedizinische Institut von Montag bis Freitag um acht Uhr morgens, aber Hunter hatte nicht die Absicht, so lange zu warten. Da er wusste, dass Brindle ein Frühaufsteher war, rief er ihn gegen Viertel vor sieben an. Der Kriminaltechniker war bereits auf dem Weg ins Institut, und Hunter traf ihn um sieben Uhr am Personaleingang. Brindle war erstaunt, als Hunter ihm die zwei Fotos präsentierte, die er gefunden hatte, und nicht wenig zerknirscht, dass sein Team sie übersehen hatte.

Immerhin konnte er Hunter mitteilen, dass bereits einige Ergebnisse zum Haus in Malibu vorlagen. Der partielle Fingerabdruck, der in einem der Zimmer im oberen Stock genommen worden war, hatte bislang in der Nationalen Fingerabdruck-Datenbank keinen Treffer erzielt. Die Fasern aus dem Staubsauger, den die Kriminaltechnik in der Besenkammer des Anwesens sichergestellt hatte, waren zu gewöhnlich, als dass sie irgendwelche Rückschlüsse erlaubt hätten. Das Zahnschema des im Kamin entdeckten Schädels bestätigte den Verdacht, dass es sich bei ihm um den von Vater Fabian handelte, aber das Blut, das der Täter benutzt hatte, um die Nummer 4 auf Amanda Reillys Rücken zu schreiben, stammte – im Gegensatz zu dem, das beim Priester benutzt worden war – nicht von einer schwangeren Frau.

»Von wem dann?«, wollte Hunter wissen.

Brindle händigte ihm den Laborbericht aus.

Hunter überflog ihn und runzelte die Stirn. »Es ist Vater Fabians Blut?«

Brindle nickte.

Nachdenklich betrachtete Hunter noch einmal die Zahlen auf den Rückseiten der Fotos, die sie auf dem Kaminsims gefunden hatten. Sein Hirn arbeitete auf Hochtouren. »Die Frau war Nummer zwei«, sagte er wie zu sich selbst.

Brindle ging trotzdem darauf ein. »Also was denkst du?«

Hunter schüttelte rasch den Kopf, als erwache er aus einer Trance. »Der Täter verwendet jeweils das Blut des vorherigen Opfers, um das nächste damit zu nummerieren.«

Brindle zupfte sich nachdenklich an der Unterlippe.

Hunter zeigte auf das Foto der Frau. »Nummer zwei. Sie ist die Schwangere, deren Blut der Täter benutzt hat, um die Nummer drei auf Vater Fabians Brust zu schreiben. Da gehe ich jede Wette ein.«

Brindle musste zugeben, dass die Theorie logisch klang. »Ich lasse das Blut von den Fotos sofort analysieren«, sagte er.

Captain Blake wartete bereits im Büro auf das Neun-Uhr-Meeting, als Hunter den Raum betrat. Garcia hatte ihr über die Ereignisse des Vorabends Bericht erstattet. Hunter hatte gerade seine Jacke abgelegt, da klopfte es an der Tür und Hopkins trat ein.

»Glauben Sie, dass es wirklich seine Opfer sind, oder könnte es sein, dass er uns bloß zum Narren halten will?«, fragte Captain Blake, während sie angestrengt die Bilder an der Pinnwand anstarrte.

»Uns zum Narren halten? Inwiefern?«

»Indem er uns mit zwei Unbekannten konfrontiert – seinen angeblichen Opfern, nach denen wir jetzt suchen müssen. Er weiß doch garantiert, wie viel Zeit es uns kosten wird, um sie zu identifizieren. Und noch mehr Zeit, um festzustellen, ob sie auch tatsächlich tot sind. Vielleicht versucht er, uns einen Stock zwischen die Beine zu werfen. Die Ermittlungen zu behindern, indem er uns auf eine falsche Fährte lockt, damit er in aller Ruhe sein nächstes Opfer aufs Korn nehmen kann.«

Hunter schüttelte den Kopf. »Irgendwie passt das nicht zum Handeln unseres Täters. Ich glaube nicht, dass er darauf aus ist, uns abzulenken. Er hat uns die Fotos nur aus einem einzigen Grund dagelassen: Wir sollen wissen, dass er sie getötet hat.«

»Aber warum?« In Captain Blakes Stimme klang eine Spur Empörung durch. »Will er etwa suggerieren, dass wir nicht in der Lage sind, das alleine rauszufinden?«

»Falls die Nummern auf den Opfern aus irgendeinem Grund weggewaschen wurden, dann wären wir tatsächlich nicht dazu in der Lage gewesen«, gab Hunter zu bedenken. »Nehmen Sie Opfer drei und vier. Der einzige Grund, weshalb wir überhaupt wissen, dass Amanda Reilly vom selben Täter getötet wurde wie Vater Fabian, ist der, dass der Täter *wollte*, dass wir es wissen. Wenn die Nummerierung nicht gewesen wäre, läge der Fall jetzt auf dem Tisch von zwei Detectives vom Sheriff's Department in Malibu. Zumindest bis der Schädel aus dem Feuer untersucht worden wäre und wir die Bestätigung erhalten hätten, dass er von Vater Fabian stammt.«

»Stimmt«, pflichtete Garcia ihm bei.

»Zuerst dachten wir, der Mord an Vater Fabian hätte rituellen Charakter, wissen Sie das nicht mehr? Alles deutete auf einen Ritualmord hin.« Hunter drehte sich zur Bilderwand um. »Beim Mord an Amanda Reilly ist er einer völlig anderen Vorgehensweise gefolgt. Vater Fabian wurde schnell und schmerzlos getötet – mehr oder weniger jedenfalls. Ein sauberer Streich, er war sofort tot. Außerordentlich blutig, ja, aber es gibt keinerlei Anzeichen dafür, dass er gefoltert wurde. Amanda Reilly hingegen wurde bei lebendigem Leibe gebraten. Sie hat über Stunden hinweg unvorstellbare Qualen erlitten. Die Hälfte ihrer inneren Organe ist von der Hitze explodiert, Captain.«

Captain Blake zog eine Grimasse und warf sich ein Pfefferminz in den Mund.

»Ohne die Nummerierung wäre nicht mal Sherlock Holmes auf die Idee gekommen, dass die beiden Toten auf das Konto ein und desselben Täters gehen.« Hunter räusperte sich, bevor er mit ruhiger Stimme fortfuhr. »Wir haben es hier mit einem ganz neuen Typus von Serienmörder zu tun.«

»Inwiefern?«, fragte Captain Blake.

»Serienmörder weichen nur äußerst selten von ihrer Vorgehensweise ab. Wenn sie etwas gefunden haben, womit sie sich wohl fühlen, dann bleiben sie auch dabei. Falls sich doch etwas ändert, dann sind es nur kleine Abweichungen, in der Regel, indem ihre Taten langsam immer grausamer werden. Aber unser Mann ist eiskalt und organisiert genug, um seine Vorgehensweise von einem Opfer zum nächsten komplett umzukrempeln.«

»Sind Serienmörder nicht normalerweise auf irgendeine Art von Befriedigung aus?«, schaltete sich Hopkins ein.

»Ja.«

»Und welche Art von Befriedigung sucht unser Mörder?«

Hunter strich sich einmal langsam übers Gesicht, bevor er antwortete. »Ihre Ängste.«

63

»IHRE ÄNGSTE?«, wiederholte Captain Blake verständnislos.

»Sie haben doch Garcias Bericht darüber gelesen, was wir in Vater Fabians Tagebüchern gefunden haben, oder nicht?«

»Die Sache mit dem Traum?«

»Genau, die Sache mit dem Traum. Uns kommt es vielleicht verrückt vor, aber für ihn war es etwas, das ihn seit über zwanzig Jahren immer wieder in Todesangst versetzt hat. Amanda Reilly hatte solche panische Angst vor offenem Feuer, dass sie nicht mal einen Gasherd bei sich zu Hause hatte.« Hunter suchte auf seinem Schreibtisch nach seinem Bericht über ihr Gespräch mit Tania Riggs und reichte ihn an Captain Blake weiter.

»Oder Kerzen«, fügte Garcia hinzu.

»Sie hat diese Phobie, seit sie sich als Kind mal verbrannt hat.« Hunter hielt inne, um Captain Blake Zeit zu geben, das Vernehmungsprotokoll zu überfliegen.

»Und das kann der Täter auf keinen Fall erraten haben, richtig?«

Hunter antwortete mit einem fast unmerklichen Kopfschütteln.

»Also, woher weiß er also von den Ängsten seiner Opfer? Zwingt er sie, ihm von ihnen zu erzählen, bevor er sie umbringt?«

»Genaueres wissen wir nicht, Captain, aber er weiß auf jeden Fall schon vorher Bescheid.«

»Was macht Sie da so sicher?«

»Der erhebliche Planungsaufwand, den jeder seiner Morde ihn gekostet hat.« Er tippte auf die Fotos von Vater Fabian an der Pinnwand. »Um Vater Fabians Alptraum zum Leben zu erwecken, brauchte der Mörder ein Schwert und einen Hundekopf.«

»Die er bei sich gehabt haben muss, bevor er in die Kirche gekommen ist«, warf Garcia dazwischen.

»Für den Mord in Malibu«, fuhr Hunter fort, »hat der Täter sich das perfekte Haus ausgesucht. Es stand leer, er war ungestört. Ein Haus mit einem regelbaren Gaskamin, der so groß ist, dass man darin ein Nilpferd braten könnte. Wir sind in L. A., Captain, bei uns gibt es keinen nennenswerten Winter. Große, offene Kamine gehören bei den meisten Häusern nicht gerade zur Grundausstattung.« Er lehnte sich mit der Schulter an die Wand rechts neben der Pinnwand. »Der Täter hat seine Opfer gut gekannt.«

»Wie gut?«

»Das ist die alles entscheidende Frage. Tania Riggs hat uns gesagt, dass der Täter, als er noch mal anrief, um zu sagen, dass er sich verspäten würde, nach Mandy gefragt hat.«

Blake kniff die Augen zusammen und suchte die entsprechende Stelle in dem Protokoll. »Die Kurzform von Amanda.«

»Eben«, sagte Hunter. »Kein Name, mit dem man normalerweise einen Geschäftspartner ansprechen würde. Vielleicht ist es ihm rausgerutscht.«

»Haben wir die neuen Bilder schon mit der Vermisstendatenbank und der Liste aktueller Mordopfer in Kalifornien abgeglichen?« Diese Frage galt Hopkins.

»Ich habe heute Morgen damit angefangen. Bis jetzt noch kein Treffer«, antwortete er schüchtern. »Das braucht seine Zeit.«

»Dan Tyler, dem das Haus in Malibu gehört, hat keine Ahnung, wer die Leute auf den beiden Fotos sein könnten. Ich habe sie ihm gezeigt.« Hunter hielt inne, als er die vier Bilder der Mordopfer fixierte, die nebeneinander an der Pinnwand hingen.

Garcia kannte diesen Blick. »Was ist, Robert?«

Hunter hob die Hand. »Wenn der Täter die Opfer so gut kannte …« Er ließ den Satz einen Moment lang in der Luft hängen.

»Könnte es sein, dass sie sich auch untereinander kannten«, schloss Garcia.

»Ja, ich glaube, es besteht durchaus die Möglichkeit.«

»Aber Amanda kann Vater Fabian nicht aus der Kirche gekannt haben«, gab Garcia zu bedenken.

»Wieso nicht?«, fragte Captain Blake.

»Tania Riggs hat ausgesagt, dass Amanda nicht religiös war. Sie hat nicht mal an Gott geglaubt. Falls sie Vater Fabian von irgendwoher kannte, dann ganz sicher nicht aus dem Gottesdienst.«

»Und dieses Wissen hilft uns, Zeit zu sparen«, sagte Hunter.

»Wie das?«

»Nach allem, was wir bis jetzt über ihn herausgefunden haben, war Vater Fabian eine Art Einsiedler. Er hat für die Kirche und für seine Gemeinde gelebt, und das war's. Darüber hinaus hatte er so gut wie keine sozialen Kontakte.«

»Ja und?« Blake legte das Vernehmungsprotokoll auf Hunters Schreibtisch zurück.

»Und wir wissen, dass Amanda Reilly nicht in die Kirche gegangen ist. Ob sie Verbindungen zu einer der gemeinnützigen Organisationen hatte, mit denen Vater Fabian zu tun hatte, dürfte leicht rauszufinden sein.« Er deutete mit dem Kopf in Hopkins' Richtung, der sich daraufhin eine Notiz im Kopf machte, sich darum zu kümmern. »Wenn nicht dort, wo könnten sie sich sonst noch begegnet sein?«

Allgemeines Schweigen.

»Sie haben nicht im selben Bezirk gewohnt. Sie haben nicht in denselben Läden eingekauft«, zählte Hunter auf. »Ich bin mir ziemlich sicher, dass Vater Fabian niemals durch Reilly's ein Haus gemietet oder gekauft hat. Ihre Wege hätten sich also nie gekreuzt, es sei denn durch einen bizarren Zufall.«

»Wenn sie sich also wirklich kannten, dann muss es lange her sein.« Captain Blake verstand nun endlich, worauf Hunter hinauswollte.

Sie wandte sich erneut an Hopkins. »Finden Sie alles über Amanda Reilly und Brett Stewart Nichols raus, was Sie finden können.«

»Über wen?«

»Brett Stewart Nichols war Vater Fabians bürgerlicher Name«, klärte Garcia ihn auf.

»Finden Sie raus, wo sie gewohnt haben, wo sie zur Schule gegangen sind – alles, was Sie finden können. Fangen Sie in ihrer Teenagerzeit an.«

»Ich setze mich sofort dran.«

Hunters Handy klingelte. Er ging zu seinem Schreibtisch und fischte es aus der Jackentasche – unbekannter Anrufer.

»Detective Hunter.« Das geflüsterte Gespräch dauerte nur kurz. Als er auflegte, hatte Hunter einen erstaunten Ausdruck im Gesicht.

»Was ist?«, wollte Garcia wissen.

»Ich muss los.« Hunter griff nach seiner Jacke.

»Wohin?«

Aber Hunter war schon halb den Flur hinunter.

64

Hunter verließ das siebenstöckige Parker Center im Laufschritt und wandte sich nach links in Richtung Parkplatz.

Garcia war ihm dicht auf den Fersen. Bevor Hunter jedoch die Reihen der parkenden Autos erreicht hatte, bog er plötzlich rechts in Richtung der East First Street ab.

»Wo willst du denn hin?«, rief Garcia ihm nach und klimperte mit dem Autoschlüssel. »Der Wagen steht da drüben.« Er zeigte zu seinem makellos sauberen metallicblauen Honda Civic, der am nördlichen Ende des Parkplatzes stand.

Hunter beachtete die Frage nicht weiter. Stattdessen beschleunigte er seine Schritte und wechselte auf die andere Straßenseite. Garcia musste auf eine Lücke im Verkehr warten, bevor er ihm folgen konnte.

»Haben wir irgendein konkretes Ziel, oder spielen wir Schnitzeljagd?«, schnaufte er.

»Starbucks.«

»Du stürmst plötzlich ohne Erklärung aus dem Büro, um dir einen Kaffee zu holen?«

»Wir sind mit jemandem verabredet«, sagte Hunter, als sie um eine Ecke bogen und auf einen kleinen Platz gelangten.

Über ihnen hingen einige dunkle Wolken am Himmel, und der unverkennbare Geruch von feuchter Erde erfüllte die Luft. Bald würde es anfangen zu regnen. Dies und der frische Wind waren der Grund, weshalb alle Tische vor dem Coffeeshop leer waren. Alle bis auf einen.

Garcia sah sie zuerst.

»Ist das nicht diese Monica oder Mollie oder wie auch immer?«

Hunter nickte. »Sie hat vorhin angerufen«, fügte er erklärend hinzu.

Garcia wurde langsamer. »Sollten wir dann nicht lieber erst Captain Blake Bescheid sagen?«, fragte er unsicher. »Sie hat extra gesagt, dass alles streng nach Vorschrift ablaufen soll.«

Hunter nickte, marschierte jedoch weiter.

»Und warum tun wir das dann nicht?«, zischte Garcia und rannte hinterher.

Sie steuerten auf den kleinen Tisch an der hinteren Seite des Platzes zu. Das Mädchen sah sie erst, als sie schon direkt vor ihr standen.

»Hallo«, sagte Hunter in freundlichem Tonfall und schenkte ihr ein warmes Lächeln.

Sie blickte auf, und die Detectives trauten ihren Augen nicht. Ihre braunen Haare waren zu einem adretten Pferdeschwanz gebunden. Das dezente Make-up, das ihre beeindruckenden braunen Augen unterstrich, verlieh ihrem Gesicht Reife und ein bezauberndes Strahlen, das bei ihrer ersten Begegnung nicht da gewesen war. Die Narbe auf ihren vollen Lippen war kaum noch zu erkennen, und statt der schäbigen Kleider vom letzten Mal trug sie ein weißes T-Shirt mit einer kurzen schwarzen Jacke, hellen Jeans und schwarzen Cowboystiefeln. Sie sah vollkommen verändert aus.

»Danke, dass du angerufen hast. Ich weiß das wirklich sehr zu schätzen.«

Sie erwiderte Hunters Lächeln, aber ihres war voller Nervosität. Hunter fiel auf, dass die Tasse, die vor ihr auf dem Tisch stand, leer war. »Ich hol dir was Neues«, bot er an. »Was trinkst du?«

»Heiße Schokolade.«

»Ich nehme einen Espresso«, sagte Hunter zu Garcia, der kurz zögerte, bevor er schließlich kopfschüttelnd davonstapfte.

Hunter setzte sich dem Mädchen gegenüber und zog den Reißverschluss seiner Jacke hoch. »Frierst du nicht hier draußen?«

Sie schüttelte den Kopf.

Hunter verschränkte die Arme vor der Brust, wie um sich zu wärmen. »Also, mir ist eiskalt.«

Sie spitzte die Lippen, und er schnitt eine Grimasse.

»Wow, ich hab mich gerade echt angehört wie ein Weichei, stimmt's?« Er lachte. »Das hat man davon, wenn man sein ganzes Leben lang in einer Stadt verbringt, in der es das ganze Jahr über warm ist. Sobald die Temperatur unter fünfzehn Grad sinkt, holen wir den Pelz aus dem Schrank.«

Garcia kam mit zwei Kaffees und einer heißen Schokolade zurück. »Seid ihr sicher, dass ihr hier draußen bleiben wollt?« Er schüttelte sich und deutete mit dem Kinn nach drinnen. »Da drinnen ist es viel angenehmer.«

»Siehst du, was ich meine?« Hunter grinste.

»Habe ich was Komisches gesagt?«, wollte Garcia wissen und reichte dem Mädchen den Becher.

»Carlos kommt aus Brasilien. Das hier ist für ihn praktisch arktische Kälte.« Hunter gab sich alle Mühe, ihr die Anspannung zu nehmen.

Stirnrunzelnd nahm Garcia Platz. »Was – findest du es etwa nicht kalt?« Die Frage war an Monica gerichtet.

»Fahren Sie bloß nie nach Pennsylvania, wenn Sie das hier für kalt halten.« Kaum hatten die Worte ihre Lippen verlassen, verschloss sich ihr Gesicht, und sie wandte nervös den Blick ab.

»Keine Angst«, sagte Garcia in beruhigendem Tonfall. »Falls es dich tröstet, Robert wusste schon, woher du kommst, wegen deinem Akzent.«

Sie warf Hunter einen fragenden Blick zu. »Echt?«

»Pennsylvania Dutch, stimmt's?«, sagte er sachlich.

»Er steckt voller solcher Tricks«, meinte Garcia vertraulich. »Deswegen wird er auch nie auf Partys eingeladen.«

Sie lächelte. Der doppelte Eisbrecher hatte funktioniert. Hunter sah, wie sich ihre Schultern ein wenig entspannten und sie die Luft ausstieß, die sie seit ihrer Ankunft angehalten hatte.

»Sie haben recht, ich bin aus Pennsylvania.« Sie sah zwischen Hunter und Garcia hin und her und zögerte einen Moment. Ohne danach gefragt worden zu sein, beschloss sie, ganz am Anfang anzufangen.

65

Mollie Woods wurde am ersten Weihnachtsfeiertag in Huntingdon County, Pennsylvania, geboren. Obwohl sie als gesundes Kind zur Welt kam, hatte die lange und komplizierte Geburt den Uterus ihrer Mutter so stark in Mitleidenschaft gezogen, dass Mollie ihr einziges Kind blieb.

Mollies Geburt brachte große Veränderungen im Leben ihrer tiefreligiösen Eltern mit sich. Ihr Vater John tat sich schwer damit, zu akzeptieren, dass er niemals den Sohn haben würde, den er sich so sehnlich gewünscht hatte. In seinen Augen hatte Gott ihn und seine Frau mit einer Tochter gestraft. Und diese Strafe musste weitergegeben werden.

Sobald sie sprechen konnte, lehrte er Mollie zu beten. Und sie betete. Dreimal täglich, nackt in einer Zimmerecke, wo sie auf getrockneten Maiskörnern knien musste.

Im Lauf der Jahre nahm Johns Verbitterung immer weiter zu. Unter dem Deckmantel der Frömmigkeit ließ er seinen Zorn gnadenlos an der kleinen Mollie aus. Schon in ihrer Kindheit war ihr Körper oft grün und blau.

Dem Aussehen nach ähnelte Mollie ihrer Mutter, mit einem zarten herzförmigen Gesicht, vollen rosigen Lippen, hypnotisierenden braunen Augen und dunklen Locken. Mit dreizehn war sie größer und weiter entwickelt als die meisten Mädchen ihres Alters.

John Woods sah Mollies erblühende Schönheit als eine neuerliche Prüfung Gottes. Schon jetzt erregte sie die Aufmerksamkeit älterer Jungen, und John wusste, dass es nur eine Frage der Zeit war, bis sie der Versuchung nachgeben und der Sünde anheimfallen würde. Er musste sie lehren, Gut von Böse zu unterscheiden.

Diese Lehrstunden begannen unmittelbar nach ihrem dreizehnten Geburtstag. Ihre Mutter arbeitete in einem 24-Stunden-Supermarkt im Stadtzentrum, und zweimal die Woche hatte sie dort Nachtschicht. Mollie fürchtete sich vor diesen Nächten. In ihrem Bett, in der Dunkelheit ihres Zimmers rollte sie sich ganz klein zusammen und betete, aber kein Gott wollte sie hören. Wieder und wieder musste sie ertragen, dass ihr Vater sie brutal missbrauchte, um ihr zu zeigen, was die Jungen mit ihr machen würden, wenn sie sie ließe.

Die Alpträume und das Nasenbluten begannen etwa zur selben Zeit wie die nächtlichen Besuche ihres Vaters. Zuerst konnte sich Mollie keinen Reim auf die furchtbaren Bilder machen, die sie sah, aber sie kamen ihr so real vor, dass sie bald panische Angst vor dem Einschlafen hatte und alles tat, um wach zu bleiben. Doch es dauerte nicht lange, bis die beängstigenden Visionen sie auch im Wachen heimsuchten, oft am helllichten Tag: Kinder, die von ihren Eltern misshandelt wurden, Männer, die ihre Frauen schlugen – sie konnte der schrecklichen Bilderflut keinen Einhalt gebieten.

Und dann kam der Tag, an dem eines dieser Bilder ihre Seele zum Erstarren brachte.

In einer ihrer Visionen sah sie, wie ihre Mutter von einem betrunkenen Autofahrer getötet wurde. An jenem Abend flehte sie ihre Mutter vergeblich an, nicht zur Arbeit zu gehen. Sie war ganz außer sich vor Angst, aber ihr Vater schlug ihr ins Gesicht und schickte sie auf ihr Zimmer. Er hatte genug von ihren verrückten Träumen. Er lächelte sein geheimes Lächeln und sagte ihr, dass er mit ihr zusammen in ihrem Zimmer beten würde, sobald die Mutter fort sei.

Eine Stunde nachdem ihre Mutter aus dem Haus gegangen war, stand die Polizei vor der Tür. Mrs Woods war Opfer eines Unfalls mit Fahrerflucht geworden und noch am Unfallort gestorben.

Dies war die Nacht, in der Mollie von zu Hause weglief. Die Nacht, in der im Kopf ihres Vaters irgendwo eine Sicherung durchbrannte.

66

Beide Detectives hörten sich ihre Geschichte schweigend an. Doch sie erzählte ihnen nicht alles. Sie erwähnte weder ihren richtigen Namen, noch sagte sie ein Wort über die Prügel, den Missbrauch und die Demütigungen, die sie von ihrem Vater erfahren hatte. Sie schämte sich.

Hunter hatte recht gehabt. Da sie im Alter von vierzehn Jahren von zu Hause ausgerissen war, hatte Mollie schneller als andere Kinder erwachsen werden müssen.

Sie erzählte ihnen auch, wie die Alpträume und Visionen aufgehört hatten, nachdem sie Pennsylvania verlassen hatte, und wie froh sie gewesen war, sie endlich los zu sein. Aber dann, vor ein paar Tagen, hatten sie mitten in der Los Angeles Union Station wieder angefangen.

»Was genau hast du gesehen?« Hunters Tonfall war sanft und beruhigend.

Sie versteifte sich und umklammerte mit beiden Händen ihre Tasse. »Ich kann diese Visionen nicht kontrollieren. Die Bilder sind nicht immer klar. Meistens ist es so, als würde ich einen Film anschauen.«

»Gewissermaßen als Zuschauer?«

»Genau.« Ein zaghaftes Nicken. »Aber die Vision in der Union Station war anders.«

»Inwiefern?«

Sie atmete tief ein und heftete den Blick auf die Tischplatte. »Diesmal war ich mittendrin. Ich hab ihn angegriffen.« Ihre Stimme wurde immer leiser und verebbte.

»Du hast sie aus deiner Perspektive erlebt?«, hakte Garcia nach.

Sie schwieg kurz, dann: »Ich war der Mörder.«

Garcia sah einen Moment lang beunruhigt aus.

»Warte mal«, mischte sich Hunter ins Gespräch. »Du hast eben gesagt, du hast ihn angegriffen. Wen?«

Erneut ein tiefer Atemzug. »Einen Priester.«

Hunters Miene blieb unbewegt. Er wusste, dass emotionale Reaktionen seinerseits, und sei es nur ein erstaunter Gesichtsausdruck, das Ganze für sie nur noch schwerer gemacht hätten.

»Wir waren in irgendeiner Kirche, keine Ahnung, wo. Es war dunkel.

Der Priester hat vor mir auf dem Boden gekniet und geweint.« Sie trank einen Schluck von ihrer heißen Schokolade, und Hunter sah, wie ihre Hände zitterten. »Ich hab ihm was gezeigt … ein Stück Papier, glaube ich.«

»Ein Stück Papier?«, hakte Garcia nach.

Sie nickte.

»Könnte es ein Foto oder eine Zeichnung gewesen sein?«, fragte Hunter.

»Kann sein. Ich weiß nicht.«

Der Verkehr auf der East First Street nahm zu. Ein Fahrer würgte mitten auf der Straße den Motor seines Wagens ab, was ein Hupkonzert zur Folge hatte. Sie wartete, bis der Lärm sich gelegt hatte. »Ich hab's nie selbst gesehen, ich hab es nur dem Priester hingehalten.«

Hunter machte sich eine Notiz in seinem schwarzen Büchlein. »Was hast du dann gesehen?«

Sie zögerte kurz, als ergebe das, was sie im Begriff war zu sagen, überhaupt keinen Sinn. »Da war ein Hundekopf. Ich hab dem Priester einen Hundekopf gezeigt, und das hat ihn in Todesangst versetzt.«

»Woher hattest du den Hundekopf?« Die Frage kam von Garcia.

»Ich weiß nicht.« Sie schüttelte den Kopf. »Ich hatte ihn halt dabei.« Wieder zögerte sie. »Den Kopf und das Schwert, mit dem ich …« Ihre Stimme versickerte.

Hunter ließ ein paar Sekunden verstreichen, bevor er sie fragte, ob sie sich noch daran erinnern könne, in welcher Hand sie das Schwert gehalten habe.

»In der rechten«, sagte sie bestimmt.

»Kannst du dich an irgendwelche Besonderheiten erinnern? Hautfarbe? Ringe? Eine Uhr?«

Sie überlegte kurz. »Schwarze Handschuhe.«

Der Wind hatte aufgefrischt. Immer mehr schwarze Wolken ballten sich über ihnen zusammen. Es wurde kälter, aber das Mädchen schien dies gar nicht zu bemerken.

»Erinnerst du dich sonst noch an irgendwas?«

Sie nickte und sah Hunter direkt in die Augen. »Die Zahl Drei. Ich hab sie dem Priester auf die Brust geschrieben, nachdem ich ihn getötet hatte.«

Diesmal war es nicht der kalte Wind, der Garcia erschauern ließ.

Hunter hielt ihren Blick fest. Bis eben hätte Mollie sämtliche Informationen, die sie ihnen gegeben hatte, aus der Zeitung haben können. Die Geschichte, dass der Täter dem Opfer einen Zettel oder ein Foto gezeigt hatte, hätte sie sich ausgedacht haben können. Sie hatten keine Möglichkeit, es nachzuprüfen. Aber nicht die Sache mit der Zahl. Das hätte sie niemals wissen können.

»Als du zu uns gekommen bist«, brach Hunter das unangenehme Schweigen, »kurz bevor ich aus dem Vernehmungszimmer gegangen bin. Da hast du etwas zu mir gesagt, weißt du noch?«

Er bekam keine Antwort.

»Du hast gesagt: ›Er wusste von dem Feuer. Er hat gewusst, wovor sie Angst hat.‹ Erinnerst du dich noch daran?«

»Ja.«

»Was hast du damit gemeint?« Hunter schob seine leere Espressotasse zur Seite.

»Zuerst wusste ich das selbst nicht. Es war … ich konnte es gar nicht kontrollieren, die Worte kamen einfach aus meinem Mund. Aber kurz nachdem Sie weg waren, hab ich es gesehen. Und diesmal war es noch heftiger als beim letzten Mal.« Ihre Stimme schwankte kurz.

»Was hast du gesehen?«

»Eine Frau. Sie war an einen Stuhl gefesselt. Sie hatte Todesangst, genau wie der Priester, aber sie konnte nicht schreien.«

Garcia fuhr sich mit der Hand übers Kinn, als striche er sich über einen imaginären Bart. »Wieso nicht? War sie geknebelt?«

»Nein. Ihre Lippen waren …« Das Mädchen schüttelte den Kopf, als könnte sie ihren Worten selbst kaum glauben. »… zugeklebt.«

»Zugeklebt?«, wiederholte Hunter erstaunt. »Mit Sekundenkleber oder was?«

Sie nickte. »Und sie hatte irgendwas im Gesicht, irgendwas Klebriges, wie ein Gel.«

Auch das hätte sie niemals aus der Zeitung wissen können. Hunter stellte den Kragen seiner Lederjacke auf.

»Hast du das auch wieder in der ersten Person gesehen?«, hakte Garcia ein. »Als Mörder?«

»Ja.« Sie sah weg, als sei das Ganze ihre Schuld.

Hunter wollte der Sache mit dem Stück Papier weiter auf den Grund gehen. »Hast du der Frau auch einen Zettel gezeigt wie dem Priester?«

»Ja, aber ich konnte wieder nicht sehen, was es war.«

»Du hast gesagt, die Vision war noch heftiger als die davor – was genau meinst du damit?«, fragte Garcia.

Mollie schwieg einen Moment, und Hunter verstand ihr Zögern. Seit fast vier Jahren hatte sie keine Visionen mehr gehabt. Jetzt waren sie zurückgekehrt, und noch dazu in Form der brutalsten, grausamsten Morde, die Hunter je erlebt hatte.

Sie kniff die Augen zusammen. »Normalerweise haben meine Visionen keinen Ton, nur Bilder – aber diesmal war es anders.« Sie hielt inne. »Ich hab was zu der Frau gesagt.«

Hunter schwieg und ließ sie in ihrem eigenen Tempo fortfahren.

»Ich hab gesagt: *Willkommen in deinem Alptraum, Mandy …*«

Hunters Herz begann zu rasen.

»… *Ich weiß, wovor du Todesangst hast.*«

67

Die Worte waren so schockierend, dass es mehrere Sekunden dauerte, bis beide Detectives sie verarbeitet hatten.

»War es deine eigene Stimme?«, fragte Hunter schließlich, immer noch perplex, dass sie so viel über die Morde wusste. »Als du der Frau das gesagt hast, war es deine eigene Stimme oder die von jemand anderem?«

»Meine eigene«, flüsterte sie.

Garcia rieb sich heftig das Gesicht. Ihm fehlten die Worte.

»Irgendwoher wusste ich, dass die Frau auf dem Stuhl Angst vor Feuer hat«, fuhr das Mädchen fort. »Deswegen hab ich Ihnen das im Vernehmungsraum gesagt.«

Hunter lehnte sich auf seinem Stuhl zurück und dachte eine Weile über alles nach.

»Diese Visionen dauern nur ungefähr dreißig Sekunden, vielleicht eine Minute oder so. Ich weiß nicht, weshalb ich sie bekomme. Ich hab keine Ahnung, warum sie sich so real anfühlen. Und ich hab auch keine Ahnung, wieso ich bei diesen auf einmal kein Zuschauer mehr war wie sonst immer. Ich wünschte, ich wüsste es, aber …« Sie verstummte und wich Hunters Blicken aus. »Was ich damit sagen will, ist … wer auch immer dieser Killer ist, er kennt ihre Ängste.«

Klick, klick, klick. Die Person mit der Kamera auf der anderen Seite der East First Street schoss rasch hintereinander drei Bilder, ohne dass jemand etwas davon mitbekam.

»Gibst es sonst noch was, woran du dich aus diesen Visionen erinnerst, Mollie?«, fragte Garcia.

Die Augen des Mädchens weiteten sich vor Schreck. Für den Bruchteil einer Sekunde war sie wie erstarrt, dann griff sie nach ihrer Tasche.

Hunter streckte die Hand nach ihr aus. »Warte.«

Mollie sah ihn an, entriss ihm wütend ihre Hand und stand auf.

»Bitte. Hör mir doch zu.« Hunter und Garcia sprangen zur gleichen Zeit auf.

»Das war alles ein Riesenfehler.«

»Nein, das war es nicht.« Hunters Tonfall ließ keinen Zweifel an seiner Aufrichtigkeit. »Gib mir nur eine Minute, dann erkläre ich dir alles. Wenn du dann immer noch gehen willst, halten wir dich nicht auf, okay?«

Sie zögerte gerade lange genug, um Hunter die Möglichkeit zum Einhaken zu geben. »Ich hatte keine Ahnung, ob du dich je wieder bei uns melden würdest. Du bist gegangen, bevor einer der Officer die Gelegenheit hatte, dich nach deinen Kontaktdaten zu fragen. Du hast uns mit leeren Händen stehen lassen, also musste ich dem einzigen Hinweis nachgehen, den wir von dir hatten – deinem Akzent. Wir haben nach dir gesucht. Dein Name ist in der Vermisstenkartei aufgetaucht.«

Sie wurde starr.

»Dein Vater weiß nichts davon.«

Vorhin, als sie ihnen von ihren streng religiösen Eltern erzählt hatte, hatte sie sich hauptsächlich auf ihre Mutter konzentriert und ihren Vater kaum erwähnt. Und wenn einmal die Sprache auf ihn gekommen war, hatte sich ihr Körper unwillkürlich angespannt und sie war nervös auf ihrem Stuhl hin und her gerutscht. Hunter hatte sofort gemerkt, wie sehr sie sich vor ihm fürchtete.

»Und wir werden ihm auch nichts sagen«, beteuerte er.

Ihr Blick hielt Hunters noch eine Weile, bis er schließlich zu Garcia huschte. Der nickte und zwinkerte ihr verschwörerisch zu.

Ihre Haltung entspannte sich ein klein wenig.

»Ich versichere dir, Mollie, wir wollten dir nicht nachspionieren.« Hunter hielt inne. »Und wir könnten deine Hilfe wirklich gut gebrauchen.«

Der Mann vor ihr hatte etwas Besänftigendes, Vertrauen Einflößendes an sich. Der spannungsgeladene Moment verstrich, und sie setzte sich wieder hin. »Weshalb ich Sie heute angerufen hab …«

»Hattest du eine neue Vision?«, fragte Garcia.

»Nein. Keine Vision, einen Flash.«

Klick, klick, klick. Noch drei Fotos.

»Was meinst du damit, einen Flash?«

»Manchmal sehe ich ganz kurz Bilder aus einer meiner früheren Visionen. Irgendwas, was ich vorher nicht gesehen hab. Sie dauern nur ein paar Sekunden.«

»Solche Bilder nennt man residual«, sagte Hunter, ohne weiter ins Detail zu gehen.

Mollie sah ihn neugierig an.

»Er liest viel«, erklärte Garcia. »Und worum ging es in diesem Flash?«

»Um etwas, was ich gesagt hab.«

»Was du zu wem gesagt hast?« Die Frage kam von Hunter.

»Zu dem Priester. Kurz bevor ich ihn umgebracht habe.«

Klick, klick, klick.

»Aber du hast doch gesagt, dass die Vision über den Priester ohne Ton war«, sagte Garcia.

»War sie ja auch. Die Vision selber.«

»Aber der Flash nicht«, ergänzte Hunter.

Mollie nickte und stieß einen müden Seufzer aus.

»Und was hast du gesagt?«

Ein tiefer Atemzug.

»Sie werden alle sterben.«

68

Fünfzehn Tage vor dem ersten Mord

Er starrte sein Gesicht im Spiegel an und fuhr sich mit der Zunge über die trockenen, rissigen Lippen. Vier Jahre war es her, aber er sah aus, als wäre er in der Zeit um mindestens zehn Jahre gealtert. Scharfe Linien hatten sich in sein Gesicht gegraben, und die Augen schienen noch tiefer in ihre Höhlen gesunken zu sein. Aber jeder, der John Woods kannte, wusste, dass die Falten keine Zeichen seines Alters waren, sondern eines tiefen Kummers.

Nach dem Tod seiner Frau war er aus Huntingdon County weggezogen, nach York in South Central Pennsylvania. Er konnte nicht länger in Huntingdon bleiben. Alles an dem Ort erinnerte ihn an seine Tochter, deren dämonische Träume sein Leben vergiftet hatten wie ein Fluch.

Er klatschte sich eine Handvoll kaltes Wasser ins Gesicht und kämmte sich das, was noch von seinen schwarzen Haaren übrig war, hinter die Ohren. An diesem Abend fand in der mennonitischen Gemeinde von York und der angegliederten Schule eine vorweihnachtliche Wohltätigkeitsveranstaltung statt. Über dreihundert Schüler und Lehrer wurden erwartet.

John arbeitete als Hausmeister an der Schule und half Vater Laurence bei allen Tätigkeiten, die anfielen – ob es Klempnerarbeiten waren oder die Instandhaltung der Beete oder das Anbringen von Partydekoration. Die Feier sollte erst in einer Stunde beginnen, aber einige Eltern würden bereits früher kommen, weil sie Backwerk für den riesigen Kuchenbasar brachten, der in der Turnhalle stattfinden sollte. Johns Aufgabe war es, während der Feier für Sauberkeit auf den Toiletten zu sorgen.

Den Blick immer noch auf sein Spiegelbild gerichtet, bekreuzigte er sich und sprach ein rasches Gebet, bevor er die kleine Wohnung verließ, die er nur einen Straßenblock von der Schule entfernt angemietet hatte.

Vater Laurence hatte John gebeten, sich nach Möglichkeit nur um die Toiletten in der Turnhalle zu kümmern, denn dort würden sich alle Gäste aufhalten. Der Zutritt zum Hauptgebäude der Schule mit den Klassenräumen war offiziell verboten, aber John wusste, dass Schüler nichts lieber taten, als Regeln zu brechen.

Es war schon nach acht, als John den dunklen Korridor des Hauptgebäudes betrat. Nachdem er die zwei Toiletten im Erdgeschoss überprüft hatte, stieg er nach oben, um auch auf die im ersten Stock einen raschen Blick zu werfen. Er war diese Korridore schon so oft entlanggegangen, dass er keine Taschenlampe brauchte, obwohl es stockfinster war.

Als er sich der Tür zu den Toiletten näherte, hörte er Kichern von drinnen. Er verlangsamte seine Schritte und lauschte einen Moment lang. Es schienen wenigstens drei Stimmen zu sein, eine davon weiblich. Es brannte kein Licht, so dass John unbemerkt hineinschlüpfen konnte. Auf Zehenspitzen schlich er auf die letzte Kabine zu, aus der die Geräusche kamen.

Die Tür stand sperrangelweit offen, und im schwachen Licht eines Handydisplays sah er einen Jungen hinter einem Mädchen stehen, das vornübergebeugt dastand. Beide waren nackt, und der Junge schlug dem Mädchen auf den Hintern, während er heftig in sie hineinstieß. Beide stöhnten laut vor Lust.

John trug dunkle Hosen und ein dunkles Hemd, so dass er sich mühelos im Schatten verborgen halten konnte. Den Rücken fest an die Wand gepresst, trat er einen Schritt näher. Auf der Toilettenschüssel vor dem Mädchen saß ein zweiter Junge, der mit der Linken ein Handy in die Höhe hielt, während er mit der Rechten den Kopf des Mädchens in seinen Schoß drückte. Gierig nahm sie ihn in den Mund. Der Junge filmte alles.

John spürte, wie er hart wurde.

Irgendwann hob das Mädchen den Kopf. »Nick, jetzt steck du ihn mir hinten rein«, befahl sie, bevor sie sich zu dem Jungen hinter sich umdrehte. »Und das da will ich in meinem Mund haben.« Sie zeigte auf sein erigiertes Glied.

So leise er konnte, trat John zwei Schritte zurück. Er wollte sie auf keinen Fall stören.

Die beiden Jungs tauschten die Plätze, und alles ging von vorne los. Nick, der Junge, der jetzt hinter dem unersättlichen Mädchen stand, hielt immer noch sein Handy in der Hand. Ihr Stöhnen wurde immer lauter und drängender, und John wusste, dass sie jeden Moment kommen würde. Genau wie er.

Er zog sich in die übernächste Kabine zurück. Er musste sie nicht sehen – das Stöhnen des Mädchens war genug, um ihn verrückt zu machen. Er schloss die Augen und überließ sich seiner Phantasie und seiner Hand. Aber im Kopf sah er nicht die drei aus der Kabine. Alles, woran er denken konnte, waren Mollie und die Nächte, in denen er in ihr Zimmer gekommen war, um sie von den Versuchungen dieser Welt zu erlösen.

Mit dem Gedanken an seine Tochter brauchte John nur wenige Sekunden, bis er kam.

Danach saß er noch mehrere Minuten lang da und wartete, bis das Beben in seinem Körper nachließ. Als er sich genügend unter Kontrolle hatte, um aufzustehen, machte er sich sauber und verließ die Toilette genauso lautlos, wie er gekommen war. Die drei Schüler waren immer noch zugange.

»John!«, hörte er jemanden rufen, als er zurück in die Turnhalle kam.

Mit gesenktem Kopf, den Blick fest zu Boden gerichtet, ging er weiter und tat so, als hätte er nichts gehört.

»John Woods.« Eine Hand legte sich auf seine rechte Schulter. »Ich habe Sie gerufen, haben Sie mich nicht gehört?«

John fuhr herum, und seine Augen weiteten sich vor Erstaunen. Der alte Mann, der vor ihm stand, hatte dünne weiße Augenbrauen und ebensolche Haare, die er sich von links nach rechts über die Glatze gekämmt hatte. Die Knollennase, die rosigen Wangen und die milden Augen verliehen seinem Gesicht etwas unvergleichlich Warmherziges.

»Vater Lewis?«, sagte John und war einen Moment lang ganz aus der Fassung, bevor er die Rechte des alten Priesters in beide Hände nahm und küsste.

»Gott segne dich, mein Sohn.«

»Ich wusste gar nicht, dass Sie auch kommen wollten.«

»Es war eine ganz spontane Entscheidung.«

Vater Lewis war schon eine Ewigkeit lang Priester in der Kirche der Heiligen Dreifaltigkeit von Huntingdon. John Woods hatte sein ganzes Leben lang der Gemeinde angehört.

»Wie steht es um die Kirche, Vater?«

»Gut, John. Erst vor einem Jahr wurde ihr ein neuer Anstrich zuteil. Sie sollten uns mal besuchen kommen.«

Johns Blick verschleierte sich.

»Ich weiß, ich weiß«, sagte Vater Lewis, noch bevor John antworten konnte. »Die Erinnerung ist noch zu frisch, nicht wahr?«

Ein verhaltenes Nicken.

»Ich kenne Sie, seit Sie klein waren, John. Sie waren immer ein frommer Mann, und ich liebe Sie wie meine eigene Familie. Es schmerzt mich, dass Sie uns verlassen mussten, um mit Ihrem Verlust fertig zu werden.«

John konnte sich nicht dazu überwinden, dem Priester in die Augen zu sehen.

Vater Lewis schenkte ihm ein tröstendes Lächeln. »Aber ich bin hier, weil ich Ihnen eine frohe Nachricht überbringen will.«

Jetzt endlich sah John auf.

»Könnten wir vielleicht kurz nach draußen gehen? Hier drin ist es ein bisschen laut.«

Sie fanden ein ruhiges Plätzchen draußen vor der Sporthalle.

»Erinnern Sie sich noch an Sarah Matthews?«, wollte Vater Lewis wissen.

John kniff angestrengt die Augen zusammen.

»Klein, blonde Locken, große Augen – lacht jedes Mal schallend, wenn ich einen meiner nicht besonders komischen Witze erzähle?«, versuchte der Priester seinem Gedächtnis auf die Sprünge zu helfen.

John schüttelte den Kopf.

»Sie hat zu jedem Kuchenbasar Apple Pie mitgebracht. Hat eine Tochter. Emily, ein hübsches Ding.«

John lächelte. Ja, an Emily Matthews konnte er sich gut erinnern. Ein schlankes, großgewachsenes Mädchen, das mit ihren vierzehn Jahren wegen ihrer fraulichen Figur schon die Blicke aller Jungen auf sich zog. John wusste noch, wie sie ihn während des Sonntagsgottesdienstes angesehen hatte, so als wüsste sie ganz genau, dass sie ein böses Mädchen war. Als wollte sie, dass er sie von der fleischlichen Sünde befreite, wie er es mit Mollie tat.

»Ah, ja, jetzt erinnere ich mich«, sagte er und verbarg nur mit Mühe seine Erregung. »Die Frau mit den Apple Pies und dem lauten Lachen.«

»Genau.« Der Priester nickte. »Emily, ihre Tochter, ist vor ungefähr zwei Jahren nach Los Angeles gezogen. Sie wollte unbedingt auf die Schauspielschule.« Vater Lewis schüttelte missbilligend den Kopf. »Die Kinder heutzutage, sie haben nichts als Geld und Berühmtheit im Sinn, ganz egal was wir sie zu lehren versuchen.«

John enthielt sich eines Kommentars.

»Sie ist letztes Wochenende zurückgekommen, um Weihnachten mit ihrer Familie in Huntingdon zu verbringen. Ich habe mich nach dem Gottesdienst am Sonntag mit ihr unterhalten, und sie hat mir etwas gesagt, das ich Ihnen unbedingt sofort weitersagen musste. Vielleicht wird es Ihnen das Herz ein wenig leichter machen.«

John runzelte die Stirn. Er hatte keine Ahnung, worauf der Priester hinauswollte.

»Um die Miete zu bezahlen«, fuhr Vater Lewis fort, »hat Emily einen Job als Kellnerin in einem Diner in einer ziemlich belebten Gegend von Los Angeles angenommen.« Er hielt inne, als erfülle ihn das, was er als Nächstes sagen würde, mit unbändiger Freude. »Und sie schwört, dass sie Mollie letzte Woche gesehen hat!«

Johns Herz setzte einen Schlag aus. Entgeistert starrte er Vater Lewis an.

»Ich weiß.« Der Priester nickte heftig vor Freude. »Es ist schwer zu glauben, aber Emily sagt, sie sei sich ganz sicher gewesen. Direkt vor dem Diner, in dem sie arbeitet, ist eine Bushaltestelle, und dort hat sie Mollie gesehen. Offenbar hat sich Mollie kaum verändert, bis auf die Haare und eine kleine Narbe an der Lippe.«

John erinnerte sich an die Nacht, in der seine Tochter weggelaufen war. Die Narbe hatte er ihr beigebracht.

»Emily hatte keine Gelegenheit, sie anzusprechen. Sie hat gerade bedient, und als sie mit der Bestellung fertig war, war Mollie schon in den Bus gestiegen. Während der Schulzeit waren sie gut befreundet, wissen Sie noch?«

John spürte, wie ihm ein Zittern durch den ganzen Körper lief. Er konnte nicht sprechen.

»Sind das nicht wunderbare Neuigkeiten, John?« Der Priester strahlte über das ganze Gesicht. »Mollie lebt, und sie ist wohlauf! Ich war so überglücklich, als Emily mir davon erzählt hat, dass ich sofort zu Ihnen kommen und es Ihnen sagen musste. Ich weiß doch, wie viele Sorgen Sie sich um Ihre Tochter gemacht haben.«

Doch John hörte schon gar nicht mehr hin. Die Stimmen in seinem Kopf übertönten alles andere.

69

Es war früher Abend, als Hunter eine E-Mail mit einem Anhang erhielt, der die neuesten Laborergebnisse aus dem Rechtsmedizinischen Institut enthielt. Das Gemisch, mit dem der Täter Amanda Reillys Gesicht präpariert hatte, um den Effekt von geschmolzenem Wachs zu erzielen, war tatsächlich dem ähnlich, was Dr. Winston vermutet hatte, wenngleich nicht ganz dasselbe. Der Täter hatte eine Mischung aus Gummi und Petrolatum hergestellt, die die Konsistenz von weichem Gelee hatte. Wird dieses Gelee mit einer kleinen Menge Blei-Oleat vermischt, wird es zu einer gallertartigen Masse, die an der menschlichen Haut haftet und weder verläuft noch weich wird. Wenn man sie starker Hitze aussetzt, schmilzt die Mixtur, und je nach Hafteigenschaft der Masse kann sie einen Menschen beim Schmelzen gewissermaßen häuten. Die wachsartigen Klumpen auf Amanda Reillys Gesicht waren also eine Mischung aus ihrer eigenen Haut und dem geschmolzenen Gummi-Petrolatum-Gemisch.

»Wo könnte der Täter denn so ein Zeug herhaben?«, fragte Garcia, nachdem Hunter den Bericht laut vorgelesen hatte.

»Petrolatum ist letztendlich nichts anderes als Vaseline«, sagte Hunter. »Man kann es in jeder Drogerie kaufen. Blei-Oleat kann man übers Internet bestellen, und an das Gummi könnte der Täter gekommen sein, indem er zum Beispiel eine handelsübliche Halloween-Maske eingeschmolzen hat. Für die Herstellung des Gelees auf Amanda Reillys Gesicht brauchte er ja nicht viel.«

Garcia nickte geistesabwesend. Irgendetwas anderes schien ihn zu beschäftigen.

»Was stört dich?«, fragte Hunter und legte die ausgedruckte E-Mail auf den Schreibtisch.

Garcia zog sich die Haare im Nacken zu einem kurzen Pferdeschwanz zusammen. »Die Unterhaltung mit Mollie heute Morgen und alles, was sie uns gesagt hat. Als wäre sie dabei gewesen, als es passiert ist.«

»Und wie denkst du darüber?«, drängte Hunter seinen Kollegen zu einer Meinungsäußerung.

Garcia marschierte im Büro auf und ab. »Sie kannte zu viele Details über beide Tatorte, als dass es ein Schwindel sein könnte. Sie wusste von den

Zahlen. Ihr Alibi für beide Tatzeiten hat sich bestätigt. Ich will ganz ehrlich sein, Robert. Ich habe noch nie viel von diesem ganzen übersinnlichen Kram gehalten, aber falls sie nicht gerade weiß, wer der Killer ist, und mit ihm über die Morde geredet hat, glaube ich, dass du recht hast. Sie ist hellsichtig, und sie sagt die Wahrheit. Und wenn wir das akzeptieren, dann hat sie uns etwas gesagt, das wir bis jetzt noch nicht wussten.«

»Dass der Killer seinen Opfern ein Stück Papier gezeigt hat«, meinte Hunter.

Garcia nickte. »Wie du spekuliert hast, könnte es ein Bild oder ein Foto von einem Ort oder einer Person gewesen sein.«

»Was auch immer es ist«, sagte Hunter und sah Garcia an. »Wenn Mollie recht hat, dann ist es dieses Stück Papier, das die Opfer miteinander verbindet.«

70

Ein gedämpfter Klingelton signalisierte den Eingang einer neuen E-Mail auf Hunters Rechner. Mike Brindle hatte ihnen nun auch das Ergebnis der Blutuntersuchung zu den beiden Fotos vom Kaminsims geschickt. Hunter druckte auch diese E-Mail aus und überflog sie zunächst selbst, bevor er sie an seinen Partner weiterreichte.

»Der Täter hat auf beiden Fotos dasselbe Blut benutzt?«, sagte Garcia verblüfft.

Hunter nickte stumm.

»Macht das nicht deine Theorie zunichte, dass der Killer jedes Opfer mit dem Blut des vorangegangenen Opfers markiert?«

»Ganz und gar nicht.« Hunter ließ sich wieder auf seinen Schreibtischstuhl fallen und griff nach seiner Maus. *Klick, scroll, klick.*

Garcia wartete auf eine Erklärung, aber es kam keine. »Hast du vielleicht Lust, das näher zu erläutern?«

»Das waren ja nicht die wirklichen Opfer, es waren bloß Fotos von ihnen. Nehmen wir mal an, dass der Täter sein Opfer tötet und gerade genug Blut von ihm mitnimmt, um damit sein nächstes Opfer zu nummerieren. Er rechnet ja nicht damit, dass die Nummer abgewaschen wird oder sonst irgendwie verschwindet und er sie ein zweites Mal schreiben muss.« Hunter drückte ein paar Tasten. »Der Täter sieht sich also mit der Situation konfrontiert, dass er Fotos zu Hilfe nehmen muss, um die Opfer Nummer eins und zwei als seine eigenen zu reklamieren – aber er hat kein Blut mehr übrig.«

Garcia ließ sich die Erklärung seines Partners durch den Kopf gehen. »Also muss er umdisponieren und benutzt dasselbe Blut für beide Bilder.«

Hunter blieb wie angewurzelt stehen und drehte sich zu Garcia um. »Aber nicht das Blut von einem seiner Opfer«, murmelte er.

»Was?«

»Der Täter befand sich an einem Tatort, als er die beiden Fotos auf dem Kaminsims zurückgelassen hat.«

»Ja, und?«

»Also hätte er doch Amandas Blut nehmen können. Sie war unmittelbar verfügbar, und er hätte nicht viel benötigt, um zwei kleine Zahlen auf die Rückseiten der Fotos zu schreiben. Warum hat er nicht ihr Blut verwendet?«

Garcia schüttelte ratlos den Kopf.

»Oder er hätte Vater Fabians Blut benutzen können«, fuhr Hunter fort. »Er muss ja was dabeigehabt haben, um die Nummer 4 auf Amandas Rücken zu schreiben. Er hätte für beide Zahlen nur ein paar Tropfen gebraucht.«

Garcia kaute auf seiner Unterlippe herum. »Vielleicht hat er die Zahlen auf die Fotos geschrieben, bevor er zu dem Haus in Malibu gefahren ist«, meinte er schließlich.

»Okay, aber trotzdem hätte er doch Vater Fabians Blut nehmen können.«

»Vielleicht hatte er von den zwei Opfern davor noch Blut übrig.«

»Die Testergebnisse sind eindeutig: Es ist nicht Amandas Blut, es ist nicht Vater Fabians Blut, und es ist auch nicht dasselbe Blut wie das, das bei Vater Fabian verwendet wurde. Das der schwangeren Frau.«

»Also, wenn deine Schlussfolgerungen korrekt sind und der Täter tatsächlich immer das Blut des letzten Opfers nimmt, um damit sein nächstes Opfer zu markieren, dann stammt das Blut auf den Fotos nicht von einem der Opfer zwei, drei und vier.«

»Richtig.«

Garcia lehnte sich gegen seinen Schreibtisch. Er sah Hunter einen Moment lang scharf an. »Und dass das Blut von Opfer Nummer eins stammt, glaubst du anscheinend auch nicht.«

»Ich glaube, der Täter hebt immer nur eine winzige Menge Blut von seinen Opfern auf – gerade genug, damit er das nächste Opfer nummerieren kann. Falls danach noch Reste übrig sind, entsorgt er sie vermutlich irgendwie.«

Garcia kniff sich nachdenklich ins Kinn, seine Stirn war tief gerunzelt. »Aber die Frage ist doch: Warum macht er es überhaupt? Warum markiert der Täter ein Opfer mit dem Blut eines anderen?«

Urplötzlich weiteten sich Hunters Augen, und sein Herz begann schneller zu schlagen. »Er stellt eine Verbindung zwischen ihnen her.«

»Der Killer stellt eine Verbindung zwischen ihnen her?«

Hunter nickte eifrig. »Indem er ihr Blut nimmt, um die anderen Opfer zu markieren, stellt er eine Verbindung her zwischen Opfer eins und zwei, zwischen Opfer zwei und drei, und Opfer drei und vier. Vielleicht hatten sie alle irgendwas miteinander zu tun, das wissen wir noch nicht. Auf jeden Fall sagt uns der Täter, dass es eine Verbindung zwischen ihnen gibt.«

Garcia schwieg einen Moment, während ein neuer Gedanke sich in seinem Kopf formte. »Okay, dann habe ich zwei Fragen. Erstens: Wenn deine These korrekt ist, wessen Blut hat der Täter dann bei seinem ersten Opfer benutzt, da es ja kein früheres Opfer gab? Und zweitens: Wenn du nicht glaubst, dass das Blut von den Zahlen auf den Fotos von einem seiner Opfer stammt, woher stammt es dann?«

Hunter blieb am Fenster stehen und beobachtete einen Augenblick lang den dichten Verkehr unten auf der Straße. »Vielleicht ist die Antwort auf beide Fragen dieselbe.«

Garcia hob in fragender Erwartung die linke Augenbraue.

»Er hat sein eigenes Blut benutzt.«

71

Zwei Tage vor dem ersten Mord

Er läutete die Klingel neben dem Rezeptionsfenster eines heruntergekommenen Hotels in Lynwood im Süden von Los Angeles. Es war eines der Hotels, in denen man die Zimmer stunden-, tage- oder auch wochenweise mieten konnte. Alles war möglich, solange das Geld stimmte. Fragen wurden nicht gestellt.

Die Lobby war klein und vernachlässigt. Sie sah aus, als wäre seit Jahren nicht geputzt worden. An der Decke waren Wasserflecken zu sehen, der Teppich war übersät von Brandlöchern, Spinnweben hingen in jeder Ecke, und die Tapete löste sich von den Wänden. Er hatte immer gedacht, dass Schuppen wie dieser nur in alten Polizeifilmen existierten, aber es war genau das, wonach er gesucht hatte. Ein Ort, an dem er so gut wie unsichtbar war.

Erneut drückte er mehrmals hintereinander auf die Klingel.

»Schon gut, schon gut. Machen Sie sich nicht ins Hemd.«

Die träge, breite Südstaatenstimme kam von hinter der hölzernen Trennwand, die das Rezeptionsbüro in zwei Bereiche teilte. Wenige Sekunden später tauchte ein schwarzes Mädchen auf, das allerhöchstens achtzehn sein konnte. Sie trug enge Jeans, eine ärmellose gelbe Bluse und schien es sehr eilig zu haben. Hinter ihr kam ein ungeheuer fettleibiger Mann hinter der Wand hervor. Als sie die Tür des Büros aufschloss und in die enge Lobby hinaustrat, zwinkerte der Fette ihr anzüglich zu und rückte umständlich den Gummibund seiner Hose um seine ausufernde Taille zurecht.

»Nächste Woche krieg ich die Miete aber pünktlich, kapiert?«

Das Mädchen hielt den Blick auf den Boden geheftet und verschwand über die schmale Treppe nach oben.

»Was kann ich für Sie tun?«, fragte der Fette, nachdem er endlich ans Fenster getreten war. Er stank nach Knoblauch, und seine strähnigen, schütteren Haare hatten dringend eine Wäsche und einen Schnitt nötig.

»Ich brauche ein Zimmer.«

Der Fette reckte den Hals aus dem Fenster und sah sich in der Lobby um – sie war leer bis auf den kleinen Koffer, den der Mann neben sich stehen hatte. Wenn die Leute in diesem Hotel ein Zimmer wollten, dann hatten sie normalerweise ein oder zwei Nutten dabei.

»Fünf Mäuse die Stunde, oder, wenn Sie mal so richtig den Hengst machen wollen, geb ich Ihnen sechs Stunden für zwanzig.« Der Mann kratzte sich mit dem Nagel des rechten Zeigefingers etwas von den Zähnen.

»Ich brauche das Zimmer für ein paar Tage. Vielleicht auch noch länger.«

Der Fette runzelte die Stirn und musterte den knapp eins neunzig großen Gast argwöhnisch.

»Ich zahle bar.«

Der argwöhnische Gesichtsausdruck verschwand, nun da der Fette eine einmalige Gelegenheit gewittert hatte. »Wissen Sie, es ist nicht mehr lange bis Weihnachten, und wir sind ziemlich ausgebucht. Na ja, vielleicht lässt sich da noch was schieben.«

Der Gast wartete geduldig darauf, dass der Fette weitermachte.

»Wenn Sie 'ne ganze Woche bleiben wollen, kann ich Ihnen das Zimmer für …« Er machte eine Pause und tat so, als müsse er die korrekte Summe im Kopf ausrechnen. »… zweihundert Mäuse geben.«

Der Gast stieß ein raues Lachen aus, hob seinen Koffer vom Boden auf und wandte sich wortlos zur Tür.

»Halt, warten Sie!«, rief der Fette ihm hinterher. »Okay, ich sehe, Sie sind eine harte Nuss. Eine Woche für hundertfünfzig, wie klingt das?«

Der Mann überlegte sich das Angebot kurz, bevor er schließlich vierhundertfünfzig Dollar aus der Brieftasche zog.

»Ich bleibe drei Wochen. Bis Neujahr.«

Der Fette nahm das Geld und zählte es gierig. »Wenn Sie einen richtig guten Deal wollen, kann ich Ihnen auch einen Monat für fünfhundert geben. Das ist ein Superschnäppchen.«

Der Mann steckte seine Brieftasche wieder ein und starrte dem Fetten wortlos ins Gesicht.

»Okay, okay.« Dieser hob beschwichtigend die Hände und schob dann ein Gästebuch durch die Öffnung. »Tragen Sie einfach Ihren Namen ein, und das wär's.«

Der Mann rührte sich nicht.

Mehrere unangenehme Sekunden verstrichen.

»Okay«, sagte der Fette erneut, der die Miene des Mannes richtig gedeutet hatte. »Ich trag Sie als Jim Bob ein, in Ordnung? Damit sind Sie der dritte Jim Bob diese Woche.« Er kritzelte etwas ins Buch, warf es dann auf seinen unordentlichen Schreibtisch und schnappte sich einen Schlüssel. »Zimmer 34 B«, sagte er und händigte dem Mann den Schlüssel aus. »Zweiter Stock, zur Straße raus. Ist 'n Topzimmer. Eins unserer besten.« Sein Mund verzog sich zu einem Grinsen, das fleckige Zähne entblößte. »Wenn Sie 'n bisschen Spaß haben wollen« – er zwinkerte dem Gast auf dieselbe anzügliche Art und Weise zu wie kurz zuvor dem Mädchen –, »Mädels, Jungs … Sie wissen schon. Sagen Sie einfach Bescheid. Ich mach was für Sie klar.«

Doch der Mann schenkte dem Fetten keinerlei Beachtung mehr. Er war fertig mit ihm.

72

GARCIA WARF RASCH einen Blick auf die Uhr, als er seinen Honda vor dem alten Apartmentblock in Montebello in East L. A. parkte. Er blieb noch kurz im Wagen sitzen, ließ den Kopf gegen die Lehne sinken und sah zu den blinkenden Lichtern auf, mit denen viele der Fenster geschmückt waren und die dem ansonsten eher anonym wirkenden Gebäude ein wenig Seele einhauchten. Anna hatte das Fenster ihrer Wohnung im ersten Stock mit künstlichem Schnee, blauen Lichtern und einem alten Rudolph-Kuscheltier dekoriert. Dessen Nase war im Lauf der Jahre zu einem hellen Pink verblichen, aber dieser Rudolph war das liebste Erinnerungsstück aus ihrer Kindheit. Sie hatte ihn geschenkt bekommen, als sie vier Jahre alt gewesen war.

Garcia hatte seine Frau vom Büro aus angerufen, um ihr zu sagen, dass er an diesem Abend pünktlich zum Essen zu Hause sein werde – eine Seltenheit in den letzten Tagen. Anna und Carlos waren seit der zwölften Klasse ein Paar, und er hätte sich keine verständnisvollere Frau wünschen können. Sie wusste, wie viel ihm seine Arbeit als Detective bedeutete. Sie hatte mit eigenen Augen gesehen, wie hart er auf dieses Ziel hingearbeitet hatte und wie sehr er in seinem Beruf aufging. Sie verstand auch die Verpflichtungen und die Opfer, die seine Arbeit von ihm forderte, und sie akzeptierte sie fraglos. Doch trotz aller Stärke und allem, was Garcia ihr versichert hatte, hatte Anna manchmal Angst. Angst, dass eines Nachts das Telefon klingelte und jemand ihr mitteilte, dass ihr Mann nicht nach Hause kommen würde. Angst, dass die Abscheulichkeiten, die Carlos Tag für Tag mit ansehen musste, ihn tief in seinem Innern veränderten. Ganz gleich wie gesund die Seele eines Menschen ist, irgendwann kann er die Grausamkeiten nicht mehr verarbeiten. Irgendwann kann er die psychischen Belastungen nicht länger ertragen, ohne sich emotional abzuschotten. Sie hatte irgendwo darüber gelesen und zweifelte nicht im Geringsten daran.

Anna saß auf ihrem blauen Sofa, als Garcia mit einem Strauß Blumen und einer Flasche Weißwein ins Wohnzimmer kam. Sie sah von dem Buch auf, das sie gerade las, und schenkte ihm ein warmes Willkommenslächeln – ein Lächeln, das ihm jedes Mal sein Herz höherschlagen ließ und ihm weiche Knie verursachte.

Er lächelte zurück.

Anna war nicht hübsch im landläufigen Sinne, hatte aber etwas Faszinierendes an sich. Ihre kurzen schwarzen Haare passten perfekt zu ihren leicht schräg stehenden haselnussbraunen Augen und dem herzförmigen, fein geschnittenen Gesicht. Sie hatte helle, zarte Haut und die schlanke, durchtrainierte Figur einer Highschool-Cheerleaderin.

»Blumen?« Sie legte das Buch auf den Wohnzimmertisch und stand auf. »Gibt es einen Anlass?«

Garcia blickte sie an, und Anna sah etwas Trauriges in seinen Augen aufflackern. »Keinen besonderen. Mir ist nur klargeworden, dass es schon eine ganze Weile her ist, dass ich dir Blumen mitgebracht habe. Ich weiß ja, wie sehr du sie magst.«

Anna nahm ihm den Strauß ab und küsste ihn sanft. Sie überlegte kurz, ob sie ihn fragen sollte, ob wirklich alles in Ordnung war, wusste aber, dass sie dieselbe Antwort erhalten würde wie jedes Mal. Mit Carlos war immer alles in Ordnung. Egal was in seinem Kopf vorging, egal wie hart sein Tag gewesen war, er behelligte sie niemals mit seinen Problemen.

Um der Abneigung gegen gegrilltes Steak Rechnung zu tragen, die ihr Mann neuerdings entwickelt zu haben schien, hatte Anna eine Lasagne nach dem berühmten Rezept ihrer Großmutter zubereitet, und der Pinot Grigio, den Carlos mitgebracht hatte, passte ausgezeichnet dazu. Zum Nachtisch aßen sie Obstsalat mit Vanilleeis, und als sie fertig waren, half er ihr beim Abräumen. In der Küche drehte er das heiße Wasser auf und begann mit dem Abwasch, während Anna an dem kleinen Tisch saß und ihren Wein austrank.

»Kann ich dich was fragen, Babe?«, meinte er irgendwann beiläufig, ohne sie dabei anzusehen.

»Klar.«

»Glaubst du, dass manche Menschen Dinge sehen können, die anderen Menschen zustoßen, ohne dass sie selbst dabei sind?«

Sie runzelte die Stirn. »Was? Ich verstehe nicht ganz, was du meinst.«

Garcia war mit dem letzten Teller fertig, trocknete sich die Hände am geblümten Geschirrtuch ab und drehte sich zu seiner Frau um. »Na, du weißt schon. Manche Leute behaupten doch, dass sie Dinge sehen können. Dinge, die anderen Leuten passiert sind oder noch passieren werden. Sogar Leuten, die sie gar nicht kennen.«

»Meinst du Visionen?«, fragte sie gedehnt.

»Ja, so was in der Art. Oder Träume oder so.«

Anna nippte an ihrem Wein. »Also, ich muss schon sagen, das ist eine ziemlich merkwürdige Frage aus deinem Mund. Ich weiß doch genau, dass du an so was nicht glaubst – Mentalisten und Wahrsager und so weiter.«

Garcia setzte sich zu Anna und schenkte ihnen beiden noch Wein nach. »Und? Glaubst du an so was?«

73

ANNA SAH IHREN MANN AN und versuchte, aus seiner Miene schlau zu werden. Sie führten eine sehr ausgeglichene Beziehung, stritten sich selten und redeten offen über fast alles – nur über seine Arbeit oder die Fälle, mit denen er gerade befasst war, sagte Carlos freiwillig nie ein Wort. Aber Anna wusste auch so, dass hinter seiner Frage viel mehr steckte als bloße Neugier.

»Erinnerst du dich noch an Martha?«, sagte sie und lehnte sich zurück.

Garcia blinzelte.

»Dieses etwas seltsame Mädchen auf der Highschool. Kurze braune Haare, dicke Brille, furchtbare Klamotten. Sie hatte was von einer Einzelgängerin, saß in der Cafeteria immer ganz alleine irgendwo in der hintersten Ecke.«

»Sagt mir nichts«, musste Garcia gestehen.

»Sie war einen Jahrgang unter uns.« Anna schnippte mit den Fingern, als ihr etwas einfiel. »Sie war das Mädchen, das von diesen hochnäsigen Ziegen aus unserem Jahrgang mit Ketchup und Senf überschüttet wurde, weißt du noch? Bei dem Grillfest auf dem Footballfeld.«

»Gott, ja, daran erinnere ich mich«, sagte Garcia und riss die Augen auf. »Die Arme. Sie war von Kopf bis Fuß voll mit dem Zeug.« Er zögerte kurz. »Hast du ihr damals nicht geholfen?«

Anna nickte. »Ja, ich habe ihr ein paar Kleider geliehen und bin mit ihr zum Waschsalon gefahren. Ich musste ihr hoch und heilig versprechen, dass ich ihren Eltern nichts davon erzähle. Danach haben wir uns noch ein paar Mal unterhalten, aber sie war sehr verschlossen. Es war ziemlich schwer, mit ihr ins Gespräch zu kommen.«

»Okay«, drängte Garcia. »Was war mit ihr?«

Anna blickte in die Tiefen ihres Weinglases. »Es war im April 1994, zwei Tage bevor unsere Basketballmannschaft im Viertelfinale der State-Meisterschaften spielen sollte.«

Garcia spürte, wie sich in seinem Hals ein Kloß zu formen begann. »Gegen Oakland?«, fragte er rau.

Anna nickte langsam, den Blick nach wie vor auf das Glas geheftet. »Es war in der Mittagspause, und Martha saß wieder auf ihrem Platz ganz am Rand. Ich bin zu ihr rübergegangen, um hallo zu sagen, aber sie war noch verschlossener als sonst. Ich habe ein bisschen Smalltalk gemacht und sie gefragt, ob sie am Samstag auch zum Spiel kommt. Wir waren totale Außenseiter und konnten jede Unterstützung gut gebrauchen.«

Garcia beugte sich vor. Sein Interesse wuchs von Sekunde zu Sekunde.

»Martha hat mich angesehen, und ihr Blick hat mir einen Riesenschreck eingejagt. Ihre Augen waren auf einmal ganz anders – kalt, ohne jegliches Gefühl, wie zwei schwarze Löcher.« Anna fuhr sich nervös mit den Fingern über die Lippe. »Wie in Trance hat sie gesagt: *Es wird kein Spiel geben.*«

Garcia sah die Gänsehaut auf Annas Armen, und er nahm ihre Hand. Sie lächelte dünn, bevor sie fortfuhr.

»Ich habe sie gefragt, was sie damit meint. Das Spiel war überall angekündigt. Man konnte bei uns in der Schule keine fünf Schritte machen, ohne dass man irgendwo ein Plakat hängen sah. Wir hatten die beste Mädchen-Basketballmannschaft seit Jahren, das Spiel war unsere große Chance.« Wieder verstummte Anna und blickte Garcia mit glasigen Augen an. »Dann hat Martha gesagt: *Oakland wird nicht ankommen. Der Bus wird nicht ankommen.*«

Jetzt hatte auch Garcia eine Gänsehaut. Er konnte sich noch gut an das Jahr erinnern. Die Basketballmannschaft aus Oakland sollte einen Tag vor dem Spiel eintreffen. Irgendwo auf dem Westside Freeway war ihr Busfahrer am Steuer eingeschlafen. Der Bus wurde in einen Frontalzusammenprall mit einem Sattelschlepper verwickelt. Keines der Mädchen überlebte den Unfall.

»Mein Gott«, flüsterte Garcia und drückte Annas Hand. »Welcher Tag war das noch mal?«

»Der Tag, bevor es passiert ist.«

»Nicht im Ernst.«

Die Temperatur in ihrer Küche schien schlagartig um mehrere Grad gesunken zu sein.

»Deswegen hast du aufgehört zu spielen«, sagte er, als es ihm endlich klar wurde. »Es war nicht wegen dem Unfall an sich, sondern wegen dem, was dir diese Martha gesagt hat.«

Anna sagte nichts, aber Garcia wusste, dass er richtiglag.

»Danach habe ich nie wieder mit Martha gesprochen. Ein paar Wochen später hat sie die Schule gewechselt.«

»Du hast mir nie davon erzählt.«

»Ich habe niemandem davon erzählt.« Sie trank erneut von ihrem Wein.

»Irgendwie hat Martha gespürt, dass es passieren würde. Ich habe keine Ahnung, ob sie davon geträumt hat oder eine Vision hatte oder was auch immer. Aber sie hätte es niemals wissen können. Niemand hätte so was auch nur ahnen können.«

Garcia ließ Annas Hand los und trank schweigend sein Weinglas aus.

»Also, um deine Frage zu beantworten«, sagte sie und berührte ihn leicht am Arm. »Ja, ich glaube durchaus, dass es Leute gibt, die Dinge sehen oder spüren können, von denen normale Menschen nichts mitbekommen. Aber ganz bestimmt nicht die Leute, die hinten in der Zeitung inserieren. Die behaupten, sie könnten einem für ein paar hundert Dollar die Zukunft voraussagen. Das sind bloß Betrüger. Wenn sie wirklich in die Zukunft sehen könnten, würden sie nämlich in Las Vegas leben und in den Casinos abräumen.«

Garcia schmunzelte. »Gutes Argument.«

»Wieso fragst du denn, Schatz?«

Garcia schüttelte den Kopf und wich ihrem Blick aus. »Ach, nichts weiter.«

Irgendwie wusste Anna, dass sie von ihrem Mann niemals eine eingehendere Antwort erhalten würde.

74

Hunter wälzte sich im Bett. Wie er sich auch legte, es war unbequem. Als sein Blick den Digitalwecker auf dem Nachttisch streifte, stieß er einen leisen Fluch aus. Vier Uhr fünfundfünfzig, und er hatte bis jetzt nicht mal zwei Stunden geschlafen. In seinem eigenen Bett einzuschlafen war schon schwer genug. In einem fremden war es so gut wie unmöglich.

Er streckte sich und rieb sich den Schlaf aus den Augen, aber das brennende Gefühl wollte einfach nicht weggehen. Das Zimmer wurde nur von dem schwachen Lichtschein aus dem Flur erhellt, wo auf dem Telefontischchen eine kleine Glaslampe brannte.

Hunter hatte tags zuvor erst spätabends das Büro verlassen, und ihm war nicht danach zumute gewesen, gleich nach Hause zu fahren. So war er eine Zeitlang ziellos durch die Straßen gekurvt und hatte die beruhigende Wirkung des weihnachtlichen Lichterschmucks genossen. Am Hollywood Boulevard war Hunter schließlich im L Scorpion gelandet, einer ganz in Rot und Schwarz gehaltenen Bar mit Gothic-Thema und einer beeindruckenden Auswahl an Tequila und Scotch. Er hatte nicht vorgehabt, lange zu bleiben, und war in diesem Entschluss noch bestärkt worden, als eine große Blondine mit unglaublich verführerischen Lippen und aufsehenerregender Figur ihn versehentlich angerempelt und dabei sowohl ihren als auch seinen Drink über sein Hemd verschüttet hatte. Sie hatte sich tausendmal entschuldigt, und nachdem sie Hunter einen neuen Drink spendiert hatte, war es gekommen, wie es kommen musste, und jetzt lag er neben ihr in ihrem Bett.

Vorsichtig schlüpfte Hunter unter der Decke hervor. Seine Kleider lagen überall auf dem Fußboden verstreut, und er raffte sie zu einem unordentlichen Haufen zusammen. Von seinen Schuhen allerdings fehlte jede Spur. Er musste schmunzeln, als er sich daran erinnerte, mit welcher Ungeduld sie sich am Abend zuvor gegenseitig die Kleider vom Leib gerissen hatten. Sein Hemd hatte sogar ein paar Knöpfe verloren, so rabiat hatte sie es ihm über den Kopf gezerrt. Im Bett waren sie wild und laut gewesen – sehr laut. Hunter hoffte, dass die Wohnung der Blonden dicke Wände hatte. Andernfalls hätte sie es sich wohl auf längere Sicht mit ihren Nachbarn verscherzt.

Er ließ sich auf alle viere nieder und schaute unter dem Bett nach. Es war zu dunkel, als dass er etwas hätte sehen können.

»Hast du was verloren?« Obwohl ihre Stimme leise und sexy war, erschrak Hunter.

»Tut mir leid, dass ich dich geweckt habe«, flüsterte er. »Ich suche bloß nach meinen Schuhen.«

Sie lächelte und setzte sich auf, den Rücken gegen den Kopfteil des Betts gelehnt. »Hier auf dieser Seite.« Mit dem Kopf zeigte sie nach rechts.

Hunter rappelte sich auf. Ihre Augen blitzten, während sie sich auf seinen nackten Körper hefteten. Er ging um das Bett herum, und als er sich bückte, um seine Schuhe aufzuheben, streckte sie das rechte Bein unter der Decke hervor und strich mit ihrem kleinen, zarten und perfekt pedikürten Fuß langsam seinen Arm entlang. Er sah zu ihr auf.

»Du musst doch nicht jetzt sofort gehen, oder?«

Ihr Make-up war größtenteils verwischt, aber auch ungeschminkt war sie immer noch atemberaubend attraktiv. Ihre Augen waren so blau wie Hunters. Ihre kleine Nase zierten einige ganz entzückende Sommersprossen, die meisten davon wegen der perfekten Gesichtsbräune kaum wahrnehmbar. Sie bemerkte, wie Hunters Blick unauffällig zum Wecker glitt.

»Es ist doch noch früh. Es ist ja noch nicht mal hell«, wisperte sie und lächelte einladend.

Hunter überlegte einen Sekundenbruchteil, bevor er sich zu ihr herabbeugte und sie sanft auf den Mund küsste. Sie seufzte verführend, und er küsste sie erneut, diesmal heftiger und länger. Sie schob die Decke weg und zog Hunter auf sich, wobei ihr Stöhnen augenblicklich lauter wurde.

75

Captain Blake war gezwungen, das morgendliche Meeting auf den Nachmittag zu verschieben, weil sie zu einer Pressekonferenz musste. Diesmal ging es um den Slasher-Fall.

Hunter beschloss, noch einmal in die Kirche der Sieben Heiligen und danach zum Haus in Malibu zu fahren. Er hoffte, dass er einige der Beweggründe hinter der außergewöhnlichen Brutalität der Morde eher nachvollziehen konnte, wenn er eine Weile an den Tatorten allein war. Die meisten Tatorte sind wie Zeugen, wenn man sie nur zu lesen versteht. Sie offenbaren Geheimnisse über Opfer, Täter und Tathergang. Hunter war ein Meister im Lesen von Tatorten, er konnte Dinge spüren und Zeichen deuten, die den meisten Detectives gar nicht auffielen. Aber diese beiden Tatorte verrieten ihm gar nichts. Sie waren stumm, bis auf ein einziges Wort, das sie laut herausschrien: ANGST.

Außerdem nahm Hunter sich die Zeit, erneut Amanda Reillys Wohnung am Sunset Strip zu durchsuchen. Er sah sich in allen Zimmern um, im Wohnzimmer, in der Küche und im Eingangsbereich. Er schaute in jeder Schublade nach, in jedem Karton, jedem Schrank und jedem Regal. Er wusste nicht genau, was er zu finden hoffte. Ein Tagebuch vielleicht oder alte Fotos von ihr und ihren Freunden. Doch Amanda hatte nichts aufbewahrt. Ein wunderhübsch eingerichtetes Apartment mit zierlichen Möbeln, modernen Drucken an den Wänden und erlesenen Teppichen – aber ohne jede persönliche Note. Nicht mal ein Familienfoto. Die einzige Erkenntnis, die Hunter mitnahm, war die, dass Amanda Reilly eine sehr stolze, sehr ordentliche Frau gewesen war, die sich lieber nicht an ihre Vergangenheit erinnern wollte.

Es war bereits Nachmittag, als Hunter ins Dezernat zurückkam. Die Abteilung für IT-Recherchen des LAPD war in einem großen Raum im Untergeschoss des Parker Center untergebracht. Hopkins suchte gerade ein paar Ausdrucke zusammen, als Hunter und Garcia eintraten.

»Ich wollte gerade zu Ihnen hochkommen«, sagte Hopkins und winkte mit den Blättern.

»Dann haben wir Ihnen wohl den Weg erspart«, sagte Hunter und sah sich am Arbeitsplatz des jungen Officers um. Hopkins' winziger Schreibtisch stand in der hinteren Ecke des Raumes. Er war gerade groß genug, dass sein Monitor, die Tastatur und ein Telefon darauf Platz hatten.

»Ich sehe, man hat Sie an den Katzentisch verfrachtet.« Hunters Blick fiel auf Jack Kerley, den Leiter der IT-Abteilung.

»Hey, mehr war auf die Schnelle nicht zu machen«, erwiderte Jack, stand von seinem Platz auf und begrüßte Hunter und Garcia mit festem Händedruck. Sein kahlrasierter Schädel glänzte wie frisch poliert. »Robert, wie geht's?«

Hunter nickte, gab aber darüber hinaus keine Antwort.

Jack legte Hopkins eine Hand auf die linke Schulter. »Ziemlich gut, der Junge. Lernt schnell. Von seiner Sorte könnten wir hier unten noch ein paar mehr gebrauchen. Wir ersticken in Arbeit.«

Das Telefon auf seinem Schreibtisch schrillte.

»Was habe ich gesagt? Ich wette, das ist schon wieder die nächste Anfrage.« Schicksalsergeben kehrte er an seinen Arbeitsplatz zurück.

»Haben Sie irgendwas über Vater Fabians oder Amanda Reillys Hintergrund rausgefunden?« Hunter wandte sich Hopkins zu, der bereits eifrig in seinem Papierstapel blätterte.

»Die wohltätige Arbeit von Vater Fabian hat sich auf seine Gemeinde beschränkt, darüber hinaus hat er sich nicht engagiert. Bei Amanda Reilly gab es gar keine Hinweise auf gemeinnütziges Engagement oder Ähnliches. Ich habe nichts gefunden, wo sich in den letzten fünfzehn, zwanzig Jahren ihre Wege hätten kreuzen können.«

»Und davor?« Hunter lehnte sich gegen die Wand.

Hopkins schwieg, während er kurz seine Notizen sortierte. »Brett Stewart Nichols alias Vater Fabian ist in Compton aufgewachsen, wo er auch sein Leben lang geblieben ist. Er war auf der Compton High in der South Acacia Avenue. Nicht gerade ein Musterschüler. Seine Noten waren ziemlich mies. In den meisten Fächern hatte er bestenfalls ein Ausreichend, und den Abschluss hat er auch nur mit Hängen und Würgen geschafft. Und er war nicht nur ein schlechter Schüler, er war auch noch ein schwieriger Schüler – wenn Sie verstehen, was ich meine. Gewissermaßen ein Experte im Nachsitzen.« Hopkins suchte nach einem ganz bestimmten Blatt. »Da hätten wir: Provokation von Mitschülern, Vandalismus, Täuschungsversuch, Diebstahl von Prüfungsunterlagen – alles, was das Herz begehrt, und mehr. Schwer zu glauben, dass so jemand Priester geworden ist.«

»Wann hat er sich fürs Seminar beworben?«, wollte Hunter wissen.

»Eineinhalb Jahre nach dem Schulabschluss. Eine ziemlich radikale Kehrtwende für jemanden, der vorher so ein Problemkind war.«

»Ist er hier in L. A. aufs Priesterseminar gegangen?«

Hopkins warf einen Blick auf den Ausdruck. »Nein, er war auf dem St. John's Seminary College in Camarillo. Ich habe da angerufen, aber ohne einen richterlichen Beschluss rücken die nichts raus.«

»Ich denke nicht, dass wir seine Akte vom Seminar brauchen. Ist er regelmäßig zur Schule gegangen?«, fragte Hunter weiter.

»Gut, dass Sie fragen.« Hopkins lachte. »Kurz gesagt: nein. Schwänzen scheint seine Leidenschaft gewesen zu sein.«

»Darf ich das mal sehen?«, fragte Hunter und streckte die Hand aus. »Was ist mit Amanda Reilly?«

»Sie ist nicht auf dieselbe Schule gegangen, und sie hat auch nicht in Compton gewohnt. Sie war auf der Gardena Senior High.«

»Die Schule ist riesig«, merkte Garcia an.

»Sie hat in Gardena gewohnt?« Hunter sah auf.

Hopkins nickte. »Jedenfalls bis sie die Schule geschmissen hat und ins Immobiliengeschäft eingestiegen ist.«

»Moment mal.« Hunter hob die Hand. »Gardena ist gar nicht weit weg von Compton. Wie sieht es mit Amandas Anwesenheit aus?«

»Auch nicht gerade vorbildlich. Sie hat ziemlich oft geschwänzt, genau wie Brett.«

»Wie alt war sie, als sie von der Schule abgegangen ist?«

»Sie hat die zehnte zweimal nicht geschafft … achtzehn.«

»Ungefähr im selben Alter wie Vater Fabian«, verkündete Hunter. »Wo genau hat sie gewohnt?« Hunter trat zu dem großen Stadtplan von L. A. an der Wand.

Hopkins warf einen Blick auf seine Unterlagen. »South Ainsworth Street in Gardena.«

Hunter fand die Straße und steckte eine rote Nadel in den Stadtplan, bevor er einen Blick auf das Blatt mit den Informationen über Vater Fabian warf. Den Wohnort des Priesters markierte er mit einer blauen Nadel. Stumm starrten alle auf die Karte.

»Na, so was«, lautete Garcias verblüffter Kommentar. »Das ist nur sechs Straßen weiter.«

76

Garcia und Hopkins traten näher, um den Stadtplan genauer zu studieren. »Gleichaltrige Kids hängen oft zusammen rum. Vielleicht haben sie zur selben Clique gehört«, meinte Hopkins.

»Die meisten Bezirke in L. A. durchmischen sich kaum«, wandte Garcia ein. »Compton jedenfalls ganz bestimmt nicht. Schon gar nicht mit Gardena.«

Hunter neigte den Kopf zur Seite. »Stimmt, aber wir reden von vor fünfundzwanzig Jahren. Damals war es noch nicht so schlimm wie heute. Das Gang-Problem war auch noch nicht so ausgeprägt. Damals haben sich die verschiedenen Bezirke untereinander noch wesentlich besser vertragen.«

»Habe ich auch gehört«, sagte Hopkins.

Hunters Blick ruhte noch eine Weile auf dem Stadtplan, bevor er auf die Uhr sah. »Das ist die beste Spur, die wir haben, also sollten wir bei ihren ehemaligen Schulen vorbeifahren und sehen, was wir rausfinden können. Ein bisschen rumfragen, in den Archiven stöbern«, sagte er mit einer Geste in Richtung Hopkins, ihm auch das Blatt mit Amanda Reillys Daten zu geben.

»Soll ich vorher bei den Schulen anrufen?«, erbot sich Hopkins.

»Da werden Sie bestimmt nur von einem zum anderen weitergereicht. Außerdem gibt es vor Ort bestimmt ein paar Fotos, die wir uns ansehen können.« Hunter wandte sich an Garcia. »Ich übernehme die Schule von Vater Fabian in Compton, du übernimmst Amandas Highschool in Gardena, einverstanden?«

Garcia nickte.

»Ich bin immer noch dabei, die beiden Fotos aus dem Haus in Malibu mit den Vermisstenlisten und der Morddatenbank abzugleichen.« Hopkins ging zu seinem Computer, und nach ein paar Mausklicks erschienen die Bilder auf dem Schirm. »Bis jetzt noch keine Treffer.«

»Bleiben Sie dran«, sagte Hunter. Dann fiel ihm Hopkins' zweifelnde Miene auf. »Stimmt was nicht?«

»Ich habe über die Sache nachgedacht. Was, wenn die beiden schon vor längerer Zeit getötet wurden? Vielleicht schon vor Jahren?«, brachte Hopkins behutsam vor, die Augen auf die Fotos gerichtet. »Das würde auch erklären, warum sie bis jetzt noch nicht aufgetaucht sind und weshalb wir keine Verbindung zwischen ihnen finden. Vielleicht hat der Killer schon vor einiger Zeit angefangen zu töten und musste dann aus irgendeinem Grund aufhören. Und jetzt hat er wieder angefangen.« Nachdenklich drehte Hopkins seine Armbanduhr hin und her.

»Verdammt!«, rief Hunter. Er riss die Augen auf und sah angestrengt von Hopkins zum Bildschirm und wieder zurück.

»Habe ich was falsch gemacht?«, fragte Hopkins verunsichert.

»Die beiden wurden nicht schon vor langer Zeit ermordet«, verkündete Hunter energisch. »Sondern innerhalb der letzten fünf Monate.«

Garcia runzelte die Stirn. Er konnte seinem Partner nicht folgen. »Und woher willst du das wissen?«

»Die Uhr«, sagte Hunter und tippte auf den Bildschirm.

Garcia und Hopkins beugten sich vor und betrachteten mit zusammengekniffenen Augen die Armbanduhr am linken Handgelenk des Mannes, die aufgrund des Bildausschnitts nur halb zu sehen war. Nach wenigen Sekunden zuckte Garcia mit den Schultern.

»Man kann sie doch gar nicht richtig erkennen«, sagte er und richtete sich wieder auf. »Die Hälfte ist abgeschnitten.«

»Verdammt!«, rief nun auch Hopkins. »Das ist eine Special Edition zum NBA-Finaleinzug der L. A. Lakers! Die ist erst diesen Juli auf den Markt gekommen, nach dem Basketball-League-Finale im Juni.«

»Woher zum Geier wissen Sie das?«, fragte Garcia.

»Weil er dieselbe Uhr hat«, sagte Hunter, woraufhin sich alle Blicke auf Hopkins' Handgelenk richteten. »Rufen Sie in der Rechtsmedizin an. Besorgen Sie sich eine Liste mit allen persönlichen Gegenständen sämtlicher männlicher Leichen, die in den letzten acht Wochen eingeliefert wurden. Wenn wir die Uhr haben, haben wir auch Opfer Nummer eins.«

77

Früher am selben Abend

OBWOHL ER MÜDE GEWESEN WAR, hatte er nachts kaum geschlafen. Die lauten und anhaltenden Geräusche aus dem Nachbarzimmer hatten ihn jedes Mal, kaum dass er kurz eingenickt war, wieder aus dem Schlaf gerissen. Eigentlich hätte er mittlerweile daran gewöhnt sein müssen. Männer, die stöhnten und grunzten und schnauften wie verwundete Tiere, dazu schrille Frauenstimmen, die »Härter, Baby, härter!« quiekten. Nacht für Nacht hörte er den Lärm. Manchmal, wenn er davon aufwachte, dachte er zunächst, es wäre ein Erdbeben, weil die Nachbarn so heftig gegen die Wand stießen, dass der ganze Raum davon erzitterte. Aus irgendeinem Grund hatten die Schreie letzte Nacht noch lauter geklungen als sonst, und das Wummern war noch heftiger gewesen, fast brutal. Bis fünf Uhr morgens hatte es angedauert.

Er verließ das Hotel wie jeden Tag frühmorgens. Seine erste Anlaufstelle war immer die kleine Kirche ein paar Straßen weiter. Es erfüllte ihn mit Zorn, dass eine verkommene Absteige wie die, in der er untergekrochen war, in unmittelbarer Nähe eines Gotteshauses stand. Sobald er gefunden hatte, wonach er suchte, würde er nie wieder einen Fuß in diese Stadt setzen. Das war keine Stadt der Engel; es war die Stadt der Sünde. Die Stadt der Teufel.

Um neun Uhr morgens lag die Temperatur bei etwa zwölf Grad. Die meisten Leute auf der Straße hatten die Krägen ihrer Mäntel aufgestellt. Ein unrasierter Mann in einem fleckigen T-Shirt und zerrissener Jacke saß auf den Eingangsstufen eines leerstehenden Ladenlokals und suchte Schutz vor dem Wind. Er kratzte ausgiebig seinen strammen Bauch und trank einen Schluck aus einer Flasche, die in einer braunen Papiertüte steckte. Ihre Blicke trafen sich, und der Obdachlose streckte in der Hoffnung auf ein bisschen Kleingeld die Hand aus.

Der Mann spürte eine Woge des Zorns in sich aufwallen. Er krallte seine Finger fest um das Kruzifix in seiner Jackentasche und kämpfte gegen den übermächtigen Drang an, den Bettler zu schlagen und zu treten, bis das Blut spritzte. Bestimmt eine halbe Minute lang starrten sie einander an. Der

Mann spürte, wie die Haut seiner Handfläche aufplatzte, als die Kanten des Kreuzes sich in sein Fleisch gruben. Seine Hand war auf einmal klebrig vor Blut.

»Danke, Herr«, flüsterte er, bevor er schließlich den Blickkontakt mit dem Betrunkenen unterbrach und sich dazu zwang, weiterzugehen.

Er stand am Straßenrand und wartete, bis die Ampel grün wurde. Es herrschte dichter Verkehr. Seine Kehle war wie ausgedörrt, und er massierte sich den Nacken, drehte den Kopf von rechts nach links. Dabei fiel sein Blick zufällig auf die Auslage eines Zeitungskiosks, und er erstarrte. Mit offenem Mund blieb er stehen. Er konnte nicht glauben, was er sah. Er begann am ganzen Körper zu zittern, und das Herz hämmerte mit schmerzhafter Heftigkeit gegen seine Rippen. Jetzt war er sich ganz sicher: Gott war mit ihm.

78

MAN WIRD SICH KAUM eine größere Schule vorstellen können als die Gardena Senior High. Das Schulgelände nahm einen halben Straßenblock ein. Ganz offensichtlich wurde viel Wert auf Sport gelegt, denn es gab sage und schreibe dreißig Plätze für Tennis, Basketball und Volleyball; dazu kamen noch zwei Baseballfelder und das Footballfeld, das auch für Fußballspiele genutzt wurde. Dreißig Gebäude beherbergten insgesamt mehr als einhundert Klassenräume, und die schuleigene Bibliothek war besser ausgestattet als die Stadtbücherei von L. A.

Garcia stellte den Wagen auf einem der drei großen Parkplätze des Schulgeländes ab und meldete sich am Empfang. Die Schulsekretärin, eine exotische Schönheit Anfang dreißig, studierte seine Marke, wobei sie geflissentlich das Klingeln des Telefons ignorierte. Irgendwann hob sie den Blick, warf sich die langen schwarzen Haare nach hinten über die Schulter und musterte Garcia kurz, bevor sie in ihrem Terminkalender nachsah. »Direktor Kennedy hat heute ziemlich viel zu tun.«

»So ein Zufall, ich auch«, gab Garcia nicht unfreundlich zurück. »Ich verspreche, ich werde ihn nicht lange stören, aber ich muss unbedingt mit ihm sprechen.«

»Er hat gerade ein Elterngespräch, aber in fünf Minuten müsste er fertig sein.«

»Fünf Minuten kann ich warten.«

Sechs Minuten später bat Schulleiter Kevin Kennedy Garcia in sein Büro. Er war ein ernsthaft aussehender Mann Ende vierzig, so groß wie Garcia, aber stämmiger, mit schwarzen Haaren, die er nach Dracula-Art zurückgegelt hatte. Sein Gesicht war offen und vertrauenerweckend. Ein Gesicht, das Schüler respektierten. Er trug eine modische Brille mit fast unsichtbarem Rahmen und einen knitterfreien hellgrauen Anzug. Er begrüßte Garcia mit einem verbindlichen Lächeln und festem Händedruck.

»Bitte setzen Sie sich, Detective«, sagte er und deutete auf einen der schwarzen Ledersessel vor seinem großen Schreibtisch aus Rosenholz. Garcia sah sich in dem geräumigen Büro um. Bilder und gerahmte Zeugnisse zierten die Wände. Auf mehreren Regalen standen Dutzende kleiner primitiv anmutender Figuren. Links neben dem Schreibtisch standen zwei Metallaktenschränke. Das große Fenster ging auf den Schulhof hinaus. Kennedy stand daneben.

»Entschuldigen Sie bitte die Wartezeit«, sagte er mit einem freundlichen, aber leicht nervösen Lächeln. »Zwar haben wir schon seit fünf Tagen Weihnachtsferien, aber es geht immer noch drunter und drüber hier. Außerdem ist heute der letzte Tag fürs Kollegium, dadurch ist alles nur noch hektischer. Sie haben Glück, dass Sie heute gekommen sind. Morgen hätten Sie vor verschlossenen Türen gestanden. Also, wie kann ich Ihnen helfen, Detective?«

Garcia erzählte ihm von Amanda Reilly und erläuterte, dass sie unbedingt in Erfahrung bringen wollten, mit wem sie während ihrer Schulzeit auf der Gardena High befreundet gewesen war.

Schulleiter Kennedy betätigte ein paar Tasten auf seinem Computer und rückte den Monitor zurecht, so dass Garcia etwas sehen konnte.

»Den Großteil der Akten der früheren Studenten haben wir digitalisiert«, erklärte er. »Aber nicht alle. Zumindest noch nicht. Es ist ein ziemlich langwieriges und kostspieliges Verfahren, und wir brauchen Personal, wovon wir im Augenblick eher zu wenig als zu viel haben.« Erneut ein nervöses Lächeln. »Wie dem auch sei, wer ihre Freunde waren, steht ohnehin nicht in ihrer Akte. Das hier ist so ziemlich alles, was wir über Amanda Reilly haben.«

Garcia überflog die Daten auf Kennedys Bildschirm. Nichts, was Hopkins nicht schon herausgefunden hätte. »Was ist mit den alten Jahrbüchern?«, fragte er.

Kennedy schob sich die Brille auf der Nase hoch. Sein Gesichtsausdruck ließ Garcias Herz nicht gerade vor Hoffnung höherschlagen. »Bis vor kurzem hatten wir noch ein eigenes Regal für Jahrbücher in der Bibliothek«, sagte er. »Wir hatten ein Exemplar von jedem Jahrgang. Aber vor ein paar Jahren begannen sie plötzlich zu verschwinden.«

»Wurden sie gestohlen?«

»Vermutlich. Das Problem ist, dass einige der Schüler aus purer Gewohnheit stehlen. Es hat nichts damit zu tun, ob sie mit dem Gegenstand, den sie mitgehen lassen, auch wirklich etwas anfangen können oder nicht.«

Garcia lächelte milde.

»Es tut mir leid«, sagte Kennedy halb beschämt, als er sich daran erinnerte, dass er mit einem Detective sprach. »Ich nehme an, das wissen Sie selbst. Wie auch immer, die meisten unserer Jahrbücher sind weg.«

»Sie haben keine Ausgaben nachbestellt?«

»Doch, einmal.«

Garcia lehnte sich zurück. »Auch gestohlen?«

Kennedy nickte. »Danach wollten wir sie noch ein weiteres Mal nachbestellen, aber leider ist die Druckerei, die viele unserer frühen Jahrbücher produziert hatte, vor ein paar Jahren abgebrannt.«

Garcia stieß einen frustrierten Seufzer aus.

»Die meisten wurden gestohlen, aber nicht alle. Lassen Sie mich rasch nachfragen, vielleicht haben wir ja Glück.« Kennedy griff nach dem Telefon auf seinem Schreibtisch und wählte die Durchwahl der Bibliothek. Nach einem kurzen Gespräch legte er wieder auf. »Mrs Adams, unsere Bibliothekarin, sieht nach und gibt uns dann Bescheid. Kann ich Ihnen in der Zwischenzeit etwas zu trinken anbieten? Kaffee? Wasser?«

Garcia lehnte mit einem kurzen Kopfschütteln ab.

Das Telefon klingelte, und Kennedy nahm sofort ab. Diesmal beschränkte sich sein Anteil an der Unterhaltung auf »Aha« und »Verstehe«.

»Es tut mir leid.« Er schüttelte bedauernd den Kopf, nachdem er aufgelegt hatte. »Das gesamte Jahrzehnt ist weg, kein einziges Jahrbuch mehr da.«

Garcia kniff sich in die Nasenwurzel und fragte sich, was er als Nächstes tun sollte.

Wieder klingelte das Telefon. Kennedy entschuldigte sich und nahm ab. Er sah Garcia an und hob die Brauen. »Das ist eine gute Idee, Mrs Adams, ich danke Ihnen.«

»Es gibt noch Hoffnung?«, fragte Garcia.

»Mrs Adams hat vorgeschlagen, dass Sie sich mal in den Lagerräumen im Keller unseres Hauptgebäudes umsehen. Daran habe ich gar nicht gedacht. Dort bewahren wir alle möglichen alten Sachen auf. Mrs Adams meinte, es stehen noch massenhaft Kartons mit alten Aufnahmen vom Fotoclub herum. Die Bilder, die nicht in die Jahrbücher aufgenommen wurden.« Er lächelte zuversichtlich. »Ich würde sagen, das ist Ihre beste Chance.«

Garcias Miene hellte sich auf. »Wie komme ich in den Keller?«

»Sie müssten sich an Mr Davis wenden. Vielleicht hilft er Ihnen sogar beim Durchsehen. Er ist schon seit über vierzig Jahren der Hausmeister hier an der Gardena High. Er ist der Einzige, der den Schlüssel zu den alten Lagerräumen hat.«

»Wo finde ich ihn?«, fragte Garcia und erhob sich.

»Er wohnt hier auf dem Gelände, im Personaltrakt, Nummer 3c, wenn mich nicht alles täuscht.« Kennedy zeigte aus dem großen Fenster. »Sie können bei ihm klingeln, aber heute ist sein freier Tag. Falls er nicht zu Hause sein sollte, probieren Sie es im Roosevelt Memorial Park. Der ist nur fünf Minuten zu Fuß von hier.«

Garcia runzelte die Stirn. »Memorial Park?«

Kennedy nickte. »Seine Frau liegt dort. Er verbringt den Großteil seiner Freizeit dort und redet mit ihr.« Er zuckte mit den Schultern, als sei das eine ganz und gar schrullige Angewohnheit.

79

DARNELL DOUGLAS BEOBACHTETE, wie der Mann den rabenschwarzen Cadillac Escalade mit leuchtenden Augen betrachtete. Er war seit über fünfzehn Jahren Autoverkäufer, und wenn er auf etwas stolz sein konnte, dann auf seine Fähigkeit, mit einem einzigen Blick die ernstzunehmenden Käufer von den Gaffern zu unterscheiden, die sich bloß umschauen wollten. Und der große Mann im dunklen, eleganten Mantel *war* ein ernstzunehmender Käufer.

Rasch überprüfte Darnell seine Erscheinung in der Reflexion des Ladenfensters. Er war ein gut aussehender Afroamerikaner mit rasiertem Schädel und perfekt gestutztem Ziegenbärtchen, das sein markantes Kinn betonte. Er rückte seine blauweiß karierte Krawatte zurecht und strebte auf den Kunden zu.

Der gehört mir.

»Ein Prachtstück, nicht wahr?«, sagte er und bedachte den Kunden mit einem freundlichen, aber nicht zu dienstbeflissenen Lächeln.

Der Mann nickte und ging um den Wagen herum zur Motorhaube.

»Er hat nur viertausend Meilen auf dem Tacho. Der Vorbesitzer musste ihn verkaufen. Finanzielle Schwierigkeiten.«

Der Kunde ging zur Fahrertür und öffnete sie. Sowohl außen als auch innen war der Wagen in exzellentem Zustand.

»Er hat noch diesen Neuwagengeruch, riechen Sie das?«, fragte Darnell, blieb aber auf Distanz. Er wusste, dass Käufer es nicht gerne hatten, wenn sie bedrängt wurden. Deshalb wartete er auch noch ein paar Sekunden, bevor er mit der nächsten Information herausrückte. »Es ist gewissermaßen ein Neuwagen zum Preis eines Gebrauchten.«

»Darf ich mich mal reinsetzen?«, fragte der Mann schließlich mit deutlich hörbarem texanischem Akzent.

»Aber sicher doch. Ich sage Ihnen, Sie werden kein Auto finden, das so bequem ist. Der Cadillac ist der amerikanische Rolls-Royce.«

Der Mann glitt auf den Fahrersitz und umfasste mit beiden Händen das Lenkrad wie ein Kind, das sein neues Spielzeug ausprobiert. Ein zufriedenes Lächeln erschien auf seinen Lippen, und Darnell wusste, dass er ihn an der Angel hatte.

»Wie viel verbraucht er denn?«, erkundigte sich der Mann, die Hände immer noch am Lenkrad.

»Auf hundert Meilen dreißig Liter in der Stadt, zwanzig auf dem Highway.«

»Tatsächlich?«

»Ich verspreche Ihnen: Dieser Knabe geht ordentlich ab.«

Schon war das Lächeln auf das Gesicht des Mannes zurückgekehrt.

»Ich sage Ihnen was«, meinte Darnell und trat auf die geöffnete Fahrertür zu. »Ich hole den Wagenschlüssel, und dann machen wir mit dem Baby eine kleine Spritztour, wie wäre das?«

Der Mann zögerte einen Augenblick, dann sagte er: »In Ordnung«, und nickte.

»Wunderbar. Ich bin gleich wieder da, Mr …?«

»Turner.« Der Mann streckte die Rechte aus. »Ryan Turner.«

80

Eine geschlagene Minute lang klopfte Garcia an die Tür zu Nummer 3c – ohne Erfolg. Der Roosevelt Memorial Park lag mehr oder weniger direkt auf der anderen Straßenseite. Da Kennedy ihm Mr Davis beschrieben hatte, brauchte Garcia nicht lange, bis er den sanftmütig aussehenden Mann Ende sechzig gefunden hatte, der ganz allein auf einer Steinbank mit Blick auf einen Rosengarten saß. Er trug einen Schlapphut, der Garcia an seinen eigenen Großvater erinnerte, und seine Lippen bewegten sich unablässig, während er etwas murmelte, das nur er selbst hören konnte.

»Mr Davis?«, sagte Garcia und trat auf die Bank zu.

Als er seinen Namen hörte, sah der alte Mann erstaunt auf. Er sah Garcia vor sich stehen und kniff die Augen zusammen, als blicke er in die Sonne, während er sein Gedächtnis nach dem unbekannten Gesicht durchforstete.

»Ich bin Carlos Garcia.«

Die Augen verengten sich noch ein Stück weiter. Jetzt versuchte der Alte sich offenbar an den Namen zu erinnern.

Garcia erlöste ihn. »Sie kennen mich nicht«, sagte er und zeigte seine Marke vor. »Ich bin Detective beim LAPD.« Dass er beim Morddezernat arbeitete, ließ er fürs Erste unerwähnt. Das machte die meisten Leute nur nervös.

»Ist irgendwas passiert?«, fragte Mr Davis mit leicht schwankender Stimme. »Hat es in der Schule einen Unfall gegeben?«

Die Sorge in seinen Augen rührte Garcia. Er schenkte dem Mann ein freundliches Lächeln und sagte ihm, dass er sich keine Sorgen machen müsse. Dann erläuterte er den Grund seines überraschenden Besuchs, ohne jedoch zu erwähnen, dass Amanda Reilly ermordet worden war.

»Mr Kennedy hat mir gesagt, dass Sie den Schlüssel zu den Lagerräumen haben und mir vielleicht sogar dabei helfen würden, die alten Fotos durchzusehen.«

»Ich helfe gern, wenn ich kann.« Der alte Mann nickte, bevor er mühsam von der Bank aufstand. Sein Blick schweifte über den Rosengarten, und er hob eine mit Leberflecken übersäte Hand zum Gruß. »Mach's gut, Bella. Übermorgen sehen wir uns wieder.«

In dem großen Rosengarten im Roosevelt Memorial Park können Hinterbliebene die Asche ihrer Verstorbenen verstreuen. Garcia nickte respektvoll, als wolle auch er sich verabschieden.

Die Lagerräume befanden sich ganz am Ende eines langen, schwach beleuchteten Kellerflurs im Hauptgebäude der Gardena Senior High. Die Spinnweben und der muffige Geruch von altem Staub waren ein klares Anzeichen dafür, dass nicht viele Leute den Weg in diese Gefilde fanden.

Mr Davis schloss die Tür zum Hauptlagerraum auf und öffnete sie. »Die meisten alten Kisten mit Fotos sind hier drin«, sagte er und betätigte den Lichtschalter.

Sie standen in der Tür eines großen Raumes, der vollgestellt war mit alten Pulten und Stühlen, ausgemusterten Turngeräten und hunderten von Pappkartons, die sich an drei der vier Wänden auf hölzernen Regalen stapelten. Auf allem lag eine dicke Staubschicht, und hier drin war der muffige Geruch aus dem Flur noch fünfmal schlimmer. Die nackten Glühbirnen, die an dünnen Kabeln von der Decke hingen, waren trübe und gaben nur wenig Licht ab.

Garcia musste mehrmals husten und wedelte mit der Hand wie mit einem Fächer vor dem Gesicht herum, wodurch er allerdings nur noch mehr Staub aufwirbelte. »Du meine Güte«, seufzte er entmutigt, als sein Blick über die Reihen der Kartons glitt. »Wo sollen wir denn da bloß anfangen?«

Mr Davis lächelte ihm aufmunternd zu. »So schlimm, wie es aussieht, ist es gar nicht. Ich habe viele meiner freien Tage hier unten zugebracht und versucht, den ganzen alten Kram ein bisschen zu ordnen.«

Garcia hob eine Braue.

»Müßiggang liegt mir nicht.« Zielstrebig bahnte er sich seinen Weg zwischen den zahlreichen kaputten alten Pulten hindurch. »So hat man wenigstens immer was zu tun.« Er zuckte mit den Schultern.

In dem feuchten, kalten Raum schmerzten Garcias Hände, und er rieb sich kurz über die Narben an seinen Handflächen.

»Nach welchem Jahrgang suchen wir denn?«, wollte Mr Davis wissen und ging auf die Kartons an der östlichen Seite des Raumes zu.

»Sie hat die Schule 1985 verlassen.«

Mr Davis' Blick flog über die Kartons. »Das müsste dahinten ganz am Ende sein.« Er zeigte auf die gegenüberliegende Wand.

Es dauerte nicht lange, bis Garcia die vier großen Kisten mit der Aufschrift »1985« gefunden hatte. »Da wären wir.« Er hob sie aus dem Regal und stellte sie auf dem Boden ab. Aus seiner Hosentasche zog er ein Foto von Amanda Reilly, das Tania Riggs ihnen gegeben hatte. »Das ist das einzige Bild, das ich von Amanda habe. Es wurde vor einem Jahr aufgenommen. Wir können nur hoffen, dass sie sich im Laufe der Jahre nicht allzu sehr verändert hat.«

Der alte Mann nahm das Foto und betrachtete es eine Zeitlang. »Sie kommt mir tatsächlich bekannt vor«, sagte er und nickte.

In den vier Kisten mussten insgesamt mindestens zweitausend Fotos sein, mutmaßte Garcia. Einzelporträts, Gruppenfotos, Fotos der einzelnen Jahrgänge und unzählige Schnappschüsse von Schülern während der Pause, beim Sport, beim Lernen und beim Mittagessen. Einige waren ganz eindeutig gestellt, auf anderen hatten die Fotografen die Schüler ganz spontan eingefangen, wie sie lachten, stritten oder weinten.

Garcia und Mr Davis begannen mit der Sichtung. Es war eine mühselige Angelegenheit, jedes einzelne Foto zu studieren und darauf jemanden zu identifizieren, den sie nie leibhaftig gesehen hatten. Hin und wieder hielt der Hausmeister in seiner Arbeit inne, wenn sich eine Erinnerung in ihm regte, und dann erzählte er Garcia eine kleine Anekdote über die Schüler auf dem Bild.

Mehrere Stunden hatten sie schon dagesessen und die Fotos durchforstet, als Mr Davis plötzlich innehielt und eins mit zusammengekniffenen Augen dicht vors Gesicht hielt.

»Zeigen Sie mir noch mal Ihr Bild von dieser Amanda«, sagte er und streckte die Hand aus.

Garcia reichte ihm das Foto und wartete ungeduldig.

»Hier ist sie«, verkündete Mr Davis nach wenigen Sekunden triumphierend. Er gab Garcia beide Fotos. Das Bild, das er gefunden hatte, zeigte eine Gruppe von vier Mädchen, nach der damals neuesten Mode gekleidet und aufwendig geschminkt. Zwei lachten, eine hatte einen leicht verwunderten Gesichtsausdruck, die vierte stand etwas abseits und blickte zu Boden. Im Hintergrund konnte man einen der Sportplätze erkennen, auf dem gerade ein paar Schüler Basketball spielten. Garcia musste nicht erst nachfragen, welches der vier Mädchen Amanda war. Sie hatte sich verändert, aber es bestand kein Zweifel. Jede war auf ihre eigene Art hübsch, aber das zweite Mädchen von links überstrahlte sie alle. Eine leichte Brise wehte ihr die schulterlangen blonden Haare aus dem Gesicht. Sie war eines der zwei Mädchen, die lachten, und selbst auf dem uralten Foto wirkte ihr Lachen ansteckend.

»An die Clique kann ich mich noch gut erinnern«, sagte Mr Davis mit einem wehmütigen Lächeln. »Sie waren unzertrennlich, und die Jungs …« Er schüttelte den Kopf, und sein Lächeln wurde breiter, als die Erinnerung zurückkam. »… die waren ganz vernarrt in sie. Aber die Mädels wollten nichts von ihnen wissen.«

»Was meinen Sie? Hatten sie keine Freunde?«

»O doch, aber wenn meine Erinnerung mich nicht trügt, waren es keine Jungs von dieser Schule. Sie waren alle älter, glaube ich.«

»Können Sie sich noch an die Namen der Mädchen erinnern?«

Mr Davis lachte. »Ich habe ein gutes Gedächtnis, Detective, aber so gut ist es auch wieder nicht.«

Garcia nickte und wandte seine Aufmerksamkeit dann wieder dem Bild zu. »Ich werd verrückt«, stieß er kurz darauf hervor.

»Was denn? Ist irgendwas?«, fragte Mr Davis und reckte den Hals.

»Sie haben nicht zufällig ein Vergrößerungsglas dabei?«, fragte Garcia, ohne den Blick zu heben.

Der alte Mann lächelte und zog ein altmodisches Schweizer Taschenmesser von seinem Gürtel. Es enthielt alles, was man sich nur vorstellen konnte: eine kleine Zange, einen Schraubenzieher, Korkenzieher – und auch eine winzige Lupe. »Ich wusste, dass ich das Ding eines Tages noch mal brauchen würde.« Er reichte Garcia das aufgeklappte Messer, der sich die Lupe vors Auge hielt und lange auf das Foto starrte. Sein Mund wurde trocken.

»Gottverdammt!«

81

SIE FUHREN DIE YUKON AVENUE ENTLANG und bogen dann links auf den Artesia Boulevard ein. Darnell Douglas war am Steuer. Ryan Turner saß entspannt auf dem Beifahrersitz und betrachtete den Innenraum des Wagens.

»Ziemlich geschmeidig«, meinte er beiläufig.

»Absolut. Das ist ein V8, 6,2-Liter-Motor – so geschmeidig wie alter Whisky.« Darnell warf einen kurzen Seitenblick auf Turner. »Trinken Sie, Ryan?«

»Hin und wieder genieße ich einen guten Whisky, ja.«

»Ich sage Ihnen, den Wagen hier werden Sie noch viel mehr genießen.«

»Bestimmt.«

Darnell wusste, dass es Zeit war für den nächsten Schritt: Lässigkeit demonstrieren. »Ich sage Ihnen was, Ryan.« Er fuhr rechts ran und hielt am Straßenrand. »Eigentlich darf ich das nicht, weil wir dafür das Formular noch nicht ausgefüllt haben, aber Sie müssen dieses Baby unbedingt selbst fahren, um ein Gefühl dafür zu bekommen.«

Turner hob überrascht die Brauen.

Die »Netter Verkäufer, der die Regeln bricht«-Masche zog immer. Es war die Illusion von Kumpelhaftigkeit, auf die jeder Mann ansprang. Freundschaft. Vertrauen.

»Wir können den San Diego Freeway nehmen, dann können Sie mal richtig Gas geben.«

»Sind Sie sicher?« Turner schien zu zögern.

»Klar, warum nicht? Ich glaube, ich kann Ihnen vertrauen.«

Turner hielt Darnells Blick einige Sekunden lang fest.

»Im Ernst, wenn der Wagen hier Sie nicht umhaut, dann schafft es keiner.«

»Okay.« Ryan nickte, bevor er die Beifahrertür öffnete, ausstieg und hinten um den Wagen herumging, um ein paar Sekunden zusätzlich herauszuschinden.

Den habe ich im Sack, dachte Darnell.

»Und? Was machen Sie beruflich, Ryan?«, erkundigte er sich, als Ryan sich hinters Steuer setzte.

»Ich bin Arzt.« Er ließ den Sicherheitsgurt einrasten.

»Wow.«

»Anästhesist.«

»Uuh!« Darnells ganzer Körper schüttelte sich vor Schaudern.

»Stimmt was nicht?«

Darnell verzog das Gesicht. »Ich hasse Spritzen. Wenn ich eine Nadel sehe, gerate ich total in Panik.«

Ryans Finger schlossen sich um etwas in seiner Manteltasche. »Ja …« Er sah Darnell direkt in die Augen. Seine Stimme war auf einmal ganz kehlig geworden. »Ich weiß.«

Es heißt, wenn ein Mensch in Gefahr schwebt, gleicht er jedem anderen Tier. Wir können sie spüren. Ein primitiver Instinkt warnt uns. Und etwas in Darnell schrie auf ihn ein, schleunigst aus dem Wagen auszusteigen.

Ryan drückte den Knopf für die Zentralverriegelung hinunter und lächelte.

»Soll ich dir etwas verraten?«, flüsterte er. »Ich weiß, wovor du Todesangst hast.«

82

ANDERS ALS GARCIA hatte Hunter an der Compton High keine Probleme, ein Jahrbuch von 1985 – Vater Fabians Abschlussjahr – aufzutreiben. Darüber hinaus grub er auch noch einige seiner alten Zeugnisse und Akten aus. Als Schüler war der Priester allein in der elften Klasse siebenmal vom Unterricht suspendiert worden. Besonders interessant daran war, dass alle sieben Suspendierungen von derselben Lehrerin beantragt worden waren – einer Mrs Patricia Reed, die Algebra 2 unterrichtet hatte. Den Zeugnissen nach war es Bretts schlechtestes Fach gewesen. Lehrer behielten in der Regel ihre schlechten Schüler länger im Gedächtnis als ihre guten. Wenn sich also irgendjemand noch an Brett Stewart Nichols erinnern konnte, dann garantiert Patricia Reed.

Der Himmel war bereits dunkel, als Hunter zurück aufs Revier kam. Garcia war erst wenige Minuten vor ihm eingetroffen und stand vor der Pinnwand, wo er aufmerksam eines der Fotos betrachtete. Als Hunter eintrat, drehte er sich zu ihm um.

»Du ahnst nicht, was ich gefunden habe!« Seine Stimme klang erregt, als er Hunter mit dem Foto vor der Nase herumwedelte.

Hunter sah ihn fragend an und trat auf ihn zu.

»Das hier habe ich aus einem alten Lagerraum der Gardena High.« Garcia reichte Hunter das Foto.

»Aus einem Lagerraum?«

In knappen Worten fasste Garcia für Hunter seine Erlebnisse an der Gardena High zusammen, bevor er mit dem Zeigefinger auf das Foto einstach. »Die Zweite von links.«

Hunter musterte das Mädchen. Er brauchte nicht lange, um sie zu erkennen. »Amanda Reilly.«

»Ganz genau.« Garcia angelte sich eine altmodische Lupe von seinem Schreibtisch und reichte sie Hunter. »Aber das ist noch nicht alles. Sieh dir mal das Mädchen ganz rechts an – die, die so verdutzt aussieht.«

Erneut studierte Hunter das Bild, diesmal länger. An dem Mädchen war nichts Besonderes, und er wollte Garcia gerade fragen, worauf er hinauswollte, als er stutzte.

»Das kann doch nicht wahr sein.«

»Na, kommt sie dir bekannt vor?«, fragte Garcia und hob die Brauen.

Hunter ging zur Pinnwand und nahm das Foto der Frau ab, das sie auf dem Kamin des Hauses in Malibu gefunden hatten. Das mit der Zahl 2 auf der Rückseite. Er nahm es mit zu seinem Schreibtisch und legte es neben das Foto mit den vier Mädchen. Sein Blick sprang mehrmals von einem zum anderen, bis er zu Garcia aufsah. »Das ist sie.«

Garcia nickte bestätigend. »Ich war mir auch ziemlich sicher, ich hatte bloß das Foto nicht dabei, deswegen musste ich noch mal herkommen, um sie miteinander zu vergleichen. Jetzt bin ich mir ganz sicher. Sie waren auf derselben Schule, Robert. Amanda und das mutmaßliche zweite Opfer waren Freundinnen.«

»Wie heißt sie? Wer ist sie?«

»Das weiß ich leider noch nicht. Wegen der fehlenden Jahrbücher. Vielleicht hat die Schule ein Jahrgangsfoto, da müsste ich noch mal nachfragen. Wie gesagt, ich wollte erst nachprüfen, ob ich recht habe, und als ich aus dem Keller rauskam, war ohnehin schon niemand mehr da. Heute war der letzte Tag vor den Weihnachtsferien.« Garcia ging zu seinem Schreibtisch zurück. »Wenn sie ein solches Foto haben und es nicht gestohlen wurde, dann ist es wahrscheinlich in der Bibliothek.«

»Hat dieser Mr Davis nicht den Schlüssel?«

»Vermutlich, aber ich hätte ja gar nicht gewusst, wo ich anfangen soll. Die Bibliothek ist riesig. Ich hätte nur meine Zeit vergeudet. Wir brauchen die Bibliothekarin oder jemand anderen, der da arbeitet, und ab heute sind alle in den Weihnachtsferien.«

Hunter überlegte. »Gut, dann lass uns versuchen, noch mal den Schulleiter an die Strippe zu bekommen oder sonst jemanden, der wissen könnte, wo die Jahrgangsfotos aufbewahrt werden.« Er warf einen Blick auf das Foto der Mädchen. »Zwei der vier Mädchen auf dem Bild sind tot. Die anderen zwei sind vermutlich in großer Gefahr. Wir müssen sie finden, und zwar schnell.«

RUMS! Die Bürotür wurde mit einem solch donnernden Krach zugeschlagen, dass beide Detectives herumfuhren. Vor ihnen stand Captain Blake, und sie sah stinkwütend aus.

»Was zum Teufel haben Sie sich dabei gedacht?«, zischte sie zwischen zusammengepressten Zähnen hervor.

83

HUNTER UND GARCIA RUNZELTEN verwirrt die Stirn und tauschten einen Blick.

»Sind Sie sicher, dass Sie die *richtigen* Detectives anschreien, Captain?«, fragte Hunter schließlich und hob die Brauen.

Prompt richtete sich Captain Blakes Laserblick auf ihn. »Sind *Sie* sicher, dass Sie mir heute dumm kommen wollen, Robert?«

Hunter stellte sich kerzengerade hin. »Captain, wir waren den ganzen Tag unterwegs, und ich habe keine Ahnung, worum es geht.« Er sah fragend zu Garcia.

»Ich auch nicht«, sagte dieser. Sein Blick ging zwischen Hunter und Blake hin und her.

»Würden Sie es uns also freundlicherweise erklären?«, bat Hunter ruhig.

»Ich dachte, ich hätte mich in Bezug auf Ihren Umgang mit der kleinen Hellseherin klar ausgedrückt.«

Hunters Ratlosigkeit wuchs. »Hat sie angerufen?«

»Woher soll ich das wissen, verdammt noch mal! Sehe ich aus wie Ihr Anrufbeantworter?«

Hunter blickte zu Garcia, der Blake mit großen Augen anstarrte. »Vielleicht sollten Sie einfach sagen, was Sie so verärgert hat, bevor noch die Vene an Ihrer Schläfe platzt, Captain. Wir wissen immer noch nicht, wovon Sie reden.«

»Haben Sie heute schon Zeitung gelesen?«

Garcia schüttelte den Kopf. Hunter sah sie abwartend an.

»Ach, das habe ich ganz vergessen, Sie lesen ja keine Zeitung, weil Sie das *deprimiert*, stimmt's?«

Hunter stand nicht der Sinn nach Ironie. »Was steht in der Zeitung, Captain?«

»Sie beide – auf der Titelseite!« Damit knallte Captain Blake die aktuelle Ausgabe der *L. A. Times*, die sie unterm Arm gehabt hatte, auf Hunters Schreibtisch. Ein Schwarzweißfoto von Hunter und Garcia, wie sie zusammen mit einer jungen Frau an einem Tisch im Freien saßen, nahm ein Viertel der ersten Seite ein. Hunter riss die Zeitung an sich. Garcia stellte sich hinter ihn und versuchte, über seine Schulter hinwegzuspähen.

Das Mädchen auf dem Bild war Mollie Woods.

Hunter las schweigend. In dem kleinen Artikel hieß es, dass die Detectives Robert Hunter und Carlos Garcia vom Morddezernat I bei ihren Ermittlungen im Fall Vater Fabian und Amanda Reilly so sehr im Dunkeln tappten, dass sie die Hilfe einer jungen Wahrsagerin in Anspruch genommen hätten.

Verfasserin des Artikels war Claire Anderson.

»Miststück«, knurrte Hunter.

Garcia riss Hunter die Zeitung aus den Händen, sobald dieser zu Ende gelesen hatte.

»Sie haben hinter meinem Rücken mit ihr gesprochen«, schäumte Blake.

»Wir haben uns ganz unverbindlich mit ihr unterhalten, Captain. Das macht man so bei Ermittlungen, schon vergessen? Man spricht mit den Leuten.«

»In dem Artikel wird behauptet, dass Sie sie gebeten haben, Ihnen bei den Ermittlungen zu helfen. Stimmt das?«

Keine Antwort.

»Ohne es vorher mit Ihrem Vorgesetzten abzuklären? In diesem Fall mit mir?« Blake stemmte die Hände in die Hüften.

Hunter fuhr sich mit der Hand übers Gesicht und stieß den Atem aus. »Es war eine Frage der Psychologie, Captain.«

»Was?«

»Sie war nervös, verängstigt. Ich musste ihr Vertrauen gewinnen, ihr das Gefühl geben, dass niemand ihr was tun will. Ich habe ihr gesagt, dass wir ihre Hilfe brauchen, um ihr Sicherheit zu geben.«

»Das heißt, Sie haben sie tatsächlich um Hilfe gebeten?«

»Es war bloß eine Formulierung, um sie dazu zu bringen, überhaupt mit uns zu sprechen, Captain. Ich bin hier der leitende Ermittler. Ich habe getan, was ich für richtig hielt. So arbeite ich nun mal.«

»Moment.« Captain Blake hob eine Hand, um Hunter zu unterbrechen, und funkelte ihn an. »Wollen Sie mir gegenüber etwa einen auf dicke Hose machen? Sie sind leitender Ermittler, weil ich Sie dazu gemacht habe! Eine Entscheidung, die ich allmählich bitter bereue. Wir sind die Lachnummer des ganzen LAPD. In dem Artikel nennt sie uns die Mystik-Polizei, Robert. Die *Eso-Cops*!« Sie hielt inne, und für eine Weile sprang ihr zornfunkelnder Blick zwischen Hunter und Garcia hin und her. »Kein Wunder, dass ich permanent den Bürgermeister an der Strippe habe, der rumschreit wie ein

Irrer und mir jetzt sogar vorwirft, ich wäre nicht in der Lage, das Dezernat anständig zu leiten. Er hat gesagt, im Gegensatz zu meinem Vorgänger mangele es mir an der nötigen Führungsstärke. Haben Sie überhaupt irgendeine Vorstellung davon, wie scheißwütend mich das gemacht hat?« Sie wartete die Antwort nicht erst ab. »Er ist auf dem Kriegspfad und würde nichts lieber tun, als Sie zum Verkehrspolizisten zu degradieren – falls er es sich nicht noch anders überlegt und Ihren Arsch gleich ganz vor die Tür setzt. Und er ist noch gar nicht zu voller Form aufgelaufen.« Sie begann aufgebracht im Büro hin und her zu marschieren. »Ich habe Ihnen ausdrücklich gesagt, dass die Sache streng nach Vorschrift ablaufen muss. Dass Sie, wenn Sie das Mädchen finden, sie hier aufs Revier bringen und sie offiziell vernehmen müssen, *und* ich wollte bei der Vernehmung dabei sein!«

Hunter rieb sich die Augen und lehnte sich gegen seinen Schreibtisch. »Sie hatte *Angst*, Captain«, sagte er langsam. »Sie wollte reden, aber nicht hier. Im Vernehmungszimmer war sie nervös. Sie wollte sich an einem öffentlichen Ort treffen.«

»Sie haben meine Anweisung missachtet, weil sie es so wollte?«

»Ich musste eine Entscheidung treffen, Captain«, gab er ungerührt zurück. »Entweder die Vorschriften einhalten oder sie zum Reden bringen. Beides ging nicht.«

»Aber wie zum Teufel hat die Zeitung davon Wind bekommen, dass wir mit ihr gesprochen haben?«, wollte Garcia wissen. »Richtmikrofone?«

Hunter schüttelte den Kopf. »Wenn sie uns abhören, machen sie sich strafbar. Claire Anderson ist skrupellos, aber nicht dumm. Eine Strafanzeige würde sie niemals riskieren. Und wenn sie uns belauscht hat, warum hat sie dann nicht alles veröffentlicht, was Mollie uns gesagt hat?«

»Und was genau hat das Mädchen Ihnen gesagt?« Die Wut in Captain Blakes Stimme hatte ihren Siedepunkt erreicht.

Hunter gab die Unterhaltung wieder, die er und Garcia tags zuvor mit Mollie Woods geführt hatten. Blake hörte zu, ohne ihn zu unterbrechen, nur manchmal hoben sich ihre perfekt gezupften Augenbrauen als Zeichen ihrer Verwunderung.

»Sie wusste von den Nummern?«, fragte sie irgendwann, den Blick auf Hunter gerichtet. Dieser nickte stumm.

»Ich habe ihr zuerst auch nicht geglaubt, Captain«, schaltete sich Garcia ein. »Aber seit gestern bin ich sicher, dass das Mädchen die Wahrheit sagt.«

»Selbst wenn, Sie haben trotzdem meinen Befehl missachtet. Sie haben mich und das ganze Dezernat lächerlich gemacht.« Sie hielt einen Moment inne, als überlege sie, was nun zu tun sei. »Für mich steht außer Zweifel, dass diese Reporterin mit Mollie gesprochen hat. Jetzt werden die Journalisten wie Heuschrecken über sie herfallen. Wo steckt sie überhaupt?«

Schweigen.

»Jetzt sagen Sie mir bloß nicht, dass Sie es nicht wissen!«

»Ich habe ihr gesagt, dass wir in Verbindung bleiben müssen. Sie hat gesagt, sie würde mich heute anrufen. Bis jetzt hat sie es noch nicht getan.«

»Warum rufen Sie sie nicht an?«

»Sie hat kein Handy.«

Captain Blake stieß ganz langsam die Luft aus. »Hat sie Ihnen gesagt, wo sie wohnt?«

»Nein, und ich konnte es auch nicht aus ihr herausbringen.« Hunter nahm an seinem Schreibtisch Platz.

»Und wir haben keine Möglichkeit, es herauszufinden, oder?« Blake massierte sich den Nacken und versuchte, ihre verspannten Schultermuskeln zu lockern. »Sie ist zu jung, um irgendwo einen Mietvertrag unterschrieben zu haben, und es würde mich sehr wundern, wenn sie ihren richtigen Namen benutzt hätte, um irgendwo ein Zimmer zu mieten. Wenn sie die Zeitung sieht – und ich wette, sie hat sie schon gesehen –, dann bekommt sie es bestimmt mit der Angst zu tun. Die Sache ist nur, Vision hin oder her, sie kennt Details von diesem Fall, die unter keinen Umständen an die Öffentlichkeit gelangen dürfen, verstehen Sie, was ich sage, Robert?« Noch immer lag eine unverkennbare Schärfe in Blakes Ton. »Sie sind nicht der Einzige, der etwas von Psychologie versteht. Wenn Reporter sie aufspüren, dann werden sie sie irgendwie dazu bringen, auszupacken, das garantiere ich Ihnen. Also finden Sie sie.« Sie riss die Tür auf, drehte sich aber, bevor sie ging, noch mal zu den beiden Detectives um. »Sollten Sie jemals wieder eine solche Nummer abziehen oder noch einmal einen direkten Befehl von mir missachten, dann wird Ihr nächster Job darin bestehen, irgendwo mit bloßen Händen Scheiße vom Gehweg aufzusammeln, das schwöre ich bei Gott.« Die Tür knallte hinter ihr so heftig ins Schloss, dass die Wände wackelten.

Garcia brach das darauf folgende Schweigen mit einem fahrigen Seufzer. »Hast du irgendeine Ahnung, wo Mollie stecken könnte?«

»Ich finde sie schon«, antwortete Hunter. »Keine Sorge.«

84

Das luxuriöse Hilton Hotel in Beverly Hills – auch bekannt als Beverly Hilton – liegt majestätisch am Wilshire Boulevard Nummer 9876. Nur einen Katzensprung vom berühmten Rodeo Drive und von Century City entfernt, ist das Hotel berühmt als Rückzugsort der Stars und all derer, die gerne wie Stars behandelt werden.

Um zwanzig Uhr dreißig saß Hunter allein an einem Ecktisch nahe des Eingangs der eleganten, gut besuchten Lobby-Bar. Außer einem Schälchen mit Erdnüssen stand auf seinem Tisch nur noch ein leerer Tumbler. Sein Blick folgte einem gut gekleideten Mann um die dreißig, der die Bar betrat und versuchte, die Aufmerksamkeit der widernatürlich gebräunten Tresenkraft zu erregen. Hunter wartete ein paar Sekunden, bevor er den Mann ansprach. Die Unterhaltung dauerte nicht mal eine Minute.

Die Trader Vic's Lounge, ein im polynesischen Stil eingerichtetes Restaurant mit Patio und Cocktailbar, ist eines von zwei Gourmet-Restaurants im Beverly Hilton. Von dort war der gut gekleidete Mann gekommen. Und dort ging Hunter nun hin.

Sie saß allein an einem kerzenbeschienenen Tisch und nippte an einem Glas Champagner.

»Na? Schon ein paar bekannte Gesichter erspäht?«, fragte er und blieb vor ihrem Tisch stehen. »Ich habe mir sagen lassen, der Laden hier ist ein Muss, wenn man auf Promijagd gehen möchte, aber bis jetzt habe ich noch keine gesehen.« Er lächelte liebenswürdig. »Wahrscheinlich würde ich sie sowieso nicht erkennen. Ich sehe kaum fern, und ins Kino gehe ich auch nie.«

Sie stellte ihr Glas ab und blinzelte ihn erstaunt an. Sie brauchte ein paar Sekunden, um den ersten Schreck zu überwinden. »Was zum Geier machen Sie hier?«

»Was, soll das ein Witz sein? Das ist eins meiner Lieblingslokale.«

Claire Anderson lachte hohl. »Sicher, Detective Hunter. Aber der Blazer und die Krawatte stehen Ihnen.«

Hunter strich sich über den Schlips. »Finden Sie? Aber ich dachte, über ›Detective Hunter‹ und ›Miss Anderson‹ wären wir längst hinaus.«

»Woher um alles in der Welt haben Sie gewusst, dass ich heute Abend hier bin, *Robert*?«

Hunter runzelte die Stirn. »Ist die Frage ernst gemeint? Mal überlegen … hm – vielleicht hat es was mit meinem Beruf zu tun?«

»Ach ja, ich vergaß. Der unvergleichliche Robert Hunter. Sollten Sie Ihre Superkräfte nicht dazu einsetzen, nach einem sadistischen Serienmörder zu fahnden, statt mir nachzustellen?«

»Von Nachstellen sollten Sie am allerwenigsten reden.« Er ließ sich auf dem leeren Stuhl ihr gegenüber nieder. »Sie scheinen das Konzept gewissermaßen erfunden zu haben.«

»Was soll das? Sie können da nicht sitzen. Ich bin mit jemandem hier.«

»Sie meinen den verheirateten Typen im dunkelgrauen Einreiher? Kurze schwarze Haare, Kinnspalte?« Hunter nickte und verzog gleichzeitig bedauernd das Gesicht. »Ich fürchte, er musste weg.«

»Was?« Ihre Züge verhärteten sich, als ihr klar wurde, was passiert war. »Das waren Sie!«

Hunter sah sie in leiser Entrüstung an, als habe er nicht die geringste Ahnung, wovon sie sprach.

»Gerade eben war der Maître hier und hat Sean etwas ins Ohr geflüstert. Er hat sich kurz entschuldigt und gesagt, dass er gleich wieder da ist. Das waren Sie.«

Hunter antwortete nicht.

»Woher wissen Sie, dass Sean verheiratet ist?«

Hunter lehnte sich zurück und schlug die Beine übereinander. »Ich bin nicht hergekommen, um mit Ihnen über Ihr Date zu sprechen, Claire.«

Der Maître trat an den Tisch und verkündete, dass in Kürze die Vorspeise serviert werden würde. Claire wollte sie zurückgehen lassen, aber Hunter ließ sie gar nicht zu Wort kommen. »Sehr gut, immer her damit.« Dann wandte er sich an Claire. »Das Essen ist bestellt, es wäre doch schade, es verkommen zu lassen.«

»Sie sind ein Arschloch.« Sie fuhr sich mit der Hand durchs Haar, das sie bis zur seidig glänzenden Vollendung mit dem Glätteisen bearbeitet hatte.

»Ihre Haare sehen hübsch aus so«, sagte Hunter und nahm ihr damit für einen Moment den Wind aus den Segeln.

Ein hochgewachsener Kellner erschien mit der Vorspeise. »Entschuldigen Sie, was ist das?«, fragte Hunter und zeigte auf den Teller, der vor ihm abgestellt wurde.

»Krebs Rangun in Wan-Tan-Teig mit Frischkäse«, gab der Kellner mit einem höflichen Lächeln Auskunft. »Stimmt irgendetwas nicht damit, Sir?«

»Nein, nein. Alles ist ganz ausgezeichnet.«

»Ich wette, Sie sind wütend wegen meines Artikels von heute?«, mutmaßte Claire, nachdem der Kellner sich entfernt hatte.

»Der Artikel hat mich in keinster Weise gestört.« Hunter deutete auf die Karaffe mit Eiswasser auf dem Tisch. »Macht es Ihnen was aus, wenn ich einen Schluck trinke?«

»Tun Sie sich keinen Zwang an.«

Er schenkte sich das Glas voll und nahm einen Schluck. »Was mich allerdings stinkwütend gemacht hat, war das Foto.«

»Aber wieso denn? Ich finde, Sie sehen darauf richtig schnuckelig aus«, neckte sie ihn.

»Sie ist praktisch noch ein Kind, Claire.« Mit einem Schlag war Hunters Ton todernst. »Und Sie haben ihr Leben in Gefahr gebracht.«

»Unsinn. Wovon reden Sie?«, fragte Claire unwirsch.

»Glauben Sie, psychopathische Killer lesen keine Zeitung?«

»Na und?«

Hunter schüttelte den Kopf. »Sie haben Ihre Hausaufgaben nicht gründlich genug gemacht. Viele Mörder verfolgen einen Plan, und sie tun alles, um ihn zu vollenden. Und wenn sie das Gefühl haben, dass dieser Plan in irgendeiner Weise durch etwas oder jemanden gefährdet wird, dann werden sie in der Regel alles daransetzen, diese Bedrohung auszuschalten. In Ihrem Artikel haben Sie nicht nur klargemacht, dass sie eine Bedrohung für den Täter ist, Sie haben ihm gleich noch ihr Foto mitgeliefert. Jetzt weiß er, wie sie aussieht.«

85

CLAIRE HÖRTE AUF, mit der Gabel in ihrer Gourmet-Vorspeise herumzustochern, und sah Hunter unbehaglich an.

Ihr Lächeln war verschwunden. »Glauben Sie wirklich, dass sie in Gefahr ist?«

»Für die Frage ist es jetzt wohl ein bisschen zu spät. Wenn Sie wirklich Polizeireporterin werden wollen, dann sollten Sie darauf achten, ein gutes Verhältnis mit den Leuten zu pflegen, die bei der Polizei arbeiten – vor allem mit den Detectives.« Er hielt inne, als sei ihm plötzlich etwas aufgegangen. »Moment mal – das bin ja ich! Sie hätten mich anrufen und mir den Artikel vorlesen können, bevor er in den Druck gegangen ist. Das ist im Übrigen gängige Praxis. Auf diese Weise haben wir die Gelegenheit, als Erste einen Blick auf den Mist zu werfen, den Sie verzapfen, und falls Inhalte dabei sind, deren Veröffentlichung einer Ermittlung schaden könnte, können wir Sie bitten, sie rauszunehmen. So gibt es keine bösen Überraschungen, und wer weiß, vielleicht bekommen Sie im Gegenzug ja auch mal ein paar Informationen von uns.«

»Ich habe versucht anzurufen«, gab sie verärgert zurück. »Aber Sie haben nicht zurückgerufen. Hören Sie überhaupt Ihre Nachrichten ab?«

Hunter fuhr sich mit der Hand über den Mund. »Wie haben Sie sie überhaupt dazu gebracht, mit Ihnen zu sprechen?«

»Ich habe so meine Methoden.«

»Sie klingen wie ein Folterknecht.«

»Folter war nicht im Spiel.« Claire schüttelte lächelnd den Kopf.

Hunter blitzte sie an. »Sie haben ihr was vorgelogen, stimmt's? Was haben Sie ihr gesagt? Dass Sie für mich arbeiten und noch ein paar Details abklären müssen?«

Erneut ein enigmatisches Lächeln.

»Sie Miststück.«

»Sie können mich mal, Robert. Ich habe versucht, mit Ihnen zu reden. Sie haben mich eiskalt abblitzen lassen.« Ihre Stimme war lauter geworden, und die Gäste an den Nachbartischen schickten missbilligende Blicke in ihre Richtung.

»Sie wollten mich abschleppen. Das nennen Sie reden?«

»Ach, lecken Sie mich doch. Glauben Sie bloß nicht, Sie können mir vorschreiben, wie ich meinen Job zu machen habe.«

»Irgendjemand sollte es Ihnen aber vorschreiben, da Sie ja sonst offensichtlich alles versauen.«

»Nur einem arroganten Sack wie Ihnen kann es einfallen, eine Titelstory in der *L. A. Times* als ›etwas versauen‹ zu bezeichnen.«

»Das ist keine Story, Claire, das ist ein Mordfall, und es stehen Menschenleben auf dem Spiel.« Hunter machte eine Pause und holte tief Luft. »Sie haben sie in die Flucht geschlagen. Ich muss sie finden, bevor ihr was zustößt.«

Claire kniff die Augen zusammen. »Sie wollen meine Hilfe, stimmt's?«

»Wissen Sie, wo sie ist?«

»Momentchen mal. Sie ziehen hier eine Show ab, spielen den Macho-Detective, vergraulen mein Date, beschimpfen mich als inkompetent, und jetzt wollen Sie, dass ich Ihnen helfe?« Sie lehnte sich in ihrem Stuhl zurück und setzte ein hochnäsiges Gesicht auf. »Na, das ist stark. Kein Wunder, dass Sie keine Freundin haben. Sie wissen einfach nicht, wie man sich Frauen gegenüber benimmt.«

Hunter schwieg, hielt aber Claires Blick fest.

»Wenn ich Ihnen sage, wo Sie sie finden können, was kriege ich dafür?«

Hunters Augen verengten sich zu Schlitzen. »Ist das Ihr Ernst?«

Sie musterte ihn eine Sekunde lang. »Mein vollster.«

»Haben Sie ein bisschen Anstand, Claire. Sie ist ein Teenager, und sie hat wahrscheinlich furchtbare Angst. Ich appelliere lediglich an Sie, das Richtige zu tun.«

»Eine Hand wäscht die andere.« In ihrer Stimme lag ein verführerisches Flüstern. »Nichts im Leben ist umsonst. Wenigstens nicht die guten Dinge.« Sie schenkte Hunter dasselbe einladende Augenzwinkern, mit dem sie ihn bei ihrem ersten Aufeinandertreffen zu sich gelockt hatte.

»Ihr Leben ist möglicherweise in Gefahr.«

Keine Reaktion.

»Das ist Ihnen scheißegal, oder?«

»Jeden Tag sterben Menschen in dieser Stadt, Robert. So ist es nun mal. Wir können nicht jedem helfen.«

»Aber diesem Mädchen *können* wir helfen. Mehr will ich doch gar nicht.«

»Und ich will nicht mehr als eine Gegenleistung.«

Hunters Handy klingelte. Einen spannungsgeladenen Moment lang hielt er Claires Blick.

»Wollen Sie nicht rangehen?«, fragte sie, als ihr bewusst wurde, dass sich schon wieder alle nach ihnen umdrehten.

Hunter griff in seine Jackentasche. »Detective Hunter.«

»Detective, hier ist Monica.« Eine kurze Pause. »Ich meine Mollie.« Sie klang in Tränen aufgelöst.

Hunter drehte Claire den Rücken zu. »Geht es dir gut? Wo bist du?«, fragte er, aber die einzige Antwort, die er bekam, war ein Rauschen in der Leitung. Rasch hielt er die Hand über die Muschel und drehte sich zu Claire um. »Falsch, Claire …« Er stand auf und legte fünf Zwanzig-Dollar-Scheine auf den Tisch. »Es gibt eine ganze Menge Dinge im Leben, die umsonst sind.«

86

Hunter legte die fünfundzwanzig Meilen zwischen Beverly Hills und South Gate in Rekordzeit zurück. Mollie hatte ihm gesagt, dass sie in einem Coffeeshop namens Café Kashmir am Tweedy Boulevard auf ihn warten würde. Die Hausnummer brauchte Hunter nicht, er kannte den Laden.

Nachdem er seinen Buick direkt vor dem Café an der Straße geparkt hatte, ging er hinein. Er war überrascht, wie voll es um kurz nach halb elf Uhr abends noch war, und noch überraschender fand er, dass kein Gast älter zu sein schien als fünfundzwanzig. Mollie saß an einem runden Tisch vor einer Wand aus Terrakottaziegeln, an der mehrere Ölbilder hingen – eine Ausstellung junger lokaler Künstler. Zu ihren Füßen stand ein kleiner Rucksack.

»Hallo«, sagte er mit einem Lächeln, als er zu ihr an den Tisch trat. Sie versuchte, es zu erwidern, aber es gelang ihr nicht richtig. Sie sah verstört und übernächtigt aus: dunkle Augenringe, gerötete Augen, fleckige Wangen. Sie klappte das Notizbuch zu, in dem sie eifrig gekritzelt hatte, und steckte es weg.

»Du schreibst?«

Es schien ihr peinlich zu sein. »Ach, das ist nichts. Bloß Kindergeschichten.«

Hunter setzte sich. »Als ich jung war, habe ich auch immer davon geträumt, eines Tages mal Schriftsteller zu werden.«

»Echt?«

»Ich habe so gerne gelesen, dass es mir die einzig logische Berufswahl erschien.«

Mollie blickte auf ihren Rucksack hinab, in den sie gerade ihr Buch verstaut hatte. »Ich auch.«

»Wolltest du weg?«

»Es war ein Fehler, nach Los Angeles zu kommen.« Ihre Stimme war fest, aber trotzdem ohne rechte Überzeugung.

»Meinst du, wenn du woanders gewesen wärst, hättest du die Visionen nicht gehabt?«, fragte Hunter.

Keine Antwort. Kein Blickkontakt.

Hunter ließ den Moment verstreichen. »Also, ich weiß ja nicht, wie es dir geht, aber ich habe Hunger«, verkündete er und studierte die Auslage in der Kuchenvitrine. »Ein Stück Käsekuchen wäre jetzt genau das Richtige – möchtest du auch was?«

Mollie sah ihn unsicher an.

»Na komm, ich esse nicht gern allein. Nur um mir Gesellschaft zu leisten, was meinst du? Ein Stück von dem Schokokuchen da?« Er zeigte auf einen Schokoladenkuchen im obersten Regal der Vitrine.

Sie zögerte einen Augenblick, dann nickte sie. »Okay.«

»Heiße Schokolade?« Er zeigte auf den leeren Becher, der vor ihr auf dem Tisch stand.

»Ja.«

Eine Minute später kehrte Hunter mit zwei Stücken Kuchen, einem Kaffee und einer heißen Schokolade zurück. Während Mollie in ihrer Tasse rührte, fiel Hunter auf, dass ihre Fingernägel bis aufs Fleisch abgekaut waren.

»Tut mir leid«, murmelte sie und spielte mit ihrem Teelöffel.

»Dir muss nichts leidtun.«

»Die Frau, mit der ich geredet hab – ich hab nicht gewusst, dass sie von der Zeitung ist. Sie hat gesagt, sie arbeitet für Sie. Ich hab ihr nie gesagt, dass ich hellsehen kann oder so was. Das müssen Sie mir glauben.«

»Ich glaube dir, und es ist nicht deine Schuld«, antwortete er in bewusst sorglosem Tonfall, als sei das alles keine große Sache. »Leider ist diese Stadt voll von Leuten, die alles tun würden, um Erfolg zu haben. Mir tut es leid, dass ich dich in so eine Lage gebracht habe. Ich hätte es besser wissen müssen.«

Hunter zog ein nagelneues Handy aus der Tasche und reichte es Mollie. Er erklärte ihr, dass er seine und Garcias Nummern bereits eingespeichert hatte und dass das Telefon mit dem neuesten GPS-Chip ausgestattet war. Es war die einfachste Art, in Kontakt zu bleiben. Sie versprach, es immer eingeschaltet zu lassen.

»Das Foto in der Zeitung«, meinte sie nach einem kurzen Schweigen. »Ich hab Angst, dass mich vielleicht jemand erkannt haben könnte.«

Hunter war ihre Angst nicht entgangen. »Und deinem Vater Bescheid sagt?«

Unbewusst strich sie sich mit der rechten Hand über den linken Arm.

»War er das?«

Sie sah ihn fragend an.

»Der gebrochene Arm?« Mit einem Kopfnicken deutete Hunter auf ihren Arm.

»Woher wissen Sie das?«

»Einfach nur Beobachtungsgabe.«

Sie betrachtete die kaum wahrnehmbare Krümmung unterhalb des Ellbogens, wo die Knochen schief zusammengewachsen waren. Als sie sprach, schwang in ihrer Stimme eine Mischung aus Wut und Traurigkeit mit. »Er hat mich fast jeden Tag verprügelt.«

Hunter hörte zu, während Mollie ihm von den Schlägen erzählte. Von den Knochenbrüchen am Arm und an den Fingern. Von dem überbordenden Hass, den ihr Vater für sie empfand, nur weil sie als Mädchen geboren worden war. Sie erzählte ihm, wie sehr sie ihre Mutter vermisste und dass ihr Vater ihr die Schuld an ihrem Tod gab. Von dem sexuellen Missbrauch sagte sie Hunter nach wie vor kein Wort.

Das musste sie auch gar nicht.

Hunter ballte die Hände zu Fäusten, als er an die unzähligen seelischen Wunden dachte, die dieser Mann Mollie zugefügt hatte und die sie ein Leben lang mit sich herumtragen würde.

»Ich weiß, dass du Angst hast, Mollie. Aber wegzulaufen ist keine Lösung.«

»Es gibt aber keine andere«, gab sie hitzig zurück. »Sie haben doch keine Ahnung, wie das ist. Sie wissen nicht, wie es war.« Ihre Stimme klang schrill. »Mein Vater wird nie aufgeben!«

»Ich will dir nicht vorschreiben, was du tun sollst, Mollie«, sagte Hunter mit ruhiger, ernster Stimme.

»Dann tun Sie's auch nicht!«

Hunter betrachtete sie nachdenklich. Nicht Wut war der Grund für ihre heftige Reaktion, sondern Angst. Eine Angst, die sie immer wieder zur Flucht trieb, seit sie damals von zu Hause weggelaufen war. Eine Angst, die der Motor ihrer gesamten Existenz zu sein schien.

»Es tut mir leid. Ich wollte dich nicht wütend machen.«

Mollie holte tief Luft und starrte in ihre Tasse. Eine ganze Minute verging, bevor Hunter erneut das Wort ergriff.

»Am Telefon eben klangst du ziemlich mitgenommen, Mollie. Ist was passiert?«

»Ich hatte wieder eine Vision«, sagte sie mit erstaunlich fester Stimme.

Hunter beugte sich vor.

»Nachdem ich heute Morgen das Foto von mir in der Zeitung gesehen hab, bin ich in Panik geraten. Ich wollte wieder abhauen.« Sie zeigte auf den Rucksack zu ihren Füßen. »Ich hab's bis zum Busbahnhof geschafft.«

»Wo wolltest du denn hin?«

Mollie machte ein Geräusch, halb Husten, halb Lachen. »Irgendwohin, so weit mein bisschen Geld gereicht hätte. Ich wollte einfach nur weg von hier.«

»Und nach der Vision hast du deine Meinung geändert?«, fragte Hunter.

Mollie nickte und fing wieder an, mit dem Löffel zu spielen. »Es ist passiert, während ich im Bahnhof war und versucht hab zu überlegen, wo ich hinwill.«

»Was hast du gesehen?«

Ihre Blicke trafen sich, und Hunter sah blanke Angst in ihren Augen.

»Diese neuen Visionen sind ganz anders als früher.«

»Ja, du hast gesagt, du erlebst sie jetzt aus deiner eigenen Perspektive, und manchmal siehst du nicht nur, du hörst auch was.«

»Was ich heute gesehen hab, war keine Person oder ein Ort oder so. Es ist nicht abgelaufen wie ein Film. Aber ich weiß, dass es für den Killer sehr wichtig war.«

Hunter wartete.

»Ich hab ein Datum gesehen.«

»Welches Datum?«

Mollie holte tief Luft und erschauerte. »Neujahr.«

87

Garcia holte Hunter um sieben Uhr früh ab.

Nach einem wahren Telefonmarathon am Abend zuvor hatte Mrs Adams, die Bibliothekarin der Gardena Highschool, sich bereit erklärt, sie um halb acht an der Schule zu treffen.

»Übrigens, ich habe Mollie gefunden«, verkündete Hunter, als Garcia auf den Hollywood Freeway in Richtung Nordwesten einbog.

Die Auskunft überraschte Garcia, und er sah Hunter an. »Was? Echt? Wie denn?«

»Na ja, genauer gesagt hat sie mich gefunden. Sie hat mich gestern Abend angerufen.«

»Was hat sie gesagt? Wo ist sie?«

»Ich musste ein bisschen Überzeugungsarbeit leisten, aber schließlich hat sie mir erlaubt, ihr ein Zimmer im Travel Inn ganz in der Nähe von meiner Wohnung zu besorgen.«

»Du hast ihr ein Hotelzimmer besorgt? Geht es ihr gut?«

»Sie hat Angst. Sie wollte weglaufen.«

»Wohin?«

Hunter zuckte die Achseln. »Irgendwohin. Hauptsache weg von hier.«

Garcia überlegte kurz. »Wegen des Zeitungsartikels?«

Hunter nickte. »Sie hat mir gestern Abend noch ein bisschen von sich erzählt. Sie wurde auf jede nur erdenkliche Weise von ihrem Vater misshandelt. Sie hat furchtbare Angst, dass er sie finden könnte.«

»Wie kannst du dir sicher sein, dass sie nicht wieder wegläuft?«

»Das kann ich nicht. Aber ich muss ihr Vertrauen gewinnen.«

Garcia wusste, dass niemand vertrauenerweckender war als Hunter.

»Ich habe ihr ein Prepaid-Handy gekauft. Unsere Nummern sind einprogrammiert, und es hat GPS. Ich habe ihr gesagt, sie soll es immer eingeschaltet lassen.«

Der Verkehr wurde dichter und kam schließlich zum Erliegen, als sie sich auf den Harbor Freeway einfädelten.

»Sie hatte wieder eine Vision.«

Garcia sah Hunter erwartungsvoll an. »Ein neues Opfer?«

Ein kurzes Kopfschütteln, und Garcia stieß erleichtert die Luft aus.

»Was hat sie diesmal gesehen?«

Hunter berichtete ihm alles, was Mollie ihm am Abend zuvor erzählt hatte. Die Wagenkolonne begann sich träge vorwärtszubewegen, aber Garcia achtete gar nicht darauf.

»Neujahr? Was hat das zu bedeuten?«

»Ich weiß nicht genau, aber Mollie war sich ganz sicher, dass das Datum für den Täter wichtig ist.«

»Vielleicht ist das der Tag, an dem der Killer wieder zuschlagen will«, spekulierte Garcia.

Hunter kniff die Augen zu und massierte sich die Stirn. »Oder der Tag, an dem es zu Ende ist. Vielleicht bedeutet es, dass an Neujahr alle tot sein werden.«

»*Alle?* Wie viele sind denn alle?«

»Keine Ahnung, aber was auch immer mit Neujahr gemeint ist, es lässt uns nicht viel Zeit.«

»Neun lumpige Tage.«

Hunter teilte Garcias Frust. Bis jetzt hatten sie nichts in der Hand, keine echte Spur, nur Mutmaßungen auf der Grundlage der wenigen bekannten Fakten und der Visionen einer Siebzehnjährigen.

Hinter ihnen drückten ungeduldige Fahrer auf die Hupe. Hastig trat Garcia aufs Gas.

»Konnte sie sich einen Reim darauf machen? Warum der Täter diese Leute im Visier hat? Ob es überhaupt was mit der Schule oder den Schülern zu tun hat?«

Kopfschütteln.

Den Rest der Fahrt verbrachten sie schweigend.

88

HUNTER UND GARCIA ERREICHTEN die Schule mit einer Viertelstunde Verspätung.

Mrs Adams war eine rundliche, heitere Frau Ende fünfzig mit tadellos frisierten silbernen Haaren und einem herzerwärmenden Lächeln. Sie schien sich zu freuen, dass sie ihnen behilflich sein konnte, und wies den Detectives den Weg zu einem Archivraum voller Pappkartons am hinteren Ende der Bibliothek.

»Die Kisten sind alle nach Jahrgängen geordnet.« Mrs Adams' Stimme war genauso hell und lustig wie ihre blassgrünen Augen.

Hunter drehte sich zu ihr um. Sie war gut und gerne dreißig Zentimeter kleiner als er. »Vielen Dank für ihre Hilfe, Mrs Adams. Ich glaube, wir kommen jetzt allein zurecht.«

Sie zögerte an der Tür.

»Wir bringen nichts durcheinander.« Hunter schmunzelte. »Versprochen.«

»Falls Sie mich brauchen, ich bin im Hauptraum der Bibliothek.« Damit schloss sie die Tür hinter sich.

Aus einer Mappe, die er mitgebracht hatte, zog Hunter das Bild der vier Mädchen, das Garcia tags zuvor im Keller gefunden hatte. Er legte es auf einen großen Tisch in der Mitte des Raumes. Daneben legte er das Foto des unbekannten Mannes vom Kamin in Malibu. Wenn das zweite Opfer die Gardena High besucht hatte, bestand Grund zu der Annahme, dass es beim ersten Opfer genauso war.

»Das hier wurde 1985 aufgenommen.« Hunter zeigte auf das Foto der Mädchengruppe. »Am besten nehmen wir das Jahr als Ausgangspunkt und checken zusätzlich noch die zwei Jahrgänge darüber und einen darunter – 84 bis 87.«

Garcia runzelte die Stirn.

»Nur weil die Mädchen in einer Clique waren, müssen sie nicht zwangsläufig im selben Jahrgang gewesen sein«, erklärte Hunter.

Sie zogen alle infrage kommenden Kisten aus den Regalen, und es dauerte nicht lange, bis sie die großen Schwarzweißfotos der vier Abschlussklassen gefunden hatten. Hunter fing mit der Klasse von 1987 an, dem Jahr, in dem

Amanda Reilly ihren Abschluss gemacht hätte, wenn sie nicht frühzeitig von der Schule abgegangen wäre. Auf dem Bild standen einhundertsechsundzwanzig Schüler dicht gedrängt, und er musste ein Vergrößerungsglas zu Hilfe nehmen, um jede Person auf dem Klassenfoto mit dem Bild der vier Mädchen und dem des noch nicht identifizierten ersten Opfers zu vergleichen.

Nichts.

Er nahm sich das zweite Klassenfoto vor, und der mühsame Prozess des Vergleichens begann von neuem. Fünfundzwanzig frustrierende Minuten später stieß Hunter auf Gold.

»Ich habe sie!«

»Wen?« Garcias Kopf schnellte in die Höhe.

»Unser Opfer Nummer zwei.« Hunter hielt Garcia das Bild hin und zeigte auf ein Mädchen, das in der vorletzten Reihe stand und von den zwei breitschultrigen Jungen vor ihr halb verdeckt wurde. Nur ihr Gesicht war zu sehen.

Mit seiner eigenen Lupe studierte Garcia beide Fotos. »Stimmt, das ist sie definitiv.«

Hunter konsultierte die Namensliste auf der Rückseite des Fotos. »Ihr Name ist Debbie Howard.« Sofort rief er Hopkins an, um ihm die Neuigkeiten durchzugeben und ihn zu bitten, alles auszugraben, was er über besagte Miss Howard finden konnte.

Garcia brauchte weitere fünfundzwanzig Minuten, bis er das erste der beiden verbleibenden Mädchen gefunden hatte – Emily Wells aus der Klasse von 1984. Eine Viertelstunde später entdeckte Hunter auch die letzte der vier – Jessica Pierce – in der Klasse von 1985. Sie waren alle Fotos sorgfältig durchgegangen. Opfer Nummer eins war auf keinem von ihnen zu sehen gewesen.

Auch die Namen Emily Wells und Jessica Pierce leitete Hunter direkt an Hopkins und die IT-Abteilung weiter. Der Auftrag war klar: »Finden Sie sie.«

89

Der Anschrift zufolge, die man ihnen an der Schule gegeben hatte, wohnte Vater Fabians alte Mathematiklehrerin Patricia Reed in Pomona, der fünftgrößten Stadt in Los Angeles County und Heimat der berühmten California State Polytechnic University, kurz Cal Poly. In zähfließendem Verkehr dauerte die Fahrt von der Gardena Senior High dorthin eineinhalb Stunden.

Der Minnequa Drive war eine ruhige Straße etwa zehn Autominuten von der Universität entfernt. Sie hatten keine Probleme, das Haus zu finden. Das moderne, zweigeschossige Gebäude stand etwas zurückgesetzt zur Straße, und das Grundstück, zu dem eine kleine Rasenfläche links vom Haus sowie eine zweitürige Garage gehörten, wurde von mehreren makellos gestutzten Hecken eingefasst. In der aufwendig schwarz-weiß gepflasterten Einfahrt stand ein schwarzer Dodge Journey.

»Wow, nicht übel für einen Altersruhesitz«, meinte Garcia, als er auf der Straße vor dem Haus parkte. »Und der Wagen kann sich auch sehen lassen.«

Sie stiegen die Granitstufen hinauf, die zur Haustür führten, und drückten auf die Klingel. Wenige Augenblicke später öffnete ihnen eine kleine, drahtige Mexikanerin die Tür. Sie trug eine Zimmermädchenuniform, und ihre schwarzen Haare waren säuberlich unter einem Haarnetz verborgen.

»Guten Morgen«, sagte Hunter mit einem verbindlichen Lächeln, nachdem er seine Marke rasch wieder in der Tasche hatte verschwinden lassen. Er wusste aus Erfahrung, dass viele private Hausangestellte in L. A. illegale Einwanderer waren. Eine Polizeimarke hätte die Frau nur in Panik versetzt. »Wir würden gerne mit Mrs Reed sprechen.«

»Mista Reed?«, fragte die Frau mit starkem spanischen Akzent und erwiderte sein Lächeln.

»Nein, nein. Mrs Reed. Patricia Reed.«

»Ah. *No hay.* Keine Mrs Reed.«

»Was soll das heißen, keine Mrs Reed? Ist sie nicht zu Hause?«

»Nein. *Ella se ha ido para siempre.*«

Hunter runzelte verwirrt die Stirn. »Sie ist für immer gegangen?«

»Was gibt es denn, Emilia?« Ein Mann Anfang vierzig in einem grauen Nadelstreifenanzug, hellblauem Hemd mit Tabkragen und blau in blau gestreifter Krawatte tauchte am anderen Ende der Eingangshalle auf. Er war groß und attraktiv wie ein Filmstar mit tiefblauen Augen und einem markanten Kinn.

Das Dienstmädchen drehte sich zu ihm um. »*Creo que estos senores están en busca de su madre*, Mr Reed.«

»*Esta bien, Emilia, tranquila*. Ich kümmere mich darum.« Er bedeutete ihr, zurück an ihre Arbeit zu gehen.

»Guten Morgen, Gentlemen, ich bin James Reed«, sagte der Mann, als er zur Tür kam. »Kann ich Ihnen helfen?«

»Aus dem, was Emilia gesagt hat, schließe ich, dass Patricia Reed Ihre Mutter ist?«, erkundigte Hunter sich höflich.

»Ich dachte, du hast gesagt, du kannst kein Spanisch«, murmelte Garcia halblaut.

»Patricia Reed war meine Mutter. Sie ist vor fünf Monaten gestorben.«

»Das tut uns leid, das wussten wir nicht.«

»Worum geht es denn, Gentlemen?«

Hunter und Garcia stellten sich vor und zeigten vorschriftsmäßig ihre Dienstmarken.

»Wir hatten gehofft, ihr ein paar Fragen über einen ihrer alten Schüler von der Compton High stellen zu können«, sagte Hunter.

Neugier spiegelte sich auf Reeds Gesicht. »Um welchen Jahrgang geht es denn?«

»1984 oder 1985.«

»Ich war 1984 auch an der Compton High. In der neunten Klasse. Ich habe 1987 meinen Abschluss gemacht.«

»Tatsächlich?« Hunter beschloss, die Chance zu nutzen. »Würde es Ihnen was ausmachen, sich ein paar Bilder anzusehen? Vielleicht erinnern Sie sich noch an jemanden.«

Reed sah auf die Uhr und verzog das Gesicht. »Ich lehre an der Universität und habe in Kürze eine Veranstaltung. In spätestens einer Stunde muss ich los. Könnten Sie vielleicht heute Abend wiederkommen?«

»Es dauert bestimmt nicht länger als zehn, fünfzehn Minuten«, drängte Hunter.

»Ich muss noch einige Klausuren korrigieren. Ich habe wirklich sehr wenig Zeit.«

»Es ist sehr wichtig, Mr Reed«, bekundete Hunter.

Reed musterte die beiden Detectives, bevor er schließlich einlenkte. »Kommen Sie herein«, sagte er und bat sie ins Haus.

90

JAMES REEDS WOHNZIMMER HATTE Hartholzboden und eine L-förmige Couchlandschaft mit Blick auf einen an der Wand montierten Flachbildfernseher. Die Vorhänge waren zugezogen. Einzige Lichtquelle im Raum war eine Stehlampe in der Ecke, die so positioniert war, dass sie einen großen runden Tisch beleuchtete. Darauf lagen tausende Teile eines unfertigen Puzzles, sorgfältig nach Farben sortiert. Die Randteile waren bereits zusammengesetzt und bildeten einen großen rechteckigen Rahmen. Reed war offenbar ein Puzzleliebhaber und überaus gut organisiert, wie Hunter sofort auffiel.

»Siebentausendfünfhundert Teile«, sagte Reed, der Hunters Blick gefolgt war, wie zur Bestätigung. »Ich brauche nicht lange dafür. Dabei habe ich gestern erst angefangen. Puzzeln Sie gerne, Detective?«

Hunter sah auf. »Gelegentlich.«

»Es gibt kein besseres Training für die analytischen und visuellen Fähigkeiten.« Reed blieb neben dem Tisch stehen. Sein Blick glitt über die Teile, dann nahm er eins auf und legte es in der rechten oberen Ecke des Rahmens an seinen Platz. »Und es hat etwas Therapeutisches«, fügte er hinzu, bevor er die beiden Detectives zur Sitzgruppe bat.

Hunter und Garcia nahmen auf der Couch Platz, Reed entschied sich für den antik aussehenden Sessel gegenüber.

»Geht es um einen ganz bestimmten Schüler?«, fragte er, schlug die Beine übereinander und legte die gefalteten Hände auf den Knien ab.

»Ja«, antwortete Hunter, platzierte das alte Jahrbuch der Compton High auf dem gläsernen Tisch zwischen ihnen und schlug es auf. »Er war nicht in Ihrem Jahrgang, sondern drei Jahre über Ihnen. Sein Name war Brett Stewart Nichols.«

Sie konnten beobachten, wie Reed sich versteifte, um sich dann umständlich in seinem Sessel zurechtzusetzen.

»Das hier ist er.« Hunter zeigte auf das Foto in der Mitte der Jahrbuchseite – ein dünner Junge mit zerzausten schwarzen Haaren und dunkelbraunen Augen, die vor Energie sprühten.

Reed machte sich gar nicht erst die Mühe, es anzusehen. Sein unerschrockener Blick war weiterhin auf Hunter gerichtet. »Ich muss mir das Bild nicht ansehen. Ich kenne ihn.«

»Was wissen Sie noch über ihn?«

Reed fuhr sich mehrmals mit der Hand über den Mund, während er nach den passenden Worten suchte. »Er war nicht gerade … ein angenehmer Zeitgenosse.«

»Wie genau ist das zu verstehen?«

»Was hat er getan, Detective? Hat er jemanden umgebracht? Würde mich nicht wundern. Schon in der Schule hat er sich aufgeführt wie ein kleiner Psychopath.«

Mit einem Satz wie diesem hatte keiner der beiden Detectives gerechnet.

»Warum sagen Sie das? Können Sie uns ein bisschen mehr über ihn erzählen?«

Reed lehnte sich zurück, seine Schultern waren noch immer angespannt. »Er war ein typischer Schulhoftyrann – ein Mobber. Er ist nicht zur Schule gegangen, um zu lernen, sondern weil es dort jede Menge schwächerer Kinder gab, die er und seine Freunde schikanieren konnten.«

»Hat er Sie auch schikaniert?« Hunter beobachtete aufmerksam jede Regung seines Gegenübers.

Reed lachte nervös auf, bevor er einen Lippenpflegestift aus der Hosentasche holte und sich damit über die Lippen fuhr. »Sie haben *jeden* schikaniert. Es spielte keine Rolle, in welcher Klasse man war. Alle hatten Angst vor ihnen.«

»Angst?«

»Wissen Sie, wenn man damals jemandem von einem Schulhoftyrann erzählt hat, dann dachten alle immer nur an einen frechen Schüler, der andere verspottet. Sie vielleicht ein bisschen hänselt, weil sie übergewichtig sind oder komisch angezogen oder schlecht in Sport – aber Brett und seine Freunde waren anders. Stellen Sie sich einen Straßengangster mit einem akuten Fall von Größenwahn vor, der in der Zeit zurückversetzt wurde, dann haben Sie ungefähr eine Vorstellung von Bretts Persönlichkeit.« Reed hielt inne und strich sich übers Kinn. »Da war dieses Mädchen. Katherine hieß sie, glaube ich, sie war nicht in meiner Klasse. Ich war in der neunten, sie in der elften, aber ich kann mich noch gut erinnern. Sie war ziemlich schüchtern, ein bisschen dicklich, immer allein. Sie war nicht gerade ein hübsches Mädchen – Hakennase, schiefe Zähne, dicke Brille. Brett und seine Clique hatten sich richtiggehend auf sie eingeschossen. Jedes Mal, wenn sie sie erblickten, fingen sie an, wie Schweine zu grunzen, und warfen ihr die widerlichsten Schimpfwörter an den Kopf. Einmal, ich glaube, es war in der fünften Stunde, sind sie ihr auf die Toilette nachgeschlichen, und während sie in der Kabine war, haben sie von der Nachbarkabine aus über die Trennwand hinweg einen Eimer mit menschlichen Exkrementen über ihr ausgekippt.«

Garcia schnitt eine angewiderte Grimasse.

»Hat irgendjemand damals gesehen, dass Brett dabei war?«, wollte Hunter wissen.

»Nein, aber alle wussten, dass niemand sonst auf der Compton High zu so etwas fähig gewesen wäre.«

»Und keiner hat die Polizei informiert oder den Schulleiter?«, fragte Garcia ungläubig.

»Ich glaube, bei diesem speziellen Vorfall gab es keine Zeugen.«

»Was ist mit dem ganz allgemeinen Mobbing?«, fragte Hunter. »Sind sie damit immer durchgekommen?«

Reed sah Hunter an. »Verstehen Sie, wie Mobbing funktioniert, Detective?«

Hunter hielt seinem Blick stand. »Ja. Durch Einschüchterung.«

»Ganz genau, durch Einschüchterung. Und darin waren sie wahre Meister. In der Schule und außerhalb. Sachen wie das, was sie dieser Katherine angetan haben – das war für sie ein Zeitvertreib, mehr nicht. Sie brauchten keinen bestimmten Grund dafür, es hatte nichts damit zu tun, dass sie einen Groll gegen sie hegten. Es hat ihnen ganz einfach Spaß gemacht. Und wenn sie ohne jeden Anlass zu so etwas fähig waren, dann stellen Sie sich mal vor, was sie mit demjenigen gemacht hätten, der ihnen tatsächlich in die Quere gekommen wäre.«

»Diese Clique, die Sie angesprochen haben, wie viele Mitglieder hatte die? Könnten Sie sie uns zeigen?« Hunter schob Reed das Jahrbuch hin.

»Ich weiß es wirklich nicht mehr so genau.« Reed zuckte mit den Schultern, das Buch ignorierte er. »Das ist fünfundzwanzig Jahre her. Wie gesagt war ich damals in der neunten Klasse, Brett in der zwölften. Ich habe einfach versucht, ihnen möglichst aus dem Weg zu gehen, so wie alle anderen auch. Aber Brett war nicht der Schlimmste. Er war nicht der …«, Reed zeichnete Anführungsstriche in die Luft, »… Anführer.«

Hunter und Garcia tauschten einen raschen Blick. »Wer denn dann?«

Reed schürzte die Lippen. »Sie haben mir immer noch nicht gesagt, worum es hier eigentlich geht, Detective. Wird er gesucht? Fahnden Sie nach ihm?«

»Nicht direkt«, antwortete Hunter.

Reed studierte Hunter und Garcia. »Moment mal. Haben Sie nicht gesagt, Sie sind vom Morddezernat? Hat jemand Brett endlich den Garaus gemacht?« Ein dünnes Lächeln umspielte seine Mundwinkel.

»Glauben Sie, jemand hätte Grund dazu gehabt?«

»Haben Sie mir nicht zugehört? Sie haben *jedem* an der Schule das Leben zur Hölle gemacht. Mehrere Schüler und mindestens ein Lehrer haben die Compton High wegen ihnen verlassen. Es würde mich überhaupt nicht wundern, wenn sich die ganze Bande nach der Schule zu Schwerkriminellen entwickelt hätte.«

Hunter beugte sich vor, die Ellbogen auf die Knie gestützt. »Und wenn ich Ihnen nun sage, dass Brett Stewart Nichols katholischer Priester geworden ist, würde Sie das wundern?«

Reed starrte die beiden Detectives in unverhohlenem Staunen an. »Ist das Ihr Ernst?«

Keine Antwort.

»Man sagt ja gemeinhin, jeder könne Erlösung erlangen, aber ja, das würde mich in der Tat sehr wundern.«

»Der Anführer«, nahm Garcia den Faden wieder auf und schob Reed in einem erneuten Versuch das aufgeschlagene Jahrbuch hin. »Wer war das?«

Jetzt endlich richtete Reed den Blick auf das Buch. Er blätterte eine Weile darin herum, bevor er innehielt und lange auf ein Foto in der unteren linken Ecke starrte. Ein Muskel zuckte in seiner Wange, als er mit dem Zeigefinger darauf tippte.

»Der da.«

91

Das Bild, auf das Reed gedeutet hatte, zeigte einen blassen Jungen mit vollen Lippen, katzengleichen, verschlagenen Augen und schulterlangen schwarzen Haaren. Der Name unter dem Bild lautete Peter Elder.

Hunter notierte den Namen in seinem schwarzen Buch. »Was wissen Sie noch über ihn?«

»Ich habe es Ihnen doch schon gesagt. Das waren ganz miese Kerle, und ich habe zugesehen, dass ich ihnen nicht in die Quere komme. Mehr kann ich dazu nicht sagen.«

»Erkennen Sie sonst noch jemanden wieder?«, drängte Garcia. »Den Rest der Gang vielleicht?«

»Nein«, sagte Reed brüsk, klappte das Jahrbuch zu und schob es entschieden zurück über den Tisch in Hunters Richtung.

»Was ist mit einem von diesen Mädchen hier?« Hunter zeigte Reed das Foto von Amanda Reillys Mädchenclique.

Reed betrachtete es fast eine Minute lang, bevor er schließlich den Kopf schüttelte. »Nein, die habe ich in der Schule nie gesehen.« Er sah nicht auf.

»Sie gingen auch nicht auf die Compton High. Ich dachte bloß, dass Sie sie möglicherweise vor der Schule mal gesehen haben könnten, vielleicht zusammen mit Bretts und Peters Gang?«

»Das alles ist über zwanzig Jahre her, Detective. Bedauerlicherweise habe ich kein fotografisches Gedächtnis. Und wie gesagt, ich habe alles getan, um ihnen aus dem Weg zu gehen.« Reed sah auf die Uhr. »Das Gespräch dauert jetzt schon wesentlich länger als fünfzehn Minuten, Detectives. Ich muss wirklich los.«

»Ihre Mutter war Bretts Lehrerin und hat ihn siebenmal suspendiert, stimmt das?«, drängte Hunter weiter.

»Ja, das stimmt.« Die Antwort kam mit deutlich spürbarem Ärger. »Meine Mutter war eine ausgezeichnete, unbestechliche Lehrerin. Sie hat immer getan, was sie für richtig hielt. Sie hat sich von niemandem einschüchtern lassen, schon gar nicht von einem rüpelhaften Schüler.«

»Hat er sie in irgendeiner Form bedroht, nachdem er suspendiert worden war?«

»Brett und Peter haben nicht *gedroht*. Sie haben gehandelt.« Wieder zuckte der Muskel in seiner Wange.

»Was hat er getan?«

Die Frage machte Reed nervös. »Gentlemen, jetzt muss ich wirklich gehen. Ich habe eine Vorlesung.« Er fuhr in die Höhe, und Hunter und Garcia blieb nichts anderes übrig, als ebenfalls aufzustehen. Reed zeigte zur Haustür – eine unmissverständliche Geste.

Als Hunter an dem großen Tisch mit den Puzzleteilen vorbeikam, blieb er kurz stehen, betrachtete die Teile einige Sekunden lang, nahm dann eins auf und fügte es an den Rahmen an.

Reeds Augen sprühten Funken.

»War bloß Glück«, meinte Hunter achselzuckend.

Als sie schon an der Tür waren, hielt Reed plötzlich inne und zog die Brauen zusammen, als ginge ihm ein Licht auf. »Warten Sie mal. Jetzt weiß ich, wo ich Sie schon mal gesehen habe. Sie waren gestern in der Zeitung. Die Eso-Cops, stimmt's? In dem Artikel stand, dass Sie ein Mädchen um Hilfe gebeten haben, das behauptet, hellsehen zu können.«

»Sie sollten nicht alles glauben, was in der Zeitung steht«, gab Garcia genervt zurück.

»Neulich wurde doch dieser Priester ermordet«, fuhr Reed unbeirrt fort. »Enthauptet. Die Presse nennt den Täter den Vollstrecker. Sie haben gesagt, Brett ist Priester geworden. War er etwa das Opfer?« Ein leiser Triumph blitzte in Reeds Augen auf.

Hunter zog den Reißverschluss seiner Jacke hoch und nickte. »Ja, Brett Stewart Nichols ist brutal ermordet worden.« Er wartete auf eine Reaktion von Reed, aber es kam keine. »Wir danken Ihnen für Ihre Zeit und Ihre Hilfe, Mr Reed.«

»Und ich wünsche Ihnen noch viel Erfolg für Ihre Ermittlungen, Detective.« Reed schloss die Tür. Das Letzte, das sie von ihm sahen, war ein zufriedenes Lächeln, das sich auf seinen attraktiven Zügen ausbreitete.

Draußen griff Hunter sofort zum Handy und rief Hopkins an. »Ian, hören Sie zu, es gäbe da noch eine Sache zu überprüfen …«

92

Heute war ein grosser Tag im Leben der jungen Polizistin Shauna Williams: ihre allererste Solostreife.

Shauna war in Inglewood aufgewachsen, einem Problembezirk im Südwesten von L. A. Sie war das jüngste von vier Geschwistern und das einzige Mädchen. In der Schule war sie – im Gegensatz zu ihren drei Brüdern – fleißig und erfolgreich. Nur selten brachte sie schlechtere Noten als ein Gut nach Hause. Sie war groß und sportlich, spielte auf der Position des Shooting Guard in der Basketballmannschaft und im Softballteam. Sie war das einzige der vier Williams-Geschwister, das den Highschool-Abschluss geschafft hatte. Und wenn das Schicksal es nur ein bisschen besser gemeint hätte, wäre sie vielleicht auch die Erste in ihrer Familie gewesen, die aufs College ging.

Shauna wusste, dass ihre Brüder in kriminelle Aktivitäten verwickelt gewesen waren, sie wusste bloß nicht genau, wie sehr. Es ist so gut wie unmöglich, in einer Stadt wie L. A. in einem sozialen Brennpunktviertel aufzuwachsen und von der Gang-Kultur unbeeinflusst zu bleiben, die vielerorts die Straßen beherrscht. Und für Afroamerikaner war es noch schwerer als für Weiße. Nie würde sie den Abend vergessen, an dem zwei Cops vor der Tür gestanden hatten, um ihren Eltern die schlimmste aller Nachrichten zu überbringen: Ihre drei Brüder waren in einem gestohlenen Wagen niedergeschossen worden, alles deutete auf den Vergeltungsschlag einer rivalisierenden Gang hin.

Das war kurz nach ihrem neunzehnten Geburtstag.

Shauna hängte ihren Traum vom College an den Nagel und trat wenige Monate später, nachdem sie alle Einstellungstests mit Bravour bestanden hatte, ins LAPD ein.

Die sechs Monate hartes Training, die folgten, machten ihr nichts aus, und Shauna schloss die Ausbildung als Jahrgangsbeste ab. Ihr erklärtes Ziel war es, entweder Detective zu werden oder es ins SWAT-Team zu schaffen.

Shauna war der West Bureau Pacific Division zugeteilt und einem erfahrenen, zwölf Jahre älteren Officer als Partnerin an die Seite gestellt worden. Sie hatte die Polizeiakademie erst vor fünf Monaten abgeschlossen, aber sie verfügte über eine schnelle Auffassungsgabe, war sehr intelligent und engagiert, daher hatte ihr Lieutenant befunden, dass es an der Zeit war, Shauna probeweise allein auf Streife zu schicken. Als ihr Partner sich am Morgen krankgemeldet hatte, war dies die ideale Gelegenheit gewesen.

Shauna bekam einen Funkspruch von der Zentrale herein: Eine Gruppe Jugendlicher randaliere in der Nähe von Marina del Rey, nur ein paar Blocks von ihrem derzeitigen Aufenthaltsort entfernt. Die angebliche Randale erwies sich als harmlose Spielerei einiger angetrunkener Kids, die auf dem Gelände einer verlassenen Baustelle Dampf abließen. Shauna gelang es, die Situation schnell und sauber zu entschärfen. Als sie zu ihrem Streifenwagen zurückging, fiel ihr ein schwarzer Cadillac ins Auge, der halb hinter einer Bauruine verborgen stand. Sie erinnerte sich an die Fahndungsausschreibung, die tags zuvor die Runde gemacht hatte. Darin wurde ein schwarzer Cadillac Escalade gesucht, den ein Autoverkäufer in West Hollywood zu einer Probefahrt mitgenommen hatte, von der er nie zurückgekehrt war. Sie überprüfte die Einzelheiten auf ihrem Bordcomputer – das Kennzeichen stimmte.

Shauna funkte die Zentrale an und bat um nähere Informationen. Ihr wurde mitgeteilt, dass der Autoverkäufer, ein Afroamerikaner namens Darnell Douglas, den Wagen für eine kurze Probefahrt mit einem Kunden ausgeliehen hatte. Über Letzteren lagen keine Informationen vor. Eine Gefahrenwarnung war nicht ausgegeben worden. Shauna meldete der Zentrale, dass sie sich das Fahrzeug genauer ansehen werde.

Die Karosserie des Cadillac war unversehrt – keine Dellen, keine Kratzer. In einen Unfall schien er also nicht verwickelt worden zu sein. Sämtliche Türen waren verriegelt. Mit der Taschenlampe leuchtete Shauna durch die getönten Scheiben ins Wageninnere – auch dort war nichts Verdächtiges zu sehen. Der Cadillac war auf einer zementierten Fläche abgestellt worden, um das Fahrzeug herum gab es keine Fußspuren.

Shauna rief erneut die Zentrale an und meldete, dass sie die Bauruine inspizieren würde, um nachzusehen, ob Darnell Douglas oder der Käufer eventuell im Gebäude waren und Hilfe brauchten. Falls sie etwas fand, würde sie sich umgehend melden.

Der erste Raum, den sie betrat, war groß und voller Bauschutt. Die Luft stank nach Urin.

»Hallo?«, rief sie mit lauter, fester Stimme. »Ist hier jemand?«

Kein Laut. Eine dicke, einstmals durchsichtige, aber mit der Zeit stumpf gewordene Plastikplane diente als Türersatz. Shauna schob sie mit ihrer Taschenlampe beiseite und betrat den nächsten Raum.

»Darnell, sind Sie hier irgendwo? LAPD. Brauchen Sie Hilfe?«

Nichts regte sich.

Vorsichtig ging Shauna weiter. Je tiefer sie in das verlassene Haus vordrang, desto dunkler wurde es, desto schaler wurde die Luft. Ein weiterer leerer Raum, dann noch einer und noch einer. Es war vollkommen still, aber ihr Instinkt sagte ihr, dass etwas nicht stimmte. Sie wollte gerade umkehren, als ein Windstoß den Plastikvorhang vor dem Eingang zum nächsten Raum ein Stück beiseitewehte. Sie erhaschte einen kurzen Blick auf etwas und bekam eine Gänsehaut.

Sie erinnerte sich daran, was sie in der Ausbildung gelernt hatte, zog ihre Waffe und pirschte vorsichtig in kleinen Schritten auf die Tür zu.

»Hallo, Darnell? Sind Sie da drin?«

Keine Antwort.

»LAPD, ist da jemand?«

Stille.

Sie hob den Plastikvorhang an und betrat den Raum.

Keine fünf Sekunden später fing sie an zu würgen.

93

Debbie Howard, Amandas alte Schulfreundin und mutmaßliches zweites Opfer des Vollstreckers, war ein Einzelkind. Der Vater hatte die Familie verlassen, als Debbie acht Jahre alt gewesen war, und die Mutter hatte nie wieder geheiratet. Mittlerweile lebte die alte Mrs Howard in einem Heim für Demenzkranke.

Wie Amanda Reilly war auch Debbie in Gardena aufgewachsen. 1986 hatte sie die Highschool abgeschlossen und war kurz darauf nach Seattle gezogen, um an der Washington State University Jura zu studieren. Sie schloss das Studium mit Auszeichnung ab und bekam gleich danach eine Stelle bei Foster Harvey, einer der größten Kanzleien im pazifischen Nordwesten. Fünf Jahre nachdem sie dort angefangen hatte, heiratete sie William Clark, einen Kollegen und Partner bei Foster Harvey. Die Ehe hielt nur dreieinhalb Jahre, und nach einer einvernehmlichen Scheidung beschloss Debbie, sowohl ihren alten Arbeitgeber als auch Seattle hinter sich zu lassen und nach L. A. zurückzukehren. Ihr Leumund war ausgezeichnet, und nachdem sie die Anwaltslizenz für Kalifornien erworben hatte, bot man ihr eine Stelle bei der Bezirksstaatsanwaltschaft von Los Angeles in Antelope Valley an.

Debbie war klug, ehrgeizig, durchsetzungsstark und im Gerichtssaal eine respekteinflößende Gegnerin. Seit sie zurück nach Kalifornien gezogen war, hatte sie über fünfhundert Kriminelle hinter Gitter gebracht, deren Straftaten von kleineren Delikten bis hin zu Kapitalverbrechen reichten. Vor zwei Jahren traf sie den erfolgreichen Architekten Jonathan Hale, verliebte sich in ihn und wurde seine Frau. In ihrem gemeinsamen Haus in Lancaster wurde sie vor zwei Wochen tot aufgefunden. Von einer Nummer auf dem Körper der Toten war nichts bekannt.

Als Hunter und Garcia wieder im Büro eintrafen, hatte Hopkins bereits sämtliche Informationen zu einem sauber getippten zweiseitigen Bericht zusammengefasst.

»Wie ist sie gestorben?«, fragte Hunter als Erstes, während er den Bericht überflog.

»Laut Aussage des Detectives vom L. A. County Sheriff's Department in Lancaster wurde die Leiche im Badezimmer entdeckt. Da der Fall noch nicht abgeschlossen ist und Howard bei der Staatsanwaltschaft gearbeitet hat, geben sie keine weiteren Informationen raus. Ich habe mit Captain Blake gesprochen, sie hat sich gleich ans Telefon gehängt.« Hopkins nickte. »Wir dürfen die Akte einsehen.«

»Und wo ist sie?«, wollte Hunter wissen.

»Auf dem Weg hierher. Detective Ross vom Sheriff's Department macht uns Kopien von allem, was bisher zu Debbie Howards Tod vorliegt. Captain Blake hat ihnen gesagt, sie sollen alles schicken, was sie haben, und zwar so schnell wie möglich. Die Anfrage ist eine halbe Stunde her, die Unterlagen müssten also bald hier sein.«

»Gut. Was gibt's sonst noch?«

Informationen über Peter Elder, Vater Fabians Schulfreund, den James Reed im Jahrbuch identifiziert hatte, waren leichter zu beschaffen gewesen. Er hatte nie die Schule beendet und sich im Gegensatz zu Brett auch nie geändert. Auf Mobbing in der Schule folgte Ladendiebstahl, dann Körperverletzung, bewaffneter Raubüberfall und schließlich Mord.

Hopkins reichte den relativ kurzen Bericht über Elder an die Detectives weiter.

»Er sitzt im CCI?«, fragte Garcia erstaunt.

Das California Correctional Institution State Prison in Tehachapi war eine von insgesamt drei kalifornischen Justizvollzugsanstalten, die über einen Hochsicherheitstrakt verfügten.

»Er wurde noch am Tatort gestellt, blutüberströmt und mit der Leiche zu seinen Füßen – er hatte einen Ladenbesitzer umgebracht«, erklärte Hopkins. »Der einzige Grund, weshalb er nicht in der Todeszelle sitzt, ist irgendeine Formsache. Die Cops haben den Tatort verunreinigt. So hat er lebenslänglich bekommen, ohne Möglichkeit der vorzeitigen Entlassung.«

»Was ist mit den anderen beiden Mädchen auf dem Gardena-Foto?« Hunter stand auf. »Emily Wells und Jessica Pierce. Haben wir die schon gefunden?«

Kopfschütteln von Hopkins. »Ich habe mehrere Suchanfragen gleichzeitig am Laufen, bisher noch ohne Resultat. Sie müssen mir einfach ein bisschen mehr Zeit geben.«

»Zeit ist etwas, wovon wir nicht sehr viel zur Verfügung haben«, meinte Garcia mit einem vielsagenden Blick zu Hunter. Vorerst wollten sie noch nichts über Mollies jüngste Vision über den Neujahrstag preisgeben.

»Bei Debbie Howard hatte ich Glück«, sagte Hopkins. »Sie hat ihren Mädchennamen behalten, statt den Nachnamen ihres Mannes anzunehmen. Das und der Umstand, dass sie bei der Staatsanwaltschaft gearbeitet hat, haben die Suche ziemlich vereinfacht. Die Datenbank hat sofort ihren Namen ausgespuckt. Emily Wells und Jessica Pierce sind wahrscheinlich verheiratet. Das heißt, ich muss alte Unterlagen über sie auftreiben oder ihre Eltern finden. Ich arbeite, so schnell ich kann. Ich besorge Ihnen die Informationen, versprochen, aber ein paar Stunden brauche ich noch.« Er rieb sich mit der Hand übers Gesicht. Er sah müde aus.

»Was ist mit unserem mutmaßlichen ersten Opfer, dem unidentifizierten Mann, und der Suche nach der Armbanduhr?«, wollte Garcia wissen. »Haben Sie dazu was gefunden?«

»Bis jetzt nichts. Ob Sie's glauben oder nicht, die Inventarlisten in der Rechtsmedizin sind nicht digital verfügbar.« Hopkins zuckte mit den Schultern, als sei ihm das unbegreiflich. »Und das in der heutigen Zeit. Alles handgeschriebene Zettelchen.«

Hunter legte den Kopf in den Nacken und stieß einen erschöpften Seufzer aus. »Ich schicke ein paar Leute in die Rechtsmedizin, damit sie mit Ihnen zusammen die Listen durchgehen. Wir müssen den Mann finden.«

94

Wie üblich betrat Captain Blake den Raum, ohne anzuklopfen. Ihr Make-up schien ein wenig dicker aufgetragen als sonst, und Hunter vermutete, dass sie auf diese Weise die dunklen Ringe unter ihren Augen kaschieren wollte.

»Stimmt es, Robert? Ist Debbie Howard das zweite Opfer?« Mit dem Kinn deutete sie auf die Fotos an der Pinnwand.

»Vermutlich ja. Aber ich brauche die Ermittlungsakte, bevor ich es mit Sicherheit sagen kann.«

»Die müsste bald hier sein«, sagte Blake. »Eine Staatsanwältin?« Sie schüttelte missbilligend den Kopf. »Na, da wird die Kacke aber mächtig am Dampfen sein, sobald der Chief und der Bürgermeister erst mal davon erfahren, das garantiere ich Ihnen.«

»Im Moment gehen wir lediglich verschiedenen Spuren nach, Captain«, sagte Hunter beschwichtigend. »Niemand muss irgendwas erfahren.«

»Schön wär's. Aber da Sie beide es gestern auf die Titelseite der *Times* geschafft haben, will der Chief von mir ab jetzt täglich einen Bericht über den Fortgang der Ermittlungen. Er will uns im Auge behalten – uns, die *Eso-Cops*. Und der Bürgermeister bestimmt auch.«

»Dann erstatten Sie ihm eben Bericht. Weiß irgendjemand, dass Sie die Akte im Zusammenhang mit unseren Ermittlungen angefordert haben?«

Captain Blake bedachte Hunter mit einem eisigen Blick. »Für wie dämlich halten Sie mich, Robert?«

»Na also. Dann müssen Sie es ihnen ja auch nicht sagen. Zumindest jetzt noch nicht.«

»Verlangen Sie von mir, dass ich den Chief anlüge, Robert?«

»Nein, Captain, nur dass Sie ihm die nächsten ein oder zwei Tage die Wahrheit in kleinen Dosen verabreichen.«

Blake funkelte erst Hunter, dann Garcia an. »Was genau ist eigentlich Ihr Problem mit Autoritäten und Regeln, Detective? Ist Ihnen entfallen, dass wir dem Chief und dem Bürgermeister über unsere Arbeit Rechenschaft schuldig sind? Ich weiß nicht genau, wie William Bolter das Dezernat geleitet hat, aber solange ich Captain bin, können Sie nicht damit rechnen, dass ich Sie decke, wenn Sie permanent lügen und die Befehle Ihrer Vorgesetzten missachten. Wenn feststeht, dass Debbie Howard das zweite Opfer unseres Täters war, dann wird das auch in meinem Bericht stehen.« Sie hielt inne. »Also, was haben wir bis jetzt?«

Hunter berichtete ihr von den Klassenfotos von der Gardena Senior High und ihrem Gespräch mit James Reed.

»Und dieser Peter Elder, der alte Schulfreund von Vater Fabian, er sitzt im CCI in Tehachapi?«, fragte sie nach.

»Die Cops haben den Tatort verunreinigt«, bestätigte Hopkins. »Eigentlich müsste er in San Quentin sitzen.«

»Ich möchte so schnell wie möglich mit ihm sprechen, Captain.« Hunter warf einen Blick auf seine Armbanduhr. »Was meinen Sie, wie schnell kriegen wir einen Besuchsantrag durch?«

Blake seufzte und betrachtete Elders Akte. »Elder sitzt in einem Hochsicherheitsgefängnis, Robert. Besuchsrechte sind da dünn gesät, wenn es überhaupt welche gibt. Ich muss in jedem Fall einen formellen Antrag an die Gefängnisleitung stellen, und selbst wenn ich in den glühendsten Farben schildere, wie dringend die Sache ist, wird es höchstwahrscheinlich mindestens vierundzwanzig Stunden dauern, bis die Genehmigung vorliegt.« Sie legte die Akte auf Hunters Schreibtisch ab. »Ich habe einen guten Bekannten beim Bewährungsausschuss, vielleicht kann der ein gutes Wort für uns einlegen und die Sache etwas beschleunigen. Aber inwiefern soll uns dieser Peter Elder helfen können? Er sitzt seit ...« Sie drehte sich fragend zu Hopkins um.

»Vierzehn Jahren«, sagte dieser wie aus der Pistole geschossen.

»Das heißt, er hat seine alten Schulfreunde lange, lange nicht mehr gesehen.«

Hopkins warf einen Blick auf seinen Bericht. »Das stimmt, Captain. Auf seiner Besuchsliste taucht nur ein Name auf, der seiner Mutter, und die ist vor fünf Jahren gestorben.«

Hunter rieb sich mit den Handballen die Augen. »Wir wissen, dass Amanda Reilly und Debbie Howard Schulkameradinnen waren.« Er zeigte auf das Foto mit den vier Mädchen. »Aber wir müssen noch die Verbindung zwischen den Mädchen und dem jungen Vater Fabian herstellen. Bislang wissen wir nur, dass sie sich nicht aus der Schule gekannt haben können, aber sehen Sie sich das mal an, Captain.« Hunter lenkte ihre Aufmerksamkeit auf den großen Stadtplan von L. A., der an der Wand hing. »Die Nadeln zeigen an, wo Amanda und der Priester früher gewohnt haben – gar nicht weit voneinander.« Er nahm Debbie Howards Bericht in die Hand. »Und Debbie hat in derselben Straße gewohnt wie Amanda.«

»Sie glauben, sie gehörten zur selben Clique?«, fragte Blake.

»So was in der Art.« Hunter nickte und lehnte sich an die Schreibtischkante. »Aber ganz sicher können wir nur sein, wenn wir jemanden finden, der sie früher gekannt hat. Einen guten Freund, vielleicht jemanden aus ihrer Gang.« Er wies auf das Jahrbuch der Compton High. »Und dieser Jemand ist Peter Elder.«

»Und wenn er Ihre Vermutung bestätigt, was bringt Ihnen das?«

»Ein Motiv.«

Plötzlich ruhten alle Blicke auf Hunter.

95

»Ich höre, Robert«, drängte Captain Blake Hunter.

»Mobbing.«

»Mobbing? Sie meinen Kids, die andere Kids fertigmachen?«, fragte Blake ungläubig.

»Wir haben heute erfahren, dass Vater Fabian früher in der Schule Mobber war, und ein ziemlich schlimmer noch dazu. Er und seine kleine Gang haben Schüler und Lehrer systematisch tyrannisiert. Peter Elder gehörte nicht nur zu dieser Clique, sondern war den Angaben von James Reed zufolge sogar ihr Anführer.«

»Der Priester war ein Mobber?«

»Schwer zu glauben, oder?«, warf Garcia ein.

»Moment mal. Amanda und Debbie waren doch gar nicht auf derselben Schule.«

Hunter suchte etwas auf seinem Schreibtisch. »Hier, sehen Sie sich das an.« Er reichte Blake die Schulakte von Amanda Reilly.

»Schlechte Noten, ein paarmal Nachsitzen, Schuleschwänzen.« Sie zuckte die Achseln. »Bei der Hälfte aller Schüler in L. A. sieht die Akte vermutlich genauso aus. Sie war also keine Musterschülerin, na und?«

»Das sind die meisten Mobber nicht.«

Blakes Augen weiteten sich. »Sie denken, dass sie eine Mobberin war, nur weil sie schlechte Noten hatte? Das ist ziemlich hart, Robert.«

»Ganz und gar nicht.« Hunter schüttelte den Kopf. »Sehen Sie sich an, wie oft sie nachsitzen musste.«

Blake warf erneut einen flüchtigen Blick in die Akte. »Ziemlich oft, und worauf wollen Sie damit hinaus?«

»Kein Schüler muss so oft nachsitzen, nur weil er schlechte Noten schreibt, Captain. Er muss den Unterricht stören, aufmüpfig sein, vielleicht sogar aggressiv. Alles, was ich sagen will, ist, dass durchaus die Möglichkeit besteht, dass Amanda Reilly genau wie Brett andere Schüler schikaniert hat. Und selbst wenn nicht, kann sie sich trotzdem mit der Gang von Brett und Peter rumgetrieben haben.«

Blake ließ sich das durch den Kopf gehen. »Sie glauben also, dass der Killer es auf Leute abgesehen hat, die ihn als Kind schikaniert haben?«

»Ich denke schon, ja.« Hunter nickte.

»Aber das war vor über zwanzig Jahren«, gab Hopkins zu bedenken. »Glauben Sie, jemand kann so lange einen Groll hegen?«

»Menschen können ihr Leben lang einen Groll hegen«, antwortete Hunter. »Aber in diesem Fall würde ich es nicht unbedingt als ›Groll‹ bezeichnen.«

Blake steckte sich eine lose Strähne hinters Ohr. »Reden Sie weiter.«

»Kinder und Jugendliche sind sehr empfänglich für seelische Traumata. Teenager sind von Natur aus unsicher und sensibel, egal wie abgebrüht sie sich nach außen hin geben. In dem Alter stehen die Türen zu ihrer Seele sperrangelweit offen, und man kann gewissermaßen einfach reinspazieren und in ihrem Unterbewusstsein ein totales Chaos anrichten, ohne dass sie es überhaupt merken.«

»Ein Chaos, das groß genug ist, um jemanden dazu zu bringen, so etwas zu tun?«, fragte Blake und zeigte auf die grausigen Tatortfotos.

»Mobbing kann extrem zerstörerische Ausmaße annehmen und seelische Wunden hinterlassen, die Jahre brauchen, um zu heilen – wenn sie überhaupt heilen.«

»Aber warum sollte er sich jetzt an ihnen rächen, wo die Sache doch schon Ewigkeiten her ist? Sie wollen ja wohl nicht behaupten, dass Vater Fabian und Amanda Reilly immer noch in Mobbing machen, oder?«

»Seelische Traumata können jahrelang im Unterbewusstsein eines Menschen schlummern, bis sie eines Tages hervorbrechen.« Hunter ging zum Fenster und blickte auf die Straße hinab. »Haben Sie sich noch nie gefragt, was es mit Obdachlosen auf sich hat?«

Alle im Raum runzelten verständnislos die Stirn.

»Haben Sie Pillen eingeworfen? Was zum Geier hat das jetzt wieder mit irgendwas zu tun, Robert?«, herrschte Blake ihn an.

»Manchmal, wenn ich einen Obdachlosen sehe, der hungrig und betrunken irgendwo in seiner Ecke sitzt, dann frage ich mich, wie weit man im Leben dieser Person wohl zurückgehen muss, um den genauen Zeitpunkt zu finden, an dem in ihm etwas für immer kaputtgegangen ist.« Hunter beobachtete einen alten Mann, der die Straße überquerte. »Vielleicht war es der Moment, als er seinen Job verloren hat oder seine Frau oder sein Kind. Alles Mögliche könnte der Auslöser sein. Aber irgendwas gibt es immer, Captain. Den sprichwörtlichen letzten Tropfen, der das Fass zum Überlaufen bringt. Jeder hat einen Punkt, an dem er nicht mehr weiterkann.« Er wandte sich wieder den anderen zu. »Und jetzt stellen Sie sich vor, dass unser Täter als Kind aufs Übelste schikaniert wurde. In seinem Unterbewusstsein kocht und brodelt der Zorn, aber er weiß es gar nicht wirklich. Fünfundzwanzig Jahre später, und in seinem Leben läuft irgendwas schief. Er ist arbeitslos geworden, seine Frau will ihn verlassen oder was auch immer. Er steht ohnehin schon kurz vor der Explosion. Und dann kommt irgendwann dieser letzte Tropfen. In seinem Kopf brennt eine Sicherung durch, und die alte Wunde reißt wieder auf. Und auf einmal ist diese ganze Wut nicht mehr in seinem Unterbewusstsein, sondern schießt an die Oberfläche.«

»Und er kehrt zu dem zurück, was er für die Wurzel allen Übels in seinem Leben hält. Dass er als Kind ein Mobbing-Opfer war«, vollendete Garcia den Vortrag seines Partners.

Hunter nickte. »Was auch immer dieser letzte Tropfen war, er hat ein Monster zum Leben erweckt.«

»Das« – Captain Blake deutete mit dem Kinn in Richtung der Pinnwand – »ist nicht zu übersehen.«

»In einem seiner Tagebücher«, fuhr Hunter fort, nachdem er sich wieder an seinen Schreibtisch gesetzt hatte, »erwähnt Vater Fabian ein paar Kids von der Straße, mit denen er sich früher rumgetrieben hat, und soweit man es erkennen konnte, waren sie von der ganz üblen Sorte.«

»Und jetzt glauben Sie, dass Amanda Reilly, Debbie Howard und Peter Elder vielleicht zu dieser Gruppe gehört haben«, schloss Blake.

»Die Möglichkeit besteht.«

»Also geht es nicht um Mobbing in der Schule«, sagte Blake. »Sondern zu Hause, in der Nachbarschaft.«

»Die meisten Schüler wohnen in der Nähe ihrer Schule«, merkte Hunter an.

»Verdammt.« Captain Blake schloss kurz die Augen, als ihr klar wurde, was Hunter meinte. »Doppeltes Mobbing. In der Schule *und* danach. Doppeltes Risiko eines seelischen Traumas.«

»Mobber haben oft Lieblingsopfer«, fuhr Hunter fort. »Wenn ich es richtig anstelle, kann ich Peter Elder womöglich dazu bringen, sie zu identifizieren.«

»Warum sollte er mit uns kooperieren?«

»Weil er nichts zu verlieren hat.«

Captain Blake stieß einen tiefen Atemzug aus. »Also schön, einen Versuch ist es allemal wert. Ich reiche sofort einen Besuchsantrag ein und rufe

Clayton beim Bewährungsausschuss an. Vielleicht haben wir Glück und Sie können morgen schon mit ihm sprechen.«

»Das wäre gut.« Hunter nickte. »Ich kann mit dem Wagen hinfahren. Bis Tehachapi sind es nur knapp zwei Stunden.«

Captain Blake nahm Debbie Howards Akte von Garcias Schreibtisch und überflog den Inhalt. Die Fakten waren dürftig. »Was ist mit dem Ehemann, Jonathan Hale?«

»Ich kann ihn nicht vernehmen, ohne vorher die Ermittlungsakte gelesen zu haben. Wir wissen ja noch nicht mal, wie sie gestorben ist.«

»Ich rufe gleich noch mal in Lancaster an«, verkündete Captain Blake entschlossen, »und frage nach, wo zum Teufel diese Akten bleiben. Sie hätten längst hier sein müssen.«

Das Telefon auf Hunters Schreibtisch klingelte.

»Detective Hunter.« Er lauschte ein paar Sekunden lang schweigend, bevor er schließlich auflegte und sich zu den anderen umdrehte. Er musste nichts sagen. Sie alle wussten Bescheid.

96

Diesmal wollte Captain Blake mit eigenen Augen sehen, zu welcher Grausamkeit der Vollstrecker fähig war.

Fünfunddreißig Minuten später hatten sie die verlassene Bauruine in Marina del Rey erreicht. Mehrere Polizeifahrzeuge waren bereits am Tatort, darunter auch Dr. Winstons silberfarbenes BMW Cabrio, das direkt neben dem Van von der Spurensicherung parkte. Eine große schwarze Polizistin in Uniform stand an einen Streifenwagen gelehnt da und wurde von einem Rettungssanitäter betreut.

»Was haben wir?«, fragte Hunter und trat auf den Officer zu, der bei dem gelben Flatterband am Eingang zum Gebäude Wache hielt.

»Ich weiß fast gar nichts, Sir«, antwortete dieser und berichtete von dem schwarzen Cadillac, für den am Tag zuvor eine Suchmeldung herausgegeben worden war. »Officer Williams« – er deutete auf die Polizistin – »hat das Fahrzeug vor etwa zwei Stunden sichergestellt. Keine Spur von den Insassen, also hat sie beschlossen, sich mal da drinnen umzusehen.« Er zeigte mit dem Daumen hinter sich. Sein Blick traf den Hunters, und er schüttelte sich. »Der liebe Herrgott weiß, was sie gefunden hat.« Er bekreuzigte sich rasch.

Garcia warf sich ein paar Magentabletten ein – eine Vorsichtsmaßnahme, die Captain Blake mit einem leicht irritierten Stirnrunzeln zur Kenntnis nahm. Schweigend zogen sie ihre weißen Overalls an. Die Ahnung, was sie an diesem Tatort erwarten würde, knisterte in der Luft wie Starkstrom.

Sie betraten den ersten Raum. Die Luft war kalt und feucht und geschwängert vom beißenden Geruch menschlicher Ausscheidungen. Captain Blake hielt sich diskret die Nase zu. Sie gingen durch den Türvorhang aus Plastik an der gegenüberliegenden Seite des Raums und wagten sich tiefer ins Innere des Hauses vor. Die unangenehme Kälte wurde stärker, und das Licht nahm ab, je weiter sie kamen. Im vierten Raum angelangt, sahen sie das gleißende Licht der Tatortleuchten durch einen trüben Plastikvorhang schimmern. Ein Kriminaltechniker stand vor dem Durchgang zum nächsten Raum und stierte ins Leere. Von den drei Neuankömmlingen nahm er keine Notiz.

Hunter, Garcia und Captain Blake traten nacheinander in den hell erleuchteten Raum. Hunter spürte, wie die Kälte, die ihnen bis hierher gefolgt war, schlagartig verschwand. Nicht wegen der Hitze, die die Halogenlampen abstrahlten, sondern weil sein Herz auf einmal doppelt so schnell schlug wie noch Augenblicke zuvor. Alle drei starrten auf etwas in der Mitte des Raumes.

»Gütiger Himmel!«, hauchte Captain Blake und hob zitternd eine Hand an den Mund.

97

Auf einem Metallstuhl mit hoher Lehne saß, den Kopf leicht nach hinten gebeugt, ein nackter Mann. Es war ein Schwarzer, aber seine Haut hatte die Farbe von Asche. Aus seinem Mund ragte ein durchsichtiger Plastikschlauch.

Dieser Schlauch war es nicht, der Captain Blakes Entsetzen geweckt hatte, obwohl ihn jemand tief in den Hals des Mannes gerammt hatte. Es waren die zweihundertfünfzig 10-Milliliter-Spritzen voller Blut, die im Körper des Mannes steckten. In seinen Augen, in den Ohrmuscheln, im Gesicht, in der Brust, in den Geschlechtsteilen, in Beinen und Füßen – überall.

Rechts neben dem Opfer stand Dr. Winston. Als er sie sah, kam er langsam auf die beiden Detectives und den Captain zu. Noch nie hatte Hunter ihn so erschüttert gesehen. Die vier standen eine Weile schweigend da, bis Captain Blake schließlich das Wort ergriff. In ihrer normalerweise ruhigen und klaren Stimme lag ein nervöses Flattern.

»Der Killer hat aus dem Opfer ein mit Blut gefülltes Nadelkissen gemacht?«

»In gewisser Hinsicht.« Eine kurze Pause. »Die Spritzen enthalten insgesamt etwa fünfzig Prozent seines Blutes.«

Captain Blakes fragender Blick glitt von Dr. Winston zu Hunter.

»Ohne sofortige medizinische Hilfe überleben die meisten Menschen nicht, wenn sie mehr als vierzig Prozent ihres Blutes verlieren«, informierte dieser sie.

Garcia stieß einen röchelnden Seufzer aus.

»Wollen Sie damit sagen, der Täter hat dem Opfer buchstäblich das Leben ausgesaugt?«, fragte Captain Blake.

Winston nickte. »In 10-Milliliter-Einheiten.«

Der Anblick des Toten war grotesk und widerlich, aber zugleich auf eine kranke Art faszinierend. Keiner der vier konnte seinen Blick von ihm losreißen.

Zögernd traten sie ein Stück näher.

Erst der Anblick der zwei mit Blut gefüllten Spritzen, die in den Augäpfeln des Mannes steckten, veranlasste Captain Blake, wegzusehen. In ihrem Magen rumorte es hörbar.

»Die Nummer?«, wollte Hunter wissen.

Schweigend lenkte Dr. Winston ihre Aufmerksamkeit auf den Rücken des Opfers. Mittig zwischen den Schulterblättern stand, fünfzehn Zentimeter groß und mit Blut geschrieben, die Zahl 5.

Hunter ging um den Stuhl herum nach vorn. »Was wissen wir über das Opfer?«

»Sein Name war Darnell Douglas. Einundvierzig Jahre alt. Wohnhaft in West Hollywood, seit sieben Jahren verheiratet.«

Hunter sah auf.

»Die Ehefrau wurde noch nicht benachrichtigt«, sagte der Doktor mit einem traurigen Kopfschütteln. »Er hat als Autoverkäufer bei Princeton Cars gearbeitet, ebenfalls in West Hollywood. Sie haben ja vermutlich schon gehört, dass er gestern verschwunden ist, nachdem er eins der Fahrzeuge zu einer Probefahrt ausgeliehen hatte.«

Hunter nickte.

»Das Team ist gerade dabei, den Wagen von oben bis unten nach Fingerabdrücken abzusuchen. Wenn der Täter irgendwelche Spuren hinterlassen hat, finden wir sie.«

»Wie hat der Killer es geschafft, ihm so viel Blut abzuzapfen?«, fragte Garcia und schüttelte sich, während er fassungslos die Spritzen betrachtete.

»Sehr gute Frage«, meinte der Doktor. »Und die Antwort lautet: ganz langsam.« Er zeigte auf die rechte Armbeuge des Opfers. »Wie Sie alle wissen, ist die große Armvene aufgrund des hohen Blutdrucks die bevorzugte Stelle für eine Venenpunktion – etwa zum Blutabnehmen. Wenn Sie ein bisschen näher kommen, können Sie sehen, dass die Gegend um die Armvene herum in beiden Armbeugen bis zum Gehtnichtmehr zerstochen wurde.«

Aufgrund der Hautfarbe des Opfers waren Hämatome schwer zu erkennen, aber Hunter war die große Zahl von Einstichstellen in der Armbeuge des Opfers bereits aufgefallen.

»Wenn man versucht, an anderen Stellen Blut abzunehmen – am Bein oder an der Brust oder irgendwo, wo keine Vene zu sehen ist«, fuhr der Mediziner fort, »bekommt man wenig oder gar kein Blut, es sei denn, man trifft rein zufällig eine Vene.«

Hunter überlegte eine Weile. »Also hat der Killer ihm immer wieder aus den Armvenen zehn Milliliter Blut abgezapft und dann …« Seine Worte verebbten.

Dr. Winston nickte und deutete auf den Hals des Opfers, wo auf beiden

Seiten Dutzende dicht beieinanderliegender Einstichstellen sichtbar waren. »Nicht nur an den Armen, auch an der Halsvene. Jedes Mal, wenn eine Spritze voll war, brauchte der Täter einen Platz, an dem er sie aufbewahren konnte, bevor er mit der nächsten weitermacht.« Sein Blick fiel auf Barbara Blake, die ihn mit weit aufgerissenen Augen anstarrte. »Insofern stimmt Ihr Vergleich mit dem Nadelkissen.«

»Grundgütiger.«

»Es liegt durchaus im Rahmen des Vorstellbaren, eine solche Prozedur über mehrere Stunden hinzuziehen«, fuhr Winston fort. »Und nach allem, was wir bei den anderen beiden Opfern gesehen haben, bin ich mir ziemlich sicher, dass der Täter das auch getan hat.«

»Er hat ihn gefoltert«, warf Hunter ein.

»Auf grausamste Weise. Sehen Sie? Er hat jede neue Spritze nicht bloß eingeführt, er hat sie dem Opfer regelrecht in den Körper gerammt.« Er zeigte nacheinander auf alle Körperteile, die er aufzählte. »Trommelfell, Hoden, Brustwarzen und Augen waren vermutlich als Erste an der Reihe. Dort ist der Schmerz jedenfalls am größten. An den Körperstellen mit wenig Unterhautfettgewebe und Muskeln, also im Gesicht, an den Schienbeinen, Knien und so weiter, sind die Nadeln bis auf den Knochen eingedrungen.«

»Ich glaube, der Killer hat sich die Augen für ganz zuletzt aufgespart«, widersprach Hunter, während er eingehend das Gesicht des Opfers betrachtete.

Dr. Winston und Captain Blake sahen ihn fragend an.

»Er wollte, dass sein Opfer sieht, wie er ihm die Nadeln ins Fleisch rammt.«

»Und wieso?« Die Frage kam von Captain Blake.

»O mein Gott«, flüsterte Garcia, dem klar wurde, worauf Hunter hinauswollte. »Der Killer sucht sich immer die Ängste seiner Opfer aus. Darnell Douglas hatte Angst vor Spritzen.«

98

Das riesige Redaktionsbüro war ein Labyrinth aus großen und kleinen Schreibtischen. Bücher, Zettel und Fotos türmten sich auf ihnen und wetteiferten mit überdimensionierten Computerbildschirmen, Telefonen und persönlichen Gegenständen wie gerahmten Familienfotos oder kleinen Plüschtieren um jeden Quadratzentimeter freien Platz. Namensschilder gab es nicht. Niemand hatte den Überblick darüber, wer wo saß oder gerade an was arbeitete. Es summte wie in einem Bienenstock, überall hörte man Fetzen von Telefongesprächen und das Klackern von Tasten. Mehr als zweihundert Menschen arbeiteten hier und legten gerade letzte Hand an Artikel, die am nächsten Tag in der *L. A. Times* erscheinen würden.

Claire Andersons Schreibtisch stand im hinteren Teil des Großraumbüros und sah eher aus wie ein Cafétisch als wie der Arbeitsplatz eines Reporters. Dass sie es mit ihrer Serienmörder/Hellseher-Story gestern auf die Titelseite geschafft hatte, änderte nichts an der Tatsache, dass sie immer noch in der Probezeit war. Sicher, der Artikel hatte ihr einige Bonuspunkte eingebracht, aber sie wusste genau, dass es in diesem Metier keinerlei Garantien gab. Die Titelseite von gestern war der kalte Kaffee von heute. Sie musste nachlegen; sie musste die Spannung aufrechterhalten. Ihr Instinkt sagte ihr, dass sich aus der Geschichte noch viel, viel mehr herausholen ließ.

Ein Killer, wie die Stadt ihn noch nicht gesehen hatte. Aber sie brauchte mehr Informationen. Zu dumm nur, dass sie sich den leitenden Ermittler in dem Fall zum Feind gemacht hatte. Aber sie durfte nicht zulassen, dass ihr die Story durch die Finger glitt, dass jemand sie ihr wegnahm. Sie musste den Aspekt weiterverfolgen, den kein anderer Reporter bislang gefunden hatte: die kleine Hellseherin.

Am Abend zuvor im Trader Vic's hatte Claire natürlich sofort geahnt, dass der Anruf, den Hunter am Tisch bekommen hatte, irgendwas mit dem Mädchen zu tun hatte. Aber in der Zeit, die sie gebraucht hatte, um ihren Mantel von der Garderobe zu holen und nach draußen zu rennen, hatte er sich längst aus dem Staub gemacht. Es galt keine Zeit zu verlieren, also war sie in ein Taxi gesprungen und zu dem alten, heruntergekommenen Hotel in Lynwood gefahren, zu dem sie dem Mädchen nach ihrem Treffen mit Hunter und Garcia im Coffeeshop gefolgt war. Aber sie war verschwunden.

Der lange, dürre Glatzkopf an der Rezeption hatte Claire in holprigem Englisch mitgeteilt, dass er das Mädchen, das er Monica nannte, seit dem gestrigen Abend nicht mehr gesehen habe.

»Sie ihre Freundin?«, fragte er mit seinem nicht zu identifizierenden ausländischen Akzent. Sein Atem roch nach Schnaps. »Wenn Sie gute Freundin, Sie mir zahlen das Geld, das sie schuldet mir, ja? Sie hat nicht gezahlt die Miete für jetzt drei Wochen lang.« Er hob drei knochige Finger. Die Nägel waren dreckverkrustet.

»So gut kenne ich sie auch wieder nicht«, wiegelte Claire ab, während sie sich unauffällig die Hand vor die Nase hielt. »Aber ich mache Ihnen einen Vorschlag, Mr …«

»Petrosky. Pat Petrosky.«

»Ich mache Ihnen einen Vorschlag, Pat.« Sie kritzelte ihren Namen und ihre Telefonnummer auf ein Stück Papier und legte es auf den Tresen. »Wenn Sie mich anrufen, sobald Sie sie sehen – und ich meine noch in derselben Sekunde –, dann verdienen Sie sich hundert Dollar. Na, wie klingt das?«

Pat las den Zettel, ohne ihn in die Hand zu nehmen. Als er danach aufsah, schaffte es sein Blick nicht bis zu Claires Gesicht, sondern blieb an ihrem Dekolleté hängen. »Okay, Claire. Wir haben Abmachung.«

Bis jetzt hatte Claire noch nichts von ihm gehört. Sie saß da, starrte den Bildschirm ihres Laptops an und tippte sich rhythmisch mit einem Kugelschreiber gegen die Schneidezähne. Eine letzte Trumpfkarte hatte sie noch, die sie ausspielen konnte. Durch Zufall war es ihr gelungen, eine Bekannte von Mollie ausfindig zu machen, eine dreiundzwanzigjährige Kellnerin namens Susan, die bis vor kurzem mit ihr im selben Diner gearbeitet hatte.

Claires Handy auf dem Schreibtisch vibrierte. Hastig riss sie es an sich.

»Claire Anderson.«

Es war die Frau aus der Telefonzentrale. Wie alle Reporter in der Probezeit hatte auch Claire keine eigene Durchwahl, so dass sämtliche Anrufe, die für sie in der Zentrale der *L. A. Times* eingingen, auf ihr Handy umgeleitet wurden.

»Miss Anderson? Ich habe hier jemanden in der Leitung, der Sie sprechen möchte.«

»Wer denn?«

»Er will seinen Namen nicht nennen. Er hat bereits gestern mehrmals angerufen, und heute auch schon. Ich habe seine Stimme wiedererkannt.«

»In Ordnung, stellen Sie ihn durch.« Sie hörte ein Klicken in der Leitung. »Hier spricht Claire Anderson.«

»Die Reporterin?«

»Ja«, lachte sie, »die Reporterin. Und wie darf ich Sie nennen?«

»Sie könnten mich Freund nennen.«

Claire schloss kurz die Augen und unterdrückte einen resignierten Seufzer. Das Wort ›Crackhead‹ schoss ihr durch den Kopf. »Wie kann ich Ihnen helfen, Mr … Freund?«

»Ich wollte fragen, ob wir uns treffen können. Vielleicht können wir uns gegenseitig helfen.«

»Und in welcher Angelegenheit möchten Sie sich mit mir treffen?«

Keine Antwort, nur laute Atemgeräusche.

»Hallo …? Sind Sie noch dran?«

»Ja. Ich bin noch da.«

»Also, weswegen wollen Sie sich mit mir treffen?«

»Wegen jemandem, den Sie in Ihrem Artikel erwähnt haben – der Hellseherin.«

Claire setzte sich kerzengerade auf. Etwas in der Stimme des Mannes jagte ihr einen Schauer über den Rücken.

»Sie ist nicht die, für die Sie sie halten.«

99

Eine geschlagene Minute lang sagte niemand ein Wort. Captain Blake trat von einem Fuß auf den anderen. Garcias Vermutung, dass Darnell Douglas sich vor Spritzen fürchtete, hatte bei ihr einen Nerv getroffen. Sie selbst konnte Spritzen auch nicht leiden.

»Wenn er Angst vor Spritzen hatte, was soll dann der Schlauch in seinem Mund?«, fragte Captain Blake irgendwann und zeigte auf Darnell. »Hat der Killer ihm Nahrung eingeflößt?«

Dr. Winston ließ sich mit der Antwort Zeit. »Ich kann erst Genaueres sagen, wenn das Opfer bei mir auf dem Sektionstisch liegt, aber ich glaube nicht. Das ist ein Intubationsschlauch.«

Ein neuerlicher Schauer kitzelte Blakes Nacken. »Der Killer hat das Opfer intubiert? Warum?«

»Schauen Sie genau hin. Was fehlt in diesem Bild?« In den scharfen Augen des Rechtsmediziners lag eine Herausforderung an alle.

Gehorsam richteten sie den Blick wieder auf das groteske Bild eines Mannes, dessen Körper mit zweihundertundfünfzig blutgefüllten Spritzen gespickt war.

»Ich geb's auf, und außerdem habe ich keine Lust auf Ratespielchen, Jonathan«, sagte Blake streng. »Sagen Sie es mir: Was fehlt?«

»Fesseln«, sagte Hunter und trat noch einen Schritt näher. »Das Opfer ist nicht an den Stuhl gefesselt. Er sitzt einfach nur da, als hätte er alles freiwillig über sich ergehen lassen.«

»Bingo«, sagte Dr. Winston. »Fesseln wären für diese Art von Mordmethode auch nicht tauglich gewesen.«

»Verstehe ich nicht.« Captain Blake schüttelte den Kopf. »Was haben Fesseln damit zu tun, dass das Opfer intubiert wurde?«

»Ein gefesseltes Opfer könnte sich zwar nicht wehren, hätte aber immer noch einen gewissen Bewegungsspielraum.«

»Das kann man doch wohl kaum als nennenswerte Gegenwehr bezeichnen, oder?«, gab Blake, immer noch verwirrt, zurück.

»Wenn man eine Vene treffen will, schon«, mischte sich Hunter ins Gespräch.

»Wieder korrekt«, sagte Winston. »Ein kleines Zucken hätte ausgereicht, und der Versuch des Mörders, mit der Nadel eine Vene zu treffen, wäre fehlgeschlagen. Er hätte das Opfer bewusstlos schlagen können, aber damit hätte er sich selbst um einen Großteil der Befriedigung gebracht. Er wollte, dass sein Opfer wach ist.«

»Dann musste der Täter sein Opfer also auf irgendeine Weise komplett bewegungsunfähig machen?«, fragte Garcia.

»Eine vollständige Muskellähmung, genau.«

»Drogen?«, fragte Captain Blake.

»Höchstwahrscheinlich. Aber natürlich brauche ich dafür noch die Laborergebnisse.«

»Ein Mittel, das das Opfer lähmt, ohne sein Bewusstsein zu beeinträchtigen?« Hunter warf dem Doktor einen fragenden Blick zu.

»Oder sein zentrales Nervensystem. Ich bin mir sicher, der Killer wollte, dass sein Opfer noch voll empfindungsfähig ist.«

»O Mann.« Garcia verschränkte die Arme vor der Brust, als wäre es im Raum plötzlich noch kälter geworden. »Gibt es so was überhaupt?«

»Aber gewiss doch, es gibt sogar eine ganze Palette solcher Mittel. Die dank Internet und hunderter illegaler Medikamenten-Websites auch kinderleicht zu beschaffen sind.«

»Trotzdem …«, hakte Captain Blake erneut nach. »Wieso intubieren?«

»Weil das Mittel, das der Killer ihm verabreicht hat, auch sein Zwerchfell gelähmt hat«, klärte Hunter sie auf. »Er wäre erstickt, weil er nicht mehr selbständig atmen konnte.«

»Exakt«, sagte Dr. Winston. »Durch den Schlauch wurde ihm Sauerstoff zugeführt. Das hat ihn am Leben gehalten, während der Täter ihm in aller Ruhe so viele Schmerzen zufügte, wie ein Mensch nur ertragen kann.«

Captain Blakes Handy klingelte, und alle zuckten zusammen. Sie zog sich in eine Ecke des Raumes zurück. Ihr Gespräch dauerte nur wenige Sekunden.

»Sie sind drin«, sagte sie zu Hunter, nachdem sie sich wieder zu der kleinen Gruppe gesellt hatte. »Clayton hat ein paar Strippen gezogen, Sie haben morgen früh um sieben Uhr einen Besuchstermin bei Peter Elder im CCI.« Ihr Blick fiel wieder auf Darnell Douglas' Leiche. »Wir müssen das Schwein finden, das das hier getan hat, und zwar schnell.«

Nachdem er den Großteil der Nacht zusammen mit Dr. Winston am Tatort verbracht hatte, machte sich Hunter um vier Uhr dreißig auf die Fahrt ins kalifornische Staatsgefängnis in Tehachapi. Garcia war gegen zweiundzwanzig Uhr zurück ins Parker Center gefahren. Hunter hatte ihn gebeten, so viel wie möglich über ihr neuestes Opfer Darnell Douglas in Erfahrung zu bringen.

Die Fakten, die Garcia zusammengetragen hatte, waren bruchstückhaft, aber für Hunters Zwecke ausreichend.

Darnell hatte weder die Compton High noch die Gardena High besucht, aber als Teenager nur zwei Straßen von Brett Stewart Nichols entfernt gewohnt. Diese Information freute Hunter besonders. Seine Theorie von der Straßengang nahm langsam, aber sicher Gestalt an.

Hunter hatte zugesehen, wie Dr. Winston und zwei andere Kriminaltechniker sich darangemacht hatten, nacheinander alle zweihundertfünfzig blutgefüllten Spritzen aus Darnells Körper zu entfernen. Obwohl er keine Ergebnisse erwartete, wusste Hunter, dass jede einzelne Spritze auf Fingerabdrücke untersucht werden musste. Der Doktor teilte ihm mit, dass er die Obduktionsergebnisse habe, bis Hunter von seinem Besuch im CCI zurück sei.

100

Der Abend hatte schon mies angefangen, und je später es wurde, desto mehr schwand die Hoffnung, dass das Geschäft noch in Gang kommen würde. Seit fast drei Stunden stand sich Honey nun schon an ihrem Stammplatz in West Hollywood die Beine in den Bauch, und bis jetzt hatte sie nichts eingenommen außer den lumpigen fünfundzwanzig Kröten dafür, dass sie einem haarigen, nach Curry stinkenden Taxifahrer auf dem Rücksitz seines Wagens einen geblasen hatte. Es wurde immer schwieriger, Freier zu finden. Die Arbeit auf dem Strich war nicht ungefährlich und die Bezahlung schlecht, aber den alten, abgehalfterten Huren und den Mädchen, die zu high waren, als dass einer der zahlreichen Escortservices, Massagesalons oder bekannten Zuhälter sie genommen hätte, blieb nichts anderes übrig.

Mit ihren einundzwanzig Jahren konnte man Honey wohl kaum als alt bezeichnen, aber sieben Jahre massiven Heroinmissbrauchs hatten ihr ehemals wunderhübsches Gesicht ruiniert. Geblieben waren hohle Wangen, eingesunkene Augen, pockennarbige Haut, rissige Lippen und ein starrer, trüber Blick.

Honey war als Aisha Kemp im Süden Pasadenas geboren worden. Schon als kleines Kind wurde sie wegen ihrer wunderschönen goldbraunen Haut von allen nur »Honey« genannt. Doch wenn es stimmt, dass Kinder lernen, indem sie sich an den Erwachsenen in ihrer unmittelbaren Umgebung ein Beispiel nehmen, dann war ihr Schicksal schon früh besiegelt.

Ihr Vater war Alkoholiker, der im Wohnzimmer Crack rauchte, während er die kleine Honey in den Schlaf wiegte. Ihre Mutter war so gut wie nie da. Sie ging auf den Strich, und alles, was sie interessierte, war, wie sie an den nächsten Schuss kam. Streitereien zu Hause waren an der Tagesordnung und endeten oft gewalttätig. Niemanden kümmerte es, wenn Honey schrie, weil sie müde war oder hungrig. Ihren ersten Kater hatte Honey mit neun, und kurz nach ihrem zehnten Geburtstag war sie zum ersten Mal high. Mit dreizehn verlor sie ihre Jungfräulichkeit an eine Gruppe Jungs von der Straße, und mit vierzehn hing sie an der Nadel.

Genau wie ihre Mutter begriff auch Honey schnell, dass sie ein kostspieliges Hobby hatte. Als sie ihrem Dealer sagte, dass sie kein Geld habe, bot dieser ihr einen Schuss an, wenn sie als Gegenleistung für ihn und seine Freunde die Beine breitmachte. Sie lächelte bloß und nickte.

Plötzlich, im Alter von fünfzehn Jahren, fand Honey sich in einer völlig anderen Welt wieder. Eine Welt, in der die Leute bereit waren, für die Lust, die sie ihnen verschaffen konnte, zu bezahlen. Sie lernte schnell, und eine der ersten Lektionen war, dass sie umso mehr Freier bekam und umso mehr Geld verdienen konnte, je weniger Hemmungen sie zeigte. Schon bald hatte Honey den Ruf weg, dass sie für alles zu haben war. Egal wie schmutzig oder erniedrigend – ihr war nichts zu extrem. Aber dieser Lebensstil gepaart mit übermäßigem Alkoholkonsum und den täglichen Trips hatte nach nur sechs Jahren ein Wrack aus ihr gemacht.

Ihre einst glatte, strahlende Haut war stumpf; sie war bis an die Grenze der Unterernährung abgemagert, und ihre Haare waren so dünn, dass sie sich nicht mehr ohne Perücke vor die Tür traute. Trotz der Schminke, die sie auftrug, hätte niemand sie als attraktiv bezeichnen können. Die Freier mit Geld suchten nicht auf der Straße nach weiblicher Gesellschaft. Sie saßen gemütlich in ihren Hotelzimmern oder in ihren Limousinen, riefen bei den einschlägigen Agenturen oder Zuhältern an und ließen sich ein Mädchen ihrer Wahl frei Haus liefern. Honey war erst einundzwanzig, und trotzdem bekam sie nur noch die betrunkenen, ungewaschenen Freier ab, mit denen sie um jeden Cent feilschen musste.

Der Nieselregen machte alles nur noch schlimmer, und Honey hatte sich schon so gut wie damit abgefunden, dass es an diesem Abend bei den fünfundzwanzig Dollar bleiben würde. Nicht genug für einen Schuss, aber vielleicht konnte sie sich irgendwie mit Cliff einigen. Sie wusste ja, worauf er stand.

Sie hatte gerade ihren roten Lippenstift nachgezogen und den Überschuss mit einem Papiertaschentuch abgetupft, als ihr ein Mann auffiel, der sie von der gegenüberliegenden Straßenseite aus beobachtete. Sie lächelte ihm zu, und der Mann sah wie ertappt zur Seite. Honey hörte schon das Geld in ihren Ohren klimpern, denn sie hatte den Mann sofort als ideale Beute registriert: ein Tourist von außerhalb. Sie wartete geduldig, bis er wieder Blickkontakt mit ihr aufnahm, was nach nicht mal fünf Sekunden auch geschah. Honey war Expertin im Flirten, und es dauerte keine Minute, bis sie ihm das einladende Lächeln entlockt hatte, auf das sie aus gewesen war. Sie zog sich den Mantel aus und rückte ihre prallen Brüste zurecht, bevor sie über die Straße stöckelte.

»Hallo«, sagte sie in ihrem melodiösen Singsang, als sie auf den Touristen zutrat. »Ich bin Honey.« Sie bot ihm ihre Hand.

»Hallo, Honey.«

»Wow, deine Hände sind aber stark. Ich wette, unter deinen Klamotten hast du richtig dicke Muskeln.«

Er neigte nur leicht den Kopf zur Seite, als sei er zu bescheiden, um ihr zuzustimmen.

»Die würde ich echt gerne mal sehen.« Ein sexy Augenzwinkern. »Vielleicht kann ich dir bei der Gelegenheit ja auch zeigen, was ich unter meinen Klamotten hab.« Sie vollführte eine kleine Pirouette. »Na, würde dir das gefallen?«

»Ich glaube schon.« Der Mann lächelte, und kleine Fältchen erschienen in seinen Augenwinkeln. »Aber ich habe nur hundert Dollar.« Er schien peinlich berührt.

Volltreffer! Sie ergriff seine Hand. »Für hundert Dollar kriegst du jede Menge Spaß mit Honey, Schätzchen.«

101

DAS ZIMMER WURDE nur von einer pinkfarbenen Tischlampe in Form eines Playboy-Bunnys erleuchtet, und alles darin war schäbig und billig: die geblümte Tapete, der dunkelbraune Teppichboden, die geschmacklosen Drucke an den Wänden, die stockfleckigen Gardinen. Selbst das Bett, das aussah, als würde es auf der Stelle zusammenbrechen, wenn noch ein einziges Paar in ihm Sex hatte.

»Ich geh nur kurz ins Bad und mach mich frisch, alles klar, Schätzchen?«, sagte Honey und strich dem Mann über die Wange. »Und wenn ich wiederkomme, hast du hoffentlich nicht mehr so viel an. Ich jedenfalls ganz bestimmt nicht!«

Nochmals zählte Honey das Geld, das er ihr gegeben hatte. Sie war schlau genug, mit der Bezahlung nicht bis hinterher zu warten. Den Fehler hatte sie einmal gemacht und für ihre Mühen nichts als ein blaues Auge und eine blutige Lippe kassiert.

Sie rückte ihre Perücke zurecht, überprüfte ihr Make-up und zog sich aus. Ihre Unterwäsche war nicht gerade neu. Sie konnte sich gar nicht mehr daran erinnern, wann sie das letzte Mal Dessous gekauft hatte. Aber sie war sauber, und lange würde sie sie ja ohnehin nicht anbehalten.

»Also. An die Arbeit, Süße«, sagte sie zu ihrem Spiegelbild und schürzte die Lippen zu einem Kussmund.

Das Kinn an die Brust gezogen, saß der Tourist auf der Bettkante. Er war nach wie vor vollständig bekleidet. Seine Hände steckten zwischen seinen Knien.

»Was ist los, Schätzchen?« Honey ging vor ihm in die Hocke.

Er hielt den Blick zu Boden geheftet, als traute er sich nicht, sie anzusehen. »Ich … ich habe so was noch nie gemacht.«

Honey lächelte und begann sanft seinen Schenkel zu streicheln. »Das macht nichts, Babe, ich hab genug Erfahrung für zwei.«

»Ist es in Ordnung, wenn ich auch kurz ins Bad gehe?«

»Aber klar, Schätzchen. Lass dir ruhig Zeit. Ich warte hier auf dich.« Sie zwinkerte ihm aufreizend zu. »Nackt.«

Honey saß im Bett, als der Mann aus dem Bad kam. Sie hatte bereits ihre Brustwarzen gerubbelt und gekniffen, damit sie schön hart abstanden. Ihre Brüste waren das Beste an ihr, das war immer schon so gewesen.

Ihre erwartungsvolle Miene änderte sich schlagartig, als sie den Mann sah. Er trug nichts außer einem langen durchsichtigen Regenmantel aus Plastik. Ihr fiel auf, dass er bereits eine stattliche Erektion hatte.

»Wow, Schätzchen. Abgefahren.« Sie setzte sich auf. »Ich mag's abgefahren.«

»Ich bin bei dir, Honey.« Die Schüchternheit des Mannes war auf einmal wie weggeblasen, und beim Klang seiner Stimme bekam Honey am ganzen Körper eine Gänsehaut. Sie stand vom Bett auf, und im selben Moment machte er einen Schritt auf sie zu. Das pinkfarbene Licht der Lampe blitzte auf einem Gegenstand in seiner rechten Hand, und sie erstarrte. So ein Blinken hatte sie schon mal gesehen. Sie wollte schreien, aber er war zu schnell. Mit einem Satz hatte er die kurze Entfernung zwischen ihnen überbrückt und schlug ihr die kräftige Hand über den Mund. Er presste seinen Körper gegen ihren, und sie spürte, wie seine Erektion ihren Schenkel streifte. Ihre vor Entsetzen geweiteten Augen fingen seinen Blick ein, und als sie das Böse darin sah, verlor sie die Kontrolle über ihre Blase.

»Du musst knien und beten«, murmelte er, und sie erbebte in seinen Armen. Erst am Morgen hatte sie von ihm in der Zeitung gelesen. Sie nannten ihn den Slasher.

Langsam leckte er sich die Lippen, als er die Klinge an ihre Kehle hob. Dann flüsterte er ihr ins Ohr: »Ich bin deine Erlösung, Honey.«

102

HUNTER SASS GEDULDIG am Tisch in dem kleinen, ganz in Weiß gehaltenen privaten Besuchszimmer im Staatsgefängnis von Tehachapi. Er hörte das Rasseln von Ketten im Gang draußen, dann öffnete sich die Tür. Als Erster trat ein hünenhafter Wärter ein, dessen Muskeln fast den Stoff seiner Uniform sprengten. Die zweite Person, die ihm in den Raum folgte, erschien neben ihm fast wie ein Zwerg. Ein blasser, mittelgroßer Mann in weißer Häftlingskluft.

Dieselbe Kette, mit der die Hände des Mannes vor seinem Körper gefesselt waren, lief einmal um seine Taille herum und dann nach unten zu seinen Fußknöcheln. Sie ließ ihm gerade so viel Bewegungsspielraum, dass er kleine Trippelschritte machen konnte wie eine Geisha. Sein Haar war kurz geschoren, aber dennoch fiel Hunter auf, dass es an den Schläfen bereits leicht ergraut war. Die Lippen waren nicht mehr ganz so voll wie auf dem Foto im Jahrbuch. Eine schlecht verheilte Narbe zierte seine linke Wange. Seine Augen leuchteten noch immer wie die einer Katze, aber jede Bedrohlichkeit war aus ihnen verschwunden. Der Mann blieb im Türrahmen stehen und sah Hunter stirnrunzelnd an.

»Fuck, Dubal, wer ist denn das Milchbrötchen da?«, wollte er von dem Wärter wissen, der gleichmütig mit den Schultern zuckte, bevor er den Gefangenen hereinführte und ihn auf dem Stuhl gegenüber von seinem Besucher Platz nehmen ließ.

»Wenn Sie was brauchen, ich bin draußen«, sagte Dubal zu Hunter, bevor die schwere Tür hinter ihm ins Schloss fiel.

Peter Elder saß mit hängenden Schultern da, die Hände im Schoß und das Kinn gesenkt, aber seine Augen beobachteten Hunter wie ein Raubtier seine Beute.

»Mr Wichtigheimer gibt sich die Ehre, was?«, meinte er schließlich leise.

Hunter lehnte sich betont entspannt zurück. »Wieso das?«

Elder lächelte und entblößte schlecht gepflegte Zähne. »Weil jetzt keine normale Besuchszeit ist; und das hier ist auch nicht das normale Besuchszimmer. Deswegen bin ich so verschnürt. Normalerweise fesseln sie mir bloß die Hände mit Handschellen hinterm Rücken, aber es ist ein langer Weg vom Hochsicherheitstrakt bis hierher, und wer will hier drinnen schon ein Risiko eingehen? Du musst also irgendein wichtiges Arschloch sein und ganz dringend was von mir wollen, wenn sie uns den Raum hier gegeben haben.«

»Mein Name ist Robert Hunter. Ich bin Detective beim Morddezernat I von Los Angeles.« Hunter zeigte ihm seine Marke.

»Ist mir kackegal, wer du bist oder wo du arbeitest, Bulle. Ich will bloß wissen, was du von mir willst.«

Hunter studierte den Mann mehrere Sekunden lang schweigend. »Ihre Hilfe«, sagte er schließlich ruhig.

Elder lachte schallend und legte dann die Hände vor sich auf den Tisch. »Fuck. Wieso soll ich dir helfen, Bulle?«

Hunter wusste, dass es unter den Insassen eines Gefängnisses eine ungeschriebene Regel gab, die besagte, dass man nie einem Cop helfen sollte. In ihren Augen war das, als würde man zum Feind überlaufen, und wenn die anderen Häftlinge davon erfuhren, konnte das tödliche Folgen haben. Wenn Hunter Peter Elder dazu bringen wollte, ihm zu helfen, dann musste er seine Karten geschickt ausspielen.

»Nicht mir. Ihren Freunden.«

Elders Brauen schossen in die Höhe. »Freunde?« Er lachte leise. »Haben Sie grad was geraucht, Bulle? Ich sitze seit vierzehn Jahren hier drin, und jedes einzelne davon hab ich im Hochsicherheitstrakt verbracht.« Seine Stimme war ohne jede Modulation. »Ich hab null Kontakte nach draußen. Ich bin von allem abgeschnitten, die lesen hier sogar meine E-Mails. Die einzigen *Freunde*, die ich hab, Bulle, sind die in meinem Kopf.«

»Die Freunde, die ich meine, sind von früher. Lange bevor Sie hierhergekommen sind.«

Elder sah auf. Sein Interesse schien geweckt.

»Erinnern Sie sich noch an einen Jungen von der Compton High mit Namen Brett Stewart Nichols?«

Elder ließ sich gegen die Lehne sacken. Das Gespenst eines Lächelns huschte über sein Gesicht. Einen Moment lang verklärte sich sein Blick, als spiele sich eine Szene aus der fernen Vergangenheit vor seinen Augen ab. Als er sprach, klang seine Stimme auf einmal lebendiger. »Geht's hier um Brett?«

»Zum Teil.«

»Und was heißt das?«

Hunter berichtete Elder von den Ereignissen, allerdings in einer leicht abgeänderten Version. »Wir glauben, dass der Killer es auf Ihren alten Freundeskreis abgesehen hat.«

»Von der Compton?«

»Nicht unbedingt.«

»Kannst du verdammt noch mal aufhören, in Rätseln zu sprechen, Bulle? Das macht mich ganz krank im Kopf. Was soll das heißen, nicht unbedingt?«

Aus einer Plastikmappe holte Hunter das Foto mit den vier Mädchen von der Gardena High hervor. »Die Mädchen hier waren nicht auf der Compton High.« Er schob das Bild über den Tisch. »Erkennen Sie einige von denen wieder?«

Elder starrte lange auf das Foto, bevor er schließlich den Kopf schüttelte. »Nope«, sagte er kalt.

Hunter wusste, dass er log, aber er spielte mit. »Ich dachte, dass vielleicht ein oder zwei der Mädchen nach der Schule mit Ihnen und Brett rumgezogen sein könnten.« Er nahm das Bild wieder an sich und bemerkte, dass sich Elders Blick nur widerwillig von ihm löste. »Zwei von ihnen hat der Täter bereits getötet.«

»Welche zwei?« Die Frage kam wie aus der Pistole geschossen – ein nervöser Reflex von jemandem, der sich Sorgen machte.

»Ist doch unerheblich.« Hunter schüttelte den Kopf. »Wenn Sie diese Mädchen nicht kennen, spielt es ja keine Rolle. Ich denke, wir sind dann fertig hier.« Er machte Anstalten, aufzustehen.

»Warte mal 'ne Sekunde.« Hastig beugte sich Elder vor. »Ich will das Bild noch mal sehen.«

»Wozu?«

»Das ist alles ganz schön lange her, Bulle. Ich hab viel vergessen. Vielleicht, wenn ich's mir noch mal anschaue …«

Langsam schob Hunter ihm das Foto wieder hin. Diesmal nahm Elder es in seine gefesselten Hände. Hunter beobachtete ihn dabei. Es gab keinen Zweifel, dass sein Blick die meiste Zeit auf einem ganz bestimmten Mädchen ruhte, und zwar auf dem zweiten von links. Amanda Reilly.

103

»WELCHE ZWEI WURDEN ERMORDET?«, fragte Elder erneut. Seine Stimme war eine Spur weicher geworden.

»Erinnern Sie sich an einige von ihnen?«, fragte Hunter erneut.

Elders durchdringender Blick traf ihn. Er blinzelte ein paar Mal, als könne er nicht klar sehen. Dann verzogen sich seine Mundwinkel nach oben. »Du bist der, der's eilig hat, Bulle.« Sein alter Tonfall war zurückgekehrt. »Du musst einen Killer fangen, nicht ich. Ich weiß schon, wie der Rest meines Lebens aussieht. Hier komme ich nie raus. Du kannst deine Spielchen spielen, solange du willst, ist mir scheißegal. Kann sein, dass ich mich erinnere, kann auch nicht sein – zuerst will ich wissen, welche zwei umgebracht wurden.«

Hunter wusste: Wenn Peter Elder ihnen helfen sollte, dann brauchte er einen Anreiz. So wie er Amanda Reilly angesehen hatte, war klar, dass er mit einem Gefühl kämpfte, das er seit Jahren nicht mehr empfunden hatte. Das Foto hatte es zum Teil wieder zum Leben erweckt. Hunter beschloss zu bluffen. »Die zwei rechts – Debbie Howard und Jessica Pierce.«

Elders Züge entspannten sich merklich. Hunter war sicher, dass er richtig gepokert hatte – nun war es Zeit, eine weitere Karte auszuspielen. »Die anderen beiden sind in Gefahr, genau wie alle anderen, die damals zu Ihrer Clique gehört haben. Wir haben Grund zu der Annahme, dass das nächste Opfer auf der Liste des Killers das zweite Mädchen von links sein wird – Amanda Reilly. Haben Sie sie gekannt?«

Peter Elder versteifte sich. »Wenn ihr glaubt, dass der Killer hinter ihr her ist, warum beschützt ihr sie dann nicht?«

»Weil wir sie nicht finden können. Wir glauben, dass sie in Panik geraten und untergetaucht ist. Wir müssen den Killer schnappen, bevor er erneut zuschlägt. Wir wissen, dass die Mädchen sich untereinander kannten, aber uns fehlt noch die Verbindung zwischen ihnen und Brett.«

»Und wieso sollte euch das helfen?«

Hunter beugte sich über den Tisch. »Hören Sie, ich weiß, dass Sie und Ihre Freunde damals ein paar Kids schikaniert haben, das passiert an jeder Schule in Amerika. Nach allem, was wir bis jetzt rausgefunden haben, sieht es so aus, als hätte eines Ihrer ehemaligen Opfer beschlossen, dass jetzt Zahltag ist.«

Elder schnaubte. »Das ist fünfundzwanzig Jahre her.«

»Manche Leute vergessen nie.«

»Aber die Mädels waren gar nicht auf der Compton High. Wieso sollte der Killer es auf sie abgesehen haben?«

Hunter erläuterte ihm seine Theorie von der Straßengang.

Elder kratzte sich mit beiden Händen die Stirn. »Und jetzt braucht ihr mich, damit ich euch sage, ob ihr richtig liegt. Ein Typ, den wir damals fertiggemacht haben und der es unserer kleinen Clique jetzt heimzahlen will.«

Hunter nickte.

»Tut ihr nicht.«

»Was tun wir nicht?«

»Eure Theorie ist Schwachsinn.« Elders Blick glitt erneut zu dem Foto und wurde prompt weicher. »Ja, mit ein paar von denen haben wir zusammen abgehangen.« Er zeigte auf das Mädchen ganz rechts. »Debbs, eine von den zweien, die umgebracht wurden. Und Mandy auch.« Er zeigte auf Amanda Reilly. »Aber die andere, die getötet wurde, wie hieß die noch?«

»Jessica Pierce.«

»Die hab ich noch nie gesehen. Die war nicht bei uns dabei, und die andere auch nicht. Dein Killer kann es also nicht auf meine alte Gang abgesehen haben.«

»Ihre alte Gang – wie viele waren Sie?«

Elder dachte kurz nach. »Mit mir zusammen acht.«

Hunter holte ein anderes Foto aus seiner Mappe und schob es über den Tisch. Elder riss seinen Blick von dem Mädchenfoto los und richtete ihn auf das neue – ein schlanker Mann mit ordentlich gekämmten blonden Haaren, der lässig an einer weißen Wand lehnte. Das eine der beiden Bilder aus dem Haus in Malibu – das des noch immer nicht identifizierten ersten Opfers. Hunter beobachtete Elders Miene. Die Erinnerung kam nach nicht mal fünf Sekunden.

»Er war das erste Opfer.«

Elder blieb stumm.

»Gehörte er auch zu Ihrer Gang?«

Elder ließ die gefalteten Hände zurück in seinen Schoß sinken und überlegte sich seine Antwort. »Strutter war der absolut verstrahlteste Schweinehund, dem ich je begegnet bin.«

104

Hunter runzelte leicht die Stirn. »Strutter?«, fragte er.

»So haben wir ihn immer genannt. Er war ein totaler Kiss-Fan, und ›Strutter‹ war sein Lieblingssong.«

»Guter Song«, stimmte Hunter zu.

Diesmal war Elders Lächeln echt. »Er war 'ne echt fiese Sau, aber ziemlich cool. Wenn es in unserer Gruppe einen Anführer gab, dann war er das. Strutter hatte vor nichts Angst, außer vor Wespen. Er hatte so 'ne Allergie. Wenn eine angeflogen kam, hat er sofort die Hacken in den Teer gehauen.«

»War er mit Ihnen auf der Compton High?«

Elder lachte schallend. »Keine zehn Pferde hätten Strutter je in eine Schule gekriegt. Er hat diesen ganzen Bildungsscheiß gehasst. Er hat immer gesagt, alles, was er wissen muss, kann er auf der Straße lernen.« Er betrachtete erneut das Foto und schüttelte in einem Anflug echten Bedauerns den Kopf.

»Wie hieß er in Wirklichkeit?«

»Woher zum Teufel soll ich das wissen?« Elder lachte. »Wir kannten uns bloß von der Straße. Bretts richtigen Namen kannte ich nur, weil wir zusammen auf der Schule waren. Auf der Straße haben wir uns immer nur mit unseren Spitznamen angeredet – Strutter.« Er zeigte auf das Foto, bevor er zum Bild der Mädchen überging. »Mandy, Debbs. Brett war BS, und das stand nicht für Brett Stewart. Ich war Kicker, und dann gab's noch JayJay, Double D und Lipz.« Elder bemerkte Hunters neugierigen Blick und klärte ihn auf. »JayJay war so eine durchgeknallte Bohnenstange, Double D war die ganze Zeit am Rumgrooven, er dachte, das muss so sein, weil er Schwarzer ist. Und Lipz war eine Puerto Ricanerin, eine echt heiße Bitch. Sie hatte die geilsten Lippen, die man sich vorstellen kann.« Er lächelte bei der Erinnerung.

»Und Sie haben sie nie mit ihrem richtigen Namen angeredet?«

»Natürlich nicht«, entgegnete er verächtlich. »Ich glaub, Strutters oder JayJays richtige Namen kannte ich nicht mal. Der von Lipz war viel zu schwer auszusprechen. Double D hieß Darrell oder Darnell oder so ähnlich.«

Double D – Darnell Douglas. Hunter beschloss, Elder vorerst nichts von seinem Schicksal zu erzählen. Sein dringendstes Anliegen war, die zwei übrigen Mitglieder von Elders alter Clique zu identifizieren. »Was ist mit JayJay und Lipz? Waren sie auf der Compton High?«

»Nope.«

»Sie hingen auf der Straße ab, wie Strutter?«

»Nein, die sind schon irgendwo zur Schule gegangen, aber nicht auf die Compton. Ich hatte keine Ahnung, wo, und es war mir auch kackegal. Wir haben die Schule sowieso alle gehasst. Ich glaub, die beiden haben sie irgendwann geschmissen, wie ich.«

Hunter zog einen letzten Gegenstand aus seiner Mappe, das Jahrbuch der Compton High. »Könnte ich Sie noch um einen letzten Gefallen bitten?« Er legte das Buch vor Elder auf den Tisch, der erstaunt eine Braue hob. »Könnten Sie sich das Jahrbuch ansehen und mir die Schüler zeigen, die Sie damals am meisten schikaniert haben?«

»Wieso? Ich hab doch schon gesagt, dass eure Theorie 'n Dreck ist. Der Killer hat eine erwischt, die gar nicht zu unserer Gang gehört hat.«

Zeit, die letzte Karte auszuspielen. Hunter zog ein Foto von Darnell Douglas aus der Mappe und legte es auf den Tisch. »Erkennen Sie den hier wieder?«

Von seiner zurückgelehnten Position aus betrachtete Elder das Bild einen Augenblick lang. Seine überhebliche Miene wich einem Stirnrunzeln, dann reckte er sich vor und nahm das Foto in beide Hände.

»Scheiß mich an. Das ist Double D«, sagte er und lachte. »Mann, der ist ganz schön fett geworden.«

Hunter holte tief Luft. »Er wurde gestern ermordet aufgefunden.«

Elders Kopf schnellte in die Höhe.

»Es war derselbe Killer.« Hunter musste sich schnell was einfallen lassen. »Vielleicht war Jessica Pierce nicht in Ihrer Gang, hat ihn aber trotzdem irgendwie drangsaliert. Vielleicht war der Killer in sie verliebt, und sie hat sich über ihn lustig gemacht, ihn vor ihren Klassenkameraden bloßgestellt.« Hunter zeigte wieder auf die Fotos. »Bretts, Strutters und Double Ds Wege und die der Mädchen haben sich, seit sie erwachsen sind, nie mehr gekreuzt. Nichts verbindet die fünf Opfer miteinander außer der Schulzeit und Ihrer alten Gang. Das kann kein Zufall sein.«

Elders linkes Augenlid zuckte kaum merklich.

»Noch können wir sie retten.« Hunter tippte auf das Foto der Mädchen, wobei er achtgab, dass sein Finger genau auf Amanda Reilly landete. »Aber wir brauchen dafür Ihre Hilfe.« Er streckte die Hand aus und hielt dem Gefangenen einen blauen Wachsmalstift hin.

Elder zögerte lange, bevor er schließlich den Stift nahm und um das ganze Jahrbuch herum einen Kreis auf die Tischplatte malte. »Bitte, das war's.« Er legte den Stift hin. »Wir haben so ziemlich jeden an der Schule fertiggemacht.«

»Okay, aber vielleicht können Sie es auf diejenigen eingrenzen, die Sie nicht nur in, sondern auch außerhalb der Schule schikaniert haben. Nur die, die Sie als Gruppe aufs Korn genommen haben.«

»Was geht mich der ganze Scheiß überhaupt an? Keiner von denen ist mich je besuchen gekommen. Denen war's kackegal, wie's mir geht. Nicht mal BS ist gekommen. Er war mein bester Freund.«

Hunter versuchte sich eine zweckdienliche Antwort zurechtzulegen. Er konnte lügen und behaupten, dass Brett und Amanda sehr wohl versucht hatten, ihn zu besuchen, ihre Anträge aber abgelehnt worden seien. Aber das würde Elder bis ans Ende seiner Tage verfolgen, und solche Seelenqualen hatte niemand verdient. »Die Frage kann ich nicht beantworten«, sagte er schließlich. »Nur Sie selbst können einen Grund finden, weshalb Sie uns helfen sollten.«

Das Schweigen, das folgte, während sie einander anstarrten, schien kein Ende zu nehmen.

»Das könnte aber 'ne ganze Weile dauern, Bulle«, sagte Elder irgendwann, schlug das Buch auf und griff nach dem Wachsmalstift.

105

Sobald er das CCI verlassen hatte, rief Hunter bei Dr. Winston an. Die Obduktion hatte ihren Verdacht bestätigt: Darnell Douglas war an massivem Blutverlust gestorben. Das toxikologische Gutachten hatte Rocuronium in seinem Blut nachgewiesen, ein Muskelrelaxans, das gelegentlich bei Operationen eingesetzt wird und keinerlei Einfluss auf die Funktion des zentralen Nervensystems hat. Der Patient kann sich zwar nicht bewegen, ist aber dennoch voll empfindungsfähig. Der schwarze Cadillac, der in der Nähe des Tatorts sichergestellt worden war, hatte der Kriminaltechnik nicht eine einzige verwertbare Spur geliefert, nicht einmal Darnells Abdrücke waren im Wagen gewesen. Der Mörder hatte sich viel Mühe gegeben, den Wagen zu reinigen.

Für die Rückfahrt nach L. A. brauchte Hunter knapp zwei Stunden. Im Parker Center angekommen, ging er schnurstracks ins Untergeschoss. Hopkins war nicht an seinem Platz, ebenso wenig wie Jack Kerley. Hunter rief den jungen Officer auf dem Handy an.

»Ian, wo zum Geier stecken Sie?«

»Ich bin in der Rechtsmedizin.«

»Was machen Sie da?«

»Ich sehe mir die verschiedenen Inventarlisten an. Das sind alles von Hand ausgefüllte Formulare, schon vergessen? Ich kann sie nicht vom Rechner aus durchsuchen.«

»Finden Sie jemanden, der Sie ablöst, ich brauche Sie hier im Dezernat.«

Garcia saß an seinem Schreibtisch und sah ein paar Akten durch, als Hunter eintrat.

»Wie ist es mit Elder gelaufen?«, wollte er wissen.

In knappen Worten fasste Hunter das Gespräch zusammen, während er gleichzeitig das Fax überflog, das Dr. Winston geschickt hatte.

»Debbie Howards Ermittlungsakte ist erst heute Morgen aus Lancaster eingetroffen«, sagte Garcia, schnitt eine Grimasse und reichte Hunter einige der Unterlagen, über denen er in der letzten Stunde gebrütet hatte.

Hunter nahm sie entgegen, setzte sich an seinen Schreibtisch und ging rasch die Tatortfotos durch, wobei er mehrmals nachdenklich die Stirn runzelte.

»Haben wir auch den Obduktionsbericht?«

»In der grünen Mappe.«

Hunter überflog den Inhalt. »Laut Autopsieprotokoll ist Debbie Howard ertrunken.« Er sah seinen Partner fragend an. »Aber auf den Tatortfotos ist sie in einer leeren Badewanne zu sehen.«

Garcia reichte ihm eine weitere Mappe. »Jonathan Hales Aussage. Er hat die Leiche seiner Frau gefunden.«

Schweigend las Hunter das Protokoll. Jonathan Hale war vier Tage lang auf einem Architektenkongress in Dallas gewesen. Sein Rückflug am dreizehnten Dezember hatte Verspätung gehabt, und als er vom Flughafen endlich nach Hause kam, war es schon nach Mitternacht. Er hatte Debbie zuvor telefonisch nicht erreichen können und ihr daher eine Nachricht auf dem Anrufbeantworter hinterlassen, dass er sich verspäten würde. Debbie war oft noch spätabends im Büro, also kam es Jonathan nicht weiter merkwürdig vor, dass nirgendwo im Haus Licht brannte. Die Alarmanlage war eingeschaltet, und es gab keine Spuren eines Einbruchs. Hale verbrachte zunächst einige Zeit in der Küche, wo er sich ein Sandwich und eine Tasse Kaffee machte, bevor er ins Schlafzimmer ging. Das Zimmer war aufgeräumt und sah so aus wie immer. Keine Spuren eines Kampfes. Als Nächstes ging er ins Bad, um sich die Zähne zu putzen – und das war der Moment, in dem sein Leben in tausend Scherben zersprang.

Debbie Howard hing nackt und mit dem Kopf nach unten über der großen Badewanne. Nur Kopf und Schultern waren unter Wasser. Jonathan geriet in Panik, sprang in die Wanne und versuchte, den leblosen Körper seiner Frau hochzuheben. Er schnitt sie vom Deckenbalken los und saß mit ihr in den Armen mindestens eine Stunde lang da, bevor er das Wasser aus der Wanne ließ und die Polizei rief.

»Indem er sie losgemacht und das Wasser aus der Wanne gelassen hat, hat Jonathan Hale sämtliche Beweise zerstört«, sagte Garcia, als Hunter am Ende des Protokolls angelangt war.

»Aber sein Verhalten ist verständlich. Du kommst nach Hause und findest deine Frau, die kopfüber in der Wanne hängt, den Kopf unter Wasser – was machst du?«

Garcias Blick verfinsterte sich, und Hunter wusste, dass er an Anna dachte.

»Die meisten Menschen würden genau das tun, was Jonathan getan hat. Sie würden sie runterholen und sie im Arm halten. Sie würden weinen und sich fragen: Warum? Dass er damit den Tatort verunreinigt, ist ihm doch überhaupt nicht in den Sinn gekommen.«

Garcia stieß einen Seufzer aus, der so tief war, dass er vom Grunde seines Herzens zu kommen schien. Schweigen senkte sich über das Büro. »Wirf noch mal einen Blick auf den Obduktionsbericht«, sagte er schließlich. »Ganz unten auf der ersten Seite.«

Hunter tat, wie ihm geheißen. »Sie war schwanger.«

106

MIT DEM ZEIGEFINGER RIEB SICH Garcia die Stelle zwischen den Augenbrauen. »Dritte Woche«, sagte er.

»Hat das Labor ihr Blut schon mit dem Blut auf Vater Fabians Brust verglichen?«

»Nein. Ihr Tod ist zwei Wochen her, und obwohl der Fall noch nicht abgeschlossen ist, hat Jonathan Hale mit Unterstützung der Staatsanwaltschaft alles darangesetzt, damit die Leiche seiner Frau so schnell wie möglich freigegeben wird. Sie wurde vor zwei Tagen eingeäschert.«

»Na großartig«, sagte Hunter und raufte sich die Haare.

»Das sind doch bloß Details, Robert. Sie war schwanger, genau wie du gesagt hast. Der Täter hat ihr Foto an Amanda Reillys Tatort zurückgelassen, und er hat eine 2 auf die Rückseite geschrieben. Ich denke nicht, dass es da noch Zweifel gibt. Debbie Howard ist demselben Wahnsinnigen zum Opfer gefallen.«

»Es ist ein Fehler, diesen Killer als Wahnsinnigen zu bezeichnen. Du solltest es besser wissen, Carlos.«

Garcia winkte ab, dann nahm er ein Blatt Papier von seinem Schreibtisch. »In einer späteren Vernehmung hat Jonathan Hale noch ausgesagt, seine Frau habe panische Angst vor Wasser gehabt. Genauer gesagt, Angst davor, in tiefes Wasser zu gehen. Wir leben in einer Stadt, in der fast das ganze Jahr über die Sonne scheint. Die beiden waren sehr wohlhabend. Ihr Haus ist riesig, aber das einzige in der ganzen Straße, das keinen Pool hat. Weil Debbie keinen wollte. Sie ist nicht mal in die Nähe von Schwimmbecken oder an den Strand gegangen. Offenbar wäre sie als Kind einmal fast ertrunken.«

Er legte Daumen und Zeigefinger aneinander. »Genau wie die anderen Opfer, Robert. Sie wurde auf die Art und Weise getötet, die ihr am meisten Angst gemacht hat.«

Hunter hatte nur mit halbem Ohr hingehört. Er dachte nach. »Ihr Mann hat sie losgebunden«, murmelte er. »Deswegen wurde keine Nummer auf ihrem Körper gefunden.« Er stand auf, ging zur Tafel und schnappte sich einen Stift.

»Debbie hängt kopfüber in der Wanne.« Er malte ein Strichmännchen, um sie darzustellen. »Ihr Mann kommt rein und findet sie. Er gerät in Panik und macht sie los, aber die Wanne ist noch voller Wasser.«

Garcia trat einen Schritt näher. »Sie ist in die volle Wanne gerutscht.«

»Falls eine Nummer auf ihrem Körper war, wurde sie abgewaschen.«

»Aber warum hat der Täter sie nicht einfach mit dem Kopf unter Wasser gedrückt? Warum hat er sich die Mühe gemacht, sie kopfüber aufzuhängen? Ertrinken ist doch gleich Ertrinken.«

»Eben nicht«, widersprach Hunter. »Wir haben keine Fotos, aber im Bericht steht, dass nur ihr Kopf und ihre Schultern unter Wasser waren.«

»Das stimmt.«

»Wenn der Täter die Ängste seiner Opfer im Blick hatte, wie würde er sich die Tatsache zunutze machen, dass Debbie Howard panische Angst vor Wasser hatte? Wie könnte er sie damit in Todesangst versetzen?«

Garcia starrte die krude Strichzeichnung an. »Ach du Scheiße …« Er fuhr zu Hunter herum. »Die Wanne war *leer*, als er Debbie am Deckenbalken aufgehängt hat.«

Hunter nickte. »Da bin ich mir ganz sicher.«

»Mist. Debbie hat genau gewusst, dass ihr Kopf unterhalb des Wannenrandes hängt. Sie konnte sehen, wie das Wasser ganz langsam immer höher steigt. Sie hat gespürt, wie erst ihr Haar nass wurde, dann ihre Stirn, und es ist immer weiter und weiter gestiegen. Sie musste mit ansehen, wie ihr allerschlimmster Alptraum ganz langsam Wirklichkeit wird.«

»Könnte sein, dass der Täter sie noch zusätzlich gequält hat, indem er das Wasser abdrehte, als es kurz oberhalb ihrer Nase war«, sponn Hunter den Gedanken weiter. »Und sie so zwang, eine Zeitlang nur durch den Mund zu atmen. Selbst eine beherrschte Person in aufrechter Körperhaltung hätte damit Probleme, geschweige denn eine zu Tode verängstigte Frau, die kopfüber von der Decke hängt und weiß, dass sie gleich sterben wird. Ihr Ertrinken muss langsam und sehr qualvoll gewesen sein.«

»Das ist einfach nur krank«, stellte Garcia fest und verzog das Gesicht.

»Genauso will es der Täter«, sagte Hunter. »Er hat dagesessen und zugesehen, wie Amanda Reilly über zwei Tage hinweg langsam verbrannt ist. Er hat Darnell Douglas in mühevoller Kleinarbeit zweieinhalb Liter Blut abgezapft, immer nur zehn Milliliter, und ihm dann die vollen Spritzen in den Leib gerammt. Ich bin mir ziemlich sicher, dass er die ganze Zeit dabei war, während Debbie Howard ertrunken ist, und er wollte es so weit wie möglich auskosten. Er wollte sie leiden sehen.«

Garcia erschauerte. »Bin ich froh, dass ich in der Schule niemanden schikaniert habe. Man weiß nie, zu welchen Freaks die Leute mal werden, wenn sie groß sind.«

Hunter sah erneut die Bilder von Debbie Howards Autopsie durch, hielt aber auf halbem Weg durch den Stapel inne. »Sie hatte eine Einstichstelle am rechten Arm«, sagte er und hielt eines der Fotos hoch, damit Garcia es sehen konnte, bevor er einen Blick in das Protokoll des Leichenbeschauers warf. »Vermutlich wurde sie ihr am Todestag zugefügt.«

Garcia nickte. »Der Täter brauchte ja ihr Blut.«

»Genau. Debbie ist ertrunken, es gab also kein Blut, das der Killer hätte auffangen können. Und er brauchte Blut, um sein nächstes Opfer zu nummerieren – Vater Fabian. Wir müssen mit Jonathan Hale sprechen.«

»Das könnte ein Problem werden«, meinte Garcia.

»Wieso?«

»Er verbringt die Weihnachtsfeiertage bei seinen Eltern.«

»Und wo wohnen die?«

»In Tennessee.«

»Mist.«

Ein Klopfen kam von der Tür her.

»Herein«, rief Garcia.

Hopkins betrat das Büro, wie so oft mit einer Mappe unter dem Arm. »Ich habe ihn gefunden!«

107

»Wen haben Sie gefunden?«, fragte Hunter. Sie wandten sich zu Hopkins um, der leicht irritiert die Zeichnung auf der Tafel betrachtete.

»Spielen Sie Galgenmännchen?«

»Lassen Sie die Zeichnung, Ian«, sagte Hunter. »Wen haben Sie gefunden?«

Ein Ausdruck des Triumphs trat in Hopkins' Gesicht. »Opfer Nummer eins. Kurz nachdem Sie mich in der Rechtsmedizin angerufen haben, bin ich auf ihn gestoßen. Weiß, eins neunzig groß, neunzig Kilo. Der einzige Tote, der eine Lakers-Uhr hatte. Die Leiche wurde vor drei Wochen eingeliefert. Kein schöner Anblick. Sie werden nicht glauben, wie er gestorben ist.«

»Lassen Sie mich raten«, unterbrach Hunter ihn. »Wespenstiche.«

Hopkins und Garcia starrten Hunter entgeistert an. »Woher zum Teufel wussten Sie das?«

Hunter erzählte ihnen davon, wie Peter Elder seinen ehemaligen Freund Strutter, den Anführer ihrer Gang, identifiziert und behauptet hatte, dass dieser allergisch gegen Wespengift gewesen sei und deshalb panische Angst vor den Insekten gehabt habe.

»Na, dann hat der Killer ganze Arbeit geleistet. Er wurde in seinem eigenen Keller in Culver City an die Wand gekettet. Und so sah er aus, als man ihn gefunden hat.« Hopkins reichte Hunter ein Foto, bei dessen Anblick er unwillkürlich zusammenzuckte.

Auf dem Boden saß, nackt und mit dem Rücken zur Wand, die Arme hoch über dem Kopf angekettet, die grausam entstellte Leiche eines Mannes. Sein Gesicht war zu einer grotesken Fratze aufgedunsen. Die Augen waren kaum noch zu erkennen, die Lippen derart angeschwollen, dass die Haut blutige Risse bekommen hatte. Die Nase war nur ein undefinierbares rotes Gebilde und so stark aufgetrieben, dass die Nasenlöcher vollständig zugeschwollen waren. Die Schwellung erstreckte sich insgesamt bis auf die Arme, der Rest des Körpers war mit stecknadelkopfgroßen schwarzen Punkten übersät. Er sah aus wie eine Gummipuppe, die man zu stark aufgeblasen hatte. Sein rechter Fußknöchel war gebrochen – ein offener Bruch, der gesplitterte Knochen stak durch die Haut. In seiner

Kniescheibe steckten drei Nägel. Auf seiner Brust war ein langer vertikaler Strich aus Blut.

»Das ist unsere Nummer eins«, sagte Hunter und zeigte Garcia das Foto.

»Kein Wunder, dass niemand die Zahl erkannt hat«, meinte dieser. »Es sieht eher so aus, als hätte das Opfer Blut gespuckt, das dann auf seine Brust getropft ist.«

»Im Obduktionsbericht steht, dass das Opfer an einer systemischen Reaktion auf das Wespengift gestorben ist. Mit anderen Worten: an einem anaphylaktischen Schock, hervorgerufen durch eine Allergie«, dozierte Hopkins. »Der Killer hat ihn in seinem eigenen Keller eingesperrt, ihn an die Wand gekettet und dann ein Wespennest vor ihm auf den Boden geschmettert. Er wurde insgesamt mehr als fünfhundertmal gestochen. Man hat Wespen in seinem Mund gefunden, in seiner Luftröhre, sogar in seinem Magen.«

Garcia schüttelte sich, als litte er dieselben Qualen wie das Opfer. »Ich hasse Wespen.«

»Haben wir schon einen Namen?«

Hopkins nickte. »Gregory Carlson. Ich habe ihn gerade erst ausfindig gemacht, deswegen hatte ich noch keine Gelegenheit, eine Akte über ihn anzulegen, aber das ist schnell erledigt«, verkündete er, noch bevor Hunter ihn danach fragen konnte.

»Gut. Tragen Sie alles zusammen, was Sie haben, und zwar so schnell wie möglich.«

Hopkins nickte. »Aber eins würde ich doch noch zu gerne wissen. Was sollen diese Strichmännchen da?«

Garcia setzte ihm in wenigen Worten auseinander, wie sie darauf gekommen waren, weshalb niemand eine Nummer auf Debbie Howards Leiche gefunden hatte.

»Das macht Sinn.« Hopkins blätterte eine Seite in seinem Notizbuch um. »Ich gebe mir alle Mühe, aber ich habe immer noch nicht die zwei anderen Mädchen von der Gardena High ausfindig gemacht …«

»Das können wir vermutlich erst mal auf Eis legen«, sagte Hunter. »Hinter ihnen ist der Killer nicht her.«

»Wieso nicht?«

Hunter erzählte ihnen von seinem Bluff gegenüber Peter Elder, der beinahe missglückt wäre.

»Sie gehörten also nicht zur Gang?«

»Nein, von den Mädchen auf dem Bild sind es nur Amanda und Debbie. Und für die kommt leider jede Hilfe zu spät.«

»Ja, aber das bestätigt doch endgültig Ihre Theorie«, sagte Hopkins aufgeregt. »Der Killer ist definitiv hinter den Mitgliedern dieser Clique her.«

»Sieht ganz danach aus. Damit bleiben uns noch drei ehemalige Mitglieder: Peter Elder, der im CCI sitzt und ein ziemlich schweres Ziel abgibt.«

»Er hat lebenslänglich«, meinte Hopkins lakonisch. »An ihm muss der Killer sich nicht mehr rächen, sein Schicksal ist besiegelt.«

»Zweitens wäre da noch ein Mann, den sie früher JayJay genannt haben«, fuhr Hunter fort. »Und eine Frau puerto-ricanischer Abstammung namens Lipz.«

Garcia streckte sich. »Wenn das alles ist, was wir über die beiden wissen, dürfte es ziemlich schwer werden, sie zu finden. Selbst wenn sie noch immer auf der Straße unterwegs sind, diese Spitznamen findet man doch an jeder zweiten Ecke.«

»Das sehe ich ein«, sagte Hunter. »Aber wir haben noch was.« Er reichte Hopkins das Jahrbuch der Compton High. »Dies ist der Grund, weshalb ich Sie hier brauche. Peter Elder hat ein paar Bilder für uns markiert. Das sind die Schüler, denen seine Gang am härtesten zugesetzt hat.«

Hopkins begann in dem Buch zu blättern.

»Ich möchte, dass Sie alle Bilder einscannen, die Elder angestrichen hat. Wir müssen rausfinden, wer diese Leute sind, was sie seit der Schulzeit gemacht haben und vor allem wo sie in den letzten drei Wochen gewesen sind. Setzen Sie alle verfügbaren Leute darauf an. Wenn Sie mehr Hilfe brauchen, sagen Sie mir Bescheid, ich rede dann mit Captain Blake. Uns bleibt nicht mehr viel Zeit.«

»Kein Problem, ich kümmere mich gleich …« Hopkins hörte auf zu blättern. »Äh. Haben Sie sich die Fotos schon angesehen?«

»Noch nicht. Nach dem Besuch im CCI habe ich mich gleich ins Auto gesetzt und bin hierhergefahren. Ich kann multitasken, aber so gut nun auch wieder nicht. Wieso?«

Hopkins drehte das aufgeschlagene Jahrbuch so, dass Hunter und Garcia hineinschauen konnten. Auf der aufgeschlagenen Doppelseite waren drei eingekreiste Fotos zu sehen.

»Das Bild in der Mitte. Lesen Sie den Namen, der druntersteht.«

»Das glaub ich jetzt nicht!«, sagte Garcia und fuhr sich mit der Hand durch die Haare.

108

Er atmete tief durch, bevor er die Fotos betrachtete, die an der Wand seines nur von Kerzen beleuchteten Kellerraums hingen. Jedes der Gesichter, die ihn anstarrten, erzählte seine eigene Geschichte. Eine Welle der Erregung ging durch seinen Körper bei dem Gedanken daran, was er bereits erreicht hatte – und noch erreichen würde.

»Jetzt dauert es nicht mehr lange.« Er lächelte, bevor er sich mit der Zunge über die rauen Lippen fuhr. »Fünf sind tot, bleiben noch zwei.« Er konsultierte den großen Wandkalender, der von einem rostigen Nagel hing. »Und mehr als genug Zeit.«

Als Nächstes ließ er seinen Blick auf den Skizzen auf dem überdimensionierten Metalltisch in der Mitte des Raumes ruhen und lachte. Er hatte beschlossen, sich das Beste für zuletzt aufzuheben. Er wusste genau, was die beiden zu Tode ängstigte – sie hatte panische Angst vor Spinnen, er vor Ratten. Dieses Wissen erfüllte ihn mit einem überwältigenden Gefühl von Macht. Was er für sie geplant hatte, war ein wahres Meisterstück – eine ganz neue Dimension von Angst und Schmerz. Er konnte es nicht erwarten, ihnen endlich von Angesicht zu Angesicht gegenüberzustehen. Sich an der Angst in ihren Augen zu weiden. Ihr Blut zu kosten. Sie leiden zu sehen. Aber er wusste, wie wichtig es war, Geduld zu haben.

Er öffnete den Minikühlschrank in der Ecke und strich mit dem Finger über die kleine gläserne Ampulle. Sie enthielt das Blut, das er seinem letzten Opfer entnommen hatte.

Bislang war alles nach Plan gelaufen, aber dann war etwas Unvorhergesehenes passiert. Er starrte auf das Foto auf der Titelseite der *L. A. Times*. Eine Unwägbarkeit. Aber sie wäre schnell aus der Welt geschafft. Nichts und niemand würde ihn von seinem Ziel abbringen.

109

»ICH FASSE ES NICHT. Er hat uns angelogen!«, schäumte Garcia.

»Ich hatte Sie gebeten, seinen Hintergrund zu überprüfen. Haben Sie irgendwas rausgefunden?«, fragte Hunter, an Hopkins gewandt.

Dieser nickte und kramte in seiner Mappe. »Im Gegensatz zu Brett Stewart Nichols war James Reed in jeder Hinsicht ein Musterschüler. Er hat während der gesamten Schulzeit einen Notenschnitt von sehr gut gehalten und seinen Abschluss 1987 mit Auszeichnung gemacht. Danach ist er gleich aufs College gegangen – UCLA. Zwei Hauptfächer, Mathematik und Physik, und auch da waren seine Noten herausragend. Direkt nach der Universität ist er in die Softwareentwicklung gewechselt und hat mehrere Jahre bei einem Gamedesigner namens Konami hier in L. A. gearbeitet. Das ist eine der größten Firmen in der Branche. Er hat viel Geld mit der Entwicklung von Ballerspielen verdient. Seine Mutter, die Vater Fabians Algebralehrerin war, wurde vor etwa drei Jahren krank, etwa zum selben Zeitpunkt hat er bei Konami gekündigt.« Er sah Hunter an. »Dann sollte ich ja noch überprüfen, wo er als Kind gewohnt hat. Raten Sie mal.« Er grinste. »Nur ein paar Häuser weiter von unserem Priester.«

»Deswegen hat Elder ihn markiert. Wenn er in derselben Straße gewohnt hat wie Brett, muss er eine beliebte Zielscheibe gewesen sein.«

»Komisch, dass er das gar nicht erwähnt hat, als wir gestern mit ihm gesprochen haben«, meinte Garcia, der noch immer verärgert war. »Ich finde, wir sollten ihm noch mal einen Besuch abstatten und diesmal die Samthandschuhe im Wagen lassen.«

»Sie haben auch den Nagel auf den Kopf getroffen, als Sie mir gesagt haben, ich soll doch mal überprüfen, wer damals seine direkten Nachbarn waren und ob sie Kinder im selben Alter hatten«, fuhr Hopkins fort und nickte Hunter zu. »Da wär ich nie drauf gekommen.«

»Und was haben Sie rausgefunden?«

»Die Nachbarn hatten zwei Kinder, einen Jungen und ein Mädchen, beide ungefähr in James' Alter. Sie waren nicht auf derselben Schule wie er, sondern auf der Centennial High an der North Central Avenue. Der Junge hieß Keyon Powell, er ist jetzt Arzt und lebt in Colorado, aber seine Schwester, Kelly Powell, inzwischen Kelly Sanchez, ist Anwältin und lebt mit ihrem Mann und zwei Kindern in Santa Monica.« Hopkins reichte Hunter das Bild.

Dieser studierte es einen Moment lang, bevor er auf die Uhr sah.

»Vielleicht sollten wir zuerst mit ihr reden – jetzt gleich.«

»Klingt nach einem Plan«, sagte Garcia und griff nach seiner Jacke.

110

Die Kanzlei Hardgrave and Mortimer nahm den dritten, vierten und fünften Stock des großen Bürogebäudes an der Ecke Sixth Street und Broadway in Santa Monica ein. Hunter hatte von unterwegs aus in der Kanzlei angerufen, um sicherzugehen, dass Kelly Sanchez nicht bei einem Gerichtstermin war.

Am Empfang teilte ihnen eine junge und ausnehmend attraktive Rothaarige mit, dass es ohne Termin so gut wie unmöglich sei, mit Mrs Sanchez zu sprechen, aber Hunters Polizeimarke zauberte dann doch noch eine freie halbe Stunde in deren überfülltem Terminplan herbei.

Nichtsdestotrotz verstrichen noch mehrere Minuten, bis die Rezeptionistin von Mrs Sanchez das Okay erhalten hatte, den unangemeldeten Besuch vorzulassen. Sie folgten ihr einen Gang entlang, an dessen Wänden Fotos und gerahmte Zeitungsausschnitte hingen, gingen an einer Vitrine mit Golftrophäen vorbei und bogen schließlich in einen zweiten Gang ein. Kelly Sanchez' Büro war das vorletzte auf der rechten Seite. Die rothaarige Empfangsdame klopfte leise an und wartete exakt drei Sekunden, bevor sie die Tür öffnete und sie in ein großzügiges und luxuriös eingerichtetes Büro führte. Elegante, klassische Möbel, Ölbilder an den Wänden, ein großes Fenster, vor dem ein imposanter viktorianischer Mahagonischreibtisch stand, und eine ganze Wand voller Fachbücher – ein Büro, das vornehmlich mit dem Ziel eingerichtet worden war, Klienten zu beeindrucken.

Kelly Sanchez stand auf und kam ihnen entgegen. Sie war eine statueske Schwarze Ende dreißig mit glatten schulterlangen Haaren und rasiermesserscharfen haselnussbraunen Augen. Sie gaben sich die Hand, und Kelly studierte ausgiebig ihre Marken, bevor sie ihnen einen Sitzplatz anbot.

»Wie kann ich Ihnen behilflich sein, Gentlemen?«, fragte sie und zog sich wieder hinter ihren Schreibtisch zurück.

Ohne allzu viel preiszugeben, erklärte Hunter den Zweck ihres Besuchs.

»James Reed? Na, das nenne ich ein Gespenst aus der Vergangenheit.«

»Sie waren Nachbarn, stimmt das?«

Kelly nickte. »Aber das ist schon ewig her.«

»Erinnern Sie sich noch an einen Jungen, den alle Strutter genannt haben, und die Clique, mit der er unterwegs war?«

Kellys freundliche Miene verhärtete sich, und sie lehnte sich in ihrem Sessel zurück, wobei sie die beiden Detectives aufmerksam fixierte. »Ja, an die erinnere ich mich noch.«

»Haben Sie oder Ihr Bruder damals einen von ihnen näher gekannt? Kannten Sie ihre richtigen Namen?«

Sie schüttelte den Kopf. »Der einzige Name, den ich je aufgeschnappt habe, war Strutter, und das war ein Spitzname. Ich wusste, wer sie waren, wenn ich sie auf der Straße gesehen habe, das hat mir gereicht. Ich habe mich jedes Mal umgedreht und bin in die andere Richtung verschwunden.«

»In Strutters Gang gab es auch ein Mädchen, das Lipz genannt wurde, und einen Jungen mit Spitznamen JayJay. Kannten Sie die auch?«, hakte Garcia nach.

Sie runzelte die Stirn. »Ich habe Ihnen doch gerade gesagt, dass ich die Clique nicht näher kannte.« Ihr forschender Blick schweifte von Garcia zu Hunter. »Worum geht es hier eigentlich, Detective? James hat nie zu dieser Clique gehört.«

»Ja, das wissen wir. Waren Sie und Ihr Bruder mit James Reed befreundet? Kannten Sie ihn gut?«

»Wir waren Spielkameraden, aber ich würde nicht sagen, dass wir uns besonders gut kannten.«

»Wissen Sie noch, ob er mit Strutter und seiner Gang ausgekommen ist?«

Kelly lachte trocken. »Niemand ist mit Strutters Gang ausgekommen. Wir haben getan, was wir konnten, um ihnen aus dem Weg zu gehen.«

»Auch James?«

»Vor allem James. Aber er hatte es schwer.«

»Wieso?« Sein Lederstuhl knarzte, als Hunter sich vorbeugte.

Kelly zuckte mit den Schultern. »James war auf der Compton High. Seine Mutter war dort Lehrerin, und ich glaube, einige von den Kids aus Strutters Gang hatten bei ihr Unterricht. James musste es jedes Mal ausbaden, wenn sie schlechte Noten bekamen oder nachsitzen mussten.«

»Oder suspendiert wurden«, fügte Garcia leise hinzu.

»Strutters Gang hat ihn ständig aufs Korn genommen. Er hat mehr abbekommen als die meisten.«

»Was war mit Ihnen und Ihrem Bruder?«

»Wir waren auf einer anderen Schule, auf der Centennial High. Für uns war es einfacher, ihnen aus dem Weg zu gehen.« Kelly stützte die Ellbogen auf die Armlehnen ihres luxuriösen Ledersessels und legte das Kinn auf die Faust. »Ab und zu haben sie uns belästigt, aber es war nichts Extremes. Meistens haben sie uns bloß irgendwelche Sauereien an den Kopf geworfen.«

»Und bei James?«, fragte Garcia.

Sie schüttelte den Kopf. »James war ziemlich schüchtern und gehemmt. Keine Ahnung, ob das der Grund war oder ob es daran lag, dass seine Mutter Lehrerin war, jedenfalls hat ihm Strutters Gang regelmäßig das Leben zur Hölle gemacht.« Kelly strich sich die Haare hinter die Ohren. Ihr Blick wanderte nach rechts oben ins Leere. »James hatte diesen kleinen weißen Hund. Er war richtig niedlich und ziemlich verspielt. Ein echtes Energiebündel. Sogar meine Mom mochte ihn, und sie war definitiv kein Hundemensch.« Bei der Erinnerung nahm ihr Gesicht einen traurigen Ausdruck an. »Eines Tages war der Hund verschwunden, und James war ganz außer sich. Er hat vermutlich an jede Haustür in unserer Nachbarschaft geklopft, aber niemand hatte ihn gesehen. Ich glaube, er hat in der Nacht kein Auge zugemacht. Ich kenne nicht jedes Detail der Geschichte, aber am nächsten Morgen stand ein Pappkarton vor seiner Tür. Darin lag der kleine Hund. Ohne Kopf.«

Garcia rutschte unbehaglich auf seinem Stuhl hin und her und schielte zu Hunter hinüber, dessen Miene vollkommen neutral blieb.

»James hat den Hund im Park begraben. Er hat noch wochenlang danach geweint.«

Einen Moment lang wurde es still im Raum. »James hat Strutters Gang die Schuld daran gegeben«, schloss Hunter.

Kelly nickte. »Armer kleiner Numberz«, meinte sie wehmütig.

»Was haben Sie gesagt?« Hunter stutzte.

»James' Hund.« Sie nickte. »Er hieß Numberz, mit *z* am Ende.«

111

Einer der meistbefahrenen Freeways in ganz Kalifornien zur verkehrsreichsten Zeit des Tages. Den Weg von Santa Monica nach Pomona legten sie mit einer Durchschnittsgeschwindigkeit von fünfundzwanzig Meilen pro Stunde zurück. Sie kämpften mit Staus, wüsten Beschimpfungen, Dauergehupe und unverbesserlichen Dränglern.

»Wir sollten ihn einfach einkassieren und ein bisschen in die Mangel nehmen, dann knickt er garantiert ein. Vor allem, wenn du ihn verhörst«, meinte Garcia, als sie von einem riesigen Truck ausgebremst wurden.

»Aus welchem Grund willst du ihn denn verhaften? Weil er vor über zwanzig Jahren von ein paar Kids terrorisiert wurde und einen Hund mit Namen Numberz hatte? Wir haben nichts gegen ihn in der Hand.«

»Wir haben ein Tatmotiv.«

»Ein *mögliches* Tatmotiv. Das Wort solltest du unbedingt in deinen Wortschatz einarbeiten, Carlos.«

»Also gut, wir haben ein *mögliches* Motiv. James Reed wurde als Kind fertiggemacht, und er hat Strutters Gang für den Tod seines Hundes die Schuld gegeben. Ein Hund namens Numberz, dem der Kopf abgeschlagen wurde. Der Killer nummeriert seine Opfer, Robert. Vater Fabian wurde enthauptet, und ihm wurde ein Hundekopf aufgesetzt. Soll das etwa ein Zufall sein? Und ist dir aufgefallen, dass er …«

»Genauso groß ist wie du, eins achtundachtzig?«, fiel Hunter ihm ins Wort und nickte. »Ja, durchaus.«

»Passt genau auf die *mögliche* Größe des Täters.«

»Ich weiß.« Hunter ließ sich gegen die Innenseite der Beifahrertür sinken und rieb sich das Kinn. »Alles, was ich sagen will, ist, dass wir jetzt nichts Unüberlegtes tun dürfen, sonst geht uns der Täter durch die Lappen. Bis jetzt ist das Einzige, was überhaupt irgendjemanden mit den Morden in Verbindung bringen könnte, ein partieller Fingerabdruck aus dem Haus in Malibu. Das ist besser als nichts, aber es reicht nicht, und das weißt du auch. Selbst wenn wir Reed einkassieren und sein Fingerabdruck zu dem passt, den wir gefunden haben, wäre das in einem Prozess wertlos. Das Haus steht schon eine ganze Weile zum Verkauf, jeder hätte es besichtigen können. Wenn das alles ist, was wir vorzuweisen haben, dann wird ihn keine Jury auf der Welt jemals für schuldig befinden. Zwei Mitglieder von Strutters Gang sind immer noch am Leben, und ich weiß genau, dass der Killer hinter ihnen her ist. Wir müssen vorsichtig sein. Wenn James Reed unser Mann ist, dann weiß er, dass wir kurz davor sind, ihm auf die Schliche zu kommen – wir haben gestern bei ihm geklingelt, und heute tun wir es wieder.«

»Das könnte ihn nervös machen«, meinte Garcia.

»Und wer nervös ist, macht Fehler. Ein einziger Fehler – das ist alles, was wir brauchen.«

Der kurze Winternachmittag neigte sich bereits seinem Ende zu, als sie endlich Pomona erreicht hatten. Hunter warf einen Blick auf seine Armbanduhr und beschloss, sein Glück direkt in der Universität zu versuchen.

Der Hauptcampus der California State Polytechnic University liegt auf einem annähernd sechshundert Hektar großen Grundstück, was ihn zum zweitgrößten Campus in Kalifornien macht. Hunter und Garcia fiel es nicht weiter schwer, die Universitätsverwaltung zu finden, ein Gebäude, dessen kühne futuristische Architektur ihm bereits eine Rolle in diversen Science-Fiction-Filmen und Werbespots beschert hat. Allerdings genügt die Konstruktion nicht den staatlichen Bestimmungen für Erdbebensicherheit, und das obwohl das Gebäude genau über der San-José-Hills-Spalte steht und somit einem erhöhten Erdbebenrisiko ausgesetzt ist.

»Schick, schick«, meinte Garcia beeindruckt, als er den Wagen parkte.

»Hoffen wir bloß, dass es in den nächsten Minuten nicht einstürzt.«

»Wieso sollte es?«

Hunter schüttelte den Kopf. »Ach, nichts weiter.«

Garcia zog die Brauen zusammen und beschleunigte seine Schritte, um seinen Partner einzuholen, der bereits im Gebäude verschwunden war.

Am Empfang herrschte nicht viel Betrieb. Ein etwas untersetzter Mann mit freundlichen Augen und langen dunklen Haaren schenkte ihnen ein Lächeln voller strahlend weißer Zähne.

»Wie kann ich Ihnen weiterhelfen, Gentlemen?«, fragte er überschwänglich.

»Wir sind auf der Suche nach Professor Reed, James Reed.« Hunter lächelte zurück, wenn auch nicht ganz so strahlend.

»Welches Fach lehrt er denn?«

»Ich bin mir nicht ganz sicher. Gibt es nicht eine Möglichkeit, das rauszufinden?«

»Aber sicher doch, warten Sie kurz.«

»Informatik mit Schwerpunkt Softwareentwicklung.« Die Antwort kam von einer großen hageren Frau mit aschblonden Haaren. Sie stand neben dem Empfangstresen und war in irgendwelche Unterlagen vertieft.

Beide Detectives drehten sich zu ihr um. »Professor Reed lehrt Informatik mit Schwerpunkt Softwareentwicklung«, wiederholte sie. »Aber er ist nicht da.«

»Ach«, meinte Hunter enttäuscht. »Und Sie sind …?«

»Dr. Nicola Pate.« Sie bot ihm ihre Hand. »Ich bin die Dekanin des Fachbereichs Informatik. Möchten Sie sich gerne bei uns einschreiben?«

Garcia hustete, und Hunters Lächeln wurde breiter. »Sehen wir so jung aus?«

»Alt genug, würde ich sagen«, warf der Mann hinter dem Tresen ein und kicherte, bevor er Hunter kokett zuzwinkerte, was bei Garcia einen neuerlichen Hustenanfall auslöste.

Dr. Pate lachte leise. »Sie müssen nicht mehr zwanzig sein, um studieren zu dürfen.«

»Heißt das, wir sehen älter aus als zwanzig?« Hunters Neckerei brachte ihm einen strengen Blick von Dr. Pate ein, der ihm nahelegte, den Bogen nicht zu überspannen.

»Also, ich geb's auf«, sagte sie und fuhr sich durch die Haare. »Einschreiben wollen Sie sich nicht bei uns – ich weiß immer noch nicht, wer Sie sind.«

Sie entfernten sich ein paar Schritte vom Empfangstresen, und Hunter eröffnete die formale Vorstellungsrunde.

Dr. Pates Miene veränderte sich, als sie ihre Marken sah. »Morddezernat?«

»Kein Grund zur Besorgnis«, beschwichtigte Hunter sie. »Wir möchten James Reed bloß ein paar Fragen stellen.«

»Gibt es ein Problem mit einem seiner Studenten?«

»Nein, ganz und gar nicht. Jemand, den Mr Reed von früher kennt, ist möglicherweise in einen Fall involviert, in dem wir derzeit ermitteln. Er könnte uns helfen, einen besseren Einblick zu gewinnen.«

Pate betrachtete die beiden Detectives eine Zeitlang abwechselnd, dabei entspannte sich ihre besorgte Miene ein wenig.

»Wissen Sie, wo wir ihn finden können?«

Sie neigte bedauernd den Kopf. »Sie kommen leider einen Tag zu spät.«

»Pardon?«

»Es sind nur noch drei Tage bis Weihnachten, Detective. Es finden keine Vorlesungen und Seminare mehr statt. Professor Reed hatte seine letzte Veranstaltung gestern Nachmittag. Er hat mir gesagt, dass er danach ein paar Tage wegfahren wolle.«

»Hat er Ihnen gesagt, wohin?«

Dr. Pate schüttelte den Kopf. »Reed ist ein ziemlich verschlossener Mensch. Ein hervorragender Professor, aber ein Einzelgänger. Er hat bloß gesagt, dass er einen Tapetenwechsel braucht, und das kann ich sehr gut nachempfinden. Das Leben eines Universitätsprofessors ist mitunter recht anstrengend. Ich glaube, er fährt gerne raus in die Berge, aber meine Hand kann ich dafür nicht ins Feuer legen. Ich wusste nicht mal, dass er verreisen wollte, ich habe es erst gestern erfahren.«

Garcia warf Hunter einen Blick zu.

»Wenn Sie mir Ihre Nummer dalassen, rufe ich Sie gerne an, falls ich von ihm höre«, bot sie an, und diesmal war ihr Lächeln mehr als nur höflich.

112

ALS GARCIA VOR JAMES REEDS HAUS PARKTE, hatte sich bereits der Abend über L. A. herabgesenkt. Der schwarze Dodge Journey, der tags zuvor in der Einfahrt gestanden hatte, war verschwunden. Das Haus sah verlassen aus, die Vorhänge waren zugezogen, nirgendwo brannte Licht. Sie klingelten lange und ausdauernd, klopften an die Tür und riefen Reeds Namen, aber nach ein paar Minuten mussten sie einsehen, dass sie keine Antwort erhalten würden.

»Abgehauen«, sagte Garcia knapp.

»Das wissen wir nicht. Vielleicht ist er gar nicht unser Mann, und er will wirklich nur ein paar Tage Urlaub machen, um den Kopf freizubekommen.«

»Oder er gerät langsam in Panik. Wie du eben gesagt hast: Er weiß jetzt, dass wir ihm auf der Spur sind.«

Die Nachbarn bestätigten Dr. Pates Charakterisierung von Reed als einem zurückgezogenen Menschen, der gerne für sich war. Die Frau von gegenüber sagte, sie sei gerade im Garten gewesen, als Reed mitten am Nachmittag seinen Wanderrucksack und ein wenig Proviant ins Auto geladen habe und weggefahren sei.

Auf dem Rückweg ins Büro rief Hunter vom Auto aus bei Hopkins durch und bat ihn, Reeds Autokennzeichen zu ermitteln und eine Beschreibung seines Wagens an sämtliche Einheiten weiterzuleiten. Noch hatten sie keinen Grund, offiziell nach ihm zu fahnden, aber Hunter wollte wissen, wo er sich aufhielt.

»Was, wenn er L. A. verlassen hat oder gar nicht mehr in Kalifornien ist?«, fragte Garcia.

»Dann ist das ein gutes Zeichen«, gab Hunter zurück und steckte sein Handy wieder ein.

»Was?«

»Dr. Pate hat gesagt, sein letztes Seminar war gestern Nachmittag. Seine Nachbarin hat gesehen, wie er heute Nachmittag losgefahren ist. Du weißt doch, wie dicht der Verkehr hier in Los Angeles ist. Wenn du kurz vor Weihnachten eine längere Reise mit dem Auto machen wolltest, würdest du dann nachmittags losfahren?«

»Machst du Witze? Wenn ich die Wahl hätte, würde ich ganz sicher nicht nachmittags aufbrechen, wenn ich von West Hollywood nach Long Beach will. Du hast doch selbst gesehen, wie lange wir von hier nach Santa Monica gebraucht haben. Stau auf der gesamten Strecke.«

»Reed ist ein Informatikprofessor und Puzzleprofi. Sein Gehirn ist darauf konditioniert, immer nach der effizientesten Lösung zu suchen. Wenn er die Reise im Voraus geplant hätte, dann wäre er schon gestern Abend oder heute ganz früh losgefahren, wenn nicht so viel Verkehr ist.«

»Ist er aber nicht.« Garcia grinste. »Ich sag dir ja, er schiebt Panik.«

»Wir waren gestern bei ihm – hast du irgendwelche Anzeichen dafür gesehen, dass er verreisen wollte?«

Garcia schüttelte den Kopf. »Und er hat nichts davon erwähnt, als wir ihm gesagt haben, dass wir vielleicht noch mal mit ihm sprechen müssen.«

»Peter Elder hat mir außerdem noch gesagt, dass die zwei verbliebenen Mitglieder seiner Gang, JayJay und Lipz, die Schule genauso gehasst haben wie er. Beide waren Schulabbrecher. Statistiken besagen, dass Leute wie sie nur selten umziehen. Ich bin mir ziemlich sicher, dass sie noch in L. A. leben. Wenn James Reed wirklich unser Mann ist, dann hat er die Stadt nicht verlassen.«

113

Als sie endlich wieder im Büro ankamen, hatte Hopkins bereits eine zusätzliche Pinnwand aufgestellt und neue Fotos aufgehängt.

»Ich habe alle Bilder eingescannt, die Peter Elder im Jahrbuch eingekreist hat, und Ihnen beiden die Ausdrucke auf den Schreibtisch gelegt.« Mit dem Kinn deutete er auf zwei beachtliche Stapel Fotos und lachte, als er ihre entgeisterten Mienen sah. »Keine Panik, das sind alle, auch die, die ich schon aussortiert habe.« Er suchte nach seinen Notizen. »Drei sind gestorben, sieben wohnen mittlerweile nicht mehr in den Vereinigten Staaten, drei sitzen im Gefängnis, sechs sind beim Militär und irgendwo weit weg stationiert, und fünf sitzen im Rollstuhl bzw. haben sonst irgendeine Behinderung oder Krankheit, die sie körperlich stark einschränkt.« Hopkins deutete auf die neue Pinnwand. »Das da sind die, auf die wir uns konzentrieren müssen. Insgesamt einundzwanzig.«

»Mein Gott.« Garcia riss die Augen auf. »Wie viele Kids haben die denn terrorisiert?«

»Eine ganze Menge«, bestätigte Hopkins.

Das erste Bild der Gruppe war das von James Reed.

»Hat schon jemand Meldung gemacht, dass Reeds Fahrzeug gesichtet wurde?«, erkundigte sich Hunter.

»Bis jetzt noch nicht, aber dafür habe ich noch ein paar Informationen über unser erstes Opfer ausgegraben, Gregory Carlson alias Strutter.«

»Ich höre«, sagte Hunter, während sein Blick über die neue Fotowand schweifte. Es waren typische Jahrbuchfotos – aus der Mode gekommene Frisuren, verkrampfte Gesichter und picklige Wangen. All diese Leute waren inzwischen über vierzig.

Hopkins räusperte sich. »Anscheinend war Greg ein echter Härtefall. Er hat die Schule in Rancho Dominguez noch vor der neunten Klasse geschmissen und ist dann für mehrere Jahre von der Bildfläche verschwunden. Kein Job, keine Sozialversicherungsbeiträge, nichts. Zudem ziemlich gewaltbereit. Sieht so aus, als hätte er jede Freundin, die er je hatte, verprügelt. Er wurde mehrfach verhaftet, die Anklage reichte von Körperverletzung bis hin zu Drogenbesitz. Gedealt hat er allerdings nicht. Stattdessen hat er sein Geld mit Cyber-Betrügereien verdient. Er hat falsche Internetfirmen gegründet und den Leuten das Geld aus der Tasche geschwindelt. Angeblich war er in mehrere E-Mail-Scams verwickelt. Aufgrund seines Hintergrunds hat das LAPD seinen Tod als Mord aus Rache eingestuft. Sie glauben, dass Greg schließlich den Falschen betrogen hat.« Hopkins blätterte eine Seite um. »Seltsamerweise scheint er ein guter Vater gewesen zu sein.«

»Er hatte einen Sohn?«, fragte Garcia erstaunt.

Hopkins schüttelte den Kopf. »Eine Tochter, Beth. Sie hat multiple Sklerose und lebt in einem Heim, aber er hat sie viermal die Woche besucht. Ihre Mutter ist abgehauen, sobald sich die ersten Symptome bemerkbar gemacht haben. Ihr gegenwärtiger Aufenthaltsort ist unbekannt.« Er reichte Garcia seinen Bericht.

Hunters Aufmerksamkeit galt nach wie vor den Fotos.

»Eine vorläufige Liste mit allen Namen und Wohnorten liegt auf Ihrem Schreibtisch, oben auf den Fotos«, sagte Hopkins. »Wir haben die Adressen vorliegen, aber noch hatten wir nicht die Zeit zu ermitteln, wo sich diese einundzwanzig in den letzten drei Wochen aufgehalten haben.«

Hunter nickte. »Ich würde sagen, jeder nimmt sich sieben vor, und dann schauen wir mal, wie weit wir in der nächsten Stunde kommen.«

114

Mollie hatte den Tag in besorgter Unruhe verbracht. Irgendwas passte nicht zusammen. Sie hatte einen Flash nach dem anderen, aber sie wurden immer seltsamer und verwirrender. Es sah aus, als würde sich alles verdoppeln, als gäbe es zwei Killer, zwei verschiedene Gruppen von Opfern. Sie konnte sich auf nichts mehr einen Reim machen. Und sie hatte noch nie im Leben so viel Angst gehabt.

Sie war mitten in der Nacht aufgewacht und hatte auf einmal ein Gefühl drückender Enge verspürt. Ihr Motelzimmer war groß, aber die Luft darin kam ihr abgestanden und stickig vor. Doch als sie das Fenster aufriss und sich die kalte, feuchte Winterluft ins Gesicht wehen ließ, wurde es nicht besser. Stattdessen überkam sie auf einmal ein undefinierbares Unbehagen, das ihr die Haare im Nacken zu Berge stehen ließ. Als würde sie beobachtet. Sie lehnte sich, so weit sie konnte, aus dem Fenster und spähte zu beiden Seiten die Straße entlang. Sie war menschenleer.

Mollie kroch zurück ins Bett, aber ihr Verstand spielte ihr weiterhin Streiche und hielt sie den Rest der Nacht wach. Um sechs Uhr dreiundfünfzig ging die Sonne auf, und erst jetzt konnte sich Mollie endlich ein wenig entspannen. Nachts war es immer schlimmer. Aus irgendeinem Grund waren die Visionen da heftiger – realer – und schmerzhafter.

Erst am späten Nachmittag verließ sie ihr Zimmer. Ihr Magen knurrte. Ein paar Häuser weiter entdeckte Mollie einen Sandwichladen, der auch Kuchen, Süßigkeiten und Kaffee im Angebot hatte. Sie bestellte sich ein Sandwich mit Salami und Käse, ein Stück Apple Pie mit Vanilleeis und eine heiße Schokolade, bevor sie sich einen Tisch in der Nähe des Fensters suchte.

Hunter hatte ihr gesagt, dass er sie vielleicht am Abend in eine neue Unterkunft bringen würde – zu einem Bekannten, hatte er gesagt. Aber er hatte bis jetzt noch nicht angerufen. Sie aß ihren Pie und sah aus dem Fenster. Auf der anderen Straßenseite stand ein kleiner, untersetzter Mann im Weihnachtsmannkostüm und schwenkte eine große goldene Glocke, um Geld für eine Wohltätigkeitsorganisation zu sammeln. Mollie sah ihm mindestens fünf Minuten lang zu. Kein einziger Passant spendete etwas.

»Heutzutage scheint sich niemand mehr zu kümmern, stimmt's?«, meinte unvermittelt der Mann am Nachbartisch.

»Tja, irgendwie nicht«, sagte sie und schüttelte traurig den Kopf.

Der Mann trug einen langen schwarzen Mantel und einen dunklen altmodischen Hut wie ein Gangster. »Es ist schade, dass die Leute kein Herz mehr für andere haben«, sagte er, bevor er sich mit der Zunge über die rauen Lippen fuhr.

Mollie wusste nicht, was sie darauf erwidern sollte, also lächelte sie bloß und trank einen Schluck Schokolade.

»Du bist nicht von hier, oder?«

Sie sah ihn fragend an.

»Ein L.-A.-Lächeln erkennt man auf zehn Meilen Entfernung. Es ist immer irgendwie künstlich, aber deins nicht. Deins ist …«, er hielt inne, als suche er nach dem passenden Ausdruck, »warm. Ehrlich.«

»Danke.« Sie wurde rot.

Der Mann schien ihr Unbehagen bemerkt zu haben. Er stand auf und suchte seine Sachen zusammen. »Na, hoffentlich gefällt es dir in Los Angeles«, meinte er und streckte ihr die Hand hin.

Mollie schüttelte sie nur ganz leicht. Die Hand des Mannes war warm und stark.

»Ich bin Ryan. Ryan Turner.«

Ein weiteres zaghaftes Lächeln. »Ich bin Monica.«

»Also dann. Viel Spaß in L. A., Monica«, sagte er erneut, bevor er das Café verließ, die Straße überquerte und dem Weihnachtsmann ein paar Münzen in die Büchse warf.

Als sie wieder im Hotel war, machte sich der Schlafmangel der letzten Nacht bemerkbar. Immer wieder nickte Mollie vor dem Fernseher ein. Sie wusste nicht, ob sie wach war oder schlief, als die Vision kam, aber sie traf sie wie ein Faustschlag mitten ins Gesicht.

Als sie die Augen öffnete, stand sie nackt vor dem Spiegel im Badezimmer und blutete.

115

Hätte eine der Personen auf den einundzwanzig Fotos an der Pinnwand eine Polizeiakte gehabt, wären ihre Fingerabdrücke im Computer gewesen, und man hätte sie mit dem partiellen Abdruck aus dem Haus in Malibu vergleichen können. Doch das war leider nicht der Fall. Stattdessen sahen sich Hunter, Garcia und Hopkins mit einundzwanzig unbescholtenen Bürgern konfrontiert. Keine Verhaftungen, keine Schwierigkeiten mit dem Finanzamt oder irgendeiner anderen Regierungsbehörde. Keine Vorladungen vor Gericht, kein Dienst als Geschworene. Die schlimmsten Vergehen waren zwei unbezahlte Strafzettel. Einundzwanzig Personen, deren Leben auf dem Papier ungefähr so aufregend und abenteuerlich war wie ein Glas Milch. Die Berufe waren breit gefächert, vom Universitätsprofessor bis zum Drehbuchautor, vom Arzt bis zum Dauerarbeitslosen war alles vertreten.

In einem ersten Schritt hatten sie alle Personen aussortiert, die deutlich kleiner oder größer waren als eins achtundachtzig. Danach blieben ihnen noch zwölf mögliche Verdächtige. Nachdem sie bei sämtlichen Fluglinien und Grenzübergängen angerufen hatten, konnten sie fünf weitere Namen von der Liste streichen.

»Dr. Pedro Ortiz und Dr. Michael Grifton fallen auch weg«, verkündete Garcia, nachdem er aufgelegt hatte. »Sie hatten beide Nachtdienst an dem Abend, als Vater Fabian getötet wurde.«

»Jason Lowell war an dem Wochenende, an dem Debbie Howard ermordet wurde, mit seinen Schülern zelten«, sagte Hopkins. »Der wäre also auch aus dem Rennen.«

Hunter rieb sich die brennenden Augen. Er war seit nunmehr fast achtundvierzig Stunden auf den Beinen, und allmählich kamen ihm Zweifel, ob sie mit Telefonaten und Anfragen in der Datenbank weiterkommen würden. Der Mann, den sie suchten, hatte schwerste seelische Verletzungen erlitten, die über fünfundzwanzig Jahre lang in seinem Unterbewusstsein verborgen gewesen waren. Hunter war sich ganz sicher, dass ein konkretes Ereignis den Zorn des Killers entfacht haben musste. Irgendetwas, das erst vor kurzem passiert war. Der Tropfen, der das Fass zum Überlaufen gebracht hatte.

Er wusste auch, dass sich die Frage, was den Täter aus der Bahn geworfen hatte, nicht vom Schreibtisch aus würde beantworten lassen. Um herauszufinden, ob jemand von seiner Frau verlassen worden war, im Job unter Druck stand, seinen Arbeitsplatz verloren hatte oder in finanziellen Schwierigkeiten steckte, waren intensivere Nachforschungen notwendig.

»Okay«, sagte er schließlich und rollte die verspannten Schultern. »Jetzt haben wir nur noch vier Namen auf der Liste. Dass James Reed abgetaucht ist, wissen wir. Lasst uns herausfinden, wo die anderen drei stecken.«

»Vielleicht sollten wir Mollie bitten, herzukommen, damit sie sich die Bilder mal ansieht«, schlug Garcia vor. »Vielleicht kann sie irgendwas dazu sagen.«

Verdammt! Hunter sah auf die Uhr. Er musste sie anrufen. Heute Abend wollte er sie an einen anderen Ort bringen.

»Keine schlechte Idee«, meinte Hopkins.

»So funktioniert das nicht.« Hunter sah die beiden scharf an. »Sie hat keine Kontrolle darüber, was sie sieht. Und sie spürt nur, wenn andere Leute leiden.«

»Meinst du nicht, dass es einen Versuch wert sein könnte? Uns wird die Zeit knapp, und wir wissen bald nicht mehr weiter.«

»Nein«, sagte Hunter entschieden. »Sie ist ein siebzehnjähriges Mädchen, das jetzt schon mehr durchgemacht hat als die meisten Menschen in ihrem ganzen Leben. Sie ist allein, sie hat Angst, und dann hat sie auch noch Visionen, in denen sie andere Leute in unvorstellbarem Maße leiden sieht.« Er fixierte Garcia. »Wir haben drei der fünf Tatorte gesehen. In Malibu musstest du draußen bleiben, weil dir schlecht wurde.«

»Im Ernst?«, fragte Hopkins erstaunt.

»Vorsicht, falsches Thema«, warnte Garcia.

»Wir sind Detectives beim Morddezernat«, fuhr Hunter fort. »Wir beschäftigen uns tagtäglich mit so was, wir sind abgehärtet. Wir müssten eigentlich daran gewöhnt sein, trotzdem dreht sich uns noch hin und wieder der Magen um. Hast du auch nur den Schimmer einer Ahnung, wie es sich anfühlt, wenn man ganz allein ist und diese Bilder sieht – Bilder, die so real sind wie die, die wir mit eigenen Augen gesehen haben? Was das in einem labilen jungen Mädchen anrichten kann? Auf keinen Fall bringe ich sie her, zeige ihr die Fotos und sage ihr, sie soll diese Visionen absichtlich herbeiführen!«

Das Schweigen, das auf Hunters recht hitzige Rede folgte, signalisierte, dass sie ihn verstanden hatten.

Sein Handy klingelte. Auf dem Display wurde Mollies Nummer angezeigt. *Wie unheimlich.*

»Hi, Mollie …« Hunter ging zum Fenster. Selbst am Telefon konnte er ganz deutlich spüren, dass etwas nicht stimmte. Sie atmete schwer, als sei sie gerannt. »Was ist los?«

Mollie schnappte nach Luft, und erst jetzt wurde Hunter klar, dass sie weinte.

»Mollie, sag was! Was ist passiert?«

Garcia und Hopkins horchten auf.

Noch ein tiefer Atemzug. Hunter hörte eine Hupe. »Mollie, bist du im Hotel?«

»Nein.« Ihre Stimme zitterte.

»Wo bist du?«

»Ich weiß nicht.«

»Was? Was heißt das, du weißt nicht?«

»Ich bin abgehauen.«

»Du bist aus dem Hotel abgehauen?«

»Ja.«

»Wann?«

»Keine Ahnung, schon vor einer Weile.« Ihre Worte kamen stockend, immer wieder schnürten ihr die Tränen die Kehle zu.

»Sei ganz ruhig, Mollie. Sprich mit mir. Was ist passiert? Warum bist du nicht mehr im Hotel?«

»Ich hab's gesehen …« Ihre Stimme kippte.

»Atme ganz tief durch, Mollie. Was hast du gesehen?« Hunter stand auf und griff nach seiner Jacke.

Stille.

»Mollie, bleib dran. Was hast du gesehen?«

»Ich hab das Opfer gesehen …«

»Das Opfer?«

»Das nächste Opfer des Killers. Heute Abend bringt er sein nächstes Opfer um!«

Adrenalin jagte durch Hunters Adern. »Okay, versuch dich einen Moment zu beruhigen, ja, Mollie? Woher weißt du, dass es das nächste Opfer ist? Vielleicht ist es eins der früheren Opfer?«

»Früheren?«

Hunter zögerte kurz. »Die Visionen, die du bisher hattest – die zwei

Menschen, die du gesehen hast. Das waren nicht die einzigen Opfer. Vor ihnen gab es andere, und seitdem hat es auch noch ein neues Opfer gegeben.«

»Nein, nein. Die sind es nicht. Es ist das nächste Opfer. Das weiß ich ganz genau«, sagte sie mit vor Panik überschnappender Stimme.

Hunter war bereits an der Tür. »Wieso bist du dir da so sicher, Mollie?«

»Weil ich es bin.« Ihre Stimme versagte. »Heute Abend kommt er mich holen!«

116

»WO AUCH IMMER DU HINGEHST, ich komme mit«, verkündete Garcia und schnappte sich seine Jacke, als Hunter an ihm vorbei auf den Gang hinauseilte. »Was ist denn passiert, Robert?«

Hunter gab keine Antwort. Er blieb nicht stehen und drehte sich auch nicht zu Garcia um. Dieser holte seinen Partner erst ein, als sie den Parkplatz erreicht hatten.

»Du fährst«, sagte Hunter und drückte die Kurzwahltaste seines Handys. Er hörte nur die aufgezeichnete Ansage ihrer Mailbox.

»Wo soll ich hinfahren?«, fragte Garcia, als er den Motor anließ.

»Fahr so, als würden wir zu mir fahren. Mollies Hotel ist bloß drei Straßen weiter.«

»Was ist passiert?«

Hunter gab die Unterhaltung mit Mollie wieder.

»Verdammter Mist!« Garcias Augen weiteten sich. »Wann hatte sie diese Vision?«

»Weiß ich nicht! Ich habe dir wortwörtlich wiedergegeben, was sie mir gesagt hat.«

»Und dann war die Verbindung auf einmal unterbrochen?«

Ein knappes Nicken. »Als hätte jemand das Handy ausgeschaltet. Ich habe gerade versucht, sie zurückzurufen – Mailbox.« Hunter kniff die Augen zusammen, zwickte sich in die Nasenwurzel und zwang sich, klar zu denken. Mollie hatte nichts Genaueres gesagt, nur dass sie nicht mehr im Hotel war. Er wusste nicht, ob sie es vor zehn Minuten oder vor fünf Stunden verlassen hatte. Vielleicht war sie noch in der Nähe, aber genauso gut konnte sie schon meilenweit weg sein. Aber wo konnte sie hin?

Hunter fiel ein, dass Mollie eine Freundin von der Arbeit erwähnt hatte, Susan. Aber der Name war nur einmal gefallen, und natürlich hatte Hunter keine Ahnung, wo sie wohnte.

»Hat sie Geld?«, fragte Garcia, der unbedingt helfen wollte.

Hunter öffnete die Augen und sah seinen Partner an. »Nicht genug für ein Busticket aus der Stadt raus.« Er wusste, was Garcia dachte. Er versuchte es erneut auf Mollies Handy – wieder die Mailbox.

Sie erreichten das Travel Inn in der East Florence Avenue in weniger als zwölf Minuten. Es war ein typisches zweigeschossiges Hotel mit u-förmigem Grundriss, wie es sie überall in ganz Amerika gab. Man musste nicht an der Rezeption vorbei, um auf die Zimmer zu gelangen. Sie stürmten in den ersten Stock hinauf zu Zimmer Nummer 219. Wiederholt hämmerten sie an die Tür, ans Fenster und riefen Mollies Namen. Sie war nicht da.

117

Die übergewichtige Frau an der Rezeption bestätigte, dass der Schlüssel zu Nummer 219 in seinem Fach lag. Das Travel Inn hatte noch nicht auf die mittlerweile fast überall gebräuchlichen Schlüsselkarten umgestellt, sondern verwendete nach wie vor konventionelle Schlüssel mit riesigen Anhängern. Gäste des Hotels waren nicht verpflichtet, den Schlüssel an der Rezeption abzugeben, wenn sie das Hotel verließen. Die Frau hatte Mollie nicht gesehen. Der Schlüssel habe in der Box für die Express-Rückgabe gelegen, sie könne nicht sagen, wann er eingeworfen worden war.

Hunter zeigte ihr seine Marke, ließ sich von ihr den Schlüssel aushändigen und kehrte zu Mollies Zimmer zurück. Die paar Habseligkeiten, die sie bei sich trug, als er sie vor zwei Nächten hierhergebracht hatte, waren verschwunden, ebenso wie ihr Rucksack. Hunter durchsuchte das Zimmer und das Bett, während Garcia sich das Badezimmer vornahm.

»Robert, komm mal her und schau dir das an.«

Hunter betrat das Badezimmer und erstarrte, als sein Blick auf die Blutstropfen im Waschbecken fiel. Sie sahen sich um, aber es gab kein Anzeichen dafür, dass ein Kampf stattgefunden hatte. Alles schien in Ordnung.

Hunter sah sich das Blut genauer an.

»Und? Was meinst du?«, fragte Garcia.

»Nasenbluten. Mollie hat mir erzählt, dass ihr das manchmal passiert, vor allem nach einer Vision.«

»Was machen wir jetzt?«

Hunter wählte eine Nummer auf dem Handy. Die Person am anderen Ende nahm nach dem zweiten Klingeln ab.

»Trevor, hier ist Hunter, Robert Hunter. Du musst mir einen Gefallen tun.«

Trevor Tollino war der dienstälteste Officer beim Sondereinsatzkommando des LAPD und ein enger Freund von Hunter.

»Was kann ich für dich tun, Robert?«, flüsterte er rau ins Telefon. Früher war Trevor Streifenpolizist gewesen, bis ihm bei einem Schusswechsel mit einer Drogengang in South L. A. in den Hals geschossen wurde. Die Kugel hatte seine Stimmbänder beschädigt, und trotz zweier Operationen konnte er nur noch flüstern. Hunter war derjenige gewesen, der damals sein eigenes

Leben aufs Spiel gesetzt hatte, um den blutenden Trevor in Sicherheit zu bringen.

»Du musst für mich ein Handy orten. Es hat einen GPS-Chip der neuesten Generation.«

»Selbst mit GPS kann man nicht jedes Handy orten. Wenn es eingeschaltet ist, geht es in wenigen Minuten, aber wenn es aus ist, dann kann man nicht viel machen.«

»Kannst du es wenigstens versuchen?«, bat Hunter und gab Trevor Mollies Nummer sowie sämtliche Informationen, die er sich beim Kauf des Handys notiert hatte. »Ruf mich zurück, sobald du was hast.«

Ein kurzes Schweigen. »Ist das eine offizielle Anfrage, Robert?«

»Es geht um Leben und Tod.«

Erneut Schweigen. »Okay, lass mich machen. Ich ruf dich in ein paar Minuten zurück.«

Hunter tigerte erregt im Zimmer auf und ab und spähte immer wieder aus dem Fenster. Von hier aus war ein kurzes Stück der Straße unten zu sehen, sonst nichts.

Sein Handy klingelte, und Garcia fuhr zusammen.

»Trevor, schieß los.«

»Nichts, Robert. Ich kann es nicht triangulieren. Entweder es hat keinen Saft mehr, oder es ist ausgeschaltet. Das Einzige, was ich habe, ist der Ort, von dem der letzte Anruf kam.«

»Sag schon.«

»Der Anruf ging an dein Handy.«

»Und von wo kam er?«

»Firestone Boulevard in Downey.«

»Was? Downey ist fast sieben Meilen weit weg von hier. Geht es ein bisschen genauer?«

»Sorry, Robert, der Anruf war zu kurz, deshalb konnte ich den Ort nicht genauer eingrenzen als bis auf ein paar Straßen. Das Handy war zuletzt irgendwo in der Nähe der Kreuzung Firestone und Lakewood in Betrieb.« Eine kurze Pause. »Danach war das Signal weg.«

118

Hunter brauchte einen Moment, um seine Gedanken zu ordnen. Es gab vier Möglichkeiten. Erstens: Die jüngste Vision hatte Mollie derart in Panik versetzt, dass sie nun ziellos durch die Straßen von Los Angeles irrte. Zweitens: Sie hatte beschlossen, Los Angeles zu verlassen, schließlich hatte sie bereits vorher mit dem Gedanken gespielt. Drittens: Sie hatte eine Bekannte ausfindig gemacht, möglicherweise besagte Susan. Und viertens: Sie war entführt worden.

Für ein Flugticket hatte Mollie nicht genug Bargeld, und in Downey und der näheren Umgebung gab es nirgendwo einen Bahnhof oder Busbahnhof. Falls sie wirklich die Stadt verlassen wollte, war sie im falschen Stadtteil unterwegs. Außerdem war Downey zu weit weg, als dass sie einfach zufällig in ihrer Panik zu Fuß dorthin geraten sein könnte. Es musste einen Grund geben, weshalb ihr Anruf von einem Ort kam, der siebeneinhalb Meilen von ihrem Hotel entfernt lag.

»Robert«, sagte Garcia. »Mit dir alles okay? Was machen wir denn jetzt?«

»Wir müssen nach Downey. Trevor meint, von dort aus hat sie das letzte Mal angerufen, bevor das Signal weg war.« Instinktiv sah er auf die Uhr. »Das ist knapp zwanzig Minuten her. Sie war in keinem Gebäude. Ich habe Verkehrslärm gehört, und Trevor hat gesagt, der Anruf kam vom Firestone Boulevard. Vielleicht ist sie noch irgendwo in der Nähe.«

»Dann los, worauf warten wir?«

Firestone und Lakewood sind zwei große und stark befahrene Straßen in Downey im Südosten von Los Angeles. Garcia schaffte die Strecke in weniger als zehn Minuten.

»Scheiße!«, fauchte er, als sie die Kreuzung erreichten.

Sie befanden sich direkt gegenüber der Stonewood Center Mall – einem gigantischen Einkaufszentrum mit über einhundertsiebzig Geschäften. Und nicht nur das: Den ganzen Firestone Boulevard entlang reihte sich ein Geschäft ans nächste. Ein Paradies für Shoppingsüchtige.

In der Zufahrt zum Parkplatz des Stonewood Center stauten sich die wartenden Fahrzeuge. Garcia bremste, um sich in die Schlange einzureihen. Auf den Gehwegen wogten Menschenmassen beladen mit Tüten, Päckchen und Schachteln. Noch zwei Tage Zeit für die Weihnachtseinkäufe:

Alle Geschäfte hatten bis spätabends geöffnet, und in den Einkaufszentren ging es zu wie in einem Ameisenhaufen zur Essenszeit. Sie hatten keine Ahnung, was für Kleider Mollie trug, und ein Foto von ihr hatten sie auch nicht dabei. Und selbst wenn – wen hätten sie fragen sollen? Hier waren hunderte von Menschen unterwegs. Es war die klassische Nadel-im-Heuhaufen-Situation.

Hunter strich über die hässliche, raue Narbe in seinem Nacken. Eigentlich hatten sie nur dann eine reelle Chance, Mollie zu finden, wenn sie ihr Handy wieder einschaltete. Er würde Trevor bitten, das Trackingsignal weiter im Auge zu behalten. Auf diese Weise wüssten sie sofort Bescheid, wenn ihr Handy wieder am Netz war. Aber wieso war es überhaupt ausgeschaltet worden?

Hunter wollte sich unbedingt in die Menge stürzen und nach Mollie suchen, aber seine Vernunft sagte ihm, dass das reine Zeitverschwendung wäre. Von hier aus konnten sie nichts tun.

Hunter bat Garcia, aus der Schlange auszuscheren und umzudrehen.

»Wir müssen zurück ins Büro und die Sache von da aus koordinieren.«

Als Garcia den Wagen aus der Zufahrt lenkte und sich wieder in den Verkehr einfädelte, schloss Hunter die Augen. Mollies letzte Worte hallten in seinem Kopf wider.

»Heute Abend kommt er mich holen.«

119

Captain Blake stand vor der neuen Pinnwand und betrachtete die Fotos der vier übriggebliebenen Verdächtigen, als Hunter und Garcia wieder im Dezernat ankamen. Hopkins hatte sie bereits über die neuesten Entwicklungen ins Bild gesetzt.

»Da wäre etwas, das ich vergessen habe, Ihnen zu sagen, als wir uns zum ersten Mal begegnet sind«, sagte Captain Blake mit eisiger Ruhe und schloss die Tür, sobald Hunter und Garcia an ihren Schreibtischen Platz genommen hatten. »Ich bin jemand, der niemals ohne Grund flucht.« Dazu hob sie die Hände in einer *Ich-geb's-zu-Geste*. »Nicht dass Sie mich falsch verstehen, ich bin kein Tugendbold. Manchmal muss man fluchen, um seinen Gefühlen adäquat Ausdruck zu verleihen. Aber in meinem Fall kommt das nur vor, wenn ich wirklich sauer bin.«

»Besteht die Gefahr, dass Sie irgendwann in nächster Zeit zum Punkt kommen, Captain?«

»Halten Sie die Klappe und hören Sie, was ich Ihnen zu sagen habe, Robert! Sieht das hier für Sie etwa aus wie eine verdammte wechselseitige Unterhaltung?« Ihr ruhiger Ton war wie weggeblasen. »Haben Sie zwei nur Scheiße im Hirn, oder sind Sie einfach nur Schwachköpfe? Langsam habe ich es satt, mich andauernd wiederholen zu müssen. Was habe ich Ihnen verflucht noch mal gesagt? Ich habe gesagt, dass ich sofort darüber informiert werden will, wenn Sie die kleine Hellseherin finden. Und wollen Sie wissen, was ich gerade erfahren habe?« Ihre Absätze klackten laut, während sie aufgebracht hin und her marschierte. »Ich habe soeben herausgefunden, dass Sie nicht nur wussten, wo das Mädchen ist, Sie haben sie sogar eigenmächtig in einem Hotel einquartiert, und jetzt ist sie Ihnen abgehauen. Scheiße, Robert!« Zur Betonung des Gesagten ließ Blake ihre Faust auf seinen Schreibtisch niederkrachen. »Warum haben Sie mir das verschwiegen?«

Hunter antwortete betont ruhig. »Weil ich genau weiß, was sonst passiert wäre, Captain. Sie hätten sie vorgeladen, sie in eine Verhörzelle gesteckt und sie mit Fragen bombardiert, die sie nicht hätte beantworten können. Nicht weil sie irgendwas zu verbergen hat, sondern weil sie die Antworten schlicht und einfach nicht kennt. Ich habe sie alles gefragt, was man sie hätte fragen können. Sie hat keine Ahnung, warum sie diese Bilder sieht, und sie hat keinerlei Kontrolle darüber.« Hunter ließ ein leises Knurren hören. »Wenn Sie sie in Ihrem Bericht erwähnt hätten, dann hätte Chief Collins oder der Bürgermeister unter Garantie darauf bestanden, dass sie von einem Psychologen vernommen wird, der sicher alles darangesetzt hätte, ihre Glaubwürdigkeit zu untergraben, statt sie zu verstehen.«

»*Sie* sind ein gottverdammter Psychologe!«, feuerte Blake prompt zurück. »Sie hätten das Gespräch selbst führen können.«

»Glauben Sie, der Bürgermeister hätte das zugelassen?«

»Auch das habe ich Ihnen gesagt: Den Bürgermeister können Sie getrost meine Sorge sein lassen. Der ist meine Baustelle, nicht Ihre. Ich stelle mich immer hinter meine Detectives, aber anscheinend haben Sie keine Lust, mir dasselbe Vertrauen entgegenzubringen. Ich hätte Wert auf Ihre Meinung gelegt, Robert.«

Hunter fuhr sich mit der Hand durch die Haare.

»Nun, der Chief und der Bürgermeister werden unweigerlich Wind von der Sache bekommen, ob nun durch meinen Bericht oder auf andere Weise. Und plötzlich wird der Druck, unter dem ich stehe, noch größer. Sie beide haben bereits zweimal meine Autorität untergraben. Wenn ich jetzt nicht gegensteuere, dann stehe ich in meiner Position als Captain wie ein Schwächling da, und zwar nicht nur in den Augen des Chiefs und des Bürgermeisters, sondern in denen des Dezernats und des gesamten LAPD.«

»Was meinen Sie mit ›gegensteuern‹?«, fragte Garcia.

»Damit meine ich, Ihre Ärsche rauskicken und Sie beide suspendieren.«

120

»EINE SEKUNDE, CAPTAIN.« Hunter fuhr hoch. »Sie können uns nicht suspendieren. Nicht jetzt!«

Captain Blake lachte freudlos. »Ich kann tun, was mir passt, Robert. Sie sind die Einzigen, die noch nicht begriffen zu haben scheinen, dass ich dieses Dezernat leite!«

»Captain, das dürfen Sie nicht tun.« Hunter bemühte sich mit aller Kraft, ruhig zu bleiben. »Wir haben keine Zeit, zwei andere Detectives in den Fall einzuarbeiten.« Er hielt kurz inne. »Der Killer wird schon heute Abend wieder zuschlagen.«

Blake sah ihn mit unbewegter Miene an. »Ich würde vorschlagen, Sie fangen an auszupacken, Detective. Und wehe, wenn der Wein, den Sie mir einschenken, nicht so rein ist wie ein Sommerregen.«

Diesmal sagte Hunter Captain Blake alles.

»Und dieses Handy, das Sie ihr gegeben haben – ist das immer noch ausgeschaltet?«

»Trevor hat versprochen anzurufen, sobald es wieder am Netz ist.«

Captain Blake hatte erneut begonnen, im Büro auf und ab zu tigern, und überlegte, was zu tun war. »Wir können nicht mal ein paar Streifenwagen mobilisieren, Robert. Dieses Mädchen könnte wer weiß wo stecken. Außerdem weiß ich nicht, ob ich auch nur ein Wort von dem glauben soll, was Sie mir gerade aufgetischt haben. Ich kann doch nicht im Ernst etwas auf die verrückten Visionen einer Siebzehnjährigen geben, die ich noch nicht einmal gesehen habe!«

»Aber Sie können etwas auf unsere Meinung geben, Captain.« Hunter sah sie eindringlich an. »Sie ist keine Betrügerin.«

»Warum sollte ich Ihnen glauben, Robert? Sie waren alles andere als ehrlich zu mir.«

»Okay, Captain, ich geb's zu, ich habe Mist gebaut, aber nicht weil ich Sie hintergehen oder Ihre Autorität untergraben wollte oder weil ich keinen Respekt vor Ihnen habe. Ich habe es getan, weil ich ein siebzehnjähriges Mädchen vor dem ganzen Zirkus beschützen wollte, dem sie sonst ausgesetzt worden wäre. Vernehmungen, Leute, die an ihr zweifeln, die Presse, der Spott … die meisten Leute würden schon bei viel weniger Druck einknicken. Das hat Mollie nicht verdient. Sie wollte bloß helfen, und sie glaubt tief in ihrem Herzen, dass sie es auch kann.« Hunter hielt inne, um Luft zu holen. »Sie können machen, was Sie wollen, Captain. Von mir aus degradieren Sie mich zum Verkehrspolizisten, wenn der Fall abgeschlossen ist, wenn Ihnen das hilft – aber Sie dürfen uns jetzt nicht von dem Fall abziehen. Der Killer ist auf einem Rachefeldzug. Er wird nicht bis in alle Ewigkeit weitermorden. Sobald er sich an allen gerächt hat, wird er einfach untertauchen, da bin ich sicher. Uns bleiben nur noch sieben Tage, Captain. Und es stehen nur noch zwei Namen auf seiner Liste.«

»Drei, wenn er es wirklich heute Abend auf Mollie abgesehen hat«, warf Garcia ein.

»Genau, aber Mollie war nicht Teil des Plans.«

Captain Blake kniff die Augen zusammen, ein Ausdruck der Verwirrung trat in ihr Gesicht.

»Indem er Mollie ins Visier nimmt, weicht der Killer von seinem ursprünglichen Vorhaben ab«, erklärte Hunter.

»Und wer abweicht, macht vielleicht Fehler«, ergänzte Garcia vielsagend.

Captain Blake zögerte. »Es gibt Vorschriften, an die wir uns halten müssen, Robert.«

»Bei allem Respekt, Captain, die Vorschriften können mich mal. Ich setze doch nicht irgendwelche scheißbürokratischen Regeln über ein Menschenleben!«, sagte Hunter mit Nachdruck und sehr zu Barbara Blakes Überraschung. »Captain Bolter hat mir gesagt, dass Sie eine hervorragende Polizistin waren. Dass Sie einen Riecher hatten. Sie müssen auch schon mal Ihrem Vorgesetzten Informationen vorenthalten haben, wir alle machen das – auch der Chief. Das heißt nicht, dass wir keine guten Cops sind, Captain. Im Gegenteil, es heißt, dass wir Menschen sind, aus Fleisch und Blut.« Er sah sie forschend an. »Vertrauen Sie Ihrem Bauchgefühl. Was sagt es Ihnen?«

Captain Blake schloss die Augen und stieß einen leidgeprüften Seufzer aus. »Lassen Sie mich Ihnen eine Frage stellen, Detective. Glauben Sie, dass diese Reporterin von der *L. A. Times*, Claire Anderson, wusste, wo Mollie zu finden war? Dass sie sie vielleicht in ein anderes Hotel geschafft hat?«

Hunter neigte nachdenklich den Kopf zur Seite. »Möglich wäre es. Reporter haben ihre ganz eigenen Quellen und Methoden. Und Claire ist sehr ehrgeizig. Wieso?«

Barbara Blake sah Hunter geradewegs in die Augen. »Weil sie heute Nachmittag ermordet wurde.«

»Was?!« Hunter schob ruckartig den Kopf vor, als habe er sich verhört.

»Ihr wurde die Kehle aufgeschlitzt.«

»Ist nicht wahr«, murmelte Garcia, die Augen vor Schock weit aufgerissen.

»Mehr weiß ich im Augenblick noch nicht. Die Detectives und die Spurensicherung sind noch am Tatort. Aber wenn unser Killer wirklich hinter Mollie her ist und Claire Anderson irgendetwas wusste, das ihn auf Mollies Spur bringen könnte, dann ist es sehr wahrscheinlich, dass er sie getötet hat, um an eben diese Information zu kommen.«

121

DIE ANGESPANNTE STILLE IM RAUM WURDE durchbrochen von einem Klopfen an der Tür. Captain Blake ließ Hopkins herein.

»Ist es gerade ungünstig?«, fragte er. Ihm war nicht entgangen, dass dicke Luft herrschte.

»Was wollen Sie?«, bellte Blake.

Hastig stolperte Hopkins zur Pinnwand. »Unser einziger Verdächtiger ist jetzt James Reed.« Er zeigte auf sein Foto.

»Wie bitte?«

»Bevor er gefahren ist, hat Detective Hunter mich gebeten, herauszufinden, wo die anderen drei Verdächtigen zu den jeweiligen Tatzeiten waren«, erläuterte Hopkins. »Marcus Tregonni, Phillip Rosewood und Harry Lang.« Nacheinander zeigte er auf die entsprechenden Fotos. »Sie haben alle Alibis für mindestens einen Tatzeitpunkt. Sie können es nicht gewesen sein. Der Einzige, der übrig bleibt, ist James Reed.«

»Bei ihm passt alles«, sagte Garcia mit einer Spur Erregung in der Stimme. »Er ist einen Meter achtundachtzig groß, er ist ein Einzelgänger, hat nie geheiratet, sondern bei seiner Mutter gewohnt, bis die vor fünf Monaten gestorben ist.« Er drehte sich zu Hunter um. »Das könnte doch der berühmte Tropfen gewesen sein, von dem du gesprochen hast. Er ist körperlich fit, hochintelligent, einfallsreich und akribisch. Als Kind wurde er von Strutters Clique sowohl während als auch nach der Schule schikaniert, genau wie seine Mutter. Kannst du dir vorstellen, wie groß in der Familie der Hass gegen Strutter und seine Gang gewesen sein muss? Bestimmt groß genug, um ihm dauerhafte seelische Verletzungen zuzufügen. Außerdem glaubt er, dass die Bande damals seinen Hund umgebracht hat. Und dieser Hund hieß Numberz.«

»Einen Augenblick mal.« Captain Blake hob die Hand. »Was war das über einen Hund, der Numberz heißt?«

Garcia fasste für sie die Geschichte zusammen, die Kelly Sanchez ihnen früher am Tag in ihrem Büro erzählt hatte. Sofort zog Blake die Verbindung zwischen den nummerierten Opfern und dem getöteten Schoßhund.

»Da kommt man doch ins Grübeln, oder?«, sagte Garcia abschließend.

»Es ist eine Fahndung draußen wegen seinem Wagen, stimmt's?«, fragte Captain Blake. »Wurde er schon gesichtet?«

Hopkins schüttelte den Kopf. »Noch nicht.«

»Wir müssen ihn finden«, sagte sie mit Nachdruck. »Okay, James Reed ist jetzt offiziell unser Hauptverdächtiger. Wir geben die Fahndung raus. Wenn ihn jemand sieht, will ich, dass er sofort angehalten und festgenommen wird. Wir müssen ihn so schnell wie möglich von der Straße holen. Haben wir ein aktuelles Foto von ihm?«

»Wir können uns eins von der Website der Universität runterladen«, sagte Hunter.

Sie wandte sich an Hopkins. »Machen Sie das. Und eine Kopie davon an alle Abteilungen.«

Verstohlen suchte Hopkins Hunters Blick, der ihm kaum merklich zunickte. »Gut. Ich setze mich sofort dran.« Damit eilte er aus dem Zimmer.

Als er gegangen war, wandte sich Captain Blake mit strenger Miene Hunter zu. »Ich kann nur hoffen, dass mein Instinkt noch so gut ist wie früher. Tun Sie, was Sie tun müssen, Robert.« Eine kurze Pause. »Hoffen wir, dass wir diese Mollie retten können – und die anderen beiden, hinter denen dieser Irre her ist, wer auch immer sie sind.«

»Captain ...« Hunter hielt sie zurück, als sie gehen wollte. »... wenn Sie noch mehr Einzelheiten über den Mord an Claire Anderson erfahren, sagen Sie mir Bescheid?«

Sie nickte und schloss leise die Tür hinter sich.

Hunter kehrte zu seinem Schreibtisch zurück und trommelte frustriert auf die Tischplatte. Er wollte draußen sein, auf der Straße, und nach einem Verdächtigen oder nach Mollie suchen. Doch er wusste, dass sie im Moment nichts tun konnten außer zu warten. Er *hasste* Warten. Es machte ihn ganz fahrig. Um sich irgendwie zu beschäftigen, nahm er sich den Fotostapel vor, den Hopkins ihm hingelegt hatte, und begann ihn durchzusehen. Er betrachtete jedes Bild nur flüchtig, seine Gedanken waren ganz woanders. Seine Finger mussten bloß etwas zu tun haben, während sein Verstand auf Hochtouren lief und versuchte, die Puzzleteile zusammenzusetzen. Garcia hatte recht, bei James Reed passte wirklich alles. Der Tod seiner Mutter fünf Monate zuvor konnte tatsächlich der Auslöser gewesen sein, der seinen unterdrückten Hass freigesetzt hatte. Aber warum stellte sich dann dieses Gefühl von Klarheit nicht ein, das Hunter immer hatte, wenn er wusste, dass er dem Richtigen auf der Spur war?

Plötzlich hielt Hunter inne. Sein Blick ruhte auf dem obersten Foto. Er hatte die Person darauf irgendwo schon mal gesehen, da war er sich ganz sicher. Als es ihm endlich einfiel, wäre ihm fast die Luft weggeblieben. »O mein Gott«, stieß er hervor, bevor er aufsprang und Garcia das Bild zeigte.

»Carlos, wer ist das?«, fragte er. »Warum hing das Bild hier nicht an der Pinnwand bei den anderen Verdächtigen?« Die Schärfe in seiner Stimme ließ Garcia aufhorchen.

»Was weiß ich, ich habe sie nicht aufgehängt, aber hinten stehen ja die Namen drauf.«

Hunter drehte das Bild um. »Michael Madden?«

Garcia konsultierte die Liste, die Hopkins für sie zusammengestellt hatte. »Hier ist er. Er hing deswegen nicht an der Pinnwand, weil er schon vor langer Zeit gestorben ist.«

Hunter wandte seine Aufmerksamkeit wieder dem Foto zu. »Das glaube ich kaum.« Er zeigte Garcia erneut das Foto. »Ich glaube, der Mann erfreut sich bester Gesundheit. Und wenn ich richtig liege, wissen wir beide, wo er steckt.«

122

VERWIRRT BLICKTE GARCIA auf das Foto in Hunters Hand. »Was redest du da? Wer ist Michael Madden?«

»Sieh dir die Augen an, Carlos. Man kann so ziemlich alles am Gesicht eines Menschen verändern, aber die Augen bleiben immer die gleichen. Sie sind wie Fingerabdrücke.«

Garcia gab sich alle Mühe – ohne Erfolg. »Tut mir leid. Ich habe immer noch keine Ahnung, wer der Typ sein soll.«

Hunter sah sich ein weiteres Mal das Foto an. Bildete er es sich vielleicht nur ein? Hierbei hatte er nur einen einzigen Schuss frei, also brauchte er hundertprozentige Gewissheit. »Komm, wir gehen.« Damit marschierte er aus dem Büro.

»Und wohin diesmal?«, fragte Garcia schicksalsergeben und rannte Hunter hinterher, der in riesigen Sätzen die Treppe hinaufeilte.

»Ins technische Labor. Ich muss ganz sicher sein. Wir müssen mit Patricia Phelps reden.«

Garcia runzelte die Stirn. »Die Zeichnerin?«

»Genau die.«

Das technische Labor des LAPD ist verantwortlich für das Sammeln, Vergleichen und die Auswertung physischer Beweise, die an Tatorten gefunden oder an Tätern und Opfern sichergestellt werden. Es ist im obersten Stockwerk des Parker Center untergebracht. Die Zeichner, die die Phantombilder anfertigen, sind an das technische Labor angegliedert.

Patricia Phelps war die dienstälteste und erfahrenste Zeichnerin im Team. Sie wollte sich gerade nach mehreren Überstunden in den wohlverdienten Feierabend verabschieden, als Hunter und Garcia in ihr Büro geplatzt kamen.

»Pat, wir brauchen deine Hilfe!« Hunter holte japsend Luft.

Die Frau mit den kurzen braunen Haaren und der kurvenreichen Figur sah Hunter über den Rand ihrer Designerbrille hinweg an. »Seid ihr bis hier oben *gerannt*, Robert?«, fragte sie mit ihrer rauchigen Stimme, die die meisten Männer dahinschmelzen ließ. »Wenn ja, dann heißt das wohl, dass es nicht bis morgen warten kann.«

Hunter schnappte nach Luft, gab aber keine Antwort.

»Dachte ich's mir. Was kann ich für euch tun?« Sie knöpfte ihren Mantel wieder auf.

Hunter reichte Patricia das Foto. »Du musst für mich das Bild hier verändern.«

Sie betrachtete es eine Sekunde lange, bevor sie mit den Schultern zuckte. »Okay. Warte, ich scanne es rasch ein.« Sie ging zu ihrem Schreibtisch, und eine Minute später erschien das Bild auf ihrem Monitor.

»Ist eure Software auf dem neuesten Stand?«, wollte Hunter wissen.

Patricia lachte stolz. »Auf dem allerneuesten. Sogar in den Animationsstudios von Hollywood wirst du nichts Besseres finden. Ich kann ihn in Brad Pitt verwandeln, wenn du möchtest.«

Hunter schmunzelte und winkte Garcia heran, der noch immer einen ziemlich verdatterten Eindruck machte. »Okay, Leute, stellt euch Folgendes vor: Ihr seid dieser Junge hier. Als ihr jung wart, haben sich alle über euch lustig gemacht, in erster Linie wegen eurem Aussehen. In der Schule, in der Nachbarschaft … überall. Die Mädchen haben euch nicht mal mit dem Hintern angeschaut, und die Jungs haben euch verspottet, euch mit den gehässigsten Spitznamen bedacht und euch regelmäßig verprügelt. Das Ganze ist so weit gegangen, dass ihr irgendwann euer Spiegelbild gehasst habt. Bis ihr euch nichts so sehr gewünscht habt, wie endlich jemand anders sein zu können. So weit alles klar?«

Garcia und Patricia nickten.

»Was, wenn ihr schon früh im Leben zu Geld gekommen wärt? Was, wenn ihr genug Geld gehabt hättet, alles zu tun, was ihr wollt – zum Beispiel euer Aussehen komplett zu verändern. Damit ihr endlich jemand anderes werden könnt, so wie ihr es euch immer gewünscht habt? Keine Hänseleien mehr, kein Spott, keine Prügel. Würdet ihr es tun? Würdet ihr euch ein neues Gesicht kaufen?«

123

Den Blick fest auf Patricia Phelps' Bildschirm geheftet, dachte Garcia kurz über die Frage nach. »Kann schon sein.« Sehr überzeugt klang er allerdings nicht.

»Auf jeden Fall.« Patricia nickte energisch. »Ich habe selbst erlebt, was für einen Schaden Mobbing bei Kindern anrichten kann. Die Tochter einer Bekannten hat vor ein paar Jahren deswegen Selbstmord begangen.«

»Das tut mir leid«, sagte Hunter leise.

Patricia bedankte sich mit einem Lächeln.

»In Ordnung, wenn ihr also dieser Junge wärt …«, Hunter lenkte ihre Aufmerksamkeit wieder auf den Bildschirm, »… was würdet ihr machen lassen?«

Garcia verschränkte die Arme vor der Brust und kaute nachdenklich auf seiner Unterlippe herum.

»Als Erstes müssten die Segelohren weg«, meinte Patricia und lehnte sich zurück. »Die haben ihm sicher eine ganze Menge Spott eingebracht. Sie sind ziemlich … wie soll man es ausdrücken … hervorstechend.«

»Ja, okay. Würde ich auch sagen«, stimmte Garcia zu.

»Kannst du das ändern?«, fragte Hunter und legte eine Hand auf Patricias linke Schulter.

»Siehe und staune.« Sie gab ein paar Algorithmen in den Computer ein und benutzte ein Gerät, das aussah wie ein elektronischer Kugelschreiber, um damit etwas auf einem Flatboard zu markieren. Ihre Bewegungen waren präzise und graziös wie die eines Künstlers. Augenblicke später waren die Ohren des Schülers vollkommen verändert.

»Wow, nicht schlecht«, meinte Garcia anerkennend.

»Ja, sieht schon viel besser aus.« Patricia lächelte zufrieden.

»Okay, was würdet ihr sonst noch ändern?«

»Vermutlich den Höcker auf der Nase«, sagte Garcia. »Sie sieht aus, als wär sie mal gebrochen.«

Patricia nickte und führte die Veränderung durch.

»Gut. Sonst noch was?«

»Die Zähne.« Die Antwort kam von Patricia.

»Die Zähne sieht man doch gar nicht.«

»Stimmt, aber siehst du, wie er den Mund zukneift?« Sie zeigte mit dem elektronischen Stift auf das Bild. »Das ist nicht natürlich. Seine Lippen sind geschürzt, das ist ein sicheres Zeichen dafür, dass seine Zähne überdurchschnittlich groß sind und er einen Überbiss hat.«

Hunter und Garcia betrachteten mit zusammengekniffenen Augen das Bild.

»Ihr könnt mir ruhig glauben, Jungs. Ich habe tagtäglich mit so was zu tun.«

»Von mir aus.« Hunter zuckte die Achseln. »Aber wie kannst du seine Zähne verändern, wenn man sie auf dem Bild gar nicht sehen kann?«

»Ich kann die Form seines Mundes verändern, die Lippen ein Stück zurückschieben und den Schmollmund verschwinden lassen. Ihr werdet sehen«, sagte sie, während ihre perfekt manikürten Finger einige Tasten auf dem Computer betätigten. Ein paar Striche mit ihrem Zauberstift, und der Junge hatte eine nagelneue Mundpartie.

»Jetzt sieht er wirklich ganz anders aus als das Originalbild«, meinte Garcia.

Hunter schüttelte unsicher den Kopf. »Irgendwas stimmt noch nicht so ganz.«

»Sein Kiefer«, pflichtete Patricia ihm bei. »Aufgrund der Veränderungen der Lippen und Zähne würde der Chirurg vermutlich eine kleine Korrektur der Kieferkontur vorschlagen, sie vielleicht etwas kantiger machen, damit sie zu seinem neuen Mund passt.«

»Kannst du das machen?«

»Wie gesagt, mit diesem Stift hier ist alles möglich.« Sie schenkte ihm ein triumphierendes Lächeln und führte die Veränderungen durch. Als sie fertig war, traten sie alle einen Schritt zurück. Der Junge, der ihnen jetzt von dem Bild entgegenblickte, sah völlig anders aus als der, mit dem sie begonnen hatten.

»Das wär's. Weiter würde ich nichts ändern – ihr?«

Beide Detectives schüttelten den Kopf.

»Wir haben eine Streberleiche in einen Hengst verwandelt!« Patricia lachte.

»Perfekt«, lobte Hunter.

Etwas an Garcias Miene hatte sich verändert, aber noch immer sah er es nicht.

»Und jetzt tu mir noch einen Gefallen, Pat.« Hunter beugte sich von hinten über ihren Schreibtischstuhl. »Mach seine Haare ein bisschen dunkler und füg an den Schläfen ein paar graue Strähnen ein. Außerdem müssten sie kürzer sein und zurückgekämmt, geht das?«

Sie warteten, während Patricia sich erneut an dem Bild zu schaffen machte.

»Kannst du es auch altern lassen?«, wollte Hunter wissen.

»Na klar.«

»Super. Mach ihn, sagen wir, fünfundzwanzig Jahre älter.«

Dieser Arbeitsschritt dauerte eine ganze Weile. Als der Computer zu Ende gerechnet hatte, klappte Garcia die Kinnlade herunter.

»Das glaub ich ja nicht!«

124

Susan Zieliski überflog den Brief nun schon zum zehnten Mal, und auch diesmal wurde sie wieder von ihren Gefühlen überwältigt. Sie konnte es einfach nicht fassen.

Susan hatte nicht gerade ein leichtes und glückliches Leben gehabt. Sie war vor dreiundzwanzig Jahren in Cripple Creek, Colorado, geboren worden. Ihre Eltern waren Einwanderer polnisch-jüdischer Herkunft und in ihrer Erziehung sehr streng. Sie gab sich alle Mühe, ihre Regeln zu befolgen, aber als junges Mädchen im modernen Amerika musste sie sie zwangsläufig als einengend empfinden.

Schon von klein auf hatte Susan zwei große Ziele im Leben gehabt. Erstens: Sie wollte auf der Bühne stehen und singen. Zweitens: Sie wollte auf keinen Fall so werden wie ihre Mutter – eine brave, unterwürfige Hausfrau, die ohne zu fragen alles tat, was ihr Ehemann von ihr verlangte.

Mit dreizehn war Susan bereits ein sehr attraktives Mädchen. Sie hatte die Haare ihrer Mutter geerbt – so blond, dass sie fast weiß aussahen – und die tiefblauen Augen ihres Vaters. Die Jungs rissen sich um sie, aber ihre Eltern erlaubten ihr nicht, auf Dates zu gehen. Sie war noch nicht achtzehn, und auch dann würden solche Treffen nur unter Aufsicht ihrer Eltern stattfinden – und selbstverständlich musste der Kandidat jüdischen Glaubens sein.

Trotzdem war Susan kein Engel. Ihren ersten Kuss bekam sie mit vierzehn. Bob Jordan schlich sich mit ihr in der Mittagspause hinter die Turnhalle, wo sie so hemmungslos und selbstvergessen knutschten, als gäbe es auf der ganzen Welt nur sie beide. Sie ließ es zu, dass er ihre Brüste berührte, und dabei wurde sie von einem warmen, aufregenden Gefühl überschwemmt. Erst als seine Hand ihren Schenkel hinaufglitt und zwischen ihre Beine wanderte, geriet sie in Panik und floh. Allerdings hatte sie sich rasch von dem Schrecken erholt, und schon bald wurde das Streicheln intensiver, das Küssen heftiger, und die Erregung wurde so groß, dass sie sich nicht mehr beherrschen ließ. Mit fünfzehn hatte Susan zum ersten Mal Sex. Es war kurz, schmerzhaft und nicht sehr befriedigend, aber dennoch ein vielversprechender Anfang.

Cripple Creek ist aus einem alten Goldsucher-Camp hervorgegangen.

Der Ort hat nicht mal zweitausend Einwohner und ist eine fest zusammengewachsene Gemeinschaft. Diese Enge und die strikten Erziehungsmaßstäbe ihrer Eltern machten es einem lebenslustigen Mädchen wie Susan sehr schwer, sich zu entfalten. Sie wollte mehr sehen, mehr erleben, und es dauerte nicht lange, bis sie die Lösung ihres Problems gefunden hatte: Softball.

Eigentlich machte sich Susan nicht viel aus Sport, aber als sie erfuhr, dass die Softballmannschaft ihrer Schule zu Turnieren im ganzen Staat fuhr, sorgte sie dafür, dass sie dazugehörte.

Susan war sechzehn, als die Mannschaft nach Colorado Springs fuhr, wo sie im Laufe eines Wochenendes insgesamt drei Spiele zu bestreiten hatten. Am Samstagabend trat die Bomber Gang, junge, angesagte Rapper aus L. A., im Underground Club auf. Zusammen mit zwei Teamkolleginnen schlich sich Susan aus der Herberge und besuchte das Konzert. Es war Susans allererstes Livekonzert, und es haute sie schier um. Hinterher trafen sie sich sogar noch mit der Band und feierten gemeinsam. Susan verbrachte die Nacht mit dem Bandleader Kool Roxx. Er machte ihr Komplimente und versprach ihr das Blaue vom Himmel, und sie hatten mehrmals Sex, bevor Susan im Morgengrauen zurück in ihre Unterkunft schlich.

Als wenige Wochen später ihre Regel ausblieb, machte sie sich zunächst keine Gedanken darüber, aber dann kamen die Morgenübelkeit, die Erschöpfung und die empfindlichen Brustwarzen.

Susans Vater Jacek war ein altmodischer Mann, der an Gehorsam, Respekt, Ehre und vor allem an die Reinheit seiner Blutlinie glaubte. Susan wusste, dass ihr Vater es niemals verstehen würde, egal wie verliebt sie war. In seinen Augen hatte sie Schande über ihre Eltern gebracht und den Namen seiner Familie auf die schlimmste aller denkbaren Arten besudelt. Sie beschloss, die Reaktion ihres Vaters auf ihre Schwangerschaft gar nicht erst abzuwarten.

In ihrer naiven Weltsicht glaubte Susan, dass Kool Roxx sie, wie er während der gemeinsamen Nacht behauptet hatte, tatsächlich liebte. Sie war sicher, dass er sich freuen würde, sie wiederzusehen und zu erfahren, dass er Vater werden würde. Durch ihren Job im Buchladen hatte sie genügend Geld für eine Busfahrkarte nach Los Angeles. Sie würde Kool Roxx besuchen, und dann konnten sie gemeinsam überlegen, wie es weitergehen sollte. Aber die Adresse, die er ihr gegeben hatte, existierte nicht. Die Telefonnummer war die eines Chinarestaurants. Vier Wochen später trieb

Susan mutterseelenallein in einer öffentlichen Toilette an einer U-Bahn-Station in East L. A. ihr Baby ab.

Dennoch blieb sie in Los Angeles. Sie war fest davon überzeugt, dass sie ihren großen Traum noch wahrmachen konnte. Sie nahm eine Stelle in einem Diner in Lynwood an und verbrachte ihre Nachmittage beim Vorsingen für diverse Musicals. Sie hatte eine ausgezeichnete Stimme, voluminös und ausdrucksstark, aber ihre schauspielerischen Fähigkeiten ließen leider zu wünschen übrig. Sobald sie es sich leisten konnte, fing Susan an, Schauspielunterricht zu nehmen, und nach fünf Jahren hatten ihre Bemühungen endlich Früchte getragen.

»Wir freuen uns, Ihnen mitteilen zu können, dass Sie für die Besetzung unserer neuen Produktion IN THE HEIGHTS ausgewählt wurden.«

Diese Zeile konnte Susan gar nicht oft genug lesen. Der Brief war am Morgen gekommen, und seitdem schwebte sie wie auf Wolken. Wie passend, dass *In the Heights* davon handelte, wie jemand seinen Traum verfolgte und an einem fremden Ort zu neuem Glück fand.

Das Klopfen an der Tür ließ sie aufschrecken. Sie erwartete niemanden, vor allem nicht um diese Uhrzeit. Als Susan die Tür ihres kleinen Apartments in Downey öffnete, weiteten sich ihre Augen vor Schreck.

»O mein Gott!«

125

»KENNT IHR DEN MANN?«, fragte Patricia und betätigte die »Drucken«-Taste auf ihrem Computer.

Hunter nickte, dann schlug er sich mit der Hand gegen die Stirn. »Verdammt! Das Buch«, fluchte er.

»Welches Buch?«

»Das Jahrbuch der Compton High.«

»Das ist noch unten«, sagte Garcia.

Hunter wandte sich an Patricia. »Geh nicht weg, ich bin gleich wieder da!«

Patricia warf einen Blick auf ihre Armbanduhr. »Dafür habe ich aber einen Riesengefallen gut bei dir, Robert.« Doch er war bereits verschwunden.

Genau fünfundvierzig Sekunden später war er wieder da.

»Wow, das ging aber schnell«, sagte Patricia und runzelte die Stirn. »Wie kommt es, dass du nicht mal außer Atem bist.«

Hunter gab keine Antwort. Seine Aufmerksamkeit war ganz auf die Seiten des Jahrbuchs gerichtet, während er sie durchblätterte und dabei jedes Bild betrachtete.

»Wen suchst du denn jetzt?«, fragte Garcia, wobei er einen Schritt näher kam und in das Buch spähte.

Schließlich hörte Hunter auf zu blättern und ging zu Patricia an den Schreibtisch. Sein Gesicht war die pure Konzentration. »Kannst du das Bild hier auch einscannen?« Er zeigte auf ein Foto in der Mitte der Seite. »Und das Gleiche damit machen wie mit dem da?« Er deutete auf den Ausdruck.

»Kein Problem.«

Sie sahen zu, wie Patricia mit geübten Bewegungen retuschierte und auch aus diesem Gesicht ein komplett anderes machte. Als schließlich auch noch der Alterungsprozess abgeschlossen war, spürte Garcia einen Schauer durch seinen Körper rieseln.

»Du willst mich verscheißern.«

126

Garcia brachte sie in weniger als zwanzig Minuten vom SID nach Holmby Hills. Sie wussten nicht genau, was sie zu erfahren hofften, aber sie mussten noch einmal mit ihm sprechen. Genau wie James Reed hatte auch er sie angelogen, als sie ihn gefragt hatten, ob er die Opfer gekannt habe.

Sein Haus, ein weißes zweigeschossiges Anwesen am Beverly Glen Boulevard, das aussah wie von einem Filmstar, fanden sie ohne Schwierigkeiten. Im Innern des Hauses war es stockdunkel, nur die Lichter im wunderschön gepflegten Hanggarten brannten, ebenso wie die Lichterketten in den zu perfekten Pyramiden geschnittenen Koniferen, die zu beiden Seiten der Haustür standen.

Zwei Stufen auf einmal nehmend, eilten sie die lange, geschwungene Eingangstreppe hinauf. Die Klingel funktionierte nicht, und nachdem sie eine Minute lang ununterbrochen geklopft hatten, setzte Hunter mit elegantem Sprung über die niedrige Hecke links neben der Tür und spähte durch die beiden großen Fenster im Erdgeschoss. Sie waren geschlossen und verriegelt, und die zugezogenen Vorhänge verwehrten ihm den Blick ins Innere.

»Versuchen wir es in der Garage«, sagte Hunter, lief die Treppe wieder hinunter und steuerte zielstrebig auf die Doppelgarage zu, die rechts vom Haus lag. Auch sie war abgeschlossen, ebenso wie die hölzerne Tür daneben, die unzweifelhaft in den rückwärtigen Garten des Hauses führte. Allerdings sah das Vorhängeschloss nicht besonders stabil aus.

»Was machst du da?«, rief Garcia erschrocken, als Hunter einen Schritt zurücktrat und sich dann mit der rechten Schulter gegen die Tür warf. Das Schloss sprang auf.

»Mich umsehen«, sagte er leichthin und trat durch die Tür. »Kommst du?«

»Bist du wahnsinnig?«, zischte Garcia, der sich beeilen musste, um Hunter einzuholen.

Der Garten war prächtig anzusehen. Den Mittelpunkt bildete ein tropfenförmiger Pool, der von Unterwasserscheinwerfern stimmungsvoll beleuchtet wurde. Links davon befand sich eine große, erhöhte Terrasse aus Buchenholz mit einem Grillplatz, die von hohen schmalblättrigen Eschen und Hecken in Formschnitt eingesäumt wurde. Der perfekt gemähte Rasen fiel sanft zu einem Tennisplatz hin ab. Im Haus brannte kein Licht. Hunter probierte sein Glück mit der gläsernen Schiebetür, die in einen Partyraum zu führen schien – vergeblich. Er legte die Hände an die Scheibe und versuchte hineinzuspähen. Der Raum wirkte verlassen. Kurz entschlossen zog er seine Jacke aus und wickelte sie sich um den rechten Ellbogen.

»Hey!«, sagte Garcia und hob die Hände, um ihm Einhalt zu gebieten. »Was soll das werden, Robert?«

»Ich muss mich da drin umsehen.«

»Wieso? Vielleicht ist er gar nicht der Täter. Wir haben genauso viele Gründe, James Reed zu verdächtigen wie ihn.«

»Du hast die Veränderung an den beiden Bildern doch selbst gesehen«, gab Hunter ruhig zurück. »Das war kein Zufall. Er steckt viel tiefer in der Sache drin. So tief wie Mord.«

»Okay, aber einfach bei ihm einzubrechen ist auch keine Lösung.«

»Wir haben allen Grund, an seine Tür zu klopfen, Carlos.«

»Das hier sieht mir aber nicht nach Klopfen aus. Es sieht so aus, als wolltest du seine Tür *eintreten*, und das ist nicht legal.« Er bedachte Hunter mit einem Blick, als erkenne er ihn nicht wieder. »Selbst wenn er der ist, den wir suchen – jeder Anwalt würde den Fall in der Luft zerreißen, wenn wir uns nicht an die Vorschriften halten, Robert. Willst du das? Wenn wir bei ihm einsteigen, können wir dem Typen genauso gut eine Karte in die Hand drücken, wo draufsteht: *Du kommst aus dem Gefängnis frei.*«

Hunter sah auf die Uhr. »Schon verstanden, Carlos, und normalerweise wäre ich derjenige, der dir so einen Vortrag hält, aber uns rennt die Zeit davon. Mollie ist verschwunden, der Killer ist hinter ihr her, und sie glaubt, dass er sie heute Abend töten wird.« Er sah seinem Partner tief in die Augen. »Ich habe ihr mein Wort gegeben, dass ihr nichts passieren wird. Unser Verdacht ist begründet, und ich habe keine Zeit, den Dienstweg einzuhalten. Sonst stirbt sie. Es ist sowieso ausgeschlossen, dass uns die Staatsanwaltschaft einen Durchsuchungsbeschluss gibt, um hier auch nur die Mülltonne zu durchwühlen.« Er hielt inne und holte tief Luft. »Fahr zurück ins Büro, Carlos. Ich sage einfach, dass du keine Ahnung hattest, was ich mache.«

»Was?«

»Du hast es eben selbst gesagt, vielleicht ist es ein Irrtum. Ich will dich da nicht mit reinziehen. Du musst auch an deine Frau denken. Du kannst es dir nicht erlauben, Mist zu bauen, ich mir schon.«

127

GARCIA TRAUTE SEINEN OHREN NICHT. Hunters Hartnäckigkeit allein hatte er es zu verdanken, dass er überhaupt noch am Leben war. Wenn sein Partner glaubte, Garcia würde sich einfach umdrehen und abziehen, dann hatte er sich geschnitten.

»Eben. Und weil ich ja weiß, dass du ohne mich nicht mal in der Lage bist, anständig Mist zu bauen«, witzelte er, »komme ich mit, *Partner*.«

»Bist du dir sicher?«

»Wer weiß, vielleicht macht's ja Spaß, den Verkehr zu regeln. Na los, worauf warten wir noch?«

Hunter schmunzelte und reichte Garcia ein Paar Latexhandschuhe, bevor er der Scheibe einen beherzten Stoß mit dem Ellbogen verpasste. Ein gedämpftes Klirren ertönte, als Scherben zu Boden prasselten. Instinktiv blickten sich beide um.

Dann steckte Hunter vorsichtig die Hand durch das entstandene Loch im Glas, entriegelte von innen die Tür und zog eine kleine Taschenlampe aus seinem Holster.

Garcia tat dasselbe und folgte ihm ins Haus.

Der Raum, den sie betraten, war groß und annähernd quadratisch geschnitten. Er hatte einen Fußboden aus schwarzem Marmor und war bis auf eine Handvoll Sessel und eine Bartheke leer. *Definitiv ein Partyraum*, dachte Hunter. Gegenüber der Bar entdeckte er eine hölzerne Flügeltür mit aufwendigen Schnitzereien. Vorsichtig drehte er am Knauf – nicht abgeschlossen. Die Tür führte in einen luxuriösen Eingangsbereich, der mit Antiquitäten, feinem Porzellan, kleinen Skulpturen aus Silber und ein paar Gemälden dekoriert war. Nirgendwo Fotos. Ein mächtiger Kronleuchter aus Kristall hing von der Decke über einer Treppe mit Galerie, die ins obere Stockwerk führte.

»Das Haus ist viel zu groß, am besten teilen wir uns auf«, flüsterte Hunter und beugte sich dicht zu Garcia. »Du bleibst hier unten, ich sehe mich oben um.«

Garcia nickte. Während sein Partner die Treppen ins obere Stockwerk hinaufschlich, versuchte er sein Glück mit der Tür direkt vor ihm.

Das Wohnzimmer war genauso prunkvoll eingerichtet wie das Foyer.

Auch hier teure Möbel, Ölgemälde und Skulpturen, so weit das Auge reichte. Lautlos durchquerte Garcia den Raum. Sein Ziel war die Fenstertür am anderen Ende. Durch sie gelangte er in einen riesigen Salon mit einem Kamin aus schwarzem Marmor. Der weiße Teppichboden war weich und rein wie frisch gefallener Schnee. Die Nordseite des Raumes wurde komplett von einer großen Fensterfront eingenommen, aber an der Wand gegenüber fiel Garcia eine seltsame Holztür auf, die etwas niedriger war als eine normale Tür. Unter ihr schimmerte ein schwacher Lichtschein hindurch. Zögernd ging er auf sie zu, legte das rechte Ohr ans Türblatt und lauschte einen Augenblick lang. Er hörte ein entferntes Summen. Er blickte abwägend zum Eingang des Salons zurück und überlegte, ob er zurückgehen und Hunter holen sollte. Dann entschied er sich dafür, es zunächst auf eigene Faust zu versuchen.

Als Garcia am Türknauf drehte, spürte er, wie sein Blut heiß wurde und sein Puls zu jagen begann. Jeder einzelne Knochen in seinem Körper warnte ihn: Hier stimmt etwas nicht. Instinktiv zog er seine Waffe.

Die Tür öffnete sich geräuschlos. Dahinter lag eine lange, schmale Treppe mit Stufen aus nacktem Beton, die von einer einzelnen Glühbirne schwach beleuchtet wurde. Am unteren Ende befand sich eine weitere Tür. Stufe für Stufe schlich Garcia die Treppe hinunter. Die Luft war feucht und roch stockig. Plötzlich blieb er mit dem linken Fuß an der Kante einer ausgetretenen Stufe hängen und verlor das Gleichgewicht. Er stolperte nach vorn und streckte reflexartig die Hände zu beiden Seiten aus, um den Sturz abzufangen. Es funktionierte, allerdings knallte dabei seine Taschenlampe gegen die Wand und ging zu Bruch. Sein Herz begann noch schneller zu rasen, und trotz der Kälte, die hier unten herrschte, brach ihm der Schweiß aus.

Sein Blick huschte zwischen dem unteren und dem oberen Treppenabsatz hin und her. Sein Finger krümmte sich um den Abzug seiner Halbautomatik. Er nahm sich einen Moment Zeit, um wieder zu Atem zu kommen und sich den nächsten Schritt zu überlegen. Falls irgendjemand da unten war, dann wusste dieser Jemand jetzt, dass er in absehbarer Zeit Besuch bekommen würde.

»Geschmeidig, Carlos. Echt geschmeidig«, knurrte er zwischen zusammengebissenen Zähnen. Er stand eine Weile ganz still da und lauschte auf Schritte, wartete darauf, dass jemand durch eine der Türen käme – nichts. Er wischte sich mit dem Handrücken den Schweiß von der Stirn und schlich die letzten Stufen hinunter. Unten angekommen, legte er wieder sein Ohr gegen die Tür. Das Summen kam aus diesem Raum.

Ganz vorsichtig probierte er den Türknauf – auch diese Tür war unverschlossen. Er stieß sie gerade weit genug auf, dass er hineinspähen konnte, und nahm sich eine ganze Weile Zeit, den großen Kellerraum von draußen zu beobachten. Nichts regte sich. Zufrieden holte er tief Luft, fasste seine Waffe fester und trat ein. Ganz langsam, um seinen Augen Zeit zu geben, sich an das schummrige Licht zu gewöhnen, ging er weiter. Plötzlich fiel sein Blick auf etwas an der hinteren Wand. Er trat darauf zu und blieb wie angewurzelt stehen. Er wusste genau, was er da sah.

»O Gott.« Ein Schauer rann ihm den Rücken hinab.

Aus dem Augenwinkel nahm er eine Bewegung wahr, aber sie war zu schnell, als dass er noch hätte reagieren können. Der erste Schlag traf ihn mitten ins Gesicht. Er hörte ein Knirschen, gleich darauf spritzte Blut aus seiner Nase. Er taumelte rückwärts. Der zweite Schlag folgte Sekundenbruchteile später und traf die empfindliche Stelle an seinem Hinterkopf mit tödlicher Präzision. Garcias Welt stürzte in Dunkelheit.

128

HUNTER BLIEB STEHEN, als ihn urplötzlich ein seltsames Gefühl überkam. Er hatte drei der sechs Zimmer im ersten Stock durchsucht und nichts gefunden, was seinen Verdacht bestätigt hätte. Er riss seine H & K USP Tactical aus dem Holster und wirbelte herum, halb in der Erwartung, jemand sei hinter ihm ins Zimmer gekommen. Er hatte etwas gehört, da war er sich ganz sicher. Irgendeinen dumpfen Krach.

Carlos. Rasch und lautlos eilte er nach unten.

»Carlos?«, zischte er, als er am unteren Ende der Treppe angekommen war.

Keine Antwort.

Er ging ins nächste Zimmer – ein großes Wohnzimmer. »Carlos?«

Kein Laut. Das Haus war totenstill. Leise ging er durch die Fenstertüren an der gegenüberliegenden Seite des Raumes und gelangte in den Salon.

»Carlos, verdammt noch mal! Langsam habe ich die Nase voll davon, dir immer den Arsch retten zu müssen. Wo steckst du?« Aber falls Garcia ihn hörte, blieb er ihm die Antwort schuldig.

Dann sah Hunter die Tür zur Kellertreppe.

»Ich hasse Keller«, knurrte er und schlich so leise wie möglich die Treppe hinab. Auf halbem Weg sah er winzige Glasscherben auf einer Stufe liegen, und dann fielen ihm auch die Kratzer und eine kleine Delle in der Wand auf. Hatte Garcia seine Taschenlampe zerschmettert?

Was zum Geier ist hier passiert? Sein innerer Gefahrensensor schrillte los.

Die Tür unten war angelehnt, und durch den schmalen Spalt konnte Hunter sehen, dass der große Raum dahinter im Zwielicht lag. Er drückte sich mit dem Rücken gegen die Wand und stieß die Tür mit den Fingerspitzen vorsichtig ein Stück weiter auf, um zunächst von draußen einen Blick in den Raum zu werfen. Dann sah er sich rasch nach rechts und links um und schlüpfte durch die Tür. Nacktes Mauerwerk umgrenzte den Raum, der ungefähr zweimal so groß war wie der große Partyraum im Erdgeschoss. Ein modriger Geruch machte die Luft schwer. Aber da war noch etwas anderes in diesem Kellerraum. Etwas, das Hunter nicht identifizieren konnte, aber das ihm nichtsdestotrotz die Haare zu Berge stehen ließ. Etwas durch und durch Böses.

Weiter hinten im Raum konnte er einen langen Metalltisch ausmachen, der als Ablagefläche für diverse Instrumente diente, die er allerdings von seinem Standort aus nicht genau erkennen konnte. An die Wand gelehnt standen sieben lebensgroße Puppen, rechts daneben hingen Skizzen, Zeitpläne und Karten. Hunter war klar, wozu sie dienten, noch bevor er die Fotos gesehen hatte. Porträtaufnahmen von insgesamt sieben verschiedenen Personen, die aus allen nur erdenklichen Blickwinkeln abgelichtet worden waren. Die Fotos waren in einzelne, klar von eins bis sieben durchnummerierte Gruppen unterteilt. Fünf von ihnen waren jeweils mit einem dicken roten X durchgestrichen.

Mit angehaltenem Atem starrte Hunter auf die ersten fünf Opfer des Killers, den die Presse den Vollstrecker getauft hatte. Er hatte *alles* über seine Opfer gewusst. Jedes noch so kleine Detail aus ihrem Leben.

Plötzlich hörte Hunter ein ersticktes Murmeln. Einen Augenblick später rollte hinter einem dicken Pfeiler in der Mitte des Raumes ein Bürostuhl hervor. Hunter erstarrte, als er Garcia sah. Er war bewusstlos und blutete aus der Nase – sie sah aus, als sei sie gebrochen. Seine Fußknöchel waren an das Drehkreuz des Stuhls gebunden, die Hände mit seinen eigenen Handschellen hinter dem Rücken gefesselt. Hunter hob die Waffe. Wer oder was würde als Nächstes hinter dem Pfeiler hervorkommen?

Dann sah er die schwarze Sig P226 Elite, die auf den Kopf seines Partners gerichtet war. Hunter erkannte die Waffe als Garcias Dienstpistole.

»Legen Sie die Waffe weg, Detective«, befahl der Mann aus seinem Versteck. Lediglich sein Arm war sichtbar. Im Halbdunkel konnte Hunter nicht gut zielen. »Legen Sie ganz langsam und vorsichtig die Waffe weg, oder Sie können das Gehirn Ihres Partners vom Fußboden aufwischen.«

129

HUNTER STAND GANZ STILL DA, die Waffe schussbereit im Anschlag. Er brauchte bloß eine einzige Chance.

»Sie haben gesehen, wozu ich fähig bin«, fuhr der Mann fort. »Ich bin sicher, Sie wissen, dass ich nicht bluffe.« Seine Stimme war genauso ruhig und gelassen wie bei ihrer ersten Begegnung. »Ich gebe Ihnen noch eine Sekunde Zeit.« Er spannte den Hahn.

»Schon gut«, rief Hunter, bevor er ganz vorsichtig die Waffe vor sich auf den Boden legte.

»Schieben Sie sie mit dem Fuß zu mir.«

Hunter gehorchte. Seine Waffe blieb genau dreißig Zentimeter von Garcias Stuhl entfernt liegen.

Erst jetzt trat Dan Tyler hinter dem Pfeiler hervor. Dan Tyler – der Besitzer des Hauses in Malibu und derjenige, der Hunter und Garcia auf die Fotos auf dem Kaminsims aufmerksam gemacht hatte. Er hob Hunters Pistole auf. »Kommen Sie hierher, aber langsam. Eine plötzliche Bewegung, und Ihr Partner stirbt.«

Mit kleinen behutsamen Schritten ging Hunter auf Tyler zu. Dieser zog sich gleichzeitig bis zum Metalltisch zurück. »Das reicht«, sagte er, als Hunter neben Garcia angelangt war. »Nehmen Sie Ihre Handschellen aus dem Holster und werfen Sie mir die Schlüssel zu. Ich muss Sie ja nicht extra daran erinnern, es langsam zu tun, oder?«

Hunter tat wie ihm geheißen.

»Jetzt fesseln Sie sich die Hände hinter dem Rücken.«

Ein Klicken tönte durch den Raum.

»Drehen Sie sich um und zeigen Sie es mir.«

Hunter gehorchte und rüttelte an den Handschellen, um Tyler zu zeigen, dass sie fest saßen.

»Jetzt knien Sie sich neben Ihren Partner auf den Boden. Füße auf die Zehenspitzen.«

Hunters entschlossener Blick war die ganze Zeit über auf Tylers Gesicht gerichtet. »Es ist vorbei, Michael«, sagte er ruhig. »Sie wissen, dass Sie damit niemals durchkommen werden.«

Tyler wirkte unbeeindruckt. »Es ist schon lange her, dass mich jemand

Michael genannt hat.« Er lachte leise. »Ich will auch mit gar nichts durchkommen, Detective. Nichts und niemand wartet auf mich. Sobald ich fertig bin, ist mir völlig gleich, was mit mir geschieht. Mein Leben ist seit einem Jahr vorbei.«

Hunter erinnerte sich an ihr erstes Gespräch. Tyler hatte ihnen erzählt, dass seine Frau ein Jahr zuvor gestorben war.

»Dadurch, dass Sie diese Leute umbringen, wird Katherine auch nicht wieder lebendig.«

»KATE!«, brüllte Tyler. »Ihr Name war *Kate*!«

»Dadurch, dass Sie diese Leute umbringen, wird Kate auch nicht wieder lebendig«, verbesserte sich Hunter.

Feuer blitzte aus Tylers Augen. »Sie haben ja keine Ahnung, was ich tue oder warum.«

»Wir wissen mehr, als Sie glauben.«

Tyler lächelte herausfordernd. »Ach ja?« Er legte beide Pistolen auf den Tisch und sah auf die Uhr. »Ein bisschen Zeit habe ich noch. Lassen Sie hören.«

130

Hunter sah die Chance, Zeit zu gewinnen und vielleicht über einige letzte Details Gewissheit zu erlangen.

»Also gut.« Er sprach langsam und mit Bedacht. »Früher hießen Sie Michael Madden. Ihre Frau lebte unter dem Namen Katherine Davis. Sie waren beide Schüler an der Compton High. Genau wie viele andere auch wurden Sie schikaniert und ausgelacht, und das nicht nur in der Schule. Damals gab es in Ihrer Nachbarschaft eine bestimmte Gruppe von Kids, die einen regelrechten Sport daraus gemacht haben. Sie haben Sie beide in einem solchen Maße gedemütigt, dass Sie anfingen, Ihr Spiegelbild zu hassen. Sie konnten es nicht mehr ertragen, sich selbst zu sehen.« Hunter hielt inne und blickte Tyler forschend ins Gesicht. »Diese Gruppe war auch bekannt als Strutters Gang.«

Tyler wirkte nicht im Mindesten überrascht. »Dann haben Sie es also endlich herausgefunden? Ich bin froh. Ich habe mir schon Sorgen gemacht, dass niemand jemals darauf kommen würde.«

»Und genau deshalb haben Sie uns auch auf die Bilder auf dem Kaminsims hingewiesen. Zuerst hatten wir sie übersehen, und das konnten Sie uns nicht durchgehen lassen. Sie durften nicht zulassen, dass Ihre Opfer einem anderen Täter zugeschrieben wurden. Sie wollten, dass wir die Sache mit dem Mobbing rausfinden.«

Tyler lächelte.

Hunter fuhr mit fester Stimme fort. »Dann sind Sie zu Geld gekommen. Zu sehr viel Geld. Sie hatten genug, um sich damit jeden Wunsch zu erfüllen, einschließlich eines neuen Lebens irgendwo ganz weit weg. Wo niemand wusste, wer Sie waren. Wo niemand Sie mehr quälen würde. Aber das war nicht genug. Der Schaden war bereits angerichtet. Jedes Mal, wenn Sie in den Spiegel sahen, haben Sie sich gehasst.«

»Mit Geld kann man alles kaufen, Detective.«

»Auch ein neues Gesicht«, versetzte Hunter.

Tyler lachte. »Jetzt hören Sie bloß nicht auf. Meine Lebensgeschichte fängt ja gerade erst an, interessant zu werden.« Er lehnte sich gegen die Wand, schien vollkommen entspannt.

Hunter fuhr fort. »Sie haben sich eine neue Identität zugelegt – Dan

Tyler. Von da an hatten Sie ein gutes Leben. Sie haben Strutter und seine Gang so gut wie vergessen, stimmt's? Aber irgendwas hat die Erinnerung wieder zurückgebracht.« Hunter verstummte und wartete auf eine Reaktion von Tyler. Es kam keine. »War es Kates Tod? Haben Sie deshalb beschlossen, sie zu verfolgen und mit ihren schlimmsten Ängsten zu quälen? Weil *Ihre* schlimmste Angst wahr geworden war?«

Tyler sah ihn fasziniert an. »Meine schlimmste Angst?«

Seine nächsten Worte musste Hunter mit aller Sorgfalt wählen. »Den Menschen zu verlieren, den Sie mehr als alles andere auf der Welt geliebt haben. Ihre Frau. Das war Ihre größte Angst, nicht wahr?«

Tyler klatschte langsam in die Hände. »Ich bin beeindruckt. Sie wissen tatsächlich mehr, als ich dachte.« Er griff nach etwas auf dem Metalltisch, und Hunter versteifte sich unwillkürlich. »Haben Sie das ganz alleine herausgefunden, oder hat sie es Ihnen gesagt?« Tyler hielt die *L. A. Times* mit Mollies Foto in die Höhe.

Erst jetzt wandte Hunter den Blick von Tyler ab. Rasch durchsuchte er den Raum nach einem Versteck. Nichts.

»Wo ist sie? Wo ist Mollie?«, fragte er beschwörend.

Tyler runzelte die Stirn. »Was denn – Sie glauben, sie ist hier? Wieso sollte sie hier sein?«

»Weil sie eine Gefahr für Sie und für Ihren Plan war. Weil sie weiß, wer Sie sind.«

131

Tyler warf den Kopf zurück und lachte ein seltsames, gurgelndes Lachen, das Hunter eine Gänsehaut verursachte.

»Nein, sie war keine Gefahr, und sie weiß auch nicht, wer ich bin.« In seiner Stimme klang ein leiser Spott mit. »Ich bin ihr ganz nahe gekommen, Detective. Ich habe ihr sogar die Hand geschüttelt. Sie ist wirklich ein süßes Ding.«

Hunter spürte, wie ihm die Kehle eng wurde.

»Selbst nachdem sie meine Hand berührt hatte, hat sie mich nicht erkannt. Sie hatte keine Ahnung, wer ich war. Womit auch immer sie Ihnen geholfen und was auch immer sie gespürt hat, es war nicht stark genug, um mir gefährlich zu werden.« Tyler lachte leise. »Wenn ich sie hätte töten wollen, dann wäre sie schon tot.«

Hunter hielt Tylers Blick mit derselben Entschlossenheit stand.

»Sie glauben, Sie haben alles durchschaut, was, Detective? Sie haben keine Ahnung, was wirklich passiert ist oder wozu Strutters Gang fähig war. Sie haben nicht tief genug gegraben.« Mit einem Mal war Tylers Stimme schneidend und kalt. »Es hat nicht erst auf der Highschool angefangen, sondern schon viel früher. Sie haben uns gequält und gequält, bis es nicht mehr zu ertragen war, und dann haben sie noch ein bisschen weitergemacht.« Er fuhr sich mit der Zunge über die Lippen. »Beinahe jeden Tag habe ich Kate auf dem Nachhauseweg von der Schule weinen sehen. Sie haben sich immer wieder etwas Neues einfallen lassen, um sie zu schikanieren: Sie haben sie beschimpft, ihr ins Gesicht gespuckt, sie geschlagen, sie auf die abscheulichste Weise gedemütigt … es war ihnen scheißegal, was sie ihr damit antaten. Haben Sie auch nur die geringste Vorstellung davon, wie es sich anfühlt, jeden gottverdammten Tag Ihres Lebens ausgelacht und wie ein Stück Dreck behandelt zu werden? Können Sie auch nur ahnen, welchen Schaden das in der Seele eines scheuen Mädchens wie Kate anrichtet? Sie haben sie fürs Leben gezeichnet – aus *Spaß*. Einmal haben sie sie sogar mit menschlichen Exkrementen überschüttet, einfach nur weil ihnen gerade der Sinn danach stand.«

Hunter schloss einen Moment lang die Augen. Kate war dieselbe Katherine gewesen, von der James Reed ihnen erzählt hatte.

»Und dann war da Kates Vater«, fuhr Tyler fort. »Dieses besoffene, erbärmliche Arschloch. Sie kam von der Schule nach Hause, tränenüberströmt, und er hat sie angebrüllt und sie gleich weiter verprügelt. Ihre Mutter war nie da, sie hat sich um nichts gekümmert.« Tyler presste vor lauter unterdrücktem Zorn die Zähne aufeinander. »Sie haben ihr Selbstbewusstsein in Stücke gerissen. Ständig haben sie sich lustig über sie gemacht, haben sie so lange als hässliche Sau beschimpft, bis sie es wirklich geglaubt hat. Dabei war Kate das netteste und hübscheste Mädchen, das ich je gekannt habe. Ich hätte alles für sie getan.« Er musste kurz innehalten, weil er um Fassung rang. »Ich war klug. Ich habe schon früh herausgefunden, dass ich Geld verdienen konnte, ohne zu arbeiten oder auch nur aus dem Haus zu gehen. Alles, was ich brauchte, war ein Telefon.«

Hunter erinnerte sich daran, was Tyler beruflich machte. »Der Aktienmarkt.«

»Ganz recht, Detective«, sagte Tyler. »Ich kann gut mit Zahlen umgehen – besser als jeder andere. Ich habe den Markt von Anfang an durchschaut. Es war so simpel, dass ich gar nicht begriffen habe, wieso nicht alle ihr Geld auf diese Weise verdienen. Schon bald waren aus ein paar Dollar Hunderte geworden, aus Hunderten Tausende, aus Tausenden Zehntausende, und als ich in die elfte Klasse kam, hatte ich einhunderttausend Dollar auf dem Bankkonto.«

Hunter las die Befriedigung in Tylers Tonfall. »Sie hatten sich bereits eine neue Identität geschaffen, bevor Sie die Schule verlassen haben.«

»Sie sind clever, Detective.« Tyler lächelte. »Genau wie Kates Vater war auch meiner ein betrunkenes, nichtsnutziges Schwein. Als ich dreizehn war, starb meine Mutter, und von da an wurde es mit dem Trinken und dem Prügeln noch schlimmer. Wenn er je herausgefunden hätte, dass ich Geld zurückgelegt hatte, dann hätte er mich eiskalt abgestochen, um es in seine dreckigen Finger zu kriegen. Nicht einen Cent sollte er von mir haben.« Er hielt inne und wischte sich über den Mund. Er speichelte vor lauter Wut. »Alles, was man braucht, um in diesem Land einen Führerschein zu bekommen, sind eine bestandene Fahrprüfung und eine Geburtsurkunde, die man sich im Übrigen ganz leicht beschaffen kann, entweder indem man sie fälscht oder indem man sich die eines Verstorbenen aneignet. Und mit einem Führerschein und der gefälschten Geburtsurkunde kann man dann alle weiteren Dokumente beantragen, die man braucht.« Er lächelte stolz. »In der Schule war ich noch Michael Madden, aber draußen war ich längst Dan Tyler.«

132

Hunter musste dafür sorgen, dass Tyler weiterredete. Solange er redete, starb niemand.

»Aber damit Dan und Kate Tyler leben konnten, mussten Michael Madden und Katherine Davis sterben«, sagte Hunter, wobei er sich bemühte, nicht zu anklagend zu klingen.

Tyler begann im Raum auf und ab zu gehen. »Es hat eine ganze Weile gedauert, bis ich Kate von dem Plan überzeugt hatte. Ich habe ihr gesagt, dass uns die ganze Welt offensteht, dass wir gehen konnten, wohin wir wollten. Ich hatte mehr als genug Geld, um mit ihr zusammen irgendwo ein neues Leben zu beginnen, ich musste nicht in L. A. sein, um Geld zu verdienen. Aber ihre Angst war größer als ihre Hoffnung … bis zu dem Tag im Englischunterricht.«

»Im Englischunterricht?«, hakte Hunter nach, um den Redefluss aufrechtzuerhalten.

Tylers Blick verschleierte sich, als die Erinnerung vor seinem geistigen Auge Gestalt annahm. »Als Teenager hatte Kate ein hormonelles Problem – ein Ungleichgewicht zwischen Östrogen und Progesteron. Sind Sie im Bilde über die Folgen eines solchen Ungleichgewichts, Detective?«

Hunter verlagerte sein Gewicht von einem Fuß auf den anderen. »Es kann übermäßig starke Monatsblutungen verursachen.«

»Ganz genau.« Tyler schien beeindruckt. »In Kates Fall waren die Blutungen so stark, dass keine Binde sie hätte stoppen können. Und an dem Tag war sie nicht vorbereitet. Ihre Regel kam vier Tage zu früh, mitten in der vierten Stunde.«

Hunter konnte sich ausmalen, wie Kate sich gefühlt haben musste. Wahrscheinlich wäre sie am liebsten im Boden versunken vor Scham. Er hörte den Schmerz in Tylers Stimme.

»Überall war Blut, als wäre sie angeschossen worden. Natürlich hat sich die Sache wie ein Lauffeuer in der ganzen Schule verbreitet. Strutter und seine Gang hatten endlich etwas Neues, womit sie Kate quälen konnten. Und genau das haben sie auch getan. Sie haben das Gerücht in die Welt gesetzt, dass Kate eine dreckige kleine Nutte wäre und dass sie im Unterricht eine Fehlgeburt gehabt hätte.« Tyler fuhr sich mit der Hand durchs Haar und atmete tief ein.

»Sie haben angefangen, sie ›Babymörderin‹ zu nennen und Witze darüber zu machen, wie hässlich das Kind geworden wäre, weil sie die Mutter war …« Tyler hielt inne, um die ganze Tragik der Geschichte auf Hunter wirken zu lassen. »Nach all den Jahren voller Demütigungen konnte sie nicht mehr. Sie wollte sterben. Sie stand tatsächlich kurz davor, sich umzubringen. Also habe ich ihr gesagt, dass wir *beide* sterben würden, zumindest für alle, die uns kannten. Drei Wochen später sind wir nach Arizona in die Berge zum Zelten gefahren, und niemand hat je wieder etwas von Michael Madden oder Katherine Davis gehört. Obwohl man natürlich Hinweise auf einen Unfall gefunden hat.« Tyler lachte. »Wussten Sie, dass nur eine fünfzigprozentige Chance besteht, in den Bergen die Leichen verschollener Wanderer zu finden?«

Hunter kannte die Statistiken.

»Wir haben in Colorado ein neues Leben begonnen. Ein paar Jahre später sind wir dann nach Rio geflogen, um uns operieren zu lassen. Niemand sollte uns je wieder ansehen und über unsere Ohren, unsere Nase oder sonst irgendeinen Körperteil lachen. Aber bei einem von Kates Eingriffen gab es Komplikationen.«

Hunter kniff neugierig die Augen zusammen.

»Sie wäre fast gestorben, und die Angst, die ich hatte, als ich dachte, ich würde sie verlieren, war stärker als alles, was ich je gefühlt habe. Es hat mich bis ins Mark gelähmt. Kate war *alles* für mich.«

Erneut verlagerte Hunter sein Gewicht. Allmählich wurden seine Füße taub, sein Rücken schmerzte, und seine Wadenmuskeln begannen zu krampfen.

»Aber obwohl wir ein nagelneues Leben hatten, weit weg von allen, die wir so gehasst hatten«, fuhr Tyler fort, »haben wir es nie wirklich geschafft, unsere Vergangenheit hinter uns zu lassen. Jahrelang haben wir versucht, eine Familie zu gründen, aber Kate konnte einfach nicht schwanger werden. Die Ärzte haben ihr gesagt, dass körperlich mit ihr alles in bester Ordnung sei. Das Problem war rein psychischer Natur.« Tyler war sichtlich aufgewühlt und rieb sich mit beiden Händen durchs Gesicht. »Sie hatte Angst, dass das Baby hässlich werden würde, so wie Strutter und seine Gang es prophezeit hatten. Sie hat es nie vergessen. Wir hatten unser Äußeres verändert, aber das änderte nichts an den Genen, die wir an unser Baby weitergegeben hätten. Sie wollte nicht, dass unser Kind dasselbe durchmachen musste wie wir. Begreifen Sie, Detective? Wir konnten keine Familie haben, weil Strutter und seine Gang Kates Seele zerstört hatten!«

Das Licht in einer der Messinglaternen erlosch, und im Raum wurde es noch ein Stück dunkler. Tyler stellte sich vor den Metalltisch, war aber immer noch zu weit von Hunter entfernt, als dass dieser einen Angriff hätte riskieren können.

»Dann hat eine Psychologin uns vorgeschlagen, zurück nach L. A. zu ziehen. Sie hat gesagt, dass wir unseren Ängsten ins Gesicht sehen müssten und dass es nur immer mehr Unsicherheit in unser Leben bringen würde, wenn wir weiter versuchten, ihnen aus dem Weg zu gehen. Es würde uns auf ewig daran hindern, frei zu sein. Sie meinte, ein Umzug nach Los Angeles könnte ein erster Schritt sein, die Vergangenheit zu verarbeiten. Es dauerte Jahre, bis Kate bereit war, hierher zurückzukommen. Aber die Psychologin hat recht behalten.« Tylers Lippen verzogen sich zum Anflug eines Lächelns. »Vor dreizehn Monaten hat Kate mich im Büro angerufen. Sie weinte. Sie war in ihrem ganzen Leben noch nie so glücklich gewesen. Sie sagte, sie hätte in der Drogerie das gesamte Regal Schwangerschaftstests leergekauft, um ganz sicherzugehen. Sie alle hätten dasselbe Ergebnis angezeigt. Wir würden endlich eine richtige Familie sein.«

Die wehmütige Freude in Tylers Stimme weckte für einen kurzen Augenblick lang Mitgefühl in Hunter.

»Wir haben jeden Tag gefeiert. Aber dann habe ich den Fehler gemacht, sie eines Abends in ein Restaurant am Santa Monica Boulevard auszuführen.« Er verstummte, und Hunter sah erneut diese unbändige Wut in seinen Augen aufblitzen. »Während wir aßen, haben wir gehört, wie ein Gast einen Kellner zusammengestaucht hat, der irgendeine Kleinigkeit falsch gemacht hatte. Und offenbar legte dieser Gast großen Wert darauf, dass ihn auch ja jeder im Restaurant hörte. Plötzlich habe ich gesehen, wie Kate ganz starr wurde. Sie hatte die Stimme eher wiedererkannt als ich.«

133

»STRUTTER«, meinte Hunter, der bereits wusste, dass er richtiglag.

»Er hatte sich kein Stück geändert.« Tylers linke Hand zupfte nervös an seinem Ärmel. »Nach all der Zeit war er immer noch ein gottverdammter brutaler Schweinehund. Er hat eine furchtbare Szene gemacht, und irgendwann hat ihn der Maître gebeten zu gehen. Alle haben ihn angestarrt, aber aus irgendeinem Grund ist Kate ihm besonders ins Auge gefallen. Er ist an unseren Tisch gekommen und hat gesagt: ›Was glotzt du so, du hässliche Sau?‹« Eine Welle von Schmerz und Wut überrollte Tyler, und sein ganzer Körper erzitterte. »Dann hat er gegrunzt wie ein Schwein – genauso, wie er es früher immer gemacht hat, als hätte er sie erkannt.« Angewidert schüttelte er den Kopf. »Und ich war so feige. Ich war wie erstarrt und habe nichts getan. Ich habe bloß dagesessen und zugesehen, wie er weggegangen ist, nachdem er wieder einmal meine Frau gedemütigt hatte. Kate konnte nicht aufhören zu weinen, und eine Woche später hat sie das Baby verloren.«

Hunter erschauerte. *Der berühmte Tropfen, der das Fass zum Überlaufen bringt – das war er.*

»Sie wollte dieses Baby mehr als das Leben selbst. Und um den Schmerz abzutöten, hat sie am letzten Silvesterabend eine Packung Schlaftabletten geschluckt.« Tyler stand vor den Fotos seiner Opfer an der Wand. Inzwischen schäumte er vor Wut. »Der seelische Schaden, den sie bei Kate angerichtet haben, als sie jung war, ging so tief, dass selbst nach so vielen Jahren seine Stimme ausgereicht hat, um sie zu vernichten.« Tyler drehte sich zu Hunter um. »Ich dachte, ich hätte nichts mehr, wofür es sich zu leben lohnt. Mein Alptraum war Wirklichkeit geworden. Und dann sah ich einen Artikel in der Zeitung mit dem Foto eines lächelnden Priesters – Brett Nichols, dieses Schwein.«

Hunter erinnerte sich daran, dass er und Garcia denselben Artikel in Vater Fabians Zimmer gefunden hatten.

»Mir wurde eins klar. Während ich jahrelang gelitten habe, während Kate sich wegen ihnen das Leben genommen hat, haben Strutter und seine Gang einfach ganz normal weitergelebt, glücklich und zufrieden. Und plötzlich hatte ich wieder einen Grund zum Leben.«

»Rache«, flüsterte Hunter.

»Ja.« Tyler lächelte. »Der stärkste aller Gründe. Ich habe mir geschworen, dass ich jeden Einzelnen von ihnen ausfindig machen würde, und dann würden sie bezahlen. An Kates Todestag würden sie alle tot sein. Ich würde Strutter mit dem Blut der Familie zeichnen, die er vernichtet hatte, mit meinem eigenen Blut, und die anderen mit dem ihrer Freunde. Ich würde sie auf die abscheulichste, perverseste Art und Weise leiden lassen, die man sich nur ausdenken konnte. Ich hatte Geld, viel Geld, und in meiner Welt bedeutet Geld Macht. Ich habe Leute engagiert, die in ihren Leben herumgeschnüffelt haben. Die für mich herausgefunden haben, wo sie wohnten und wovor sie Angst hatten. Jeder hat vor irgendetwas Angst, Detective. Vielleicht keine Phobie im engeren Sinne, aber wenn man nur tief genug gräbt, stellt man fest, dass jeder Mensch sich vor irgendetwas zu Tode fürchtet. Sie hatten kein Recht, unser Leben zu zerstören.«

Tylers Stimme begann zu zittern. Er verlor langsam, aber sicher die Kontrolle über sich. Hunter rutschte auf den Knien hin und her und rüttelte an seinen Handschellen.

»Kates und mein Leben waren nur zwei, aber was glauben Sie, wie viele Existenzen diese Leute noch zerstört haben? Haben sie etwa geglaubt, dass sie tun können, was sie wollen, ohne jegliche Konsequenzen? Nun, falls ja, haben sie sich geirrt. *Ich* bin ihre Konsequenz«, Tyler schlug sich mit der Faust auf die Brust. »*Sie* haben mich geschaffen. Sie haben die Wut und den Hass geschaffen, der in meinen Adern brodelt. Aber dieser Hass hat meinem Leben wieder einen Sinn gegeben. Die Angst in ihren Augen zu sehen, als sie Kates Foto wiedererkannten, als ihnen klar wurde, dass sie bald den schlimmsten aller vorstellbaren Tode sterben würden, das hat mir eine unbeschreibliche Genugtuung verschafft. Es hat mich in einen anderen Menschen verwandelt. Und plötzlich wollte ich mehr als ihr Leben und ihren Schmerz. Sie zu quälen und zu töten war nicht genug. Ich musste ihr Blut kosten, ihr Fleisch. Dadurch fühlte ich mich … mächtig … verwandelt. Sie sollten es einmal ausprobieren, Detective, ich sage Ihnen, es gibt kein Hochgefühl, das diesem gleichkommt. Den eigenen Feind im wahrsten Sinne des Wortes zu verschlingen – nichts ist berauschender als das.« Geifer flog aus seinem Mund, als Tyler endgültig die Beherrschung über sich verlor. Er fuhr herum und griff nach Hunters Waffe. »Und niemand wird mich davon abhalten, es zu Ende zu bringen.

Niemand wird mich davon abhalten, auch das Blut der letzten zu kosten. Niemand.«

Die Zeit war abgelaufen.

Tyler machte einen Schritt nach vorn, zielte auf Garcias Kopf und drückte ab.

134

Mollie Woods schloss die Augen und ließ sich von dem heißen Wasserstrahl die steifen Muskeln massieren. Ein dünner Nebel aus Dampf erfüllte das winzige Badezimmer und kroch unter der Tür hindurch in den Flur. Es war schon einige Stunden her, seit sie die Vision gehabt hatte, trotzdem konnte sie nicht aufhören zu zittern. Sie wusste, dass er sie holen würde. Sie hatte Blut gesehen und Panik und Schmerzen, und sie hatte weglaufen müssen.

Sie ließ sich gegen die weiß gekachelte Wand der Dusche sinken und fragte sich, ob sie das Richtige getan hatte. Sie kannte nicht viele Leute in L. A. – eigentlich niemanden. Die einzige echte Freundin, die sie gewonnen hatte, seit sie vor drei Jahren hierhergekommen war, war Susan Zieliski. Susan hatte Mollie – die sie unter dem Namen Monica kannte – einmal gesagt, dass sie immer auf sie zählen könne, falls sie mal Hilfe brauche.

Zitternd und schluchzend hatte sie vor etwas weniger als einer Stunde vor Susans Tür gestanden. Ihre Freundin war sehr besorgt gewesen, und Mollie hatte ihr irgendeine alberne Geschichte über ihren Freund aufgetischt, mit dem sie sich gestritten und Schluss gemacht hatte.

»Ich wusste nicht mal, dass du überhaupt einen Freund hast«, sagte Susan und nahm Mollie tröstend in die Arme. »Er hat dich doch nicht geschlagen, oder? Wenn doch, dann sollten wir dem Schwein sofort die Polizei auf den Hals hetzen.«

Sie redeten eine Weile bei einer Kanne frisch aufgebrühtem Kaffee. Mollie musste ihre Geschichte zu einer immer größeren Lüge auswalzen.

»Am besten bleibst du heute Nacht hier«, meinte Susan. »Du kannst so lange hier wohnen, wie du möchtest. Ich fände es schön, ein bisschen Gesellschaft zu haben.«

Mollies Lächeln war ein stummes Dankeschön.

»Du siehst ziemlich verfroren aus. Warum gehst du nicht unter die heiße Dusche, und ich mache uns was zu essen. Dann kann ich dir von den tollen Neuigkeiten erzählen, die ich heute bekommen habe!«

Mollie drehte das Wasser ab und schob die Tür der Duschkabine auf. Ihre Kleider lagen auf einem unordentlichen Haufen am Boden, wo sie sie ausgezogen hatte. Susan hatte ihr saubere Handtücher gegeben, und sie wickelte sich eins davon um den Körper und benutzte das andere als Turban für ihre nassen Haare. Sie wischte mit der rechten Hand den Wasserdampf vom Spiegel und starrte ihr Gesicht an.

Sie hatte beschlossen, Hunter anzurufen, wenigstens, um ihm Bescheid zu sagen, dass alles in Ordnung war. Sie hatte sich ihm gegenüber mies verhalten, dabei hatte er ihr bloß helfen wollen. Und in ihrer Angst vor dem, was vielleicht passieren würde, hatte sie ihr Versprechen gebrochen und ihr Handy ausgeschaltet.

Plötzlich rann ein unangenehmes Gefühl von oben nach unten durch ihren Körper. Verängstigt drehte sie sich um und starrte die Badezimmertür an, als stünde dort jemand, der sie beobachtete. Sie war sich ganz sicher, etwas gehört zu haben, das geklungen hatte wie ein erstickter Schrei. Einen Moment lang stand sie ganz still und lauschte, aber das einzige Geräusch, das sie hörte, war das langsame Tropfen aus dem Duschkopf. Mit zitternden Händen griff sie nach dem Türknauf und zog die Badezimmertür ein winziges Stück auf – gerade weit genug, dass sie in den Flur sehen konnte. Alle Lichter in der Wohnung waren aus.

»Susan?«, rief Mollie mit unsicherer Stimme.

Stille.

Vorsichtig trat sie in den Flur und wartete.

Nichts.

Links das kleine Wohnzimmer und die Küche, rechts das Schlafzimmer. Die Wohnung wirkte leer. Leblos.

»Susan? Ist alles in Ordnung?« Ihre Stimme zitterte vor mühsam zurückgehaltenen Tränen. Mit unsicheren Schritten wandte Mollie sich nach links und hinterließ dabei kleine nasse Fußabdrücke auf dem Dielenboden. Sie kannte sich in der Wohnung nicht gut aus, die jetzt nur noch von dem Licht beleuchtet wurde, das durch die geöffnete Badezimmertür fiel. Mit den Händen tastete sie sich vorwärts und blieb in der Tür zum Wohnzimmer stehen. Eine unkontrollierbare Welle der Angst ließ sie zusammenzucken. Vergeblich versuchte sie, gegen die Tränen anzukämpfen, die alles vor ihren Augen verschwimmen ließen.

»Susan, wo bist du?«

Mollie blinzelte und machte noch einen Schritt.

Hinter ihr ging das Badezimmerlicht aus.

135

Hunters Zeit war abgelaufen.

Mit tödlicher Entschlossenheit hob Tyler die Waffe, zielte auf Garcias Kopf und drückte ab.

Klick – nichts geschah.

Tylers Gesicht brannte vor Zorn und Verwirrung. Er versuchte es erneut, aber auch diesmal gab die Waffe keinen Schuss ab.

Mit einem Satz war Hunter auf den Beinen, die Hände wie durch ein Wunder von den Handschellen befreit. Bevor Tyler reagieren konnte, rammte Hunter ihm mit einer solchen Wucht die Faust in die Rippen, dass ihm die Luft wegblieb. Tyler ging zu Boden, aber es gelang ihm noch, das Bein herumzuschwingen und Hunter zu Fall zu bringen. Hunter landete hart, mit dem Kreuz zuerst, und der Schmerz des Aufpralls fuhr durch seinen ganzen Körper. Ungeschickt rollte er sich nach links, um Tylers nächstem Tritt gegen seinen Kopf auszuweichen.

Tyler hatte noch immer die Waffe in der Hand, und endlich ging ihm auf, was geschehen war. Bevor Hunter auf Tylers Befehl hin die Pistole auf den Boden gelegt und sie zu ihm hin geschoben hatte, hatte er unauffällig den Sicherungsmechanismus betätigt. Das hatte ihm die kostbaren Sekunden verschafft, die er brauchte, um seinen Gegner anzugreifen. Aber Tyler würde denselben Fehler nicht zweimal machen. Er entsicherte die Waffe, riss den Arm herum und feuerte.

Hunter rollte sich nach rechts, aber nicht schnell genug. Ein ohrenbetäubender Knall hallte im Kellerraum wider, und unmittelbar darauf spürte er einen brennenden Schmerz im linken Arm. Er musste schnell handeln, bevor Tyler erneut schießen konnte. Sein Instinkt übernahm die Führung. Er trat blindlings aus, und sein linker Stiefel traf dieselbe Stelle an Tylers Brustkorb wie seine Faust Augenblicke zuvor.

Tyler schnappte röchelnd nach Luft, aber es gelang ihm, den Schwung, den der Tritt ihm versetzt hatte, auszunutzen, indem er sich unter dem Metalltisch hindurch rollte, so dass dieser nun eine Barriere zwischen ihm und Hunter bildete.

Beide kamen gleichzeitig auf die Beine. Blut rann Hunters Arm hinab, aber er wusste, dass er noch Glück gehabt hatte. Er hatte gehört, wie das

Projektil in der Wand hinter ihm eingeschlagen war, es war also ein glatter Durchschuss. Trotz der höllischen Schmerzen hatte die Kugel keinen Knochen und keine wichtige Arterie verletzt. Er sah die Pistole in Tylers rechter Hand und ahnte, dass das Glück es beim zweiten Mal nicht so gut mit ihm meinen würde. In einem verzweifelten Reflex machte er einen Hechtsprung nach vorn, den unverletzten Arm hoch über dem Kopf ausgestreckt, als wollte er kopfüber in ein Schwimmbecken tauchen. Von dort, wo er stand, konnte er Tyler nicht erreichen – den Tisch allerdings schon. Mit aller Kraft stieß er ihn nach hinten, bis die harte Kante Tyler im Oberschenkel erwischte.

Tyler verlor das Gleichgewicht, taumelte zurück und stieß gegen die Wand. Aber noch immer ließ er die Waffe nicht los. In seinen Augen loderte mörderischer Hass, als er den Kopf hochriss und nach Hunter Ausschau hielt. Sein Finger spannte sich um den Abzug.

Links – nichts.

Rechts – nichts.

Wo zum Teufel steckte er?

Hunters weit ausgreifender Bodenkick von unter dem Tisch zog Tyler die Füße weg. Er hing kurz in der Luft, dann landete er mit einem unheimlichen Knacken, Schulter und Kopf voran, auf dem Boden. Die Wucht des Aufpralls war so groß, dass er einen Moment lang grelle Lichtblitze vor seinen Augen tanzen sah. Als sie langsam verschwanden, blickte er in die Mündung einer Pistole.

»Wie ich schon sagte«, meinte Hunter. Er hielt Garcias Waffe in der Hand, die zu Boden gefallen war, als er den Tisch umgestoßen hatte. »Es ist vorbei, Dan.«

136

Hunter fesselte Tyler mit denselben Handschellen, denen er eine Minute zuvor entkommen war.

»Carlos, wach auf.« Hunter schlug seinem Partner sacht auf die Wange.

Ein Zucken, gefolgt von unverständlichem Gemurmel.

Erneut ein leichter Klaps auf die Wange. »Carlos, alles klar mit dir?«

Garcia hustete und spuckte einen Mundvoll Blut aus. Er blinzelte ein paar Mal, während seine Augen sich an die Dunkelheit gewöhnten.

»Scheiße, was ist passiert?«, fragte er, sah sich verwirrt in dem verwüsteten Raum um, bis er schließlich erst den gefesselten Tyler und dann seinen blutenden Partner bemerkte.

»Das willst du gar nicht wissen«, sagte Hunter und band Garcia vom Stuhl los.

»Du musst ins Krankenhaus.«

»Du auch.« Hunter lachte. »Deine Nase sieht ziemlich lädiert aus.«

»So fühlt sie sich auch an. Tut scheißweh«, knurrte Garcia und betastete sie vorsichtig mit den Fingerspritzen, nur um gleich darauf vor Schmerz zusammenzuzucken.

»Lass uns erst Meldung machen.«

Doch bevor Hunter die Gelegenheit bekam, die Nummer der Zentrale zu wählen, klingelte sein Handy. Das Display zeigte Mollies Nummer an.

»Mollie! Wo bist du? Geht es dir gut? Wo steckst du denn?«

»Er … er ist hier.« Ihre Stimme war nicht mehr als ein Flüstern.

»Was? Wovon redest du, Mollie? Ich kann dich kaum verstehen.«

»Er ist hier.«

»Wer ist wo? Wieso sprichst du so leise?«

»Weil er hier ist. Er ist in der Wohnung«, presste sie zwischen hektischen, flachen Atemzügen hervor. »Er ist hinter mir her. Der Killer ist hinter mir her!«

»Mollie, ganz ruhig.« Hunter bemühte sich, in normalem Tonfall zu sprechen, was angesichts des brennenden Schmerzes in seinem Arm nicht ganz einfach war. »Er ist nicht hinter dir her. Wir haben ihn gefasst. Er sitzt genau vor mir, und er wird so schnell nirgendwohin mehr gehen. Du brauchst keine Angst zu haben, Mollie.«

»Nein. Sie haben jemand anderen!«

Ihre Tränen machten es Hunter schwer, sie zu verstehen. »Was? Hast du gesagt, wir haben jemand anderen? Was soll das heißen?«

»Er … er ist hier in der Wohnung!«

Hunters Blick fiel auf Tyler. Erst jetzt bemerkte er das spöttische Lächeln in seinem Gesicht.

»Sie haben einen Fehler gemacht, Detective.« Das Lächeln wurde breiter und kälter. »Ich bin nicht derjenige, vor dem sie sich gefürchtet hat.«

Garcia schüttelte den Kopf. »Was faselt er, verdammt noch mal?«

Hunters Mund wurde trocken. »Mollie, sag was. Bist du noch dran?«

Mollie war so in Panik, dass sie die Orientierung verloren hatte und ohne es zu merken ins Schlafzimmer gegangen war. Es war fast vollständig dunkel, bis auf einen schmalen Streifen farbiges Licht, der durch den Schlitz zwischen den Vorhängen hereinfiel. Verwirrt und am ganzen Körper zitternd, drehte sie sich um sich selbst. Sie wusste nicht wohin und war vor Angst wie gelähmt. Aus der Ecke des Zimmers, in den Schatten verborgen, blinzelte sie ein Augenpaar an.

137

Die Reifen des Honda Civic Type R kreischten, als Hunter um die Kurve jagte und den South Beverly Glen Boulevard entlangraste. Er hatte keine Zeit für Erklärungen gehabt, sondern sich einfach Garcias Wagenschlüssel geschnappt und seinen Partner allein im Keller zurückgelassen, damit er Captain Blake anrief und ihr berichtete, was sich in Tylers Haus zugetragen hatte.

Sobald Hunter nach seinem Gespräch mit Mollie aufgelegt hatte, meldete sich Trevor Tollino.

»Sag schon, Trevor«, rief Hunter und verband sein Handy hastig mit der im Wagen installierten Freisprechvorrichtung. »Schnell, wo muss ich hin?«

»Sie ist in Downey, Robert, aber ich habe noch keine genaue Position. Ihr Handy wurde erst vor ein paar Minuten wieder eingeschaltet, aber die gute Nachricht ist, dass es immer noch an ist. Wenn das noch zehn, fünfzehn Minuten so bleibt, dann kann ich dich bis auf zwei Meter genau ranbringen.«

Vom San Diego Freeway nahm Hunter die Ausfahrt auf die I-105 East und wechselte dann auf den Glenn M Anderson Freeway – das alles mit neunzig Meilen pro Stunde.

»Trevor, wie sieht's aus? Ich bin gleich in Downey.«

»Ich hab's gleich, ich hab's gleich. Irgendwo zwischen Stewart und Gray. Brauchst du eine Wegbeschreibung?«

»Nein, ich kenne die Straße. Was ich brauche, ist eine Adresse.«

In Hunters linkem Arm wütete ein unerträglicher Schmerz. Das Projektil hatte seinen Trizeps durchschlagen, so dass er jedes Mal, wenn er den Arm streckte, höllische Qualen litt. Den Großteil der Strecke war er einhändig gefahren.

»Ich hab's, Robert«, tönte Trevors raues Flüstern durch die Leitung. »9169 Stewart Ecke Gray. Es ist ein Apartmentkomplex mit insgesamt sieben Gebäuden, er heißt Villa Downey Apartments. Das Signal kommt aus dem zweiten Gebäude von rechts, wenn du von der Straße aus auf den Parkplatz fährst. Die Wohnung im zweiten Stock, ganz am Ende.«

Ein Wolkenbruch hatte eingesetzt, und als Hunter in die Straße einbog, regnete es so heftig, dass man kaum etwas sehen konnte. »Ich bin jetzt da. Besorg mir Verstärkung, Trevor.«

Der improvisierte Druckverband, den Garcia ihm um den Arm gebunden hatte, hatte sich gelöst und die Wunde erneut angefangen zu bluten. Mit der rechten Hand und unter Zuhilfenahme seiner Zähne zog er den Knoten notdürftig wieder fest. Der Schmerz raubte ihm den Atem, und einen Augenblick lang drehte sich alles.

Der Flur im zweiten Stock war lang, schmal und dunkel. Es herrschte eine unheimliche Stille. Sämtliche Lampen waren kaputtgeschlagen worden. Hunter hatte keine Zeit, auf die Verstärkung zu warten. Mit gezogener Waffe eilte er so leise wie möglich den Flur entlang. Am Ende angekommen, probierte er die Tür, die Trevor ihm genannt hatte – sie war nicht verschlossen. Langsam schob er sie mit dem Lauf seiner Pistole ein Stück auf, tastete mit der Hand um den Türrahmen herum, fand den Lichtschalter und betätigte ihn ein paar Mal – nach wie vor völlige Finsternis.

Mist!

Er hatte zwei Möglichkeiten: Entweder er hielt die Schmerzen seines zerschossenen Trizeps aus und holte seine kleine Taschenlampe heraus, oder er forderte sein Glück in einer stockdunklen Wohnung heraus. Hunter biss die Zähne zusammen und atmete tief ein. Die Taschenlampe im Anschlag betrat er das Apartment.

Das Wohnzimmer war klein und spärlich möbliert, aber es verfügte über zahlreiche verborgene Ecken und Winkel, er musste also auf der Hut sein. Von seiner Position an der Tür aus sah Hunter eine offene Küchenecke und dahinter einen kurzen Flur, der zu einer geschlossenen Tür führte. Er griff seine Pistole fester und wagte sich weiter vor. Er war erst ein paar Schritte weit gekommen, als er plötzlich wie angewurzelt stehen blieb. Ein metallischer Geruch stieg ihm in die Nase, und das Herz wurde ihm schwer. Er kannte diesen Geruch nur zu gut.

Blut.

Der Geruch war stark, also musste es viel Blut sein. Langsam drehte er sich um, der Strahl seiner Taschenlampe huschte durch den Raum. Als er sie sah, blieb ihm vor Entsetzen die Luft weg.

»O Gott, nein!«

Sie war nackt und kniete in einer Ecke. Ihre Brüste und ihr Bauch waren rot von dem Blut, das aus ihrer aufgeschlitzten Kehle gespritzt war.

138

HUNTER WAR mit wenigen Sätzen bei ihr. Erst als er neben ihr in die Hocke ging, fiel ihm auf, dass sie blonde Haare hatte, so blond, dass sie fast weiß waren. Er leuchtete ihr ins Gesicht. Ihre tiefblauen Augen waren geöffnet, erstarrt in ewigem Entsetzen – ein Schnappschuss ihrer letzten grauenvollen Momente. Aber es war nicht Mollie.

KLONK!

Hunter sprang auf die Füße, all seine Sinne in höchste Alarmbereitschaft versetzt. Das Geräusch war aus dem kleinen Flur neben der Küche gekommen. Er drückte sich mit dem Rücken gegen die Wand rechts vom Durchgang zum Flur, holte tief Luft und wirbelte herum. Seine Waffe suchte vergeblich nach einem Ziel. Alles war still. Aber irgendetwas hatte sich verändert. Die Tür am anderen Ende stand offen. Hunter war sich ganz sicher, dass sie geschlossen gewesen war, als er vorhin die Wohnung betreten hatte. Flackerndes Licht drang aus dem Zimmer. Kerzen. Eine Falle, das wusste er. Aber er hatte keine Wahl.

Plötzlich hörte er ein ersticktes Wimmern, und Hoffnung blitzte in ihm auf wie ein elektrischer Schlag. Mollie! Aber er spürte noch eine weitere Person. Sie war nicht allein.

Kaum hatte er einen Fuß in den Flur gesetzt, wurde sein Kopf ganz leicht. Er hatte keine Ahnung, wie viel Blut er verloren hatte, aber er wurde immer schwächer, und das Schwindelgefühl nahm zu. Es dauerte einen Augenblick, bis er sein Gleichgewicht und seine Konzentration wiedergefunden hatte. Plötzlich sah er Mollie, die von einer großen, stämmigen Gestalt aus dem Schlafzimmer in den Flur gezerrt wurde. Der Unbekannte presste ihr den Lauf einer Waffe fest gegen die Schläfe. Sie war nackt und wurde von hysterischen Schluchzern geschüttelt.

»Mollie«, murmelte Hunter. Und obwohl ihm sein Beschützerinstinkt eingab, dass er sofort zu ihr musste, blieb er stehen, wo er war. Er richtete die Pistole auf die geheimnisvolle Gestalt hinter ihr.

»Lassen Sie die Waffe fallen, Detective.«

Hunter zögerte.

Der Mann presste die Mündung seiner Pistole hart gegen Mollies Schläfe. »Waffe fallen lassen, oder sie stirbt – hier und jetzt.«

»Schon gut.« Hunter lockerte seinen Griff um die Waffe, so dass sie nur noch an seinem Zeigefinger hing. »Ich lege sie jetzt auf den Boden. Dann können wir uns unterhalten. Niemand muss sterben.«

Mollie würgte an ihren Tränen, und ihr Körper zuckte heftig nach vorn, aber der Arm des Mannes hielt sie fest umklammert.

»Legen Sie die Waffe auf den Boden und schieben Sie sie mit dem Fuß zu mir. Wenn sie nicht bei mir ankommt, stirbt sie, und gleich danach sind Sie dran.«

Déjà-vu, dachte Hunter und gehorchte.

Als Hunters Pistole über den Boden schlitterte, trat der Mann hinter Mollie hervor und hielt sie mit dem rechten Fuß auf. Sein Blick glitt kurz zu Boden, aber nicht lange genug, als dass Hunter den Moment hätte nutzen können.

»H & K USP Tactical?« Der Mann schien beeindruckt. »Die bevorzugte Waffe der Navy Seals und Sondereinsatzkommandos. Eine gute Wahl. Man merkt, dass Sie sich mit Handfeuerwaffen auskennen.«

»Sie sich aber auch«, gab Hunter zurück.

»Das ist wahr.« Ein diabolisches Grinsen verzerrte die Züge des Mannes.

In dem schwachen Licht aus dem Schlafzimmer konnte Hunter endlich sein Gesicht erkennen. Ein Gesicht, das von einem schweren und unglücklichen Leben gezeichnet war. Tiefe Falten, großporige Haut, kalte, traurige Augen und eine hässliche Narbe, die von der Stelle rechts über seinem linken Auge bis zur Mitte seiner Stirn verlief. Hunter musste nicht lange hinschauen, um die Ähnlichkeit zu erkennen. Mollie hatte etwas von ihm geerbt. Den Mund vielleicht oder die Nase, aber die Ähnlichkeit war unverkennbar. Der Mann war ihr Vater.

139

John Woods trat Hunters Waffe zur Seite.

Hunter hielt die Hände weg vom Körper, in Kopfhöhe und mit den Handflächen nach außen, um zu signalisieren, dass von ihm keine Bedrohung ausging.

Johns Blick fiel auf den blutigen Verband an Hunters linkem Arm. »Das sieht schmerzhaft aus, und Sie sind blass. Sie müssen viel Blut verloren haben?«

Hunter antwortete nicht.

»Heben Sie ganz langsam Ihr Hosenbein hoch.«

»Ich trage keine zweite Waffe.«

»Davon überzeuge ich mich lieber selbst. Hochheben.«

Hunter gehorchte.

John packte Mollie bei den Haaren und stieß sie brutal aus dem Weg. Sie stolperte und fiel mit einem dumpfen Aufschlag zu Boden. »Geh zurück in die Ecke, knie dich hin und bete«, befahl er. »Ich bin noch nicht fertig mit dir. Bete für deine Mutter und für deine Sünden, du kleine Hure.«

Hunter konnte hören, dass Mollie sich krampfhaft bemühte, ihr Schluchzen zu unterdrücken, als wüsste sie, dass ihr Weinen ihren Vater nur noch rasender machen würde. John war zu weit von Hunter entfernt, als dass dieser einen Angriff hätte riskieren können. Er musste sich schnellstens etwas einfallen lassen. Während Woods' Blick noch auf Mollie ruhte, machte Hunter ganz vorsichtig einen kleinen Schritt nach vorn.

»Sie müssen das nicht tun«, sagte er zaghaft.

»O doch!«, rief Woods zurück. »Ich habe schon einmal versagt, aber der Herr hat mir eine zweite Chance gegeben. Eine Chance, Abbitte zu leisten. Und diesmal werde ich nicht versagen.«

»Sie haben Ihren Auftrag nicht erfüllt, weil Sie ihn nicht richtig verstanden haben«, widersprach Hunter mit Überzeugung. Er achtete darauf, nicht in demselben aggressiven Tonfall zu antworten wie Woods, weil er wusste, dass dies den Mann nur noch mehr aufgebracht hätte.

Der Zweifel, der in Woods' Augen aufblitzte, war kurz, aber er reichte aus, dass Hunter einhaken konnte.

Ein weiterer kleiner Schritt nach vorn. »Sie haben gedacht, es sei Ihr

Auftrag, Ihre Tochter zu bestrafen, sie von ihrem Fluch zu befreien, oder von dem, was Sie für einen Fluch hielten – die Tatsache, dass sie das Leid anderer Menschen spüren kann.«

»Sie hat den Teufel im Leib, deswegen sieht sie diese Bilder – dämonische Bilder.« John hielt die Waffe immer noch auf Hunter gerichtet.

»Nein, das stimmt nicht. Das haben Sie falsch verstanden.« Hunter wusste, dass John Woods ein sehr religiöser Mensch war. Er musste sein Spiel mitspielen, wenn er eine Chance haben wollte, Mollie zu retten. »Sie haben das, was Gott von Ihnen wollte, missverstanden. Ihr Auftrag war nicht, sie zu bestrafen. Sondern ihr zu helfen.«

Ein kurzer Moment der Unsicherheit.

»Ich habe die Worte Gottes klar und deutlich verstanden. Er spricht zu mir«, sagte Woods dann und tippte sich mit dem linken Zeigefinger an die Stirn. »Vom Augenblick ihrer Geburt an war sie eine Prüfung.«

»Eben. Eine Prüfung, mit der Gott feststellen wollte, ob Sie würdig sind, ein solch besonderes Kind großzuziehen. Ob Sie in der Lage sind, sie zu verstehen.«

»Da gibt es nichts zu verstehen!«, brüllte Woods.

»Doch, das gibt es. Solche Gaben, wie Mollie sie hat, sind seit Anbeginn der Zeit Teil der Menschheitsgeschichte.«

Wieder huschte ein Schatten des Zweifels über Woods' Züge.

»Denken Sie nur an die Geschichten in der Bibel. Wie viele Menschen – Heilige, Auserwählte – wurden verleumdet, verfolgt, sogar hingerichtet, weil man sie für Verbündete Satans hielt, obwohl sie nichts weiter wollten, als Gutes zu tun? Und nur, weil die Menschen sie nicht verstehen wollten. Machen Sie mit Mollie nicht denselben Fehler.«

»Sie ist nicht auserwählt, sie hat den Teufel im Leib!« Woods' Stimme wurde fahriger. »Ich sollte sie von ihrem Fluch befreien, aber ich habe versagt, und seitdem habe ich in der Hölle gelebt. Jetzt ist es meine Aufgabe, sie dazu zu bringen, um Vergebung zu bitten, und sie dann zum Herrn, ihrem Schöpfer zu schicken – dem Einzigen, der ihr vergeben kann.«

»Ihr Auftrag ist es, sie zu töten?«

»Gepriesen sei der Herr. Satan wird vernichtet werden.«

140

Hunter merkte, dass er im Begriff war, die Kontrolle über das Gespräch zu verlieren. Und wenn das geschah, waren er und Mollie so gut wie tot.

Er versuchte es ein letztes Mal. »Warum sollte Gott, der doch allmächtig ist, Ihnen einen solchen Auftrag erteilen? Hat Gott nicht die Macht, Leben zu geben und zu nehmen? Wenn Gott wollte, dass Mollie stirbt, warum sollte er sich dazu Ihrer bedienen? Ein einziger göttlicher Befehl, und es gäbe sie nicht mehr. Und was hätten Sie von ihrem Tod gehabt?« Hunter hielt kurz inne, als er erneut den Zweifel in Woods' Augen aufflackern sah. Rasch fuhr er fort. »Nichts. Keine Erkenntnis, keine Einsicht. Es wäre ein sinnloser Auftrag gewesen, den Gott selbst im Bruchteil einer Sekunde hätte ausführen können. So wie ich es verstehe, gibt Gott den Menschen aber keine sinnlosen Aufträge.«

Die Unsicherheit in Woods' Augen wuchs.

»Ihr Auftrag war es, Ihre Tochter zu begleiten. Ihr dabei zu helfen, die Gabe, die ihr mitgegeben wurde, zu verstehen. Denn wer hat ihr diese Gabe gegeben, John, wenn nicht Gott? So große Macht hat der Teufel nicht.«

Gleich darauf wurde Hunter erneut schwindlig. Blut rann seinen Arm hinab und tropfte auf den Holzboden. Er spürte, wie die Kraft aus seinen Beinen wich. Ihm blieb nicht mehr viel Zeit.

»Sie hat ihre eigene Mutter verflucht!«, schrie Woods zornentbrannt zurück. »Sie hat ihr prophezeit, dass sie sterben würde!«

»Nein, das stimmt nicht. Sie hat versucht, ihren Tod zu verhindern, und wenn Sie auf sie gehört hätten, dann wäre Ihre Frau jetzt noch am Leben. Begreifen Sie denn nicht, John? In Mollies Gabe steckt die Fähigkeit, anderen Menschen zu helfen. Sie kann das Leiden anderer verhindern, aber sie kann es nicht alleine tun. Es muss Menschen geben, die ihr zuhören und an sie glauben.«

»So wie Sie?«

»Ja, wie mich. Sie hat Sie wieder und wieder um Hilfe angefleht. Sie tut es immer noch. Alles, was sie brauchte, war Ihre Unterstützung, Ihr Verständnis. Ihr Auftrag war es, hinter die Fassade zu blicken. Ihre eigenen Vorurteile zu überwinden und das Gute in dem zu sehen, was Sie für das Böse gehalten haben.«

Woods verlagerte das Gewicht von einem Fuß auf den anderen, als wäre er sich mit einem Mal nicht mehr sicher, dass er das Richtige tat. Der Griff um die Waffe lockerte sich ein winziges bisschen, und Hunter wagte sich einen weiteren Schritt nach vorn. Aber dann riss Woods sich zusammen, als sei er aus einem Traum aufgewacht.

»Nein!« Ein Schrei voll unbändiger Wut. »Ich habe den Auftrag ausgeführt, so wie er mir erteilt wurde! Sie muss sterben! So wie all die anderen sterben mussten.«

Die anderen?, dachte Hunter erschrocken.

»Sie mussten sterben, damit ich die Satansbrut finden konnte.«

Und plötzlich begriff Hunter. Das blonde Mädchen im Wohnzimmer – auf den Knien, mit aufgeschlitzter Kehle. Claire Anderson – mit aufgeschlitzter Kehle. Die Frauen in der Zeitung. Hunter hatte den Artikel nur überflogen und gleich danach wieder vergessen. Sie alle hatten braune Haare gehabt. Sie alle waren ungefähr in Mollies Alter gewesen. Und alle hatte man nackt und auf den Knien gefunden, die Hände wie zum Gebet gefesselt, die Kehlen durchgeschnitten. John Woods war schon seit Tagen in Los Angeles und suchte nach Mollie. Seine Wut und seine Frustration waren in ihm übergekocht, als er sie nicht finden konnte. Also hatte er seinen Hass an Mädchen ausgelassen, die ihr ähnlich sahen. Durch sie tötete er Mollie, immer und immer wieder. Aber es war nicht nur das. John Woods glaubte tatsächlich, dass seine Tochter eine besondere Gabe besaß; dass sie das Leiden anderer spüren konnte. Er wusste, dass sie im Herzen ein guter Mensch war. Dass sie versuchen würde zu helfen. Er hatte diese Mädchen nicht nur deshalb getötet, weil sie Mollie ähnlich sahen, sondern damit Mollie es spürte. Er hatte sie aus ihrem Versteck locken wollen. John Woods war der Slasher.

»Und sie wird sterben«, sagte Woods und hob die Waffe. »Genau wie Sie.«

Hunter sah die Entschlossenheit in Woods' Augen, als dieser den Finger um den Abzug krümmte.

Es war vorbei.

141

Der donnernde Schuss wurde übertönt von dem sintflutartigen Regen, der von draußen gegen die Fenster trommelte. Blut, Hautfetzen und Knochensplitter spritzten quer über die Wand. Schlagartig war die Luft im Flur mit dem Geruch von Kordit erfüllt.

Hunter kippte nach vorn, konnte sich aber gerade noch mit dem gesunden Arm an der Wand abstützen. Die Kombination aus Blutverlust und Adrenalinschub lösten ein unglaubliches Schwindelgefühl in ihm aus, und er verlor kurz die Orientierung. Als sein Blick wieder klar war, sah er, wie John Woods vor ihm auf die Knie sackte. Blut troff aus einer Schusswunde an seiner rechten Hand, die drei seiner Finger zerfetzt hatte. Sein Mund stand halb offen, und seine Augen starrten voller Entsetzen empor. Erst jetzt sah Hunter Mollie. In der Hand hielt sie Hunters Waffe, die Woods zur Seite getreten hatte. Er sah, wie sie Anstalten machte, erneut abzudrücken.

»Mollie, nein«, sagte Hunter und taumelte mit ausgestreckten Armen vorwärts. »Tu das nicht.«

Sie zitterte am ganzen Körper. Ihr Gesicht war tränenüberströmt. »Er hat Su…susan umgebracht. Er wollte Sie erschießen.«

»Ich weiß, Mollie. Aber diesmal ist es wirklich vorbei. Überlass den Rest mir.«

John Woods stieß ein animalisches Heulen aus, bevor sich ein Schwall Erbrochenes über den Boden ergoss. Die Schmerzen der zerschmetterten Knochen und gerissenen Bänder und der Blutverlust waren zu viel für ihn.

»Er hat mich so oft vergewaltigt.« Es lag keine Wut in Mollies Stimme, nur unsägliche Traurigkeit. Dann glitt ihr Blick zurück zu Hunter. »Ich hab solche Angst.«

»Ich weiß, Liebes.« Hunter sah sie sanft an. »Aber du musst jetzt keine Angst mehr haben. Es ist vorbei, endgültig, das verspreche ich dir. Er wird nie wieder jemandem weh tun.«

Plötzlich hörten sie Schritte im Hausflur.

»Runter mit der Waffe! Sofort fallen lassen!«, brüllten zwei Officer des LAPD, die Pistolen auf Mollie gerichtet.

»Warten Sie.« Hunter drehte sich um, trat vor Mollie und stellte sich ihnen mit erhobenen Händen entgegen. »Ich bin Detective Robert Hunter vom Morddezernat I.« Er zeigte auf die Marke an seinem Gürtel. »Die Situation ist unter Kontrolle. Nehmen Sie die Waffen runter.«

Die Officer tauschten einen zweifelnden Blick. »Für mich sieht es nicht so aus, als ob hier irgendwas unter Kontrolle wäre«, erwiderte einer der beiden.

»Das ist es aber.«

Die Officer runzelten die Stirn.

»Kümmern Sie sich lieber um *ihn*«, sagte Hunter und deutete auf Woods. »Er ist der Slasher, nach dem seit längerem gefahndet wird.«

»Was?«

»Ich wette, Sie werden ein Messer bei ihm finden, an dem Blutspuren sämtlicher Opfer sind.« Hunter senkte traurig den Kopf. »Leider ist im Wohnzimmer eine weitere Tote.«

Nach kurzem Zaudern schwenkten die Polizisten die Waffen herum und zielten nun auf Woods.

Hunter drehte sich wieder zu Mollie um. Er hörte noch mit halbem Ohr, wie einer der Officer die überraschende Neuigkeit an die Zentrale durchgab und einen Krankenwagen anforderte.

»Komm, Mollie«, flüsterte er, trat einen Schritt auf sie zu, hob ein Handtuch vom Boden auf und reichte es ihr.

Der gespannte Moment zwischen ihnen schien eine Ewigkeit zu dauern.

Dann, endlich, sicherte sie die Waffe und legte sie in seine ausgestreckte Hand. »Sie sind der Einzige, der mir geglaubt hat. Sie sind der Einzige, dem ich vertraue.«

Mit Tränen in den Augen fiel sie in seine Arme.

142
Weihnachten

Garcia öffnete die Tür. Er trug den hässlichsten Pullover, den Hunter je gesehen hatte – ein flauschiges Monstrum in Lila, Rot, Pink und Grasgrün, das mindestens zwei Nummern zu groß war. Seine Nase war bandagiert, als hätte er eine Schönheits-OP hinter sich, und unter seinen Augen blühten dunkle Flecken.

»Woah!« Hunter wich entsetzt zurück und zeigte auf Garcias Pullover. »Beißt der?«

»Ich weiß, ich weiß.« Garcia schnitt eine Grimasse. »Den hat meine Mutter für mich gestrickt. Ich muss ihn tragen, sonst ist sie beleidigt.«

»Sie will dich bestrafen, das ist es.«

»Ja, mag sein. Komm rein«, sagte Garcia und ließ ihn eintreten. Der Weihnachtsbaum in der hinteren Ecke des Wohnzimmers war mit bunten Lichtern und Anhängern geschmückt. Traditionelle Weihnachtslieder von der Schallplatte und ein Potpourri köstlicher Düfte verbreiteten eine warme, familiäre Atmosphäre.

»Wie geht's dem Arm?«, erkundigte sich Garcia.

»Tut noch weh, aber man kann es aushalten. Ich werde bloß ein paar Monate lang nicht ins Fitnessstudio gehen können.«

»Das macht dir am meisten Sorgen, ja?«

Hunter zuckte die Achseln. »Und die Nase?«

»Gebrochen. Ich werde bloß ein paar Monate lang niemandem mehr einen Kopfstoß verpassen können. Übrigens habe ich gehört, du hattest einen Anruf vom Bürgermeister. Und es ging nicht um seine Frau.«

Erneutes Schulterzucken.

»Du bist Everybody's Darling, Robert. Alle lieben dich, einschließlich Captain Blake und Chief Collins. Zwei Serienkiller an einem Abend? Ich wette, das ist ein neuer Rekord. Und hast du gehört, dass sie endlich James Reed gefunden haben?«

Hunter nickte.

»Wir hatten recht, er hat Los Angeles County nie verlassen. Seine Freundin wohnt in Ranchos Palos Verdes. Wir konnten seinen Wagen nicht finden, weil er die ganze Zeit in ihrer Garage stand. Wie geht es Mollie?«

»Den Umständen entsprechend ganz gut. Die letzten zwei Tage stand sie unter Beruhigungsmitteln.«

»Was wird jetzt aus ihr?«

Hunter schüttelte den Kopf. »Das muss sie selbst entscheiden. Ab heute ist sie achtzehn, also offiziell volljährig. Aber ich habe schon mit einer Bekannten gesprochen, sie ist Therapeutin, eine der besten in Los Angeles. Sie hat sich bereit erklärt, Mollie umsonst zu behandeln, solange es nötig ist. Mollie hat so viel durchgemacht, und sie wird noch lange Hilfe brauchen. Ich werde alles versuchen, um für sie da zu sein.«

»Das weiß ich.« Garcia lächelte. »Ich auch.«

»Ich gehe später noch bei ihr im Krankenhaus vorbei, um ihr zum Geburtstag zu gratulieren und ihr frohe Weihnachten zu wünschen.«

»Super, dann gebe ich dir einen Teller Weihnachtsspezialitäten für sie mit. An Weihnachten Krankenhausfraß essen zu müssen ist bestimmt ziemlich deprimierend. Außerdem, wenn Anna und meine Mom zusammen in der Küche stehen, kommt genug Essen für eine ganze Armee dabei raus.«

»Das sehe ich.« Mit einem Nicken deutete Hunter auf den Esstisch, auf dem sich bunte Schüsseln und Servierplatten drängten.

»Und es gibt noch mehr.« Anna kam aus der Küche. Sie trug eine blauweiße Schürze mit der Aufschrift »Küss den Koch« auf der Brust.

»Das lasse ich mir nicht zweimal sagen«, meinte Hunter lächelnd und gab ihr einen Kuss auf beide Wangen. Dann wurde er Garcias Mutter Janet vorgestellt, einer großen, würdevollen Frau mit perfekt geschnittenen kurzen blonden Haaren, funkelnden blauen Augen und der sanftesten Stimme, die Hunter je gehört hatte.

Während des Mittagessens unterhielt sie Hunter mit Anekdoten des jungen Garcia in Brasilien.

»Du warst früher ein guter Fußballer?«, fragte Hunter später, als er zusammen mit Garcia den Abwasch erledigte.

»Das bin ich immer noch«, gab Garcia zurück und warf sich in die Brust.

»Das lasse ich jetzt mal so stehen.«

Einige Sekunden des Schweigens verstrichen.

»Ich wollte dich noch was fragen, Robert.«

»Schieß los.«

»Ich war mit Handschellen an den Stuhl gefesselt, als ich zu mir gekommen bin. Dich hat Tyler doch bestimmt auch gefesselt, oder?«

»Natürlich.«

»Wie um alles in der Welt bist du die Handschellen denn losgeworden?«

Hunter grinste. »Durch einen kleinen Trick, den ich vor langer Zeit gelernt habe.«

»Du möchtest ihn mir nicht zufällig verraten?«

»Ich habe immer einen zweiten Satz Schlüssel dabei.«

»Was?«

»Einen Schlüssel habe ich da, wo jeder ihn vermuten würde – zusammen mit meinen Handschellen in meinem Holster. So konnte ich Tyler wie befohlen den Schlüssel zuwerfen. Aber jetzt kommt mein Zaubertrick.« Hunter öffnete seinen Gürtel.

»Wenn Anna oder meine Mutter jetzt reinkommen, sieht das aber nicht gut aus.«

»Keine Angst.« Hunter zeigte Garcia die verborgene Tasche hinten an seinem Gürtel. In ihr steckte ein kleiner Handschellenschlüssel. »Vor langer Zeit bin ich mal in so eine Situation geraten, und danach hab ich geschworen, dass mir das kein zweites Mal passiert. Wenn man überwältigt und mit den eigenen Handschellen gefesselt wird, dann hat man in neunzig Prozent der Fälle die Hände hinter dem Rücken.«

»Ganz schön schlau.« Garcia lachte. »Den Trick nehme ich definitiv in mein Repertoire auf.«

143

Mollie stand am Fenster und sah schweigend dem Nieselregen zu, als Hunter den Kopf zur Tür hereinsteckte.

»Darf ich reinkommen?«

Sie drehte sich um und zwang sich zu einem dünnen Lächeln. »Wie lautet das Passwort?«

Hunter dachte einen Moment nach. »Warte mal. Entweder … Herzlichen Glückwunsch zum Geburtstag« – seine rechte Hand tauchte hinter seinem Rücken auf und balancierte eine Geburtagstorte – »oder … Frohe Weihnachten!« Er stieß mit dem Ellbogen die Tür auf. Unter dem verletzten linken Arm hielt er eine hübsch verpackte Schachtel.

Sie sah ihn mit großen Augen an. »Du liebe Zeit, ist das alles für mich?«

»M-hm.« Hunter trat ins Zimmer und stellte die Torte auf dem kleinen Nachttisch neben dem Bett ab. »Hier, frohe Weihnachten und alles Gute zum Geburtstag.« Er reichte ihr die Schachtel. »Ich hoffe, es gefällt dir.«

Mollie setzte sich aufs Bett und packte eifrig das Geschenk aus. Als sie sah, was es war, war sie sprachlos vor Staunen.

»Das ist ein Laptop«, sagte Hunter.

»Das sehe ich.« Ihre Augen füllten sich mit Tränen.

»Ein Textverarbeitungsprogramm und ein paar andere Anwendungen sind schon drauf. Du hast gesagt, du willst Schriftstellerin werden. Vielleicht kannst du das gebrauchen.«

»Gott, ich kann nicht glauben, dass Sie sich daran erinnert haben.« Ihre Freude kam von Herzen. Sie beugte sich vor und drückte Hunter einen Kuss auf die rechte Wange, der einen Augenblick lang ganz verlegen war.

»Ich hoffe, du hast Hunger«, sagte er und verließ kurz das Zimmer. Zwei Sekunden später kehrte er mit zwei riesigen mit Frischhaltefolie abgedeckten Tellern zurück. »Alles Liebe von Carlos und seiner Frau.«

Mollie blinzelte. »Wow, das ist ganz schön viel Essen.« Dann lächelte sie. »Vielleicht kann ich den anderen Patienten was abgeben. Da bleibt bestimmt eine Menge übrig.«

»Damit machst du ihnen sicher eine Freude«, sagte Hunter mit einem Lächeln, bevor er wieder ernst wurde. »Mollie, ich wollte dich noch was fragen. Meine Pistole war gesichert. Das weiß ich genau, weil ich sie selbst gesichert habe.«

Sie nickte. »Ja, ich weiß. Ich hab sie entsichert.«

»Woher wusstest du, wie das geht?«

»Na, von Mr Higgins.«

Hunter sah sie verständnislos an.

»Ihm und seiner Frau gehörte das Diner in Lynwood, in dem ich gearbeitet hab. Sie sind schon so oft mit vorgehaltener Waffe ausgeraubt worden, dass sie immer eine Pistole unterm Tresen und eine in der Küche liegen haben. Sie zeigen allen Angestellten, wie man damit umgehen muss, nur für alle Fälle. Ich kann das Magazin wechseln, durchladen, den Hahn spannen, sichern und entsichern.«

Hunter lachte. »Du liebe Zeit. So was kann einem wirklich nur in Amerika passieren – dass man einen Job als Kellnerin annimmt und nicht nur Essen serviert, sondern gleichzeitig auch noch beigebracht bekommt, wie man mit einer Schusswaffe umgeht.«

Eine freundlich aussehende Krankenschwester klopfte leise an die Tür. »Es tut mir leid, Detective, aber sie muss jetzt schlafen.«

»Ist in Ordnung.« Hunter griff nach seiner Jacke. »Ich komme morgen wieder.«

»Robert«, rief Mollie noch, als Hunter schon an der Tür war. »Danke für alles. Für das Geschenk – dafür, dass Sie sich dran erinnert haben. Dafür, dass Sie mir geglaubt haben und für mich da waren. Und dass Sie mir das Leben gerettet haben.«

Hunter sah sie an und lächelte. »Danke, dass du meins gerettet hast.«

Danksagung

WENN AUCH von einer Person verfasst, so habe ich doch das Gefühl, dass ein Roman nie das Werk nur eines Einzelnen ist.

Viele Menschen haben auf unterschiedliche und großzügigeWeise zu diesemBuch beigetragen, und auch wenn eine einfache Danksagung meine Dankbarkeit nicht voll und ganz zum Ausdruck bringen kann, möchte ich doch, dass sie wissen, dass dieser Roman niemals ohne sie möglich gewesen wäre.

Ich stehe tief in Samantha Johnsons Schuld für ihre Liebe, ihre unsterbliche Geduld, ihr Verständnis und auch dafür, dass sie bei jedem einzelnen Schritt des Wegs für mich da war. Ich danke den außergewöhnlichsten Agenten, die sich ein Autor nur wünschen kann, Darley Anderson und Camilla Bolton. Sie sind wirklich meine literarischen Schutzengel. Um bei Engeln zu bleiben, mein aufrichtiger Dank gilt allen Mitarbeitern der Darley Anderson Literary Agency – den äußerst hart arbeitenden Darley's Angels. Dank geht auch an das großartige Team kreativer und talentierter Mitarbeiter bei Simon & Schuster UK für ihre unermüdliche Arbeit. Meine unendliche Dankbarkeit gilt auch meiner phantastischen Lektorin Kate Lyall Grant und meinen unglaublichen Verlegern Ian Chapman und Suzanne Baboneau.

Ich möchte mich auch bei allen Lesern bedanken und all jenen, die mich so toll unterstützt haben seit der Veröffentlichung meines ersten Romans.